솔로몬의
위증
3

SOROMON NO GISHO III - HOTEI
by MIYABE Miyuki

Copyright © 2012 MIYABE Miyuki
All rights reserved.
Originally published in Japan by Shinchosha Publishing Co., Ltd., Tokyo.
Korean translation rights arranged with OSAWA OFFICE, Japan
through THE SAKAI AGENCY and BC Agency.

Korean translation rights © 2013 by MUNHAKDONGNE Publishing Corp.

이 책의 한국어판 저작권은 THE SAKAI AGENCY와 BC Agency를 통해
저자와 독점 계약한 (주)문학동네에 있습니다.
저작권법에 의해 한국 내에서 보호를 받는 저작물이므로
무단 전재 및 무단 복제를 금합니다.

이 도서의 국립중앙도서관 출판예정도서목록(CIP)은
서지정보유통지원시스템 홈페이지(http://seoji.nl.go.kr)와
국가자료공동목록시스템(http://www.nl.go.kr/kolisnet)에서 이용하실 수 있습니다.
(CIP제어번호: CIP2013008804)

솔로몬의 위증

ソロモンの偽証

3 법정

미야베 미유키 장편소설—이영미 옮김

문학동네

올해뿐 아니라 몇 번의 여름이 오든
그 아이들이 청춘을 누릴 일은 없다.
올여름에는 이제 남몰래 길러온
강인함과 용기를 끌어낼 필요가 없다.
복잡한 어른의 세계를 마주하고는
보다 슬프고 보다 현명해져서
생의 인연으로 묶인 채 뿔뿔이 흩어질 테니.
—타나 프렌치 『살인의 숲』

3부

법정

1

8월 15일 교내재판 개정일

매년 8월 15일은 항상 화창하기 그지없다.

그것은 2차 세계대전이 끝난 1945년 그날의 맑은 날씨가 하도 인상적이라 생긴 고정관념일 뿐 실제로는 사실이 아닐지도 모른다. 그러나 어릴 때부터 친가와 외가 조부모에게 그 이야기를 듣고 자란 사사키 레이코는, 8월 15일인 오늘 아침 일어나서도 커튼을 걷자마자 자연스레 그런 생각을 했다.

—아아, 역시나 구름 한 점 없이 맑구나.

개정 시간은 오전 아홉시다. 레이코는 여유롭게 나갈 채비를 했다. 옷은 간소한 마 소재 정장으로 골랐다.

청소년과 과장에게 오늘부터 엿새 동안 유급휴가를 신청했다. 이 재판을 처음부터 끝까지 지켜볼 작정이었다.

조토 제3중학교 체육관의 정면 출입구는 슬라이드 도어 한 곳을 제외하고 모두 닫혀 있었다. 슬라이드 도어 앞에 긴 책상 두 개가 놓여 있고 각각 '방청인 접수'와 '관계자 접수'라는 푯말이 세워져 있다. 따갑게 내리쬐는 햇볕 아래 두 책상에서 각각 세 명의 남학생이 접수를 받고 있는데, 방청인 쪽 셋은 죽마에 올라탄 것처럼 키가 훤칠하게 크고 관계자 쪽 셋은 하나같이 덩치가 작다. 햇볕에 그은 정도도 대조적이다.

레이코는 관계자 책상으로 다가가 작은 새처럼 가냘픈 남자아이에게 나지막이 물었다.

"난 증인을 설 예정인데 방청도 하고 싶어서. 여기서 접수하면 될까?"

"네, 여기서 하시면 됩니다."

건네주는 노트에 이름을 적은 레이코가 목소리를 한층 낮추며 물었다.

"너희랑 저기 세 사람은 2학년이니?"

"네, 맞아요."

우리는 장기부고 저쪽은 농구부라고 알려주었다.

"배심원을 맡은 주장을 도우러 왔어요."

오시느라 고생했다고 고개를 꾸벅 숙이더니 들어가라며 입구 쪽을 가리켰다.

입구 옆에는 시원하게 깎은 짧은 머리카락에 눈빛 역시 시원스러운 교복 차림의 남학생 하나가 문지기처럼 우뚝 서 있었다.

"안녕하세요."

남학생이 인사를 건네며 복사지 한 장을 내밀었다. 굵은 글씨로 '법정 준수 사항'이라고 쓰여 있다.

"신발 신고 들어가셔도 됩니다."

"나중에 청소하기가 힘들지 않을까?"

"다같이 하면 괜찮습니다."

짧은 머리 남학생의 입가에 미소가 번졌다. 가만 보니 셔츠 소매 아래로 드러난 팔 근육이 탄탄하다. 레이코의 기억에 없는 학생이다. 지역 경찰 청소년과는 물론 학교 양호실이나 교무실, 교장실에도 갈 일이 없는 학생이리라.

레이코는 시선을 들어 체육관 안을 둘러보았다. 법정은 연단이 있는 앞쪽에 마련되어 있었다. 정면 중앙은 판사석. 바닥에서 50센티미터쯤 올라온 곳에 큼지막한 책상을 두고 그 위에 흰 천을 덮었다. 자세히 보니 책상 아래 다다미 몇 장이 깔려 있었다.

판사석 바로 앞에는 교실에서 들고 온 듯한 의자 아홉 개가 두 줄로 늘어서 있다. 배심원석이다. 거기서 2미터쯤 앞에 오른쪽의 검사석과 왼쪽의 변호인석이 마주보고 있다. 그 책상들도 크지만 흰 천은 없다. 어디가 어딘지 한눈에 알아볼 수 있는 것은 역시나 꼼꼼하게 푯말을 세워놓았기 때문이다. 검사와 변호인 측 뒤쪽으로 각각 바퀴 달린 이동식 칠판까지 놓여 있다.

지금은 오전 여덟시 사십오분. 법정의 네 자리 모두 비었다. 그러나 대략 백 개는 될 듯한 접의자를 가지런히 늘어놓은 방청석은 이미 절반 이상 차 있었다. 학생도 섞여 있지만 거의 다 어른들이다.

레이코는 크게 심호흡을 했다.

첫날부터 방청인이 이렇게 모여들다니, 관심이 상당하다. 아니면 첫날이라 그럴까. 일단 분위기를 보러 온 학부모가 많은 걸까.

"다들 일찍 오셨네."

짧은 머리 학생이 고개를 끄덕였다.

"예상보다 일찍들 나오셨습니다."

자유석이라서요, 라고 말했다.

"자리 맡으려는 거구나." 레이코가 미소지으며 말했다. "그런데 다들 뒤에 앉았네."

앞쪽은 비어 있다. 어라, 맨 앞줄에 혼자 진을 지고 있는 저 사람은 구스야마 선생이잖아.

"난 조토 경찰서에서 왔어. 증인을 설 예정인데, 아마 오늘은 아닐 거야. 어디 앉으면 좋을까?"

"원하는 곳에 앉으세요. 정해진 자리는 없습니다."

고맙다는 인사를 하고 레이코는 내친김에 물었다. "학생은—"

"야마자키 신고입니다. 본 법정에서 정리廷吏를 맡았습니다."

"혹시 가라테 하니?"

진짜 법정 정리보다 단련된 몸이다.

야마자키 정리는 빙긋이 웃으며 레이코에게 안으로 들어가라고 했다. 어느새 뒤에 줄이 늘어서 있다.

남 얘기를 할 입장이 아니다. 레이코도 변호인석과 가까운 가장자리 줄 뒤쪽에 자리를 잡았다. 왠지 앞자리는 선뜻 앉기가 뭐하다. 비스듬히 의자에 걸터앉아 은근슬쩍 주위를 둘러보았다. 구스야마 선생 말고 다른 교사들의 얼굴은 보이지 않았다. 부모와 자녀가 같이 왔는지 나란히 앉아 작은 소리로 대화를 주고받는 어른과 아이의 모습이 보였다. 변호인석 쪽 뒤에서 두번째 줄에 앉은 여학생 대여섯 명이 웃는 얼굴로 쉴새없이 뭐라고 속닥거렸다. 아이돌 콘서트라도 기다리는 양 들뜬 눈치다.

레이코는 심장박동이 빨라지는 걸 느꼈다. 진짜 재판 같다. 자신이 담당한 사건이 마침내 사법의 장으로 나아가 심판이 시작되기를 기다리는 심정이었다.

어?

레이코의 눈이 휘둥그레졌다. 저건 또 뭐야. 기자도 있다. 딱 한 명이지만, 혼자서 열 사람 몫은 떠들어대는 사람이.

HBS의 모기 에쓰오다. 방청석 한가운데 판사와 정면으로 마주보는 자리에 앉아 있다. 옅은 연두색 마 재킷에 흰색 턱팬츠. 테가 굵은 안경을 콧등에 얹고 편안하게 다리를 꼬고 있다.

머리보다 몸이 먼저 움직였다. 레이코가 자리에서 일어나 성큼성큼 다가가니 모기가 알아채고 고개를 들었다.

"오호, 이런."

모기의 도톰한 입술이 열리며 인사 비슷한 말이 나오기 전에 레이코가 날카롭게 쏘아붙였다. "당신, 여긴 어떻게 숨어들어왔죠? 이 재판에 기자는 못 들어와요. 나가주세요."

모기는 놀라지도 않았고 언짢은 기색도 없었다. 양쪽 눈썹을 치켜세우자 세련된 고급 뿔테 안경이 콧잔등으로 흘러내렸다.

"난 기자 아닌데요."

"말도 안 되는 소리 그만둬요."

그 순간, 모기 앞에 앉아 있던 풍채 좋은 남자가 레이코 앞으로 불쑥 얼굴을 들이밀었다.

"당신이야말로 실례가 많군."

레이코가 뭐라고 받아치기도 전에 모기는 꾸벅 고개를 숙이더니 "이쪽은 학부모회 회장 이시카와 씨입니다"라고 소개했다.

한 손에는 부채, 다른 한 손에는 입구에서 받은 종이. 벗어진 이마가 땀으로 번들거리고 흰색 와이셔츠로 가린 배가 허리띠 위에 불룩했다. 새삼 소개받을 필요도 없었다. 조토 3중학교 학부모회 회장이 틀림없다.

"어라, 당신은 사사키 씨잖아?"

이시카와 회장이 부채를 팔랑팔랑 흔들며 말했다.

"모기 씨는 나랑 같이 방청하러 온 겁니다."

"난 회장님 친구라서요." 모기 기자가 그렇게 말하며 가볍게 인사하는 시늉을 했다. "학부모가 아니라도 학교 관계자의 소개가 있으면 방청해도 된다는 허가를 오카노 선생님에게 받았습니다."

이 뻔뻔한 작자가 언제 또 이런 연줄을 만들어놨담. 레이코는 어금니를 익물었다.

"취재는 금지예요."

으르렁거리듯 말하자 모기 기자가 다시 꾸벅 고개를 숙였다.

"물론 잘 알고 있습니다. 여기에도 적혀 있으니까." 정리가 준 복사지를 살랑살랑 흔들어 보였다. "형사님이야말로 슬슬 자리에 앉는 게 좋지 않을까요. 오 분 전이에요."

레이코는 휙 소리가 날 만큼 매섭게 돌아서서 제자리로 돌아갔다. 레이코의 바로 앞줄도 채워지기 시작했다. 또 여학생 무리다. 이애들은 뭐람. 료코 응원단인가?

―나중에 기타오 선생님에게 말해야겠군.

내일부터는 입구에서 소지품 검사를 하는 게 좋겠다. 평소 모기의 소행으로 보건대 어딘가에 녹음기를 숨기고 있을 게 틀림없다.

'법정 준수 사항'에는 각각의 조항이 간결하게 적혀 있었다. 사진과 비디오 촬영 금지. 녹음 금지. 사적인 대화 금지. 법정에서는 판사, 필요에 따라서는 정리의 지시에 따를 것. 판사의 직권으로 방청인에게 퇴장을 명령할 수 있으며 그때는 엄중히 따를 것.

―이런 종이 나부랭이는 약삭빠른 어른들한테 안 통해.

다시 어금니를 악물며 모기 기자의 옆얼굴을 노려보고 있는데 누가 뒤에서 어깨를 가볍게 두드렸다.

"안녕하세요?"

쓰자키 전 교장의 둥그런 얼굴이 보였다. 레이코는 인사도 하기 전에 이렇게 말해버렸다.

"HBS에서 왔어요."

교장이 모기 쪽을 보지도 않고 고개를 끄덕였다. "이시카와 회장이랑 같이 왔더군요."

"내보낼 수 없나요?"

"오카노 선생님도 허가한 모양이니 힘들 겁니다."

알고 있었던 거야? 그래도 너무 쉽게 포기하는 거 아닌가.

"그렇지만—"

"너무 걱정 마세요." 쓰자키 선생이 미소지었다. "학생들을 믿어보죠."

연단 양옆 스피커에서 잡음이 흘러나오더니 여학생 목소리가 들렸다.

"잠시 후 개정하겠습니다. 여러분, 자리에 앉아주십시오."

살짝 긴장감이 감도는 높은 목소리였다.

"꼭 축제 때 같군요."

쓰자키 선생이 태평한 소리를 하며 레이코의 시야에서 사라졌다. 어느새 방청석은 80퍼센트쯤 차 있었다.

체육관 옆문이 열렸다. 뜨거운 바람이 밀려들어왔다. 레이코는 그제야 여기저기에 냉풍기가 놓여 있다는 것을 알아차렸다. 체육관 안이 시원하지는 않아도 그럭저럭 견딜 만한 것은 그 덕분이었다.

후지노 료코가 들어왔다. 가슴에 파일을 안고 역시나 굳은 표정으로 고개를 숙이고 있었다. 바로 뒤에서 사무관 두 사람이 따라왔다. 셋 다 교복 차림이다. 남자 사무관인 사사키 고로는 큼지막한 종이봉투를 들었다. 그 무게 탓인지 그의 시선도 발밑을 향했다. 여자 사무관 하기오 가즈미는 빈손이었고 검사석에 앉을 때까지 유일하게 고개를 들고 눈을 깜박거리며 법정을 둘러보았다.

방청석의 시선이 집중되었다. 숨을 한 번 쉬었을까, 곧이어 간바라 가즈히코가 들어왔다. 노다 겐이치가 그 뒤에 바짝 붙어 있다. 역시 교복 차림이고 각자 불룩한 책가방을 들었다.

레이코의 의혹이 풀렸다. 두 사람의 등장에 여학생 무리가 술렁거렸다. 꺄악 하는 환호성이 터졌다. 힘내라는 새된 목소리가 날아들었다. 레이코는 어이가 없었다. 여학생들은 변호인 측 팬이었던 것이다. 간바라와 노다 콤비는 인기인이 된 모양이다. 이 아이들에게는 정말로 법정이 가슴 설레는 아이돌의 무대인 셈이다.

간바라 가즈히코가 재빨리 변호인석으로 가더니 묵직한 가방을 책상 위에 내려놓았다. 그러고는 얼른 돌아서서 손을 내밀어 노다 겐이치의 가방을 건네받았다. 손이 빈 겐이치는 다시 서둘러 옆문으로 갔다. 둘 다 여자 응원단에게는 눈길 한 번 주지 않았다. 주위의 눈총에 몸을 움츠린 여학생들도 자기들끼리 소곤거리는 것은 멈출 수 없는 모양이었다.

겐이치가 반쯤 열린 문 앞에서 누군가에게 말을 건넸다. 레이코는 숨을 죽이고 그 모습을 지켜보았다.

키가 큰 오이데 슌지가 홀연히 나타났다.

하복 차림이었다. 게다가 옷매무새도 단정하다. 말끔하게 다림질한 와이셔츠는 목까지 단추를 채우고, 허리띠를 매고, 바지 주름도 빳빳하게 잡았다. 흰색 운동화 끈도 단정히 맸다. 뒤축을 꺾어 신지도 않았다.

짧게 자른 머리칼은 까맸고, 귀 위쪽이 약간 뻗쳤지만 왁스를 바른 것 같지는 않았다. 너무 짧게 자른 탓일 것이다. 평소 다니던 미용실에서 그의 주문을 들은 미용사는 대체 무슨 심경의 변화인가 싶어 귀를 의심했으리라.

슌지는 고개를 숙인 채 성큼성큼 변호인석으로 다가갔다. 의자 세 개가 늘어서 있었다. 이미 가운데 의자에 앉아 가방에서 뭔가 꺼내고 있던 가즈히코가 슌지를 올려다보며 짧게 말을 걸었다. 목소리는 들리지 않았지만, 레이코는 변호인이 피고인에게 뭐라고 했는지 알 수 있었다.

—고개 들어.

줄곧 고개를 숙이고 있던 슌지가 가즈히코를 바라보았다. 그리고 몸집이 작은 변호인과 조수의 머리 너머로 법정을 둘러보았다.

실제 재판의 경우 피고인이 방청석으로 시선을 던질 때 나올 수 있는 반응은 여러가지다. 마치 강풍에 휩쓸리는 벼이삭들처럼 방청인들이 그 시선을 차례로 죽 마주하는가 하면, 버티고 선 벽처럼 튕겨낸다. 아예 빨아들이기도 한다.

지금은 그 어느 쪽도 아니었다. 구스야마 선생 혼자 고집스레 앉아 있는 맨 앞줄을 제외하고 거의 다 찬 방청석의 그 누구도 오이데 슌지의 시선에 반응하지 않았다. 그가 거기 있다는 것조차 알아채지 못한 것 같았다. 머리를 짧게 자르고 입학식에 참석하는 1학년 학생처럼 단정하게 교복을 차려입은 오이데 슌지는 이제 '조토 3중학교의 오이데'라는 부정적인 아이콘으로서의 속성을 잃어버렸을지도 모른다.

슌지가 자리에 앉았다. 앉아도 변호인과 조수보다 머리 하나쯤은 더 컸다.

가벼운 발소리를 내며 뒤에서 키 큰 남학생이 달려왔다. 옆구리에 접의자 하나를 끼고 있다. 뭘 하나 지켜봤더니 판사와 배심원석 바로 맞은편, 검사와 변호인 측의 중간에 의자를 내려놓았다.

증인석이다.

아마 농구부에서 나왔을 도우미 남학생은 의자 위치를 딱 정하고는 먼저 후지노 료코에게, 이어서 간바라 가즈히코에게 한마디씩 건네고 잰걸음으로 들어갔다. 레이코는 그 뒷모습을 눈으로 좇았다. 체육관 정면 출입구에서 야마자키 정리가 기타오 선생과 머리를 맞대고 이야기하고 있었다. 서로의 손목시계를 비교해보며 시간을 맞추는 듯했다.

기타오 선생도 오늘은 운동복 대신 반팔 와이셔츠에 넥타이 차림이었다. 넥타이 매듭이 삐딱하게 틀어졌다. 의자를 들고 왔던 농구부원이 그에게 꾸벅 인사를 하고 밖으로 나갔다.

기타오 선생이 고개를 한 번 끄덕이고, 야마자키 정리의 어깨를 툭 쳤다. 정리는 선생에게 경례를 하고 빙글 돌아 변호인석으로 걸음을 내디뎠다.

스피커에서 버저 소리가 흘러나왔다. 방청인들의 잡담 소리와 이리저리 돌아가던 고개가 단번에 멈췄다.

야마자키 정리가 변호인 측 책상 한쪽 옆에 멈춰 방청석을 향해 서서 두 다리를 모았다. 소년원은 물론이고 교도소에서도 본보기가 될 만큼 훌륭한 '차려' 자세다.

"여러분, 안녕하십니까."

맑고 낭랑한 목소리였다. 법정의 모든 사람이 그를 주목했다. 구스야마 선생도, 모기 에쓰오도.

"안녕하세요."

몇몇 방청인이 인사에 답하는 소리가 들렸다. 모두 남자 목소리다. 정리가 방청석을 향해 깊숙이 고개를 숙였다. 이번에는 방청인들도 절반가량이 여기저기서 고개를 숙였다.

"지금부터 배심원이 입정하겠습니다. 방청석에 가족분도 계시겠지만 이제부터 사적인 대화는 삼가주십시오. 재판 관계자에게 말을 거는 것도 자제해주십시오."

그 말을 기다렸다는 듯이 검사석 뒤의 문이 열리고 훤칠하게 키가 큰 남학생을 앞세워 배심원들이 들어왔다.

레이코는 인원수를 세어보았다. 아홉 명이다. 여학생이 다섯, 남학생이 넷. 낯익은 얼굴이 있는가 하면 처음 보는 얼굴도 있다.

가장 놀라운 사실은 가쓰키 게이코가 끼어 있다는 것이었다. 저애에 대해서는 오이데 슌지 다음으로 잘 안다. 입학 직후부터 흐트러진 복장과 행실로 눈에 띈 불량소녀이자 슌지의 주변을 맴도는 위성 중 하나다. 그러나 그녀가 슌지에게 전파를 보낸 시기는 지극히 짧았고, 작년 연말—그렇다, 가시와기 다쿠야가 죽은 그 무렵에는 이미 궤도를 벗어나고 없었다. 불량학생들 사이에서는 둘이 싸우고 헤어졌다는 소문이 돌았다. 그녀가 슌지에게 그만 만나자고 했다는 얘기도 들렸지만 작년 여름 한밤중에 라이브라 로드에서 그녀를 두 번이나 경찰서로 데려간 경험이 있는 레이코의 생각은 달랐다. 이성을 옷이나 신발과 다를 것 없는 장식품, 욕구 충족의 도구쯤으로 여기는 슌지는 항상 새로운 상대를 원했고 싫증나면 버린다. 자기 뜻대로 되지 않아도 금세 버린다. 게이코도 버림

받았을 것이다. 실제로 그녀의 옛 친구들은 자꾸 미련을 보이는 꼴이 보기 싫다며 게이코를 경멸하기도 했다.

게다가 게이코는 자의로든 타의로든 오이데 슌지라는 어두운 행성에서 자유로워져 자기 생활을 돌아보고 다시 일어설 만한 자기조절능력을 갖춘 소녀가 아니다. 시대가 여자아이들에게 빨리 자랄 것을 재촉하고 어른스러워지는 데 높은 가치를 부여하면서 생기는 큰 폐해는, 인생의 이른 단계부터 이성에게 의존하지 않고는 자아를 지키지 못하는 여자들이 늘어난다는 것이다. 게이코는 그 전형이었다. 그래서 슌지와 헤어져도 불량한 행동거지는 여전했고, 다만 '몰려다니는 불량학생'에서 '배척당한 불량학생'으로 바뀌었을 뿐이었다.

가쓰키 게이코가 오이데 슌지의 죄와 벌을 냉정하게 판단할 수 있을 리 없다. 그녀를 왜 배심원에 포함시켰을까. 누군가가 사주했을까? 혹시 기타오 선생이?

혹시 게이코의 입을 다물게 하기 위한 주도면밀한 작전일까. 그녀가 변호인 측 정상증인으로 나와 눈물을 흘리면서 '내 사랑 슌지가 살인을 저지를 리 없다'고 호소하는 광경 따위는 아무도 보고 싶지 않을 것이다. 반대로 검사 측 증인으로 나와 오이데 슌지가 그녀에게 어떻게 했는지, 뭘 시켰는지 역시 눈물을 흘리며 법정에서 쏟아놓는 것 또한 학교 입장에서는 가장 피하고 싶은 일임이 틀림없다. 레이코는 그 일부를 알고 있었고, 그것만도 충분히 가슴이 쓰릴 만큼 추잡했다.

가쓰키 게이코의 어중간한 위치는 복장에서도 여실히 드러났다. 다른 배심원들처럼 하복을 입긴 했지만 여느 때와 다름없이 매무새가 단정치 못했다. 배심원들이 인사를 하고 자리에 앉을 때 그녀의 귀에서 귀걸이가 번쩍거렸다.

방청석 한쪽에서 경쾌한 웃음소리가 일었다. 아홉번째 배심원, 맨 마지막으로 들어온 통통한 소년이 무슨 눈짓을 보낸 모양이다. 맨 앞의 키다리와 마지막 그 소년이 각각 농구부와 장기부의 주장일까.

배심원들이 자리에 앉자 야마자키 정리가 손목시계를 확인하고 다시 낭랑한 목소리로 말했다.

"판사가 입정합니다. 기립해주십시오."

판사라고는 하나 이 학교 학생이다. 방청인들이 얼마나 그 말에 따를까—엉덩이를 들면서 레이코는 주위를 둘러보았다. 의외로 앉아서 버티는 분위기는 아니었다. 모두 웅성웅성 일어났다. 모기가 일어나자 이시카와 회장도 따라 일어났다. 대놓고 불쾌한 표정을 짓긴 했지만.

판사가 배심원들과 같은 문을 지나 안으로 들어왔다. 레이코도 아는 학생이다. 학년 최고의 수재, 이노우에 야스오. 교복 위에 법정에서 판사가 입는 검은 망토를 걸쳤다. 오른손에는 뭔가 들고 있다. 의사봉이다.

아무도 웃지 않았다. 서로 속닥거리는 소리도 들리지 않았다. 이노우에 야스오도 무표정했다. 앞을 똑바로 바라보며 중앙으로 거침없이 나아갔다. 후지노 검사는 아랫입술을 깨물고 있다. 두 사무관은 판사를 올려다보았다. 변호인 측 두 사람은 등을 곧게 펴고 있다. 순지가 살짝 비틀거리자 간바라 가즈히코가 신경이 쓰이는지 시선을 던졌다.

이노우에 판사가 다다미를 쌓아 만든 판사석으로 가볍게 훌쩍 뛰어올랐다.

책상 오른쪽에 의사봉을 내려놓고 정면을 바라보았다.

"안녕하십니까. 이 재판에서 판사를 맡은 3학년 A반 이노우에 야스오입니다."

자리에 앉아주십시오. 그 말까지 숨도 쉬지 않고 단번에 마쳤다. 목소리가 또박또박 잘 들렸다.

모두 자리에 앉았다. 이번에는 웅성거림이 없었다. 이시카와 회장은 여전히 불쾌해 보이고 모기 에쓰오는 재미있다는 듯 히죽거렸다. 그러나 방청인들 대부분은 그 첫마디로 판사에게 휘어잡힌 것 같았다.

축제나 학예회 연극에서 아이들이 더없이 멋진 공연을 펼쳐 보이면 어른들도 진심으로 감동하곤 한다. 지금도 아마 그런 상황이리라. 이노우에 판사가 진정한 위엄과 권위를 갖췄을 리는 없다. 레이코는 그렇게 생각하는 한편으로 감탄했다. 이노우에 야스오는 제법 그럴싸한 배우다.

더더욱 감탄한 것은 법정 안의 사람들을 앉힌 판사가 선 채로 말을 시작한 뒤였다.

"개정에 앞서 이 재판의 기본적인 규칙 몇 가지를 말씀드리고자 합니다."

미리 양해를 구하고 장내의 모두를 빙 둘러보았다. 배심원들은 판사의 발밑에서 고개를 숙이고 있다. 키다리 농구부 주장만 상반신을 틀고 목을 길게 빼 판사를 올려다보았다.

"이번 교내재판은 저희 3학년 학생 중 몇몇이 여름방학 자유연구 과제로 실행하는 것입니다. 목적은 본건 사안의 진실을 규명하는 데 있습니다.

따라서 만약 이 법정에서 유죄 판결이 내려진다 해도 피고인은 처벌받지 않습니다. 그보다 저희에게는 피고인을 처벌할 방법이 없으며 그러고자 하는 의지도 없습니다. 이 자리를 찾아주신 여러분 중 이에 대해 깊이 우려하는 분이 계실지 몰라, 일단 이 점을 명확히 해두고자 합니다."

모기 에쓰오가 입을 다문 채 기쁨에 겨운 듯 웃고 있었다. 동화에 나오는 고양이 같다. 웃음이 너무 커서 온몸으로 비어져나온 고양이.

"애당초 본건 사안은 실제 재판에서는 기소조차 할 수 없는 종류의 것입니다. 검사가 피고인을 기소하고 공판을 유지하는 데 필요한 근거가 없기 때문입니다."

저렇게 섣불리 단언해도 괜찮을까. 레이코가 눈썹을 찡그렸다.

"왜 저희가 군이 '법정'이라는 장을 만들어 본건을 논의하고 진실을 밝히기 위해 노력하기로 결정했는가. 그 동기와 목적은 앞으로 검사와 변호인 측의 논쟁 속에서 차츰 밝혀질 것입니다."

그리고—이노우에 판사가 양손을 책상에 짚더니 변호인 측으로 시선을 돌렸다.

"피고인 역시 본 법정이 열리기를 강력하게 희망했다는 점도 덧붙이고자 합니다."

방청석이 술렁거렸다. 혼자 머리가 불쑥 올라온 오이데 순지의 옆얼굴에는 변화가 없다.

"아홉 명의 배심원 여러분은 지금부터 시작되는 심리에 진지하게 귀기울여, 예단과 편견은 물리치고 본 법정에서 개시된 사실만을 근거로 합리적이고 객관적인 판단을 내릴 의무가 있습니다. 모두 이미 그런 취지의 선서를 마쳤습니다."

농구부와 장기부의 주장이 서로 약속이라도 한 듯 코밑을 훔쳤다. 여자 배심원 중 하나가 눈을 감고 어깨에 잔뜩 힘을 주었다. 구라타 마리코(통통하고 살결이 흰 그 여학생은 고발장 소동 때 만난 적이 있다)는 너무 긴장한 나머지 눈물이 글썽거리는 눈가를 손가락으로 훔쳤다.

"갖고 계신 종이에 적혀 있듯이 방청인 여러분에게도 몇 가지 협조를 부탁드립니다. 먼저 '판사의 직권으로'라는 문장이 있는데, 저는 조토 제3중학교의 학생이자 미성년자이므로."

여기서 이노우에 야스오가 갑자기 목소리를 높였다.

"판사는 무슨 판사야, 쪼그만 게 시건방지게 떠들지 마라!"

온 법정이 쥐죽은 듯 가라앉았다. 나지막이 윙윙거리는 냉풍기 소리만 들렸다.

"라고 이의를 제기하는 분이 계실지 모르겠지만."

이노우에 야스오의 은테 안경 너머에서 길쭉한 눈이 희미하게 웃었다. 가만히 그 얼굴을 바라보는 모기 에쓰오도 여전히 웃고 있었다.

"이 교내재판에서 판사를 배명한 이상, 저는 이 자리의 직권을 부여받은 셈입니다. 저에게는 이 소송을 지휘할 의무가 있는 동시에 본 법정에서 재판을 끝까지 완수해낼 책임도 있습니다. 그러니."

몸을 천천히 일으키더니 책상에서 손을 떼고 자세를 바로 했다.

"검사, 변호인, 배심원, 증인, 그리고 방청인 여러분도 본 법정에서는 일체 판사의 지시에 따라주시기 바랍니다. 위반 시에는 정리가 그에 합당한 조치를 취할 것입니다."

방청인들의 주목을 받고도, 허리 언저리에서 양손으로 깍지를 끼고 어깨 너비로 다리를 벌리고 선 야마자키 정리는 미동도 하지 않았다.

"저 혼자 이렇게 높은 데 있는 것도 판사의 역할 때문입니다. 모쪼록 이해와 협조를 부탁드립니다."

판사가 반듯하게 90도로 인사를 했다.

"그리고 본 법정을 운영하는 것은 저희 중학교 3학년들이므로 심리과정에서 난해한 재판용어의 사용은 최대한 삼가고자 합니다. 알기 쉬운 일상언어로 최대한 쉽고 명료하게 구체적으로 발언하겠습니다. 또한 처음에 설명했듯이 본건 사안은 현실에서는 기소할 수 없는 사건이므로 심리 순서 역시 실제 재판과 다른 경우가 많을 것입니다. 그러나 즉흥적인 거짓 혹은 장난이 섞이거나 특정 주장에 유리한 방향으로 잘못 흘러가지 않도록, 또한 그런 유의 의혹이 생기지 않도록 질서를 유지하는 것도 재판 지휘를 맡은 제 역할임을 충분히 명심하고 있습니다."

판사를 찬찬히 살피던 레이코는 그제야 알아차렸다. 저 검은 망토는 이발소에서 머리를 자를 때 손님에게 걸쳐주는 것이다. 번들거리고 얄팍하다.

그런데도 또박또박 이야기하는 이노우에 판사에게는 위풍 비슷한 무언가가 감돌았다.

"심리는 오늘부터 닷새 동안 진행합니다."

이노우에 판사가 다시 한번 체육관을 빙 둘러보았다. 안경이 빛났다.

"이 정해진 기간에 검사와 변호인 측 모두 최선을 다해 진실을 밝혀내기를 바랍니다."

후지노 료코는 눈을 감고 있었다. 방청석을 바라보던 간바라 가즈히코는 옆에 있는 노다 겐이치와 눈을 맞추고는 고개를 가볍게 끄덕였다.

갑자기 배심원석의 가쓰키 게이코가 재빨리 손을 움직였다. 오른쪽 왼쪽 귀에서 잡아뽑듯이 귀걸이를 빼더니 손으로 감싸쥐었다.

판사가 오른손으로 의사봉 손잡이를 잡았다.

땅! 높은 소리가 울려퍼졌다. 그 소리가 법정에 있는 모든 사람의 귓전을 울리고 잔향이 사라질 때까지 충분히 뜸을 들인 후, 이노우에 판사가 입을 열었다.

"개정합니다."

2

먼저—이노우에 판사가 후지노 료코에게 시선을 돌렸다. 은테 안경이 반짝거렸다.

"검사, 본 법정에서 어떤 사실을 다룰지, 피고인을 기소한 이유가 무엇인지 설명해주십시오."

후지노 료코가 일어섰다. 이어서 사사키 고로와 하기오 가즈미도 일어섰다.

"이번 교내재판에서 검사를 맡은 후지노 료코입니다. 이쪽 두 사람은 조수 사사키와 하기오입니다. 셋 다 본교 3학년입니다."

고로와 가즈미가 각자 이름을 밝히고 자리에 앉자 후지노 료코가 책상을 돌아 앞으로 나왔다.

"배심원 여러분."

배심원을 부르는 그녀의 목소리는 아주 조금이지만 평소보다 높았다.

"먼저 어려운 역할을 맡아주신 여러분에게 감사의 말씀을 드립니다."

고개 숙이는 료코를 구라타 마리코가 큰 눈으로 뚫어져라 바라보았다.

"저희가 이 법정에서 명백히 가려내고자 하는 것은 한 남학생의 죽음에 대한 진상입니다."

그의 이름은 가시와기 다쿠야입니다—

"작년 12월 24일 한밤중, 날짜가 막 25일로 바뀔 무렵 가시와기 군은 본교 옥상에서 떨어져 전신을 강하게 부딪혀서 사망했습니다. 유체는 다음날 아침 여덟시경까지 발견되지 않았습니다. 전날 밤 내려 쌓인 눈에 파묻혀 있었기 때문입니다. 발견 당시 유체는 얼어붙어 있었습니다."

료코는 손에 아무것도 들고 있지 않았다. 외워서 말하고 있다.

"당초에는 가시와기 군이 자살한 것으로 여겨졌습니다. 그가 죽기 전 한 달이 넘게 등교거부를 했다는 이유가 컸습니다."

그렇습니다, 등교거부를 했습니다—료코가 강조하듯 천천히 다시 말했다.

"그는 계속 학교에 나오지 않았습니다. 물론 이유가 있었지만 가시와기 군은 함께 사는 부모님에게도 자세한 사정을 털어놓지 않았습니다. 그가 등교거부를 시작한 후 정기적으로 집을 방문했던 쓰자키 교장선생님에게도, 담임인 모리우치 선생님에게도 말하지 않았습니다."

그러나 이유는 있었습니다. 료코가 그쯤에서 방청석 쪽으로 얼굴을 돌렸다.

"11월 14일 점심시간, 가시와기 군은 과학준비실에서 같은 학년의 세 학생과 충돌했습니다. 말다툼이 아니라 폭력이 동반된 과격한 성격의 충돌이었습니다. 다행히 부상자는 나오지 않았지만 상황이 매우 심각했고, 그것을 계기로 가시와기 군은 학교에 나오지 않게 되었습니다."

료코가 빙글 돌아서 검사석으로 돌아갔다. 책상 위에 펼쳐둔 노트로 시선을 한 번 내려뜨렸다가 곧바로 다시 고개를 들었다.

"그가 유체로 발견된 당시, 적지 않은 본교 학생들이 그 과학준비실에서의 싸움과—난투라고 해도 되겠죠—그후 가시와기 군의 등교거부, 그리고 갑작스러운 죽음을 연관지어 생각했습니다. 하지만 그 단계에서는 그런 생각을 뒷받침할 만한 근거가 없었습니다. 아무도 갖고 있지 않았습니다. 가시와기 군이 유서를 남기지 않았기 때문입니다."

방청석은 조용했다. 사사키 레이코는 모기 에쓰오의 표정에 구역질이 났다. 마치 자기가 길들인 애완동물이 품평회에서 능란하게 과제를 완수해내는 모습을 지켜보는 듯한 표정이었다.

"가시와기 군의 죽음은 불가사의한 자살로 처리되는 듯했습니다. 등교거부라는 '문제행동'을 일으킨 학생의 죽음이었기에 본교 입장에서도 바람직한 결론이었습니다. 그것이 한 학생이 목숨을 잃었다는 뼈아픈 타격 앞에서 그나마 어찌어찌 받아들일 수 있는 결론이었습니다. 불가사의한 자살 말입니다."

쓰자키가 천천히 눈을 깜박이며 고개를 숙였다. 이시카와 학부모회 회장이 불쾌하다는 듯 기침하며 여봐란듯이 검사를 노려봤지만, 아무도 눈길을 주지 않았다.

"그런데."

다시 입을 연 료코가 숨을 한 번 내쉬었다.

"12월 24일 한밤중, 가시와기 군이 옥상에서 추락하는 현장을 목격한 인물이 있었습니다. 그 인물은 거기서 일어난 모든 일을 지켜보았습니다. 누가 있었고, 무엇을 했고, 어떤 경위로 가시와기 군이 옥상에서 떨어졌는가. 그 모든 것을 목격했습니다."

목격자는 공포에 떨며 고민했습니다—

"그리고 모른 척하고 있지는 않겠다고 결단했습니다. 하지만 스스로의 안전에 큰 불안을 느꼈습니다. 목격한 광경이 그 정도로 심각했기 때문입니다. 그렇습니다. 그것은 살인사건이었습니다. 가시와기 다쿠야 군은 살해당했습니다."

료코가 배심원들을 둘러보았다. 모두가 료코를 똑바로 응시했다.

"목격자는 자신이 본 광경을 문서로 만들어 세 군데로 보냈습니다. 그 한 통은 당시 교장이었던 쓰자키 마사오 선생님, 한 통은 담임 모리우치 에미코 선생님, 그리고 세번째는 바로 저 후지노 료코가 받았습니다."

이 사실은 방청인들 대부분이 몰랐을 것이다. 방청석이 술렁거렸다. 배심원들도 놀랐다.

"저는 당시 가시와기 군과 같은 반이었기 때문에 학급 대표로 선택된 것으로 보입니다."

"검사." 이노우에 판사가 날카롭게 불렀다.

"네."

"간결하게 사실관계만 말하세요. 검사의 의견은 필요하지 않습니다."

"알겠습니다."

판사는 내친김에 여전히 술렁거리는 배심원들과 방청석을 향해 정숙 하라고 말했다.

"목격자가 작성해 보낸 문서는 그 내용과 성질상 '고발장'으로 불렸습 니다. 앞으로는 저희 역시 그 명칭을 사용하겠습니다."

후지노 료코는 처음으로 변호인 측을 똑바로 향해 서서 피고인을 마주 보았다.

"그 고발장에는 가시와기 군을 옥상에서 밀어뜨린 인물의 이름이 적혀 있었습니다. 바로 오이데 슌지—본 법정의 피고인입니다."

변호인 옆에 앉은 슌지는 사사키 레이코가 아는 그 오이데 슌지가 아닌 것 같았다. 료코를 노려보기는커녕 다시 고개를 숙였다. 책상 밑으로 보 이는 그의 두 다리는 완전히 힘을 잃고 오므라져 있었다.

—왜 그래, 정신 똑바로 차려.

레이코는 무심결에 마음속으로 꾸짖었다.

"가시와기 군 살해 현장의 목격자는 오이데 슌지를 잘 알고 있었습니다. 왜냐하면 그는 본교의 유명인이기 때문입니다. 부정적인 쪽으로요. 교내에서만이 아닙니다. 그의 난폭한 행동이나 일탈행위는 이 지역에서 유명합니다. 목격자가 눈 내리는 한밤중 옥상에서 추위와 공포에 떨면서도 결코 다른 누군가로 착각하지 않았던 얼굴─아마 본교에서 유일한 그 얼굴이 바로 오이데 슌지의 얼굴이었습니다."

고개 들어. 너답지 않잖아. 레이코의 마음속 소리가 전해졌는지 슌지가 턱을 살짝 움직이며 코를 훌쩍거렸다. 시선도 움직였다. 레이코가 잘못 본 게 아니라면 그 시선은 지금도 손안에 귀걸이를 움켜쥐고 입을 꼭 다문 채 체육관 바닥을 노려보고 있는 가쓰키 게이코를 향해 있었다.

"또한 오이데 슌지는 11월 14일, 가시와기 다쿠야 군과 충돌했던 당사자 중 한 사람이기도 합니다."

후지노 료코가 책상에 양손을 짚고 배심원들에게 말했다.

"저희 검사 측은 과학준비실에서 일어난 양쪽의 충돌을 상세히 밝힐 용의가 있습니다. 그 충돌로 가시와기 군의 등교거부가 시작되어 그와 학교에서 마주칠 기회를 잃은 오이데 슌지가 일방적으로 울분을 쌓았고, 그것을 풀 기회를 찾고 있었다는 것을 명백히 밝힐 용의도 있습니다."

그렇습니다. 동기는 '분노'였습니다─

"오이데 슌지는 부정적인 쪽으로 유명했습니다. 본교 학생이라면 누구나 그를 알고 있었습니다. 그의 폭력을 두려워했습니다. 그 누구도 공공연하게 그를 비난하거나 거스르려 하지 않았습니다. 교육자이자 본교를 관리 경영하는 선생님들조차 상식을 벗어난 그의 난폭한 언동에는 애를 먹고 있었습니다. 본교에는 오이데 슌지에 맞설 적수가 없었습니다. 본인도 그것을 잘 알고 있었습니다. 그런 입장을 즐겼던 것입니다."

료코의 목소리가 높아졌다.

"그런데 가시와기 다쿠야 군은 달랐습니다. 가시와기 군은 과학준비실에서, 다른 학생들이 빤히 보는 데서 공공연하게 오이데 슌지에게 반항했습니다. 폭력을 당해도 두려워하지 않고 맞섰습니다. 그것은 오이데 슌지가 처음 당한 반격이었고, 그의 자존심은 크게 상처 입었습니다. 나를 거스르는 자의 존재는 인정할 수 없다. 오이데 슌지는 격렬한 분노와 함께 그런 결의를 다졌고, 나아가 실행에 옮겼습니다. 저희는 그런 심리적 움직임과 실행에 이른 과정을 입증할 용의가 있습니다."

료코는 원래 목소리를 되찾았다. 침착한 것을 넘어 오히려 냉혹하다 할 만큼 담담한 말투로 돌아왔다.

"목격자의 증언은 상세하고 구체적이며, 믿기 힘든 사태의 전말을 말하면서도 상식의 범위를 벗어나지 않았습니다. 목격자—고발자는 분명 실제로 일어난 일을 목격했고 그것을 확실히 기억하고 있습니다. 저희는 목격자의 증언을 바탕으로 그 내용을 뒷받침하는 몇 가지 사실을 찾아냈습니다. 어느 누구도 뒤엎을 수 없는 사실 말입니다. 저희는 그런 확신에 의거해 오이데 슌지를 가시와기 다쿠야 살해 죄로 기소했습니다."

배심원 여러분—료코가 다시 한번 불렀다.

"부디 저희가 앞으로 법정에서 밝혀나갈 사실을 똑바로 바라보고 냉정한 판단을 내려주시기 바랍니다."

고개를 한 번 숙이고 검사는 자리에 앉았다. 사사키 고로가 옆에서 숨을 크게 내쉬며 흰 손수건으로 땀을 훔쳤다. 하기오 가즈미는 고로를 밀치듯 목을 빼고 료코에게 짧게 뭐라고 말했다. 료코도 고개를 끄덕여 보였다.

방청석이 술렁대기 시작했다. 손수건이며 부채가 팔랑팔랑 움직였다.

"피고인, 앞으로 나오세요."

이노우에 판사가 오이데 슌지를 불렀다. 무슨 생각에 빠져 있는지 슌지는 꼼짝하지 않았다. 간바라 변호인의 재촉을 받고서야 얼굴에 찬물을 뒤집어쓴 듯 눈을 깜박거리더니 귀에 거슬리는 소리를 내며 의자에서 일어났다.

"정면의 증인석으로 나와주십시오. 이쪽을 보고 서세요. 방청석은 신경쓰지 않아도 됩니다."

순지가 꾸물꾸물 증인석으로 다가갔다. 의자에 앉으려다 "그대로 서계십시오"라는 판사의 말에 어지간히 어색한지 손발을 꼼지락거렸다. 실제로 교복 차림이 불편한 것이리라. 신발도 답답할 것이다.

"고개를 드세요. 그럼 묻겠습니다. 이름은?"

순지의 머리가 흔들거렸다.

"—오이데 순지입니다."

목소리가 작다.

"좀더 큰 소리로 대답하세요. 법정의 모든 사람들이 들을 수 있도록."

변호인과 조수가 나란히 몸을 살짝 내밀고 순지를 바라보았다. 정신 차려, 라는 소리 없는 응원이 들려오는 것 같았다. 그래, 당당하게 해. 너도 불량아의 체면이란 게 있잖아. 레이코도 마음의 소리를 짜냈다. 날 실망시키지 마.

"오, 오이데 순지입니다."

조금 나아졌다. 그래도 한심하다. 겁쟁이처럼 우물거리기나 하고.

"본 조토 제3중학교 3학년 오이데 순지 군이 맞습니까?"

아무렇게나 고개를 끄덕이던 순지는 노다 겐이치가 '네라고 해'라며 연신 입을 벙긋거리는 것을 알아채고, "네, 맞습니다"라고 말했다.

"당신은 본 법정의 피고인입니다. 알고 있습니까?"

"네."

"방금 검사가 기소 이유를 설명했습니다. 들었죠?"

"네."

"그에 관해 할말 있습니까?"

슌지의 자세는 흐트러져 있었다. 동작도 마찬가지다. 어떻게 대답해야 할지 몰라 해파리처럼 흐느적거렸다. 변호인 측 학생들은 꼼꼼해 보이던데, 슌지에게 미리 연습을 안 시킨 걸까.

이노우에 판사가 양손으로 깍지를 끼더니 몸을 가볍게 앞으로 내밀었다.

"방금 검사가 배심원에게 설명한 내용에 대해, 반론할 게 있지 않나요?"

판사로서는 과하다 싶을 만큼 친절한 말이다. 레이코는 고마우면서도 동시에 슌지가 몹시 부끄러웠다. 정말, 바보처럼 왜 저런담.

"나, 나는."

어디가 가렵기라도 한 것처럼 슌지가 안절부절못하며 변호인을 바라보았다. 간바라 가즈히코는 말없이 슌지를 마주보았다. 표정은 변하지 않았다. 노다 겐이치는 초조해 보였다.

"나는 하지 않았습니다."

슌지가 떨리는 목소리로 말하자 간바라 가즈히코가 고개를 크게 끄덕였다. 그 모습에 마음이 놓였는지 슌지는 판사를 올려다보았다.

"나는 가시와기 군을 죽이지 않았습니다. 후지노가 한 말은 엉터리야. 모두 엉터리라고."

갑자기 말이 빨라지며 정신없이 쏟아져나오려는 걸 판사가 서둘러 제지했다. "후지노 '검사'입니다. 아니면 그냥 '검사'라고 부르도록."

방청석에서 몇 사람의 웃음소리가 일었다. 놀랍게도 간바라 변호인도 웃었다. 그리고 자리에 앉은 채 또렷한 목소리로 말했다.

"죄송합니다, 판사님, 후지노 검사. 피고인을 대신해 사과드립니다."

방청석의 술렁거림이 가라앉았다.

"앞으로 각별히 주의하겠습니다."

"알겠습니다. 그럼 피고인은 자리로 돌아가세요."

다시 한번 친절하게 판사가 간바라 변호인의 옆자리를 손으로 가리켰다. 순지가 방청석 쪽을 힐끗 보며 아직 할말이 남아 있는 듯 꾸물거렸다. 노다 겐이치가 순지를 바라보며 어서 들어오라고 손짓했다.

오이데 순지는 자리에 앉을 때까지 법정의 시선을 한몸에 받았다. 뺨이 달아올랐다. 그 때문에 오히려 안색이 나빠 보였다. 거칠게 의자를 빼고 털썩 주저앉더니 반항적인 자세로 다리를 쭉 뻗었다. 바람직하지 않은 태도지만 레이코의 눈에는 그 모습이 훨씬 평소의 순지다웠다.

"변호인." 판사가 간바라 가즈히코를 불렀다. "변호의 요지를 설명해주십시오."

간바라 가즈히코가 자리에서 일어섰다. 작고 가냘픈 체격이 새삼 두드러졌다. 오이데 순지보다 훨씬 작다.

"판사님, 배심원 여러분."

방청석을 둘러보며 살짝 눈이 부신 듯 실눈을 떴다.

"방청석에 계신 여러분. 저는 오이데 순지 군의 변호인을 맡은 간바라 가즈히코입니다. 조수는 노다 겐이치입니다."

겐이치가 자리에서 일어나 인사했다.

"아시는 바와 같이 노다 겐이치는 조토 제3중학교 학생이지만, 저는 도토대 부속중학교 3학년입니다. 다시 말해 외부인입니다. 먼저 이 중요한 자리에 외부인인 저를 변호인으로 받아주신 본 법정에 감사드립니다. 고맙습니다."

이해하기 쉬운 구어체였지만 아무래도 좀 딱딱했던 검사의 말투에 비하면 훨씬 부드러웠다. 느긋해 보인다고 해도 좋을 정도로 표정이 밝고 입꼬리도 올라가 있다.

"그건 관대하고 현명한 판단이었습니다. 이번 교내재판의 관계자 여러분은 시작점부터 매우 올바른 판단을 내렸습니다."

오호라. 레이코가 눈을 휘둥그레 떴다.

"왜냐하면 피고인에게는 변호인이 필요했기 때문입니다. 절실히 필요했습니다. 그러나 안타깝게도 조토 제3중학교에는 변호인이 없었습니다. 아니, 진정한 변호인이 없었다고 정정하겠습니다."

호오—누군가가 장단을 맞추는 듯한 소리를 냈다. 모기 에쓰오일 거라고 레이코는 생각했다. 기자는 팔짱을 끼고 의자 등받이에 느긋하게 기대앉아 있었다.

"조금 전 검사가 사건의 대략적인 요점을 말했습니다. 오이데 슌지 군이 왜 피고인으로 이 자리에 나오게 되었는지, 그가 무엇을 했는지 설명했습니다. 피고인은 그것이 엉터리라고 발언했고요."

죄송합니다, 라며 변호인이 고개를 숙였다.

"단어 선택이 부적절했습니다. 엉터리가 아닙니다."

공상입니다, 라고 말했다.

모든 이가 숨을 들이쉬는 것을 레이코는 느꼈다.

"검사는 피고인의 동기를 설명하고 피고인이 가시와기 다쿠야 군 살해를 실행하기까지의 과정을 입증할 용의가 있다고 했습니다. 그것도 공상입니다. 모든 것은 공상에 지나지 않습니다."

본건 자체가 공상의 산물입니다—변호인은 단호하게 잘라 말했다. 그러면서도 입에는 여전히 웃음이 어려 있었다.

"피고인은 분명 본교의 문제아입니다. 하지만 단지 '문제아'라는 사실만으로 살인이라는 중대한 죄를 피고인에게 씌워도 좋을까요. 그렇지 않습니다. 딱히 어려운 법률지식 같은 게 없어도 누구나 알 수 있는 사실입니다. 저 학생은 불량하니까 마음에 안 드는 동급생 하나를 죽였다 해도 이상할 게 없다. 부자연스럽지 않다. 그렇다면 그가 죽인 게 아닐까, 틀림없이 그럴 것이다. 그가 죽인 것이다. 이것은 사실이 아닙니다. 상식적으로는 공상이라고 합니다. 검사 측이 그것을 입증할 수 있다고 강변한다면, 그 강변 또한 공상입니다."

어떻게 해서 그런 공상이 버젓이 활개를 쳤는가?

"그것도 조금 전 검사가 설명했습니다. 피고인이 부정적인 쪽으로 유명하기 때문입니다. 가시와기 다쿠야 군의 죽음이라는 비극에 얽힌 불가사의한 수수께끼, 그 수수께끼가 낳은 안타까움과 괴로움을 해소하기 위한 최적의 희생양이었기 때문입니다. 그리고 그렇다는 것은 지금 본 법정에 자리한 여러분도 결코 어렵지 않게 납득할 겁니다."

그럼에도 현실적으로 그 사실이 받아들여지지 않았던 까닭은.

"조토 제3중학교 전체가 검사와 같은 공상에 완전히 빠져 있었기 때문입니다. 그 가운데서는 진정으로 피고인을 변호하는 목소리가 나올 수 없었습니다. 일어났다 해도 봉인되거나 금세 꼬리를 감췄겠죠. 아니면 방향을 바꿔야 했든가요. 어쨌거나 피고인은 악명 높은 문제아, 조토 3중학교가 감당하지 못하는 학생이니까요."

어느새 배심원들의 입이 반쯤 벌어져 있었다. 가쓰키 게이코는 간바라 변호인을 뚫어져라 바라보았다.

"살인사건의 목격자가 있었다. 그리고 고발이 들어왔다. 검사는 그렇게 말했습니다. 고발을 바탕으로 그것을 뒷받침하는 사실을 찾아냈다고 말했습니다. 그 역시 공상입니다. 그런 사실은 존재하지 않습니다. 목격자의 증언과 고발 또한 공상이기 때문입니다. 이 학교 여러분이 어떤 특수한 시기, 특수한 심리상태에서 공유하고자 했던 공상에 불과합니다. 소망이 만들어낼 수 있는 것은 공상이지 사실이 아닙니다."

어느새 방청석에서는 부채도 손수건도 움직임을 멈췄다.

"피고인은 그 희생자입니다. 그러나 희생자로 남는 것을 거부하고 싸우는 쪽을 택했습니다. 여러분, 똑똑히 기억해주십시오. 피고인은 스스로 이 법정에 나왔습니다. 결코 포승줄에 묶여 족쇄를 차고 끌려나온 게 아닙니다."

외부인인 저는—간바라 변호인이 배심원들에게 말했다.

"그 싸움을 도와 피고인을 죄인으로 몰아붙이는 공상을 떨쳐내러 이 자리에 왔습니다. 그래서 저를 쫓아내지 않고 받아주신 본 법정의 관용에 감사드립니다. 다른 무엇보다 여러분의 그런 자세가 여러분이 찾는 진실이 그리 멀지 않은 곳에 있음을 말해주고 있습니다. 손을 뻗으면 닿는 곳에 있다고 말해주고 있습니다. 여러분도 알고 있습니다. 다만 공상으로 눈앞이 흐려졌을 뿐입니다."

피고인은 무죄입니다—

"가시와기 다쿠야 군을 살해하지 않았습니다. 무죄이자 무고입니다. 검사는 누구도 사실을 뒤엎을 수 없다고 했습니다. 정말로 그렇습니다. 저희가 뒤엎을 수 없는 유일한 사실은 피고인은 살인범의 누명을 썼으며 검사가 본 법정에 들고 나온 '살인'이라는 중대 사건 자체가 공상의 산물이라는 것입니다."

변호인은 발언을 마치자마자 자리에 앉았다. 법정은 침묵에 휩싸였고, 잠시 후 밑바닥부터 들끓어오르듯 소란스러워졌다.

"조용히!"

냉정한 판사가 의사봉을 두드렸다.

"조용히 하세요!"

여간내기가 아니군. 세게 나오는데. 사사키 레이코도 혀를 내둘렀다. 무고니 누명이니 하는 주장은 그렇다 치더라도, 하나부터 열까지 다 공상이다, 다들 알고 있지 않느냐고 모두진술에서 단언하고 나올 줄이야.

모기 에쓰오가 참지 못하고 웃었다. 검사 측 세 사람은 무반응. 당사자 오이데 슌지를 보니 세상에, 저 녀석도 어지간히 놀란 눈치다. 노다 겐이치도 쉴새없이 땀을 훔쳐냈다.

"저기, 잠깐만요."

높고 날카롭게 소리를 지르며 방청석에서 중년 여자가 벌떡 일어섰다. 화려한 정장 차림이었다. 학부모인 모양이다.

"무슨 얘기인지 알았으니 이런 재판은 그만두는 게 어때? 중학생이 검사니 변호사니, 그런 말도 안 되는——"

"자리에 앉아주십시오. 방청인은 발언할 수 없습니다."

판사가 매몰차게 가로막았다. 여자의 눈꼬리가 올라가며 목소리가 히스테릭하게 뒤집혔다.

"너희 대체 뭐하는 짓이야? 어린애 주제에 뭐가 잘났다고 우쭐거려? 선생님들도 정상이 아니에요!"

정리 야마신이 천천히 여자에게 다가갔다.

"발언을 멈추고 앉아주십시오."

"어디다 대고 시건방지게 이래라저래라야!"

맨 앞줄에서 구스야마 선생이 벌떡 일어서더니 여자에게 고함을 쳤다.

"불만 있으면 당신이 나가요!"

여자는 눈에 띄게 움츠러들더니 금방이라도 울음을 터뜨릴 듯이 얼굴을 일그러뜨렸다. 그때 이노우에 판사가 구스야마 선생에게 공격의 화살을 돌렸다.

"규칙에 어긋나는 발언은 허락하지 않습니다. 선생님도 자리에 앉으세요. 정숙!"

한 번, 두 번, 세 번. 의사봉 소리가 높게 울려퍼졌다. 같이 온 듯한 여자가 팔을 잡아당겼지만 예의 여자는 매몰차게 뿌리쳤다. 접의자를 메운 방청인의 줄을 흩뜨리고 발을 잘못 디뎌 비틀거리며 방청석 뒤로 가더니 부리나케 밖으로 나가버렸다.

이노우에 판사가 은테 안경 테두리를 누르며 매서운 표정으로 법정을 둘러보았다.

"다시 한번 말씀드리지만, 법정에서는 정숙해주십시오. 방청인은 발언할 수 없습니다. 언제든 판사인 저의 지시에 따라주십시오. 판사의 명령은 절대적입니다. 아셨습니까?"

판사의 질책에 구스야마 선생이 곰처럼 으르렁거리는 소리가 들렸다. 레이코가 잘못 들은 건지도 모르지만.

야마신이 천천히 제자리로 돌아갔다. 술렁거림의 파도가 잦아들고 숨 죽인 웃음소리가 잠시 일었다가 이내 사라졌다.

"변호인, 잠깐 이쪽으로."

판사가 간바라 가즈히코를 손짓해 불렀다. 가즈히코가 훌쩍 일어나 다가가 처음에는 발돋움을 하고 판사와 이야기를 나누더니 곧바로 다다미 위로 폴짝 뛰어올라갔다.

두 사람의 표정으로 보아 판사가 뭐라고 충고를 하는 모양이었다. 가즈히코는 몇 번 고개를 끄덕이더니 '알았어'라고 했다. 그 말은 입술이 움직이는 것만 봐도 또렷이 알 수 있었다.

―처음부터 세게 나가면 어떡해.

레이코는 그런 말을 상상했다. 아니, 이노우에는 우등생이니 좀더 완곡한 표현을 썼을까. 우리는 공연을 하는 게 아니라거나.

후지노 료코는 화난 것 같지 않았다. 열심히 뭐라고 속삭이는 사사키 고로에게 대꾸하고 있다. 벌써부터 머리끝을 매만지고 있는 하기오 가즈미는 어딘가 태평한 표정이었다.

정신을 차려보니 주위에 미안하다고 양해를 구하며 쓰자키 교장이 줄 사이로 레이코에게 다가왔다.

"보통이 아니군요."

허리를 살짝 구부리며 속삭였다. 눈빛이 밝았다.

"놀라워요."

레이코는 새삼 감탄하면서 생각을 곱씹었다. 이 과감한 아이들에 비해 나는 얼마나 소극적이었는가.

"누가 아니랍니까. 난 잠시 후에 증인으로 나가요. 일단 대기실로 가야 하니 나중에 봅시다."

레이코는 쓰자키를 배웅했다. 간바라 변호인이 자리로 돌아가 노다 조수와 이야기를 나누는 참이었다.

재판이 잠시 중단된 틈을 타 방청석을 떠나는 사람들도 보였다. 그들과 교대하듯 새로 들어오는 사람들도 있었다. 학부모로 보이는 어른들. 여럿이 함께 온 학생들. 장내 분위기에 당황하면서도 앉을 곳을 찾아갔다.

"심리를 시작합니다."

우왕좌왕하지 말고 빨리 앉아. 판사의 안경에 반사된 빛이 장내를 밝혔다.

"방청인 여러분은 모쪼록 정숙해주십시오. 검사, 첫번째 증인을 부르십시오."

"네."

후지노 료코가 일어서서 맨 앞줄에 앉은 구스야마 선생에게 시선을 돌렸다.

"구스야마 교이치 선생님, 부탁드립니다."

방청석이 술렁거리는 와중에 구스야마 선생이 떨떠름한 표정으로 증인석에 우뚝 섰다.

레이코가 쓰자키에게 듣기로 구스야마 선생은 이번 교내재판에 강력히 반대한다고 했다. 그런데 오늘은 매스컴 대응을 맡고 증인으로까지 나서는 것이다.

재판이 어차피 시작된 이상 학교라는 '체제'가 매스컴 배제에 착수하는 것은 이해가 되지만, 증인으로 나서는 것은 전혀 다른 차원의 이야기다. '체제'에도 무슨 꿍꿍이가 있는 것이리라. 어느 틈에 이시카와 학부모회 회장에게 잽싸게 들러붙은 모기 에쓰오도 그렇고, '어른'들은 무슨 행동을 할지 도무지 방심할 수 없다.

고발장 소동이 한창일 때 레이코가 조사를 위해 이 학교를 드나들 무렵, 구스야마 선생은 언제 마주쳐도 운동복 같은 편한 차림이었다. 그것은 기타오 선생도 마찬가지였지만 구스야마 선생의 차림새에는 단지 활동하기 편하다는 것 이상의 주장이 깃들어 있는 것처럼 보였다.

그렇다면 오늘의 주장은 무엇일까. 넥타이는 매지 않았지만 흰 와이셔츠에 주름이 빳빳하게 잡힌 바지 차림으로 어깨에 힘을 주고 증인석으로 나가는 덩치 큰 선생의 등을 레이코는 물끄러미 보았다.

"구스야마 교이치 선생님이시죠?" 판사가 물었다.

"그렇다."

선생의 목소리는 여느 때처럼 굵고 살짝 높았다.

"이 학교에서 사회 과목을 가르친다는 말도 하는 게 좋겠지."

"오른손을 들어 가슴에 대주십시오."

판사가 스스로도 그 동작을 해 보이며 말했다. 심장 위에 손바닥을 댔다. 구스야마 선생은 어깨에 잔뜩 힘을 준 채 따라 했다.

"저를 따라 말해주십시오. 나, 구스야마 교이치는."

"—나, 구스야마 교이치는."

필요 이상으로 큰 목소리다.

"양심에 따라 진실을, 오직 진실만을 증언할 것을 이 자리에서 선서합니다."

일부러 한껏 높인 듯한 목소리만 들어도 선생이 웃기려고 그런다는 것을 알 수 있었다. 그것이 이른바 '썰렁하고' '안 먹히는' 장난질이란 것을 본인만 모르고 있다는 것도.

후지노 료코가 입을 열었다. "바쁘신 와중에 증인으로 나와주셔서 감사합니다. 자리에 앉아주십시오."

"그냥 서서 할게."

료코가 미소지었다. "앉아주시면 고맙겠습니다. 배심원들에게 위압감을 주니까요."

"왜? 내가 무섭게 생겨서?"

구스야마 선생이 또 쾌활하게 목소리를 높였다. 배심원들은 반응이 없지만 방청석에서 몇몇이 간신히 웃었다.

"그렇게 생각하는 배심원도 있습니다."

후지노 검사는 가볍게 받아넘기고 판사와 배심원들에게 눈을 돌렸다.

"구스야마 증인에게는 가시와기 군의 유체 발견 당시 상황에 관한 증언을 듣도록 하겠습니다."

"그 얘길 해달래서 나온 거야." 구스야마 선생이 배심원들에게 말했다.

판사 앞에서 검사가 선생을 타일렀다. "증인은 질문에만 답해주세요."

증인의 어깨에는 여전히 힘이 잔뜩 들어가 있다.

"작년 12월 25일 오전 여덟시 무렵, 선생님은 어디에 계셨나요?"

"정문에서 눈을 치우고 있었지."

그것을 시작으로 후지노 검사는 쭉쭉 정해진 절차를 밟듯 질문해나갔다. 맨 처음 구스야마 선생에게 소식을 알린 사람이 누구인가. 그 말을 듣고 어떻게 했는가. 그때 교무실에는 누가 있었는가.

구스야마 선생도 시원시원하게 대답했다.

"선생님은 현장에서 유체를 확인하셨습니까?"

"유체의 얼굴을 봤느냐는 뜻인가?"

"그렇습니다."

"봤지."

"누구인지 금방 아셨나요?"

"알았지. 가시와기라는 걸 알았어."

"그래서 어떻게 하셨습니까?"

"교장선생님에게 알리고 119에 신고해달라고 했지."

"뒷문은 열려 있었나요, 닫혀 있었나요?"

"닫혀 있었어. 등교할 때는 정문으로 들어오는 게 규칙이니까."

"119에 신고하라고 했다는 것은 구급차를 불러달라고 부탁했다는 의미겠죠?"

"보통 그렇지."

"가시와기 군이 아직 살아 있을지 모른다고 생각하셨나요?"

처음으로 증인이 대답에 살짝 뜸을 들였다.

"그 자리에서 그런 생각을 했는지 어땠는지는 기억이 안 나. 인간의 기억이란 게 대개 그렇잖아."

구스야마 선생은 후지노 검사에게 은근히 '나는 선생이고, 넌 학생이야'라고 주장했다. 그러나 검사의 생각은 전혀 달랐다. 이 자리에서는 검사와 증인이다.

"누가 유체를 발견했는지 바로 아셨습니까?"

"알았지. 당사자가 거기 있었으니까. 새파랗게 질려 주저앉아 있었어."

그렇게 말하고 구스야마 선생은 변호인석을 바라보았다.

"노다 겐이치야. 당시에는 2학년 A반이었고."

방청석이 술렁거렸다. 메모를 하는 겐이치의 표정에는 변화가 없었다.

"사정을 듣고, 일단 노다를 보호하기로 했지."

보호라는 단어를 유독 힘주어 말했다.

"금방이라도 기절할 것 같길래 교장실로 데려가서—"

"선생님이 데려갔나요?"

"아냐, 난 그 자리에 남았으니까."

"누가 노다 군을 교장실로 데려갔나요?"

"다카기 선생님이었나?"

"2학년 학생주임이었던 다카기 선생님 말이죠?"

"그래. 일일이 확인할 것 없잖아."

증인—판사가 안경을 번득이며 끼어들었다. "질문에만 대답하세요."

구스야마 선생이 고개를 돌리자 방청석의 레이코에게도 옆얼굴이 언뜻 보였다. 불쾌한 눈치다. 구스야마 특유의 호방한 방식은 이 법정에 어울리지 않건만 알면서도 군이 '내 스타일'을 고집하는 듯하다.

"모리우치 선생님이었을지도 몰라." 콧김을 뿜으며 말했다. "워낙 그때 상황이 혼란스러워서 기억이 잘 안 나."

"구급차가 올 때까지 얼마나 걸렸다고 기억하시나요?"

"—십 분쯤?"

"경찰차도 왔나요?"

"왔지."

"구급차보다 먼저였나요, 나중이었나요?"

"글쎄."

구스야마 선생이 상반신을 크게 틀어 방청석을 둘러보았다. 누군가를 찾고 싶은데 보이지 않는 모양이다.

"기억이 안 나. 내가 경찰에 연락한 게 아니라서 모르겠어."

"누가 연락했습니까?"

"당시 교장선생님이겠지. 쓰자키 선생님."

그래서 쓰자키의 얼굴을 찾았던 모양이다.

"구스야마 선생님은 어딘가 외부에 연락을 하셨나요?"

"물론 교무실 선생들에게."

"외부 말입니다."

"안 했어. 등교하는 학생들이 가시와기를 못 보게 하느라 정신이 없었으니까."

"유체가 가시와기 군이라는 것을 알고, 그 사실을 교내의 누군가에게 말했습니까?"

또다시 잠시 뜸을 들였다.

"그래, 모리우치 선생님에게 말했지."

"뭐라고 하셨죠?"

"가시와기가 그날 학교에 나온 걸 아느냐고 물어봤어."

"11월 중순부터 등교거부중이었던 가시와기 군이 뒷문 근처에 쓰러져 있었으니 그날은 학교에 나온 줄 알았다. 그래서 확인했다는 뜻인가요?"

"그렇지."

"모리우치 선생님은 뭐라고 대답했나요?"

"모른다, 들은 바 없다고 했어. 많이 당황했어."

"구스야마 선생님은 그날 가시와기 군이 학교에 나올지 모른다는 생각을 했었나요?"

"나?" 정말로 놀랐는지 목소리가 갑자기 높아졌다. "그럴 리가. 난 가시와기의 담임도 아니고, 그 녀석이 등교거부를 한 후로는 얼굴도 못 봤어. 상황을 알 리 없잖아."

"그런데도 순간적으로 그날은 나왔나 하는 생각을 했었군요."

왜죠? 검사가 연거푸 질문을 던졌다.

"왜라니—거기 있었으니까."

"거기서 유체로 발견됐으니까?"

"그래. 물리적으로 거기 있었으니까."

오른발에서 왼발로 체중을 옮긴 후지노 검사가 책상 위 파일을 내려다보며 질문을 이어갔다.

"가시와기 군의 집으로 전화 연락을 한 사람이 누군지 아십니까?"

"교장선생님이나 다카기 선생님이겠지. 그것도 아니면 모리우치 선생님일 테고."

"증인은 아니었나요?"

"글쎄, 난 담임이 아니었잖아."

"증인은 그 자리에서 유체에 손댔습니까?"

검사의 음성이 갑자기 날카로워졌다.

구스야마 선생도 이 질문에는 움츠러들었다. "느닷없이 무슨 소리야?"

"유체에 손을 댔느냐고 물었습니다."

"얘기가 너무 오락가락하잖아. 좀더 조리 있게 물어봐."

판사가 증인에게 차가운 시선을 보냈다. 증인도 지지 않고 마주 노려보았다.

탄탄해 보이는 구스야마 선생의 어깨가 한껏 올라갔다.

"손대지 않았어."

"왜죠?"

질문한 후지노 검사가 구스야마 선생을 똑바로 마주보았다.

"유체는 눈에 파묻혀 있었습니다. 그런데도 안아 일으키거나 눈을 파헤치거나 하지 않았다고요?"

"그러면 안 되잖아."

"왜 안 되죠?"

"현장을 훼손하는 거니까."

"현장을 훼손한다."

검사는 천천히 따라 말했다.

"그것은 즉, 곧 출동할 경찰의 수사에 방해가 된다고 생각했기 때문이겠죠."

그 순간, 해맑다 싶을 만큼 또랑또랑한 목소리가 끼어들었다.

"이의 있습니다."

간바라 변호인이다. 자리에 앉은 채로 판사를 올려다보았다.

"검사는 유도신문을 하고 있습니다."

"이의를 인정합니다." 판사가 료코를 보았다. "검사, 질문의 의도를 밝히십시오."

"유체 발견 당시, 가시와기 군의 죽음이 사건일 가능성을 증인이 인식했는지 확인하는 겁니다."

"그럼 그렇게 질문하세요."

레이코는 신이 났다. 제법인데.

안됐지만 구스야마 선생은 '본보기'다. 증인석에 선 이상 당신은 한낱 증인일 뿐이다, 우리가 어려워하는 사람은 아무도 없다는 것을 법정의 모두에게 알리기 위한 수단이다.

"질문을 바꾸겠습니다." 후지노 검사가 태연하게 말을 이었다. "증인은 가시와기 군의 유체가 왜 거기 있었는지, 이유를 추측해봤습니까?"

"이유라니—"

학생의 대항에 화가 나는 것을 애써 억누른다. 구스야마 선생이 교육자로서 평소 맞닥뜨리기 힘든 상황일 것이다.

"몰라. 그 자리에서는 아무것도 알 수 없었어."

"사고라고 생각했나요?"

"사고?"

"자살이라고 생각했나요?"

"자살?"

"아니면 그 밖의 가능성은?"

더는 되묻지 않고 구스야마 선생이 입을 꽉 다물었다. 그러더니 나지막한 소리로 대답했다. 적잖이 자포자기한 듯 들렸다.

"—일부러 학교에 나와서 자살한 거라고 생각했다."

방청석에서 소곤거리는 소리가 일었다.

"그렇다면 경찰이 수사—아니, 검증하러 올 거라고 예상했나요?"

"당연히 올 줄 알았지. 그런 의미에서는 사건이라고 생각했어."

료코가 고개를 끄덕이고 판사에게 말했다. "이상입니다."

"반대신문."

판사가 말하자 간바라 변호인이 일어섰다.

"구스야마 선생님, 기억을 되살려주십시오."

료코와 다르게 매우 정중히 말했지만 구스야마 선생은 여전히 굳어 있었다.

"그날 그 자리에서 정말로 가시와기 군의 유체에 손대지 않았나요?"

대답이 없다.

"조금 전에 검사도 말했지만, 유체는 거의 눈더미에 파묻혀 있었습니다. 눈을 털어내거나 유체를 안아올리거나 혹은 맥을 짚어보는 게 자연스러워 보입니다. 너무도 자연스러운 행동이라 증인은 자기가 그랬다는 것을 잊어버린 게 아닐까요?"

방청석이 다시 조용해졌다.

"―그럴지도 모르지."

"유체에 손댔을지도 모른다는 뜻이죠?"

"그렇습니다."

구스야마 선생의 말투가 달라졌다.

"다만 당시 기억이 희미해서 확실하게 단언할 수는 없다?"

"그렇습니다."

"요컨대 증인은 법정에서는 애매한 기억에 근거해 증언하면 안 된다고 생각하는군요."

"그렇습니다."

"증인은 조금 전에 현장을 훼손하면 안 된다고 말했습니다."

선생이 변호인을 보며 고개를 끄덕였다.

"일반적으로 사람은." 변호인이 부드러운 투로 말을 이었다. "죽은 사람 앞에서 예의를 지키려 들게 마련입니다. 그 죽음의 원인이 무엇이든, 아니면 원인이 아직 확실치 않더라도 사건인지 여부와 관계없이 죽은 이에게 예의에 어긋나는 행동은 하지 않습니다. 유체가 누워 있는 장소를 흐트러뜨리면 안 된다는 증인의 배려도 그런 상식적인 심리에서 비롯된 게 아닐까요?"

이번에는 검사가 이의를 제기했다.

"증인에게 의견을 요구하고 있습니다."

판사가 말했다. "그렇군요. 그래도 이 의견은 들어보죠. 증인은 대답하세요."

긴장으로 굳었던 구스야마 선생의 등이 눈에 띄게 풀어졌다.

"그렇습니다. 나도─저도 그렇게 생각했습니다. 아니, 그랬다고 기억합니다."

"가시와기 군은 증인이 담임을 맡은 학생은 아니었지만 조토 3중학교의 학생이었기 때문이겠죠?"

구스야마 선생이 고개를 들었다. 목소리에 힘이 되살아났다.

"그렇습니다. 눈앞에 있는 유체가 우리 학교 학생이었기 때문입니다."

간바라 변호인이 고개를 끄덕였다. "고맙습니다. 이상입니다."

검사는 학교에서 '목소리가 큰' 교사인 구스야마 선생─그것은 익히 알려진 사실이다─이 가시와기 다쿠야의 유체 발견 직후부터 그 죽음을 '자살'로 결론지었다는 증언을 이끌어내려고 공격했다. 반사적으로 유체를 끌어안는 등의 인간적인 행동도 하지 않을 만큼 그가 등교거부중인 '문제아' 가시와기 다쿠야와 냉혹하게 거리를 뒀다는 점도 은근히 드러내려 했다.

그리고 변호인은 그 시도를 가로막았다.

실제로 조토 경찰서에서 현장에 도착했을 때는 가시와기 다쿠야의 유체 주변의 눈이 엉망으로 흩어지고 발자국도 곳곳에 찍혀 있었다. 그 점은 아마 나중에 자기가 확인해주게 되리라고 레이코는 생각했다.

구스야마 선생도 꽁꽁 얼어붙은 자기 학교 학생의 유체를 보고는 앞뒤 생각 없이 일단 안아 일으키려 했을 게 틀림없다. 사실이 그랬다. 하지만 조금 전 후지노 검사에게 '유체에 손댔느냐'는 질문을 받았을 때는 순순히 '손댔다'고 대답하면 안 된다는 착각을 일으켰을 것이다. '손댔다'는 것은 '뭔가 부적절한 행동을 했다'는 뜻이라고. 게다가 료코의 날카로운 말투도 그런 착각에 일조했다.

머리를 굴려 함정을 만들어낸 것이 아니다. 후지노 료코가 평소 구스야마 교이치라는 교사의 성격과 특징을 잘 알고 있었기에 가능했던 일이다. 날 얕보지 마라, 난 선생이니 너희보다 높은 사람이라고 입만 열면 으스대는 남자에게는 강경책이 잘 먹힌다.

상당한 기술이다. 하지만 간바라 변호인도 침착하게 '우리 학교 학생'이라는 말을 이끌어내어 그 기술을 무력화했다.

숨어서 이 아이들을 지도해주는 사범이라도 있는 걸까—레이코가 그런 생각을 하고 있는데 판사가 노다 겐이치를 불렀다. 다음 증인이 뜻밖에도 그였던 것이다.

방청인들도 변호인 조수가 검사 측 증인으로 소환된 상황에 놀랐다.

"조용히 하세요." 판사가 말했다.

노다 겐이치는 주뼛거리는 기색이 없었다. 생각해보면 유체의 최초 발견자인 그가 불려나간다고 이상할 건 없다. 우연찮게 변호인 조수를 맡고 있는 바람에 감정적으로 어색할 뿐.

선서를 마친 겐이치에게 판사가 좀더 크게 말하라고 지적했다.

"알겠습니다."

겐이치는 판사와 배심원을 똑바로 보지 않고 검사를 향해 살짝 돌아섰다.

"12월 25일 아침 등교 당시, 증인은 왜 정문이 아닌 뒷문으로 들어가려고 했습니까?"

"눈이 쌓여 있어서 지름길로 가고 싶었기 때문입니다. 정문까지 돌아가기 귀찮았습니다."

료코의 눈빛이 부드러워졌다. "뒷문은 잠겨 있었죠?"

"네."

"문을 타고 넘는 게 더 귀찮지 않을까요?"

"저는 그렇게 생각하지 않았습니다."

"하긴 남학생은 바지를 입으니까요."

방청석에서 웃음소리가 일었다. 료코도 미소를 머금었다.

"어떤 상황에서 눈 속의 유체를 발견했는지 말해주세요."

"뒷문에서 뛰어내릴 때 발이 미끄러져서 눈더미 위로 떨어졌습니다. 눈이 허물어지면서 묻혀 있던 유체의 일부가 보였습니다."

"제일 먼저 보인 부분이 어디였나요?"

"손입니다." 그렇게 말하고 노다 겐이치는 살짝 시선을 떨어뜨렸다. "눈더미에서 손이 튀어나와 있었습니다."

"그래서 증인은 어떻게 했습니까?"

"눈을 파헤쳤습니다. 양손으로 이렇게 긁어서."

손짓을 해 보였다.

"그랬더니 얼굴이 보였습니다."

"금방 누구인지 알았나요?"

"알았습니다. 가시와기라는 걸요."

"당시 같은 반이었죠?"

"그렇습니다."

"얼굴에 상처 같은 게 있었습니까?"

"언뜻 봐서는 없었습니다. 깨끗했습니다."

검사석의 하기오 가즈미가 눈을 휘둥그레 떴다.

"그 자리에서 유난히 강한 인상을 받은 게 있나요?"

검사의 질문이 끝나기 무섭게 겐이치가 곧바로 대답했다.

"눈을 뜨고 있었습니다."

속눈썹이 얼어붙어 있었습니다—

"검은색 하이넥 스웨터를 입고 있었는데, 그것도 얼어붙어서 하얬습니다."

"손도 얼어서 눈더미 밖으로 삐져나왔던 걸까요?"

"그랬을지 모릅니다."

한 박자 쉬고 검사가 물었다. "무서웠나요?"

증인은 한동안 침묵했다. 그리고 고개를 젓고는 시선을 들어 검사를 바라보았다.

"모르겠습니다. 거의 정신이 나갔던 것 같아요. 너무 놀라서. 무서웠는지 어땠는지 지금은 잘 모르겠습니다."

"가시와기 군의 신상에 무슨 일이 일어났다고 생각했나요?"

"당시에는 그런 생각을 할 여유가 없었습니다. 곧바로 현장을 벗어나 교무실로 달려가려고 했습니다."

"증인이 교무실에 알렸군요?"

"아니요. 도중에 누군가와 마주쳐서—학생이었던 것 같은데—그 사람에게 부탁했어요. 전 다리가 후들거려서 똑바로 걸을 수도 없었습니다."

"그후에는 어떻게 했나요?"

"제 기억으로는 그 자리에 털썩 주저앉아 있었던 것 같습니다. 그런데 조금 전 구스야마 선생님은 제가 현장에 남아 있었다고 하셨으니, 그리로 돌아갔을지도 모르죠."

"다른 증인의 증언에 맞출 필요는 없습니다. 증인이 기억하는 대로 말하세요."

조금 전과 분위기가 상당히 다르다. 검사의 말투도 표정도 부드럽다.

"죄송합니다. 기억이 잘 안 납니다." 노다 증인이 고개를 숙였다. "정신을 차려보니 교장실이었어요. 몸에 묻은 눈이 녹아서 엄청나게 추웠습니다."

간바라 변호인이 노다 겐이치를 바라보고 있었다. 오이데 피고인은 아무렇게나 뻗은 다리를 거둬들이고 몸을 살짝 내밀고는 달려들 듯한 표정으로 증인을 바라보았다.

"증인과 가시와기 군은 같은 반이었는데." 검사가 말을 이었다. "친한 사이였나요?"

"아닙니다."

"친구는 아니었다?"

"네. 친해질 기회가 없었습니다."

"무슨 뜻이죠?"

"저는 그다지—뭐라고 할까. 친구가 많지 않습니다. 가시와기도 그랬습니다."

"그래도 같은 반이니 서로 말은 했겠죠?"

"기억이 안 납니다. 그 정도로 기회가 없었습니다."

"가시와기 군을 어떻게 생각했나요?"

"어떻게라뇨?"

"호감을 가졌습니까? 아니면 되도록 가까이하고 싶지 않다고 생각했나요?"

증인석에 선 후 처음으로 노다 겐이치가 변호인을 바라보았다. 변호인은 몇 번 눈을 깜박거렸다.

"그런 감정을 갖고 말고 할 것도 없는 관계였습니다. 가시와기와는."

고립되어 있었다고 할까—

"고고하다고 해야 할까요. 제가 아니라도 반에 친한 친구가 없었던 것 같고, 친구를 만들고 싶어하는 것처럼 보이지도 않았어요."

"그래도 그가 등교거부중이었다는 것은 알고 있었죠?"

"네."

"걱정되지 않았나요?"

"별로."

"왜죠?"

"걱정한다고 어떻게 될 수 있는 일이 아니니까요."

"증인과는 상관없다는 뜻인가요?"

"굳이 말하자면 그렇겠죠."

후지노 검사가 처음으로 자세를 바꿨다. 팔짱을 낀 것이다.

"11월 14일 점심 무렵, 과학준비실에서 일어난 소동에 대해 알고 있었습니까?"

"당시에는 몰랐습니다. 나중에 소문으로 들었습니다."

"어떤 생각이 들었나요?"

"생각이라면?"

"불량학생 세 명과 가시와기 군이 충돌했어요. 고고하고 고독하고 주위에 무관심하던 가시와기 군이 폭력적인 언동을 보이며 피고인과 그 친구들과 부딪쳤다. 놀라지 않았나요?"

"놀랐습니다."

"왜 그랬는지는 안 궁금했나요?"

"궁금했지만……"

증인이 머뭇거리자 검사가 추궁했다.

"했지만?"

"보나마나 또 오이데 패거리가 별것 아닌 이유로 가시와기에게 시비를 걸었을 거라고 생각했습니다."

"가시와기 군이 그에 반응한 것이 놀랍지 않았나요? 여태껏 아무도 그런 적이 없었는데요."

"놀랐지만, 그럴 수도 있다고 생각했습니다."

"그럴 수 있다?"

"평소에 얌전하고 화를 잘 안 내는 사람일수록 한번 화가 나면 무섭다고들 하니까요."

"가시와기 군도 그런 성격이라고 생각했군요."

"네. 그냥 제 추측이지만."

검사가 팔짱을 풀더니 한 손을 허리에 얹었다. 빙긋 웃었다.

"하지만 그 일을 계기로 가시와기 군은 등교거부를 시작했습니다. 역시 피고인과 친구들이 무서웠나보다, 보복당할까 두려운가보다, 그런 생각은 안 들었나요?"

슬슬 변호인이 이의를 제기하지 않을까 싶었지만 간바라 가즈히코는 태연한 얼굴로 잠자코 있었다.

"생각했습니다."

노다 겐이치가 순순히 대답했다.

"가시와기 군이 가엾다는 생각이 들지 않았나요?"

"들었습니다."

그렇게 대답한 노다 증인은 스스로를 다독이듯 고개를 한 번 끄덕이고 말을 이었다. "나는 그런 꼴을 당하지 않도록 조심해야겠다고 생각했습니다."

피고인이 불만스러운 듯 입을 삐죽거렸다. 정말이지, 표정에 다 드러나는 녀석이야.

후지노 검사가 팔을 내리고 자세를 바로잡은 후 말투까지 바꾸었다. "증인은 현재 이 재판에서 변호인 조수를 맡고 있죠."

"네."

"본인이 하겠다고 한 겁니까?"

"네."

망설임 없는 대답이다.

"피고인은 무고하다, 가시와기 군을 살해하지 않았다고 믿나요?"

"네."

"그런 신념이 혹시, 증인이 가시와기 다쿠야 군 유체의 최초 발견자였다는 사실과 관계있을까요?"

오이데 슌지가 움찔하더니 옆에 있는 변호인을 팔꿈치로 찔렀다. 간바라 변호인은 모른 척했다.

"관계라면?" 노다 겐이치가 되물었다.

"증인은 유체를 발견했습니다." 검사가 목소리에 힘을 주며 말했다. "아주 가까이서 봤죠. 본교 학생 중 아마 유일하게 현장에서 가시와기 군의 유체를 봤을 겁니다. 그의 죽은 얼굴을. 속눈썹까지 얼어붙어서 눈을 뜨고 있는 유체를요."

"네, 봤습니다."

"무참한 모습이었겠죠?"

질문이 아니었다. 법정을 향해 말하는 것이었다.

"증인의 마음에는 아직도 깊게 새겨져 있을 겁니다. 무엇보다 가시와기 군이 눈을 뜨고 있었고, 그 눈이 발견자인 당신을 바라보았을 테니까."

변호인에 앞서 판사가 입을 열었다.

"검사, 질문의 의도가 명확하지 않습니다."

검사는 못 들은 체했다. "그 유체가, 그 눈이 증인에게 무슨 얘기를 했나요? 나는 살해당한 게 아니다. 자살이다. 그러니 누군가가 나를 죽였다고 의심받는 사태가 발생한다면 그것은 무고다. 그래서 당신은 확고한 신념을 가지고 피고인을 변호할 수 있죠."

"후지노 검사!"

이노우에 판사가 화를 냈다―혹은 그런 척을 하는지도 몰랐다.

"검사는 질문이 아니라 연설을 하고 있습니다."

"죄송합니다. 발언을 철회합니다."

판사가 말했다. "배심원은 검사의 방금 발언을 잊어주십시오."

"사과한 건 잊지 말고요."

배심원들이 웃었고 방청석에서도 웃음소리가 일었지만 판사가 의사봉을 들자 금세 가라앉았다.

"질문을 바꾸겠습니다. 유체의 최초 발견자였다는 사실과 변호인 조수로 지원한 것 사이에 관계가 있습니까?"

노다 겐이치가 단호하게 대답했다.

"없습니다."

검사의 질문이 끝났다. 변호인의 반대신문은 없었다. 겐이치가 자리로 돌아가자 피고인이 매섭게 그를 노려보았다. 어깨가 움츠러든 겐이치의 등을 변호인이 가볍게 토닥였다.

"쓰자키 마사오 선생님, 나와주십시오."

판사의 목소리에 쓰자키가 변호인석 뒤쪽에서 모습을 드러냈다. 전 교장의 등장에 법정이 술렁거렸다.

증인의 선서가 끝나자 간바라 변호인이 자리에서 일어섰다. 쓰자키에게 인사한 후 판사를 바라보고 입을 열었다.

"판사님, 본 법정 증인의 입장과 증인신문 규칙을 배심원에게 설명해주십시오."

이노우에 판사의 은테 안경 위에서 양쪽 눈썹이 꿈틀거렸다. 깜박 잊었다는 듯 판사는 먼저 자기 발아래의 배심원들을, 이어서 방청석을 둘러보며 안경테를 올렸다.

"증인은 검사 측 혹은 변호인 측의 신청에 따라 법정에 소환됩니다. 신청한 쪽이 먼저 증인신문을 합니다. 이것을 '주신문'이라고 합니다."

배심원들이 고개를 돌려 판사석을 올려다보았다.

"반대로 상대편이 신청한 증인에게 행하는 신문을 '반대신문'이라고 합니다. 이 용어를 잘 기억해주십시오."

방청석도 귀를 기울였다.

"단, 본 법정의 증인은 반드시 소환해 신문한 측의 증인으로 한정되지 않습니다. 검사 측 증인이 변호인 측에 꼭 불리한 말을 한다고 단정할 수 없고, 그 반대도 마찬가지입니다. 물론 그런 경우도 있겠지만 반드시 그런 것은 아니라는 뜻입니다."

증인석에 선 쓰자키가 고개를 끄덕였다.

"또한 증인이 항상 같은 측의 요청을 받으리란 법도 없습니다. 검사 측 증인으로 질문에 답한 다음에 변호인 측 증인으로 소환될 수도 있습니다. 이 재판에서는 양쪽이 동등하게 원하는 증인을 부를 권리를 가지기 때문입니다."

요컨대—숨을 한 번 내쉬고 말을 이었다.

"검사 측 증인이니까 검사 편, 변호인 측 증인이니까 피고인 편이라고 예단하지 말아주십시오. 그보다는 증인의 증언 내용에 더 주의를 기울여주시기 바랍니다."

현실 재판의 복잡한 구조가 드라마 등을 통해 어중간하게 머릿속에 새겨진 배심원—그리고 방청석의 어른들에게도 친절한 설명이었다.

"죄송합니다." 갑작스러운 판사의 사과에 레이코를 포함해 모두가 놀랐다.

"이건 맨 처음 설명했어야 할 기본사항이었습니다. 후지노 검사, 간바라 변호인, 내가 또 잊어버린 것 없습니까?"

"없습니다, 판사님."

"없는 것 같습니다."

진지한 대화였지만 레이코는 방청인들과 함께 웃었다. 이 상황에서 웃었다고 저 아이들 기분이 상하지는 않겠지.

법정이 조용해지자 간바라 변호인은 쓰자키 증인을 향해 돌아섰다.

"쓰자키 선생님에게는 저희가 주신문을 하겠습니다. 어려운 걸음 해주셔서 감사합니다."

"판사님 설명 덕분에 얘기하기 편해졌습니다. 저야말로 감사합니다."

부드러운 음성으로 말한 쓰자키는 미소를 머금고 있었다. 아이들이 자랑스럽겠지, 하고 레이코는 생각했다. 내가 쓰자키 선생이었다면 틀림없이 자랑스러울 것이다. 뿌듯한 만큼 이런 식으로 아이들에게 진상 규명의 과제를 남긴 스스로가 부끄럽겠지.

"사건 당시 본교에서 맡았던 직책을 말씀해주십시오."

"교장직을 맡고 있었습니다."

"본교의 관리 운영에 관한 최고 책임자라는 뜻이군요."

"그렇습니다."

"현재는?"

"올해 4월에 사직해서 무직입니다."

"다른 학교에서 교편을 잡고 계시진 않나요?"

"네. 교직을 그만두었습니다."

모기 에쓰오가 몸을 살짝 내밀었다.

"먼저 유체 발견 당시 학교의 대처에 관해 여쭙겠습니다. 경찰에는 쓰자키 선생님이 신고하셨습니까?"

"그렇습니다."

"왜 신고하셨나요?"

"교내에서 학생이 사망한 것만으로도 충분히 사건이 될 수 있다고 판단했습니다."

"사망한 사람이 가시와기 다쿠야 군이라는 것을 언제 아셨습니까?"

"유체 발견 직후에 알았습니다."

"누가 보고했나요?"

"맨 처음 알려준 건 다카기 선생님으로 기억합니다만, 곧바로 저도 직접 유체의 얼굴을 확인했습니다."

"현장에서요?"

"네. 구급차와 경찰차가 오기를 기다리는 사이에요."

이번에는 변호인이 물었다. "유체에 손을 대셨습니까?"

"손댔습니다. 눈더미에서 꺼내 얼굴과 몸에 묻은 눈을 털어냈습니다."

"선생님 혼자요?"

"주위에 다른 선생님도 있었습니다. 누구였는지까지는 잘 기억나지 않습니다만."

이런 한여름에는 쓰자키의 트레이드마크인 조끼가 보이지 않았다. 그러나 아마 버릇인 듯 웃옷 안에 입은 조끼를 잡아당기려는 것처럼 허리께에 손을 얹고 있다.

"선생님은 가시와기 다쿠야 군이 살아 있을 때도 알고 계셨습니까?"

"알고 있었습니다."

"대화를 나누신 적은?"

"있습니다. 등교거부를 시작한 후로는 직접 대면하지는 못하고 문 너머로 목소리를 들은 게 다지만."

"가시와기 군이 등교거부를 시작한 후로 가정방문을 가셨었나요?"

"그렇습니다."

"몇 번 정도?"

"네 번으로 기억합니다."

"선생님 혼자서요?"

"아뇨, 다카기 학년주임 선생님과 담임인 모리우치 선생님과 함께 갔습니다."

문 너머로 무슨 이야기를 나누었나 묻겠지 싶었는데, 변호인의 질문이 앞으로 돌아갔다. "가시와기 군이 조토 3중학교에서 사망한 사실을 그의 부모님에게 알린 건 누구입니까?"

"제가 알렸습니다."

"전화로 연락하셨나요?"

"일단 전화로 연락드리고 모리우치 선생님과 둘이서 곧바로 찾아뵈었습니다."

"그날은 종업식 날이었죠?"

"그렇습니다. 2학기 종업식이었습니다."

"그러나 사건 때문에 종업식을 생략했고요."

"네. 학교에 나온 학생들은 교실에서 기다리게 했다가 제가 교내방송으로 사정을 알리고서 집에 보냈습니다."

"교내방송에서 가시와기 군의 이름을 말하셨나요?"

"아니요." 쓰자키가 손바닥으로 이마를 어루만졌다. 목덜미도 벌써부터 땀으로 번들거렸다.

"교내방송으로는 본교 2학년 학생 한 명이 사망했다고만 말했습니다. 사망한 학생이 가시와기 군이라는 사실은 같은 A반 학생들에게만 알렸어요."

"그후 증인의 권한으로 본교 학생과 보호자에게 가시와기 다쿠야 군의 죽음을 알릴 기회가 있었습니까?"

"다음날 열린 긴급 보호자 모임에서 정식으로 발표했습니다. 그전에 신문이나 텔레비전 보도가 나갔지만 가시와기 군의 이름이 나오진 않아서 자세한 사정을 모르는 보호자도 많았을 겁니다."

미리 말을 맞춰두기라도 한 것처럼 매끄러운 질의응답이 이어졌다.

"가시와기 군의 사인이 밝혀진 것은 언제입니까?"

"명확하게 단정한 것은 사흘 후입니다. 부검 결과 추락사로 밝혀졌습니다."

"그전에는 사인을 전혀 몰랐나요?"

"아뇨, 조토 경찰서에서는 맨 처음 유체를 봤을 때부터 그런 가능성을 제기했습니다."

변함없이 담담한 말투로 간바라 변호인이 물었다. "옥상은 언제 조사했나요?"

"경찰에서 그런 의견을 준 다음이니까…… 정오 지나서였던 것 같습니다. 학생들의 귀가 조치를 한 다음이었고요."

쓰자키가 웃옷 주머니에서 하얀 손수건을 꺼내 이마를 훔쳤다.

"솔직히 말하자면 학생들을 무사히 돌려보낼 때까지는 그런 검증을 할 여유가 없었습니다."

"왜 옥상을 조사하셨나요?"

"이 학교에서 가장 높은 곳이니까요."

변호인이 가볍게 한 손을 펼쳤다. "그래도 철조망이 쳐 있죠?"

"넘지 못할 정도는 아닙니다."

"경찰 관계자가 그런 의견을 말했습니까?"

"그렇습니다."

"구체적으로 어떤 말을 했습니까?"

방청석의 레이코는 순간 숨을 죽였다. 쓰자키도 대답하기 전에 숨을 참는 것처럼 보였다.

"학생이 학교에서 투신자살을 하려고 마음먹었다면, 보통 자기 반 교실 창문이나 옥상에서 떨어질 거라고요."

방청석이 술렁거리는 것도 무리는 아니었다. 쓰자키가 선뜻 '자살'이라는 말을 한 것이다.

"당일 정오가 지났을 때 조토 경찰서 관계자가 '자살' 가능성을 내비쳤다는 뜻이군요."

"그렇습니다."

"선생님 생각은 어떠셨습니까?"

"—저도 그렇게 생각했습니다."

"이유를 말씀해주시겠습니까?"

"무엇보다." 또 손수건으로 땀을 훔치고 말을 이었다. "가시와기 군이 등교거부중이었다는 것이 가장 큰 이유였습니다."

"학교에 나오지 않았던 게 문제였단 말인가요?"

"그렇다기보다 등교거부 상태로 집에—자기 방에 틀어박혀버린 그 아이의 심리상태가 불안할 거라 생각했습니다."

"어떤 심리상태였을까요?"

"이야기를 많이 나눈 것은 아닙니다. 그애는 우리가 찾아오는 걸 달가워하지 않았어요. 교사나 학교 관계자와 얘기하길 꺼렸던 것 같습니다."

손수건을 이마에 댄 채 쓰자키 교장이 말을 고르듯 생각에 잠겼다.

변호인은 기다렸다. 법정 안의 다른 이들도 기다렸다.

"특히 네번째 가정방문―12월 20일이었으니 거의 사건 직전인 셈인데, 그때 저와 모리우치 선생님이 말을 건네자, 아무리 찾아와도 학교에 안 갈 테니 선생님들도 이제 그만두라고 했습니다."

증인의 말을 변호인이 천천히 한마디씩 따라 했다.

"'아무리 찾아와도 학교에 안 갈 테니 선생님들도 이제 그만둬라.' 이렇게 말한 게 틀림없습니까?"

"그렇습니다. 저는 매우 낙담했고, 다카기 선생님과 모리우치 선생님도 마찬가지였습니다. 기억은 확실합니다."

저희 얘기를 아예 들으려고도 하지 않았습니다, 라고 덧붙였다.

"그때 가시와기 군 어머님과 얘기를 나눴는데, 역시 걱정이 많으셨습니다. 아들이 귀찮다며 식사를 하지 않는다. 한밤중까지 깨어 있다가 낮에 잔다. 이따금 훌쩍 외출한다. 생활 리듬이 깨진데다 부모와도 대화가 없다고요."

"이의 있습니다." 후지노 검사가 끼어들었다. "가시와기 군의 어머니 가시와기 고코 씨가 말한 아들의 상태는 전해들은 것에 불과합니다. 증인이 확인한 사실이 아닙니다."

"이것은 쓰자키 증인이 당시 어떤 생각을 했는지 확인하기 위한 질문입니다." 변호인이 항변했다.

"이의를 기각합니다." 판사가 말했다. "다만 배심원은 쓰자키 증인의 증언에 간접적으로 얻은 정보가 포함되어 있다는 것을 기억해주십시오."

쓰자키는 그제야 손수건을 집어넣었다.

"등교거부에는 여러 원인이 있습니다."

배심원들에게 고개를 끄덕여 보이며 말을 이었다.

"제게 가시와기 군은 처음 접하는 사례가 아니었고, 경우에 따라서는 학교라는 집단생활에서 벗어나 편히 쉬는 편이 낫겠다고 판단되는 학생도 있으므로 등교거부를 무조건 부정적으로만 보지는 않습니다. 다만 학교에 나오지 않고 집에만 있는 학생이 어떤 상태인지는 마음이 쓰입니다. 문제가 있다고 느껴지는 케이스도 있고요."

"가시와기 군도 그런 케이스였나요?"

"네. 매우 불안했습니다. 외부세계에서 멀어져 내향적으로, 내성적으로, 염세적으로 변해가는 것 같았습니다."

"가시와기 군의 부모님도 똑같은 불안을 품고 있다고 느끼셨나요?"

"그렇습니다."

변호인이 파고들었다. "그 단계에서 부모님 중 어느 한 분이, 아니면 두 분 다 자살 가능성을 언급하신 적이 있습니까?"

후지노 검사의 눈빛이 순식간에 매서워졌다.

쓰자키가 왼손을 살며시 쥐어 입가에 댔다. "아버님이 그런 표현을 확실하게 쓴 것은 장례식 때였습니다. 그전까지는 그런 발언을 듣지 못했습니다. 다만."

몇 초간 생각에 잠겼다.

"사고 당일 집에 찾아갔을 때, 어머님이 '언젠가 이런 일이 벌어질까봐 불안했다'며 우셨습니다."

법정은 고요했다. 모두 술렁이는 대신 숨죽여 귀를 기울이고 있다.

변호인은 이에 대해선 더는 파고들지 않고 책상 위 파일을 집어들더니 말했다. "12월 24일 한밤의 본교 상황을 여쭤보겠습니다. 수위 이와사키 씨가 밤새 교내에 계셨죠."

"그렇습니다."

"현재는 수위를 두지 않고 경비회사가 야간 순찰경비를 맡고 있습니다. 이것은 증인의 재임중에 변경된 것입니까?"

"아뇨, 제가 사임한 후입니다. 그래서 자세한 사정은 모릅니다만 오카노 선생님이 교육위원회에 요청했다고 들었습니다."

"증인이 재임하는 동안 이와사키 수위의 근무태도에 불안이나 불만을 느낀 적이 있습니까?"

"없습니다."

"다른 선생님이나 보호자에게서 그런 종류의 불안이나 불만을 들은 적이 있습니까?"

"없습니다."

판사를 부르며 그를 올려다본 변호인이 손에 든 파일을 들어올렸다. "안타깝게도 이와사키 수위는 본 법정의 증인으로 모실 수 없었습니다. 진술조서도 없습니다. 대신 사건 직후 이와사키 수위를 참고인으로 불러 조사한 조토 경찰서 관계자가 당시 대화에 관해 작성해준 자료를 증거로 제출합니다."

다름아니라 레이코가 이 재판에 제공한 자료 중 하나다. 변호인 측에서 제출하는 건가. 하긴 어느 쪽에서 제출해도 문제될 게 없는 자료지만.

"변호인 측의 제1호증으로 채택합니다. 검사도 이 내용을 확인했죠?"

"네. 이의 없습니다." 검사가 대답했다. 시선은 여전히 쓰자키를 똑바로 향하고 있다.

"이와사키 수위의 참고인 조사 때 쓰자키 선생님도 계셨습니까?"

"네."

레이코도 기억한다. 그때 수위는 한밤중에 학생이 몰래 학교로 숨어들어 죽어버린 불상사의 책임을 자신이 모두 떠안게 될까봐 두려워하는 기색이 역력했다.

"변호인 측 1호증에 따르면, 24일 밤부터 25일 학생들이 등교할 때까지 이와사키 수위는 밤 아홉시와 오전 영시에 교내를 순찰했고, 25일 아침에는 일곱시 무렵부터 설비를 점검하고 눈을 치웠습니다. 그러나 교내에서 이상한 점을 발견하지 못했다. 뒷문 근처에 가시와기 군의 유체가 있는 것도 몰랐다고 말했습니다. 맞습니까?"

"맞습니다. 저도 그렇게 들었습니다."

"이 기록에는 본교 1층 북쪽에 위치한 남자화장실 유리창의 잠금장치가 고장나 있다는 증언이 있습니다. 수리해도 소용없어서 사실상 그 창문은 잠글 수 없는 상태였다고요."

"그렇습니다. 학생들 사이에서는 '지각창'으로 유명합니다."

"지각창이라고요?"

"네. 지각했을 때 그 창을 통해 들어오는 겁니다. 교무실과도 멀어서 선생님에게 들켜 야단맞을 위험도 낮죠."

자리의 분위기를 풀고 싶었는지 쓰자키가 살짝 웃었다. 그다지 자연스러워 보이지는 않았다.

"지각한 걸 들키면 어디로 들어왔든 야단맞는 건 마찬가지입니다. 그래도 학생들은 그런 창문이 있다는 게 재미있었나봅니다. 반대로 학교에서 몰래 빠져나갈 때도 사용된 모양이고요."

"뭐하러 밖으로 나갈까요?"

"땡땡이치기 위해서겠죠."

몇몇 방청인이 웃었다.

"그런 창문이 있다는 사실을 쓰자키 선생님은 알고 계셨군요?"

"네."

"그런데도 근본적인 대책을 마련하지 않았다. 그런 뜻인가요?"

"그렇습니다."

"이유가 뭡니까?"

"본교 건물은 많이 낡아서 그 밖에도 상태가 좋지 않은 창문이 많습니다. 근본적인 대책은 건물을 새로 짓는 것이지만, 그건 본교가 독자적으로 할 수 있는 일이 아닙니다."

"그래도 창틀을 갈아끼우는 정도는 할 수 있지 않았을까요?"

이번에는 쓰자키가 자연스럽게 웃었다. "그렇죠. 그래도 그러지 않았습니다. 그 지각창 같은—일종의 탈출구가 학교에 필요하다고 생각했습니다."

"탈출구가 필요하다고요?"

"그런 게 없으면, 학생들에게 학교란 학문을 배우는 곳이 아니라 감옥이 되어버립니다. 선생님은 모르는—알아도 모른 체하는 거지만—탈출구의 존재가 학생들에게 중요하다는 게 제 생각입니다."

"지금도 그 생각은 변함없습니까?"

"기본적으로는 그렇습니다. 다만 그날 밤에는 지각창이 열리지 않았으면 좋았겠다고 생각합니다."

방청석 뒤쪽에서 "무책임해" 하는 날카로운 소리가 솟구쳤다. 남자 목소리였다.

"조용히 하십시오." 판사가 말했다.

"배심원 여러분." 간바라 변호인이 목소리를 살짝 높였다. "이와사키 수위의 증언으로, 12월 25일 조토 경찰서 수사 담당자는 이 지각창의 존재를 알았습니다."

그리고 쓰자키에게 눈길을 돌렸다.

"선생님은 조토 경찰서 담당자와 그 창문과 관련해 어떤 의견을 주고받으셨습니까?"

"학생이 문이 잠긴 학교로 몰래 들어오려면 그 창문을 이용하는 수밖에 없다고 했습니다."

"그러니 가시와기 군도 그랬을 것이다."

"네."

"이의 있습니다." 검사가 일어섰다. "저희도 침입경로 중 지각창이 있다는 의견에는 동의합니다만, 누가 침입했는가 하는 부분은 의견이 다릅니다."

변호인은 "미안"이라 사과하고 서둘러 정정했다. "실례했습니다. 방금 질문은 철회합니다."

방청석에서 웃음소리가 일었다. 레이코도 미소지었지만, 모기 에쓰오가 빙긋 웃고 있는 걸 보고 아니꼬워서 곧 웃음을 거두고 앉음새를 고쳤다.

"그럼 12월 25일 정오가 지나 선생님이 본교 옥상을 조사했을 때 상황을 여쭤보겠습니다. 학교 건물에서 옥상으로 나가는 문은 몇 개입니까?"

"한 군데뿐입니다."

"그 문은 평소 어떤 상태인가요?"

"자물쇠를 채워둡니다. 가방 모양의 통자물쇠죠. 학생들은 옥상 출입이 금지되어 있습니다."

"선생님이 조사했을 때 그 자물쇠는 어떤 상태였나요?"

"열려 있었습니다."

열려 있었다—변호인이 천천히 따라 말했다.

"구체적으로 어땠나요? 망가져 있었습니까?"

"아닙니다. 자물쇠에는 별다른 이상이 없었습니다. 그냥 열린 채로 고리에 걸려 있었습니다."

"그 자물쇠의 열쇠는 몇 개고, 어디에 보관되어 있었나요?"

"열쇠는 한 개였고, 수위실 열쇠함에 보관했습니다."

"옥상 자물쇠가 열린 것을 알았을 때, 선생님은 그 열쇠함을 확인하셨습니까?"

"확인했습니다. 열쇠는 거기 있었습니다."

배심원들이 잘 따라오고 있는지 확인하듯 간바라 변호인은 아홉 명의 얼굴을 둘러보았다.

"그 사실을 선생님은 어떻게 생각하셨습니까?"

쓰자키가 가볍게 헛기침을 했다. "그 자물쇠는 아주 오래됐고―헐거 웠습니다. 꼭 열쇠가 없어도 열 수 있었을 겁니다."

방청석이 조금 술렁거렸다.

"수위실 열쇠함의 열쇠를 사용하지 않아도 열 수 있는 상태였다?"

"네."

"확인은 해보셨습니까? 예를 들면 공구로 열어보려 했다거나."

쓰자키 전 교장이 그쯤에서 처음으로 불편한 듯 몸을 비틀었다.

"딱히 시험해보진 않았습니다."

"그래도 당시에는 열쇠함의 열쇠 없이 다른 방법으로 열 수 있었을 것 이다, 실제로 그렇게 열렸을 거라고 판단하셨나요?"

"―그렇습니다."

"24일 한밤중에 옥상에 올라간 인물이 수위실에서 일단 열쇠를 훔쳤 다가 볼일이 끝나고 다시 몰래 가져다두었을 거라는 생각은 안 해보셨나 요?"

"안 했습니다." 쓰자키가 변호인의 얼굴을 보며 대답했다. "수위 이와 사키 씨도 그런 일은 있을 수 없다고 분명하게 말했고요."

"당일 밤 몇 시간 사이에 수위실 열쇠를 훔치거나 제자리에 돌려놓았 다면 이와사키 씨가 반드시 알아챘을 거라는 뜻이군요?"

"그렇습니다. 순찰할 때를 제외하면 이와사키 씨는 줄곧 수위실에 있 었으니까요."

변호인이 배심원들에게 말했다. "이에 관한 이와사키 수위의 증언도 서증에 기록되어 있습니다."

배심원 몇 명이 고개를 끄덕거렸다.

"그렇다면 당시 그 자물쇠가 어떻게 열렸는가 하는 문제는 그대로 덮어둔 건가요?"

쓰자키가 괴로운 듯이 고개를 끄덕였다. "25일이 지나기 전 가시와기 군이 옥상에서 투신자살했다는 방향으로 가닥이 잡혀서요."

"가시와기 군이 어찌어찌 자물쇠를 열었을 거라 생각하고 더는 의문을 품지 않았다는 말인가요?"

"네, 그렇습니다."

변호인이 책상 위의 파일을 힐끗 보았다.

"옥상 자물쇠의 그런 상태를 아는 사람은 누구입니까?"

"이와사키 씨는 그게 낡았다는 걸 알고 있었겠지만……"

"학생들은 어떨까요?"

"알았을 수도 있다고 봅니다."

"언제나 규칙대로 열쇠함의 열쇠를 사용하는 이와사키 씨나 선생님들보다, 오히려 선생님 눈을 피해 출입이 금지된 옥상으로 몰래 올라가는 학생들이 자물쇠가 낡아서 헐겁다는 사실을 더 잘 알았을 가능성이 높다고 생각하지 않으십니까?"

"이의 있습니다." 검사가 재빨리 말했다. "변호인은 증인의 의견을 묻고 있습니다."

"이 질문은 철회합니다." 변호인도 곧바로 응했다. "그럼, 으음…… 과거 일 년 사이 본교 학생이 선생님 몰래 옥상에 올라간 적이 있습니까?"

숨을 나지막이 내쉬고는 쓰자키가 고개를 끄덕였다. "있습니다. 작년에 3학년 학생이 여럿 올라갔죠. 2학기 시작 직후였던 것 같습니다."

"그 3학년 학생들은 자물쇠를 어떻게 열었다던가요?"

"물어봤더니 때마침 열려 있었다고 했습니다."

레이코는 그럴 리 없다고 생각했다. 따져볼 것도 없이 공구를 써서 열었겠지. 순순히 자백하지 않았을 뿐이다.

"그런 일이 있고 자물쇠를 바꾸거나 좀더 튼튼한 잠금장치를 달 생각은 안 하셨나요?"

"그런 생각은 못 했습니다. 다만 이와사키 수위에게 자물쇠를 잘 잠그고 다니라고 주의를 주었을 뿐입니다." 대답한 후 쓰자키가 고개를 숙였다. "지금 생각하면 경솔했습니다."

그러니까 무책임하다는 거야, 라고 아까 그 남자가 고함을 질렀다. 방청인들은 아무도 그 말에 대꾸하지 않았다.

조용히, 라고 판사가 기계적으로 말했다. 변호인도 신경쓰는 기색은 없었다.

"자물쇠에 관해서는 잘 알았습니다." 파일을 들척이며 포스트잇을 붙여둔 페이지를 손가락으로 짚고 한동안 뜸을 들이더니 증인을 바라보았다.

"그럼 이어서 모리우치 선생님에 대해 여쭙겠습니다. 쓰자키 선생님은 모리우치 선생님의 근무태도를 어떻게 평가하셨습니까?"

레이코는 조금 놀랐다. 당일 밤의 현장 진입 경로에 관한 건 이걸로 끝인가? 좀더 파고들지 않고? 마음만 먹는다면 누구든 지각창을 통해 학교 건물로 숨어들 수 있고 옥상 자물쇠를 열 수 있다는 의견으로 충분하다는 건가?

"어떻게 평가했느냐고 하면—"

"아직 젊은 선생님이죠? 담임을 맡은 것도 작년이 처음이었고요."

"네. 그래도 열심히 최선을 다했습니다."

"작년 11월 14일 가시와기 군이 피고인 일행과 충돌한 사건도 그렇고 그후 가시와기 군의 등교거부까지 모리우치 선생님에게는 상당히 어려운 일들이 겹친 셈인데, 모리우치 선생님의 대처가 걱정스러웠던 적은 없으셨나요?"

"제가 걱정을 했다기보다 모리우치 선생님 스스로가 어떻게 대처해야 좋을지 고민하는 모습이 보였습니다. 그때마다 자주 의견을 나누었고,

학년주임이었던 다카기 선생님의 조언도 받아 나름대로 노력했다고 봅니다."

"모리우치 선생님이 미숙하다거나, 교육자로서 자각이 없다거나, 책임감이 부족하다거나 하는 불만을 느낀 적은 없었습니까?"

쓰자키의 대답이 나오기까지 일 초쯤 틈이 생겼다. "없습니다."

변호인이 앞으로 살짝 나섰다. "하지만 모리우치 선생님에게는 구체적으로, 한 가지 중대한 실책을 저질렀다는 의혹이 있었죠."

고발장 말입니다, 라며 변호인은 목소리에 힘을 주었다.

"1월 7일 당시 교장이었던 쓰자키 선생님과 본교 2학년 학생 후지노 료코 앞으로 온 고발장입니다. 모두 속달우편으로 도착했습니다."

"네."

"같은 고발장이 같은 날 역시 속달로 모리우치 선생님에게 갔습니다. 그런데 어찌된 영문인지 그것은 나중에 다른 인물의 손에 들어가 HBS의 〈뉴스어드벤처〉라는 보도 프로그램에 전해졌습니다."

적어도 지금 이 법정에 있는 사람들은 이미 알고 있는 사실이지만 변호인은 간략하게 그 경위를 설명했다.

"그러나 모리우치 선생님은 본인은 고발장을 못 받았고 찢어서 버리지도 않았다고 처음부터 주장했습니다. 선생님은 잘 알고 계시죠?"

"네, 알고 있습니다."

"사실은 고발장을 별거 아니라 생각하고 찢어서 버렸는데, 일이 커지고 상황이 곤란해지자 모리우치 선생님이 거짓말을 한다고 생각하신 적은 없나요?"

"없습니다."

"모리우치 선생님은 그후 자신의 주장을 입증하기 위해 어떤 방법을 강구했습니까?"

질의와 응답이 이어지는 사이 자세가 차츰 앞으로 수그러졌던 쓰자키가 등을 곧게 폈다.

"네. 전문가에게 조사를 의뢰했습니다."

방청석이 웅성거렸다.

"어떤 조사인가요?"

변호인의 질문에 쓰자키가 설명을 시작했다. 교사였던 사람답게 능숙했다. 문제 인물의 이름은 감춘 채 "모리우치 선생님의 옆집 사람"이라고만 했고, 그녀가 모리우치 에미코에게 앙심을 품은 이유를 "일방적인 오해"라고 뭉뚱그려 말하며 요령 있게 사실을 이야기해나갔다.

방청석이 조금씩 소란스러워졌다. 레이코도 놀랐다. 설마하니 모리우치 에미코에게 닥친 뜻밖의 변고가 그런 식으로 사건과 연결될 줄이야.

그렇다면 분명 사전에 밝히기 어려웠을 것이다. 판사와 배심원들이 놀라는 기색을 보이지 않는 것으로 보아 재판 관계자는 모두 알고 있는 듯했다.

"—그런 연유로, 모리우치 선생님은 고발장을 받지 못했고 찢어서 버리지도 않았습니다."

그러더니 쓰자키는 목소리를 살짝 낮췄다.

"본래 이 건은 모리우치 선생님이 직접 법정에 나와 자기 입으로 해명—설명해야 할 일이고, 본인도 그러길 원했습니다. 하지만 선생님은 현재 큰 부상을 당해 입원치료를 받는 중이라."

"쾌차를 빕니다." 변호인이 말했다.

"그래도 저를 통해서나마 여러분에게 설명할 수 있어 다행입니다. 모리우치 선생님도 결백을 입증하게 되어 기쁠 겁니다."

변호인이 말했다. "그 조사 보고서를 변호인 측 서증으로 제출하겠습니다."

간바라 변호인이 모리우치 에미코를 위해 일부러 이 건을 증거로 채택했구나—레이코는 짐작했다. 친절하기도 하지.

그러나 그건 안일한 생각이었다. 변호인이 쓰자키의 말을 받아 물었다. "모리우치 선생님이 사직하기 전 아직 본교 교사였을 때, 자신은 고발장을 못 받았고 찢어서 버리지도 않았다고 주장했을 당시 그런 조사를 해볼 필요가 있다는 생각을 선생님이나 다른 선생님들은 해보지 않았나요?"

"—생각이 못 미쳤습니다."

"그 이유는 뭘까요?"

쓰자키가 난감해했다. "네?"

"왜 당시 선생님들은 냉정하게 사실을 검증해야 한다는 생각을 하지 못했을까요?"

쓰자키가 잠시 생각에 잠겼다. "당시 학교 분위기 때문이라고 할까요."

"분위기요."

"공기라고 할까. 우리 모두 여유가 없었습니다."

"여유가 없었다." 변호인이 되풀이했다.

"네."

"그때는 수고스럽게 사실을 검증하는 것보다 모리우치 선생님이 거짓말을 한다고 생각하는 게 편했군요."

"편했던 건 아닙니다."

"그럼 다른 말로 바꾸죠. 그게 현실적이었다."

"—네."

"당시 조토 제3중학교에는 그런 생각이 만연했습니다. 모리우치 선생님 일뿐 아니라, 학교에 어떤 나쁜 소문이 나돌아 당사자가 괴로워해도 표면적으로 사태가 잠잠해지고 문제가 불거지지 않으면 일단은 안심이라는 생각 말입니다. 그렇지 않습니까?"

쓰자키 전 교장이 고개를 떨어뜨렸다.

"네. 그렇다고 할 수 있을 겁니다."

변호인이 입을 다물고 고개를 한 번 끄덕였다.

"고맙습니다. 반대신문 부탁드립니다."

전혀 친절하지 않다. 레이코는 식은땀을 흘렸다.

"안녕하세요."

후지노 료코가 쓰자키를 마주보고 우등생답게 반듯이 인사했다.

"이제 도면을 제시하겠습니다. 쓰자키 선생님, 자리에 앉아주십시오."

쓰자키가 증인석에 앉자 검찰사무관 두 사람이 바퀴 달린 칠판을 끌어다 배심원들에게 잘 보이는 위치로 옮겨놓았다. 이어서 커다란 종이봉투에서 접어놓은 흰 종이를 꺼내 펼쳐 칠판에 자석으로 붙여나갔다.

도면은 세 장이었다. 왼쪽 도면은 조토 3중학교 건물의 1층 겨냥도다. 빨간 펜으로 네 군데에 번호를 매겨놓았다. 도면 귀퉁이의 ①이 뒷문 자리고, ②는 교무실, ③이 수위실, ④는 북쪽 화장실의 '지각창'이다. 가시와기 다쿠야의 유체가 있던 곳에는 사람 모양을 간단히 그려놓았다.

가운데의 두번째 도면은 건물 4층, 오른쪽 세번째 도면은 옥상의 겨냥도였고, 출입문의 자물쇠 부분에 빨간 별 표시를 해두었다. 손으로 그린 소박한 도면이지만 오르내리는 계단이나 창문 위치까지 꼼꼼하게 표시되어 있다. 각 도면은 넓은 모조지 한 장짜리가 아니라 B4 크기의 종이 여섯 장을 이어 만든 것이라 종이들의 경계에 붙은 셀로판테이프가 천장 형광등 불빛을 받아 번들거렸다.

"조금 전 변호인 측에서 제출한 1호증에도 첨부된 도면입니다."

후지노 검사가 방청석을 향해 말했다.

"법정에서 볼 수 있도록 확대했습니다. 변호인 측의 승인을 받아 저희가 작성했고요."

방청석 뒷줄에 있던 사람이 자세히 보려고 일어났다. 판사는 딱히 제지하지 않았다.

"쓰자키 선생님, 확인해주실 수 있나요? 가까이 와서 보셔도 됩니다."

검사의 요청에 쓰자키 교장이 일어서서 칠판으로 다가갔다. 한 장씩 꼼꼼하게 확인했다.

"네. 틀림없는 것 같습니다. 잘 그렸군요."

수업시간에나 쓸 법한 말투가 나와버려서 쓰자키는 쑥스러운 듯했다.

"선생님이 계셨던 교장실은 교무실의 남쪽 옆이죠?"

"네."

"그리고 수위실."

검사도 도면으로 다가가 오른손을 들어 ③번 옆에 빨간 자석을 붙였다.

"이곳에 열쇠함이 있습니다."

도면은 분명 잘 그렸지만, 지금까지 말로 설명한 것을 그림으로 확인시키는 이상의 의미는 없다. 친절을 베푼 것이다.

"그럼 증인석으로 돌아가주십시오."

검사도 제자리로 돌아가 말을 이었다.

"쓰자키 선생님, 재임하는 동안 이 열쇠함의 열쇠가 분실된 적이 있습니까?"

쓰자키는 잠시 생각했다. "제 기억에는 없습니다."

"이와사키 수위가 학생이나 보호자의 요청으로 이 열쇠함에서 열쇠를 꺼내줄 때가 있었습니까?"

"그럴 때는 있습니다. 주로 체육관 창고 열쇠죠. 가정실습실과 공작실 열쇠도 특별활동이나 축제 준비를 한다고 빌려갑니다."

"그런데도 분실한 경우는 없었군요."

"없었습니다. 이와사키 수위가 관리를 잘해줬습니다."

"열쇠 관리는 이와사키 수위에게 일임했다고 봐도 될까요?"

"네, 그렇습니다."

"그럼 그 열쇠 중 하나가 헐거워지거나 해서 교환하는 경우는요?"

"그것도 이와사키 씨의 판단에 맡겼습니다."

"선생님들은 모르시나요?"

"보고를 받습니다. 혹은 수위가 사전에 어디어디 자물쇠를 교환하겠다고 말해줍니다."

"그런 정보가 학생들에게도 전해집니까?"

쓰자키가 의아한 듯 검사의 얼굴에 시선을 고정했다.

"굳이 학생들에게 알리지는 않습니다. 그럴 필요는 없죠."

후지노 검사가 오른발에 체중을 실어 몸을 살짝 기울였다.

"그렇다면 옥상 자물쇠도 이와사키 수위가 어느 날 낡고 헐겁다는 걸 알아채고 교환할 수도 있었겠네요?"

"네."

"그 사실을 선생님들은 보고받지만, 학생들은 모른다. 본래 옥상은 출입금지 구역이라 보통은 갈 일이 없으니까요."

"그렇습니다."

"조금 전 선생님이 변호인 측 주신문 때 말씀하셨던 3학년 학생들처럼, 선생님 몰래 수업을 빼먹고 옥상에 올라가려 했는데 막상 가보니 자물쇠가 새것으로 바뀌어 있어서 허탕치는 케이스도 생각해볼 수 있겠군요?"

"네, 그럴 수 있죠."

"그렇다면 확고한 목적이 있어서 옥상으로 올라가려 한다면, 그 목적이 무엇이든 간에 사전에 그 자물쇠가 바뀌었는지 안 바뀌었는지 확인해볼 필요가 있겠죠?"

당황했는지 쓰자키는 대답하지 않았다.

검사가 말을 이었다. "그냥 장난이나 재미 삼아 즉흥적으로 옥상에 올라가려 한다면, 혹은 누군가를 데려가려 한다면 이야기는 다릅니다. 올라가보니 자물쇠가 안 열린다. 그럼 다른 곳으로 가거나 그만두면 그만이죠. 그러나 옥상에서 어떤 중대한 일을 하려고 마음먹고 한동안 그 계획이랄지 결심을 품고 다닌 학생이라면, 행동에 옮기기 전에 옥상 출입문 자물쇠가 여전히 간단히 열리는지 사전에 확인해둘 필요가 있지 않을까요?"

변호인이 판사를 부르며 침착한 목소리로 말했다. "검사는 증인에게 추측을 요구하고 있고, '어떤 중대한 일'이 무슨 뜻인지 확실치 않습니다."

"이의를 인정합니다."

후지노 검사는 새침한 표정이었다. 사전에 확인해둘 필요가 있다는 말을 법정 안 사람들이 들은 것만으로도 충분하리라.

"그렇다면 선생님." 검사가 쓰자키를 똑바로 보았다. "11월 15일부터 줄곧 등교거부를 했던 가시와기 다쿠야 군이 나중에 유체로 발견되기 전까지, 어떤 형태로든 본교를 찾아온—운동장이든 교무실이든 교실이든 과학준비실이든 상관없이 아무튼 학교에 온 사실이 있는지 확인하셨습니까?"

쓰자키도 검사를 바라보며 대답했다. "확인한 바 없습니다."

"고맙습니다. 질문을 마치겠—"

쓰자키의 말은 아직 끝나지 않았다. "다만 그건 제가 아는 한에서—그렇다는 뜻입니다."

그때 간바라 변호인이 노다 조수에게 재빨리 뭐라고 속삭였고, 그러자 노다 겐이치가 자리에서 일어나 잰걸음으로 법정을 빠져나갔다.

후지노 검사는 무표정했다. 질문을 마치겠습니다, 라고 다시 말을 끝맺고 자리에 앉았다.

판사가 변호인에게 시선을 돌렸다.

"재신문을 하겠습니까?"

"아닙니다. 쓰자키 선생님, 감사합니다."

쓰자키는 뭔가 하고 싶은 말이 남은 듯 망설이다가 방청석 뒤쪽으로 갔다.

검사의 반대신문은 '가시와기 다쿠야가 사전에 학교로 숨어들어 옥상 자물쇠 상태를 확인했을 가능성은 없다'는 인상을 심어놓았다. 쓰자키가 뒤늦게 "제가 아는 한에서"라는 조건을 달았지만, 변호인 측은 그것을 이용하지 않았다.

변호인이 판사에게 말했다. "판사님, 저희 쪽 증인 소환 순서를 바꾸고 싶습니다."

이노우에 판사가 안경테에 손을 대고 책상으로 시선을 떨어뜨렸다.

"어떻게 말이죠?"

"오늘 오후 나올 예정이었던 증인을 다음 순서로 부르고 싶습니다."

"지금 가능합니까?"

"금방 나올 겁니다." 변호인이 대답한 순간 변호인 측 뒤쪽 출입문이 열리며 노다 겐이치가 돌아왔다. 교복 차림의 여학생과 함께였다.

앞줄에 진을 치고 있던 변호인 측 팬클럽이 환호성을 지르며 들썩거렸다. 그 반응에 노다 조수가 데려온 여학생이 수줍은 듯 발을 구르며 "야아, 하지 마!"라고 소리쳤다. 급기야 여학생들이 그녀에게 손을 흔들며 "유키, 파이팅~"이라는 둥 뭐라는 둥 떠들자 판사가 의사봉 손잡이를 잡았다.

"정숙!"

쉿, 쉿, 조용히 해. 팬클럽 여학생들이 서로 쿡쿡 찌르며 눈짓을 주고받고 들뜬 기색으로 몸을 바짝 붙이거나 머리를 맞댔다.

"늦지 않았군요." 변호인이 빙긋이 웃었다. "변호인 측 증인, 도바시 유키코입니다."

"증인은 증인석으로 가십시오."

판사의 엄격한 말투도 도바시 유키코에게는 통하지 않았다. 그녀는 좋아하는 패션 아이템이 가득한 부티크에라도 들어온 듯한 표정이었다.

"이게 뭐야? 와, 대단하다! 사람이 이렇게 많았어?"

노다 겐이치도 여학생을 다루기에는 역부족이었다. 시끄럽게 떠드는 증인을 말리느라 뺨까지 붉어져서 쩔쩔맸다.

그러자 정리 야마자키 신고가 소리 없이 다가와 그녀를 이끌었다. 태도는 부드럽지만 연행하는 분위기나 다름없었다. 겨우 판사와 배심원들 앞에 서서도 도바시 유키코는 여전히 팬클럽 친구들을 보면서 호들갑을 떨었다.

"여기 서라고? 나? 여기서 말하는 거야?"

"증인."

간바라 변호인이 부드럽게 부르자 튀어오를 듯이 대답했다.

"네에!"

심지어 변호인에게 다가가려 했다.

"아니, 그 자리에 있어요. 거기가 증인석이니까."

손으로 증인을 제지한 변호인이 한층 부드러운 표정으로 말을 이었다. "갑자기 서둘러서 미안합니다. 예정보다 순서가 앞당겨졌어요."

앞줄의 팬클럽이 술렁거렸다. "아, 유키 좋겠다"라는 말도 들렸다. 이런이런.

"완전 괜찮아. 신경쓸 거 하나도 없어."

주눅들지도 않고 분위기 파악도 하지 못한 증인은 (아마 자기 딴에는 최고로 예쁘다고 자부할) 미소를 지어 보이고는 어깨 위의 머리칼을 가볍게 넘겼다.

"그럼 이름을 말씀해주십시오."

"이름? 나? 도바시 유키코입니다. 3학년 B반입니다."

귀여운 혀짤배기소리다. 나름 긴장했는지 얼굴이 발그레했다.

"본교 3학년 학생이죠? 선서를 부탁드립니다."

"선서가 뭔데?"

이노우에 판사가 떨떠름한 표정으로 방법을 알려주자 도바시 증인이 더듬더듬 선서를 했다. 후지노 검사는 그 광경을 지켜보고 있었다. 판사가 책상 위 서류를 확인한 걸 보면 증인 목록에 있던 증인일 테니 기습을 당한 것은 아니다. 하지만 이 갑작스러운 소환에 대체 무슨 의도가 숨어 있을까. 검사가 그것을 꿰뚫어보았을지 방청석에서는 짐작도 할 수 없었다.

"이제 몇 가지 질문을 하겠습니다. 침착하게 천천히 대답해주십시오."

간바라 변호인이 부드럽게 말했다.

"아, 네에. 알겠습니다. 침착하게 할게요. 근데 나 흥분 잘 하는데. 아, 모르겠다, 어떡하지."

도바시 증인이 (무심결이겠지만) 몸을 배배 꼬았다. 검사 측의 하기오 가즈미는 해충이라도 본 듯한 눈빛이었다.

"도바시 증인은 가시와기 다쿠야를 알고 있습니까?"

"1학년 때 같은 반이었어. 1학년 C반. 2학년 때는 다른 반이었지만."

"반 친구였군요. 대화를 나눈 적이 있습니까?"

"몇 번 짝이었거든. C반에서는 제비뽑기로 자주 자리를 바꿨는데, 웬일인지 세 번이나 가시와기랑 짝이 됐어. 완전 우연이지만."

촐싹거리고 말이 빠르고 어리광쟁이일 뿐 아니라 손이 많이 가는 증인이다. 한꺼번에 많은 얘기를 하려 들었다.

"난 정말 우연이라고 생각했는데 친구들이 자꾸 놀렸어. 그런데 가시와기는 그런 애가 아니라서. 그러니까, 여자애랑 친하게 지내는 애가 아니라고."

한껏 들떠서 말하는 와중에도 방청석의 팬클럽을 의식해 힐끗힐끗 시선을 던졌다. 팬클럽까지 덩달아 술렁거리는 바람에 분위기를 잡기가 만만찮다.

"증인." 판사가 불렀다. "방청석을 돌아보지 말고 똑바로 정면을 향하십시오. 배심원들에게 얼굴이 보이도록."

도바시 유키코는 여전했다. "아, 네에. 그런데 말했잖아, 난 원래 잘 흥분한다니까. 많은 사람들 앞에 나서는 게 부담스러워. 사람들이 뚫어져라 보고 있으면 점점 더 흥분한단 말이야. 이노우에까지 그렇게 화난 표정 지으면 어떡해."

혀짤배기소리로 투정하듯 쏟아놓는 그녀의 말과 그 말을 들은 판사의 표정에 방청석에서 와자지껄 웃음이 터졌다. 팬클럽 여학생들이 뒤로 넘어간 것은 말할 필요도 없다.

"증인은 질문받은 내용에만—"

심지어 도바시 유키코는 판사를 손가락질하며 계속 방정맞게 수다를 늘어놓았다.

"이노우에도 1학년 때 C반이라서 같은 반이었어. 반장이었고, 부반장 시모타니랑 완전 친했잖아. 맨날 둘이 도서실에서—"

웃음소리가 더욱 높아진 법정을 향해 이노우에 판사가 의사봉을 두드리며 "정숙!" 하고 소리쳤다. 떨떠름하다 못해 정말로 화가 난 얼굴이었다.

"증인석은 잡담을 하는 곳이 아닙니다. 증인은 질문에만 적확하게 대답하세요. 변호인, 주신문을 진행하세요. 증인이 규칙에 어긋나는 발언을 계속하면 퇴정시키겠습니다. 이건 경고입니다."

말은 가차없이 하면서도 눈빛으로는 '간바라, 어떻게 좀 해봐'라고 호소하고 있다. 아니, '어떻게 좀 해줘'다.

"죄송합니다. 판사님."

고개를 한 번 숙이고 간바라 변호인이 증인과 마주섰다.

"판사나 배심원을 마주보기가 어려우면 이쪽을 보고 서도 됩니다."

실제로 도바시 유키코는 숨결이 거칠었다. 몹시 흥분한 듯했다.

"앉으면 말하기 좀 편할까요?"

"아니, 서서도 괜찮아."

"잠깐 심호흡을 해볼까요?"

"심호흡? 여기서?"

키스한다는 말이라도 들은 것처럼 들뜬 눈치다. 쟤 좀 봐─팬클럽 여학생들이 또 한바탕 웃었고, 그중 한 명이 아무래도 조바심이 났는지 제대로 좀 하라며 살짝 엄하게 말했다.

"나? 지금 제대로 못 하는 거야? 으, 어떡해!"

도바시 유키코의 헛돌기는 계속되었다. 겉모습을 '제대로' 하라는 뜻으로 알아들었는지 머리를 매만지고 뺨을 어루만지며 허둥거렸다.

"이제 괜찮아요?"

법정은 이미 조용했다. 다들 머쓱해졌다고 해야 할까. 그녀의 친구들도 그제야 분위기를 파악하고는 서로 찌르며 입을 다물었다. 두리번거리는 사람은 증인뿐이었다.

간바라 가즈히코가 변호인석 책상을 양손으로 짚고 몸을 가볍게 내밀며 부드럽게 말했다.

"역시 앉는 게 낫겠네요. 거기 의자에 앉으세요."

정리가 다시 앞으로 나왔다. 증인의 왼쪽 어깨에 살며시 손을 얹고 옆으로 데려가 자리에 앉혔다. 별로 힘을 준 것 같지도 않은데 한껏 들떠 있던 도바시 유키코가 순순히 따르는 게 놀라웠다.

변호인이 말을 이었다. "앉았으면 숨을 한 번 크게 내쉬어보세요. 그렇죠. 됐습니다. 좀 진정됐나요?"

"네에."

진정된 것 같지는 않지만 우선 시끄러운 입은 닫혔다. 머리와 치마 주름을 매만지는 데 정신이 팔렸기 때문이다.

"그럼, 질문을 다시 하겠습니다."

마치 법정에 다른 사람은 아무도 없다는 듯, '너랑 나 둘뿐이야' 하는 눈빛으로 변호인이 그녀에게 미소지어 보였다.

"증인과 가시와기 군은 1학년 C반 친구였다. 그렇죠?"

"응. 아니, 네."

증인 쪽도 '그러게, 너랑 나랑 둘뿐이네'라는 표정으로 대답했다.

"자리를 바꿀 때 자주 짝이 되었다. 그래서 가시와기 군과 이야기를 나눌 기회가 있었군요."

"맞아. 그래서 이상한 소문이—"

변호인이 부드럽게 말을 가로막았다.

"다른 친구들 사이에서 두 사람이 가깝다는 소문이 돌 정도로, 우연이 긴 하지만 자주 옆자리에 앉았다. 그런 뜻이죠?"

"응, 맞아. 하지만 그건 단지 소문이고, 전혀 그런 거 아니야. 난 좋아하는 남자애가 따로 있었으니까."

이노우에 판사도 해충을 보는 듯한 눈빛으로 변했고 배심원들의 시선도 차가워졌다. 그러나 증인은 전혀 알아채지 못했다. 오직 변호인만 바라보았다.

"그렇군요. 그래도 가시와기 군과 반 친구로 친했던 건 맞죠?"

"반 친구랄까. 짝으로?"

"네에. 짝으로 친했군요."

변호인이 이해했다는 듯 고개를 끄덕이자 증인도 따라서 고개를 끄덕였다. 콧노래라도 부를 기세다.

"그 무렵 교실에서 가시와기 군이랑 어떤 얘기를 했나요?"

"어떤 얘기라니?"

"짝이 되어 앉으면 이런저런 얘기를 나누게 되잖아요? 수업에 관해서라거나, 어젯밤에 본 텔레비전 프로그램 얘기라거나."

"아이, 그런 건 기억 안 나지. 다들 그렇지 않아? 수다 떤 걸 어떻게 일일이 기억해. 아, 하긴 일기 같은 걸 쓰면 알 수 있겠다."

가만두고 볼 수 없었는지 판사가 끼어들었다.

"증인은 변호인의 질문을 잘 듣고 간략하게 대답하세요."

"간략한 게 뭔데? 넌 맨날 어려운 말만 쓰더라."

순간적으로 판사가 '진짜 짜증난다'는 표정을 지었다. 역시나 순간적으로 노다 조수가 '정말 죄송합니다'라는 표정을 짓고 얼른 고개를 숙였다.

"증인, 질문하는 사람은 접니다. 이쪽을 보세요."

변호인이 자기 얼굴을 손가락으로 가리키며 다시 웃었다.

"이쪽을 보고 저에게 대답해주세요."

"네에."

"가시와기 군이랑 어떤 얘기를 나눴나요?"

증인이 또 몸을 배배 꼬았다. "기억이 잘 안 나. 으음…… 그냥 시시한 얘기였던 것 같아. 대충 뭔지 알겠지?"

"네, 압니다."

"가시와기는 말이 없었으니까."

"그렇군요. 말이 없었군요."

바로 자기가 원했던 대답이라고 칭찬하듯 변호인이 과장스럽게 장단을 맞췄다.

"서로 노트를 빌려주기도 했나요?"

"아, 그랬을지도 몰라. 가시와기는 늘 노트 정리를 깔끔하게 잘했거든."

"그럼 증인이 그 노트를 빌린 적이 있나요?"

"아, 맞다! 그렇게 노트 정리를 잘하니까 틀림없이 성적도 좋을 줄 알았어. 그래서 2학기 기말고사 결과가 게시판에 붙었을 때, 가시와기 이름이 없어서 깜짝 놀랐어."

"그래요. 놀랐군요."

"응. 그래서 내가 그애한테 이상하다고 그랬지."

"가시와기 군은 뭐라고 대답했나요?"

"자긴 머리가 나쁘니까 전혀 이상할 거 없다고."

방청석 한구석이 술렁였다. 사사키 레이코는 쓰자키의 얼굴을 찾았다. 전 교장은 자리로 돌아오지 않고 옆 통로에 서 있었다. 뭔가 곰곰이 생각하는 표정이었다.

"그때 가시와기 군은 어땠죠?"

"어떻다니?"

"농담처럼 말했어요? 아니면 진지해 보였나요?"

"아, 웃었어. 살짝 쑥스러워하면서."

증인의 표정은 여전히 '나 예뻐?' 하는 분위기였는데, 실제로 이 말을 할 때는 사랑스러워 보였다. 아마도 떠올리는 기억 자체가 사랑스럽기 때문일 것이다.

좋았어, 라는 표정으로 간바라 변호인이 고개를 끄덕였다. "그렇군요. 가시와기 군이 증인이 묻는 말에 대답하며 웃었다고요."

술렁임이 방청석 전체로 번져나갔다. 목소리가 만들어낸 술렁임이 아니라 모여 있는 사람들의 흔들리는 마음이 만들어낸 술렁임이었다.

절대로 성격이 나쁜 것 같지는 않지만 머리와 마음은 약간 가벼워 보이는 여자아이와 쑥스럽게 웃으며 대화를 주고받는 가시와기 다쿠야—사랑스러운 가시와기 다쿠야가 일찍이 존재했다. 분명히 존재했다.

1학년 때의 가시와기 다쿠야. 등교거부를 하기 전의 가시와기 다쿠야. 거긴 미처 눈길이 닿지 못했다.

그는 2학년 11월 14일에 과학준비실에 나타났고, 그후로 학교에서 모습을 감추었고, 12월 25일 아침에 유체로 나타남으로써 이제 완전히 사라졌다. 사건의 점들만 잇는다면 사실은 그것뿐이다. 그러나 가시와기 다쿠야는 그전에도 살아서 존재했다. 당시의 그를 아는 반 친구가 여기 있다.

당사자인 도바시는 술렁이는 사람들이 신경쓰였는지 다시 안절부절못하며 흥분해서는 엉덩이를 들썩거렸다. 앞줄에서 가만히 보고 있는 팬클럼 아이들에게 차례로 향하는 시선이 흔들렸다. 어, 왜들 이러지? 내가 무슨 이상한 말 한 거야?

변호인이 재빨리 말을 건넸다. "증인, 이쪽을 보세요."

그리고 자세를 바로잡았다. 시선이 마주치자 미소지었다. 도바시 유키코도 금세 그를 따라 웃음으로 답했다. 이 상황에 옆에 있던 피고인 오이데 순지도 놀랐는지 아까부터 멍하니 변호인을 바라보고 있었다. 저 녀석 대체 뭐야.

"증인과 가시와기 군은 친했죠."

"응, 반 친구로." 증인이 애교를 섞어 말했다.

"그렇죠. 반 친구로."

두 사람은 공범인 것처럼 미소를 주고받았다.

"같은 교실에서 나란히 앉아 수업을 함께 듣는다. 아침에 학교에 오면 얼굴을 마주하고, 집으로 돌아갈 때는 뒷모습을 배웅한다."

"가시와기는 수업이 끝나자마자 집에 갔어. 완전 특급으로."

"그렇군요. 증인에게 인사는 안 했나요?"

증인이 몸을 꼬며 생각했다. "내가 '잘 가'라고 하면 '응' 하고 대답하는 정도였어."

그러나 이 역시 지금까지 드러나지 않았던 가시와기 다쿠야의 일면이다.

변호인이 두 사람의 거리를 더욱 좁히듯 다가서며 물었다. "둘이 함께 학교에 오거나 집에 간 적은 없습니까?"

갑자기 비밀스러운 투로 말했다. 도바시 증인에게는 먹혀들었다. 그녀가 온몸을 버둥거리며 야단법석을 떨었다.

"아니야, 그런 적 없대도!"

"정말입니까?"

"정말 그런 사이 아니었다니까. 어쩌다 같이 앉았을 뿐이야."

판사는 의젓하게 입을 다물고 있었고 검사도 지켜보기만 했다. 하기오 가즈미는 '저애 퇴치해도 돼?'라는 표정이고 고로는 '잠깐 기다려보자'는 표정이었다.

"고마워요, 잘 알았습니다. 그럼 질문을 바꾸죠."

간바라 변호인이 자세를 바로잡고 말투까지 단호하게 바꾸었다.

"작년 12월 23일에 관해 묻겠습니다. 증인은 2학년 2학기였고, 가시와기 군은 그전부터 등교거부중이었어요."

후지노 검사의 표정이 살짝 변했다. 판사의 은테 안경이 번쩍였다. 12월 23일?

"그 무렵 그가 학교에 안 나온다는 걸 알고 있었습니까?"

증인이 "아아니"라고 귀엽게 대답했다.

변호인은 놀란 표정을 지어 보였다. "몰랐다고요?"

"반이 다른걸."

"옆자리에 앉지도 않았고?"

"응, 그러니까."

"11월 14일 가시와기 군이 과학준비실에서 피고인 일행과 충돌한 사실은 알고 있었습니까?"

"몰라."

알 리가 있겠느냐는 말투였다.

"나랑 상관없으니까."

"그렇군요. 하긴 학교는 넓고 학생은 많으니까."

"공립은 학생이 너어무 많아. 완전 득실거려."

도바시 유키코가 머리카락을 만지작거리며 주절주절 늘어놓았다. "사립은 선택받은 사람밖에 못 가잖아? 간바라는 좋겠다. 나도 도토대 부속에 들어가고 싶었는데."

대놓고 치켜세우는 그 말을 변호인은 싹 무시했다. 한 손을 허리에 얹고 책상 위 파일을 물끄러미 내려다보며 말했다.

"작년 12월 23일 오후 세시가 지난 무렵―일요일이었는데요."

천천히 말하고 얼굴을 들어 증인에게 물었다.

"증인은 그날 교내에서 가시와기 다쿠야 군을 보았습니까?"

방청인뿐 아니라 배심원들까지도 놀라움을 감추지 않았다.

증인도 깜짝 놀랐다. "나?"라며 자기 코끝을 가리켰다. "어? 다들 왜 그래? 왜 놀라?"

"괜찮아요, 신경쓰지 않아도 됩니다. 도바시 유키코 증인."

'나랑 너랑 둘뿐'이라는 미소. 마법 같은 그 미소에 홀리기라도 한 것처럼 증인은 다시 기운을 차렸다.

"네에. 으음, 아, 뭐더라."

고개를 살짝 갸웃거리며 허둥지둥 덧붙였다. "아 참, 그렇지. 응. 봤어요. 세시 지나서인지는 잘 모르겠지만. 대충 그때쯤."

"어디서 봤습니까?"

"도서실 앞 계단에서."

"도서실은 2층 남쪽에 있죠?"

"응. 그날은 도서실이 개방되는 날이었어. 그래서 나도 도서실에 가려고 교실에 들렀다가 계단으로 내려갔거든."

"2학년 교실이 있는 3층에서 2층으로 계단을 내려갔다. 그것도 남쪽 계단이었나요?"

"방향은 잘 모르겠지만, 도서실이랑 제일 가까운 계단."

그렇다면 남쪽 계단이다.

"그런데 가시와기가 계단으로 올라오지 뭐야."

법정 전체가 술렁거렸고, 판사는 정숙하라고 소리를 높였다.

변호인의 미소가 한층 달콤해졌다. "가시와기 군이라는 걸 금방 알았습니까?"

"응. 당연히 얼굴 보면 알지."

"그렇겠죠. 증인은 반 친구로 그와 한때 친하게 지냈으니까."

잘못 본 것도, 사람을 헷갈린 것도 아니다.

아, 그런데—증인이 앞머리를 주르륵 늘어뜨리며 말했다.

"가시와기가 사복을 입고 있어서 깜짝 놀랐어."

"증인에게 인사를 했나요?"

"날 알아보고 개도 깜짝 놀라는 것 같아서 '왜 그렇게 놀라, 오랜만이야'라고 내가 말을 걸었는데."

"그가 뭐라고 했죠?"

"응, 이라고 했어. 늘 그래. 가시와기는 '응' 소리밖에 안 하거든."

"말이 없었으니까요."

"맞아, 수줍음도 많고. 그런 점은 귀여워."

그렇게 말한 후 도바시 유키코는 간신히—정말로 간신히 자기가 왜 여기로 불려왔는지, 여기가 뭘 하는 장소인지, 이런 자리를 마련하게 된 계기가 무슨 사건인지 떠올린 것 같았다.

"귀여웠어."

목소리가 갑자기 작아지더니, (살짝 연기 같긴 했지만) 표정이 어두워졌다.

"난 그런 모습이 싫지 않았어. 좀 멋지다고 생각한 적도 있어."

변호인도 차분하게 대답했다. "가시와기 군도 기뻐했을 겁니다. 그 역시 당신에게 반 친구로서 호감이 있었을 테니까."

증인이 고개를 숙이고 앞머리를 매만졌다.

"그럼 가시와기 군과 인사를 주고받고는 어떻게 했습니까?"

"어떻게 하긴. 난 도서실로 갔고 가시와기는 계단으로 올라가는 것 같던데."

"어디 간다고 말하진 않던가요?"

"글쎄, 그냥 우연히 지나가다 마주친 것뿐이라니까."

"다시 한번 확인하겠는데, 증인은 당시 가시와기 군이 등교거부중이라는 것을 몰랐다는 거죠?"

"응."

"그래서 학교에서 그와 마주쳐도 이상하게 여기지 않았다. 놀라지도 않았다."

"맞아. 조금 전에도 말했지만, 도서실이 여는 날이었고 일요일에 특별활동을 하는 데도 있어서 아이들이 꽤 있었으니까."

"증인의 태도가 자연스러워서 가시와기 군도 증인이 익히 알던 가시와기 군답게 '응'이라고 대꾸한 거겠죠?"

"1학년 때랑 별로 달라 보이진 않았어. 키가 조금 컸구나 했지. 그래도 학교에 안 나오는 건 전혀."

몰랐다를 생략하고 말을 이었다.

"알았으면 좀더 얘기를 나눴을 텐데."

"안타까운 거군요?"

"……응."

"응"이라는 목소리의 가녀린 잔향이 법정 구석구석까지 가닿기를 기다렸다가, 간바라 변호인이 미소를 거두며 증인을 위로하는 표정을 지었다.

"증인은 그의 죽음을 언제쯤 알았습니까?"

"25일 점심때."

"누구한테 들었나요?"

"1학년 때 같은 반이었던 친구가 알려줬어. 오늘 아침 가시와기가 학교에서 자살했다고."

변호인이 눈을 가늘게 떴다. "확인하겠습니다. 틀림없이 지금 증인이 말한 그대로입니까? '오늘 아침 가시와기가 학교에서 자살했다'고?"

"그랬던 것 같은데."

변호인이 목소리를 낮췄다.

"충격이었겠군요."

증인이 말없이 고개를 꾸벅 숙였다.

"증인은 불과 이틀 전에 그와 마주쳤습니다. 그는 1학년 때와 달라진 게 없었고 그저 키가 조금 자란 것 같았다. 오랜만이라고 말을 걸자 짝으로 친하게 지냈던 무렵과 다를 바 없이 '응'이라고 대꾸했다. 수줍어하는 것도 예전의 가시와기와 똑같았다. 그런데 죽었다고 한다. 게다가 자살이라는 얘기가 떠돌고 있다."

"정말 충격이었어."

증인의 목소리도 속삭이는 정도로 낮아졌다.

"그때 누군가에게 이런 얘기를 했습니까? 그저께 가시와기 군을 도서실 근처에서 봤다고."

"말했어. 꽤 여러 사람한테."

"다들 놀랐겠죠?"

"응. 그리고 그때 처음 들었어. 가시와기가 한참 학교에 안 나왔었다는 얘기를. 그래서 한 번 더 놀랐고."

양손을 꼬는 듯한 몸짓을 하던 도바시 유키코의 목소리가 갑자기 떨렸다.

"그래서 그런 생각을 했어. 나랑 마주친 그날, 가시와기는 죽기 전에 학교에 작별인사를 하러 왔던 게 아닐까."

이 발언을 어떻게 이용할까—사사키 레이코는 변호인을 주시했다.

그러나 변호인은 별다른 반응이 없었다.

"가시와기 군 장례식에는 갔습니까?"

"응. 1학년 때 친구들이랑."

"어떤 심정이었나요?"

"너무 슬퍼서 울었어. 내가 뭔가 할 수 있는 일이 없었을까 싶어서."

"그후 가시와기 군의 죽음을 둘러싸고 여러 소동이 일어났습니다. 증인은 어땠나요?"

"죽은 사람을 나쁘게 말하는 게 싫어서, 되도록 아무 말도 안 들으려고 했어."

"그가 실은 살해당한 거라는 소문은 알고 있었나요?"

도바시 유키코가 입을 삐죽거리더니 뭐라고 하소연이라도 하려는 듯 변호인 쪽으로 몸을 내밀고 말했다. "그렇게 이러쿵저러쿵하는 건 부끄러운 일이라고 생각해. 다들 재미로 그러는 거야. 그래서 난 모른 척했어. 텔레비전도 안 봤고."

변호인이 충분히 이해한다는 표정으로 고개를 끄덕였다.

"증인은 피고인을 알고 있습니까?"

"오이데?"

증인이 고개를 돌려 오이데 슌지를 잠시 바라보았다. 왠지 슌지는 의아하다는 표정으로 눈썹을 찡그렸다.

"알지만."

"알지만?"

"같은 학교에 다닌다는 것뿐이야. 관심없어."

그것은 슌지도 마찬가지인 모양이다. 저 녀석이 누구더라, 하며 새삼스레 기억을 더듬는 눈빛이었다.

"고맙습니다. 반대신문 하세요."

검사에게 말하고 자리에 앉으면서 간바라 변호인은 다시 그 눈빛으로 증인을 바라보았다. 이번에는 '우리 둘뿐'이라는 뜻이 아니라 '내가 곁에 있으니까 괜찮아'라는 뜻인 듯했다.

이렇게 어디로 튈지 모르는 증인을 리허설도 없이 법정에 데리고 나왔을 리 없다. 검사의 반대신문 대책까지 미리 준비해뒀겠지. 증인의 뒷모

습은 실로 정직하게 그런 분위기를 뿜어냈다. 자, 적의 습격이다. 난 간바라를 위해 힘내야 해ᅳ

후지노 검사는 곧바로 덤벼들지 않았다. 책상에 있는 파일과 메모를 들척였다.

"도바시 유키코 증인."

이름을 부르며 일어서더니 생긋 웃었다. 증인의 등이 절대 속지 않겠다는 듯 경직되었다.

"당신은 왜 증인으로 나왔나요?"

도바시 유키코가 몸을 살짝 뒤로 뺐다.

"왜라니?"

"방금 가시와기 군의 죽음을 둘러싼 소동에 관여하고 싶지 않다고 말했죠. 그건 부끄러운 일이다, 재미로 그러는 거라고. 그런데 왜 이 법정에 나왔죠?"

증인은 도움을 청하듯 변호인을 바라보았다.

검사가 다시 물었다. "누군가의 부탁을 받았나요?"

발끈한 모양이다. "아니"라고 대답하는 증인의 목소리에서 아까 같은 애교는 느껴지지 않았다.

"누구 부탁 받은 거 아니야. 그냥 내가 겪은 일이 중요한 증언이 될 것 같아서 증인으로 나온 거라고."

변호인의 표정과 증인의 태도로 보아 미리 준비해둔 답변일 것이다. 도바시 유키코의 생각일 리 없다.

"그 점이 이해가 안 되는데요."

그러더니 검사는 여봐란듯이 한숨을 내쉬었다.

"증인은 이 사건에 흥미가 없었어요. 가시와기 군이 죽고 나서 벌어진 소동에 귀를 막고 지냈고, 피고인은 같은 학교에 다니지만 없는 거나 다름없는 남자입니다."

남자라는 말에 비아냥거림이 살짝 묻어났다.

"그런데 갑자기, 등교거부중이던 가시와기 군이 죽기 직전 제 발로 학교에 왔었다는 증언을 했습니다. 증인은 자기 증언의 무게를 이해하나요? 그것이 얼마나 중요한 얘기인지 알고 있습니까?"

"판사님." 변호인이 부드럽게 끼어들었다. "검사는 증인을 위협하고 있습니다."

'맞아, 맞아'라고 말하듯이 증인이 몸을 움츠렸다.

"증인은 선서를 하고 증인석에 섰습니다. 증언의 중대함을 충분히 알고 있을 겁니다. 질문 계속하십시오."

검사 역시 '과연 어떨까'라는 표정으로 날카롭게 물었다. "언제 생각해냈습니까?"

"어? 무슨 소리야?"

"작년 12월 23일, 도서실을 개방한 일요일 오후 세시가 지난 무렵—어림짐작이지만 대충 그때쯤 가시와기 다쿠야 군과 도서실 근처에서 우연히 마주쳤다는 것을 언제 생각해냈습니까?"

"생각해내다니?"

"생각해내지 못했다면 증인이 될 순 없었겠죠. 분명 상당히 인상적인 일이었을 텐데 그때까지 잊고 있었잖아요?"

"잊고 있었는지 어떻게 알아? 내 일을 후지노 네가 어떻게 아느냐고?"

증인은 눈 깜짝할 사이에 사나워졌다. 팬클럽 여학생들도 후지노 검사를 노려보았다.

"23일에 가시와기 군과 우연히 마주쳤다는 얘기를 지금까지 누구에게 했나요?"

"가시와기가 죽었을 때, 여러 사람에게 얘기했다고 말했잖아."

"여러 사람이란 증인과 친한 친구겠죠?"

검사가 팬클럽을 매서운 눈으로 쏘아보더니 고개를 돌렸다.

"증인을 포함해 친한 친구들끼리 뭉쳐서, 이 교내재판이 시작될 때 다 함께 생각해냈다. 그런 건가요?"

"그런 거라니—"

"그러고 보니 유키가 가시와기랑 마주쳤다고 했잖아. 맞아, 그랬어. 그런 식이었느냐고 묻는 겁니다."

공격당하고 있는데 괜찮아? 증인이 변호인을 보았다. 변호인은 검사를 바라보았다. 노다 겐이치는 아래를 내려다보고 있고 피고인은 여전히 미심쩍은 표정이다. 난 쟤네들 전혀 모르는데. 외계인 아냐?

"지카가." 도바시 유키코가 팬클럽을 돌아보았다. 지카로 추정되는 여자아이가 허둥지둥 목을 움츠렸다.

"중요한 일일지도 모르니까 빨리 알리는 게 좋겠다고 했어."

"누구에게요?"

"당연히 변호하는 간바라지."

검사의 표정이 갑자기 부드러워졌다. "그때 우리 검사 측은 떠오르지 않았나요?"

너 따위한테 뭣하러 말해, 라고 증인의 뒷모습이 되받아쳤다.

"간바라한테 더 필요하다고 생각했어."

"그래요. 증인은 자기 증언의 의미를 잘 알고 있군요. 아까는 실례했어요."

전혀 미안한 얼굴이 아니다.

"그래서 변호인 측에 연락해서 이렇게 증언하게 됐군요."

"왜? 그럼 안 돼?"

검사는 놀라는 척했다. "아뇨, 전혀. 누가 안 된다고 했나요?"

증인이 샐쭉해졌다. 변호인은 어쩌고 있나 보니 낭패라는 듯 씁쓸하게 눈웃음을 짓고 있었다.

"안 될 건 전혀 없습니다. 증언이 진실이라면."

말의 의미를 곧바로 이해하지 못했는지 증인은 잠시 멍하니 있다 받아쳤다.

"잠깐, 그게 무슨 뜻이야?"

그러고는 벌떡 일어섰다.

"후지노. 내가 거짓말을 한다는 거니? 응? 그런 뜻이야?"

"거짓말이 아닌가요?"

검사가 냉정하게 받아쳤다. 사사키 고로는 참호로 기어들듯 고개를 숙였고 하기오 가즈미는 싱글거렸다.

"난 단지 간바라를 도와주고 싶었을 뿐이야. 그래서 증언하기로 한 거라고."

레이코는 마음속에서 손으로 얼굴을 가렸다. 어이구, 결국 말했네.

"변호인을 도와주고 싶다."

먹잇감을 잡아놓고 입맛을 다시듯 후지노 료코가 되풀이했다.

"증언을 해서 변호인 측을 돕고 싶다. 증인은 그런 생각을 했군요."

"그래. 그럼 안 돼?"

"증인의 증언은 진실입니까?"

검사가 책상을 돌아 앞으로 나가자 증인은 주눅이 든 듯 의자에 앉았다.

"직접 겪은 걸 얘기하는 겁니까. 아니면 꾸며낸 얘기를 하는 겁니까. 어느 쪽이죠?"

"꾸며낸 얘기가 아니야." 또 울먹였다. "사실을 말한 거라고!"

"그래도 변호인을 도와주는 게 증인의 가장 큰 목적이죠? 간바라 변호인의 환심을 사는 게."

"판사님, 이의."

그 말이 끝나기도 전에 진저리가 난다는 듯 판사가 말했다.

"검사, 말을 신중하게 해주세요."

후지노 검사가 판사석을 올려다보았다. "이상입니다."

그렇게 내뱉고는 서둘러 자리에 앉았다. 간발의 차이도 없이 변호인이 일어섰다.

"판사님, 다시 주신문을 하겠습니다."

"하시죠."

얼른 수습해봐.

"증인, 진정하세요."

자, 내가 곁에 있으니까.

"그렇지만."

증인은 완전히 울상이다.

"조금 전 증인은 12월 23일 가시와기 군과 마주쳤을 때 그가 사복 차림이라 놀랐다고 증언했습니다. 틀림없죠?"

"……응."

"그때까지 그가 사복을 입고 학교에 나온 걸 본 적이 없어서였나요?"

"그래."

"뭘 입었는지 기억합니까?"

잠시 생각하고, 코를 훌쩍이며 증인이 작은 목소리로 대답했다. "청바지였나."

"외투는 입고 있었나요? 색이 기억나지 않습니까?"

증인은 불안하게 고개를 저으며 말했다. "모르겠어."

"그렇지만 증인이 '오랜만이야'라고 말을 걸자 '응'이라고 대꾸했다. 그렇죠?"

"응."

"1학년 때 뭐라고 말을 걸면 그랬던 것처럼."

"맞아. 가시와기다웠어."

"고맙습니다. 이걸로 마치겠습니다. 수고했습니다."

어쩌나 봤더니 증인은 냅다 팬클럽 친구들에게 달려갔다. 그 자리에 웅크려 앉은 그녀를 친구들이 보호하듯 에워쌌다. 후지노 검사는 그러거나 말거나 거들떠보지도 않았다.

"판사님, 휴식을 부탁드리고 싶은데요." 변호인이 말했다.

판사가 무뚝뚝하게 의사봉을 잡더니 크게 땅 한 번 내리쳤다.

"십오 분간 휴정합니다."

쓰자키가 웃었다.

"흠, 무승부로 봐야 할까요."

레이코와 함께 체육관을 나서 운동장 가를 천천히 걷는 중이었다. 방청인 대부분은 화장실에 가거나 급수기에서 물을 마셨고, 어른들은 출입구 옆에서 담배를 피우기도 했다. 교실에서 체육관으로 오는 학생들도 보였다. 대부분이 여학생이고, 사복 차림이 많아 알록달록했다.

"그나저나 도바시 유키코를 찾아내다니 대단하네요."

"찾아낸 게 아니겠죠. 증언대로 그애들이 먼저 간바라 군에게 연락했을 겁니다. 변호인 측의 높은 인기가 뜻밖에도 쓸모가 있었네요."

한여름 뙤약볕이 따가워 레이코가 손차양을 했다.

"그게 사실일까요?"

쓰자키는 망설임 없이 고개를 끄덕였다. "그 학생은 치밀한 거짓말은 못 할 것 같아요."

"변호인 측에서 유도했을 가능성은요?"

"간바라 군도 그것까지는 어렵겠죠."

그러더니 쓰자키가 갑자기 웃음을 터뜨렸다. 레이코는 어안이 벙벙했다.

"아아, 실례했습니다. 휴정된 직후에 그애가 노다 군에게 투덜거리더리고요."

―여자한테는 정말 못 당하겠어.

"후지노 양은 끄떡도 안 했으니까요. 그래도 도바시 양 증언을 완전히 부정하진 못했죠. 그러니 비겼다고 하기보단 한 방씩 주고받았달까요."

1라운드는 말이죠, 하고 덧붙였다.

"그애, 보통내기가 아니네요."

레이코의 중얼거림에 쓰자키가 놀란 표정을 지었다.

"후지노 양 말입니까?"

"아뇨, 그애는 딱 봐도 우수하고요. 제 말은 간바라 군이요."

레이코가 체육관을 돌아보았다. 때마침 북적거리는 출입구에서 예의 팬클럽 무리가 도바시 유키코와 함께 나오는 참이었다. 그러자 체육관 밖에 있던 여학생들이 그녀 쪽으로 달려가 주위를 커다랗게 둘러쌌다.

요란하게 손짓 발짓을 해가며 뭐라고 떠들어댄다. 화가 나고 흥분한 상태다. 도바시 유키코는 여전히 울상이다.

레이코는 쓰자키와 얼굴을 마주보고는 그애들에게 다가갔다. 여자아이 하나가 눈치 빠르게 알아채고 "아, 선생님" 하며 목소리를 높였다.

"사사키 형사님도 오셨네요."

면담 조사를 할 때 본 적 있는 얼굴이었다.

"날 기억하네."

"네. 저기, 형사님도 보셨어요? 후지노 너무 심하지 않아요?"

한동안 쓰자키와 함께 비분강개한 아이들의 얘기를 들어주어야 했다.

"마음은 이해하지만 냉정하게 생각해. 후지노 입장에서는 그게 맞는 방식이었으니까."

"그렇지만 유키한테 거짓말을 한다잖아요!"

"거짓말이 아니냐고 물어본 거지. 꾸며낸 얘기 아니라고 대답했으니까 됐어. 법정에서는 그러는 게 맞아."

발랄하지만 시끌벅적한 여학생들 사이에서 쓰자키가 옛 생각이 나는지 눈을 가늘게 떴다.

"혹시 형사님도 증언해요?"

"아마도."

여학생들이 술렁거렸다.

"어느 편이에요?"

쓰자키가 타일렀다. "어이쿠, 그런 식으로 생각하지 말라고 이노우에 군이―판사님이 말했잖니? 나 역시 어느 편을 들 생각은 없단다."

"그래도 결국에는 어느 쪽이든 정해야 하잖아요?"

빨개진 눈을 손수건으로 훔쳐내며 도바시 유키코가 말했다. 흠, 이애도 은근히 할말은 하네.

"그렇지. 하지만 그건 마지막에 가서 정할 일이야."

저기, 도바시 학생―레이코가 그녀에게 다가갔다. "오늘 증언하기 전에 변호인 측이랑 리허설했지?"

여학생 무리가 사자를 발견한 가젤 떼처럼 긴장했다.

"그건 왜 물어요?"

레이코가 미소지었다. "예민하게 굴 것 없어. 증언 리허설은 진짜 재판에서도 하는 거야."

도바시 유키코는 입술을 깨문 채 침묵을 지켰다. 레이코를 기억하고 알은체했던 여학생이 그녀를 보호하듯 어깨를 감싸며 대신 대답했다. "대략 이런 식으로 질문할 거라고 연습하긴 했어요. 우리도 같이 봤어요. 유키가 하도 긴장해서요."

"아까 대기실에 있을 때부터 엄청 떨었어요. 워낙 잘 긴장하는 성격이라서. 섬세해요"라며 다른 여학생이 끼어들었다.

"너희도 같이 기다려줬구나. 하지만 대기실에 있으면 법정 상황을 알 수 없잖니."

"상관없어요. 유키가 진정할 수 있게 우리끼리 다시 한번 리허설을 했거든요."

그렇게 된 내막이군.

"후지노가 그런 질문을 할 거라고 간바라가 얘기 안 해줬니?"

"했어요." 도바시 유키코가 대답했다. 눈가가 눈물에 젖어 있다. "그래도 말이 너무 심하잖아요. 완전 못됐어요."

심하든 못됐든 후지노 검사로선 그 말을 해야 했고, 그녀가 그렇게 나올 것을 간바라 변호인은 이미 계산하고 있었다. 그래서 주신문에서는 도바시 유키코의 기분을 최대한 맞춰주고 반대신문에서는 그녀가 도움을 청해도 모른 척했다.

12월 23일 가시와기 다쿠야가 조토 3중학교를 찾았다—그 사실만 끌어내면 된다. 그것을 증언하는 도바시 유키코가 어떤 아이인지만 보여주면 된다.

그렇게 해서 쓰자키의 증인신문 때 날아든 카운터블로를 맞받아치면, 도바시 유키코에게는 이제 볼일이 없는 것이다. 뭘 여자한테는 못 당하겠다고 엄살이람.

"그래도 난 유키가 부럽더라."

무리 가장자리에 있던 조그만 여자아이가 목을 움츠리며 말했다.

"후지노는 그냥 히스테리를 부렸지만, 간바라는 멋졌잖아. 나도 증인신문 받아보고 싶어."

어머, 애 좀 봐, 하며 아이들이 들썩거렸다. 이야기는 대충 그 발언에 동감하는 쪽으로 흘러가는 듯했다. 새된 술렁거림 속에서 도바시 유키코는 마치 비극의 여주인공이 된 양 과장스레 친구의 팔에 매달렸다.

농구부 도우미들이 체육관 출입구에 나타났다. 확성기를 들고 있었다.

"잠시 후 심리를 재개합니다. 방청인 여러분은 돌아와주십시오."

쓰자키와 레이코는 변호인 측 팬클럽에게서 벗어나 걸음을 내디뎠다.

"말씀하신 대로 여간내기가 아닌가보군요."

쓰자키가 그렇게 말하더니 자기 일처럼 쑥스러워했다.

"그것이 오이데 군에게 유리할지 불리할지는 알 수 없지만."

—분명 그렇죠.

레이코는 마음속으로 중얼거렸다.

—그래도 한 가지는 알아냈어.

그 슌지가 얌전히 따를 만한 가치가 있는 변호인이라는 것을.

휴정 후의 방청석에는 약간의 변화가 있었다. 보호자로 보이던 어른들이 줄어들고, 대신 조금 전 운동장에서 본 듯한 학생들이 뒤쪽에 무리 지어 앉았다. 앞부분만 방청하고 돌아가버린 어른들이 레이코는 신기했다. 다음이 궁금하지 않은 걸까.

검사와 변호인이 판사석으로 다가가 이야기를 나누고 있었다. 료코가 먼저 말하고 이노우에 판사가 자기 의견을 말하는 듯 보였다.

이야기가 마무리되었는지 흩어졌다. 후지노 검사가 두 사무관에게 짧게 뭐라고 말한 후 자리에 앉았다. 변호인은 선 채로 방청석을 둘러보고 이어서 판사를 올려다보았다.

"심리를 재개합니다."

판사가 선언하자 변호인이 말을 받았다. "변호인 측 증인으로 가시와기 노리유키 씨를 소환합니다."

아버지다. 레이코는 자세를 바로잡았다. 모기 에쓰오와 학부모회 회장도 놀란 눈치였다. 이름만 듣고선 금방 알아채지 못한 사람이 많은지 "왜, 그애 아버지잖아"라고 설명해주는 낮은 목소리가 방청석 여기저기서 들렸다.

변호인 측 뒤쪽 출입구에서 가시와기 노리유키가 조수 노다 겐이치의 안내를 받아 입정했다. 양복 차림에 단정하게 넥타이를 맸다. 시선을 떨어뜨린 채 증인석으로 걸어가 판사를 마주보고 섰다.

선서하는 증인을 오이데 슌지가 휘둥그레진 눈으로 바라보는 것을 레이코는 알아차렸다. 그 눈빛에서 강렬한 놀라움이 보였다.

—저 사람이 가시와기 아버지구나.

그런 놀라움이 아니다. 레이코의 눈에 순지는 자기 아버지, 혹은 자기 안의 '아버지상'과 확연히 비교되는 가시와기 노리유키의 모습에 놀라는 듯 보였다. 지금까지 판다라고 하면 흑백의 커다란 곰인 줄로만 알았는데 뒤늦게 너구리판다의 존재를 알게 되었다—이렇게 비유하면 좋을까. 그 반대라도 좋다. 너구리판다밖에 몰랐는데 난생처음 검고 흰 판다를 본 느낌.

레이코가 가시와기 다쿠야의 사진을 보고 받았던 인상은 어머니 고코를 많이 닮았다는 것이었다. 아버지는 별로 닮지 않았다. 생전의 다쿠야를 알았다면 체형이나 걸음걸이, 목소리 등에서 닮은 점을 찾아낼 수 있었을지 모르지만.

"교내재판에 참석해주셔서 감사합니다."

고개 숙여 인사한 변호인이 감사를 표하며 말문을 열었다.

가시와기 노리유키는 체육관에 모인 모든 이의 시선을 한 몸에 받으며 고개를 살짝 숙이고 침묵했다. 등을 곧게 펴고 발을 단단히 벋디뎠다.

양쪽 다 잠시 말이 없었다.

"솔직히 말씀드리면."

가시와기 노리유키가 먼저 입을 열었다. 목소리가 갈라졌다.

"정말 이래도 되는 건지, 이 자리에 선 지금도 판단이 서지 않습니다."

휴식의 여운에 젖어 손수건이나 부채를 팔랑거려 얼굴에 바람을 보내던 방청인들의 손이 멈췄다.

"제가 할 수 있는 일은 여러분에게 다쿠야에 대해 말씀드리는 것뿐입니다. 아니, 들어주실 의향이 있다면 말씀드리고 싶어 나왔습니다."

변호인이 "네"라고 대답했다.

"또 한편으로는 저희 부부가 몰랐던 다쿠야의 얼굴, 그 아이가 학교나 친구들 사이에서 보였던 얼굴이 이 재판 과정에서 드러나지 않을까 하는 기대도 있습니다. 그것을."

목이 잠겨서 괴로운지 기침을 했다.

"그것을 보거나 알았다고 다쿠야가 살아 돌아올 리는 없고, 자식을 잃은 저희의 후회가 덜어질 리도 없습니다. 제 아내인 다쿠야의 엄마는 특히 그런 생각이라 다쿠야의 죽음이 어떤 사건이었든, 혹은 사고였든 간에 부모인 자기 책임은 사라지지 않는다. 그러니 재판에는 관여하지 않겠다고 밝혔습니다."

담담한 말투다. 억양 없는 목소리에는 힘도 없었다. 그러나 그의 말이 적어도 레이코의 귀에는 차마 듣고 있기 힘들다 느껴지진 않았다.

오히려 마음이 끌렸다.

"저는—아내와도 충분히 얘기를 나눴지만."

가시와기 노리유키가 처음으로 판사와 검사를 향해 시선을 던졌다.

"여기서 여러분이 무엇을 하고자 하는지, 그것이 알고 싶었습니다. 솔직히 말해 여러분이 과연 다쿠야의 죽음의 진상을 밝혀낼 수 있을지 불안한 마음이 큽니다. 다쿠야가 아직 한없이 무력한 아이였듯이 여러분 역시 아직 아이입니다."

그렇지만, 하며 변호인을 바라보았다.

"증인으로 나온 이상 질문에는 최대한 성실하게 대답할 생각입니다. 잘 부탁드립니다."

간바라 변호인이 입을 다문 채 다시 한번 깊숙이 고개를 숙였다. 그리고 말했다.

"이 심문은 조금 시간이 걸릴 테니 자리에 앉아주십시오."

가시와기 노리유키가 의자에 앉았다.

간바라 변호인이 책상 위 파일을 들고 펼치려다 떨어뜨렸다. 툭 소리가 의외로 크게 법정 안에 울려퍼졌다.

레이코는 그가 심호흡을 한 번 하는 모습을 보았다.

"먼저 여쭙겠습니다."

파일을 펼쳐 책상에 내려놓고 변호인이 얼굴을 들었다.

"가시와기 씨는 지금 현재, 다쿠야 군이 죽은 원인이 무엇이라고 생각하십니까?"

다짜고짜 그것부터 물었다.

가시와기 노리유키가 대답했다. "모르겠습니다."

"모르시겠다고요."

"네. 지금은 너무 혼란스럽습니다. 한때는 저 나름대로 다쿠야가 왜 죽었는지 이해했다고 생각했지만 지금은 확신을 잃었습니다. 아니."

서둘러 말을 덧붙였다.

"이해한 줄 알았을 때도 확신하지는 못했을 겁니다. 뭔가 확신할 수 있었다면 애초에 다쿠야를 그렇게 어이없이 잃지는 않았을 테니까요."

가슴 아플 만큼 단호한 표현이었다.

"전에는 지금만큼 혼란스럽지는 않았다는 뜻일까요?"

"네, 그런 것 같습니다."

고개를 한 번 끄덕이고, 변호인이 파일에서 서류 한 장을 끄집어냈다.

"그렇다면 지금까지 가시와기 씨의 심경 변화에 관해 여쭙겠습니다."

손에 든 서류를 가볍게 쳐들어 법정에 보였다.

"이것은 작년 12월 28일 오전 열시 장례식장 '동방 홀'에서 열린 다쿠야 군 고별식에서, 출관에 앞서 가시와기 씨가 하신 상주 인사 내용입니다. 당시 써둔 원고를 가시와기 씨가 보관하고 계셨습니다. 이것을 변호인 측 2호증으로 제출합니다."

판사가 몸을 살짝 내밀며 정중히 물었다. "증인은 승낙하셨습니까?"

"네. 제가 변호인에게 보여준 겁니다."

"그럼 승인합니다." 판사가 짧게 말했다.

"원고 후반부를 잠깐 읽겠습니다."

간바라 변호인이 종이로 시선을 떨어뜨렸다.

"'크리스마스이브 밤에 다쿠야가 왜 학교에 갔는지, 왜 옥상으로 올라 갔는지 지금은 모릅니다. 그때 다쿠야가 무슨 생각을 했고 어떤 결론에 이르러서 죽음을 택했는지도 모릅니다. 시간을 되돌려 다쿠야의 입으로 그 얘기를 들을 수만 있다면 저는 목숨이라도 내놓을 수 있습니다.'"

담담하게 읽는데도 방청석이 차츰 동요하며 웅성거렸다.

"'다쿠야는 우리에게 아무 글도 남기지 않았습니다. 모두 혼자 짊어지 고 먼 길을 떠나버렸습니다. 걱정을 끼치고 싶지 않다는, 그 아이 나름의 배려였을지도 모릅니다.'"

배심원 구라타 마리코가 손을 눈가로 가져갔다.

"그리고 가시와기 씨는 연설을 이렇게 마무리지었습니다. '생명은 소 중합니다. 그것이 다쿠야의 유언입니다. 그 아이도 지금 하늘 위에서 틀 림없이 그렇게 확신하고 있을 겁니다. 어쩌면 다쿠야는 그런 확신을 얻 기 위해, 구태여 죽음의 세계에 발을 들여놓았을지 모릅니다.'"

정적 속에서 변호인이 말했다.

"당시 상황을 떠올리기 몹시 괴로우시겠죠. 죄송합니다. 방금 제가 읽 은 내용에 잘못된 점은 없습니까?"

"없습니다."

"내용을 기억하십니까?"

"늘 기억하고 있습니다. 잊은 적이 없습니다."

다시 한번 고개를 끄덕이고 숨을 한 번 깊게 내쉰 후 변호인이 말을 이 었다. "이 내용으로 추측하건대 가시와기 씨는 고별식 당시 다쿠야 군이 스스로 죽음을 선택했다고 생각하신 듯한데, 그렇게 이해해도 될까요?"

거의 틈을 두지 않고 증인이 대답했다. "네, 그렇습니다."

"왜 그렇게 생각하셨을까요?"

법정의 이목이 가시와기 노리유키에게 집중되었다.

"가장 큰 이유는 아무래도."

담담한 말투는 여전했다.

"당시 다쿠야가 무슨 고민이 있어 방에만 틀어박혀 있는 눈치였기 때문입니다."

가시와기 노리유키가 손을 들어 이마에 대더니 곧 다시 내렸다.

"상주 인사를 하면서도 말씀드렸다시피, 다쿠야는 본래 매사를 깊이 생각하는 편이었습니다. 어른이라면—혹은 평범한 아이라면 별생각 없이 넘어갈 일도 너무 깊이 파고드는 버릇이 있었습니다."

"잠시 확인하겠습니다." 변호인이 다시 종이를 보았다. "다쿠야는 매사를 깊이 생각하는 아이였습니다."

"네, 그 부분입니다."

"때로는 지나치다 싶을 정도였습니다. 그 아이는 너무 순수했던 건지도 모르겠습니다, 라고 말씀하셨습니다."

"그렇습니다. 지금도 그렇게 생각합니다."

"매사를 지나치게 깊이 생각하는 편이다. 즉 섬세하고 생각이 깊다는 뜻이겠죠?"

"그렇습니다. 그래서."

잠깐 할말을 찾지 못하는 듯 보였던 증인이 단숨에 말을 쏟아놓았다.

"다쿠야가 등교거부를 시작했을 때도 저는 그다지 심각하게 받아들이지 않았습니다. 물론 가볍게 여긴 건 아닙니다. 다만 평범한 아이라면 별생각 없이 넘어갈 일을 다쿠야가 지나치게 깊이 생각하는 바람에 학교에 가기 힘들어진 거라고 여겼습니다. 그러니 구체적인 무언가를 원인으로 볼 수는 없다. 즉 성적이 떨어졌다거나, 담임선생님과 안 맞는다거나, 친구관계가 원만하지 않다거나 하는 특정한 이유가 있지는 않을 거라고요. 다쿠야의 고민의 근원은 좀더 추상적인—어찌 보면 철학적인 것일지 모른다고 받아들였습니다."

"고민의 원인 역시 자기 스스로 만들어낸 게 아닐까 생각했다. 그런 뜻으로 이해해도 될까요?"

"맞아요. 그렇습니다."

증인의 목소리에 힘이 붙었다.

"그런 고민에 시달리는 아이나 젊은이는 예로부터 '죽음'과 가까이 있습니다. 그런 얘길 다룬 고전문학작품도 많죠. 그래서 다쿠야도 그런 번민에 시달리다가 결국 죽음에 이끌린 것이 아닐까―상주 인사를 했을 당시 저는 그렇게 생각했습니다."

변호인이 손에 든 종이를 파일 위에 살며시 내려놓고 책상을 손으로 짚었다.

"그런 고민―추상적이고 철학적인 고민의 근원에 대해 좀더 말씀해주십시오. 가시와기 씨는 다쿠야 군과 그런 대화를 나눈 적이 있습니까?"

증인이 고개를 크게 끄덕거렸다.

"있습니다. 여러 번이요."

"언제쯤인가요?"

"그애가 아직 어렸을 무렵부터요. 맨 처음은 초등학교 3학년 때였던 것 같습니다."

"어떤 얘기를 나누셨습니까?"

"집에서 키우던 작은 새가―카나리아 한 쌍이었는데―죽었을 때였습니다. 살아 있는 것은 왜 죽는가 하는 것으로 얘기가 시작됐죠. 사실 그 정도야 아끼던 애완동물이 죽어서 슬퍼하는 아이라면 누구나 떠올릴 법한 의문입니다. 그런데 다쿠야는 그때 저에게 이렇게 물었습니다."

―카나리아는 삶이나 죽음 같은 걸 알까? 죽기 싫다는 생각을 할까?

"수컷이 죽고 암컷이 남았죠. 다쿠야는 홀로 남은 암컷이 슬퍼할 것 같으냐고 저에게 물었습니다. 카나리아에게 그런 감정이 있을까 하고."

변호인과 조수의 표정은 변함없었지만 피고인은 얼떨떨한 표정이었다. 판다인 줄 알았는데 자세히 보니 외계인이었다.

"저는 카나리아는 '죽음'이 뭔지 모를 것이다. 그러나 수컷이 사라졌다는 사실은 분명히 알 거다, 라고 대답했습니다. 그러자 다쿠야는 '죽음'을 아는 건 인간뿐이냐고 물었습니다. 저는 아마 그럴 거라고 대답했죠."

증인이 다시 이마에 손을 댔다. 법정의 열기에 땀을 흘리고 있다.

"저는 당시 다쿠야가 '죽음'을 생각하는 동시에 '생명'에 대해서도 생각하는 거라 여겼습니다. 그래서 성의껏 대답했어요. 어릴 때부터 몸이 약한 아이라, 저나 집사람은 혹시 그애가 일찍 세상을 떠나지나 않을까 걱정하곤 했습니다. 다쿠야도 자기가 친구들보다 병약하다는 걸 알고 있었을 겁니다. 그렇다보니 죽음과 삶에 대해 생각하는 건 어찌 보면 자연스러웠습니다. 조금 이르다 싶긴 했지만 그런 문제를 진지하게 생각해보는 게 그 아이에게 절대 나쁘지 않다고 생각해서 다쿠야가 물을 때마다 저도 진지하게 대답해주려 노력했습니다."

방청석 여기저기서 한숨이 새나왔다.

"그런 대화가 그후에도 여러 번 있었던 거죠?"

"네. 다쿠야가 몸이 안 좋아 누워 있을 때나 친척 누군가가 세상을 떠났을 때, 혹은 책을 읽은 감상을 말하다가도 그런 대화로 이어지곤 했습니다."

조급하게 증언하던 가시와기 노리유키가 여기서 한숨을 내쉬었다.

"그애는 조숙한 책벌레였습니다. 초등학교 고학년이 되자 어른이 읽는 문학책을 집어들었죠. 그리고 작품 속에서 죽거나 운명에 농락당하는 주인공을 보고 화를 내면서."

"화를 내요?"

"네." 증인이 처음으로 희미하게 웃음지었다. "진지하게 화를 냈죠. 죽음이란 이렇게 불합리한 거냐, 세상은 이렇게 불공정한 거냐고."

"그럴 때마다 가시와기 씨는 다쿠야 군과 대화를 나누셨고요."

"그애가 커가면서, 때때로 제가 말문이 막히거나 논리적으로 밀릴 때도 있었습니다."

"예를 들면 어떤?"

할말을 고르며 증인이 잠시 생각에 잠겼다.

"인생에는 무슨 의미가 있는가, 인간은 왜 사는가, 죽음은 정말로 모두에게 평등한가."

하나하나 꼽으며 대답하는 증인을 보고 이번에는 변호인이 희미하게 미소지었다.

"어렵네요."

"네, 하나같이 어려운 질문들이었죠. 그 밖에 다쿠야가 집착했던 건 '이 세상에 절대적으로 옳은 것이나 절대적으로 그른 것이 있는가'라는 문제였습니다. 100퍼센트 선이나 100퍼센트 악이 존재하느냐고 질문한 적도 있었죠."

저는 명확하게 대답해줄 수 없었습니다—가시와기 노리유키가 작은 목소리로 말했다.

"그건 인간이 풀어야 할 영원한 과제라고 대답하자, 말장난이라며 화를 낸 적도 있어요. 생생하게 기억납니다. 그애는 마치 어린 철학자 같았습니다."

말투에서 다정함과 어렴풋한 자랑스러움이 묻어났다.

"다쿠야 군은 섬세하고 생각이 깊은 편이었으며 병약한 어린 시절을 보냈기 때문에 죽음이 결코 남의 일이 아니었다. 그래서 평범한 또래 아이들이 깊이 생각하지 않을 일도 지나치게 파고드는 면이 있었다. 그것이 죽음의—자살의 원인이 아닐까. 가시와기 씨는 그렇게 느끼셨던 거군요."

증인은 고개를 먼저 끄덕이고서 "네"라고 대답했다.

"그렇다면 다쿠야 군이 죽기 전의 동향, 먼저 등교거부에 대해 여쭙겠습니다. 그 사실을 언제 아셨습니까?"

"학교에 안 나간 지 닷새째 되는 날, 아내가 알려줬습니다."

"닷새째. 본인에게 직접 들으신 게 아니었군요."

"네. 부끄럽지만 아내가 알려주지 않았더라면 그뒤로도 한참 몰랐을 겁니다. 전 일이 바빠서 휴일에도 접대나 출장 같은 일로 집을 비우는 날이 많았으니까요."

"그래도 다쿠야 군과는 자주 대화를 나누셨군요."

"조금 전 같은 거 말씀입니까?"

"네. 상당히 심오한 논의죠."

"그렇습니다. 하지만 계획하고 하는 건 아니었어요. 식사 때나 밤에 잠들기 전 다쿠야가 갑자기 질문을 꺼내면서 시작되는 식이라."

증인이 다시 말을 고르며 고개를 갸웃거렸다.

"솔직히 말씀드리면 그 밖의 일상적인 얘기랄까, 좀더 사소한 것, 이를테면 텔레비전에서 뭘 봤다거나 친구가 어쨌다거나 학교에서 무슨 일이 있었다거나 하는 얘기는 별로 안 했습니다. 저는 바빴고 다쿠야는 워낙 말수가 적었고요. 그래서 그, 논의 말고는."

"일상적으로 대화할 기회가 적었다는 뜻인가요?"

"그렇죠. 하지만 아버지와 아들 사이는 대개 이럴 거라 생각했습니다. 저와 제 아버지도 그랬죠. 사소한 일상 이야기를 자주 나누진 않았어요. 대화는 중요한 일이 있을 때만 하는 거다—아까 말씀드린 것과 같은 논의를 저는 중요하게 여겼습니다. 저와 아버지 사이에는 그런 논의조차 없었어요. 그래서 다쿠야를 잃기 전까지 저는, 제 아버지에 비하면 아들과 말이 잘 통한다고 생각했을 정도입니다."

마지막에 가서는 거의 들리지 않을 만큼 목소리가 작아졌다.

변호인도 목소리를 살짝 낮추며 물었다. "감히 말씀드리자면, 등교거부는 상당히 중요한 일로 보이는데요."

"그렇죠."

두 번, 세 번 고개를 끄덕이고 가시와기 노리유키가 말했다.

"물론 학생—게다가 아직 의무교육 기간이 끝나지 않은 다쿠야에게는 학교에 가고 안 가고가 중요한 문제지요. 그러나 그 중요성에 대해 저는—저와 다쿠야는 일반적인 것과 조금 다른 생각을 갖고 있었습니다."

"등교거부 사실을 안 뒤에 다쿠야 군과 대화를 해보습니까?"

"다쿠야 방으로 가서 한 시간가량 했습니다."

"어떤 얘기를 나누셨나요?"

"일단 왜 학교에 안 가는지 이유를 물었습니다."

판사가 눈을 가늘게 떴다. 방청인들도 주시했다.

"무의미해서, 라고 다쿠야는 대답했습니다."

"무의미해서." 변호인이 따라 말했다.

"네. 어느 정도 예상한 대답이라 놀라지는 않았지만, 어떤 점이 무의미하냐고 자세히 물어보려 노력했습니다."

"다쿠야 군이 뭐라고 대답하던가요?"

"선생님들에게 죄송합니다만, 다쿠야는 무엇보다 수업 내용이 불만이었던 것 같습니다."

"어떤 불만이죠?"

"성적이 좋지 않은 학생에게 맞춰주는 게 성에 차지 않는다."

그렇게 말한 증인이 처음으로 방청석을 의식했다.

"다쿠야의 말을 그대로 옮기면, 그 학교에 다니면 바보가 된다더군요."

판사가 눈을 깜박거리며 은테 안경을 밀어올렸다.

"그래서 전 전학을 가고 싶으냐고 물었습니다. 다쿠야는 그것도 내키지 않는다고 했습니다. 학교라는 체제 자체가 무의미하니까, 한동안 혼자 생각해보고 싶다고 했어요."

그것도 나쁘지 않다고 생각했다며 증인은 말을 이었다. "아까부터 말쓰드렸듯이 다쿠야는 조숙한 아이였습니다. 자기만의 논리가 있었습니다. 다른 부모님이 보면 건방지다고 느낄 만한 아이였죠. 저도 이따금 욱해서, 억지소리 말라고 야단치곤 했으니까요."

"그때는 야단치지 않으셨나요?"

"야단치지 않았습니다. '학교'에 회의를 표하며 가기 싫다고 한 게 그때가 처음은 아니었으니까요. 그래서 예상할 수 있었고 놀라지도 않았던 겁니다."

처음 듣는 얘기다. 곁눈으로 슬쩍 보니 모기 에쓰오가 몸을 앞으로 내밀고 경청하고 있었다.

"다쿠야는 초등학교 5학년 새 학기에 이곳으로 전학을 왔습니다. 그전에 살았던 사이타마에서는 별다른 문제 없이 학교에 잘 다녔고, 성적도 좋고 친구들과도 잘 지내는 것 같았습니다."

그래서 다쿠야는 전학을 가기 싫어했다.

"친구랑 헤어지기 싫어서 그러나 싶었는데 아니라더군요. 정확하게 말하면, 학교를 바꾸기 싫은 게 아니라 이 기회에 학교를 그만 다니고 싶다고 했습니다."

"왜 그랬을까요?"

"그때도 '의미가 없다'고 말했습니다. 왜 학교에 가야 하는지 이유를 모르겠다. 그리고 선생님은 왜 그렇게 잘난 척을 하느냐, 선생이라는 이유만으로 그럴 권리는 없지 않느냐고."

변호인이 얼굴을 살짝 찡그렸다.

"다시 확인하겠는데, 사이타마에 살 때는 딱히 학교생활에 문제가 없었다는 거죠?"

"네. 그래서 그때는 몹시 놀랐습니다. 선생님에게 무슨 문제가 있느냐, 친구랑 사이가 안 좋으냐고 캐물었습니다. 다쿠야는 그런 게 아니라고 했습니다. 뭔가가 싫다는 문제가 아니라고."

―그냥 의미가 없는 것 같아.

"그래서 저는―이것도 어른의 말장난일지 모르지만, 어쩌면 새 학교에서 그 의미를 찾을 수 있지 않겠느냐고 타일렀습니다. 다쿠야는 진심으로 수긍한 것 같지는 않았지만 결국 그때는 등교거부까진 하지 않았고 전학 간 학교에도 빨리 적응하는 듯 보였습니다. 적어도 본인에게서 문제가 느껴지진 않았고 학교에서도 별다른 말이 없어 한시름 놓았죠. 아내도 마찬가지였을 텐데, 저한테 한 번 '다쿠야는 까다로운 아이'라는 말을 했었습니다."

증인이 갑자기 시선을 떨어뜨리며 뭔가를 참듯 어깨에 힘을 주었다.

"지금 생각하면 태평한 소리지만, 그때 저는 아내에게 '까다로운 아이일수록 나중에 큰 인물이 된다'고 했습니다. 정말로 그렇게 생각했어요. 다쿠야에게 염려되는 건 건강뿐이었습니다."

아, 그리고, 라며 서둘러 덧붙였다.

"친구가 별로 없는 것 같고 통 밖에 나가 놀지 않는 건 신경이 쓰였습니다. 그렇지만 사내아이라고 다 개구쟁이인 건 아니죠. 친구가 많다고 무조건 좋은 것도 아니고요. 저 역시 내성적인 아이였고, 흔히 스포츠 신앙이라고 하죠, '건전한 정신' 운운하는 사고방식에 비판적이라 이것도 다쿠야의 개성이라 생각하며 지켜보기로 했습니다."

"잘 알았습니다." 변호인이 말했다. "그렇다면 가시와기 씨는 다쿠야 군이 초등학교 5학년 때 있었던 일을 근거로, 작년 11월 중순부터 시작된 등교거부도 그다지 문제시하지 않고, 그저 아들의 마음을 존중하며 지켜보기로 하신 거군요."

"그렇습니다. 혼자 생각해보고 싶다면 그렇게 해주자. 인생은 길다. 혹여 일이 년 휴학하게 되더라도 어쩔 수 없다고 생각했습니다."

아닌 게 아니라 이런 사고방식은 그리 일반적이지 않다. 아이의 등교거부를 고민하던 보호자가 숱한 갈등과 고민 끝에 이런 결론에 이르기도 하지만, 그렇다 하더라도 좀더 시간이 걸리게 마련이다.

"다쿠야 군이 그 밖에 학교에 대한 불만을 말한 적 있습니까?"

"말했습니다. 학생의 개성이나 각자의 능력을 고려하지 않고 일률적으로 똑같은 걸 시키고 똑같은 결과를 요구한다고요."

증인은 다시 법정 분위기를 의식해 마음을 다잡은 듯 말을 이었다.

"선생님들이 못 미덥다고 했습니다. 친절한 선생님은 그저 사람만 좋고 무능하다. 반면에 교육자로서 자각과 지식 없이 자기과시욕이나 남에 대한 지배욕을 충족시키려 교직을 택한 것처럼 보이는 사람도 있다. 폭력적인 선생님도 있다. 학교에서 학생은 약자고 선생은 압도적인 권력자인데, 그 권력을 올바르게 이해하고 사용하지 않는다. 제 기분대로 학생을 휘두르려는 선생님을 왜 따라야 하는지 모르겠다."

단숨에 말하고는 덧붙였다.

"학교라는 체제는 사회의 '필요악'인데, 조토 3중학교 선생님들은 그걸 모른다. 학교는 신성한 공간이라고 생각한다. 단지 권력자인 자기에게 유리하고 편리한 공간일 뿐인데."

증언을 하는 사이 방청석이 웅성거리는 것을 넘어 떠들썩해지기 시작했다. 판사도 증언에 놀랐는지 방청인들을 제때 제지하지 않아 말소리는 점점 더 커졌다.

모기 에쓰오가 군침이 돈다는 듯 히죽거렸다. 학부모회의 이시카와 회장은 언뜻 보기에도 격분해서는 "뭐가 웃기다고 웃어!"라며 모기를 나무랐다. 레이코는 하마터면 웃음이 터져나오려는 걸 황급히 목을 움츠려 막았다.

"여러분이 화를 내시는 건 당연합니다."

판사의 충고를 받기 전에 증인이 먼저 방청석을 돌아보며 분위기를 진정시키려는 듯 목소리를 높였다. "건방진 말이죠. 주제넘은 소리입니다. 제까짓 게 뭘 안다고요. 저도 그렇게 생각했습니다. 그래도 한편으로는 다쿠야의 말도 일리가 있다고 생각했죠. 그래서 무턱대고 야단치거나 쓸데없는 소리 말고 얌전히 학교에 가라고 다그칠 수는 없었습니다."

"그런 마음을 다쿠야 군에게 말하셨습니까?"

"했습니다. 고맙다더군요."

"그 당시에." 변호인이 증인을 지그시 바라보며 말했다. "가시와기 씨는 다쿠야 군이 등교거부를 시작하기 전날, 과학준비실에서 있었던 일을 알고 계셨습니까?"

증인이 곧바로 고개를 끄덕였다. "알고 있었습니다. 아내가 알려줬으니까요."

"그 일에 대해 다쿠야 군에게 물어보셨습니까?"

"네, 분명하게 물었습니다. 학교와 선생님에 대해 네가 어떻게 생각하는지는 잘 알았다. 하지만 학교에 안 가겠다고 마음먹은 직접적인 원인은 그 싸움 아니냐. 추궁하다시피 캐물었습니다. 혹시라도 그게 맞다면 부모로서 마땅한 조치를 취해야 한다고 생각했으니까요."

"다쿠야 군은 뭐라고 대답했나요?"

"전혀 아니라고 했습니다."

―아무 의미 없어.

"그 녀석들이 짜증나게 시비를 걸어서 되받아치다 싸움이 났다고 했습니다. 다친 데도 없고, 그애들도 마찬가지다. 선생님들은 난리를 피우지만 자기한테는 아무 일도 아니다. 학교가 시시하다고 생각한 건 훨씬 전부터고 그 녀석들과는 전혀 관계없다. 그렇게 말했습니다."

"괴롭힘이나 협박을 당한 적이 없단 말인가요?"

"저도 몇 번이나 확인했습니다. 다쿠야는 웃으며 말했습니다. 그런 놈들한테 당하고 살진 않는다고요."

레이코가 피고인을 바라보았다. 완전히 평소 모습을 되찾은 오이데 슌지는 노골적으로 불쾌한 표정을 짓고 있었다. 또 몸을 흔들어대서 노다에게 한소리 들었다. 가만있으라고 했겠지. 자기가 노려봐도 겐이치가 물러서지 않자 못마땅한 듯 부루퉁해서는 자세를 고쳤다.

"다쿠야 군이 등교거부를 시작한 뒤로 당시 쓰자키 교장선생님과 모리우치 담임선생님, 그리고 다카기 학년주임 선생님이 가정방문을 갔습니다. 약 한 달 반 동안 네 차례 방문했는데, 가시와기 씨는 만나신 적 있습니까?"

"저는 못 만났습니다. 나중에 아내에게 얘기만 들었습니다."

"학교에 어떤 건의를 해보실 생각은 없었나요?"

"없었습니다."

증인은 곧바로 대답하고 어깨를 움츠렸다.

"지금 와서 생각하면 참으로 오만했지만, 저는 당시 조토 3중학교에 대한 다쿠야의 비판을 고스란히 받아들였습니다. 요컨대 구체적으로 뭐가 불만인지에 대해서는요."

"그렇군요."

"그래서 다쿠야를 공립 중학교에 보낸 걸 후회하기도 했습니다. 공립학교에는 다쿠야의 말대로 학생들의 기초학력 편차가 큽니다. 선생님들도 생활태도가 나쁜 학생들을 단속하느라 제대로 된 교육을 하기 힘들거라고 생각했습니다. 다쿠야에게 직접 그애와 부딪친—"

가시와기 노리유키가 오이데 순지에게 시선을 돌렸다.

"피고인 일행의 평소 행실을 듣고서 그런 생각은 한층 강해졌습니다. 그런 학생을 제멋대로 굴게 내버려두는 학교라면 조토 3중학교에 정상적인 교육을 기대하긴 힘들겠다. 선생님들의 능력이 실로 부족하다고 생각했습니다."

변호인은 잠자코 들었다.

"그래서 아내에게도 말했습니다. 혹시 선생님들이 다쿠야를 억지로 학교에 보내려 하면 그때는 내가 나서겠다고요. 너무 집요하게 찾아온다 싶으면 거절하고 돌려보내라고도 했어요."

저는 다쿠야를 지키고 싶었습니다—

"다쿠야의 마음을 지켜주고 싶었어요. 그애는 조토 3중학교를 부정했습니다. 환멸을 느꼈습니다. 그 환멸이 너무 강해서 '학교'라는 체제 자체에 비판적이 되었다고 생각했습니다. 하지만 세상에는 좀더 나은 학교도 있습니다. 여유를 가지고 다쿠야와 얘기를 나누면서, 그애 마음이 움직이면 전학 갈 학교를 찾아볼 생각이었습니다."

방청석이 다시 술렁거리기 시작했다. 판사가 의사봉을 잡았다.

"다쿠야 군은 피고인이나 피고인의 친구를 어떻게 평가했습니까?"

변호인의 질문에 술렁거림이 가라앉았다.

"평가라면요?"

"그냥 '그런 놈들'이라고 한 것 말고, 좀더 구체적인 얘기는 하지 않았나요?"

증인이 한동안 생각에 잠겼다. 법정의 모두가 기다렸다. 두근거리는 심정으로 불온한 뭔가를 기다리는 듯한 공기를 레이코는 느꼈다. 실은 레이코도 그런 기분이었다.

"—곤충 같다고."

변호인도 그 대답은 예상치 못한 듯 눈을 깜박거렸다.

"네?"

"그애들은 곤충 같다고, 다쿠야가 말했습니다. 그 정도로 자기와 이질적인 존재라는 뜻일 거라 저는 해석했습니다."

몇몇 방청인의 웃음소리가 들렸다. 실소인지 쓴웃음인지는 몰라도 어느 정도 증인의 말에 공감하는 웃음이었다. 당사자인 오이데 슌지는 어리둥절한 눈치였다. 말뜻을 못 알아들은 것이리라. '해충'이라고 했으면 더 나았을 텐데—라고 레이코가 생각한 순간.

"곤충이요?" 변호인이 여전히 놀란 표정으로 말했다. "벌레가 아니고?"

꼭 그렇게 말로 할 것까지야.

순지가 빽 소리를 질렀다. "뭐야! 너 지금 뭐랬어?"

그러더니 갑자기 엉거주춤 일어나 변호인에게 달려들었다. 놀란 노다 겐이치는 말리려고 끼어들었다 나가떨어졌고, 정리가 재빨리 제압하러 나섰다. 정말이지, 야마자키라는 저 아이의 조용하고 빈틈없고 신속한 동작은 가히 놀랄 만하다.

"누구더러 벌레라는 거야? 다시 한번 말해봐! 거기 아저씨도!"

순지는 정리에게 팔을 붙잡히고도 증인을 향해 달려들듯 소리쳤다. 침이 마구 튀었다.

"아까부터 잠자코 들어줬더니만 이것들이 아주 멋대로 지껄이네! 뚫린 입이라고 아무렇게나 나불대지 마! 네가 그렇게 잘났냐? 엉?"

"피고인, 조용히 하세요."

타이르는 판사에게도 덤벼들 기세로 아우성쳤다.

"이노우에 너도 닥쳐! 그 시커먼 가운은 뭐냐? 그게 뭐라고 잘난 척 휘감고서는, 너 변태냐?"

방청석에서 와자그르르 웃음이 일었다. 그 소리에 순지는 더욱 고래고래 악을 썼다. 그러자 정리가 순지의 양팔을 뒤로 돌려 책상 모서리에 대더니 버둥거리지 못하게 자기 몸으로 꾹 눌렀다. 훌륭한 솜씨다. 그래도 순지는 유일하게 자유로운 입으로 변태, 얼간이, 멍청이 등등 연신 욕설을 퍼부었다.

노다 겐이치는 멍하니 제자리에 서 있고 변호인은 약삭빠르게 변호인석 옆으로 물러나 반쯤 감탄스러운 표정으로 그 광경을 바라보고 있었다. 배심원들은 하나같이 도망칠 태세다.

이노우에 판사가 세게 한 번, 두 번 의사봉을 두드리더니 목소리를 높였다. "피고인에게 경고합니다. 규칙에 어긋나는 발언을 즉시 멈추십시오. 이것은 경고입니다. 따르지 않을 경우에는."

오이데 슌지가 코웃음을 쳤다. "네까짓 게 뭘 어쩔 건데!"

판사가 다시 한번 의사봉을 두드렸다. "피고인, 발언을 멈추세요!"

"뭐야? 뭐가 웃겨?"

슌지가 증인에게 공격의 화살을 돌렸다. 가시와기 노리유키는 증인석에서 일어나 있었다. 레이코의 자리에서는 옆얼굴밖에 보이지 않아 잘 모르겠지만, 그도 어이없고 놀라서 어쩌면 무심결에 웃어버렸는지 모른다.

"웃지 마, 이 새끼야! 죽여버린다!"

그와 동시에 정리가 슌지의 머리를 짓눌러 상반신을 책상에 납작 붙였다. 슌지의 이마가 책상에 부딪히며 쿵 소리가 났다. 으악! 슌지가 비명을 질렀다.

판사의 눈빛은 냉혹했다.

"피고인에게 퇴정을 명령합니다. 정리, 피고인을 법정에서 데리고 나가도록."

야마자키 정리는 슌지를 말없이 책상에 내리눌렀을 때처럼 가볍게 일으켜 옆으로 돌려세웠다. 그리고 곧장 출구로 밀고 갔다.

"이거 놔! 뭐하는 짓이야, 야마자키! 난 안 나가! 여기 있을 권리가 있다고!"

있다고, 라는 소리와 함께 슌지의 모습이 사라졌다. 밖에 있던 누군가가 닫았는지, 아니면 야마자키 정리의 손이 세 개인지 출입구 문이 쾅 닫혔다.

당황한 방청인들이 술렁거리고 몇 명은 아예 자리에서 일어났다. 누군가가 웃었다. 모기 에쓰오였다. 주위 시선을 느끼고 "실례"라고 사과하더니 손수건을 꺼내 입가를 훔치고는 시치미를 뚝 뗐다.

"여러분, 조용히 해주십시오. 자리에 앉으세요. 증인도 앉으십시오."

가시와기 노리유키가 원래 위치에서 벗어난 의자를 조심스럽게 제자리로 돌려놓고 앉았다. 변호인과 조수도 제자리로 돌아갔다.

"실례했습니다. 법정의 모든 분께 사과드립니다."

변호인과 조수가 나란히 고개를 숙였다. 또 누군가가 웃었다. 이번에는 여러 명이었지만 그중 모기는 없었다.

변호인 측 출입구로 정리가 돌아왔다. 교실로 날아든 파리를 창밖으로 내쫓은 양 태연했다. 곧장 판사석으로 다가가 뭐라고 속삭였다. 이노우에 판사는 위엄 있게 고개를 끄덕이고는 수고했다고 말했다.

"증인." 판사가 가시와기 노리유키를 불렀다. "계속해도 되겠습니까? 휴식이 필요하지 않으십니까?"

"필요 없습니다. 괜찮습니다."

가시와기 노리유키는 침착했다. 말투에 어렴풋한 호의 혹은 감탄이 섞여 있었다. 누구에 대한 호의와 감탄인지는 새삼 말할 것 없다.

"너 정말 세구나."

제자리로 돌아가는 정리에게 말을 걸었다. 정리는 말없이 고개 숙여 인사했다.

"아, 실례했습니다. 방금 발언도 규칙에 어긋났군요."

증인이 황급히 사과하자 방청석에서 또다시 웃음소리가 일었다. 내내 굳어 있던 배심원들의 얼굴에도 웃음이 번졌다. 큰 키에 한눈에도 운동부원처럼 보이는 남자 배심원이 주위 아이들에게 뭐라고 말했다. 모두 그 말에 고개를 끄덕이는데 가쓰키 게이코 혼자 파랗게 질려서는 오이데 슌지가 사라진 출입구를 걱정스럽게 바라보았다.

"그럼 심리를 계속합니다."

레이코는 슌지가 어디 있는지 마음에 걸렸지만 도중에 자리를 뜨고 싶지는 않았다. 머뭇거리고 있자니 쓰자키가 눈짓을 해 보이곤 재빨리 일어나 뒤쪽으로 사라졌다.

"다쿠야 군은."

변호인이 약간 겸연쩍은 듯 신문을 재개했다.

"피고인과 그 친구들을 흡사 곤충처럼 자기와 달라서 이해할 수 없는 존재라고 평가했군요."

"그렇습니다. 뭐 어느 정도 '벌레'라는 의미도 있었을 테니, 조금 전 당신의 질문도 아주 틀린 건 아니라고 봅니다."

정리에게는 '너'라고 한 증인이 변호인은 '당신'이라고 불렀다. 변호인은 한순간 평범한 중학교 3학년 학생으로 돌아와, 평범한 중학교 3학년 학생이 어른에게 하듯 작은 목소리로 "죄송합니다" 하고 사과했다.

가시와기 노리유키가 판사를 올려다보았다.

"저는 다쿠야가 피고인을 경멸한다고 생각했습니다."

당시 대화할 때는 그랬다는 겁니다— 증인은 전제를 달듯 덧붙였다.

"무언가를 깊이 생각하거나 배우고 익히려는 마음이 없고 오로지 순간의 즐거움만 좇는다. 편한 것만 찾고 게을러빠졌고 재미있어 보이는 것에만 관심을 주고 앞날에 대한 생각이 없다. 즉흥적으로 살아간다. 그건 인간이 아니라 단순한 '생물'에 불과하다는 게 다쿠야가 하고 싶었던 말일 겁니다."

"상당히 냉정한 의견이군요." 변호인이 여전히 작은 목소리로 말했다.

"그렇죠. 하지만 그 또래의 진지한 아이가 할 법한 생각 아닌가요?"

변호인은 살며시 미소지어 보일 뿐 대답하지 않았다.

"다쿠야 군이 그런 생각을 밝혔으니, 자신을 괴롭히는 피고인 일행에게서 도망치기 위해 학교에 가지 않았다—가지 못했다는 증인의 의혹은 풀린 셈이군요."

"네."

"그런데 그후 그런 의혹이 다시 생기지 않았습니까?"

그렇습니다—증인이 대답하고 시선을 떨어뜨렸다.

"한참 뒤에야 다쿠야가 피고인 일행에게 불려나가 옥상에서 떠밀려 죽었다는 고발장이 왔다는 사실을 알았습니다. 고발장은 사건을 처음부터 끝까지 목격한 사람이 쓴 것 같았고요. 그 사실에 아내와 저는 크게 동요했습니다."

별안간 방청석에서 큰 목소리가 들렸다.

"잠깐만요."

목소리의 주인공이 방청석 맨 뒷줄에서 일어났다. 젊은 남자다. 어디서 본 적이 있는 것 같다고 생각하던 레이코는 화들짝 놀랐다.

가시와기 다쿠야의 형이다.

"아버지의 발언에는 거짓이 있습니다. 안 그래요, 아버지?"

큰 소리로 증인을 부르며 남자가 성큼성큼 법정 앞으로 나갔다.

"저도 증언하게 해주십시오. 저는 다쿠야의 형 가시와기 히로유키입니다. 저를 아버지와 맞서게 해주세요. 아버지는 다쿠야의 허상을 만들어내고 있습니다."

후지노 료코가 검사석에서 일어나 기다렸다는 듯 앞으로 나서 맞섰다.

"가시와기 히로유키 씨, 자리로 돌아가세요."

사사키 고로도 튀어나와 통로를 막아섰다. 그러나 가시와기 히로유키는 그들을 밀쳐내고 아버지에게 다가섰다.

"거짓말 마세요, 아버지!"

법정이 다시 소란스러워졌다.

판사는 가만히 자리를 지켰다. 의사봉을 쥐고 내려칠 준비를 하고 있다. 배심원들은 엉거주춤 일어났고, 남학생 몇 명이 여학생들을 보호하듯 몸을 내밀었다. 방청석 맨 앞줄에는 놀라 몸을 피하는 사람까지 있었다.

그런 와중에도 가시와기 노리유키는 증인석에서 일어나기만 했을 뿐 한 발짝도 움직이지 않았다. 그대로 놔뒀다면 히로유키는 아버지의 멱살도 거뜬히 잡을 수 있었을 것이다.

정리 야마자키 신고가 제지에 나섰다. 돌진해오는 가시와기 히로유키 앞을 가로막으며 그의 왼쪽 어깨와 오른쪽 팔꿈치를 재빨리 붙잡는 그의 동작에는 이번에도 군더더기가 없었다.

"자리로 돌아가세요."

레이코의 귀에 간신히 들릴 만큼 작은 목소리였다. 그런데도 히로유키는 그 말에 압도당한 듯 멈춰 섰다. 이 녀석은 뭐야, 하는 시선으로, 키만 보면 자기보다 한참 작은 정리를 눈을 부릅뜨고 노려보았다.

"히로유키, 그만해라."

증인석의 아버지는 슬퍼 보였다. 나무란다기보다 달래는 듯한 목소리였다.

"나랑 맞서고 싶으면 정식으로 절차를 밟아. 이 사람들에게 폐 끼치면 안 돼. 우리가 싸우는 모습을 보면 다쿠야도 부끄러울 거야."

히로유키의 갸름한 얼굴이 순식간에 달아올랐다.

"그런 말은 비겁해!"

다시 아버지에게 덤벼들려는 그를 정리가 벽처럼 가로막았다. 히로유키는 자기가 왜 이깟 꼬맹이 하나 이겨내지 못하는지 의아한 듯 이리저리 눈을 굴렸고, 그러면서도 고집스럽게 입을 열었다.

"저는—"

"자리에 앉으세요. 안 그러면 퇴정시키겠습니다."

판사가 정면에서 가시와기 히로유키를 내려다보며 말했다.

"당신은 법정의 질서를 어지럽히고 있습니다."

냉혹하기까지 한 말투에 히로유키가 움찔했다. 자기 때문에 당황해 여기저기서 일어서거나 통로 쪽으로 도망친 방청인들에게 시선을 돌렸다. 배심원들—세상을 떠난 동생과 같은 나이의 소년소녀들이다—조차 멀찍이 물러난 것을 보았고, 그와 대조적으로 흔들림 없는 정리의 태도에 기가 꺾이기도 했을 것이다. 갑자기 제정신이 든 것처럼 어깨를 떨어뜨리며 말했다.

"그럴 생각은 없었습니다."

법정 뒤에서 쓰자키가 잰걸음으로 나타났다. 돌아온 모양이다. 작은 키로 데구루루 구르듯 히로유키에게 다가가더니 팔을 붙잡고 뭐라고 속삭이며 방청석 뒤로 데려갔다. 히로유키도 얌전히 끌려갔다.

방청인들도 하나둘 자리로 돌아왔다. 레이코는 살며시 일어나 쓰자키와 가시와기 히로유키 옆으로 갔다. 둘은 오른쪽 가장자리 맨 뒷줄에 앉으려는 참이었다.

"조토 경찰서 청소년과의 사사키입니다."

말을 걸며 쓰자키에게 고개를 끄덕여 보이고는 히로유키를 가운데 두고 자리를 잡았다.

"가시와기 군의 형 되시죠? 처음 뵙겠습니다. 옆에 앉을게요."

몇몇 방청인이 여전히 이쪽을 힐끗힐끗 돌아보았다. 흥분을 가라앉힌 히로유키는 그 시선이 따가운 모양이었다.

"심정은 이해하지만, 여기서는 규칙을 지켜요."

그렇게 말하고서 레이코는 쓰자키에게 물었다. "오이데는 어떻게 됐나요?"

"변호인 측 대기실에서 기타오 선생님 설교를 듣는 중입니다."

쓰자키가 손으로 입을 가리며 목소리를 낮췄다. "옆에 있어줄 필요는 없어 보여서 바로 나왔어요. 가시와기 군, 기분은 괜찮습니까?"

조금 전 달아올랐던 히로유키의 뺨에서 순식간에 핏기가 가셨다.

"죄송합니다." 모깃소리였다. "참을 수가 없었어요. 다 거짓말이라."

"정말로 거짓말인지 아닌지, 거짓말이라면 왜 거짓말을 하는지, 잘 듣고서 아버님의 심정을 헤아려드려야죠."

쓰자키가 가볍게 등을 쓸어주자 히로유키는 힘없이 고개를 푹 숙였다.

"나도 모르게 형한테도 '가시와기 군'이라고 부르게 되는군요."

쓰자키가 히로유키의 등을 쓸어내리며 중얼거렸다. 눈가가 붉어졌다.

히로유키는 말이 없었다. 그도 눈이 빨갰다.

"증인신문을 계속하겠습니다."

판사가 선언한 후 매서운 눈빛으로 법정을 빙 둘러보았다. 이제 아무도 소란 피우지 마. 또 이러면 가만 안 두겠어. 우등생 이노우에 야스오도 내면에는 저런 눈빛을 숨기고 있었다.

"가시와기 씨, 자리에 앉아주십시오."

증인이 자리에 앉자 간바라 변호인은 아무 일도 없었다는 듯 다시 신문을 시작했다.

"나중에야 다쿠야 군이 실은 살해되었다는 내용의 문서가 나타났습니다. 그 때문에 가시와기 씨는 크게 동요하셨고요."

"그렇습니다."

증인이 어찌나 세차게 고개를 끄덕였는지 상반신이 다 흔들렸다.

"다쿠야는 살해당했다. 그 현장을 목격한 사람이 있다. 저나 아내나 선뜻 믿기 어려운 정보였습니다."

간바라 변호인이 파일을 뒤적여 종이 한 장을 끄집어냈다. 오른손에 들고 법정에 보여주었다.

"이것이 그 문서입니다. 올해 1월 7일 당시 본교 교장이었던 쓰자키 선생님이 본인에게 속달로 온 것을 제출해주셨습니다."

배심원들 쪽으로 돌아서서 말했다.

"이 문서는 한 통이 아니지만 내용은 모두 동일합니다. 또한 문서의 존재 자체에 대해서는 검사 측과 변호인 측 모두 이견이 없습니다. 따라서 이 문서를 공통 1호증으로 제출합니다. 앞으로 '1호증'이라고만 하는 경우는 이 문서를 가리킵니다."

배심원들은 고개를 끄덕였지만, 가쓰키 게이코는 무슨 걱정에 빠져 있는지 여전히 멍했다.

"내용을 읽겠습니다." 변호인이 말했다. "'고발장'이라는 제목이 붙어 있습니다. 전체적으로 행갈이가 많아서 산문이 아니라 시 같은 느낌입니다. 지금은 문장 단위로 끊어 읽겠습니다."

어딘가 술렁임이 남아 있던 방청석이 완전히 고요해졌다.

"조토 제3중학교 2학년 A반 가시와기 다쿠야는 자살한 것이 아닙니다. 살해당했습니다. 학교 옥상에서 떠밀렸습니다. 크리스마스이브였던 그날 저는 그 광경을 보았습니다. 현장을 목격했습니다. 가시와기는 비명을 질렀습니다."

증인석의 가시와기 노리유키가 뻣뻣이 굳었다. 변호인은 심호흡을 한 번 하고 계속 읽어나갔다.

"그를 밀어뜨린 사람은 2학년 D반 오이데 슌지입니다. 하시다 유타로와 이구치 미쓰루도 거들었습니다. 세 사람은 웃으면서 도망쳤습니다."

이번에는 증인을 위해서가 아니라 자기 호흡을 조절하기 위해 변호인이 뜸을 들였다.

"부탁드립니다."

억양 없는 목소리가 천장에 울려퍼졌다. 부탁드립니다.

"다시 한번 사건을 조사해주십시오. 이대로는 가시와기가 너무 불쌍합니다. 부탁드립니다. 경찰에 알려주십시오. 간절히 부탁드립니다."

손을 내려 파일 위에 고발장을 놓더니 변호인이 덧붙였다.

"한자와 가나*가 섞인 문장이고 잘못 쓴 글자는 없습니다. 다만 딱 한 번 등장하는 주어인 '저'는 한자도 히라가나도 아닌 가타카나로 표기되어 있습니다."

가시와기 노리유키가 증인석에서 몇 번 천천히 고개를 끄덕거렸다.

"가시와기 씨."

"네."

---

* 일본 고유의 표음문자. 히라가나는 고유어를, 가타카나는 외래어나 글쓴이가 강조하고 싶은 부분을 표기할 때 주로 쓴다.

"방금 제가 읽은 내용을 기억하십니까?"

"기억합니다. 제가 본 고발장의 문장입니다."

"이것이 조금 전 증인이 선뜻 믿기 어려웠다고 증언하신 정보죠?"

"그렇습니다."

갑자기 증인의 말투가 거칠어졌다.

"게다가 학교 측은 그 정보를 저와 아내에게 두 달 가까이 숨겼습니다. 계속 감춰온 겁니다. 그 사실에 저희는 더더욱 동요했습니다."

목소리가 거세진 만큼 의미심장한 증언이었다.

가시와기 히로유키는 미간을 찡그리며 고개를 숙였고 건너편의 쓰자키 역시 시선을 떨어뜨렸다. 레이코는 입을 꼭 다물고 법정으로 시선을 돌렸다.

변호인이 물었다. "가시와기 씨가 고발장의 존재를 알게 된 것은 언제입니까?"

"2월 24일입니다. 다쿠야의 사십구재 법요를 치른 날이었습니다. 쓰자키 교장선생님이 알려주셨습니다."

"그때까지는 모르고 있었다. 고발장이 속달로 학교에 도착한 것이 1월 7일인데, 증인이 그 사실을 안 것은 2월 말이었군요."

"그렇습니다. 얘기를 듣고선 너무 어이가 없어 말문이 막혔습니다."

"가시와기 씨는 고발장을 직접 보셨습니까?"

"봤습니다. 그렇지만 맨 처음 보여준 건 HBS의 기자였습니다. 텔레비전에 진행자로 나오는 모기라는 사람이요."

"실물을 가지고 계십니까?"

"없습니다. 저희에게 보낸 게 아니니까요."

변호인이 강조하듯 천천히 말했다.

"가시와기 씨 댁에는 고발장이 오지 않았다."

"네."

"1월에도, 2월 말인 그때도요."

"그렇습니다."

"2월 말까지 이 일에 대해선 철저히 외부인 취급을 받았다는 건가요?"

"그렇습니다. 다만 나중에 생각해보니 이상한 일이 있긴 했어요. 역시 개학식 날이었습니다."

1월 7일 오후 여덟시 무렵 가시와기 노리유키가 일을 마치고 집에 돌아오자, 아내 가시와기 고코가 오후에 쓰자키 교장선생님이 전화해서 이상한 걸 물었다고 했다.

"뭘 물었다던가요?"

"저나 아내 앞으로 발신자 불명의 우편물이 오지 않았느냐고요."

"그래서 가시와기 씨는 어떻게 하셨습니까?"

"바로 학교로 전화를 걸었습니다. 전화를 받은 쓰자키 교장선생님이 또 똑같은 걸 물으셔서 저도 물어봤습니다. 우리 집에는 안 왔는데, 대체 그게 무슨 편지냐고."

"쓰자키 교장선생님은 뭐라고 대답했나요?"

"무례한 장난이라고요."

가시와기 노리유키의 목소리에 처음으로 감정적인 색이 섞였다.

"우리는 모르는 게 낫다며, 그냥 장난이니까 우리가 안 받아서 다행이라는 말까지 했습니다."

"가시와기 씨는 어떤 생각이 드셨나요?"

"그 말을 듣고도 여전히 불안했습니다. 편지 내용이 궁금했지만 쓰자키 선생님은 계속 '그냥 장난'이라고만 했고, 저는 다쿠야를 잃었을 당시 선생님이 대응하시는 걸 보고 나름 신뢰를 가졌다고 할까, 선생님을 믿고 있었기에 어찌어찌 설득당했습니다."

그 발언이 법정에 골고루 퍼지기를 기다렸다가 변호인이 말을 이었다.

"확인하겠습니다. 개학식 날 그런 일련의 대화가 오갔다. 가시와기 씨는 설득당해 물러났다. 그리고 2월 24일 처음으로 고발장의 존재를 알았다. 그때까지 학교 측에서는 아무 말도 하지 않았다. 맞죠?"

"네."

"당시 모기 기자는 다른 정보도 갖고 있었습니까?"

"그랬습니다."

증인이 숨을 꾹 참는가 싶더니 재빨리 말했다. "모기 씨는 〈뉴스어드벤처〉라는 본인의 프로그램으로 투서가 들어오면서 그 고발장의 존재를 알았다고 했습니다. 다쿠야의 담임이었던 모리우치 선생님 앞으로 온 것이 찢어져 버려졌고, 그걸 주운 사람이 내용을 보고 놀라 방송국으로 보냈다고요."

"그 투서를 받고 모기 기자가 취재를 시작했군요."

"그렇습니다. 조토 3중학교에 연락해 쓰자키 교장선생님과 이야기를 했는데, 처음에는 선생님이 고발장의 존재를 모른 척하신 모양입니다. 그런데 모기 씨가 실물을 가지고 있다고 밝히자 곧 태도가 바뀌었습니다. 취재는 안 된다, 교육 현장의 문제니까 취재는 거절한다고요. 그렇다면 학생을 취재하겠다고 하자, 이번에는 태도가 180도 달라져 본인이 직접 모기 씨를 만나겠다고 하셨답니다."

"당시 모기 기자가 파악한 사실은 거기까지였나요?"

아니요, 라고 증인은 곧바로 대답했다.

"그것만이 아닙니다. 조토 3중학교의 일부 선생님들이 그 고발장과 관련해 2학년 학생들을 대상으로 면담 조사를 했다는 사실도 알았습니다."

"면담 조사라면?"

"요컨대 범인 찾기죠. 고발장을 쓴 학생을 찾아내려고 조사한 겁니다."

"고발장이 도착하고 모기 기자가 움직일 때까지 학교 측에서 그런 활동을 한 거군요."

"그렇습니다. 모기 씨가 교장선생님에게서 직접 들었다고 했습니다.

학교에서 이런 대처를 하고 있으니 매스컴에서 떠들면 곤란하다, 취재를 하지 말아달라고 부탁한 모양입니다."

"확인하자면, 그 면담 조사에 대해서도 가시와기 씨는 전혀 몰랐다는 거죠?"

"몰랐습니다. 저희는 그동안 아무것도 모른 채 다쿠야를 애도하면서 사십구재 법요를 어떻게 치를지, 그 아이 묘를 어디에 만들지 하는 생각이나 하며 지냈던 겁니다."

레이코가 곁눈질로 쓰자키를 살폈다. 근처의 방청인들도 그를 힐끗힐끗 돌아보았다. 콩너구리라는 친근한 별명으로 불렸던 교장은 묵묵히 그 시선들을 받아들이며 똑바로 앞을 보고 있었다.

"학교만 잘못한 건 아니에요. 아버지 어머니도 도망쳤어요."

방청석 맨 뒷줄에서 가시와기 히로유키가 뜻밖에도 쓰자키를 두둔하는 듯한 말을 꺼냈다.

"편지 이야기를 들었을 때 좀더 자세히 확인했어야죠. 그냥 물러나서 그렇게 된 거예요. 아버지랑 어머니에게는 다쿠야의 허상이 더 중요했으니까."

쓰자키는 아무 말도 하지 않았다. 레이코도 침묵했다. 히로유키가 손으로 얼굴을 문지르더니 입술을 깨물었다.

"대체 무슨 일이 일어나는 건지, 저는 정말이지 현기증이 날 지경이었습니다."

증인은 지금도 현기증이 나는 듯 한 손을 이마에 얹었다.

"모기 씨는 좀더 일찍 움직였어야 했는데 방송국으로 온 투서가 워낙 많아 뒤늦게 발견했다며 저에게 미안하다고 했습니다. 학교 측에서 이미 은폐공작을 시작했겠지만 그 벽을 깨부술 각오로 최선을 다해 진상을 밝혀내겠다고 했죠."

과연 〈뉴스어드벤처〉의 힘은 대단했다. 그것은 레이코도 인정하지 않을 수 없다. 거의 파괴적이라고 해도 좋을 만한 힘이었다.

"고발장에서 지목한 세 사람은 다쿠야와 싸웠던 아이들입니다. 하지만 그렇다고 저와 아내가 바로 그 내용을 곧이곧대로 믿은 건 아닙니다."

가시와기 노리유키가 증언을 이어나갔다. 거칠어진 말투를 가라앉히려는 듯 숨을 길게 내쉬었다.

"조금 전에도 말씀드렸지만, 다쿠야가 등교거부를 시작했을 때 저는 그 셋과의 관계에 대해 꼬치꼬치 캐물었습니다. 다쿠야의 대답에 거짓이 있었던 것 같진 않습니다. 다만."

숨쉬기가 힘든 듯했다.

"사실이 정말로 다쿠야의 말 그대로일지 의심스러웠습니다. 다쿠야가 저희 부부에게 거짓말을 했다는 게 아니라, 말하고 싶어도 말하지 못한 게 있을지 모른다는 뜻입니다. 그에 대해 제가 좀더 자세히 추궁해야 했던 게 아닐까. 다쿠야가 아니라 선생님들한테 말이죠."

뭐라고 하려는 변호인을 가로막듯 증인은 말을 쏟아냈다.

"다쿠야는 섬세한 동시에 자존심이 센 아이였습니다. 역시 조금 전 말씀드린 대로입니다. 그런 성격이라면 제 입으로 '곤충 같다'고 단언한 상대에게 정말 괴롭힘이나 폭력을 당했어도, 굴욕적이란 생각에 부모에게 밝히기가 어렵지 않았을까. 나는 그런 다쿠야의 본심, 속마음을 꿰뚫어보지 못한 건 아닐까. 그런 두려움이 밀려들었습니다. 그렇다면 추궁해야 할 상대는 다쿠야가 아니라 선생님들이 아니었을까."

점점 열을 올리며 물에 빠져 죽다 살아난 사람처럼 숨을 거칠게 몰아쉬었다.

"학교에서 그 고발장을 숨긴 건 사실이니까!"

급기야 목소리가 뒤집히며 비통한 절규로 변했다.

변호인은 한동안 입을 열지 않았다. 증인의 거친 숨결이 가라앉기를 기다렸다가 천천히 물었다. "말하자면 가시와기 씨는 고발장 내용보다도,

그것이 두 달 가까이 은폐되었다는 사실에 더 동요하셨다는 건가요?"

증인은 고개부터 끄덕이고서 "그렇습니다, 바로 그겁니다"라고 흥분된 목소리로 대답했다. "저와 아내는 이제 무엇을 믿어야 할지 몰랐습니다. 속았다는 게 부끄러웠고, 다쿠야에게도 면목이 없었습니다. 정말 한심했습니다. 바보 같은 것도 유분수죠."

"그에 관해 학교 측과 이야기는 해보셨습니까?"

"했습니다. 당장이요. 왜 고발장을 숨겼느냐고 물었습니다. 저희에게 숨긴 채로 학교에서 학생들을 조사한 것도 이해할 수 없었습니다. 일단 모든 걸 밝히라고 요구했습니다."

"학교 측 답변은 어땠습니까?"

"여전히 그건 못된 장난이라고만 했습니다."

"고발장 내용이 진실이 아니라고요?"

"그렇습니다. 다쿠야는 자살했다, 그것은 확고한 사실이다. 고발장 내용은 엉터리고 보낸 사람은 학교 내부인, 즉 학생이라고. 그래서 그 학생을 찾아내 따끔하게 지도하려고 조사를 했다는 겁니다. 저희에게 알리지 않은 것은 괜한 마음고생을 시키고 싶지 않아서였다고 하더군요."

증인이 목소리를 높이며 노기를 띠었다.

"변명으로밖에 안 들렸습니다. 도무지 납득할 수 없는 설명이었습니다. 그래서 저는 쓰자키 교장선생님에게 고발장을 쓴 아이를 만나게 해달라고 요구했습니다. 직접 얘기를 들어보고 싶었습니다."

"쓰자키 교장선생님은 뭐라고 하셨습니까?"

"그럴 수는 없다며 끝까지 버텼습니다. 조사까지 해놓고 그 학생이 몇 학년의 누구인지도 알려주지 않았어요. 가르쳐줄 수 없다, 알아봐야 상황이 나아지는 건 아니라면서."

옆구리께의 주먹을 움켜쥐었다.

"고발장 내용은 진실이 아니다, 그런 거짓말을 한 학생에게는 적절한 보호와 지도가 필요하니 부디 학교 측에 대처를 맡기고 조용히 지켜봐달라고 했습니다. 이건 예민한 문제다. 고발장을 쓴 학생을 궁지로 몰아넣는 것만은 피하고 싶다—"

그건 이해합니다, 라며 가시와기 노리유키는 힘없이 말했다.

"나도 중학생 아이를 둔 부모였습니다. 그 또래 아이의 심리를 전혀 모르는 바는 아닙니다. 고발자를 만나 뭐라고 꾸짖으려는 게 아니라 단지 얘기를 들어보고 싶었을 뿐입니다. 직접 만나 고발장의 진위와 그 아이의 속마음을 확인하고 싶었던 겁니다. 하지만 쓰자키 선생님은 그건 학교가 할 일이라고만 주장했습니다. 반드시 원만하게 해결해서 좋은 결과를 알려줄 테니 기다려달라는 말만 염불처럼 되풀이했어요."

가슴에 손을 얹고 반성하자면 레이코 역시 그 무렵에는 고발장 내용이 엉터리라 여겼고(물론 지금도 그 생각은 변함없지만), 당장의 사태를 수습하고 고발자 미야케 주리에게 적절하게 대처해야 한다는 생각뿐이었다. 가시와기 다쿠야의 집에는 알리지 않고 해결하는 게 가장 좋은 방법이라고 믿어 의심치 않았다.

그러나 의아스러운 건 다름아닌 변호인 측에서 가시와기 다쿠야의 아버지가 품은 학교에 대한 강한 불신감과 다쿠야의 죽음에 관한 의혹을 끌어내고 있다는 점이다. 처음에는 자살로 여겼지만 지금은 동요하고 있다—굳이 배심원들 앞에서 그런 증언을 이끌어내는 게 무슨 도움이 된단 말인가? 가시와기 노리유키가 다쿠야의 장례식 때 했던 상주 인사 내용을 확인하는 선에서 끝내는 게 좋지 않았을까.

—하지만 그랬다가는.

반대신문에서 당한다. 검사가 이런 증언을 끌어내는 것과 변호인 측이 선수를 쳐서 미리 밝히는 것은 인상이 크게 다르다. 현재 가시와기 노리유키가 심적으로 동요하고 있다는 건 명백한 사실이니, 끝까지 덮어둘 수 없는 카드일 바에야 일찌감치 내보이자는 속셈일까.

"잠깐 질문을 되돌리겠습니다."

제자리걸음만 하는 레이코의 머릿속을 알 턱이 없는 변호인의 말투는 변함없이 담담했다.

"모리우치 선생님이 본인 앞으로 온 고발장을 찢어서 버렸다는 사실에 관해, 가시와기 씨는 당시 어떻게 생각하셨습니까?"

"실제로 그 선생님에게 보낸 고발장이 방송국에 들어갔으니 사실일 거라고 생각했습니다."

증인도 조금 안정을 되찾은 듯했다.

"모리우치 선생님이 그럴 리 없다거나, 반대로 모리우치 선생님이라면 그럴 만하다는 생각은 하지 않으셨나요?"

"당시에는 그럴 여유가 없었습니다."

"쓰자키 교장선생님은 그에 대해 어떻게 해명했나요?"

"모리우치 선생님은 그럴 사람이 아니다, 본인이 강하게 부정하고 있고 자기도 그 말을 믿는다고 했습니다."

"그 문제가 부각되고 나서 모리우치 선생님을 만난 적이 있습니까?"

"처음 만난 자리에서도 역시나 자기는 고발장을 찢어서 버린 게 아니라고 부정했는데, 그게 다였습니다. 일이 커지자 바로 휴직해버리셨고요."

"전화나 편지 같은 건요?"

"일절 없었습니다."

"그렇다면 현재는 그 일을 어떻게 생각하십니까?"

"제게 중요한 것은 고발장 내용의 진위이지 모리우치 선생님의 행동이 아닙니다. 어찌하셨던들 상관없습니다."

딱 잘라 말한 뒤 증인이 목소리를 낮춰 말을 이었다.

"지금은 모리우치 선생님도 안됐다고 생각합니다. 하지만."

가시와기 노리유키가 판사를 올려다보고, 이어 배심원들을 둘러보았다.

"안타깝게도 여러분의 학교는 냄새나는 것에 뚜껑을 덮듯 그 고발을 은폐하려 했습니다. 남겨진 아내와 저는 그 사실에 괴로워하고 있습니다. 크게 동요하고 있습니다. 그렇게까지 해서 숨겨야 할 무언가가 다쿠야의 죽음 뒤에 감춰져 있는 게 아닐까. 우리가 쉽사리, 너무 선뜻 다쿠야의 죽음을 자살로 믿어버린 건 잘못이 아니었을까 두려운 겁니다."

증인의 시선을 피하듯 배심원들이 하나같이 고개를 숙였다. 가쓰키 게이코는 연신 손톱을 깨물었다.

"질문을 마칩니다."

변호인이 자리에 앉았다. 방청석은 숨을 죽였다.

후지노 검사는 열다섯 살 소녀에게 어울리지 않는 떨떠름한 표정으로 파일을 노려보고 있었다.

그러다 자리에서 일어섰다. 인사하고 고개를 들었을 때는 어느새 부드러운 표정을 짓고 있었다.

"고발장의 존재를 알기 전에, 다쿠야 군의 죽음이 자살이 아니라 제삼자가 어떤 식으로든 관여한 사건이라는 설을—소문 수준이라도 상관없습니다—들으신 적 있습니까?"

"아뇨, 없습니다. 학교 안에서는 한동안 그런 소문이 돌았던 모양이지만 저희 귀에는 들어오지 않았습니다."

증인의 말투도 평온을 되찾았다.

"누가 개인적으로 찾아와 그런 얘기를 전한 적도 없었나요?"

"없었습니다."

레이코는 새삼스레 어떤 생각이 떠올라 눈을 가늘게 떴다. 가시와기 다쿠야가 학교에서 고립되었던 것처럼 다쿠야의 부모도 고립되어 있었다. 아이가 학교생활에서 외톨이가 되면 보호자도 같은 처지가 된다. 외부와 연결되는 파이프라인이 없어져, 좋은 것이든 나쁜 것이든 중요한 것이든 하찮은 것이든 전혀 정보가 들어오지 않는다.

"가시와기 씨 스스로 생각해본 적도 없었습니까?"

잠시 틈이 생겼다.

"없었습니다. 다만—"

법정의 모두가 긴장했다.

"본인이 적극적으로, 강한 의지를 갖고 자살한 건 아닐지 모른다고 생각한 적은 있습니다."

검사가 고개를 살짝 갸웃거렸다. "사고라는 뜻일까요?"

"아뇨…… 뭐라고 해야 할까요."

증인이 한 손으로 얼굴을 가리며 등을 둥글게 구부렸다.

"어떻게 말해야 좋을지. 아까 다쿠야 같은 아이는 죽음과 가까이 있다고 하지 않았습니까."

"네, 말씀하셨습니다."

"다시 말하면 죽음에 흥미가 있다는 뜻입니다. 두려워하는 동시에 죽음에 매료되기도 하죠. 저 혼자만의 생각이 아니라, 실제로 그 아이는 이따금 저희가 기겁할 정도로 위태로운 행동을 서슴지 않았어요. 지붕 위에 올라간다거나, 눈을 감고 자전거를 탄다거나."

반대신문을 하는 검사보다 변호인이 더 흥미로운 표정이었다. 눈 한 번 깜박이지 않고 증인을 뚫어져라 바라보았다.

"친척집에 놀러갔을 때, 잠깐 눈을 뗀 사이 베란다를 넘어가서 콘크리트 난간에 올라선 적이 있습니다. 아직 전학 오기 전인 초등학교 저학년 때 일입니다."

"많이 놀라셨겠네요."

후지노 검사가 소녀의 얼굴로 물었다. 그 표정에 가시와기 노리유키는 증인에서 또래 자식을 둔 한 사람의 어른으로 돌아갔는지 검사를 달래듯 부드럽게 웃었다.

"많이 놀랐죠. 달려가서 팔을 잡고 끌어올리고선 호되게 야단쳤습니다. 그런데도 본인은 태연했어요. 거기에 서면 느낌이 어떤지 알고 싶었다더군요."

부드러운 미소가 차츰 꼬리를 감추며 사그라졌다.

"그러나 죽었을 당시 다쿠야는 그때보다 훨씬 어른이었습니다. 눈 내리는 밤 아무도 없는 학교에 숨어들어가서 제 발로 옥상에 올라가, 철조망을 넘어서면 느낌이 어떤지 알고 싶었다—설마하니 그러지야 않았겠죠."

가시와기 노리유키는 자문자답하듯 고개를 저었다.

"그렇지만 그와 유사한 심리가 여전히 있었을지 모른다는 생각은 들었습니다. 적어도 아무도 없는 학교로 숨어드는 것 정도는 그 연장선상에서 딱히 이상하지 않았습니다. 눈 내리는 밤이라는 점도 그렇고요. 얼어붙을 듯이 춥고, 밖은 아무도 없이 새하얗고."

고독하잖아요, 라고 말했다.

"다쿠야는 고독도 좋아했으니까."

애처로워하는 말투였다.

"그렇지만 고독을 맛보기 위해 한밤중에 학교로 숨어드는 것과 옥상에서 떨어져 죽는 것에는 큰 차이가 있죠."

검사가 증인을 현실로 돌려놓았다.

"네, 차이가 크죠. 그러니까 그건 제 미련이라고 할까……"

숨죽인 중얼거림에 줄곧 증인을 바라보고 있던 변호인이 시선을 떨어뜨렸다.

"자살이라고 생각하는 게 괴로웠으니까요. 그 생각에서 도망치려고 이런저런 상상을 했다, 그런 정도입니다."

후지노 검사가 고개를 끄덕였다. "질문을 마칩니다. 오랜 시간 감사했습니다."

증인석을 떠날 때 가시와기 노리유키가 살짝 휘청거렸다. 그래도 의자 등받이를 붙잡고 자세를 바로잡아 판사와 배심원들에게 깊숙이 허리를 숙인 후 변호인석 쪽으로 향했다.

가시와기 다쿠야의 아버지는 노다 겐이치와 함께 법정에서 나갔다. 출입구를 빠져나갈 때 방청석으로 눈길을 돌려 살핀 것은 자기와 맞서려고 달려들던 큰아들의 모습을 찾은 것이리라.

히로유키는 아버지의 시선을 피하듯 고개를 숙였다. 레이코가 그 옆얼굴에 대고 속삭였다.

"아버지는 변호인 측 대기실로 가실 모양인데, 학생은 어떡할래요?"

가시와기 히로유키는 두 손으로 양 무릎을 꽉 움켜쥐었다. 손가락이 가늘다. 손등이 하얗다.

"여기서 계속 방청할게요."

잠시만 기다려주십시오, 라고 판사가 법정에 말했다. 배심원들과 방청인들도 긴장을 풀고 여기저기서 부채나 손수건을 팔랑거리기 시작했다.

"오늘 증인으로 불려나갈 예정인가요?"

레이코가 묻자 히로유키의 어깨가 움찔했다. "그렇다면 방청을 안 하는 게 좋을까요?"

조금 전 노기는 어디로 갔는지 완전히 풀이 죽었다.

"방청하는 건 상관없어요. 실은 나도 증인이거든요. 오늘은 순서가 안 오겠지만."

"어느 쪽이세요?"

"일단은 검사 쪽인데, 사실 어느 쪽이든 상관없을 거예요."

히로유키가 갑자기 두려워진 듯 소심하게 눈을 깜박거렸다. "저는 어느 쪽이든 아버지와 정면으로 맞서게 될 줄 알았어요."

레이코가 미소지었다. "이 재판은 아마 그런 구도를 만들진 않을 거예요."

"그렇군요. 집안싸움을 끌어들이면 안 되겠죠."

히로유키가 웃으며 말하고는 쓰자키에게 시선을 돌렸다.

"선생님, 괜찮으세요?"

쓰자키는 딴생각을 하고 있었는지 곧바로 대답하지 못했다. 응? 하며 히로유키를 마주보더니 눈을 깜박거렸다.

"고맙습니다. 괜찮아요."

"아버지가 감정적으로 말해서 죄송해요."

쓰자키는 놀란 눈치였다. 레이코도 놀랐다. 다쿠야의 형인 청년에게서 이런 사과의 말을 듣게 될 줄이야.

쓰자키는 이번이야말로 눈물을 쏟을 것 같았다.

"천만에요. 아버님은 부모로서 당연한 말씀을 하신 겁니다."

노다 겐이치가 돌아와 자리에 앉았다. 판사가 후지노 검사에게 신호를 보냈다. 한창 수다에 빠져 있던 방청인들이 긴장했다. 레이코는 얼굴의 땀을 훔쳐냈다.

"검사 측 증인으로."

프리마돈나가 노래하듯 료코의 목소리가 맑게 울려퍼졌다. 주선율은 바로 내 몫이라는 듯이.

"HBS 보도 프로그램 〈뉴스어드벤처〉의 기자, 모기 에쓰오 씨를 소환합니다."

방청석에서 모기 에쓰오가 당당히 일어섰다. 마치 프리마돈나와 노래를 주고받기 위해 박력 있게 등장하는 테너처럼.

직업과 이름을 확인하고 선서를 마친 모기 에쓰오는 판사를 마주보며 뜻밖의 말을 꺼냈다.

"의견진술을 하고 싶습니다."

이노우에 판사가 후지노 검사를 바라보았다. 료코는 놀라지 않았다.

"사전에 이런 취지의 요청이 들어와 판사의 재가에 맡기겠다고 답변했습니다."

모기는 짧게라도 좋다고 덧붙였다.

역시 방송기자라서인지 사람들 앞에 나서는 데도, 이런 자리에서 발언하는 데도 익숙하다. 일종의 오라까지 감돌았다.

"의견진술이라기보다 질문이라고 하는 편이 좋을지도 모르겠습니다. 다른 방청인 분들도 흥미를 느낄 만한 질문이라고 생각하고요."

"그렇다면 허가하겠습니다. 단, 간략하게."

"고맙습니다."

고개를 가볍게 끄덕인 모기가 일부러 천천히 시선을 움직여 검사를, 이어서 변호인의 얼굴을 바라보았다.

"저는 절대 이 교내재판의 개정에 반대하지 않으며, 지금까지 훌륭하게 진행된 것에 감탄하고 있습니다. 하지만 그럼에도 이 법정에 큰 결함이 있다는 점을 감히 지적하지 않을 수 없습니다."

방청인들은 이미 '사로잡힌' 상태다. 어느새 조용해졌다.

"먼저 이 법정에는 사실관계를 가리는 가장 강력한 근거가 될 '물증'이 없습니다. 검사든 피고인 측이든 배심원 여러분에게 자기주장을 뒷받침할 만한 물리적인 증거를 제시할 수 없죠. 당연합니다. 여러분은 수사기관이 아니라 중학생이니까."

그리고 또 한 가지, 하며 모기가 손가락을 세웠다.

"각 증언의 신뢰성을 담보할 사건 당시의 조서나 기록 등도 일부를 제외하면 없는 것이나 마찬가지입니다. 요컨대 어떤 증언이든 오로지 증인들의 기억에만 의지해야 한다는 뜻입니다. 그런데 기억이란 시간이 흐르면 변화되고 변질됩니다. 작년 12월 25일에서 현재에 이르는 동안 많은 증인의 많은 기억이 변해버렸겠죠. 그런 상태에서 사실관계를 가리는 게 과연 올바른 일일까요?"

판사가 안경테를 지그시 눌렀다. "그렇게 기억이 변하는 실례를 들 수 있습니까?"

"들 수 있습니다."

모기가 망설임 없이 답하자 방청석에 동요 비슷한 것이 번져나갔다.

"먼저 가시와기 다쿠야 군의 유체를 발견했을 당시 노다 겐이치 증인의 행동입니다. 조금 전 그는 기억이 애매하다고 인정한 뒤에, 유체 발견 사실을 누군가에게 알리고 교무실에 전해달라고 부탁했다고 증언했지만 사실은 다릅니다. 제가 당시 여러 학생과 학교 관계자들의 얘기를 들어본바, 그는 직접 교무실로 달려갔습니다."

당사자 노다 겐이치가 눈을 깜박거렸다.

"다쿠야 군의 아버지 가시와기 노리유키 씨의 증언에서도 비슷한 착오가 있었습니다. 제가 취재를 시작하고 맨 처음 쓰자키 교장선생님을 만났을 당시 쓰자키 씨는 취재를 거부하지 않았습니다. 취재는 안 된다는 말도 하지 않았습니다. 다만 매우 민감한 사안이라 학생들이 쉽게 동요할 테니 너무 일을 키우지 말아달라고 했을 뿐입니다. 저는 늘 취재 기록을 날짜별로 정리해두기 때문에 이를 뒷받침할 자료는 언제든 법정에 제출할 수 있습니다."

장내는 쥐죽은 듯 가라앉았다. 손수건이나 부채가 움직일 뿐이다.

"노다 학생의 케이스는 단순히 기억이 흐릿해진 걸 테고, 가시와기 씨 케이스는 조토 3중학교의 불성실한 태도와 은폐 사실을 알고 학교에 대한 신뢰를 잃게 되자 기억이 변해버린 거겠죠. 앞으로 나오는 증인들도 비슷할 겁니다. 아니, 거의 확실하게 그럴 겁니다. 요컨대 모든 게 애매모호합니다. 애매모호한 증언들을 맞부딪치며 그중 무엇이 보다 신빙성 있는 것인지 겨룬다. 이걸 재판이라 할 수 있을까요? 저는 그 점을 여러분에게 묻고 싶네요."

말끝에 이 남자 특유의 날카로운, 약간 비아냥거리는 억양이 묻어났다.

"저희도 당시 상황을 확인할 자료가 있습니다."

후지노 검사가 침착하게 대답했다.

"당시와 현재의 기억이 일치하지 않으면, 그것을 참조해 확인할 수 있습니다."

"조토 경찰서에서 조서나 검안서 같은 걸 받았다는 뜻입니까?"

검사는 그 질문을 무시했다.

"실제 재판에서도 증인 기억의 신빙성이 문제시되는 경우가 있지 않습니까." 판사가 말했다. "그럴 때는 그 내용이 상식적으로 납득 가능한 선인지, 감정에 의해 왜곡되거나 편향되지 않았는지 법정에서 검증하지 않나요?"

"그렇긴 하지만, 검증의 근거가 되는 경찰 조서나 검사 조서 같은 것이 있어야 합니다."

"이 법정에도 그에 준하는 것이 준비되어 있다고 방금 검사가 대답했는데요."

"그러나 조금 전 제가 지적한 두 가지에 대해서는 지금껏 어느 쪽에서도 바로잡지 않았어요."

"방금 증인의 발언으로 배심원들도 사실을 알게 되었습니다. 그것으로는 부족합니까?"

"노다 군이나 가시와기 노리유키 씨나, 그저 기억이 잘못됐을 뿐이라고 말하고 싶은 건가요?"

모기가 판사에게 싹싹한 미소를 건네고는 말을 이었다.

"그러나 무슨 일이든 진상규명을 할 때는 사소한 것일수록 중요하고 신중하게 다뤄야 합니다. 본줄기와 관계없다고 아무렇게나 돼도 되는 건 아니죠."

판사가 입을 꾹 다물었다. 후지노 검사는 난처한 눈치는 아니었지만 그렇다고 선뜻 나서려 하지도 않고 그저 판사만 바라보았다.

그 순간 간바라 변호인이 한 손을 들었다. 판사가 고개를 끄덕이자 일어섰다.

"모기 씨, 한 가지 질문을 하겠습니다."

모기가 대범하게 고개를 끄덕거렸다. "하시죠."

"그전에 부탁이 있습니다. 질의응답이 끝날 때까지 그 자리에서 움직이지도 시선을 돌리지도 말아주세요. 똑바로 판사를 바라봐주십시오. 괜찮으시겠어요?"

"상관없습니다."

"이 체육관 천장에는." 변호인이 말을 이었다. "형광등이 여러 쌍 달려 있습니다. 가로와 세로 어느 방향으로 몇 쌍이 달려 있는지 대답해주세요."

모기 에쓰오가 눈을 부릅떴다. 반사적으로 위를 보려 하자 변호인이 조용히 제지했다.

"올려다보지 마시고요."

모기의 대범한 웃음이 씁쓸한 미소로 바뀌었다.

"이것 참" 하고 콧김을 내쉬었다. "몇 쌍이었더라. 세로로 세 쌍 아닐까요?"

"확인해보십시오."

모기뿐 아니라 법정의 거의 모든 사람이 천장을 올려다보았다. 레이코도 물론 마찬가지였다. 형광등은 가로로 다섯 쌍이 달려 있었다.

"틀렸네요." 모기가 웃었다.

변호인도 빙긋 웃었다. "증인은 오늘 개정 전 입장해서 저기 비어 있는 판사 정면 의자에 앉았고, 증인석에 불려나온 지금까지 줄곧 그 자리에서 방청하셨습니다."

자리를 확인하듯 뒤돌아 학부모회 회장의 얼굴을 힐끗 본 모기가 고개를 끄덕였다. "네, 저 자리입니다."

"저도 기억합니다. 증인은 아침부터 저 자리에 있었습니다. 천장 형광등에 관한 기억이 틀렸다고 해서 증인이 여기 없었고, 아무것도 못 보고 아무것도 못 들었던 건 아니죠?"

"그렇죠, 네."

모기의 웃음에 이끌린 듯 방청석에서도 웃음소리가 일었다. 변호인이
자리에 앉았다.

"한 방 먹었군요." 모기가 어깨를 으쓱했다. "알겠습니다. 여러분의 방
식에 따르죠. 그러나 내가 여기서 했던 쓴소리는 잊지 마십시오. 여러분
은 매우 우수한 중학생들이지만, 진상규명은 결코 암기 놀이나 말장난이
아닙니다."

"배청했습니다." 판사가 말을 받았다.

그러고 싶지 않았지만―그리고 스스로도 놀라웠지만, 사사키 레이코
는 문득 좀전에 쓸데없는 말을 꺼낸 모기의 심정을 이해할 수 있을 것 같
았다.

"질문을 시작하겠습니다. 자리에 앉아주십시오."

모기는 서 있어도 괜찮다고 했다.

"증인은 HBS 보도 프로그램 기자로 지금까지 많은 학교문제, 교육문
제를 취재해오셨죠?"

"네."

"구체적으로 어떤 문제였습니까?"

"교내폭력, 집단괴롭힘, 그에 따른 학생의 자살, 교사의 체벌로 인한
상해사건 등이죠."

"사례가 몇 가지 정도 될까요?"

"취재만 해놓고 프로그램에서 다루지 못한 것까지 치면 서른 가지 이
상은 될 겁니다."

"이런 문제를 취재한 경험이 풍부하다는 말이군요."

"나 자신은 그렇게 자부하고 있고 주위의 평가도 다르지 않습니다."

빈손인 후지노 검사는 딱히 메모나 파일을 보는 것 같지 않았다. 긴장
한 기색도 없었다.

"교내에서 학생이 교우관계로 고민하거나 괴롭힘에 시달리다 자살에 이르는 케이스에 관해 여쭙고 싶습니다."

모기가 검사를 보며 고개를 끄덕였다.

"그런 학생이 유서를 남기지 않는 경우가 있습니까? 증인이 취재한 사례 내에서 대답하셔도 좋습니다."

"내가 경험한 사례 중엔 없어요."

"유서를 남긴 케이스가 많다?"

"많은 정도가 아니라 내가 아는 한 100퍼센트 유서를 남겼습니다."

"그것은 누가 봐도 유서라는 걸 알 수 있는 형태인가요?"

"그렇습니다. 받는 사람 이름을 명시한 경우도 있고, 봉투에 아예 '유서'라고 쓴 케이스도 있죠."

"자살 후 곧바로 발견될 수 있게 준비해두나요?"

"그건 제각각입니다. 사망 학생의 유품을 정리하다 책상 서랍 안에서 발견한 예도 있으니까. 다만 자기가 죽고 누군가의 눈에 띄도록 의도했다는 건 알 수 있습니다."

료코가 고개를 한 번 끄덕였다. "지금까지 증인이 취재한 사례 중 그런 비극적인 사태가 일어날 때까지 당사자가 친구관계로 고민하거나 집단괴롭힘에 시달린다는 걸 그 보호자가 전혀 파악하지 못하고, 눈치도 못 채고, 유서를 읽고서야 일련의 사실을 알게 된 케이스는 어느 정도 될까요?"

모기가 잠시 생각했다. 머리가 살짝 움직였다.

"부모님이 자녀의 상태가 심상치 않다고 느낀 케이스, 그러니까 왠지 모르게 기운이 없다거나 학교에 가기 싫어한다거나 용돈을 달라고 자주 조르는데 어디 쓰는지 모르겠다는 식으로 낌새를 챈 케이스는 많아요. 하지만 아이가 죽음을 택할 만큼 심각한 사정이 배후에 있었다는 것까지는 파악하지 못했다, 상상조차 못 했다는 건 내가 다룬 거의 모든 케이스의 공통점입니다."

"증인이 취재한 케이스 중 등교거부를 하던 학생이 자살한 사례가 있습니까?"

"한 건 있습니다. 그러나 집단괴롭힘에 의한 등교거부는 아니었습니다. 본인이 학업성적 부진으로 괴로워한 케이스죠."

"그 케이스에서 보호자는 자녀가 자살하지나 않을까 하는 불안을 느꼈나요?"

"부모님 두 분 다 학교에 안 나가는 건 걱정했지만, 설마 자살을 할 정도로 고민하고 있는 줄은 몰랐다고 취재 때 말씀하셨습니다."

후지노 검사가 수학시간에 어려운 방정식 해법을 배우는 듯한 표정을 지었다. "그렇다면 일반적으로 학교문제—괴롭힘이든 성적 부진이든—때문에 자살하는 경우는, 매우 뜻밖이지만, 같이 사는 보호자들도 그 사실을 추측하기 어렵다. 징후를 포착하기 힘들다는 뜻일까요?"

모기가 으음 소리를 내며 고민했다. 살며시 의자를 당기더니 털썩 걸터앉았다.

"뭉뚱그려 말하기엔 위험한 사안이란 걸 먼저 말씀드리죠. 몇 가지 취재 경험이 있는 건 맞지만, 유감스럽게도 나와 전혀 관계없는 곳에서도 자살하는 아이들이 있으니까요."

"알겠습니다. 모기 씨의 취재 경험을 토대로 한 의견이란 점을 감안하고 듣겠습니다."

"내가 아는 한에서라면, 네, 좀처럼 알아채기 어렵다고 할 수 있습니다. 특히 괴롭힘에 시달리다 자살하는 아이의 경우는 부모님에게 걱정을 끼치고 싶지 않다, 볼 낯이 없다는 마음에 필사적으로 숨기려 들거든요."

"하지만 자녀가 죽고 나면 사정을 알게 되죠. 유서나 일기로 진실이 드러날 테니까."

"그렇습니다."

"자녀가 죽기 전에 교우관계로 고민했다거나 괴롭힘을 당한 것 같다는 얘기가 주변에서 나오는데도, 정작 본인의 유서가 없거나 일기 등에도 그런 사실이 전혀 쓰여 있지 않은 케이스를 알고 계신가요?"

"나는 못 봤습니다."

"그렇다면 반대로, 죽기 전 자녀의 언동이나 생활태도에서 보호자가 위험을 느꼈는데 불행히도 자살을 막지 못한 케이스는 알고 계신가요?"

"한 가지 알고 있습니다."

막힘없는 대화다. 역시 사전에 맞춰보았으리라. 저 두 사람이 진지하고 별탈 없이 법정에서의 질의응답을 연습하는 광경을 레이코는 상상도 하기 힘들었지만.

"가슴 아픈 일이지만, 세상을 떠난 학생에게 마음의 병이 있었던 케이스입니다."

검사가 고개를 살짝 갸웃했다. "가시와기 군의 경우도 그런 정신적인 병이 있었을 가능성을 생각해보셨습니까?"

"아닙니다. 취재 초기에 부모님을 뵙고서 그런 가능성은 배제할 수 있겠다고 확신했습니다. 그는 아주 논리적이었고, 조금 전 아버지가 증언하셨듯이 의사소통 능력이 뛰어났습니다. 환각이나 환청, 망상에 시달리는 기미도 없었죠. 일상생활에서 밤낮이 바뀌거나 식사가 불규칙했던 것은 등교거부에 따른 부작용이지 절대 병 때문에 나타난 증상이 아닙니다."

"방에만 틀어박혀 있느라 우울증이 생겼을지 모르죠."

"우울증과, 무언가를 고민하거나 기분이 가라앉아 침울한 것은 근본적으로 달라요."

틀린 방정식 해법을 지적하듯 모기가 참을성 있게 대답했다.

"실제로 가시와기 노리유키 씨도 다쿠야 군에게 의료적인 도움이 필요하다고 생각하지 않았습니다. 취재 때도 그렇게 대답하셨고, 조금 전 증언으로도 드러난 사실이죠. 다쿠야 군을 걱정하고 그의 모습을 진지하게 관찰해온 부모님이 치료의 필요성을 느끼지 못했다. 그것만으로도 마음의 병일 가능성은 제로라 판단해도 좋다고 생각했습니다."

하긴 그렇군요, 라며 검사가 재빨리 시인했다.

"그렇다면 다쿠야 군의 죽음은 모기 씨가 이제까지 취재한 어느 케이스에도 속하지 않는, 상당히 특이한 사례라고 할 수 있지 않을까요?"

"분명히 지금껏 말씀드린 케이스와는 다릅니다. 그러나 특이하진 않습니다."

"유사한 케이스를 알고 계신가요?"

"네." 모기가 고개를 끄덕이고 목소리에 살짝 힘을 주었다. "집단폭행으로 목숨을 잃은 케이스와 많이 비슷하다고 봅니다."

법정이 술렁거렸다. 배심원들 사이에서 줄곧 자기만의 세계에 빠져 있는 듯 보이던 가쓰키 게이코도 처음으로 고개를 휙 들어 증인을 바라보았다.

"집단폭행으로 인해 학생이 사망한 케이스에는 몇몇 유형이 있습니다. 조금 길어질 텐데, 설명해도 될까요?"

"부탁드립니다." 검사가 대답하고 자리에 앉았다. 교대하듯 모기가 일어나 가볍게 기침을 하더니 배심원들을 둘러보았다.

이쯤 되자 레이코도 알아차렸다. 후지노 검사는 조토 3중학교 입장에선 깡패나 다름없는 이 방송기자를 이 분야의 전문가로 소환한 것이다. 이것은 전문가 증언인 셈이다.

"먼저 집단폭행 내지 폭력행위는 크게 둘로 나눌 수 있습니다. 기준은 피해학생에게서 금전을 빼앗는 게 주된 목적인가 아닌가죠. 금전이 주된 목적인 케이스는 이 법정에서 고려할 필요가 없을 테니 생략하겠습니다."

전문가답게 시원시원하게 정리해나갔다.

"그럼 금전이 주된 목적이 아닌 경우—내친김에 금전을 빼앗긴 하더라도 주된 동기가 엄연히 따로 존재하는 경우, 집단폭행사건은 폭행한 집단과 피해학생 사이에 교우관계가 존재했느냐 아니냐에 따라 다시 둘로 나뉩니다."

모기가 오른손을 들고 손가락 두 개를 세워 보였다.

"교우관계가 존재하는 경우는 원래부터 같은 불량 패거리였거나 함께 어울린 친구 사이였던 경우죠. 같은 특별활동 부원이었던 경우도 있습니다. 이 케이스에서는 우선, 피해학생이 그 패거리나 집단을 이탈하려 해서 다른 멤버가 그걸 불쾌히 여기고 폭력적인 제재를 가하는 유형이 하나 있습니다. 다음은 단순한 싸움이나 내부 갈등으로 시작했다가 다수가 특정인에게 제재를 가하는 것으로 발전하는 유형이죠. 이때 원인은 금전 또는 물품 분실, 그리고 이성문제인 경우가 많습니다. 전자는 단순한 오해이거나 외부인의 소행으로 생긴 말썽을 내부에서 해결하려다 결과적으로 폭력사태가 벌어지는 식이죠. 후자는, 집단에서 비교적 어리거나 약한 멤버가 리더 격인 멤버와 교제하던 이성과 교제해서 집단의 분노를 불러일으키는 경우를 예로 들 수 있습니다."

배심원 중 농구부 부원으로 보이는 키 큰 학생이 이야기를 들으며 모기를 뚫어져라 바라보았다.

"요약하면, 이 유형은 해당 집단이 '규율'로 지켜온 것을—그것이 건전한가 불건전한가는 제쳐두고—깨려고 한 자에게 제재를 가하는 경우입니다. 따라서 특별활동부처럼 학교에서 그 활동을 장려하는, 지극히 건강한 집단에서도 일어날 수 있죠. 내가 취재한 사례 중에는 호된 연습과 부원 간의 불합리한 상하관계를 견디다 못해 특별활동을 그만두려 했던 1학년 학생을 2, 3학년들이 폭행한 끝에 결국 살해에 이른 사건이 있었습니다. 담당교사조차 여러 차례의 집단폭행 사실을 알고도 모르는 체했죠. 나중에 민사 손해배상 소송으로까지 일이 커지자 법정에서 그 교사는 '운동부 내의 규율을 세우는 데 필요한 조치였다'고 증언했습니다."

"폭주족이 무리에서 이탈하려는 멤버를 폭행하는 경우도 해당됩니까?"

질문을 던진 판사에게 모기가 고개를 크게 끄덕거렸다. "그렇습니다. 전형적인 예죠."

법정의 모두가 귀를 기울였다.

"다음은 폭행한 집단과 피해학생 사이에 교우관계가 없는 유형입니다. 정확하게 말해 피해학생이 해당 집단에 속하지 않은 외부인인 경우죠. 다만 해당 집단 가까이서 생활합니다. 다시 말해 양쪽이 같은 학교에 다니는 학생들인데, 폭행집단은 친밀한 무리—또래집단이라고 해도 좋겠죠—를 형성하지만 피해학생은 그에 속하지 않은 경우입니다."

모기가 양손으로 크게 원을 그리더니 왼손은 주먹을 쥐고 오른손의 집게손가락을 세워 배심원들 쪽으로 들어 보였다. 큰 원 안의 주먹인 집단과 손가락 하나인 개인.

"이 경우 집단이 그 개인에게 폭력을 가하며 괴롭히는 이유는, 당사자야 뭐 여러 이유를 들겠지만 취재 경험상 개인적으로는 두 가지로 좁힐 수 있을 것 같습니다. 질투와 멸시요. 둘 다 제삼자에게는 납득이 안 가는 이유죠."

"질투라면?"

검사 대신 판사가 진행했다.

"쉽게 말해 도시에서 지방 학교로 전학 온 학생의 경우. 사립학교에서 공립학교로 전학 온 학생의 경우. 그리고 그 전학생의 집이 유복하거나 본인의 학업성적이 우수해서 주목받고 인기를 끌거나 하면."

모기가 스스럼없이 말을 이었다.

"흔한 말로 '찍히는' 겁니다. 저 자식 뭐냐, 어디서 잘난 척이냐. 감히 누구한테 기어오르는 거냐. 말하자면 시샘을 받는 거죠. 다만 찍힌 학생이 어떻게 대처하느냐에 따라 불량 패거리가 손도 못 대고 물러나는 경우도 많습니다. 학교 분위기와 교사의 개입도 중요한 요소고요. 원체 어수선한 학교일수록, 교사의 무사안일주의가 심할수록 그런 말썽이 생길 위험이 높겠죠."

"외래의 문화를 배격하는 심리—"

판사의 중얼거림에 모기가 웃었다. "엄밀하게 표현하면 그렇지만 그냥 '시샘'이라 해도 좋을 것 같군요. 이것이 동경이나 존경, 자기보다 한 수 위라 생각하는 식으로 안정되면 천만다행이지만, 안 그러면 성가셔집니다."

"그렇다면 '멸시'는요?"

"말 그대로입니다. 집단—이 경우에는 불량 패거리라 명시해도 좋은데, 그들이 무리 지어 괴롭히고 폭력을 휘두르는 대상 학생이 신체적으로나 사회적으로 약자인 경우입니다. 신체적인 장애 혹은 지병이 있거나 보호자가 경제적으로 빈곤한 경우 등을 이유로 들 수 있습니다."

"장애나 병은 이해하겠는데, 같은 학교 학생들 사이에서 보호자의 경제적 빈곤이 눈에 보이나요?"

"조토 3중학교에서는 아닌가보죠?"

모기의 질문에는 어렴풋한 냉소가 섞여 있었다.

"실례를 무릅쓰고 말한다면, 그건 판사님이 그런 데 신경을 쓰지 않아서가 아닐까요. 학교 안에서도 학생 간의 경제적 격차가 드러날 기회는 얼마든지 있습니다. 급식비가 밀린다, 수학여행 참가비를 못 낸다, 학비 납부가 늦어진다. 한 학생의 집이 기초생활수급대상이라는 걸 담임이 다른 학생들에게 흘리는 바람에 그때부터 심한 괴롭힘과 폭력이 시작된 케이스를 취재한 적도 있습니다."

그런데. 모기가 심호흡을 한 번 하고 다시 배심원들을 둘러보았다.

"나는 방금 '괴롭힘'이라고 했습니다. '시샘'이나 '멸시'가 그 원인이 될 때는, 개인에 대한 '괴롭힘'이 마치 도움닫기처럼 발전해 끝내는 사망 사건이나 상해사건으로 이어지는 경우가 많습니다. 요컨대 이 경우의 집단폭행은 괴롭힘의 연장선상에서 그것이 발전하고 격화된 결과로 일어나는 비극이며, 그 점에서 앞서 말씀드린 '집단 규율을 깨려 한 자에게 제재로 가하는 폭행'과 크게 다릅니다. 그 경우에서는 도움닫기 격인 '괴롭힘'을 거의 찾아볼 수 없습니다."

어느새 후지노 검사가 일어나 있었다. "가시와기 군은 피고인에게도 피고인의 친구들에게도, 또한 다른 어느 학생에게도 괴롭힘을 당한 흔적이 없습니다."

"그렇습니다. 없습니다." 모기가 말을 받았다. "이 경우에는 그 포인트, 그 한 가지만이 특이하다고 할 수 있습니다. 가시와기 군은 좋은 의미에서든 나쁜 의미에서든 눈에 띄는 학생이 아니었습니다. 피고인의 친구도 아니었고, 평범한 학생일 뿐 피고인에게 찍힐 만한 '약자'도 아니었습니다. 가시와기 군과 피고인은 서로에게 관심이 없는 투명한 존재였습니다."

"가시와기 군은 전학생이 아닙니다. 다시 말해 외부인도 아니죠." 판사가 덧붙였다.

"그렇습니다. 하지만 여러분, 잘 생각해보십시오. 가시와기 군은 어느 날 매우 눈에 띄는 형태로 피고인과 그의 친구들에게 자기 존재를 드러냈습니다."

"작년 11월 14일, 과학준비실에서 말이죠." 검사가 말했다.

"그렇습니다. 가시와기 군은 그때 피고인에게 확실하게 반항했습니다. 누가 보더라도 명백한 반항이었죠. 피고인이 으스대며 휘두르는 폭력이나 학교 질서를 어지럽히는 일탈행위에 '반대'를 표명한 것입니다. 나는 잠자코 도망가진 않겠다고 행동으로 보여줬어요. 피고인에게는 엄청난 충격이었겠죠."

피고인은—모기가 빈 피고인석으로 눈을 돌렸다.

"그때까지 어떤 말썽을 일으켜도 학교에서 문제삼지 않았습니다. 선생님들 애를 먹이고 툭하면 경찰에 잡혀갈 짓을 저지르는 게 그의 경우에는 오히려 부정적인 훈장이 되어서 다른 학생들을 위협한 것입니다. 그의 괴롭힘이나 조롱, 짓궂은 언동에 화를 내며 반격하는 학생은 없었죠. 모두 목을 움츠리며 도망가기 바빴어요. 주눅든 채 숨어 지냈죠. 유감이지만 일부 교사들조차 그 앞에서는 위축됐습니다. 그애보다는 보호자의 반격이 두려웠기 때문이겠지만."

"그런데 가시와기 군은 과감하게 반격했죠." 검사가 말했다.

"그렇죠, 반격했어요." 모기가 말을 받았다. 호흡이 척척 맞았다. "폭력적인 독재자에게 처음으로 누군가 반기를 든 겁니다. 그 독재자는 얼마나 충격적이고 굴욕적이었을까요. 분노에 불타올랐겠죠. 피고인 입장에서는 이제껏 군림해온 학교 안에서 가시와기 군에게 수치를 당한 셈이니까요. 무슨 수를 써서라도 보복하지 않으면, 흠씬 두들겨패주지 않으면 분이 안 풀렸을 겁니다."

변호인은 이의를 제기하지 않고 모기의 말을 듣고 있었다. 노다 겐이치가 안절부절못하며 변호인을 힐끔거렸다.

"그런데 당사자인 가시와기 군이 다음날부터 갑자기 학교에 나오지 않았습니다. 피고인은 분노를 퍼부을 대상을 잃었어요. 수치를 씻을 기회도 사라졌고요."

"그럼 가시와기 군이 계속 학교에 나왔다면, 조금 전 모기 씨 말씀대로 피고인에게 찍혀서 피고인과 그 친구들에게 괴롭힘을 당했을 가능성이 있겠군요?"

"있습니다. 그렇게 됐겠죠. 가시와기 군은 그것을 예견하고 등교거부를 선택했다는 게 내 생각입니다. 도망갔다기보다 일어날 게 빤한 말썽을 미리 피했다는 말이 적절하겠죠."

"말썽을 해결하려는 노력은 하지 않고요? 예를 들어 선생님에게 상담한다거나."

"당시 이 학교에 그걸 받아줄 체제가 있긴 했습니까?"

모기의 말에서 노골적인 독기가 뿜어져나왔다.

"피고인을 제어하지 못하고 지도하지 못하고 감당하지 못해 되레 위축된 선생들에게 무슨 기대를 할 수 있었겠습니까? 과학준비실 싸움이 우발적인 것이었든 가시와기 군이 각오를 하고 보여준 액션이었든, 당장의 사후처리로 가장 적절한 방법은 학교에서 모습을 감추는 것이었습니다."

변호인은 여전히 말이 없다. 모기에게 독창을 시키고 검사에게 반주를 맡겼다.

"학교에 나오지 않는 가시와기 군을 당시 쓰자키 교장선생님이나 모리우치 담임선생님. 그리고 다카기 학년주임 선생님이 찾아갔을 때 그가 한 번도 제대로 대화에 응하지 않은 것은 그 때문입니다. 그는 학교의 대처에 실망했습니다. 나더러 학교에 나오라고 요구하기 전에 먼저 처리해야 할 일이 있지 않느냐는 거죠. 그것은 가시와기 군이 조토 제3중학교에 내민 절연장이었습니다. 혼자 반란을 일으킨 자신에게 호응해 용감하게 일어서는 사람이 하나도, 단 하나도 없다는 사실에 실망해 조토 3중학교를 떠나기로 결심한 겁니다."

방청석이 쥐죽은 듯 조용해졌다. 배심원들은 눈도 깜박이지 않았다. 가쓰키 게이코는 또 발치로 시선을 떨어뜨리고 자리에 없는 오이데 슌지를 대신해 혼자 공격을 받아내듯 어깨를 한껏 움츠렸다.

"그러나 피고인의 분노는 가라앉지 않았습니다. 보복하고 싶은 대상이 학교에 없으니 갈수록 애만 탔겠죠. 그것이 12월 24일 밤중 가시와기 군을 살해한 결과로 이어진 겁니다."

"피고인이 가시와기 군을 불러내 화풀이를 하려 했다는 뜻인가요?"

"그것 말고 다른 경위를 생각할 수 있을까요?"

모기는 배심원들을 둘러보는 것만으로는 부족해 방청석까지 돌아보고픈 것 같았다.

"집단폭행이라고 하면 여럿이 무리 지어 때리거나 발길질하는 광경을 떠올리기 쉽고 실제로 그런 사례가 훨씬 많지만, 다른 경우도 있습니다. 예를 들면 피해자를 몰아붙여 위험한 곳에 올라가게 하거나, 겨울밤 강에서 수영을 시키거나, 자동차가 오가는 도로를 건너게 하거나. 피해자에게 과도한 음주를 강요해 급성 알코올중독으로 사망하게 만든 케이스도 알고 있어요. 그런 경우 말만 '집단'이지 아주 많은 사람이 필요한 건 아닙니다. 피해자 한 명당 두세 사람 정도면 충분히 가능하죠."

"예를 들어 옥상 난간을 넘어가라고 시킨다거나?"

검사가 재빨리 파고들자 모기가 고개를 끄덕였다.

"가능한 일이죠."

"피고인에게 불려나갈 때는 가시와기 군도 어느 정도 위험을 각오했을 텐데요."

"그가 마음을 단단히 먹었는지, 망설이기라도 했는지는 추측에 맡길 수밖에 없습니다. 불려나갈 때는 일대일인 줄 알았을 수도 있죠. 고발장에는 그것까지 나와 있진 않았지만."

검사와 모기 증인은 실로 자연스럽게 고발장 내용을 확정된 사실인 양 거론했다.

"그러나 가시와기 군은 틀림없이 이 학교 옥상까지 왔어요. 그후 상황은 목격한 고발자가 똑똑히 말해주고 있지 않습니까?"

모기의 질문이 모두에게 가닿을 때까지 뜸을 들였다가 후지노 검사가 말했다. "고맙습니다. 질문을 마치겠습니다."

방청석에서 한숨이 몇 차례 흘러나오더니 물결처럼 번졌다.

간바라 변호인이 덜그럭거리며 의자에서 일어섰다.

"반대신문은 없습니다."

누구보다도 검사와 모기 증인이 제일 놀랐다.

"정오가 지났습니다. 판사님, 휴정을 부탁드립니다. 저희 모두—"

변호인은 부드럽게 말하고 미소지으며 법정을 둘러보았다.

"모기 증인의 말에 홀려버린 머리를 정리할 시간이 필요할 것 같군요."

뜻밖에 방청석에서 짧은 웃음소리가 폭발하듯 터져나왔다. 남자 목소리였다. 맞는 소리야, 라고 이어서 말했다.

"조용히 하세요." 판사는 떨떠름한 표정이었다. "그럼, 오후 한시까지 휴정합니다."

의사봉을 땅 내리친 이노우에 판사가 마치 초등학생으로 돌아간 것처럼 입을 삐죽이더니, 얄팍하고 검은 망토를 휘날리며 자리를 떴다.

북적거리는 출입구를 간신히 빠져나오자 어느새 모기의 모습은 보이지 않았다. 학부모회 회장도 눈에 띄지 않았다. 함께 학교 밖으로 나간 모양이다.

쓰자키도 없다. 어느 대기실로 갔을까—모래먼지가 피어오르는 운동장에서 햇살이 눈부셔 실눈을 뜨고 둘러보는데 뒤에서 누가 등을 두드렸다.

돌아선 사사키 레이코의 눈이 휘둥그레졌다.

"후지노 씨."

료코의 아버지 후지노 다케시다. 겉옷을 벗어 팔에 걸치고 흰색 와이셔츠 맨 위 단추를 푼 모습이다.

"언제 오셨어요?"

"모기 씨 증언부터 들었어요."

료코 녀석, 하며 가무잡잡한 얼굴로 쓴웃음을 지었다.

"교묘하게 전문가를 이용하더군요."

"깜짝 놀랐어요."

선선히 대답하고야 알아차렸다. "아하, 아까 웃은 사람이 후지노 씨군요? 맞는 소리라고 빈정거린 것도."

인정도 부정도 하지 않고 후지노 다케시는 쿡쿡 웃기만 했다. "간바라 학생이 현명했어요. 그 상황에서 반대신문을 해봐야 모기의 말만 길어질 테니까."

분명 그렇다. 아무리 그래도 감정적으로는 그 자리에서 한마디쯤 받아 치고 싶게 마련인데. 그걸 억누르고 깔끔하게 마무리한 것은 훌륭한 전 략이었다.

"그애는 아마." 후지노 다케시가 진심으로 기쁜 듯이 말을 이었다. "우 리가 잘했다고 칭찬하면 '별생각 없었어요. 그냥 배가 고파서'라는 식으 로 대답할 거예요."

레이코도 무심코 웃었다. "그런 면은 좀 섬뜩할 정도죠."

"보통 상대가 아니죠. 료코가 불리해요."

전혀 걱정하는 눈치는 아니다.

"점심은 어떻게 하세요? 누구랑 같이 드시나요?"

"아뇨……"

"그럼 메밀국수나 먹을까요."

"후지노 씨, 오후에도 방청하세요?"

"경찰서에서 호출만 안 오면요."

"료코도 알고 있어요?"

"그 녀석이 어떻게 생각하든 상관없어요. 이제 와서 아빠가 어떻게 보 든 료코도 신경 안 쓸 테고요."

역시나 신기한 부녀지간이다. 서둘러 정문으로 향하는 후지노 다케시 를 따라가며 레이코는 이마의 땀을 훔쳐냈다.

─싹싹한 사람이군.

후지노 다케시는 사사키 레이코를 그렇게 생각했다. 지금까지 오이데 슌지(와 그 친구들) 때문에 꽤나 애먹었을 텐데.

"좀처럼 보기 힘든 케이스라 관심이 가요."

점심을 먹으러 간 국숫집에서 그러더니 후지노에게 오전의 공방을 어떻게 보았느냐고 물었다. 그녀는 특히 모기 에쓰오에게 집착했다. 화가 난 말투는 정의감 때문이겠지만 개인적인 감정도 섞여 있는 듯했다. 후지노는 되도록 솔직하게 대답하면서 자신이 도착하기 전에 법정에서 어떤 이야기가 오갔는지 가능한 한 자세히 끌어내보았다.

학교로 돌아오자 쓰자키 전 교장이 사사키 레이코를 찾는 중이었다. 후지노를 알아본 쓰자키가 반가운 표정을 지었다. 아까처럼 앞쪽에 같이 앉겠다는 두 사람과 떨어져 후지노는 맨 뒷줄 왼쪽 끝에 앉았다.

"저는 중간에 나가야 할지도 몰라서요."

모기 에쓰오와 학부모회 회장 이시카와는 오전에 앉았던 그 자리에 진을 치고 있었다.

방청석의 80퍼센트 정도가 찬 상태에서 오후 심리가 시작되었다. 피고인석은 여전히 비어 있었다. 그에 대해 판사나 변호인은 딱히 언급하지 않았다.

"변호인 측 증인을 소환하겠습니다."

간바라 가즈히코가 이름을 부르자 방청석에서 가시와기 히로유키가 일어섰다. 긴장한 듯 증인석으로 나가는 발걸음이 부자연스러웠다.

후지노는 히로유키의 아버지를 찾아보았다. 그는 한가운데 줄 오른쪽 가장자리에 앉아 고개를 꼿꼿이 들고 큰아들을 바라보고 있었다.

인정신문과 선서가 끝나자, 가시와기 히로유키가 판사와 배심원들에게 고개를 숙였다.

"아버지 증인신문 때 심리를 방해해서 죄송합니다."

"증인이 깊이 반성하고 있습니다." 변호인도 옆에서 거들었다.

"배심원은 사죄를 받아들이겠습니까?"

딱딱한 판사의 질문에 배심원들이 힐끗힐끗 시선을 교환했다. 그때 그

중 키 큰 소년 하나가 손을 들었다.

"저어, 판사님. 발언을 좀 하고 싶은데요."

"하십시오."

소년이 자리에서 일어섰다. 키가 정말 크다.

"저는 어쩌다 배심원장을 맡게 된 다케다라고 합니다. 으음, 농구부입니다."

말하면서 조급하게 교복 바지의 주름을 폈다.

"사과해주셔서 감사합니다. 여학생들이 무서워했어요."

"정말 죄송했습니다." 가시와기 히로유키가 다시 고개를 숙였다.

"점심시간에 다같이 이야기를 해봤는데."

다케다 배심원장이 법정을 빙 둘러보았다.

"저희는 배심원이라는 걸 처음 해보고, 솔직히 말해 다들 잘 모릅니다. 아마추어라고 할까요."

방청석에서 웃음소리가 일자 배심원장은 쑥스러워했다. 쉴새없이 고개를 갸웃거리고 손으로는 바지를 쓱쓱 문질러댔다.

"그래도 얘기는 열심히 듣고 있습니다. 모두 그러려고 노력중입니다. 그러니 증인 여러분도, 뭐라고 해야 할까, 침착하게? 너무 화내지 말고 말씀해주십시오. 어려우시겠지만 저희는 누가 화내거나 울면 아무래도 신경이 쓰이니까요. 하지만 그러면 안 되잖아요."

법정이 조용해졌다.

"부탁드립니다."

마지막 말을 덧붙인 배심원장이 기다란 몸을 숙여 꾸벅 인사하고 자리에 앉았다. 그 뒤를 따르듯 방청석에서 웃음소리가 터졌다. 어처구니없는 웃음이 아니다. 호의적인 웃음이다.

후지노가 생각하기에도 배심원장을 잘 뽑은 것 같았다.

"그럼 주신문을 시작해주십시오."

간바라 변호인이 증인을 자리에 앉히고 가시와기 가족의 구성원과 가정환경에 관한 질문부터 시작했다.

"증인은 사건 당시 부모님과 동생 다쿠야 군과 따로 살았죠?"

"네, 지금도 그렇습니다. 저는 사이타마 현 오미야 시내에서 친가 조부모님과 함께 살고 있습니다."

"언제부터죠?"

"삼 년 반쯤 전, 제가 고등학교에 올라가면서입니다. 되도록 자주 부모님 댁을 찾아뵈려 합니다만 사는 곳은 오미야입니다."

변호인이 짧게 물었다. "왜 그렇게 되었습니까?"

가시와기 히로유키는 잠시 틈을 두었다가 천천히 대답했다. "가장 큰 원인은, 제가 더는 다쿠야와 같이 살 수 없다—같이 살기 싫다고 느꼈기 때문입니다."

오전 심리에서 아버지 가시와기 노리유키에게 고함을 지르며 달려들었던 건 평소 모습이 아닌 듯했다. 좀 전 후지노에게 그 모습을 본 순간 놀라기보다 측은한 마음부터 들었다고 사사키 레이코는 말했다.

—가시와기 군 집에도 복잡한 사정이 있는 모양이에요.

그 사정을 밝히기 위해 법정에 나온 걸까.

"다쿠야는 어릴 때부터 몸이 약했습니다." 증인은 말을 이었다. "소아천식이 심했고, 감기에 자주 걸려 열이 오르고 배탈이 났습니다. 욕실이나 화장실에서 쓰러지기도 했습니다. 빈혈이나 현기증 때문에요."

"부모님과 증인이 걱정이 많았겠군요."

"걱정됐습니다. 부모님은 힘닿는 데까지 방법을 찾았습니다. 소아천식을 고치고 현기증의 원인을 밝히기 위해서만도 많은 병원을 돌아다녔습니다."

특히 어머니는, 하며 목소리가 작아졌다.

"언제나 다쿠야 생각으로 머릿속이 가득했죠. 저는 그것이 달갑지 않

있습니다."

그러고는 갑자기 웃음지었다.

"허우대가 멀쩡해선 무슨 소리냐고 웃으시겠죠. 제가 생각해도 우스워요. 하지만 당시에는—오미야로 돌아가겠다 결심했을 무렵에는 저도 고등학교 입시를 앞둔 시기라 매우 민감했습니다. 여러모로 불안했고, 중요한 시기니만큼 부모님이 신경을 써줬으면 했습니다."

"방금 오미야로 돌아간다고 하셨는데요."

"부모님이 이쪽에 집을 사서 이사 올 때까지 저희는 오미야의 조부모님 댁 근처에 살았습니다. 다쿠야를 돌보느라 경황이 없었던 부모님 대신 조부모님이 저를 보살펴주셨죠."

변호인이 고개를 한 번 끄덕였다. "그래서 그리로 돌아가려고 마음먹었군요."

"그렇습니다." 그러고서 증인은 판사와 배심원들을 둘러보았다.

"여러분은 마침 당시의 저와 같은 수험생이니 상상하기 쉬울 겁니다."

고민스러운 게 많죠? 라고 친근하게 말을 건넸다.

"나중에 돌이켜보면 별것 아닌 문제들이에요. 하지만 그 상황에서는 인생을 좌우하는 큰 문제처럼 다가와서 혼자 감당하기 어렵죠. 물론 친구나 선생님에게 털어놓는 것도 좋지만, 그 무렵 저는 누구보다 부모님이 제 얘기를 들어주길 바랐습니다. 한 번만이라도 좋으니 저를 우선적으로 생각해주기를요."

"무슨 뜻이죠?"

"그때까지는 뭐든 다쿠야가 우선이었고, 저는 늘 방치되었다는 뜻입니다."

"다쿠야 군의 건강을 걱정하느라 부모님의 관심이 아무래도 그쪽으로 기울었다는 뜻이군요?"

"그렇습니다. 기우는 정도가 아니라 100퍼센트 다쿠야한테 집중됐습니다.”

단숨에 말하고 또다시 겸연쩍게 웃었다.

“이렇게 말하니 정말 유치하고 바보 같네요. 부끄럽습니다. 그러나 저는 절실했습니다.”

“그 문제로 부모님과 얘기를 해봤습니까?”

“부모님에게는 그런 제 불만을 밝힌 적이 없습니다.”

“왜죠?”

“그때는 군이 제가 말하기 전에 부모님이 먼저 알아줬으면 했던 것 같습니다. 그런 기대를 가졌다고 할까, 어리광을 부렸다고 할까.”

그게 잘못이었어요—작은 목소리로 말을 이었다.

“뭐가 잘못이란 거죠?”

“다쿠야가 제 갈등을 알아챘습니다. 그 녀석은 그런 데 민감했어요. 일찌감치 알아챘죠. 아니, 알아챈 정도가 아니라 제 고민이나 불만을 모두 알고, 꿰뚫어보고서.”

잠시 머뭇거리다가 말을 이었다.

“다쿠야는 그런 저를 비웃었습니다.”

변호인이 눈을 크게 뜨며 턱을 살짝 당겼다.

“저를 비웃는 것처럼 보였습니다. 착각인지 모르지만, 그때는 그랬습니다.”

“다쿠야 군이—뭐라고 할지, 이를테면—형을 우습게본 걸까요?”

변호인의 조심스러운 질문에 증인이 고개를 크게 끄덕였다.

“맞아요. 우습게봤어요. 그래서 전 무심결에 발끈해서 다쿠야에게 폭력을 휘두르고 말았습니다.”

그러니 제가 잘못한 겁니다—

“부모님은 당연히 저를 야단쳤습니다. 이해도 뭣도 없었습니다. 그래서 집에서 나가기로 결심했습니다. 그 집에 제가 설 자리 따윈 없다는 걸 알았으니까요."

방청석 여기저기서 속삭이는 소리가 들렸다. 가시와기 노리유키는 증인석의 큰아들을 바라보고 있었다.

"그리고 무서웠습니다." 증인이 말을 이었다. "부모님과 다쿠야와 이대로 같이 살다간 제가 잘못될 것 같았습니다. 다쿠야에게 또다시 폭력을 휘두를지 모른다, 손찌검이라는 게 한번 하면 점점 더 심해지는 거 아닌가 하고."

"결국 증인이 품고 있던 불안이나 불만은 해소되지 않았군요?"

"네. 오히려 더 심해졌습니다."

"할아버지 할머니와는 상의해보셨습니까?"

"다쿠야와 싸운 이야기를 하고, 오미야로 돌아가고 싶은데 괜찮겠냐고 물었습니다. 언제든지 돌아오라고 하시더군요."

"그러지 말고 부모님이나 동생과 화해하라고 타이르시진 않았나요?"

"그런 말씀은 안 하셨습니다. 할아버지 할머니도 그때까지 봐온 게 있으니 대강 짐작하셨을 겁니다."

"증인이 병약한 동생을 위해 많은 것을 참아왔다고요?"

"네. 그래도 폭력을 휘두른 것은 잘못이다. 앞으로 또 그런 일이 생길 것 같으면—다시 말해 제가 더는 못 참을 것 같으면 다쿠야와 거리를 두는 게 옳다고 하셨습니다. 이건 할머니의 의견입니다."

변호인이 미소지었다. "증인 편을 들어주셨군요."

"그렇습니다." 증인의 목소리도 부드러워졌다. "저에게는 정말 감사한 일이었습니다. 그래도 네 부모니까 잘 얘기를 해보라거나 형이니까 좀더 어른스럽게 행동하라는 틀에 박힌 말로 저를 나무라지 않고, 철부지 같은 저를 그대로 받아주셨습니다. 그렇지 않았다면 저는 어딘가에서 비뚤어진 행동을 했을 겁니다. 말하자면, 밖에서 문제를 일으킨다거나."

배심원 여러 명이 고개를 끄덕였다.

"할아버지와 할머니에게 깊이 감사하고 있습니다. 그것은 지금도 변함 없습니다."

변호인이 고개를 끄덕이더니 느릿느릿 책상을 돌아 앞으로 나왔다.

"그렇게 충돌하기 전까지 증인과 다쿠야 군의 관계는 어땠습니까?"

"저도 나름대로 다쿠야를 걱정했습니다. 앓아누워서 학교에 못 나가는 일이 많고 그래서 친구도 많이 못 사귀는 게 가여웠습니다."

"다쿠야 군은 어땠을까요?"

증인이 시선을 떨어뜨렸다.

"증인을 잘 따랐습니까?"

"그런 것 같지는 않습니다. 저도 적극적으로 다쿠야를 보살펴주지는 않았습니다."

"관심이 없었던 건 아니죠?"

"그런 건 아니지만—네 살이나 터울이 졌고—제가 다쿠야를 보살펴 주려 해도 어머니가 가로막았다고 할까요."

"구체적인 예를 들 수 있을까요?"

증인이 변호인을 보며 어깨를 으쓱했다. "예를 들면 캐치볼을 하거나 자전거를 타고 어딘가 놀러가려고 하면."

"형제에게는 자연스러운 일이죠."

"제가 그러자고 해도 다쿠야도 내켜하지 않고, 어머니가 말리는 식이었죠."

"아버지는 어땠나요?"

"비슷했습니다. 어쨌거나 몸이 약한 다쿠야가 저처럼 생활할 수는 없다고 생각했겠죠."

"그래서 증인도 자연히 다쿠야 군을 보살피지 않게 되었다?"

"그렇죠. 괜한 짓을 해서 다쿠야가 열이라도 나면 제가 야단맞을 테니까요."

그렇게 말하고 증인이 짧게 웃었다. "어딘가 이상하죠. 이렇게 말하다 보니 진짜 그랬던 것 같네요. 저와 다쿠야는 평범한 형제가 아니었어요."

변호인은 그에 대해 별달리 언급하지 않고 다른 질문을 꺼냈다.

"증인이 오미야로 간 뒤로 다쿠야 군과의 관계는 어땠습니까?"

"사실상 끊긴 거나 다름없었습니다."

"전화한 적은?"

"없습니다."

"부모님과는 어땠습니까?"

"이따금 부모님에게 전화가 왔습니다. 어머니가 찾아오시기도 했지만, 보통 옷이나 생필품 같은 것을 사다주고 곧바로 돌아가는 식이었죠."

"아버지는요?"

"명절에 제가 집에 가면 얼굴을 보는 정도였습니다."

"그럴 때는 집에서 묵었나요?"

"아뇨, 당일치기로 다녀갔습니다. 할아버지 할머니 두 분만 계시면 외로우실 테니까요."

"할아버지 할머니라 함은 노리유키 씨의 부모님이죠?"

"그렇습니다."

"가시와기 고코 씨, 그러니까 어머니와 두 분의 사이는 어땠습니까?"

가시와기 히로유키는 겸연쩍은 듯 웃었다. "안 좋았습니다. 하지만 원래부터 그랬는지, 저랑 다쿠야의 다툼을 계기로 나빠졌는지는 잘 모르겠습니다."

가시와기 집안은 조부모와 장남, 부모와 차남의 두 패로 갈려 일종의 대립상태―긴장관계를 형성했던 것이다. 그것은 분명 엄연한 '사정'이다.

"할아버지 할머니는 다쿠야 군에 대해 뭐라고 말씀하셨나요?"

"마찬가지로 걱정하셨죠. 그래도 입 밖으로 내진 않으셨어요. 섣불리 참견하면 어머니랑 싸울 일만 생기니까요."

"그런 일이 있었습니까?"

"네, 몇 번. 제가 다쿠야와 부딪치기 전이었습니다. 그 일이 있고 제가 조부모님과 같이 살게 되고서는 양쪽 집에서 형식적인 대화만 오갔고요."

"증인은 작년 11월 15일 후로 다쿠야 군이 학교에 나가지 않았다는 것을 알고 있었습니까?"

"네. 하지만 얘기를 들은 건 12월이었습니다. 어머니가 오미야에 왔을 때로 기억합니다."

"다쿠야 군이 학교에 안 가려 한다고 하셨나요?"

"그렇습니다. 동급생과 싸워서라고 어머니는 설명했습니다. 상대는 소문난 문제아고 다쿠야에게는 잘못이 없다, 시기를 봐서 전학을 보내려고 아버지와 상의하고 있다고요."

"그 얘기를 듣고 걱정했나요?"

증인은 팔짱을 끼고 고개를 숙인 채 잠시 생각에 잠겼다가 나지막이 말했다. "조부모님은 걱정하셨습니다. 그 연배 분들이 보기에 아이가 학교에 안 가는 건 심각한 문제니까요."

"증인은 걱정이 안 됐나요?"

가시와기 히로유키는 고개를 끄덕였다가 다시 저었다. "복잡했습니다. 당시 기분을 어떻게 표현해야 할지……"

"천천히 생각하셔도 됩니다."

노다 겐이치가 메모하던 손을 멈추고 증인을 바라보았다.

"이 역시 어른스럽지 못하지만." 가시와기 히로유키가 쓸쓸하게 웃었다. "약간 고소했습니다."

"고소하다, 고요?"

"네. 다쿠야가 결국 실패했구나 싶어서요. 다시 말해, 작전 실패라고 할까요."

"작전?"

"그 녀석은 학교를 자주 빠졌지만 성적은 좋았습니다. 오히려 우등생에 가까웠어요."

"초등학교에서는 그랬죠."

"중학교 때도 마음먹고 공부하면 좋은 성적이 나올 거라고 담임선생님이 말했다는 것 같습니다. 그것도 어머니에게 들은 얘기지만."

변호인이 고개를 끄덕였다.

"그래서, 다쿠야는 어떤 의미에서든 '문제아'였던 적이 없습니다. 집에서나 학교에서나 병약하긴 해도 나쁜 아이는 아니었어요. 표현을 잘 못하겠는데…… 이해가 되시나요?"

"계속하세요."

"그런데 등교거부를 하면 확실하게 문제아가 되는 거잖아요? 물론 무턱대고 그렇게 낙인을 찍으면 안 되겠지만, 적어도 저희 부모님처럼 평범한 사람, 학교나 교육문제에 보수적인 보호자들에게는 그렇습니다. 실제로 어머니는 상당히 당황하신 것 같았습니다."

"그렇군요."

"초등학생 때도 학교 가기 싫다고 한 적은 있지만 말로만이었죠. 동급생과 싸웠단 것도 제가 아는 다쿠야의 모습으로는 상상조차 할 수 없는 행동이었습니다. 그래서 생각한 겁니다. 실패했다고."

흐음, 하는 소리를 흘리며 변호인이 고개를 갸웃거렸다.

"저라는 만만한 비교대상이 사라졌으니 부모님의 관심을 끌 다른 방법을 찾아야 했나 하는 생각도 들었습니다. 그러다 너무 앞서가고 말았다고 할까요."

"일부러 걱정거리를 만들어 부모님의 관심을 끌려 했다는 뜻인가요?"

"부모님뿐 아니라 선생님들의 관심도 받을 수 있죠."

"쓰자키 선생님과 가시와기 노리유키 씨의 증언에 따르면, 다쿠야 군이 본교 선생님들 관심을 받고 싶어한 것 같지는 않던데요. 오히려 선생님들을 무시했다고 할까, 거의 아무 기대도 없었던 느낌이었습니다."

"아니, 그러니까 제 얘기는."

할말을 찾으며 증인은 조바심이 나는 듯 머리칼을 손으로 움켜쥐었다.

"저도 물론 다쿠야가 이 학교 선생님들에게 뭘 기대했다고 생각하진 않아요. 원래 그런 녀석이에요. 주위 어른들도 별거 아니라 여긴다고 할까. 어떤 의미에서는 우습게보죠. 자기가 더 위예요. 그래서 자기가 그런 특별한 존재라는 걸 말하고 싶어서—"

그래, 맞아. 라며 혼자 고개를 끄덕거렸다.

"다쿠야는 특별해요. 스스로 그렇게 생각했어요. 뭐랄까—여하튼 특출나고 뛰어난 존재. 다른 아이와 다르다. 애당초 아이 수준이 아니다."

뭔가에 이끌린 듯 가시와기 히로유키가 자리에서 벌떡 일어서더니 주위를 둘러보았다.

"다들 어렴풋이 알 것 같지 않아요? 다쿠야에게 그런 면이 있지 않았나요? 오늘 증언에서도 나왔죠. 그 녀석은 나이브하고 생각이 깊어서 어린 철학자 같았다고."

배심원들이 얼굴을 마주보았다. 검사석에서 후지노 료코가 옆의 사사키 고로에게 뭐라고 짧게 속삭였고, 고로가 고개를 끄덕였다. 하기오 가즈미는 나른한 듯이 책상에 한쪽 팔을 얹은 채 턱을 괴고 있었다.

"그런 허상을 만들었어요." 가시와기 히로유키가 열을 올리며 말을 이었다. "식구들 사이에서는 병약하지만 머리가 좋은 아이로 충분하죠. 충분히 특별하니까. 그렇지만 중학생이 되고 주위 사람들도 자라나면, 가족보다는 친구 같은 학교에서의 인간관계 비중이 더 커지죠. 그러면 허상을 만드는 데도 다른 수단이 필요해지고, 그래서 녀석은 사람들에게 그런 얼굴을 내보였던 겁니다—살짝 삐딱하고 시니컬하고, 뭐든 다 꿰뚫어보는 듯하고, 매사에 시큰둥하다. 공부도 특별활동도 진지하게 하지 않는다. 인생에는 그보다 훨씬 중요한 게 있다는 걸 아니까."

판에 박힌 우등생은 되지 않는다. 빤한 문제아는 더더욱 되지 않는다.

조금 특이한, 은자처럼 깊은 통찰력을 감춘 평범하지 않은 학생—

"그래서 녀석이 동급생, 그것도 소문난 문제아와 싸웠다는 얘길 들었을 때는 과연 그럴 수 있겠다고 금세 납득했습니다. 그저 그런 싸움이 아니에요. 처음에는 아마도 오이데 군이 시비를 걸었겠죠. 하지만 다쿠야는 자기가 더 위라고 생각하니까 겁먹고 도망치지 않아요. 시비 건 아이들을 코웃음 치며 비웃거나 무시했을 거라는 게 제 생각입니다. 그러나 상대가 생각 이상으로 거친—진짜 문제아라서, 보복이 두려웠던 다쿠야는 도망칠 수밖에 없었던 거예요."

"그래서 실패했다고 생각했군요?"

줄줄 쏟아지는 증인의 말에 제동을 걸듯이 변호인이 슬쩍 끼어들었다.

"그, 그래요. 다쿠야는 상대를 잘못 골랐어요. 오이데 군은 그런 속임수, 즉 다쿠야가 짜놓은 시나리오대로 행동할 단순한 문제아가 아니었죠. 그래서 학교에 못 나가게 되었지만 지금까지 얕잡아봤던 선생님이나 부모님에게 그런 얘기를 털어놓을 순 없었겠죠. 하는 수 없이 내내 집에 틀어박혀 다음 수를 짜내고 있을 거라 생각했습니다."

방청석이 쥐죽은 듯 가라앉은 것은 모두 감탄했기 때문일까. 아니면 어이가 없어 말을 잃은 걸까. 후지노 다케시는 흥미로웠다.

"실례입니다만, 증인도 상당히 생각이 깊은 편이군요."

변호인이 담담하게 말했다. 그 말이 끝나자마자 긴장이 풀린 듯 방청석에서 웃음이 터졌다. 몇몇 배심원들도 웃었다.

후지노 검사는 진지한 얼굴이다. 노다 겐이치도 되레 긴장한 듯했다.

"오전에 가시와기 노리유키 씨의 증인신문 때, 증인은 아버지가 거짓말을 하고 있고 다쿠야의 허상을 만들어내고 있다고 비난했습니다."

가시와기 히로유키가 갑자기 축 늘어졌다.

"네, 그랬습니다."

"그 '허상'이란 방금 증인이 말한 그런 모습일까요?"

"그렇습니다. 다쿠야가 만들려 한 허상이요. 다쿠야가 그렇게 죽고 나서 아버지는 그게 거짓이었음을 조금씩 깨달았으면서도 여전히 허상에 매달리려 하고 있습니다. 다쿠야 대신 그 허상을 완성해 법정에 있는 여러분도 믿게 하려는 겁니다. 그래서 저는 화가 났고, 아버지를 비난했습니다."

변호인이 숨을 한 번 내쉬고 물었다.

"그 '허상'이 증인의 상상으로 만들어진 것이라는 생각은 안 드나요?"

가시와기 히로유키는 자세를 바로잡더니 간바라 변호인을 똑바로 마주보았다.

"아뇨, 그렇게 생각하지 않습니다. 저는 다쿠야를 잘 압니다. 오랫동안 곁에서 지켜봤으니까요."

"최근 몇 년간은 떨어져 지내셨잖아요?"

별안간 증인의 목소리가 높아졌다. "떨어져 지내도 그 녀석이 변하지 않았다는 건 알아요!"

후지노 다케시 뒤에서 학부모인 듯한 여자들이 저 형이 안쓰럽다며 속삭였다.

"동생이 못 견디게 미운 거야."

"부모는 아무래도 큰애한테 참으라고 하고 동생한테는 약해지게 마련이니까."

우리 집도 그런가 후지노는 생각했다. 세 자매 중 큰딸 료코는 동생들을 위해 참을 때가 많다. 후지노나 아내는 그것을 당연하게 여겼다. 네가 언니니까.

"남자애들은 까다로워. 여자애들은 말도 많고 머리끄덩이 잡고 싸우기도 하니까 그나마 알기 쉬운데."

"남자애들은 가슴에 묻어두잖아."

그런 건가.

시선을 들자 증인석에 앉은 가시와기 히로유키가 노다 겐이치에게 물잔을 건네받는 중이었다. 간바라 변호인은 파일을 들척였다.

"시작해도 될까요?"

증인이 반쯤 비운 잔을 노다 조수에게 건네자 변호인이 물었다.

"네. 흥분해서 죄송합니다."

"계속하겠습니다." 변호인이 말하며 빙긋 웃었다. "학교에 가지 않는 다쿠야 군의 심경에 관해 증인이 어떻게 생각했는지는 잘 알았습니다. 거기서 한 걸음 더 나가보죠."

파일을 덮고 책상에 기댔다.

"증인의 의견대로 다쿠야 군이 '실패'해서 어쩔 수 없이 등교거부를 하게 됐다고 가정한다면, 언제까지고 그러고 있을 수는 없을 테니 다쿠야 군은 어떻게든 그 상황을 해결하려 했겠죠?"

"네, 그랬을 겁니다."

"조금 전 어머님은 전학을 고려했다고 증언하셨는데요."

"네. 저도 그게 현실적인 해결책이라고 생각했습니다."

"한편 아버지는 법정 증언에서 다쿠야 군이 당시 상황을 깊이 고민했고, 그 결과 자살을 생각했을지 모른다고 말씀하셨습니다. 그에 대해 증인은 어떻게 생각합니까?"

가시와기 히로유키는 곧바로 대답하지 않았다. 생각을 한다기보다 또다시 흥분하지 않도록 스스로를 억누르는 것처럼 보였다.

"저는 다쿠야가 자살할 생각을 했다고 보진 않습니다. 그 상황에서 자살하는 것은 다쿠야에게는 패배니까요."

"패배?" 변호인이 확인했다.

"그렇습니다. 오이데 군—피고인의 위압에 굴복한 것으로 보일 테니까요."

"실제로 피고인의 압박에 위협을 느꼈을 거라는 생각은 안 드시나요?"

"만약 그랬다면 부모님이 알아챘을 겁니다. 다쿠야 일이라면 정말로 민감한 분들이니까 그런 중대한 걸 못 보고 지나쳤을 리 없어요."

"아버지는 못 보고 지나쳤을지 모른다고 증언하셨는데요."

"아버지나 어머니나 그런 식으로 자책하고 있어요. 그게 아니라고 제가 몇 번이나 말했는데."

"그렇다면 등교거부를 시작한 후로 다쿠야 군이 직면했던 문제는 뭐가 됐든 외부의 위협이 아니라, 오로지 내면의 갈등이라는 게 증인의 의견이군요?"

"그렇습니다."

"그 갈등을 해소하기 위해 자살이라는 수단을 택하는 것은 정말 있을 법한 일 아닐까요?"

"다쿠야는 지기 싫어하는 아이였습니다. 그러니 자살할 리 없어요. 이것도 부모님이 착각하신 겁니다. 허상에 사로잡힌 거죠."

"그렇다면 달리 어떤 수단이 있을 수 있을까요?"

"자살"이라고 짧게 말하고 바로 말을 이었다. "미수는 가능하겠죠."

방청석이 술렁거렸다.

"자살이 아니라 자살미수라니 무슨 뜻이죠?"

"요컨대 정말로 죽을 마음 없이 일종의 시위로 자살을 시도하는 겁니다."

"애초에 정말로 죽을 마음은 없다?"

"네. 행동에 옮길 마음도 없죠."

"그런다고 효과가 있을까요?"

"실제로 안 해도, 한다고 선언하면 되는 겁니다."

"누구에게?"

"부모님이든 학교 선생님이든요."

"그게 해결책이 될까요?"

"오이데 군 일행에게 타격은 줄 수 있지 않을까요?"

증인이 텅 빈 피고인석으로 시선을 돌렸다.

"오이데 군이 다쿠야를 그 정도로 고민하도록 몰아붙였다. 위협을 가했다. 그렇게 보이지 않을까요?"

가시와기 히로유키가 방청석을 돌아보았다. 누군가의 얼굴을 찾았다.

"오전에 모기 에쓰오 씨 증언을 듣고, 저 사람은 정말이지 다쿠야의 계략에 제대로 걸려들었다고 생각했습니다. 모기 씨 해석에 따르면 다쿠야는 정의감에 불타올라 맞서 싸웠고, 그 결과 부당한 폭력과 협박에 노출된 셈입니다."

"실제로 다쿠야 군은 세상을 떠났으니까요."

"꼭 죽지 않아도 죽으려고 하는 것만으로도 같은 효과를 낼 수 있지 않을까요?"

판사님―료코가 소리를 높였다. 한 손을 들고 일어섰다. 자못 진저리가 난다는 표정을 지어 보였다.

"이 법정에서 가능한 한 진실을 밝혀내고 싶어 지금껏 저도 이견을 제기하지 않았지만, 이 이상은 무리입니다. 변호인은 증인신문을 하는 게 아니라 계속 증인의 의견만 끌어내고 있습니다."

"정당한 지적입니다." 판사가 변호인을 내려다보았다. "증인의 의견이 더 필요합니까?"

"필요합니다." 변호인이 지체 없이 대답했다. "가시와기 히로유키 씨는 다쿠야 군의 형제고 다쿠야 군과 함께 자랐습니다. 사 년 전 다쿠야 군과 충돌한 것도 다른 누구보다 다쿠야 군과 가까운 증인이 부모님처럼 무조건 감싸지 않고 냉정하고 객관적인 입장에서 그를 관찰한 결과입니다."

"저는 증인이 객관적이라고 생각하지 않습니다. 오히려 자기 감정과 상상에 기대 증언하고 있다고 봅니다."

"증인은 단순한 상상이 아니라 다쿠야 군의 사고방식과 감성을 바탕으로 추측하는 것입니다. 형제이기에 가능한 일이죠."

"상상은 상상입니다." 후지노 검사가 잘라 말했다.

"이쯤에서 서증을 제출하겠습니다."

변호인이 노다 겐이치를 휙 돌아보며 신호를 보냈다. 겐이치가 발밑에 둥글게 말아뒀던 모조지를 꺼내 앞으로 나왔다.

변호인과 조수는 야마자키 정리의 도움을 받아 칠판을 끌어다가 모조지를 붙였다.

시간순으로 글자와 숫자가 적혀 있다. 군데군데 빨간 동그라미 표시가 되어 있다.

"이것은 작년 12월 24일 가시와기 다쿠야 군 집의 통화기록입니다."

방청석이 술렁거렸다. 가시와기 노리유키와 모기 에쓰오가 짠 것처럼 몸을 앞으로 내밀었다.

"검사 측과 변호인 측 공통 서증인데, 조토 경찰서를 통해 통신사에 이것을 청구해 받은 사람은 증인이시죠?"

네, 라고 가시와기 히로유키가 고개를 끄덕였다. "제가 구해서 양측에 복사본을 전달했습니다."

"우리는 이 기록을 조사해 발신처와 수신처를 밝혀냈습니다. 그 결과 기묘한 사실이 밝혀졌습니다."

칠판 앞으로 나온 간바라 변호인이 볼펜을 손에 쥐고 가리켰다.

"빨간 동그라미 부분을 주목해주십시오."

배심원들도 몸을 내밀었다.

"다섯 번의 수신기록 부분입니다."

변호인이 순서대로 가리키며 읽어나갔다.

① 오전 10시 22분 성모마리아 조토 병원 옆

② 오후 12시 48분   JR 아키하바라 역내

③ 오후 3시 14분   아카사카 우체국 옆

④ 오후 6시 5분   신주쿠 역 서쪽 출구

⑤ 오후 7시 36분   고바야시 가전판매점 앞

"①과 ⑤는 이 근처입니다. 여러분도 잘 아시는 장소겠죠."

변호인의 볼펜 끝을 좇으며 노다 겐이치가 빨간 동그라미를 친 전화번호 밑에 스냅사진을 붙였다.

"현지에서 찍은 사진입니다. 서증에도 첨부했습니다. 여기서는 잘 안 보일지 모르겠지만."

다섯 건 모두 공중전화에서 건 전화입니다, 라고 변호인이 방청석을 향해 말했다. 그리고 가시와기 히로유키 쪽으로 돌아섰다.

"이 다섯 건의 통화내역은 아버지와 어머니도 모르셨습니다. 두 분 다 기억에 없는 모양입니다."

가시와기 히로유키가 고개를 끄덕였다.

"①에서 ④까지는 두 시간 반 간격으로 걸려왔습니다."

"……그런 것 같군요."

"집전화에는 무선전화기가 딸려 있죠?"

"그렇습니다. 무선전화기는 다쿠야 방에 있고요."

"부모님이 기억 못 하시는 걸로 봐서 이 전화를 받은 사람은 다쿠야 군인 것 같은데요."

"저희 집의 경우는 꼭 그렇다고 단정할 수 없는데요."

증인이 일어서서 칠판으로 다가왔다.

"모두 짧은 통화 같네요."

"네."

"다쿠야가 건 전화일지도 모릅니다."

법정이 쥐죽은 듯 가라앉았다.

"무슨 의미인가요?"

"다쿠야가 밖에서 부모님에게 건 게 아닐까 합니다."

"왜, 무슨 볼일로 이렇게 이상한 방식으로 전화를 했을까요?"

"곧 자살할 거라고 부모님에게 알릴 생각이었겠죠."

주위가 한층 괴괴해졌다. 변호인이 증인에게 가까이 다가가서 나란히 섰다.

"다쿠야 군이 이 장소들에서 부모님에게 전화를 걸었다. 곧 자살할 거라고 밝히려고?"

"그렇습니다. 죽을 곳을 찾고 있다고 말하고 싶었을지도 모르고요."

후지노 다케시는 검사석에 앉은 료코의 얼굴이 벌겋게 달아오른 것을 보고 놀랐다. 잔뜩 화가 나 씩씩거리고 있었다. 결국 자리에서 일어섰다.

"판사님, 이의 있습니다!"

"잠깐 기다리세요." 판사가 료코를 제지했다.

"그렇지만 판사님!"

"얘기를 끝까지 들어봅시다."

증인은 판사도 검사도 개의치 않고 오로지 변호인만 바라보았다.

"가시와기 군이 죽을 곳을 찾아 돌아다녔다고요?"

"그렇습니다. 그래서 가는 곳마다 집으로 전화를 걸었는데, 부모님이 집을 비웠거나 전화가 오는 줄 몰라서 못 받는 바람에 몇 번이나 다시 건 게 아닐까 합니다."

"집을 비운 건 그렇다 치더라도, 부모님이 전화가 오는 걸 모를 수 있을까요?"

"광고전화가 귀찮다며, 부모님은 보통 때도 늘 자동응답기가 바로 작동하도록 설정해뒀습니다. 벨소리도 꺼뒀고요. 궁금하면 아버지에게 확인해보세요. 용건이 있어서 전화해도 늘 메시지를 남기고 다시 전화가 걸려오길 기다려야 하는 게 답답해서 저도 여러 번 투덜거렸습니다."

"이의 있습니다!"

거의 비명을 지르듯 노기를 드러내며 후지노 검사가 말을 가로막았다.

"변호인은 증인에게서 또 상상을 끌어내고 있어요!"

변호인과 증인도 멈추지 않았다.

"이 장소들은 혹시 가시와기 군에게 어떤 의미가 있는 곳일까요?"

"성모마리아 병원은 다쿠야가 다니던 곳입니다. 내과와 호흡기과에서 치료를 받았죠. 아키하바라와 아카사카는 잘 모르겠지만, 장거리 고속버스가 신주쿠 역 서쪽 출구에서 출발하잖아요? 초등학생 때 가족 넷이 거기서 버스를 탄 적이 있습니다. 가나자와까지 갔었죠."

즐거운 여행이었다고 기억을 곱씹듯 중얼거렸다.

"다쿠야가 진심으로 자살을 생각했을 리 없습니다." 증인은 배심원들을 향해 말했다.

"조금 전에도 말했지만 이건 시위였을 겁니다. 그렇다 해도 진심으로 안 보이면 의미가 없어요."

배심원들이 눈을 휘둥그레 떴다. 다들 가시와기 증인을 주목하는 와중에 료코의 단짝 구라타 마리코만 걱정스러운 듯 시뻘게진 그녀의 얼굴을 살피고 있었다. 후지노는 그 모습을 보고 미소를 지었다. 착한 아이다.

"그렇지만 결국 다섯 번 모두 부모님과 연결되지 않았습니다."

"다쿠야도 그걸 알고 걸었을지 모릅니다. 시위니까요."

"판사님." 료코가 이를 악물었다. "모두 상상에 지나지 않습니다. 아니면 어디 목격자라도 있나요?"

간바라 변호인이 후지노 검사를 돌아보며 히죽거린다고밖에 할 수 없는 미소를 지었다. 그 모습을 본 료코의 눈꼬리가 올라갔다.

"고맙습니다. 변호인 측 주신문을 마칩니다."

갑작스럽게 끝나는 바람에 당사자인 증인까지 놀랐다. 대신 후지노 검사가 앞으로 나왔다.

"자리에 앉으세요, 가시와기 씨. 지금부터 반대신문을 하겠습니다."

정중하지만 한번 붙어보자는 말투였다. 후지노 다케시는 쓸쓸하게 웃었다. 료코, 좀 진정하렴.

그러긴 틀린 것 같다. 방청석과 배심원들까지 동요했다. 후지노 다케시는 딱딱한 의자에서 앉음새를 고쳤다.

후지노 료코는 곧바로 반대신문에 들어가지 않았다. 팔짱을 끼고 칠판에 붙은 통화기록부터 바라보았다. 가시와기 히로유키는 가까이 가면 짖으며 달려드는 강아지를 보듯 그런 검사를 지켜보았다.

"그럼, 다쿠야 군의 형님."

시선을 휙 돌려 증인을 마주보고 팔짱을 풀더니 료코는 표정을 누그러뜨렸다.

"저희 교내재판을 도와주셔서 감사합니다."

소녀다운 몸짓으로 고개를 꾸벅 숙였다.

"특히 이 통화기록은 저희 힘으로는 구할 수 없는 것이었습니다. 호의에 감사드립니다."

"천만에요." 증인이 작은 목소리로 대답했다. "여러분을 위해서 한 게 아닙니다. 저도 진실을 알고 싶으니까요."

"네, 잘 알고 있습니다."

검사가 천천히 고개를 끄덕이며 칠판 앞으로 갔다.

"변호인 측 심문이 장황했으니 저는 짧게 끝낼 생각입니다."

갑자기 친근하게 웃어 보이고는 말을 이었다.

"확인하겠습니다. 조금 전 동생 다쿠야 군이 작년 11월 15일 이후로 등교거부를 한 사실을 알게 된 게 12월이라고 하셨죠?"

"네."

"어머니에게 들었다고요."

"그렇습니다."

"다쿠야 군이 직접 알려준 건 아니죠?"

"아닙니다."

"증인과 다쿠야 군은 따로 떨어져 지냈고, 일상적으로 연락을 주고받는 사이는 아니었으니까요."

"그렇습니다. 아까 증언한 대로입니다."

"다쿠야 군의 등교거부를 어머니에게서 들은 게 정확히 언제였는지 기억나십니까? 12월 며칠이었을까요?"

"—기억이 잘 안 나네요. 단 어머니가 제가 지내는 오미야 집에 오는 건 대체로 주말이었습니다. 평일에는 길이 엇갈려 못 만날 수 있으니까."

"주말이라면 일요일이요?"

"그렇죠."

"그럼 다른 기억 하나를 떠올려주십시오. 그 얘기를 듣고 증인은 뭔가 하셨습니까?"

"뭔가라니, 뭘요?"

증인은 놀랐다. 그 반응에 검사도 놀란 표정을 지었다.

"무슨 말인지 잘 모르시겠어요?"

넌 어떠냐고 묻는 듯 변호인에게 시선을 돌렸다. 간바라 가즈히코는 반응이 없었다.

"중학교 2학년 동생이 동급생과 싸우고 학교에 가기를 거부한다. 보통은 걱정부터 하겠죠."

"아아, 그런 뜻이라면 저도 물론 걱정했습니다."

"그렇다면 다쿠야 군에게 연락해보려 하지는 않았나요?"

"연락이라면?"

"전화를 건다거나, 편지를 쓴다거나."

증인이 잠시 입을 다물었다가 대답했다. "글쎄, 다쿠야와 저는 그런 관계가 아니었다니까요."

후지노 검사가 다시 고개를 끄덕였다.

"그렇죠. 아까 다쿠야 군의 등교거부에 대해 이렇게 말씀하셨죠. 소문난 문제아와 싸워서 학교에 못 가게 되다니, 다쿠야는 실패했다고."

"맞습니다. 형으로서 결코 훌륭한 태도는 아니지만요."

"조금 고소했다고요."

"네, 그랬죠."

"그렇다면 더더욱 다쿠야 군이 어떻게 지내고 있는지 궁금하지 않았을까요?"

질문을 던진 검사가 방청석을 향해 동의를 구하듯 손을 가볍게 펼쳐 보였다.

"그렇잖아요? 제가 형이라면 어쩌고 있는지 궁금할 것 같아요. 그리고 정말로 동생이 실패해서 풀이 죽어 있다면 놀려주고 싶거나, 아니면 과장스럽게 위로해주고 싶거나. 어느 쪽이든 동생을 건드려보고 싶겠죠. 안 그런가요?"

"저는 그러지 않았습니다."

가시와기 히로유키는 자기보다 어린 여자아이를 상대로 불퉁거렸다.

"그렇게까지 심술궂은 마음이 들진 않았어요."

"그래서 다쿠야 군에게 연락은 안 했다는 거죠?"

"안 했다고 했을 텐데요, 아까부터."

"그후로 다쿠야 군이 죽기 전까지 어머니가 증인을 찾아왔거나 이야기를 나눌 기회가 있었습니까?"

"있긴…… 있었죠."

"그때 어머니에게 다쿠야 군은 어떻게 지내는지 물어본 적이 있습니까? 다시 말해 뒷일을 확인했느냐는 뜻입니다."

"아, 그런 적은 있죠. 계속 등교거부중이라고 들었습니다."

"그때도 역시 증인은 다쿠야 군에게 연락하지 않았고요."

"안 했습니다."

"등교거부 상태가 계속되는데도요?"

"다쿠야에게는 부모님이 있었어요."

"부모님에게 맡겨두면 된다고 생각했나요?"

"그렇습니다."

"도쿄의 부모님 집을 찾아가 다쿠야 군을 만나봐야겠다는 생각은 안 했습니까?"

"쓸데없이 다쿠야를 자극하고 싶지 않았습니다."

"부모님이 그렇게 말씀하시던가요?"

"그건 아닙니다."

"그럼 반대로, 부모님이 다쿠야를 한번 만나달라고 부탁하신 적은 없습니까?"

"없습니다."

"다쿠야 군에게 그런 부탁을 받은 적은?"

증인이 쓸쓸하게 웃었다. "그럴 리 없죠. 저희는 그런 사이가 아니었다고 몇 번을 말해야 합니까."

이번에는 증인이 배심원들에게 동의를 구하는 듯한 몸짓을 해 보였다.

하나하나 확인하듯 검사가 말했다. "등교거부를 시작한 다쿠야 군에게 증인은 자발적으로 뭔가 해보려는 생각을 하지 않았다. 부모님도 증인에게 그것을 바라지 않았다. 바라지 않는다는 게 증인도 부자연스럽지 않았다. 이 해석이 맞습니까?"

증인은 대답하지 않았다.

"가시와기 씨. 당신의 그런 태도를 일반적으로 뭐라고 할까요?"

"—모르겠군요."

"그럼 제가 말씀드리죠. 바로 무관심입니다."

후지노 검사의 목소리에 힘이 들어가고 시선도 매서워졌다.

"증인은 다쿠야 군에게 무관심했어요. 부모님도 증인이 하나뿐인 동생에게 무관심하다는 걸 알고 있었죠. 그래서 증인에게 아무 기대를 하지 않았어요. 물론 다쿠야 군도 하나뿐인 형이 자신에게 무관심하다는 것을 알고 있었기에 아무것도 요구하지 않았죠."

"그렇게 말하면 사실과 미묘하게 달라지는데요."

검사는 증인의 항변을 무시하고 재빨리 다그치듯 물었다. "언제부터 다쿠야 군에게 관심을 가지기 시작했죠?"

"언제라뇨?"

"변호인의 질문에 막힘없이 대답할 만큼 열의를 갖고, 혹은 증인석의 아버지에게 달려들 만큼 분노를 품고 증인이 다쿠야 군에게 관심을 가지게 된 건 언제부터인가요?"

증인은 조금 당황한 듯 보였다. 대답이 없었다.

"다쿠야 군이 죽은 뒤죠?"

후지노 검사가 냉혹한 눈빛으로 말했다. "다쿠야 군이 죽는 바람에 증인이 상상으로 만들어낸 다쿠야 군의 허상에, 그리고 그걸 확고히 하려고 시위를 한 거라는 말에 한마디도 항변할 수 없게 된 뒤죠?"

"판사님." 변호인이 손을 들었다. "질문의 의도를 모르겠습니다."

"검사는 증인에게 무슨 질문이 하고 싶은 겁니까?"

이노우에 판사가 무뚝뚝하게 물었다. 검사는 그 말을 무시하고 다시 물었다. "조금 전 증인이 말한, 24일 집으로 걸려온 다섯 통의 전화가 다쿠야 군이 부모님에게 자살 의도를 내비치기 위한 것이라는 설은 증인이 생각한 것입니까?"

"저는—"

"증인의 생각이 아니라 변호인이 제시한 가설 아닌가요? 생전의 다쿠야 군에게 무관심했지만 그가 죽어버려 아무 항변도 할 수 없게 된 순간부터 동생의 심리에 관해 열변을 쏟아놓게 된 증인에게 매력적인 가설이 었겠죠. 그래서 고스란히 읊은 것뿐 아닌가요?"

"판사님, 이의 있습니다."

검사가 변호인의 말을 가로막고 "이상입니다"라며 자리에 앉았다.

"변호인 측, 다시 신문하겠습니까?"

"아닙니다."

"잠깐만요. 전 아직 할말이 남았어요."

"증인은 퇴장하십시오."

가시와기 씨, 라고 변호인이 불렀다. "심문은 끝났습니다. 퇴장해주십 시오."

가시와기 히로유키는 길을 잃은 듯한 표정으로 증인석에서 꼼짝하지 않았다. 야마자키 정리가 앞으로 나가 그를 재촉했다.

"이건 옳지 않아."

증인은 배심원들을 향해 말했다.

"꼭 내가 거짓말쟁이 같잖아. 그게 아닌데. 제 말 아시겠죠?"

방청석에도 매달리려는 참에 정리에게 팔을 붙잡혔다. 그리고 방청석 으로 돌아가는 대신 변호인 측 출입구를 통해 밖으로 끌려나갔다.

그쪽으로 시선도 주지 않고 후지노 검사가 판사에게 말했다.

"가시와기 노리유키 씨를 소환합니다. 칠판 게시물은 그대로 두셔도 됩니다."

가시와기 형제의 아버지가 무거운 발걸음으로 앞으로 나왔다. 동시에 사사키 고로와 하기오 가즈미가 칠판 하나를 더 끌고 와서 큼직한 종이 두 장을 재빨리 붙였다.

전화기를 찍은 사진을 확대해 컬러인쇄를 한 것 같았다. 입자가 거칠 어 선명하지는 않지만 검은색 유선전화기 본체와 충전기가 딸린 무선전 화기라는 것은 알아볼 수 있었다. 배심원들이 제각기 몸을 내밀어 칠판에 붙은 두 장의 종이를 찬찬히 살펴보았다.

"가시와기 씨, 질문에 다시 답해주십시오. 이번에는 저희가 주신문을 할 텐데 그건 신경쓰지 않으셔도 됩니다."

좀전과 딴판인 부드러운 표정과 말투로 검사가 정중히 말문을 열었다.

"이 전화기 알아보시겠어요?"

"네. 저희 집 전화기입니다."

"틀림없습니까?"

"여러분이 사진을 찍으러 집에 왔을 때 제가 자리에 있었으니까요."

큰아들이 어찌고 있나 걱정될 테지만 초조해 보이지는 않았다. 담담했다.

"유선전화기는 거실에, 무선전화기는 다쿠야 방에 있습니다. 저희 집 전화기입니다."

후지노 검사가 볼펜 끝으로 사진을 가리켰다. 먼저 유선전화기.

"이 큰 버튼은 뭐죠?"

"자동응답기를 켜는 버튼입니다."

"이쪽에—잘 안 보이긴 하지만, 이 빨간 버튼은요?"

"통화 버튼입니다. 전화가 오면 깜박거립니다."

"조금 전 히로유키 씨의 증언에 따르면 광고전화가 귀찮아서 보통 때도 늘 자동응답기가 바로 작동하도록 설정해뒀다는데, 사실입니까?"

왜인지 증인은 잠시 머뭇거렸다.

"광고전화가 귀찮았던 것은 사실입니다. 이 년 전쯤에, 아내가 텔레마케팅에 넘어가 터무니없이 비싼 정수기를 산 적이 있어서요."

방청석 한 귀퉁이에서 실소가 흘러나왔다. 그럴 수 있지, 하는 속삭임이 후지노 다케시의 귀에 들어왔다.

"한번 그러고 나니까 만만해 보였는지, 아무리 거절해도 계속 새로운 업자한테서 전화가 왔습니다. 그런 사람들은 자기들끼리 연락망을 갖고

서 전화번호를 사고파는 모양이에요. 놔뒀다간 끝도 없이 시달릴 것 같았습니다. 그야말로 맨션에서 무덤까지."

"그걸 피하려고 자동응답기를 켜두셨군요."

"네. 하지만—"

가시와기 노리유키는 큰아들이 끌려나간 출입구로 눈길을 돌렸다.

"그랬던 건 고작해야 당시 반 년 정도뿐이었습니다. 그뒤로는 저나 아내나 집에 있을 때는 평소처럼 전화를 받았습니다."

검사가 매우 놀란 표정을 지었다. "그렇다면 조금 전 히로유키 씨의 증언은 뭐죠?"

"네, 잘못 기억하는 거겠죠. 히로유키는 도쿄 집에 자주 들르지 않았으니 무리는 아닙니다만."

그럴 수 있겠다고 말하듯이 후지노 검사는 더더욱 과장스럽게 고개를 끄덕거렸다. 방청석은 반응이 없지만 배심원들은 놀란 것 같았다.

"그리고 다쿠야가 죽은 후 다시 한동안 자동응답기를 켜놓고 지냈습니다. 다쿠야 일이 사건인 양 보도된 무렵에."

"왜죠?"

"여기저기서 문의나 취재 전화가 오는 바람에 아내가 힘들어하는 것 같아서요."

"그렇다면 히로유키 씨는 당시 상황을 떠올리곤 아까와 같은 증언을 했다고 볼 수도 있겠군요."

"그럴 겁니다. 그게 올 4월이었죠. 저희 부모님이나 히로유키가 전화해도 자동응답기가 돌아가게 놔뒀다가 나중에 다시 걸었습니다. 그 무렵 기억과 혼동했을 겁니다."

잘 알겠습니다, 라고 검사가 말했다.

"적어도 작년 12월 24일에는 집에 누가 있는 한, 전화가 걸려오면 바로 받을 수 있었다. 그렇게 생각해도 되겠죠?"

"네."

"그럼 이 통화기록을 살펴봐주십시오."

증인이 고지식하게 발을 바꿔 디뎌 칠판을 정면으로 보고 섰다.

"보통 가정집에 ①에서 ⑤처럼 두 시간 반 정도 간격으로 전화가 걸려오면 오늘은 전화가 왜 이리 자주 오나, 시끄럽다고 느끼지 않을까요?"

"일반적으로는 그렇겠죠."

"그런 기억이 있습니까?"

"그날 일은 나중에 몇 번이나 여러모로 떠올려봤지만."

증인의 목소리가 가늘어졌다.

"저나 아내나 이렇게 전화가 온 기억은 나지 않습니다."

"통화기록이 남아 있는 이상, 누군가가 이 전화를 받았다는 건데요."

"다쿠야가 받았겠죠."

"부모님 모르게요?"

"휴일이니 아내와 저는 근처에 장을 보러 갔거나 무슨 자질구레한 볼일을 봤을 겁니다. 잠깐 다른 방에 가면서 일일이 자동응답기로 돌려놓진 않거든요."

"반면 다쿠야 군은 집에선 거의 자기 방에 있죠."

"그렇습니다. 무선전화기는 다쿠야의 책상 위에 있으니까 전화가 오면 바로 알 수 있죠."

"하지만 벨소리가 나지 않나요?"

료코가 묘하게 순진한 표정을 짓는 걸 보고 후지노 다케시는 무심코 눈을 가늘게 떴다. 또 무슨 꿍꿍이가 있군.

"이 전화기는 벨이 울리기 전에 통화 램프부터 깜박입니다."

"그래요?"

"네. 일 초나 이 초쯤 시차가 나요. 램프가 깜박이는 동시에 유선전화기의 수화기가 쏙 올라오게 되어 있습니다. 집어들기 쉽게요. 벨이 울리는 건 그뒤죠."

기다렸다는 듯이 사사키 고로가 일어서더니 서류 한 장을 판사 앞으로 내밀었다.

"전화기 사용설명서의 해당 페이지 복사본입니다. 검사 측 서증으로 제출합니다."

판사가 받아들어 책상 위에 내려놓았다.

"그렇다면 부모님이 벨소리를 듣기 전에 다쿠야 군이 전화를 받을 수 있겠군요."

"그럴 수 있다기보다도 실제로 그런 적이 있었습니다. 그렇게 전화를 받아서 아내나 저에게 바꿔주기도 했어요. 특히 자기 방에 틀어박히게 되고는 다쿠야가 전화기와 가장 가까이 있었으니까."

"받기 쉬웠겠군요."

①에서 ⑤까지의 전화를 받은 사람은 가시와기 다쿠야. 이 다섯 통의 전화는 누군가가 밖에서 다쿠야에게 건 것이라는 인상이 단번에 굳어졌다. 12월 24일의 이 일련의 전화에 대한 가시와기 히로유키의 증언—상당히 비약적인 가설이지만 그만큼 충격을 주었던 증언을 멋지게 부정해 보인 것이다.

저 순진한 얼굴. 앞으로 집에서 료코가 저런 표정을 지으면 각별히 주의해야겠군. 후지노 다케시는 그렇게 생각하는 한편 유쾌했다. 어떤 경기든 내 자식이 이기고 있으면 흐뭇한 법이다. 그것이 부모 마음이겠지.

당사자 딸은 침착하게 심문을 계속했다.

"밖에 있는 누군가가 다쿠야 군에게 연락하고 싶다면, 이 전화를 쓰는 것 말고는 다른 수단이 없겠군요."

"그럴 겁니다."

검사가 볼펜 끝을 옆으로 움직였다.

"다쿠야 군이 밖으로 전화를 걸 경우는 어떨까요?"

"역시 이 전화를 썼을 겁니다. 등교거부를 시작하고는 곧잘 통신판매로 물건을 샀던 것 같습니다."

"무선전화기로 통화중이란 것을 유선전화기에서 알 순 있나요?"

"빨간색 통화 램프가 깜박이니까 알 수 있을 겁니다."

"전화를 받은 경우, 건 경우 둘 다요?"

"그렇습니다. 하지만 램프가 작으니까, 옆에 있지 않으면 모르겠죠."

"무선전화기를 쓸 때 유선전화기를 들면 통화 내용이 들리나요?"

"안 들립니다. 신호가 안 가니 통화중이라는 걸 알 뿐이죠."

"그런 적이 있었나요?"

"제가 겪기론 없었습니다. 아내나 저나 전화를 자주 쓰는 편이 아니라서요."

고개를 끄덕인 검사가 볼펜을 쥔 손을 내려뜨렸다.

"제 개인적인 생각입니다만, 보통 짜증스럽고 우울한 일이 있어 집에 틀어박혀서 인간관계도 끊어버린 사람이라면, 누가 집으로 찾아오거나 전화하는 걸 굉장히 성가셔하지 않을까요? 실제로 다쿠야 군은 당시 교장선생님이나 모리우치 담임선생님, 다카기 학년주임 선생님이 가정방문을 와도 얼굴을 내밀지 않았고, 대화다운 대화를 나누지도 않았어요."

"선생님들에게는 그랬습니다."

"그런데 전화가 오는 건 꺼리지 않고 오히려 선뜻 받은 것 같군요. 부모님이 알아채기 전에 전화를 받아서 자기한테 온 게 아니면 바꿔줬다고 아까 말씀하셨는데요."

"그렇습니다. 네, 그랬죠."

"이상하지 않나요?"

질문을 던진 검사가 증인에게 다가갔다.

"만약 제가 다쿠야 군과 같은 입장, 같은 상황에 처했다면 전화가 와도 안 받을 거예요. 그도 그럴 게 예를 들어 모리우치 선생님 전화거나 하면 성가실 테니까요."

증인이 고개를 살짝 끄덕거렸다.

"그 말이 맞습니다."

가시와기 노리유키는 잠시 머뭇거리다가 다시 배심원들의 얼굴을 둘러보며 말을 이었다.

"그래서 저와 아내는 다쿠야가 전화를 받는 건 나쁜 징후가 아니라고 받아들였죠. 외부세계와 완전히 차단된 건 아니라고요."

"그렇군요."

"친구 누구와 연락하는 건지도 모른다, 다쿠야도 연락을 기다리는 거다, 라고 받아들였어요. 그래서 방해하고 싶지 않았습니다. 선생님에게는 하고 싶지 않은 얘기도 친구한테는 하고 싶을 수 있잖아요?"

"그런 걸 다쿠야 군에게 물어본 적이 있습니까?"

"없습니다. 친구관계는 다쿠야의 사생활이고, 절대 다쿠야에게 나쁠 게 없다고 생각해 그냥 내버려두고 싶었습니다."

"섣불리 건드렸다가 다쿠야 군이 외부와 전화로 소통하는 것마저 끊어버릴까봐 걱정되셨나요?"

"그렇습니다. 바로 그런 이유였습니다."

"막연히라도 상관없습니다. 혹시 전화 상대로 짚이는 데가 있습니까?"

"이름까지는 모르지만……"

"상관없습니다."

"같은 학교 학생은 아닐지 모른다고 아내와 말한 적이 있습니다."

"학교 밖의 친구라고요?"

"네. 예를 들면 전에 다니던 학원 친구라거나, 훨씬 예전에 오미야에살 때 친하게 지냈던 이웃 아이라거나."

"소꿉친구 같은?"

"그렇습니다."

"다쿠야 군이 그런 친구 얘기를 한 적 있나요? 등교거부를 시작하기 전이든 후든요."

"들은 적 없습니다. 그애는 자기 얘기를 거의 안 했어요."

고개를 끄덕이고, 검사는 잠시 뜸을 들였다.

"다쿠야 군은 자기 방에 틀어박히고 나서도 이따금 외출은 했죠?"

"네."

"그럴 때면 부모님에게 '밖에 나간다'고 말하고 갔습니까?"

"늘 꼬박꼬박 알렸던 건 아닙니다. 나가는 길에 아내나 저랑 마주치면 잠깐 나갔다 오겠다고 했지만."

증인은 아무래도 검사가 아니라 배심원들에게 말하고 싶은 모양이었다. 벌써 세번째로 배심원석을 향해 말했다. "여러분도 그렇지 않나요? 방과후나 휴일에 친구랑 놀러가는 것 정도는 일일이 부모님에게 말하지 않죠."

"집집마다 다를 것 같은데요." 검사가 대답했다.

"그런가요. 그렇겠군요. 네."

가시와기 노리유키는 바로 수긍하고 고개를 떨어뜨렸다.

"저희 집도 다쿠야가 등교거부를 하기 전에는 그런 면에서 오히려 엄격한 편이었습니다. 그렇지만 다쿠야가 자기 방에 틀어박힌 뒤로는 그애가 나갈 때 어디 가느냐, 무슨 볼일이냐고 집요하게 묻는 걸 삼갔습니다. 꼬치꼬치 캐물었더니 그럼 안 나가겠다며 다시 방으로 들어가버린 적이 있어서요."

"그런 일이 몇 번이나 있었죠?"

"두 번 정도 있었습니다. 등교거부를 한 지 얼마 안 된 무렵이었던 것 같군요. 그때 놀라서 저나 아내나 이러쿵저러쿵 캐묻지 않게 됐어요."

"가시와기 씨." 후지노 검사가 새삼 격식을 차려 불렀다. "매우 실례되는 말씀을 드려야 할 것 같아 미리 사과드립니다. 정말 죄송합니다."

증인이 고개를 끄덕였다.

"지금까지 얘기를 종합해보면 가시와기 씨와 부인께서는 다쿠야 군이 등교거부를 시작한 후 그를 자극하거나 상처주지 않으려고, 마치 종기를 다루듯 조심스럽게 대한 것처럼 보입니다."

가시와기 노리유키는 기분이 상한 기색이 없었다.

"실제로 그랬습니다."

"부모님이 그렇게 신경을 쓰고, 말하자면 멀찍이 떨어져 바라보는 상황에서, 다쿠야 군은 마음만 먹으면 아주 쉽게 부모님이 모르는 비밀을 가질 수 있지 않았을까요?"

법정의 모두가 기다렸다.

"그랬겠죠, 네." 가시와기 노리유키가 대답했다. "그래서 저와 아내는 괴로웠고요. 그 얘기는 앞에서 충분히 한 것 같습니다."

"가시와기 씨의 심정은 매우 솔직하게 말씀해주신 덕에 모두 잘 알았을 거라 생각합니다. 지금은 구체적으로 다쿠야 군이 일상생활에서 부모님이 모르는 비밀을 가질 수 있었는지 여쭙는 겁니다. 부모님 모르게 외부와 전화 연락을 할 수 있었는가. 부모님에게 알리지 않고 누군가를 만날 수 있었는가."

"둘 다 가능했을 겁니다."

"다쿠야 군에게 달가운 용건이든, 달갑지 않은 용건이든 상관없이 말이죠?"

"달갑지 않은 용건이라면 더더욱 감췄겠죠."

"예를 들어 누군가가 전화로 위협했거나, 나오라고 불러냈거나, 뭔가를 강요한 경우라도요?"

"─네."

"그럼 다쿠야 군이 그걸 숨길 동기, 이유는 뭐라고 생각하십니까?"

검사가 증인에게 눈빛으로 호소했다. 내가 원하는 대답을 해주세요,

라고.

통했다. 가시와기 노리유키는 대답했다. "저와 아내에게 걱정을 끼치고 싶지 않아서겠죠."

"판사님, 이의 있습니다." 변호인이 일어섰다. "이건 증인이 어떻게 생각하느냐지 사실이 아닙니다."

"그럼 질문을 바꾸겠습니다." 검사가 재빨리 받아쳤다. "등교거부를 하고부터 다쿠야 군이 부모님에게 걱정을 끼쳐서 미안하다는 말을 직접 한 적이 있습니까?"

"있었습니다." 증인이 달려들 듯이 대답했다. "너무 걱정하지 마라, 끙끙대지 마라, 나는 괜찮으니까, 라고 말했습니다."

"나는 괜찮으니까, 라고요."

"아무 문제 없다고 했습니다."

"증인은 그 말을 믿으셨군요?"

"믿었습니다." 가시와기 노리유키의 목소리가 갈라졌다. "너무 쉽게 믿었습니다. 결과적으로 다쿠야를 잃은 지금은, 그 아이의 말을 의심해봐야 했다고 후회합니다."

"고맙습니다."

검사가 재빨리 물러나 자리에 앉았다.

"반대신문은?"

판사의 질문에 우두커니 서 있던 변호인은 부러 한숨을 몰아쉬었다.

"검사의 심문이 장황했으니 저는 간략하게 하겠습니다."

긴장이 풀렸는지 방청인들이 웃었다.

"다쿠야 군이 통신판매를 이용했던 모양인데, 뭘 샀나요?"

증인도 지쳤는지 몸이 흔들렸다.

"뭐……였더라?"

"가족들이 쓰는 물건이나 식품 등이었습니까?"

"아아, 아뇨, 그런 건 없었습니다. CD 같은 거였을까요."

"음악 CD요?"

"그렇습니다. 그리고 운동기구요. 거창한 건 아니고 작은 덤벨이었어요. 그리고 조립식 책장이며 옷가지."

"다쿠야 군 용돈으로 샀나요?"

"자잘한 건 그랬죠. 가구 같은 것은 아내가 사주었고요."

"다쿠야 군이 밖에서 뭔가 사들고 올 때도 있었나요?"

"책이나 잡지. 가끔은 햄버거나 과자 종류도 사왔습니다."

"뭘 사는지 늘 알고 계셨습니까?"

"택배로 오는 건 저나 아내가 먼저 열어보지 않아도 송장을 보면 뭔지 알 수 있으니까요. 뭘 샀냐고 물어보면 말해줬고."

"그럼 그런 물건들 중에."

책상을 양손으로 짚고 변호인이 몸을 살짝 내밀었다.

"무기 종류가 있었습니까?"

"무기요?"

"칼이나…… 음, 또 뭐가 있을까요. 몽둥이? 그런 것은 안 샀나요? 예를 들면 그, 사람을 때릴 때 주먹에 끼우는 거."

그걸 뭐라고 하느냐며 조수에게 물었다. 노다 겐이치도 모르는 눈치였다.

"너클이라고 하죠." 판사가 냉담하게 거들었다.

"아, 맞아요. 역시 판사님이십니다. 그리고 또 뭐가 있지, 특수 경찰봉? 형사 드라마 같은 데 나오는 거요."

증인이 살짝 뜨악했다. "그런 건 본 적 없습니다."

"다쿠야 군이 사온 책 중에 호신술에 대한 건 없었습니까?"

"네?"

"호신술 말입니다. 무술 관련 책이라도 상관없습니다."

아니라며 증인은 고개를 저었다. "다쿠야 방에 그런 책은 없습니다."

"덤벨은 운동을 하려고 샀겠죠?"

"학교에서 체육수업을 못 받으니 몸이 둔해진다고 했습니다."

"그럼 조깅을 한다거나 헬스장에 가고 싶다는 말은요?"

"안 했어요. 원래 운동을 좋아하는 아이가 아니었으니까."

증인뿐 아니라 법정 전체가 곤혹스러워하는 가운데 변호인만 천연덕스럽게 밝았다.

"등교거부를 시작한 뒤 다쿠야 군이 뭔가를 두려워하거나 경계하는 낌새는 없었습니까?"

"두려워해요?"

"네."

"뭘 두려워하죠?"

"그런 대상도 포함해서 뭔가 짚이는 데가 없나요?"

증인이 변호인을 바라보았다. 변호인도 마주 바라보았다. 이번에는 그들 사이에 뭔가 오갔다 해도 후지노 다케시는 알아챌 수 없었을 것이다. 아마 판사나 배심원들도.

"—없습니다."

"고맙습니다."

가시와기 노리유키가 증인석을 떠났다. 칠판을 돌아보며 잠깐 걸음을 멈췄다. 자기가 어느 편을 들려 했는지, 결국 어느 편을 든 것인지 모르겠다는 표정이었다.

냉풍기가 제아무리 부지런히 돌아가도 체육관 안은 후텁지근했다. 높은 창에서 늦은 오후의 햇살이 비쳐들었다.

배심원 중 한 사람, 긴 치마를 입은 여학생의 몸 상태가 아까부터 나빠 보였다. 그녀뿐 아니라 여학생들은 하나같이 피로한 기색이었다.

판사가 검사와 변호인을 불렀다. 협의는 금방 끝났다.

"오늘 심리는 여기까지입니다. 내일 오전 아홉시까지 휴정합니다."

의사봉을 땅땅 내리치고 일어섰다.

오후 네시가 가까웠다. 첫날인데다 피고인도 퇴석한 터라 중학생들의 집중력은 이제 한계이리라. 후지노 다케시도 자리에서 일어섰다.

뒤쪽의 학부모로 보이는 두 여자가 손수건으로 얼굴에 부채질을 하며 얘기를 나눴다.

"그 전화는 누가 걸었을까?"

"오이데 아닐까? 달리 누가 있겠어."

"하지만 그걸 증명할 수 있을까 몰라."

바로 그게 문제라고요, 어머니들.

배심원들은 대기실에 모여 양측에서 제출한 서증 복사지를 받아들었다. 꼼꼼한 고사카 유키오는 서증을 받자마자 여백에 뭘 적어넣기 시작했다.

"뭘 쓰는 거야?" 구라타 마리코가 들여다보았다.

"메모해두려고. 난 잘 잊어버려서."

"그럼 나도 쓸래."

"잠깐. 그건 안 돼."

이노우에 야스오가 두 사람에게 다가오더니 고사카 유키오의 서증을 손바닥으로 덮었다.

"결심結審하고 배심원 심의에 들어갈 때까지 서로 의견을 주고받거나 메모를 보여주면 안 된다고 똑똑히 설명했잖아."

이발소에서 빌려온 검은 비닐 판사복은 바람이 통하지 않아서 터무니없이 더웠다. 간신히 그것을 벗어던진 이노우에 야스오는 제 땀냄새에 질겁한 참이었다. 그 탓인지 더더욱 빡빡하게 굴었다.

"아니, 난 그냥."

"변명은 필요 없어."

"판사님, 이 아니라 이노우에, 아니, 판사님이 맞나?"

다케다 배심원장이 굵고 탁한 목소리로 불렀다. 처다보니 창가 자리에 기댄 가쓰키 게이코의 얼굴이 창백했다. 몸이 안 좋은 것 같다. 중간부터 축 처진 건 알아챘지만 평소에도 자주 그러고 있어서 그냥 집중력이 떨어진 거라고 여겼다.

"가쓰키를 양호실에 데려가는 게 좋겠어."

"아냐, 괜찮아."

본인은 고집을 부리며 버텼다.

"안 괜찮은 것 같은데." 다케다의 콤비 오야마다 오사무도 걱정스러운 표정이었다.

"제가 데려가죠."

정리 야마자키 신고였다. 언제 어느 때나 필요한 시간과 장소에 나타나는 남자. 이번 교내재판 기적의 남자는 바로 이 녀석이다.

"고마워." 판사는 순순히 부탁했다.

"자, 이제 돌아가도 돼."

"잠깐만."

야마노, 가마타, 미조구치 여학생 삼인조가 손을 들었다.

"판사님, 부탁이 있어."

"내일부터는 우리도 법정에서 메모하고 싶어."

"기억에만 의지하기는 무리야."

여전히 뭔가 적고 있는 고사카도, 여전히 곁눈질로 그의 종이를 힐끔거리는 구라타 마리코도 "찬성"이라며 소리를 높였다.

"알았다, 알았어. 허가한다. 단 어디까지나 본인이 참고하는 용도로만 사용하도록."

"알겠습니다!"

"집에 가는 길이나 돌아가서도 배심원끼리 의논하면 안 돼. 이 재판에 대해 제삼자에게 말하는 것도 금지야."

"부모님한테도?"

불안하게 묻는 미조구치 배심원은 여느 때처럼 가마타 배심원의 팔에 매달려 있었다. 저리도 착 붙어다니는 여학생들의 심리를 이노우에 야스오는 도무지 이해할 수 없었다.

"그것까지 안 된다고는 안 할게. 하지만 얘기가 집 밖으로는 안 나가게 해줘."

"알겠습니다."

"다들 눈에 안 띄게 흩어져서 돌아가."

딱히 시킨 것도 아닌데, 왜인지 다케다 배심원장이 홀로 남았다.

"이노우에, 한 가지 물어봐도 돼?"

"뭔데?"

"증언은 계속 기록하고 있니?"

판사가 안경을 벗어 부예진 안경알을 닦았다.

"하고 있어."

"어떻게? 속기사도 없는데."

"방송부에서 기자재를 빌렸어."

"엉?"

"녹음하고 있다고."

키다리 배심원장이 눈을 깜박거렸다.

"그걸 이제 내가." 이노우에 야스오가 자기 콧잔등을 가리켰다. "집에 가서 머리 싸매고 문서로 정리할 거야."

한 박자 쉬고 다케다 기즈토시가 입을 열었다.

"내가 좀 도와줄까?"

이노우에 야스오도 한 박자 쉬었다가 입을 열었다.

"그건 안 돼. 그래도 고마워."

그렇구나, 라며 고개를 끄덕인 배심원장이 걸음을 내디뎠다. 그리고 문가에서 돌아보며 머리를 긁적였다.

"너, 오늘 나무랄 데 없는 판사였어."

꽤 감동했다고 말하고는 나갔다.

"섣불리 평가하지 마. 아직 첫날이야."

다케다의 모습은 이미 보이지 않았다. 다리가 길어서 걸음도 빠른가보다. 이노우에 판사의 대답은 그의 귀에 가닿지 않았을 것이다. 오히려 다행이었다. 엉겁결에 쓸데없는 말까지 할 뻔했기 때문이다.

—녹취 푸는 건 누나한테 도와달라고 할 거야.

법정 가장 높은 자리에 앉았든 의사봉을 들었든 푹푹 찌는 검은 판사복을 걸쳤든, 이노우에 야스오 역시 중학교 3학년 소년이었다.

"이래저래 시끄러운 것 같으니 넌 특별히 내가 차로 바래다주마."

고마운 줄 알고 기타오 선생이 말했다. 오이데 슌지는 부루퉁해 있었다.

"끝까지 설교하시려는 거겠지."

"당연하지. 내일 또 오늘처럼 그러다 퇴정당하면 재판이고 뭐고 다 끝이야."

결국 슌지는 계속 대기실에 있었다. 본인은 기타오 선생의 설교에 줄곧 시달렸다지만, 선생은 자기도 그렇게 한가하지 않다. 이 녀석이 도망 못 가게 감시한 것뿐이라고 했다.

"뭐 의논할 거라도 있어?"

간바라 가즈히코가 고개를 저었다. "없습니다."

"그럼 이 녀석 데리고 먼저 간다. 난 다시 학교로 오겠지만 너희는 얼른 돌아가."

고생했다며 선생이 피고인을 데리고 나갔다.

"정말 피곤하다." 노다 겐이치는 무심코 중얼거렸다. 무릎에 힘이 들어가지 않았다. 의자에 털썩 주저앉은 몸이 물 먹은 솜처럼 무거웠다.

"첫날이니까."

가즈히코가 팔을 들어올려 코를 킁킁거리더니 얼굴을 찡그렸다.

"오늘도 땀냄새 나는 인생이군."

"판사가 제일 심했어. 냄새 못 맡았어?"

"그 판사복 때문이겠지."

둘이서 힘없이 살짝 웃었다.

"그건 그렇고 어땠어?" 가즈히코가 물었다.

"무지막지하게 덥더라."

"그것 말고"라며 웃었다.

"우리가 이기고 있나?"

"모르지. 아직 잽이니까."

제법 진지하게 치고받던데—겐이치는 생각했다.

"오이데가 흥분한 건 오히려 다행이었어. 그게 그애답잖아? 꿔다놓은 보릿자루처럼 얌전히 있으면 재판 자체가 거짓처럼 보일 테니까."

"그건 그래." 겐이치도 웃었다.

대기실 출입문에서 조심스러운 노크 소리가 들렸다. 반쯤 열린 문 뒤에 사람 그림자가 보였다.

"들어오세요."

가시와기 히로유키였다. 겐이치와 가즈히코가 동시에 일어섰다.

"이런 모습은 되도록 남들 눈에 안 띄는 게 좋겠지?"

수위를 신경쓰며 목을 움츠렸다.

"상관없어요."

가시와기 히로유키는 의자에 앉는 대신 책상에 기대섰다. 그리고 땀에 젖은 머리칼을 쓸어올리고 얼굴 가득 주름이 잡힐 만큼 활짝 웃었다.

"왠지 내 입장이 불리해진 것 같네."

"죄송합니다."

가즈히코가 진지한 표정으로 사과했다. 가시와기 히로유키는 여전히 웃고 있었다.

"괜찮아. 각오했던 거니까. 그건…… 역시 가설이었을 뿐이잖아."

12월 24일 ①부터 ⑤까지의 전화는 가시와기 다쿠야가 집으로 건 것이다. 자살 결심을 부모에게 알리기 위해서—그 가설은 가즈히코가 생각해냈다. 그리고 그의 부탁으로 가시와기 히로유키가 증언했다.

겐이치는 가즈히코의 발상도 놀라웠지만, 다쿠야의 형이 그런 부탁을 선뜻 받아들인 것에 더욱 놀랐다. 좋아, 한번 해보지 뭐. 사람들 반응을 보자고.

정확히 말해 '사람들'이 아니라 '다쿠야 아버지'의 반응이 궁금했겠지만.

"후지노 검사도 그게 내 생각이 아니라는 걸 단번에 알아챘잖아. 오늘 공방으로 그 전화가 다쿠야한테 온 거라는 게 확실해진 것 같은데, 앞으로 어떡할 거니?"

가즈히코가 살며시 미소지었다. "아직 말씀드릴 수 없어요."

"그야 그럴 테지. 바보 같은 질문을 했네."

쏩쓸하게 웃는 가시와기 히로유키는 이제 모난 부분이 둥글어져 어쩐지 차분해 보였다. 한동안은 너무 설치는 것 같아 좋게 보지 않았는데.

진실을 알고 싶다는 이 사람의 말은 겉치레가 아니라 진짜 본심, 마음속 절규일지도 모른다. 그래서 〈뉴스어드벤처〉에도 쉽게 흔들렸겠지.

하나뿐인 동생. 그렇지만 마음이 통하지 않았던 동생. 그 죽음을 그도 나름의 방식으로 애도하며 괴로워하는 것이다.

진실을, 이 재판을 필요로 하는 사람이 적어도 여기 한 명은 있다. 피곤이 가시지는 않아도 보람 있다는 생각이 들었다.

"후지노가." 가즈히코가 중얼거렸다. "그 전화에 얼마나 집착하는지, 어디까지 밝혀낼 작정인지에 따라 저희도 방침을 바꿔야겠죠. 오늘은 후지노도 그 정도로 넘어갔지만."

문득 그 통화기록을 처음 확인했을 때 느꼈던 위화감이—변호인이 그 부분을 깊이 파고들지 않고 피하려 했단 사실이 겐이치의 가슴속에 되살아났다. 하지만 그런 말을 입 밖에 내지는 않았다. 변호인에게 어떤 숨은 의도가 있는 거라면 지금 물어봐야 소용없다.

가시와기 히로유키가 알았다고 했다. "어쨌든 오늘은 수고했어."

"고맙습니다."

"내가 나중에 또 필요해지면, 그땐 제대로 이용해도 괜찮아."

조금 지나치다 싶을 정도로 멋진 말이다.

그날 밤.

판사처럼 머리를 싸매지는 않았고 도와줄 누나도 없지만, 후지노 료코 역시 자기 방에서 오늘 일을 되새겨보고 있었다. 그다음은 앞일을 예상해보는 것이다. 내일 드디어—

전화가 울렸다. 아빠나 엄마가 받은 모양이었다. 아빠 다케시는 오늘 오후에 방청하러 온 것만으로도 놀라운데, 저녁까지 집에서 같이 먹고 쉬는 중이었다. 담당하던 사건이 일단락되었다고 했다.

"료코." 아래층에서 엄마가 불렀다. "네 전화야. 무선전화기로 받는 게 좋지?"

법정에서 휘갈겨쓴 메모를 읽어내는 게 만만치 않다. 내 글씨가 이렇게 지저분했나? 료코는 고개를 갸웃거리며 큰 소리로 물었다.

"누군데?"

대답이 없었다. 바로 계단을 올라오는 발소리가 들렸다. 문이 열렸다.

"이구치 학생이야."

모녀는 얼굴을 마주보았다. 후지노 구니코가 진지하게 말했다. "어떻게 하실래요, 검사님."

3

8월 16일 교내재판 둘째 날

―순조롭기 그지없는 출발이군.

이것이 정리 야마자키 신고가 교내재판 이틀째 아침을 맞이하는 감상이었다.

첫날은 역시나 예상한 대로 오이데 슌지가 난동을 부렸고, 가시와기 히로유키가 격분하는 뜻밖의 상황도 있었다. 하지만 둘 다 그리 큰 문제는 아니다. 사실 야마신은 아예 개정조차 하지 못하는 사태가 벌어질까 걱정했었다.

방청하러 온 학부모가 소란을 피워 아수라장이 된다. 급기야 교장선생님이나 다카기 선생님이 달려들어 재판을 중단시키고 모두 돌려보내려 한다. 혹은 법정에 들어오려는 방송국 취재진과 실랑이가 벌어진다. 그런 일이 생기지는 않을까, 만약 그렇다면 나 혼자 힘으로는 대항할 수 없겠다고 걱정한 것이다.

그러나 그 어떤 일도 벌어지지 않았다. 학부모로 보이는 여자가 소란을 떨기는 했지만 그 한 사람뿐이었고, 이노우에 판사와 구스야마 선생님이 따끔하게 제압했다. 조용히 지켜보는 입장인 교장선생님은 첫날 법정에 얼굴도 비치지 않았다. 매스컴도 (기타오 선생님이 책임지고 나서준 덕분에) 잘 막은 듯하다. 그 모기라는 기자가 검사 측 깜짝 증인으로 등장했을 때는 그도 상당히 놀랐다. 후지노는 한번 마음먹으면 무슨 일이든 해버리는구나.

야마신은 오늘도 아침 일찍 일어났다. 새벽 다섯시에 기상해서 조깅, 도장에서 아침 훈련, 집에 돌아가 샤워하고 아침식사. 식사 내내 어제 몰래 방청하러 왔고 오늘도 빈틈없이 지켜보겠다며 의욕이 넘치는 어머니와 누나의 수다와 질문 공세를 침묵으로 받아넘기고, 갈아입을 여벌 셔츠를 챙겨넣은 배낭을 메고 오전 일곱시에 집을 나서서 자전거 페달을 밟았다. 순찰 시작이다.

먼저 후지노의 집을 찾았다. 언제나처럼 어머니가 맞아주었다. 현관 밖으로 나온 료코는 이제 막 일어난 듯 머리가 부스스하고, 아침 햇살에 눈이 부신 기색이었다.

"안녕하십니까."

야마신이 정중하게 고개를 숙이며 인사했다.

"개정은 예정대로 아홉시로 해도 될까?"

"나는 한 시간 늦어."

후지노 검사는 졸린지 눈을 게슴츠레 떴다.

"우리 쪽 증인신문부터 시작할 텐데, 조토 경찰서 사사키 형사님이니까 사사키가 대신해도 문제없을 거야."

"판사는 알고 있어?"

"어젯밤에 전화했어."

료코가 눈을 비비며 살짝 어이없다는 듯 야마신을 보았다. "야마자키, 딱딱하게 그러지 말래도."

야마신이 미소지었다. "공과 사는 구분해야지."

료코가 쓸쓸하게 웃더니 내친김에 늘어져라 하품을 했다.

"아, 그리고 도움이 필요한 증인이 나오게 됐어. 변호인 측에서 반대할지 모르지만 우린 밀어붙일 생각이니까, 잘 부탁해."

"도움이라면?"

"휠체어를 타고 올 거야."

야마신은 흠칫했다. 검사가 왜 밤을 새웠는지 알아챈 것이다. 그 순간 졸린 듯 나른한 검사의 가면 너머 강한 긴장과 흥분이 감춰져 있다는 것도 알아챘다. 나는 아직 한참 부족하다. 금방 알아봤어야 하는데.

"알겠어."

야마신의 눈을 지그시 바라보고는 후지노 료코가 밝게 말했다. "야마자키도 놀랄 때가 다 있네. 안심이야."

야마신은 놀란 게 아니었다. 흠칫했을 뿐이다. 뭐, 그런 건 아무래도 상관없지만.

"어제 그애 아버님이 방청하러 왔대. 그래서."

그러고서 검사는 입을 다물었다. 야마신이 고개를 끄덕였다.

"변호인 측에는 알렸어?"

"판사와 상의해서 예정에 없던 증인이지만 괜찮다는 허가를 받았어. 대신 반박당할 것도 각오했고."

"그럼 검사가 지각한다는 것만 전하면 되겠군. 순찰 계속해도 될까?"

"그건 괜찮은데, 그애는 오늘 아침 못 만날 거야. 보나마나 아직 자고 있을걸."

"다른 한 명은 아무것도 모르겠지?"

"모를 거야. 두 사람이 연락하는 것 같진 않으니까. 부모님도 허락하지 않을 테고."

그애라느니 다른 한 명이라느니 두 사람이라느니, 딱히 일부러 이름을 피한 게 아닌데도 야마신은 긴장감을 느꼈다.

"다른 한 명은 재판과 전혀 관계없이 지내는 모양이야. 아침마다 가게 주변을 청소해서 나도 얼굴은 봤지만."

"그쪽에서 뭐라고 말을 걸지는 않아?"

"지금까지는 그런 적 없었어."

"오늘 재판이 끝나면 태도가 달라질지 모르지."

졸려서 눈물이 그렁그렁하던 후지노 료코의 눈이 순간 강렬한 빛을 머금었다.

자전거로 달리는 사이 야마신은 평상심을 되찾았다. 다음은 변호인 조수 노다 겐이치의 집이다. 막 세수를 한 듯한 얼굴로 본인이 직접 문을 열어주었다. 야마신은 검사가 한 시간 늦게 입정한다는 이야기를 간단하게 전했다.

"별문제는 없을 거야. 그런데 무슨 일이람. 후지노가 몸이라도 안 좋은 건가?"

"몸은 이상 없어."

노다 겐이치가 눈이 부신 듯 야마신을 바라보았다.

"그럼 왜 늦는 거지?"

야마신은 잠자코 있었다. 노다 겐이치의 눈 속 깊은 곳에서 불안이 번득거렸다.

"알겠어. 간바라에게는 내가 전할게. 우리 예정은 그대로야. 수고하셨습니다."

쓸데없이 깍듯한 것은 노다 겐이치도 마찬가지다. 그 모습에 오늘 아침 야마신은 살짝 뜨끔했다.

다시 자전거에 올라탔다.

순찰 대상에는 간바라 가즈히코의 집도 포함되어 있지만, 본인은 처음부터 부탁했다.

—순찰을 해야 안심된다는 야마자키의 마음도 존중하지만, 우리 부모님에게 들키면 귀찮아지니까 그냥 집 앞만 지나가주면 안 될까? 무슨 긴급사태가 생기면 내가 먼저 말할게.

야마신은 놀랐다. 간바라 가즈히코는 3중학교 교내재판에 참가하는 것을 부모님에게 알리지 않은 것이다. 그러나 과연 끝까지 감출 수 있을까.

야마신의 집에서는 절대 불가능한 일이다. 부모님의 신뢰가 그만큼 대단한 걸까, 아니면 부모님과 사이가 좋지 않은 걸까.

간바라의 집이 눈에 들어왔다. 야마신은 자전거 속도를 늦췄다.

꽤 오래된 듯하지만 커다란 2층짜리 목조건물이다. 미닫이로 된 멋들어진 격자문 현관 옆에 달필로 '바느질·수선합니다'라고 쓴 나무 간판이 걸려 있다. 그 밖에는 이렇다 하게 눈에 띄는 점이 없다. 야마신은 처음에 '수선'의 한자를 읽지 못해 사전을 찾아보았다. 전통의상을 고쳐 짓거나 천에 색을 빼고 넣는 것이라는 의미를 알고, 그 또랑또랑한 수재 변호인 집의 고풍스러운 가업에 놀랐다. 혹시 그도 가업을 잇게 될까. 그것도 나름 잘 어울리고 멋지겠다는 생각이 들었다.

─간바라도 오늘은 좀 힘들겠군.

아마 지금쯤 노다 겐이치의 연락을 받았으리라. 후지노가 늦는다고? 괜찮아, 벌써부터 긴장할 건 없어. 그렇게 노다를 달래고 있을지도.

아니, 오늘은 긴장하는 게 좋을 거야. 후지노는 마음먹은 일은 반드시 해버리니까.

그러나 야마신은 아무 말도 해선 안 된다. 판사가 허가한 이상, 정보를 흘릴 수는 없다.

다음 차례는 바로 그 이노우에 판사다. 현관으로 나오기 전에 안쪽에서 누군가와 한창 얘기를 나누는 소리가 들렸다. 젊은 여자 목소리인 걸로 짐작건대 이노우에의 누나 같았다.

"참 시끄럽네. 그렇게까지 꼼꼼하게 할 필요 없다니까. 포인트만 잡으면 된다고."

판사가 목에 수건을 걸치고 운동복 차림에 맨발로 등장했다. 막 일어났는지 머리칼이 이리저리 뻗쳤다.

"후지노한테 들었지? 오늘은 또 무슨 소동이 일어날까?"

언짢은 말투지만 이노우에 야스오도 나름 흥분한 것 같았다.

"하루 만에 어깨가 심하게 뭉쳤어. 의사봉을 너무 많이 쳤나봐. 방송부에 녹음해달라고 해서 재생 버튼이나 누를까."

야마신은 얌전히 듣고만 있었다.

"다른 건 없어?"

"없어. 아 참, 시끄러운 우리 누나 좀 잡도리해주면 고맙겠네."

누가 누구를 잡도리해, 라는 큰 목소리가 안에서 들려왔다. 야마신은 판사에 대한 예의를 지킬 생각으로 총총히 자리를 떴다.

다음은 배심원장 다케다 가즈토시다. 야마신과 생활 습관이 비슷한 그는 매일 아침 꼬박꼬박 조깅을 한다.

"어, 안녕?"

마침 들어오는 길인지 티셔츠와 반바지가 땀으로 흠뻑 젖어 있었다.

"배심원은 다들 별일 없어. 급한 연락도 없었고. 가쓰키가 어제 좀 훌쩍거리긴 했지만, 뭐 차츰 익숙해지겠지."

그렇진 않을 거라고 야마신은 생각했다. 오늘 펼쳐질 일들을 생각하면 상당히 어려울 것이다.

야마신이 자전거 방향을 돌렸다. 이제 오이데 가족이 임시로 지내는 위클리맨션 차례다.

인터폰을 누르자 평소처럼 오이데의 어머니가 받았다. 오이데 본인의 목소리를 들을 수 있는 기회는 흔치 않다. 오이데는 늦잠꾸러기다.

오늘 아침도 마찬가지였다. 아직 자고 있지만 늦지 않게 학교에 보낼 테니 걱정 말라고 어머니가 말했다. 순찰을 막 시작했을 무렵 어머니는 엄청 공격적이고 날카로웠다. 야마신을 오이데의 적으로 여겼던 모양이다. 그런 태도가 조금씩 누그러진 것은 간바라와 노다의 중재 덕일 것이다.

게다가 오늘 아침에는 이런 말까지 했다.

"어제 우리 슌지가 난폭하게 굴었다면서? 폐를 끼쳐서 미안하구나."

마음 쓰실 것 없다고 대답하고 야마신은 인터폰에서 물러났다. 그리고 자전거를 타고 가며 생각에 잠겼다. 오이데의 어머니도 조만간 방청하러 올까. 혹시 오이데 아버지가 무사해서—이렇게 말하니 좀 그렇지만—집에 있었다면 매일 아침 이런 얘기를 나누기도 힘들었을까. 나도 한 대쯤 얻어맞았을까. 도장 사범, 즉 아버지에게 만에 하나 그런 일이 벌어지면 어떻게 해야 좋으냐고 묻자 절대 맞서서 싸우지 말라고 일러주었다.

오늘 오이데 슌지는 어제보다 더 날뛸까.

이구치네 가게는 닫혀 있고, 셔터 너머에서조차 기척 없이 고요했다. 하시다네 선술집으로 가니 여느 때처럼 하시다가 가게 앞을 청소하고 있었다. 어린 여동생도 쓰레받기를 들고 거들고 있었다. 야마신이 인사를 건넸지만 등을 돌린 하시다는 반응이 없었다.

조토 3중학교로 향하기 전 마지막으로 들른 곳은 미야케의 집이다. 이 집은 그날그날 반응이 다르다. 현관 인터폰을 누르면 미야케의 어머니가 짜증스럽다는 듯이 받고는 별다른 일은 하나도 없다고 퉁명스럽게 말하는 것이 ①번 유형. 그 어머니가 밖으로 나와 역시나 성가시다는 듯이 아무 일도 없다고 말하는 것이 ②번 유형. 자전거에서 내리기 전 2층 창문에서 이쪽을 내려다보는 미야케를 발견하고 야마신이 인사를 건네면 그녀가 도망치듯 홱 물러서는 것이 ③번 유형. 홱 물러나는가 싶더니 현관으로 나와 야마신이 대답하기 어려운 것이나 대답할 수 없는 것을 화이트보드에 적어서 물어보는 것이 ④번 유형. 그 외에 미야케 아버지가 왜 우리 딸 주위를 얼씬거리느냐, 무슨 꿍꿍이냐며 야단친 적이 딱 한 번 있었지.

오늘 아침은 ④번 유형의 다른 버전이었다. 미야케 주리가 현관문을 등지고 야마신을 기다리고 있었던 것이다.

"안녕하십니까."

야마신이 자전거를 세우고 인사를 건넸다.

"어제부터 재판이 시작됐어. 미야케, 몸이나 기분은 괜찮아?"

미야케 주리는 꽃무늬 원피스를 입고 머리도 단정하게 매만졌다. 야마신이 학교에서 보던 그녀와는 인상이 많이 다르다. 어두운 표정은 여전하지만 눈빛에서 독기가 빠져 여린 느낌을 풍겼고, 얼굴의 여드름도 말끔하게 사라졌다.

널 기다린 게 아니라고 말하듯, 아니, 스스로에게 변명하듯 그녀는 조간신문을 꼭 움켜쥐고 있었다.

야마신은 그제야 알아차렸다. 어? 미야케, 화이트보드 안 들고 나왔네.

"무슨 별다른 일 있어?"

미야케 주리는 신문을 움켜쥔 채 아래를 내려다보며 고개를 저었다.

"괜찮은 거지? 그럼 갈게."

고개를 꾸벅 숙이고 자전거 뒷바퀴의 지지대를 발로 차는 순간, 주리가 불러세웠다.

"야마자키."

⑤번 유형이다. 처음 있는 일이다.

오늘은 아침부터 야마신의 담력을 시험하는 일이 잇달아 일어났다.

무도를 연마하는 자는 어떤 상황에서도 놀라면 안 된다. 야마신의 스승이 한 말이다. 놀라면 신체반응이 무뎌지는 법이다. 그러나 무도인도 살아 있는 인간이니 놀라움이라는 감정을 죽일 수는 없다. 그렇다면 어떻게 해야 어떤 상황에서든 놀라지 않을 수 있을까.

대답은 간단하다. 놀라움이 평상심이면 된다. 살다보면 언제 무슨 일이 일어나도 이상할 게 없다고 평소에 생각해놓으면 된다. 어쩌다 흠칫하더라도 그건 어디까지나 생리적인 반응이지 놀라움과는 다르다.

야마신이 자전거 지지대를 다시 세우고 등을 곧게 펴며 주리를 마주보았다. 표정은 변하지 않았다. 동작도 매끄러웠을 것이다.

주리가 도망치듯 시선을 떨어뜨렸다.

"─아무것도 아니야."

내뱉듯이 말하고 집으로 들어가버렸다. 문이 쾅 닫혔다.

미야케, 이제 목소리가 나오는구나.

왜 나를 불러세웠을까. 무슨 말이 하고 싶었을까.

말할 상대가 없는 야마신은 그저 묵묵히 자전거 페달을 힘껏 밟았다.

학교로 향했다. 농구부와 장기부의 응원 도우미들이 체육관 앞에 모여 편의점에서 사온 아침을 먹고 있었다. 기타오 선생님도 벌써 나와 그 사이에 끼여 있다.

"어, 수고했다. 도망간 놈은 없나?"

"없습니다."

"야마자키, 농담은 좀 농담으로 받아줘라."

그리고 그들은 개정 준비를 시작했다.

─옷깃에 풀을 너무 먹였잖아, 엄마.

뻣뻣해서 갑갑한데다 목을 움직이면 살갗에 스쳐 근질근질하다. 야마신은 그것을 참아내며 차려 자세로 서 있었다.

교내재판 이틀째는 검사 측 증인, 조토 경찰서 청소년과 사사키 레이코 형사의 심문으로 시작되었다. 검사 측에는 사사키 고로가 서 있다.

후지노 검사가 한 시간 늦는 것에 변호인 측은 불평 한마디 없었다. 간바라 가즈히코는 "아, 그렇군요" 하는 정도였다.

"대리라서 죄송하지만, 성도 같은 만큼 잘 부탁드립니다."

사사키 고로가 붙임성 있게 증인을 맞아들이고는 사사키 형사가 이번 재판을 위해 만들어줬다는 자료를 먼저 서증으로 제출했다. 그것도 문제 없이 승인되었다.

검사 측 심문은 그 서증의 대략적인 내용을 확인하는 것이었다. 그래서 후지노 검사도 고로에게 맡겼을 것이다. 가시와기 다쿠야의 유체가 발견된 직후 조토 3중학교의 신고를 받은 조토 경찰서가 어떻게 움직였는가. 무엇을 조사하고 무엇을 확인했는가. 그런 사무적인 사실에 덧붙여 증인과 피고인의 관계도 확인했다.

이따금 책상 위의 자료로 시선을 떨어뜨렸지만 사사키 고로는 침착하게 질문했다. 증인도 또박또박 대답했다. 과거에 총 일곱 차례나 피고인을 보호관찰 혹은 훈계했던 얘기를 할 때도 말투의 변화가 없었다.

그런 흐름이 약간 달라진 것은 이 질문이 나오고부터였다.

"다쿠야 군이 죽었다는 걸 알았을 당시 개인적으로 어떻게 느끼셨나요?"

"개인적으로 느낀 거라면?"

방청인 수는 아직 어제보다 적다. 그러나 심문이 시작된 후로도 사람들이 조금씩 들어와 어딘가 부산했다. 어제와 전혀 변함없는 풍경은 학부모회 회장과 그 옆자리의 모기 기자뿐이다.

"예를 들면 그게 사건이라고 생각했다거나."

사사키 증인이 진지하게 대답했다. "학교에서 학생이 죽은 것만으로도 충분히 사건이 됩니다."

"죄송합니다." 고로가 쑥스러워했다. "말이 이상했군요. 으음, 제가 말씀드리려 한 건 요컨대 다쿠야 군의 죽음을 소위 사건으로 다뤄야 한다고 느꼈느냐 하는 점입니다."

"수사를 시작하고 얼마 되지 않아 가시와기 군이 등교거부중이었다는 것. 집으로 찾아간 선생님과의 대화도 거부했다는 사실 등을 알고, 이것은 불상사일 거라고 추측했습니다."

"불상사요?"

"자살이라는 뜻입니다."

한숨을 내쉬듯 말하고 덧붙였다.

"다쿠야 군 부모님이 그런 말을 하셨다는 얘기도 들었습니다."

"누구에게 들으셨습니까?"

"쓰자키 선생님에게 들었습니다."

"그때 다쿠야 군이 등교거부를 하게 된 계기가 11월 14일 오이데 군 일행과 충돌했기 때문이라는 얘기도 들으셨습니까?"

"들었습니다. 네."

오늘 오이데 순지는 야마신 못지않게 빳빳하게 풀을 먹인 셔츠를 입고 기특하게도 얌전히 앉아 있었다. 화가 난 것처럼 입을 꾹 다물었지만 사사키 형사를 바라보는 시선에서 가시가 느껴지진 않았다.

심문이 시작된 지 얼마 되지 않아 간바라 변호인에게 "저 아줌마는 내 편이냐, 적이냐"라고 묻는 오이데의 목소리가 야마자키 귀에 들렸다. 변호인은 아줌마라니 실례라고 대꾸했다.

그 아줌마는 "들었습니다"라고 다시 한번 말하며 피고인에게 눈을 돌렸다.

"정말 대책 없는 녀석이라고 생각했죠."

"가시와기 다쿠야 군이요?"

"천만에요. 오이데 군 말이에요."

감정을 숨기지 못하는 피고인은 문어처럼 입을 삐죽 내밀었다. 증인 아줌마도 똑같이 아랫입술을 내밀고 피고인을 마주 노려보고 있었다.

"그 얘기를 들었을 때 불안이나 염려는 느끼지 않으셨나요?"

"어떤 불안이요?"

"음, 그러니까 가시와기 군이 그렇게 비참하게 죽은 것에 오이데 군이 어떤 형태로든 관련되어 있지 않을까 하는."

증인이 한층 깊은 한숨을 내쉬었다.

"오이데 군은 정말로 대책 없는 녀석이지만, 학교에서 사소한 이유로 딱 한 번 충돌한 상대한테 한참 지나서까지 앙심을 품거나, 복수할 생각으로 계획을 짜서 불러내 살해할 만한 머리는 없습니다. 끈기도 없고요.

그 정도로 기억력이 좋진 않아요."

방청석이 웅성거리고 몇몇의 웃음소리가 들렸다. 오이데 순지의 얼굴이 붉어졌다.

"아니, 거기까지 여쭤볼 생각은 아니었는데."

사사키 고로가 주눅이 들어 시선을 이리저리 움직였다.

"하지만 검사 측에서 묻고 싶은 건 그거잖아요? 오이데 군—피고인이 그렇게 해서 가시와기 군을 살해했는가, 혹은 사고사하게 만들었는가. 적어도 어제 모기 기자와의 일문일답을 들어본바 검사 쪽에서 그리는 사건의 개요는 그런 것 같더군요. 그래서."

이번에는 증인이 심호흡을 했다.

"저는 그 개요를 부정하는 겁니다. 피고인의 행실과 성격을 누구보다 잘 아니까요. 그렇게 사전준비가 필요한 일을 할 수 있는 사람이 아니라고 저는 확신합니다. 피고인은 훨씬 단순하고 눈앞의 상황에만 반응합니다. 공격당하면 그 자리에서 되받아치고, 원하는 게 있으면 그 자리에서 가로챕니다. 마음에 안 들면 그 자리에서 때려요. 괴롭히고 싶으면 그 자리에서 괴롭히죠. 그것이 피고인의 방식입니다."

검사 대리 사사키 고로가 책상 위 참고자료를 열심히 들척거렸다. 증인은 개의치 않고 판사와 배심원들을 향해 말을 이었다.

"내친김에 말씀드리면, 작년 12월 24일 가시와기의 집으로 걸려온 전화 말인데요. 검사 측에서는 그것도 피고인이 가시와기 군을 불러내거나 협박하기 위해 건 전화라고 입증하고 싶은 모양인데, 잘못 짚어도 한참 잘못 짚은 겁니다. 피고인은 그런 머리를 못 써요. 아무리 화가 났다 해도, 차라리 상대방 집으로 달려가 날뛸지언정 전화로 치근치근 위협하자는 생각은 전혀 못 할 겁니다."

늠름한 목소리가 울려퍼졌다. 모두 압도당했다. 딱 한 사람, 당사자 피고인만 입을 삐죽이는 것으로 부족했는지 얼굴을 더욱 붉히고는 단정치 못하게 몸을 흔들기 시작했다.

"으음, 저기."

사사키 고로가 가까스로 얼굴을 들었다. 땀을 흘리고 있었다.

"증인은 다쿠야 군이 죽은 당시부터 그렇게 생각하셨던 거죠?"

"그렇습니다."

"피고인과 그 친구들을 의심한 적은?"

"없습니다."

"그, 그러면 말이죠, 증인은 당시 피고인과 친구들의 행동—12월 24일 아침부터 한밤중까지의, 으음, 이 경우에는 알리바이라고 해야 할까요, 그에 대해 조사한 적이 있습니까?"

"조사할 이유가 없죠. 그럴 필요 없었습니다."

"그 생각은 다쿠야 군이 죽은 직후 동급생들 사이에 그의 죽음이 피고인의 소행 아니냐는 소문이 퍼졌을 때도 전혀 변함없었습니까?"

그때그때 즉시 돌아오던 증인의 답변이 조금 늦어졌다.

"변한 건 전혀 없었습니다. 다만."

"다만?"

"안 좋은 소문이라서 그때 피고인에게 확인했습니다."

"어떻게요?"

"너 설마 무슨 짓을 저지른 건 아니겠지? 그렇게 물어봤죠."

"본인에게요?"

"그렇습니다."

"어디서?"

"그가 자주 드나드는 장소 중 하나요. 라이브라 로드에 있는 오락실입니다."

"피고인이 뭐라던가요?"

"'시끄러워, 짜증나는 아줌마야'라더군요."

방청석에서 웃음소리가 일었다.

어제는 피고인 이상으로 동요한 가쓰키 게이코 배심원도 오늘은 증인을 똑바로 바라보고 있었지만, 이때만은 참을 수 없다는 듯 고개를 돌려 피고인을 바라보았다. 그러자 옆에 앉아 있던 여자 배심원이 달래듯 그녀의 팔에 손을 얹고 표정을 살폈다.

가쓰키 게이코는 순순히 고개를 끄덕이며 증인에게로 주의를 돌렸다. 놀랍게도 증인 역시 그런 그녀를 지켜본 듯했다. 이어지는 증언은 야마신의 귀에 가쓰키 게이코를 향해 말하는 것처럼 들렸다.

"내가 왜 그런 바보짓을 해, 가시와기 같은 놈은 안중에도 없어, 라고 했습니다."

"증인은 그 말을 믿었습니까?"

"믿었습니다."

"피고인은 그런 바보짓을 하지 않는다고?"

"바보짓은 많이 했지만, 그런 종류의 바보짓은 안 할 거라 생각했어요."

"피고인이 짜증나는 아줌마라고 욕하는데도 신뢰했단 말인가요?"

"우리 청소년과 사람들은 비행청소년들에게 짜증난다느니 아줌마라느니 하는 말을 듣는 것도 업무의 일환입니다. 자기들은 친하다고 생각해서 그런 말을 하는 경우도 있고요. 지금까지 지켜본 피고인의 모습을 바탕으로, 계획적으로 남의 목숨을 빼앗은 중대 사태에 대해 그가 제게 거짓말을 하진 않으리라고 생각했습니다."

"증인과 피고인의 신뢰관계를 보건대?"

"그렇습니다."

참고자료를 확인하고 사사키 고로가 목소리에 힘주어 물었다. "그래서 그 일과 관련해서는 피고인의 동향이나 알리바이를 조사하지 않았다. 안 좋은 소문을 듣고도 나는 하지 않았다, 관계없다고 한 본인의 말을 믿었다. 믿었기 때문에 뒷받침할 근거를 찾지 않았다. 일절 의심하지 않았고,

조사하지 않았던 거군요?"

한순간 증인의 말문이 막혔다.

"네, 조사하지 않았습니다."

"주신문을 마칩니다. 갑작스레 맡게 된 대리라 변변치 못해서 죄송합니다."

후지노 검사가 참고자료를 잘 만든 걸까, 사사키 고로가 생각보다 수완이 좋은 걸까. 검사 측이 계획한 대로 점수를 따냈다고 야마신은 느꼈다.

의심하지 않았다. 조사하지 않았다. 검사 측이 사사키 레이코 형사에게서 끌어내고자 했던 말은 결국 그것이다. 증언하는 내내 우위에 서 있었던 증인도 그것을 알아차렸다. 그래서 순간 말문이 막힌 것이다.

"저희도 몇 가지 여쭙겠습니다."

간바라 변호인이 일어나 인사했다.

"증인은 피고인의 비행경력을 잘 알고 계시죠?"

"네, 알고 있습니다."

"그것들은 피고인이 본교에서 일으킨 문제인가요? 아니면 학교 밖에서 일으킨 문제인가요?"

"저는 경찰이라 학교 밖의 사안만 다룹니다. 물론 피고인을 보호관찰하거나 훈계한 후 선생님에게 연락해 피고인의 교육과 지도에 관해 상담할 때는 있지만, 따로 요청이 없는 한 학교 내부의 일에는 관여하지 않습니다."

"증인은 피고인이 학교 밖에서 쌓아온 교우관계에 관해서도 알고 계십니까?"

학교 밖의 친구나 지인에 대해 묻는 겁니다, 라며 배심원들을 향해 설명을 덧붙였다.

"네, 알고 있습니다."

"피고인은 학교 밖에서 어떤 친구들과 어울렸나요?"

"마찬가지로 문제를 많이 일으키는 청소년들입니다."

"그중에 연장자가 있습니까?"

"고등학생도 있습니다. 피고인이 형님처럼 모시죠."

"흔히 말하는 조직폭력 관계자도 있습니까?"

증인이 턱을 휙 당겼다. "다행히 지금까지는 보이지 않았습니다. 저도 피고인에게 그런 유의 인물과는 엮이지 말라고 엄하게 훈계해왔습니다."

벌겋게 달아올랐던 오이데 슌지의 얼굴이 겨우 평소대로 가라앉았다. 은근히 진지해 보이기도 했다.

"그렇다면 학교 밖에서 피고인이 어울린 친구들은, 연장자도 있긴 하지만 대부분은 피고인과 엇비슷한 청소년이었다고 해석해도 될까요?"

"네, 그렇습니다."

"그런 친구들 사이에서는 누가 무슨 위험한 짓을 했다—좀도둑질을 했다거나 자전거를 훔쳤다거나 무면허로 차를 몰았다거나 하는 소문이 비교적 쉽게 퍼지나요?"

그 순간, 무언가를 주고받는 둘의 눈빛이 증인석 뒤편에 비껴 서 있던 야마신에게도 보였다.

"소문 정도가 아니라 그런 얘기는 아이들 사이에서 공공연하게 떠돕니다. 당사자가 입을 다물고 있지 못하기 때문입니다. 자랑하는 경우까지 있으니까요."

"내가 이런 위험한 짓을 했다고?"

"그겁니다. 뭐라도 된 양 거들먹거릴 수 있으니까요."

고개를 크게 끄덕거린 증인이 다시 배심원들을 바라보며 말을 이었다. "어제 HBS의 모기 기자가 이 자리에서 소년 폭력사건이 어떻게 발생하는지, 그 메커니즘을 설명했습니다. 세부적으로는 이견이 있지만 저 역시 모기 씨가 말씀하신 메커니즘의 존재를 인정합니다. 그렇지만 지금 변호인이 질문한 것은 모기 씨가 미처 증언하지 못한 부분입니다."

변호인이 재빨리 물었다. "어떤 사건을 일으킨 경우, 피고인처럼 행실이 나쁜 소년은 자기 친구들에게 그에 대해 완벽히 침묵을 지키기 어렵다는 뜻인가요?"

"그렇습니다."

"절도 수준이 아니라, 계획한 것은 아니었지만 결과적으로 타인을 살상한 사건이라도 그럴까요?"

"숨기려 해도 숨길 수 없겠죠. 태도나 행동에 드러납니다. 불량학생들은 그런 면에 매우 민감하고, 아까도 말씀드렸듯이 끈기가 없다고 할까, 참지 못하는 게 특징입니다."

"누군가가 어떤 큰일을 저질렀다면 당사자도 그것을 비밀로 하지 못하고, 주위에서 알아차려 떠들썩하게 퍼진다?"

"그렇습니다. 실제로 신문에 크게 보도되는 청소년사건—대개 집단폭행이나 집단 간의 폭력사태인데—그것들이 발각되는 단서는 대개 친구들 사이의 소문입니다."

"친구 중 누군가가 경찰에 이른다거나?"

"굳이 신고하지 않더라도 소문이 퍼지는 사이에 경찰 귀에 들어오게 마련이죠."

"위험천만한 일이니 다함께 입을 다물자는 쪽으로 흘러가진 않나요?"

"그렇게 합의를 봤다 해도, 입을 못 다무는 아이가 꼭 있죠."

"불량학생들 사이에는 의리라는 게 없나요?"

짐짓 순진하게 묻는 변호인의 말투에 증인이 웃었다.

"서로 결속이 얼마나 단단한지, 문제행동이 얼마나 위험한 수준인지에 따라 다르겠죠. 제가 아는 한 조토 경찰서 관할 내에서 우리가 관리하는 청소년 무리에 마피아처럼 엄한 규율은 없습니다. 누가 매우 위험한 짓을 했다는 걸 알고 새파랗게 질려서 허둥거리는 귀여운 아이도 있죠."

변호인이 고개를 끄덕이고 뜸을 들이더니 입을 열었다.

"증인은 가시와기 다쿠야 군의 죽음과 관련해 본교 밖에서─피고인이 학교 밖에서 쌓아온 인간관계를 통해 그것이 순지 짓이라거나, 순지가 무슨 위험한 짓을 저질렀다거나 하는 정보를 들은 적이 있습니까?"

증인이 힘있게 대답했다. "없습니다."

"본교 안에서 다쿠야 군과 피고인의 동급생들 사이에 '안 좋은 소문'이 퍼진 뒤에도 밖에서는 그런 소문을 못 들었나요?"

"피고인과 어울리는 아이들한테서는 아무 얘기도 못 들었습니다."

"만약 뭔가 얘기가 들어왔다면 어떻게 하셨을까요?"

"절대 흘려들을 수 없는 내용이니 근거를 찾아냈을 겁니다."

"아무리 막연한 소문이라도요?"

"물론입니다. 만약 그랬다면 피고인 본인이 아무리 강하게 부정해도 저는 조사했을 겁니다. 친구들 사이의 소문은 그만큼 중요하니까요."

"감사합니다."

변호인 측도 점수를 따냈다. 증인석을 뜨는 사사키 레이코 형사가 간바라 변호인을 힐끗 바라보았다. 야마신은 그 눈빛에서 안도와 감사의 빛을 보았다. 덕분에 살았어, 고마워.

방청석이 술렁거리는 와중에 후지노 검사가 도착했다.

엎치락뒤치락이다.

검사가 판사석으로 다가가자 곧이어 판사가 변호인을 불러들였다. 그리고 셋이 얘기를 시작했는데, 검사의 주장에 변호인이 강하게 항의했다. 재판 이틀째인 지금까지 변호인이 그렇게 강경하게 나오기는 처음이었다. 안 돼, 안 돼, 안 돼. 승복할 수 없다며 고개를 가로저었다.

─무리도 아니지.

야마신은 남몰래 공감했다. 오늘 아침부터 품어온 양심의 가책이 절정에 달했다.

아까부터 방치된 법정이 떠올랐는지 판사가 허둥지둥 의사봉을 두드렸다.

"십 분간 휴정합니다."

서둘러 선언하고 무서운 표정으로 말했다.

"두 사람 다 이쪽으로 와."

판사석에서 내려가 검사와 변호인을 데리고 책상과 다다미 뒤로 숨었다. 배심원들이 불안하게 얼굴을 마주보는 와중에 키다리 다케다 배심원장만 일어나 스트레칭 같은 것을 했다.

누가 야마신의 셔츠 자락을 잡아당겼다. 사사키 레이코 형사였다.

"쓰자키 선생님 어디 계신지 아니?"

야마신은 관계자들이 어디 있는지 유심히 보고 있었던 터라 곧바로 대답할 수 있었다.

"맨 뒷줄에 계셨는데 휴정 후 밖으로 나가셨습니다."

"그렇구나. 고마워."

오늘도 수고 많다고 말하고 여형사는 뒤쪽 출입구를 통해 체육관 밖으로 나갔다. 야마신이 그대로 대기하는 사이 쓰자키 선생과 함께 돌아와 맨 뒷줄에 나란히 앉았다.

그 순간, 또다른 인물이 눈에 들어왔다.

—후지노 아버지다.

어제 사사키 형사와 얘기하는 모습을 보았다. 언제 오셨느냐며 형사가 몹시 놀라는 것 같았다. 개정할 때는 없었으니 지금 온 거겠지. 옆 통로를 지나가 빈자리에 앉았다.

야마신은 내친김에 자기 어머니와 누나의 얼굴도 찾아냈다. 어제도 아무것도 모르는 척 왔다가 아무것도 모르는 척 돌아갔으니 오늘도 그럴 테지. 구라타 마리코의 표현을 빌리자면 야마신의 가족은 하나같이 '배짱이 두둑한' 모양이다.

내가 정말로 배짱이 두둑한지는 이제 두고 봐야 알겠지만. 야마신은 그렇게 생각했다.

판사가 나타나 자리로 가볍게 뛰어올라갔다. 모습을 드러낸 검사와 변호인도 각자 자리로 돌아갔다. 후지노 검사는 곧바로 자리에 앉았지만 간바라 변호인은 피고인에게 다가가 머리를 맞대고 뭐라 말을 했다. 표정이 험악하다.

변호인의 화난 얼굴을 본 야마신은 오이데 슌지도 덩달아 화를 낼 줄 알았다. 그래서 바로 움직일 수 있도록 호흡을 가다듬고 있는데, 피고인의 반응은 뜻밖이었다.

오이데 슌지의 얼굴에서 핏기가 가셨다. 아연실색한 걸까, 기가 막힌 걸까, 입이 반쯤 벌어졌다.

사정을 아는 야마신은 그의 얼굴을 똑바로 바라볼 수 없어 눈을 깜박거렸다.

─충격이겠지.

오이데 슌지는 화내지 않았다. 아마 스스로 생각하기에도 의외일 것이다. 분노가 아닌 충격으로 얼이 빠져버리다니.

변호인은 여전히 열심히 피고인에게 뭐라고 말했다. 오이데 슌지는 듣는 둥 마는 둥이다. 후지노 료코는 검사석에 벽처럼 버티고 앉아 있었다.

"어쨌든 침착해."

변호인이 그렇게 속삭이고 자리에 앉았다.

"심리를 재개합니다." 판사가 의사봉을 두드렸다. 후지노 검사가 입을 열었다.

"늦어서 죄송합니다. 앞으로는 이런 일이 없도록 주의하겠습니다."

고개를 꾸벅 숙이고는 그녀가 야마신을 똑바로 보았다. 자, 시작이야, 하는 신호라는 걸 야마신은 알아차렸다.

"계속해서 검사 측 증인을 소환하겠습니다. 정리, 잠깐 도와주십시오."

사사키 고로가 기다렸다는 듯 자리에서 일어나 변호인 측 뒤의 출입구로 향했다. 야마신도 그쪽으로 갔다.

그곳에 증인이 기다리고 있었다.

이구치 미쓰루는 야마신이 기억하는 모습보다 두 단계쯤 작았다. 휠체어에 쏙 들어가 앉은 모습이 아담해 보였다.

휠체어를 미는 사람은 이구치 미쓰루의 아버지인 듯했다. 불안한 걸음걸이 겁에 질린 표정으로 폭탄이라도 건네듯 휠체어를 슬며시 고로에게 밀었다.

"방청석에서 기다려주세요."

고로가 정중히 아버지에게 말했고, 야마신은 휠체어 뒤로 돌아가 양손을 얹었다.

"오랜만이다." 이구치 미쓰루가 말했다. 고로에게 한 것인지, 야마신에게 한 것인지 알 수 없었다.

목소리는 또렷했다. 이마 가장자리에 찢어진 상처를 꿰맨 흉터가 남아 있지만 다른 부상의 흔적은 없다. 무릎 담요를 덮어서 다리는 어떤지 확인할 수 없었다. 좌우 어깨 높이가 약간 다르고 등이 조금 굽은 것 같았다. 부상 후유증인지 단순히 그렇게 보이도록 앉은 것인지 금방 구분하긴 힘들다.

안색이 하얗다. 오랫동안 햇볕을 쬐지 않은 것이다.

"깜짝 놀랐지?"

이죽거리는 말투는 예전에 팔팔하게 뛰어다니며 오이데 슌지의 추종자 노릇을 할 때 그대로였다. 우스운 게 하나도 없는데 남을 대할 때 항상 뭔가 우스운 것처럼 눈을 빙글빙글 굴리는 것도 변함없다.

"와줘서 고마워." 고로가 말했다. 진심 어린 인사라기에는 말투가 조금 딱딱했다.

"너 좋으라고 온 거 아니야."

그 말을 듣고 야마신은 알아차렸다. 턱이 약간 부자연스럽게 움직였다. 교합 상태가 좋지 않군. 부상 전의 이구치는 그렇지 않았다. 하지만 말하는 데는 문제없어 보이고 고개도 무리 없이 움직였다.

야마신은 천천히 휠체어를 밀어 증인석으로 향했다. 법정의 소란함이 높아지며 파도처럼 밀려들었다. 자리에서 일어서는 방청인도 있었다. 배심원들의 얼굴에 놀라움이 번져나갔다.

오이데 슌지는 정지화면처럼 눈도 깜박이지 않았다. 간바라 변호인도 꼼짝 않았다.

법정의 모든 시선이 이구치 미쓰루에게 쏠리는 와중에, 노다 겐이치 혼자 이구치가 탄 휠체어를 미는 야마신을 보고 있었다.

—오늘 아침에 알려주지 그랬어.

미안, 하고 야마신은 마음속으로 사과했다.

휠체어를 빙글 돌려 이구치 미쓰루가 판사와 배심원 쪽을 바라보도록 하고 바퀴의 고정장치를 채웠다. 그 순간 시야 한쪽으로 표정을 바꾸는 오이데 슌지가 보였다.

이구치 미쓰루에게 웃어 보이려 했다.

증인은 알아채지 못했다. 빠르게 눈을 굴리며 판사와 배심원들을 둘러볼 뿐이었다.

"정숙! 여러분, 조용히 하세요."

판사가 법정에 소리를 지르고 안경테를 누르며 증인을 내려다보았다.

"지금부터 증인신문을 시작하겠습니다. 도중에 컨디션이 나빠지면 바로 말씀하십시오."

이구치 미쓰루는 대답하지 않았다.

"그럼 선서를 부탁드립니다."

진실만을 말하겠다고 선서하는 이구치 미쓰루의 턱은 역시나 부자연스럽게 움직였다. 그 때문인지 발음이 약간 분명치 않고 말끝이 늘어졌다.

"이 재판에 참석해주셔서 감사합니다."

후지노 검사가 증인에게 먼저 인사하고 손에 든 서류를 눈높이로 들어올렸다.

"이구치 증인에게는 이미 진술조서를 받았습니다. 그것을 서증으로 제출하고 이제 그 내용에 따라 심문을 진행하겠습니다. 배심원 여러분에게 이구치 군의 목소리를 직접 들려주기 위해서입니다."

빙긋 웃고 서류를 책상 위에 내려놓았다.

"또한 이구치 군의 출정이 갑작스럽게 결정되어서 사전에 이 진술조서를 변호인 측에 건네지 못했습니다. 이 교내재판 규칙에 따르면 바람직하지 않은 일입니다. 기습인 셈이니까요. 그래서 조금 전 간바라 변호인이 화를 냈던 겁니다. 여러분도 놀라셨죠."

천진한 얼굴로 넉살 좋게 말했다. 방청석에서 웃음소리가 일었지만 물론 변호인 측 여학생 응원단은 아니었다.

"그럼에도 저희가 굳이 무리한 주장을 한 까닭은 이구치 증인의 증언이 진상규명으로 이어지는 중요한 실마리라고 믿기 때문입니다. 단지 그뿐이고 다른 의도는 없습니다. 이구치 군은 건강 상태에 따라 향후 출정이 힘들어질 수 있어서 이번 기회를 놓치고 싶지 않았습니다. 판사와 피고인과 변호인에게 사과와 더불어 감사드립니다."

검사가 오른손에 진술조서를 펼쳐들고 책상 앞으로 나왔다.

"먼저 첫번째로, 증인은 이 진술조서에서 작년 12월 24일의 행동에 대해 알려줬죠."

이구치 미쓰루가 고개를 움직여 검사에게로 눈을 돌렸다. 검사도 증인을 똑바로 바라보았다.

"작년 12월 24일 증인은 피고인 오이데 슌지를 만났습니까?"

"안 만났어." 이구치 미쓰루가 대답했다. 방청석이 술렁거렸다.

"아침에도, 점심에도, 저녁에도, 밤에도 안 만났습니까?"

"안 만났어."

"전화 등으로 연락을 주고받았습니까?"

"아니."

"요컨대 피고인과 전혀 접촉하지 않았다는 뜻이군요?"

"응."

"12월 24일 밤, 오전 영시 전후만 따져도 좋습니다, 증인은 어디 있었습니까?"

"집에 있었어."

"자택 말이죠?"

"응."

"이 학교에 있었던 건 아닌가요?"

"아니."

"교내로 숨어들지 않았다고요?"

"응."

이구치가 긴 문장을 말하기 힘든 걸까, 아니면 이것도 작전일까.

"그렇다면 고발장의 그 부분은 잘못된 거군요."

"응. 맞아."

"고발장에는 증인이 거기 있었다─피고인과 하시다 유타로와 셋이 함께 있었다고 쓰여 있는데, 그것은 잘못된 정보라는 거죠?"

"응."

"혹은 거짓말이거나?"

"응."

"그렇다면 오이데 군과 하시다 군이 거기 있었다는 말 역시 잘못 본 것이거나 거짓말일지도 모르겠군요?"

야마신은 곁눈으로 다시 보았다. 오이데 슌지의 표정이 누그러졌다. 뭐야, 이구치, 넌 역시 내 부하였구나. 그 고발장은 새빨간 거짓말이다,

그런 건 다 엉터리라고 증언하러 나온 거지?

그러나 이구치 미쓰루는 피고인을 보지 않았다. 검사에게 시선을 고정하고 있었다.

"그건 몰라." 증인이 대답했다. "난 없었어."

"증인은 그 자리에 없어서, 오이데 군과 하시다 군이 있었는지 없었는지 모른다는 뜻인가요?"

"응."

"저, 이구치 군." 검사가 고개를 갸웃거렸다. "모른다니, 매우 신중한데요. 증인은 그 자리에 없었다. 그렇다면 보통은 고발장에 증인과 같이 있었다고 쓰여 있던 그 두 사람 역시 그 자리에 없었다고 생각하지 않을까요? 다시 말해 고발장 내용에 신빙성이 없다고요."

"알 수 없어."

이구치의 눈동자가 빙글 움직였다.

"난 들었으니까."

"뭘 들었죠?"

"오이데가 한 말."

"뭐라고 했나요?"

"가시와기 장례식이 끝나고 말했어."

이구치 미쓰루의 숨결이 거칠어졌다.

"했다고."

"뭘 했다는 거죠?"

"자기가 죽였다고."

법정이 송두리째 뒤집힌 것처럼 순식간에 소란스러워졌다.

이노우에 판사가 의사봉을 두드리며 소리쳤다. "정숙, 정숙하세요!"

야마신은 재빨리 앞으로 나가 이구치 미쓰루의 휠체어에 바짝 붙어 섰다. 변호인석에서 오이데 슌지가 의자를 쓰러뜨릴 기세로 벌떡 일어섰기 때문이다.

판사도 그것을 알아차렸다. 의사봉을 든 채 피고인을 매섭게 내려다보며 소리쳤다.

"피고인, 자리에 앉으세요!"

오이데 슌지는 우두커니 서 있었다. 그 표정을 보고 야마신은 마음을 놓았다. 오이데는 움직이지 않는다. 움직일 수 없다. 그걸 알았기 때문이다.

"당장 앉지 않으면 퇴정시키겠어!"

판사가 으름장을 놓았고, 피고인은 관절이 어긋난 것처럼 무릎을 탁 굽히며 주저앉았다.

법정도 차츰 가라앉았다. 다들 당황하는 것도 빠르지만 안정을 되찾는 속도도 빨라졌다. 이 자리에 익숙해진 것이다.

주위가 조용해지자 야마신의 귀에 누군가의 콧소리가 들렸다. 이구치 미쓰루다. 정면을 본 채 휠체어에 앉아 코를 훌쩍거렸다.

우는 게 아니다. 재채기를 참는 것 같지도 않다.

"심문을 재개해도 되겠습니까?"

후지노 검사가 판사가 아니라 변호인의 얼굴을 보며 물었다. 간바라 변호인은 고개를 끄덕였다.

"피고인이 흐트러진 모습을 보여서 죄송합니다." 판사를 향해 말했다. "앞으로는 주의해서 조용히 증언을 듣겠습니다."

야마신도 제자리로 돌아갔다. 그제야 배심원석에서 이구치 미쓰루를 노려보는 가쓰키 게이코가 눈에 들어왔다. 어느 누구에게도, 이 재판에도 결코 득이 되는 태도가 아니다. 그녀는 그것을 모르는 것이리라.

"그럼 이구치 군."

후지노 검사가 달래듯 증인의 얼굴을 들여다보고 자세를 바로잡았다.

"자세히 말해주시죠. 그 대화를 어떤 상황에서 주고받았습니까?"

"어떤 상황이냐니?"

이구치가 또다시 콧소리를 냈다.

"가시와기 군의 장례식 후, 구체적으로 어디서 피고인과 그 대화를 나눴나요?"

"라이브라에서."

"라이브라 로드 쇼핑몰에서요?"

"응."

"증인과 피고인은 뭘 하고 있었죠?"

"다들 장례식에 갔었잖아."

어색한 동작으로 고개를 돌려 증인이 검사 쪽을 보았다. 단지 그뿐인데도 괴로워 보였다.

"너랑도 마주쳤고. 기억 안 나나?"

검사가 고개를 끄덕였다. "기억납니다. 돌아오는 길에 마주쳤죠. 편의점 앞이었던 것 같은데."

"오이데랑 나랑 하시다."

"여느 때 같은 삼인조군요."

"그래. 오이데가 보러 가자고 했어."

"보러 가요? 장례식을요?"

"아니. 애들 얼굴 말이야."

"장례식에 다녀오는 동급생들의 얼굴을 보러 가자는 뜻인가요?"

"그래."

"세 사람은 장례식에는 안 갔죠?"

"친한 애도 아니었는데 뭐."

"그렇지만 가시와기 군 장례식에 참석한 동급생들이 어떤 얼굴인지 궁금했다. 그래서 구경하러 갔군요."

"기다리면 누구든 지나갈 테니까."

겸사겸사 상황도 알 수 있을 테고, 라며 가까스로 훌쩍이기를 멈춘 증인이 말했다.

"장례식 상황을요?"

"응."

"오이데 군—피고인은 왜 그게 알고 싶었을까요?"

"그 무렵에 벌써 소문이 퍼졌으니까. 우리가 가시와기를 죽인 게 아니냐고."

"피고인은 그 소문을 신경썼군요."

"응."

"이구치 군은 어땠나요?"

"그때는 별생각 없었어."

"사실이 아니니까?"

"응."

"라이브라 로드에서 숨어서 기다리다가, 집에 돌아가는 동급생들에게 장례식 상황을 묻는 데 성공했나요?"

"숨어서 기다린 건 아니야."

"그럼 그냥 기다렸다 치고, 어떻게 됐죠?"

"가시와기 아버지가 아들이 자살했다고 말했다는 얘길 들었어."

"누구에게 들었는지 기억합니까?"

증인이 잠시 생각하다 고개를 저었다.

"한두 명한테 물어본 게 아니라서."

"그중 누군가에게 들었다?"

"그래. 너도 기억날 텐데?"

검사가 판사를 올려다보았다. "여기서 제 개인적인 기억에 대해 증인과 얘기해도 되겠습니까?"

판사가 즉시 대답했다. "허락합니다."

간바라 변호인은 움직이지 않았다. 오이데 슌지는 부루퉁한 표정으로 고개를 돌리고 있었다.

"저는 그때 피고인과 증인과 하시다 군이 편의점 앞에 있었고, 장례식에 참석했던 미우라 군이 지나가다 어땠는지 얘기를 해줬다는 말을 들은 기억이 납니다."

"그래, 맞아. 미우라였던 거 같다."

"그리고 피고인은 이렇게 말했습니다. '나야 누명을 벗어서 좋네'라고. 홀가분하다고 말한 것도 같아요. 기억이 아주 확실하진 않지만."

"응. 뭐 그런 얘기였어. 너 역시 머리가 좋구나. 잘도 기억하네."

그렇게 말하고 이구치 미쓰루가 손으로 턱을 누르더니 얼굴을 찡그렸다. 긴 대화를 할 수는 있지만 지쳤거나 아픈지도 모른다.

"괜찮아요?"

"물 있어?"

야마신이 움직일 것도 없이 법정 뒤에 대기하고 있던 농구부 도우미가 급수기에서 종이컵에 물을 받아 들고 왔다.

종이컵을 받아드는 이구치 미쓰루의 손놀림이 불안해 보였다. 힘이 잘 들어가지 않는 모양이었다. 물을 마시는 모습은 더더욱 부자연스러웠고, 술 취한 사람처럼 입부터 컵 쪽으로 내미는 바람에 셔츠 가슴팍을 적시고 말았다.

"턱뼈가 부러졌어."

물을 다 마시고 종이컵을 쥔 채 배심원들에게 말했다. "오른쪽 어깨 관절도 어긋났고. 바들바들 떠는 게 꼭 노인 같지?"

억양 없이 담담한 말투다. 배심원 몇 명이 눈을 내리깔았다. 가쓰키 게이코도 노려보는 표정 그대로 고개를 숙였다.

"계속해도 될까요?"

"응."

"제 기억으로 대화는 그게 끝이었고, 증인과 피고인과는 바로 헤어졌습니다."

"우리는 계속 편의점에 있었어."

"그리고 얘기를 나눴고요."

"그래."

"제가 받은 인상으로 그 얘기를 할 때 피고인은 심각해 보이지 않았어요. 고민하거나 소문에 신경쓰는 모습이 아니었죠. 오히려 조금 까분다는 느낌까지 들던데요."

"나도 그렇게 생각했어."

이구치 미쓰루는 쉰 목소리로 웃었다.

"그때 슌짱이 '이제 후지노 아빠한테 체포될 일 없겠다'고 하지 않았나?"

법정에서 처음 나온 '슌짱'이라는 호칭에 오이데 슌지가 눈을 들었다.

"그건 널 놀리려고 한 말이야. 정말 그렇게 생각한 게 아니라. 난 그렇게 느꼈어. 슌짱은 툭하면 너한테 치근거렸지. 너한테 마음이 있었으니까."

검사는 아무 대꾸도 하지 않았고 법정도 침묵했다.

"그래서 난 슌짱이 진짜로 신경쓰는 게 아니라고 생각해서 그런 터무니없는 소문을 퍼뜨린 놈을 찾아내 박살을 내자느니 뭐라느니 했지. 기억이 잘 안 나지만 대충 그런 식으로 말했어."

"농담조로 그랬다는 거죠?"

"응. 그런데 슌짱은 안 웃었어. 그때 말했지."

"뭐라고 했죠?"

"'사실은 내가 가시와기를 해치웠는데, 이대로라면 아무도 못 알아채겠다'고."

피고인이 움찔하자 옆에서 변호인이 시선은 증인에게 못 박은 채 손만 움직여 제지했다.

"증인은 그 말을 듣고 어떻게 했나요?"

"웃었지."

"웃었다? 재미있었나요?"

"당연히, 농담인 줄 알았으니까."

"증인이 농담을 하니까 피고인도 농담으로 받아쳤다고요."

"그래."

"그러자 피고인은 어떻게 했나요?"

"역시 웃었어. 나랑 하시다를 비웃으며 '너희도 참 바보네'라고 했어."

몇 초쯤 뜸을 들이다 검사가 물었다. "무슨 의미일까요? '바보'라니?"

"나도 잘 몰랐어. 하지만 그때 슌짱 눈빛은 진짜였어."

"피고인은 정말로 자기가 가시와기 군을 죽였다고 고백했다. 표정은 어떻든 간에 진지한 고백이었다. 그런데 증인이 농담인 줄 알고 웃어서 증인의 그런 반응이 '바보' 같다고 말했다. 그렇게 해석해도 될까요?"

증인은 검사의 논리적인 해석을 이해하기까지 조금 시간이 필요한 모양이었다. 고개를 갸웃거리며 생각에 잠겼다가 잠시 후 목소리를 나지막이 깔았다.

"하시다도 그때는 잠깐 굳었어. 슌짱이 좀 이상했으니까. 그런 눈빛은 처음 봤어."

"하시다 유타로 군 말이죠?"

"그래."

"증인과 피고인과 하시다 군은 늘 셋이 함께 행동했습니다. 트리오였어요."

"불량 삼인조."

자기 입으로 그렇게 말하고 증인은 끽끽거리는 소리를 내며 웃었다. 휠체어 바퀴가 끽끽거린 걸지도 모른다.

"장난치거나 나쁜 짓을 할 때 늘 함께였어요. 그렇죠?"

"나랑 하시다는 슌짱 부하였어."

"피고인이 리더였나요?"

"그래."

"그런 피고인이, 평소 증인이 못 보던 눈빛으로 '바보'라고 말했다. 어떤 생각이 들었나요?"

"슌짱은 나나 하시다를 은근히 깔봤어."

"그렇지만 두 사람은 피고인의 친구잖아요?"

"부하라니까."

"부하라서 깔봤다?"

"나랑 하시다는 별거 아냐. 슌짱 없이는 큰일을 못 해. 슌짱도 잘 알아. 그래서 우리를 깔봤지."

"알겠습니다. 피고인은 증인과 하시다 군을 깔봤다. 만만하게 봤다고 해도 좋겠군요. 그래서 어떤 생각이 들었나요?"

"정말로 크고 위험한 일이라면, 슌짱이 우리를 떼놓고 할지도 모른다고 생각했어."

후지노 검사의 시선이 날카로워졌다. "게다가 증인은 문제의 12월 24일 피고인을 만나지 않았고 연락도 하지 않았죠."

"응."

"그래서 더더욱 가시와기 다쿠야 군에 관해서는, 피고인이 증인이나 하시다 군을 빼놓고 무슨 큰일을 저질렀다 해도 이상할 게 없다, 그럴 가능성이 있다고 느꼈던 거군요?"

이구치 미쓰루가 몸을 움직이는 바람에 휠체어가 흔들려 소리가 났다. "난 멍청해서 어려운 말은 잘 못 하겠지만, 그렇다고 봐."

법정은 고요했다. 냉풍기 소리만이 들렸다. 책상을 돌아 앞으로 나오는 후지노 료코의 운동화가 바닥에 끌려 끽 소리를 냈다.

"그런데 오이데 군에게 가시와기 군을 죽일—아니, 가시와기 군을 해치울 만한 동기가 있었나요? 이유가 있을까요?"

"슌짱은 그 녀석을 싫어했어."

"증인에게 그렇게 말했습니까?"

"말로 하진 않았지만, 표정을 보면 알아."

"셋이서 가시와기 군 이야기를 한 적이 있습니까?"

"11월에 과학준비실에서 싸웠으니까."

"11월 14일 점심시간이었습니다. 증인도 그 자리에 있었죠?"

"있었지."

"증인도 같이 싸웠나요?"

증인은 잠시 머뭇거리는 것 같았다.

"후지노, 너 말이야."

"네."

"우리가 싸운다고 하는 게 어떤 건지 모르지?"

고요하게 가라앉은 방청석에서 숨죽인 웃음소리가 흘러나왔다.

검사는 무표정했다. "괴롭히는 거라면 알죠."

"널 괴롭힌 적은 없어. 무서우니까."

웃음소리가 커졌다. 이구치 미쓰루도 같이 웃었다.

"그게, 우리랑 가시와기는 싸웠달 것도 없었어. 그 녀석이 먼저 시비를 걸었다고."

"가시와기 군이 피고인과 증인과 하시다 군에게 시비를 걸었다고요?"

"그래."

"어떤 상황이었는지 알려주시죠."

"우리는 과학준비실에 들어가 이것저것 만지작거리며 놀았지. 가시와기는 한구석에서 도감 비슷한 걸 읽고 있었고. 그러다가 우리를 뚫어져라 바라보는 거야. 엄청 불쾌한 눈빛으로."

"시끄러워서 그랬겠죠."

그때 뜻밖에도 변호인이 처음으로 이의를 제기했다. "판사님, 증인이 자유롭게 얘기하게 해주십시오."

이노우에 판사도 고개를 끄덕였다. "검사는 질문 외에 불필요한 감상을 말하지 말도록."

이구치 미쓰루도 그때 처음으로 휠체어에서 몸을 움직거려 변호인석으로 얼굴을 돌렸다. 오이데 슌지는 곧바로 시선을 내려뜨렸다. 변호인은 증인을 똑바로 마주보았다.

"시끄러웠는지 어떤지는 몰라도, 가시와기가 우리를 비웃었어."

"비웃었다고요?"

"우리를 무시했지."

"표정만 보고 알 수 있었나요?"

"말을 했어. '너희는 그러는 게 재미있나?'라고."

법정이 다시 고요해졌다.

"완전 무시하는 말투였지. 그래서 슌짱이 발끈해서는 시끄럽다고 받아쳤어."

"그러자 가시와기 군은 어떻게 했나요?"

"실실 웃었어. '난 시끄럽게 한 적 없어. 단지 너희가 재미있어서 관찰하는 것뿐이야'라면서."

"당신들에게는 불쾌한 반격이었겠군요."

증인이 몸을 다시 움직거려 검사를 보더니 고개를 몇 번 끄덕였다.

"슌짱이 열받았지. 뭐가 재밌냐고 가시와기에게 달려드는 걸 하시다가 말렸어."

"증인은 어떻게 했나요?"

"난…… 그냥 놀라서."

"가만히 있었나요?"

"슌짱을 도우려고 했는데 하시다가 말렸고, 왠지 기분도 찝찝해서."

"가시와기 군 때문예요?"

"그 자식 좀 이상했어."

"어떤 식으로 이상했죠?"

"조그맣고 약해빠진 주제에 우리한테 감히 그런 말을 지껄이잖아."

"건방지다고 생각했나요?"

"그런 생각은 했지만, 역시 찝찝했어."

"그때까지 가시와기 군처럼 평범하고 약한 동급생이 그런 트집을 잡은 적이 없어서?"

"응, 맞아."

"하지만 무서운 상대는 아니었다."

"무섭진 않았어."

"단지 기분이 나빴다?"

"이상한 소리를 하잖아."

"그것 말고 이상한 소리를 또 했나요?"

"완전 열받은 슌짱한테 '그렇게 금세 폭발하면 재밌니?'라고 물었어. 게다가—"

증인이 머뭇거렸다. 검사는 기다렸다. 판사는 안경이 흘러내린 것도 알아채지 못할 만큼 집중하고 있었다.

"그 녀석은 나나 하시다는 신경도 안 썼어. 슌짱만 봤지."

"열받은 피고인에게 맞섰군요."

"그러더니 '지금까지 한 일 중에 제일 나쁜 짓이 뭐야?'라고 물었어."

야마신은 자세를 바꾸지 않고 눈동자만 움직여 법정을 살폈다. 몸을 앞으로 내민 방청인들이 보였다. 배심원 여학생들은 손을 맞잡고 있었다.

"피고인이 대답했나요?"

"저 자식 뭐야, 라고 했어."

"여전히 열받아 있었나요?"

"왠지 김이 샜다고 할까. 순짱도 가시와기가 좀 이상하다고 느꼈을 거야, 분명히."

"가시와기 군은 어떻게 했나요?"

"계속 실실거리면서 '사람을 죽여본 적 있어?'라고 물었어."

뚝 소리가 났다. 메모를 하던 노다 조수가 샤프심을 부러뜨린 모양이다. 허둥지둥 연필로 바꿔 들었다.

"피고인은 대답했나요?"

"저 자식 뭐야, 라고만. 아마 순짱도 조금 겁먹었을 거야."

"그런데도 가시와기 군은 싱글거리며—히죽거렸던 거네요?"

"우리를 놀리는 것 같았는데, 눈빛이 이상했어."

"증인은 기분이 어땠나요?"

"엄청 화났지만, 그 녀석을 상대하면 위험할 것 같긴 하더라고."

"순짱과 함께 혼내주고 싶은 생각은 안 들었나요?"

증인은 대답하는 대신 내내 손에 들고 있던 종이컵을 찌그러뜨렸다.

"훨씬 약해빠진 놈인 줄 알았는데, 그때는 위험해 보였어. 하시다도 말렸고."

"하시다 군은 피고인을 제지했나요?"

"순짱 옷자락을 잡아당기면서 가자고 했어."

"그 자리를 떠나자고 재촉했다."

"그래."

"그럼 가시와기 군은 처음 앉아 있던 자리에서 계속 움직이지 않은 거군요?"

"꼼짝도 안 했어. 입만 나불거리고."

"피고인—순짱이 사람을 죽여본 적 있느냐는 질문에 대답은 했나요?"

"대답 같은 건 안 했다니까. 가시와기한테 '아주 맛이 갔군'이라고만 했어."

"그래서 가시와기 군은 뭐라고 하던가요?"

"또 웃었어."

"웃기만 했나요?"

"혹시 우리가 사람을 죽인 적이 있으면 알려달라고 할 생각이었대."

"뭘요?"

"사람을 죽이면 어떤 느낌인지 궁금하다고. 가시와기가 그랬어."

더는 못 견디겠다는 듯 방청석이 술렁거렸고, 판사는 그 물결이 가라앉을 때까지 기다렸다. 후지노 검사가 팔짱을 끼며 책상에 기댔고 변호인은 작은 목소리로 피고인에게 뭐라고 말을 건넸다.

"슌짱이."

웅얼거리는 증인의 목소리에 법정이 절로 고요해졌다.

"가시와기한테 '너, 누구 죽이고 싶냐?'라고 물었어."

"가시와기 군의 대답은?"

"응, 이라고."

조용히, 조용히. 판사가 이번에는 의사봉을 두드렸다.

"어떤 느낌인지 궁금해서 죽여보고 싶대. 계속 실실거리면서 그런 말을 했어."

"농담인 줄 알았나요?"

"몰라. 난 그냥 놀랐어. 슌짱도 벙쪘고. 하시다는 엄청 심각한 얼굴로 자꾸 나가자고 했어. 가시와기가 무서운 것 같더라고."

"피고인은 어떻게 했나요?"

"하시다가 자꾸 끌어당기니까 슌짱도 과학준비실에서 나가려고 했지. 그래도 분이 안 풀려서 가시와기한테 '역시 너 맛이 갔어'랬나 뭐랬나, 여하튼 그 비슷한 말을 했지."

"일방적으로 내뱉고 셋이 같이 과학준비실에서 나오려고 했다?"

"그래. 그랬더니 가시와기가 벌떡 일어나 의자를 집어들고 우리한테 던진 거야."

"집어들기만 한 게 아니라 던졌다고요?"

"맞히진 않았지만, 슌짱을 노리고 던진 거였어. 싸움이 난 건 그때부터고. 슌짱이 이 새끼 봐라 하면서 가시와기한테 달려들었지."

"증인도 뛰어들었나요?"

"근데 가시와기 녀석이 잽쌌어. 이리저리 도망치다 옆에 있던 비커를 떨어뜨렸고, 그렇게 우당탕거리는 중에 선생님이 왔고, 우리가 잘못한 게 돼버렸지."

또다시 술렁거리는 법정에서 판사가 은테 안경을 벗고 안경알을 닦았다. 후지노 검사는 증인에게 다가가 찌그러진 종이컵을 받아들며 괜찮으냐 묻더니 하기오 가즈미를 불러 손수건을 받아서는 증인에게 건넸다.

오이데 슌지는 책상에 양 팔꿈치를 괴고 손으로 얼굴을 가리고 있었다. 변호인은 노다 조수와 뭐라고 이야기를 나눴다.

"계속하겠습니다. 조용히 하십시오."

판사의 한마디에 후지노 검사가 자세를 바로잡았다. "당시 싸움을 말리러 온 선생님에게 그런 얘기를 했나요?"

"우린 안 했어."

"왜죠?"

"구스야마가 우리 얘기를 믿어줄 리 없으니까."

"구스야마 선생님 말이죠. 셋이 상의해서 선생님에게 말 안 하기로 한 건가요?"

"상의 같은 건 안 했지만, 슌짱이 안 하길래 나랑 하시다도 안 했어."

"피고인은 가시와기 군이 먼저 시비를 걸었다고 왜 말하지 않았을까요? 당시 증인은 어떻게 생각했나요?"

"글쎄, 말해봐야 아무도 안 믿을 거잖아."

"그럼 제가 한 가지 추측을 해보죠. 피고인과 증인과 하시다 군 모두, 가시와기 군처럼 나약한 동급생이 시비를 건다고 잠깐이나마 겁을 먹었다는 사실을 선생님에게 알리고 싶지 않았던 게 아닐까요?"

증인은 한동안 생각하더니 고개를 저었다. "모르겠어."

"아무 해명도 하지 않아서 결국 당신들이 일방적으로 가시와기 군을 공격한 꼴이 됐는데 억울하진 않았나요?"

"가시와기가 순짱한테 의자를 집어던진 얘기는 구스야마한테 했어. 그리고 다카기 선생한테도."

"선생님들이 뭐라고 하던가요?"

"너희가 가시와기한테 시비를 걸어서 그런 거라고 단정해버렸지."

"가시와기 군은 구스야마 선생님이나 다카기 선생님에게 뭐라고 설명했을까요?"

"몰라. 아무튼 그 자식은 자기 입으로 불리한 얘기를 선생한테 할 놈이 아니야. 보나마나 시치미뗐을 게 뻔해."

"사실상 그랬던 것 같군요. 지금까지 11월 14일 과학준비실에서 일어난 일과 관련해 이런 얘기는 한 번도 안 나왔으니까."

"가시와기는 표리부동했어."

이구치 미쓰루에게 어울리지 않는 어려운 표현이다.

"순짱이 그랬어. 저 녀석은 겉보기와 달리 위험한 놈이라고."

"그러니 더는 손대지 말자는 뜻이었을까요?"

"하시다는 그랬지. 그 녀석 좀 이상하니까 엮이지 않는 게 좋겠다고. 하지만 순짱은 엄청 화냈어. 자길 우습게봤다고."

"증인은 어떻게 생각했나요?"

오이데 순지의 부하임을 자인하는 이구치 미쓰루는 본인의 생각을 묻는 질문에는 매번 대답을 머뭇거렸다.

"나도 가시와기가 비정상이라고 생각했어."

"우습게보였다고 생각했나요?"

"슌짱한테 그러니까 열받았지."

"증인의 기분이 어땠는지 알고 싶은데요."

"글쎄, 슌짱이 우습게보여서 나도 열받았다니까."

"그럼 슌짱을 위해 가시와기 군을 혼내줘야겠다고 생각했나요?"

"난 혼자선 그런 짓 안 해. 슌짱이 시키는 대로 할 뿐이야."

이제 대놓고 자기변호를 하며 책임을 회피했다.

"슌짱이 시켰으면 도왔겠지. 그렇지만 슌짱이 아무 말 안 하면 나도 아무 짓도 안 해."

"증인 혼자서는 아무것도 할 수 없다?"

증인은 대답하지 않았다.

"부하인 증인이나 하시다 군에게 알리지 않고, 피고인 혼자 분을 삭이려고 가시와기 군에게 무슨 짓을 했을지도 모른다고 생각합니까?"

"가시와기가 죽고 나서 슌짱이 '내가 했다'고 할 때까지는 그런 생각 안 했어."

"그런데 그런 말을 듣고는, 그럴 수 있겠다고 납득했다?"

"당연히 그렇게 생각할 수밖에 없잖아. 난 그날 학교에 가서야 가시와기가 죽은 걸 알았으니까."

"증인은 가시와기 군의 죽음에 관여하지 않았다. 그래서 피고인 혼자 했다고 생각했다?"

"그래. 하시다는 어떨지 모르지. 하시다는 나보다 가시와기를 훨씬 더 싫어했거든."

"그렇다면 고발장에 당신들 셋의 이름이 적혀 있다는 것을 알고 놀랐겠군요."

"그건 거짓말이야!"

처음으로 다치기 전의 새된 목소리가 튀어올랐다.

"새빨간 거짓말이야. 난 아무 짓도 안 했어."

"하시다 군도요?"

"본인한테 물어봐."

"그 고발장은 누가 썼다고 생각합니까?"

"몰라."

망설임 없는 대답이었지만, 목소리에는 고뇌가 섞여 있었다.

"나랑 하시다는 그것 때문에 싸운 거야."

"증인이 학교 3층 창문에서 떨어져 부상을 입고 지금 같은 상태가 된 것은, 고발장 얘기로 하시다 군과 실랑이를 했기 때문이라는 뜻인가요?"

"그래."

"어떤 실랑이가 있었죠?"

"난 어쩌면 하시다가 그걸 썼을지도 모른다고 생각했어."

"하시다 군이 스스로를 고발하는 편지를 써서 학교에 보냈다고요?"

"그 녀석은 슌짱이랑 관계를 끊고 싶어했으니까."

오이데 슌지는 얼굴을 감싼 채 꼼짝하지 않았다.

"슌짱을 도와 가시와기를 죽이고 겁먹은 줄 알았지. 결국 못 견디고 자백했을지 모른다고."

"그런데 현장에 없었던 증인 이름까지 고발장에 써서 끌어들였다?"

"그런 줄 알았어. 그래서 화가 났고."

"하시다 군은 뭐라고 하던가요?"

"그런 바보짓은 안 한다고."

"바보짓이란 게 뭘까요. 피고인과 함께 가시와기 군을 죽인 것? 아니면 고발장을 쓴 것?"

"둘 다. 그래도 난 하시다가 했다고 생각했어."

"굳이 증인을 끌어들일 필요가 있었을까요?"

"하시다는 날 무시했으니까."

"증인 눈에는 주변 동급생들이 자주 자길 무시하는 걸로 보이나보네요."

"너도 그랬잖아."

원망한다기보다 토라진 듯한 말투였다. 그 어린애 같은 모습에 증인과 검사 둘 다 중학교 3학년이라는 사실이 문득 떠오른 듯 방청석의 어른들이 웃었다.

"잠깐 정리해보죠."

검사가 가볍게 양손을 펼쳤다.

"가시와기 군이 죽은 직후 피고인은 증인에게 마치 자기 혼자—증인에게도 하시다 군에게도 비밀로 하고—가시와기 군의 죽음에 관여했다고 고백하는 듯한 말을 했습니다. 그리고 증인은 그 말에 어느 정도 신빙성이 있다고 느꼈죠. 어느 정도 믿었다. 그렇죠?"

"응."

"그렇다면 고발장 때문에 큰 소동이 벌어지고 나서 새삼 다시 하시다 군이 공범일 거라 의심하고, 하시다 군이 자기 행동을 반성해 그 고발장을 썼다고 생각하는 것은 앞뒤가 안 맞는 것 같은데요?"

증인이 눈에 띄게 난처해했다.

"난 너처럼 머리가 좋지 않아. 그때그때 생각나는 대로 해."

"그래서 하시다 군을 의심하고 추궁했고, 그가 부정하자 싸움을 벌이다가 불행한 사고가 일어난 거군요."

증인이 입을 다물었다.

"하시다 군은 증인과 마찬가지로 피고인에게 '바보' 취급을 당했어요. 그런 그가 하지도 않은 살인을 했다고 고백하는 글을 써서 학교로 보내는 건 난센스 아닙니까?"

"그러니까, 지금은 나도 그렇게 생각해."

"고발장 자체가 날조된 거라고 생각한 적은 없습니까? 새빨간 거짓말이라고."

"슌짱은 그랬을 수도 있으니까."

아무 망설임 없는 대답에 야마신까지 마음이 아팠다. 이 세 녀석은 '친구'가 아니라 진짜로 두목과 부하였구나. 게다가 이 부하는 두목이 위험해지자 제일 먼저 도망치고 있다.

"그렇다면 증인 생각에는 그날 밤 학교 옥상에는 분명히 목격자가 있었고, 피고인이 가시와기 군을 죽음에 이르게 하는 모습을 보았고, 고발장을 썼다. 다만 그 내용은 부정확하다. 그 자리에 없었던 증인까지 포함시켰다. 그렇게 보면 되겠죠?"

"그러면 되겠지. 네 생각도 그렇잖아?"

아무도 웃지 않는 가운데 한 사람만 웃었다. 모기 에쓰오다. 판사가 성난 눈빛으로 "조용히"라고 나무랐다.

"그 자리에 없던 증인이 고발장에 언급된 이유는 뭘까요?"

"내가 슌짱의 부하였기 때문이겠지."

"부하였다. 지금은 아닌가요?"

"아니야."

또 바로 대답했다. 오이데 슌지가 어렴풋한 체념을 토해내듯 한숨을 내쉬며 몸을 일으키더니 팔뚝으로 얼굴을 훔쳤다. 눈은 꽉 감았다.

"부하 노릇을 그만뒀나요?"

"내가 이렇게 됐는데 한 번도 찾아오지 않았어. 전화 한 통 없었고. 슌짱은 날 쓰레기처럼 생각한다는 걸 알았어."

"하시다 군은 어떤가요?"

"그 녀석은 병원에 왔고 사과도 했어."

"하시다 군과는 지금도 친구인가요?"

"……몰라."

"크게 다쳐서 많이 힘들었겠네요."

휠체어가 삐걱거렸다.

"조금씩 나아지고 있습니까?"

"의사선생님이, 아직 어리니까 재활치료 받으면 걸을 수 있을 거래."

"다행입니다. 힘내세요."

야마신은 검사의 목소리에서 진심을 느꼈다.

"제 질문은 끝났지만, 곧 변호인 측 질문이 시작됩니다. 잠깐 쉴까요?"

그러는 게 좋을 것 같아 야마신이 휠체어로 다가가려는 순간, 간바라 변호인이 일어섰다.

"반대신문 없습니다."

축 처져 있던 피고인과 연필을 쥔 채 딱딱하게 굳어 있던 노다 조수를 제외한 모두가 깜짝 놀랐다. 엉겁결에 직분을 잊고 학생으로 돌아간 판사가 물었다.

"괜찮겠어?"

"네. 이구치 군, 아직 요양중일 텐데 법정에 나와주셔서 고맙습니다."

그 발언에서도 진심이 느껴져 야마신은 당황하는 한편 감탄했다. 간바라도 뭐랄까⋯⋯ 후지노와 또다른 의미로 배짱이 두둑하다.

"판사님, 다만 방금 이구치 군의 증언과 관련해 구스야마 선생님에게 추가로 질문하고 싶습니다. 짧게 끝낼 예정인데, 괜찮을까요?"

시간은 정오가 가까웠다.

"구스야마 선생님 계십니까?"

높은 자리에서 부르는 판사의 목소리에 뒤쪽 출입구 옆에서 구스야마 선생이 손을 들었다.

"그럼 증인석으로 나와주세요."

검사는 반대하지 않았다. 하긴 양쪽 다 기습이니 피차일반이겠지. 증인이 바뀌었다. 야마신은 휠체어를 밀며 증인석에서 멀어졌다.

"구스야마 선생님, 방금 이구치 군의 증언을 들으셨습니까?"

"들었어. 기절초풍할 얘기군."

뒤로 넘어가는 줄 알았다며 이구치 미쓰루 흉내를 내는지 눈을 빙글빙글 돌렸다. 오늘은 이 선생의 제복이나 마찬가지인 운동복 차림이다.

"11월 14일 과학준비실에서 싸움을 수습하고 당사자들 이야기를 제일 먼저 들어보신 분이 선생님이죠?"

"나랑 다카기 학년주임 선생님이야."

"그때 어느 쪽에서든 방금 이구치 군이 증언한 이야기를 했나요?"

"전혀."

"가시와기 군은 싸움이 난 이유를 뭐라고 설명했습니까?"

"오이데 무리가 까불며 소란을 피우길래 시끄럽다고 했더니 갑자기 먹살을 잡혔다고."

구스야마 선생이 코웃음을 쳤다.

"내친김에 말하면, 그때 가시와기가 과학준비실에서 읽었던 건 도감이 아니라 과학 연표였어. 오이데가 그걸 낚아채 머리를 내리쳤댔지."

"오이데 군을 비롯한 세 명은 이유를 설명했습니까?"

"가시와기가 열받게 했다. 맨날 하는 소리지."

"세 사람이 가시와기 군을 일방적으로 괴롭히거나 놀린 게 아니라, 가시와기 군 때문에 열받은 거라고 했군요. 그 이유는 묻지 않으셨나요?"

"이봐, 변호인."

시비조로 부르는 소리에 간바라 변호인이 차려 자세를 했다. "네?"

"난 조금 전 얘기를 듣고 이구치를 다시 봤어. 그 녀석도 자기가 한심한 추종자고 바보라는 걸 자각하고 있었어."

야마신은 이구치 미쓰루의 휠체어를 밀고 방청석 옆을 지나 법정 뒤로 향하는 중이었다. 이구치의 귀가 벌겋게 달아오르는 것이 보였다. 그러나 고개를 돌려 구스야마 선생에게 큰 소리로 욕설을 퍼붓거나 닥치라고 하진 않았다. 야마신이 아는 이구치답지 않았다.

자란 걸까. 아니면 약해진 걸까. 왜 이상하게 슬퍼지는 걸까, 야마신은 궁금했다.

구스야마 선생이 양손을 허리에 얹었다. 설교하는 자세다. "간바라와 후지노는 똑똑하니까 오히려 오이데나 이구치 같은 애들의 사고방식을 따라가기 힘들겠지. 그 녀석들은 어휘력이 달려. 열받는다는 말 하나에도 그 뒤에 백 가지쯤 되는 의미가 감춰져 있지만 본인들은 몰라. 그러니 캐물어도 소용없지. 학교는 조건반사나 다름없는 녀석들의 폭력을 그때그때 막기만도 힘에 부쳐."

여전히 차려 자세를 하고 변호인이 물었다. "요컨대 선생님은 싸운 이유를 알아내려는 노력은 하지 않으셨군요?"

구스야마 선생이 노골적으로 불쾌한 표정을 지었다. "하지 않았습니다. 죄송하군요. 너희 학교 선생들은 우수하니까 그런 노력도 하겠지만."

간바라 변호인은 그 빈정거림을 흘려들었다.

"선생님은 과거에 학교에서 가시와기 다쿠야 군의 행동을 보고 문제를 느낀 적이 있습니까?"

"등교거부는 문제야."

"그전에요. 그가 눈에 띄지 않고 얌전하고 약한 남학생이었을 때 말입니다."

"몸이 약하다고 부모님이 편지를 보내서 체육 수업을 자주 빠졌는데 그건 문제라고 생각했어."

"선생님이 담당하는 사회 과목에서는 어땠나요?"

"나는 자주 작문을 시키는데 말이야."

"저희 학교에서도 국어보다 사회 시간에 작문을 더 많이 하죠."

구스야마 선생이 또 불쾌한 표정을 지었다.

"가시와기는 글을 잘 썼어. 솜씨가 워낙 좋아서 부모님이 도와줬나 싶을 정도였지. 아니면 무슨 문헌을 통째로 베꼈거나. 요시모토 다카아키*의 「공동환상론」 비슷한 글을 써온 적도 있었거든."

"실제로 베낀 거였나요?"

왜인지 선생이 못마땅하다는 듯 대답했다. "자기 식으로 바꿔본 거였어."

"그럼 그와 관련해 가시와기 군과 이야기해보신 적은 있습니까?"

"없어. 그럴 필요는 못 느꼈어."

"알겠습니다. 고맙습니다."

후지노 검사의 반대신문은 없었다. 대신 검사는 구스야마 선생을 무시하고 배심원들에게 말했다.

"방금 구스야마 증인의 증언 중 이구치 증인에게 예의에 어긋나는 감정적인 표현이 있었습니다. 재판에 직접적으로 관련되는 내용은 아니지만, 배심원 여러분은 구스야마 증인의 그 발언을 잊어주십시오."

그리고 판사를 올려다보며 말했다. "기록에서도 삭제해주십시오."

"네, 네." 판사가 심히 못마땅하다는 듯 대답했다. "오후 한시까지 휴정합니다."

오후 심리는 변호인 측 증인부터 시작했다. 단노 미술선생이다.

―유령이네.

야마신은 속으로 생각했다. 존재감이 없는 저 선생에게 학생들이 붙여준 별명이다.

―의외로 괜찮을지 모르겠다.

오전중에 터진 이구치 폭탄의 여운이 여전히 법정에 남아 있었다. 오후 심리도 분위기가 험악하지 않을까 방청인들도 기대 혹은 마음의 준비를 한 상황에서 소환된 증인이 바로 이 유령이다. 머뭇머뭇 앞으로 나와 모깃소리로 인정신문과 선언을 마치고 흠칫거리며 자리에 앉는 단노 선

---

* 일본의 시인이자 철학자.

생의 모습은 우스꽝스럽다 못해 딱해 보였고, 그 덕분에 예기치 않게 법정의 분위기가 누그러졌다.

"증인으로 나와주셔서 감사합니다." 간바라 변호인은 늘 그러듯 인사부터 했다. "선생님께 여쭙고 싶은 것은 가시와기 다쿠야 군의 성격과 됨됨이에 관해서입니다. 잘 부탁드립니다."

"알겠습니다."

몸까지 움직이며 고개를 크게 끄덕인 단노 선생의 흰 와이셔츠 뒷부분에서 다림질하다 눌은 자국이 눈에 띄었다.

"단노 선생님은 이따금 가시와기 군과 대화를 나누셨다던데요."

변호인은 능숙하게 질문하고 증인의 대답을 이끌어내며, 1학년 2학기 10월 무렵부터 단노 선생과 가시와기 다쿠야가 보충수업이나 특별활동처럼 공식적인 형태가 아니라 개인적으로 접촉하는 사이였다는 사실을 밝혀나갔다.

"가시와기 군이 미술실로 선생님을 찾아간 것은 몇 번쯤인가요?"

"저는 네다섯 번인 줄 알았는데 재판에 나오기로 하고 일기를 찾아봤더니 좀더 많았습니다. 1학년 때 세 번, 2학년 1학기부터 가시와기 군이 등교거부를 시작한 11월 중순까지 네 번이었습니다."

"총 일곱 번이군요."

"그애가 방과후에 미술실에 들른 것만 그렇다는 거고, 점심시간에 잠깐 다녀간 것까지 합하면 열 번도 넘을 겁니다."

저 둘이 친했다니. 배심원들도 의아한 듯 놀란 표정이었다.

"선생님과 가시와기 군은 어떤 면이 잘 맞았나요?"

"가시와기 군은 그림을 좋아했습니다. 그래서 미술실에 화집을 보러 온 겁니다."

"미술부는 아니었죠?"

"감각이 좋길래 미술부에 들어오라고 했지만, 자기는 단체생활이 안 맞는다며 거절했어요."

단노 선생이 바지 주머니에서 큼지막한 손수건을 꺼내 얼굴의 땀을 훔쳤다.

"가시와기 군은 그림을 잘 그렸나요?"

"네. 제가 보기에는 소질이 있었습니다. 스케치만 봐도 알 수 있었죠."

"미술 성적은요?"

"과제가 그림일 때는 좋았어요. 조각이나 찰흙공예일 때는 뚝 떨어졌고요. 본인이 의욕이 없었으니까요. 한편으로 이해는 갔어요."

"선생님은 대학교에서 무얼 전공하셨습니까?"

"유화입니다. 저도 조소—뭔가 손으로 만들어내는 것은 서툴렀어요. 지금도 학생들을 지도할 때 애를 먹습니다."

"가시와기 군에게 그런 얘기도 하셨습니까?"

"했습니다. 초등학교는 그렇다 쳐도 중학교에서는 미술이나 음악 과목 수업 내용을 학생이 선택할 수 있게 해야 한다고요. 똑같이 미술에 흥미가 있다 해도 구체적인 분야는 개개인마다 다릅니다. 어떤 과제에서든 높은 점수를 받아야 학년 전체에서 좋은 성적을 낼 수 있는 시스템에서는 학생들이 자기 재능을 알아낼 기회가 없습니다."

"예술을 의무교육으로 가르치고, 그 실력으로 학생을 평가하는 것부터가 바람직하지 않다고 생각하시는 건가요?"

"그렇습니다."

그러고는 입을 다물어버렸다. 변호인이 부드럽게 재촉했다. "괜찮으시다면 그에 대한 선생님의 의견을 말씀해주세요."

"저는—"

증인이 손수건으로 거의 얼굴을 다 가렸다.

"현행 평가 시스템에 반대합니다. 미술사나 음악사는 상식적인 범위에서 가르치고 시험을 봐서 평가할 수 있겠죠. 그러나 실제 작품 창작은 얘기가 다릅니다. 설령 교육자라 해도, 예술적 감각이란 쉽사리 평가할 수 있는 게 아닙니다."

손수건 뒤에 숨어 있는 것치고는 과감히 잘라 말했다.

"성장기 아이의 경우, 미술이나 음악 감각에 대해 나쁜 말을 듣거나 교실이라는 공적인 장에서 부정적인 평가를 받으면 타격이 큽니다. 부끄러운 마음에 낙심해서 흥미를 잃어버리면, 어쩌면 그후 아이의 인생을 밝게 수놓을지 모를 싹이 일찌감치 잘리는 셈이기 때문입니다."

그렇겠군요, 라며 변호인이 맞장구를 쳤다.

"그러니까 의무교육 현장에서는 학생들이 창작행위를 접할 기회를 주고, 자기 안에 잠들어 있는 감각과 개성을 깨울 계기만 마련해주면 충분하다고 봅니다. 대부분의 사람들은 인생을 풍요롭고 즐겁게 해주는 것으로 예술을 즐기면 그만이고, 엄격한 평가나 교육은 거기서 더 나아가고자 하는 극히 일부의 사람들—그것을 평생 업으로 삼으려고 결심한 사람들만 받으면 되는 겁니다."

후지노 검사가 손을 들었다. "죄송합니다. 매우 흥미로운 이야기긴 하지만요."

변호인이 그녀를 향해 빙긋 웃었다. 검사는 들었던 손을 내렸다.

"선생님과 가시와기 군은 그 밖에 어떤 얘기를 나누셨습니까?"

"좋아하는 화가나 그 화가의 작품에 관해서요. 가시와기 군은 서양회화를 좋아했습니다."

"그 점도 선생님과 잘 맞았겠군요."

단노 선생이 다시 고개를 크게 끄덕였다.

"저는 페르메이르를 좋아합니다. 언젠가 세계 여러 나라를 돌며 페르메이르의 모든 작품을 직접 보고 싶습니다. 지금 월급으로는 턱없는 꿈이지만요."

방청석에서 웃음소리가 일었다.

"멋진 꿈이네요. 가시와기 군은 선생님의 그런 꿈에 대해 뭐라고 하던 가요?"

"역시 웃었습니다. 그렇지만 자기도 딱 하나, 화집에서가 아니라 직접 보고 싶은 그림이 있다고 했습니다."

"어느 화가의 어떤 작품이죠?"

왜인지 단노 선생은 잠깐 머뭇거렸다. 그 이유는 곧 알 수 있었다.

"브뤼헐의 〈교수대 위의 까치〉라는……"

목소리가 점점 기어들어갔다. 스스로를 격려하듯 고개를 한 번 끄덕이고 단노 선생은 말을 이었다.

"브뤼헐은 16세기 중반 네덜란드 화가입니다. 매우 상징적이고 은유가 가득한 작품을 많이 남겼습니다. 〈교수대 위의 까치〉는 파란 하늘 아래 마을이 내려다보이는 작은 언덕에서 소풍을 즐기는 사람들의 정경을 그린 것인데, 그 언덕 위에 교수대가 서 있어서 불길하고 묘한 분위기를 풍기는 작품입니다."

"교수대에 사람이 매달려 있나요?"

"아뇨, 그렇진 않습니다. 다만 꼭대기 가로대에 까치 한 마리가 앉아 있죠."

야마신은 검사가 또다시 손을 들어 말을 자르지 않을까 생각했지만, 후지노 료코는 꼼짝하지 않았다.

"브뤼헐이 그 작품을 그릴 당시 그의 모국에서는 구교 신교를 막론하고 기독교 마녀사냥과 이단심문이 격렬했습니다. 종교개혁이 한창이었으니까요. 그런데 까치라는 새는 유럽에서 '거짓말쟁이'나 '밀고자'로 비유되기도 합니다. 다시 말해 그 그림에는, 확실한 근거 없이 악의나 공포만으로 행해진 거짓과 밀고 탓에 수많은 무고한 사람들이 비참하게 처형된 당시 세태가 반영되어 있다고 해석할 수 있습니다."

잠시 틈을 두고 변호인이 물었다.

"죄송합니다. 제가 서양회화를 잘 몰라서 그러는데, 예를 들어 인상파처럼 당시의 유명한 화가들을 한데 묶어 부르는 명칭은 없나요?"

"있죠, 있습니다."

단노 선생은 순수하게 기뻐하는 기색이었다.

"15세기부터 17세기까지 유행한 일군의 화가들과 그 작품을 플랑드르파라고 하죠. 루벤스도 포함되고요. 충실한 자연 묘사와 풍부한 색채의 감정 표현이 특색입니다."

"세계적으로 잘 알려진 작품이 많이 나온 시대군요. 가시와기 군은 그 중에서도 유독 〈교수대 위의 까치〉를 '직접 보고 싶다' 했던 거고요."

"그렇습니다."

"그 말을 듣고 선생님은 어떤 생각을 하셨습니까?"

"—가시와기 군답다고 생각했습니다."

"왜죠?"

어느새 속살이 반쯤 비쳐 보일 만큼 단노 선생의 셔츠가 땀에 젖었다.

"어제 가시와기 군 아버지 증언에서도 나온 얘기입니다만."

"네."

"그애는 섬세하고 생각이 깊은 소년이었습니다. 특히 인간이 사는 것과 죽어가는 것에 대해서는 어쩌다 저랑 얘기한 수준보다 훨씬 깊이 생각했을 거라고 봅니다. 그런 감성이, 언뜻 한가로운 들놀이 풍경으로 보이는 〈교수대 위의 까치〉에 감춰진 비극성이나 고요하고 강렬한 분노의 시선에 반응한 거라 생각했습니다."

"사람이 사는 것, 죽는 것." 변호인이 천천히 되풀이했다. "혹은 때로 타인의 생을 끝내는 것, 죽음을 강요하는 것. 그런 짓을 저지르고 마는 인간의 어리석음. 가시와기 군은 그런 것을 생각했으리라는 뜻인가요?"

"그렇습니다. 말하시는 대로입니다. 덧붙이자면 인간의 어리석음에 대해 생각한다는 건 옳고 그름, 선과 악에 대해서도 생각한다는 뜻이죠."

"추상적인 난문이군요."

"그 점이 가시와기 군다웠습니다. 하지만 그뿐만이 아니라."

약간 들뜬 목소리를 억누르려는 듯 단노 선생이 헛기침을 했다.

"저는 당시 좀더 구체적인 걱정이 들었습니다. 음, 제가 일기에 잘못 적지 않았다면, 가시와기 군과 그 애기를 한 것은 작년 7월입니다. 여름 방학이 시작되기 직전이었죠."

"알겠습니다. 선생님은 무슨 걱정을 하셨죠?"

"까치입니다." 단노 선생이 목소리에 힘을 주었다. "아까도 말했듯이 그건 거짓말쟁이나 밀고자의 상징입니다. 동시에 그 작품 속에서는, 조금이라도 부주의한 행동이나 발언을 하면 그걸 빌미로 사람들을 박해하려 감시하는 당시의 권력을 상징하기도 합니다."

변호인이 말없이 고개를 끄덕였다.

"저는…… 가시와기 군이 스스로를 까치 같다고 느끼는 게 아닐까 생각했습니다."

"구체적으로 어떤 점이 그렇다는 거죠?"

"그애는 그 그림의 숨은 뜻을 잘 알고 있었습니다. 화집에 해설이 실려 있기도 하지만 중세 마녀사냥이나 이단심문에도 일정 수준 이상의 지식이 있었던 걸 보면 아마 다른 책들을 읽었을 테죠. 그런 지식이 있는 상태에서 그 그림에 강하게 반응한 겁니다."

증인의 목소리가 다시 들뜨기 시작했다.

"아, 생각났습니다. 그때 그애가 이런 말을 했어요. 인간은 변하지 않네요, 라고. 인간이 하는 짓은 변하지 않는다고 했던가? 어떤 체제를 만들고 그 속에서 박해하거나 박해당한다. 박해당할 것이 두려워 남을 희생양으로 삼는다. 실제로 마녀사냥이나 이단심문의 폭풍이 거세게 휘몰아치는 시대에 살았던 사람들은 자기가 밀고당할까 두려운 나머지 남을 먼저 밀고하기도 했고, 밀고당한 사람이 죄가 없다는 걸 알면서도 절대 권력을 가진 교회에 이의를 제기하면 자기가 마녀나 이단자로 고발당할까봐 두려워 입을 다물 수밖에 없었죠."

그러니까 이건, 하며 증인 혼자서 굵은 땀방울을 흘렸다.

"그런 상태가, 현재 학교교육 현장과 비슷하다는 말을 하고 싶었던 거라 생각했습니다."

"학교라는 체제 안에서 학생은 그에 이의를 제기하기 어렵죠."

"그렇습니다. 따를 수밖에 없습니다. 체제에 반항하면 처벌을 받으니까요."

"교사와 학생의 관계가 권력자인 교회와 무력한 신자 일개인의 관계와 닮았다는 걸까요."

"신자끼리의 관계도 마찬가지입니다. 밀고당한 자와 밀고자의 관계는 이를테면 집단괴롭힘을 당하는 학생과, 그가 당하는 걸 알면서도 자기한테 불똥이 튈까 두려워 못 본 척하는 주위 학생들의 관계와 비슷합니다."

단숨에 말을 쏟아놓고 단노 선생이 숨을 몰아쉬었다.

"물론 이건 엄청난 확대해석입니다. 아무리 그래도 현재의 학교교육 시스템이 중세 교회와 마찬가지라는 건 너무 비약이죠. 실제로 학교는 그만한 권력도 없습니다. 교사의 입장은 한없이 약하니까요."

방청석의 몇몇이 웃는 소리가 났다. 단노 선생은 손수건으로 허둥지둥 땀을 닦았다.

"무슨 말씀을 하고 싶으신지는 잘 알겠습니다." 수고가 많았다는 듯 변호인이 말했다. "요컨대 가시와기 군은 지금 자기들도 선생님과의 관계, 다른 학생들과의 관계 탓에 숨이 막힌다는 말을 하고 싶었던 거군요. 적어도 선생님은 그렇게 받아들이셨고요."

"그렇습니다. 감시하는 동시에 감시당한다는 겁니다. 밀고—이 경우에는 선생님에게 찍히거나 집단괴롭힘의 표적이 되는 게 두려워 도저히 본심을 말할 수 없다, 진정한 자신을 내보일 수 없다, 겉으로 맞춰주고 순순히 복종하는 척할 수밖에 없는 생활이라고요."

아니, 생활이 아니라 인생이죠, 라고 고쳐 말했다.

"그것이 현재 자기 인생이라고 말하고 싶었겠죠."

"가시와기 군이 거기서 벗어나고 싶다는 말을 한 적이 있습니까?"

"제게는 하지 않았습니다. 적어도 자기 입으로 확실히 말한 적은 없어요. 그러나 11월에 등교거부를 시작했을 때, 저는 그게 가시와기 군이 선택한 방법이라고 받아들였습니다."

"등교를 거부함으로써, 권력이 만들어낸 감시체제에서 이탈했다는 건가요?"

"동시에 집단괴롭힘의 공포에서도 도망쳤고요."

변호인이 눈을 휘둥그레 떴다. "선생님은 가시와기 군이 괴롭힘을 당했다고 생각하셨나요?"

"직접적인 피해를 입었는지는 모릅니다. 폭력행위를 당했다고는 생각하지 않아요. 하지만 무시는 당했죠. 본인에게도 원인이 있다고 봅니다. 특이한 개성의 소유자였으니까요. 그래서 반에서 배척당했다. 그것도 집단괴롭힘의 일종이죠."

"배척당하고, 외톨이였다?"

"그렇습니다. 어찌 보면 까치랑 비슷합니다. 교수대로 뭘 하는지 알고서 그 위에 앉아, 눈 아래서 즐겁게 노니는 사람들을 지켜보죠."

"다음에는 누군가, 즐겁게 노니는 사람 중 누군가가 여기 매달릴 거라는 걸 알고서요?"

"그렇습니다."

법정의 모두가 조용히 귀기울였다. 배심원 중 유독 야마노 가나메가 단노 증인을 뚫어져라 바라보았다.

"그래서 저는 가시와기 군의 등교거부와 그 전날 과학준비실에서 일어난 일을 연결지어 생각하는 데는 동의하지만, 지금껏 그 인과관계를 입증하려 검사 측에서 들고 나온 가설에는 반대의견을 갖고 있습니다. 순서가 반대라고 생각합니다."

"순서가 반대라고요?"

"네. 가시와기 군이 오이데 일행과 충돌한 걸로 그애들에게 보복당할까 두려워서 등교거부를 한 건 아니라고 생각합니다. 그보다 앞서 가시와기 군은 이제 학교에 가지 않기로 결정했습니다. 학교에 기대할 것이 없다고 단념했습니다. 그런 결심이 섰기에, 뒷일을 걱정할 이유가 사라졌기에, 떠나는 마당에 오이데 군 일행에게 예전부터 한마디해주고 싶었던 걸 쏟아낸 거라고 봅니다. 의자를 집어던진 돌발행위도 그런 심정에서 비롯됐겠죠."

부채와 손수건이 바삐 움직이는 방청석에, 그것들이 일으키는 미풍과는 또다른 잔물결이 퍼져가는 것을 야마신은 또렷이 느꼈다.

—나도 이따금.

학교가 감옥처럼 여겨질 때가 있다. 도장에서의 나는 진짜 나지만, 학교에서의 야마자키 신고는 가면을 쓰고 있다고 느낄 때가 있다.

—그래서 유령 선생이 무슨 말을 하는지 왠지 알 것 같다.

"선생님은 오전중에 나온 이구치 미쓰루 군의 증언을 들으셨습니까?"

"네, 방청석에서 들었습니다."

"이구치 군의 증언에 따르면, 과학준비실에서 보인 가시와기 군의 언동은 피고인 일행을 지탄하거나 타이른다기보다 악의를 품고 비웃으며 도발한 것으로 보이는데요."

"그건 이구치 군의 해석이고요. 가령 가시와기 군이 도발했다 해도 그저 장난으로 그런 건 아닐 겁니다. 그애는 늘 진지했습니다. 지나치다 싶을 만큼 진지했어요."

"'지금까지 한 일 중에 제일 나쁜 짓이 뭐야?'"

변호인이 난데없이 증인을 향해 섬뜩할 정도로 날카롭게 말했다.

"너희가 '혹시 사람을 죽인 적이 있으면' 어떤 느낌인지 '알려달라고 할 생각'이었다. 가시와기 군은 피고인과 이구치 군, 하시다 군 세 사람에게 그런 말을 했습니다. 선생님은 그게 악의적인 장난이 아니라 진지한 질문이라고 생각하십니까?"

"가시와기 군이라면 진지하게 물었을 겁니다."

"실실 웃었다고 하던데요."

"무서워서겠죠. 삼 대 일이고, 게다가 상대는 불량소년들입니다. 일부러 웃으면서 센 척했겠죠."

"그러면서 군이 왜 그런 질문을 했을까요?"

"해보고 싶었겠죠."

변호인이 미심쩍다는 듯 눈을 가늘게 떴다. "뭐 때문에요?"

—다들 눈치 못 챈 것 같지만.

야마신은 긴장했다.

—단노 선생이 떨고 있다.

"피고인이 자각 없이 저지르는 '악'이라는 것을, 한 번쯤 대놓고 말해주고 싶었던 게 아닐까요."

대답하는 목소리는 매우 침착했다.

"이제 학교에 안 나올 생각이니 큰맘 먹고?"

"그렇습니다."

짐짓 진절머리 난다는 표정을 지으며 후지노 료코가 손을 들었다. "판사님, 변호인은 아까부터 증인의 의견만 듣고 있습니다."

"알고 있습니다." 판사가 즉답했다. "이의는 인정하지 않겠습니다."

누구보다 내가 그 의견을 듣고 싶으니까, 라는 표정이다.

"고마워."

단노 선생이 판사를 올려다보며 또래 소년으로 돌아간 양 감사인사를 했다.

"제 증언이 지나치게 감정적인 건 압니다. 하지만 판사님이 허락도 해주셨으니 좀더 말씀드리겠습니다."

유령이 처음으로 배심원들의 얼굴을 둘러보았다.

"가시와기 군이 오이데 군 일행에게 그런 질문을 던진 것은 말하자면, 마녀나 이단자로 몰려 박해당하는 자가 박해하는 자들을 향해 '왜 이런 짓을 하느냐'고 질문한 것이나 마찬가지입니다. '당신들은 그게 악이라는 걸 인식하고 있느냐'고. 좀더 나아가자면, 그것은 이토록 무자각한 악이 날뛰는 세상에서 선하고자 하는, 올바르고자 하는 자가 살아갈 의미가 있느냐, 살아갈 의의를 찾을 수 있느냐는 물음으로도 이어집니다."

이노우에 판사가 증인을 뚫어져라 바라보았다.

"그는 이 학교, 현대사회와 교육체제 속에서 줄곧 그런 생각을 해왔겠죠. 교사에게는 획일교육이라는 하나의 잣대로 평가받고 선별되고, 학생들 사이에서는 외모나 신체적 능력, 사교성 등으로 또다시 추려져 배척당하거나 공격당한다. 거기에는 엄연한 '악'이 존재하지만 누구도 그것을 '악'이라고 지적하지 않는다. 누구도 감히 '왜 그런 짓을 하느냐'고 반문하지 않는다. 가시와기 군은 그런 데 정나미가 떨어진 겁니다."

물론 너무 고지식하죠—증인이 말을 이었다.

"그러나 열서너 살에 그렇게까지 깊이 파고드는 어린 철학자 같은 소년소녀도 드물게나마 존재합니다. 가시와기 군도 그중 하나였고요. 그애 아버지가 말씀하신 대로입니다. 그래서 저는 가시와기 군이 적어도 이 학교라는 세계에서는 자신이 살아갈 이유, 존재할 이유를 찾을 수 없다고 판단해 등교거부를 했다고 생각했습니다. 오이데 군 일행과의 충돌은 마지막 결정타 같은 거죠."

법정에 침묵이 내려앉았다. 잠시 후 변호인이 조용히 물었다. "선생님은 가시와기 군이 혹시 자살하지 않을까 걱정한 적이 있습니까?"

"있습니다. 역시 구체적으로 걱정했습니다."

"이 세상에서 살아갈 이유, 존재할 이유를 찾지 못한다면 죽어버릴 거라고요?"

"그렇습니다. 그래서 그애가 등교거부를 시작했을 때는 오히려 마음이 놓였습니다. 그 정도로 끝나서 다행이라고요. 그애가 학교가 아닌 다른 곳에서라도 삶의 의미를 찾아내길 바랐습니다. 그런데."

손수건으로 얼굴을 훔치고 말을 이었다.

"이구치 군의 증언을 듣고 진심으로 충격받았습니다. 이 학교에 작별을 고하기로 결심하고 나서도 가시와기 군은 마음속 어딘가에서 여전히 자살을 생각했던 것 같군요."

"하지만 선생님, 가시와기 군은 피고인에게 '사람을 죽이면 느낌이 어떤지' 물었습니다. 죽고 싶었던 적이 있느냐고 물은 게 아닙니다. 물론 피고인은 그런 질문을 할 만한 상대가 아니지만."

얌전하게 있는가 싶더니 아까부터 졸고 있었던 모양인 오이데 슌지가 갑자기 화들짝 고개를 들었다. 저러는 걸 보면 아예 바보는 아닌데, 하고 야마신은 무심코 생각했다.

"변호인처럼 총명한 학생도 못 알아채는군요."

단노 선생이 간바라 변호인에게, 질문에 대답하는 증인이 아니라 학생에게 대답하는 선생의 말투로 부드럽게 말했다.

"자살은 결국 스스로를 죽이는 행위입니다. 아닙니까?"

증인을 마주보며 변호인이 잠시 침묵했다. 그리고 물었다. "선생님은 가시와기 군의 죽음을 어떻게 생각하십니까?"

"불상사가 일어난 직후 그애 아버지가, 부모가 몸으로 느낀 직감 같은 것에 따라 판단하신 바와 같습니다."

자살이죠, 라고 말했다.

"어떤 식으로든 그걸 막지 못한 저 자신이 몹시 부끄럽습니다. 이제 와서 이런 말을 한들 아무 소용 없지만."

목이 메는지 잠시 말이 끊겼다.

"학교는 버렸을지라도 이 세상을 버리기엔 아직 일러요. 세상 어딘가에는 교수대가 없는 언덕도 틀림없이 있을 거라고 말해주고 싶었는데."

"고맙습니다."

변호인이 자리에 앉았다.

후지노 검사는 곧바로 일어서지 않았다. 기도하듯 얼굴 앞에 두 손을 모으고 생각에 잠겼다.

"반대신문 있습니까?"

판사가 재촉하자 그제야 자리에서 일어섰다.

"단노 선생님."

"네."

"학생으로서 매우 실례되는 일이지만, 이 자리에서는 제가 검사이니 선생님에게 개인적인 질문을 몇 가지 드리겠습니다."

"그러시죠."

"선생님은 어떤 중학생이었나요?"

뜻밖의 질문에 단노 선생은 검사를 향해 웃어 보였다. 옆에서도 또렷이 보이는 온화한 미소였다.

"우리 세대에는 형사사건으로까지 발전하는 집단괴롭힘은 없었지만, 저는…… 그래요. 구분하자면 괴롭힘을 당하는 쪽이었습니다."

고개를 끄덕이며 대답했다.

"그냥 눈에 안 띄는 정도가 아니라 존재감도 없고 잘난 구석도 없어서 친구가 없었죠. 미움의 대상조차 못 되는 외톨이였어요."

"그때부터 미술을 좋아하셨나요?"

"네."

"그림을 그리면서 당시 선생님은 마음을 내려놓고 위안을 받으셨겠네요."

"그렇죠, 네."

"더욱 실례되는 말씀을 드리겠습니다. 지금까지의 증언과 방금 하신 말씀으로 보건대, 선생님은 가시와기 군에게서 옛날의 본인 모습을 보시는 것 같습니다."

"투영한다는 거죠, 네."

"그렇다면 선생님이 가시와기 군의 언동을 보고 해석한 것은 선생님 자신의 심정이 아닐까요?"

증인이 고개를 떨어뜨렸다. 대답이 없었다.

"선생님은 혹시 사직을 생각하고 계신 거 아닌가요?"

법정이 술렁거렸다.

"예리하군요."

증인은 인정했다. 별로 놀란 것 같지는 않았다.

"저희가 지금까지 학교생활을 하면서 본 단노 선생님은 아까와 같은 증언을—적나라하다고 해도 좋겠죠—이런 자리에서 분명히 밝히는 분은 아니었습니다. 그래서 무슨 결심이 선 게 아닐까 싶었어요."

"후지노 양의 말이 맞습니다."

"그 역시 선생님이 추측하신 가시와기 군의 심정, 가시와기 군의 행동과 비슷하죠? 이제 이 학교를 떠날 결심을 했으니, 뒷일을 걱정할 필요 없이 하고 싶었던 말을 다 하겠다."

"그럴지도 모릅니다."

"그렇다면 그것도 투영이겠네요."

야마신은 조마조마했다. 후지노, 그쯤 해둬.

"가시와기 군의 죽음에 저 나름의 책임을 느꼈습니다. 스스로 마무리를 지어야 한다고 생각했습니다. 결단을 내릴 수 있었던 건 이 교내재판 덕분이지만요."

"무슨 뜻이죠?"

"어제까지만 해도 제가 알 수 없었던—알려고 하지 않았던 가시와기 군의 여러 모습을 증언을 통해 알게 되었습니다. 제가 한 발짝만 더 다가 갔더라면 그애는 지금쯤 건강하게 여름방학을 보내고 있을지 모릅니다."

검사는 아무 말도 하지 않았다. 책상 위 파일과 메모로 시선을 떨어뜨 리고 뜸을 들이다 얼굴을 들었다.

"조금 전 선생님은 가시와기 군이 인간의 선악이나 정의에 대해 깊이 생각했다고 말씀하셨습니다."

박해하는 자와 박해당하는 자.

"그 역시 선생님의 인상에 불과한 게 아닐까요? 아까도 한 말이지만, 단지 선생님 스스로 십대 때 그런 사색에 빠졌었기 때문에 가시와기 군 이라는 소년도 그럴 거라 생각하신 게 아닐까요?"

증인이 입을 다물고 있는 사이 법정의 웅성거림이 조금씩 커졌다.

"아마 2학년 초 무렵이었던 것 같은데."

단노 선생이 천천히 말을 꺼내자 웅성거림이 멈췄다.

"가시와기 군이 자기 얘기를 조금 해준 적이 있습니다. 매우 드문 일이 라 확실하게 기억합니다. 다만—"

"네, 말씀하시죠."

"단편적인 내용이라 자세한 사정은 모르겠습니다. 자기가 다녔던 학원 얘기였습니다."

오미야에서 전학 온 뒤 일이 년 동안 다녔던 학원이라고 했다.

"워낙 겉도는데다 인간관계에 서툴렀던 가시와기 군도 그 학원에서는 잘 지냈던 모양입니다. 아마도 선생님이 좋은 분이었던 것 같아요."

"학원 이름은 들으셨나요?"

"아뇨, 모릅니다. 선생님 성함도 못 들었지만 말하는 품으로 봐서는 가 시와기 군이 그분을 존경하는 것 같았습니다."

"알겠습니다. 그래서요?"

"그 선생님은 엄해서 규칙을 깨거나 열심히 공부할 마음이 없는 수강생을 곧잘 야단치고 쫓아내고 했던 모양이에요. 그게 일부 학부모들의 반감을 사는 바람에 어이없고 불쾌한 스캔들에 휘말렸고, 그 결과 학원 문을 닫을 수밖에 없었다고 합니다. 구체적으로 어떤 문제였는지 저는 잘 모르지만."

이번에도 다들 눈치채지 못한 듯하지만 야마신은 알았다. 변호인이 굳어 있다. 왠지 몹시 경계하는 것 같았다.

―그러고 보니 간바라는 가시와기와 학원에서 알게 된 사이였지.

그렇다고 저렇게까지 굳을 이유가 있을까.

"가시와기 군은 그 일로 매우 분개했습니다. 하찮은 사람들이 훌륭한 선생님을 끌어내렸다고, 평소와 달리 흥분해서 말했습니다. 옳은 것이 압살당하고 생각 없는 바보들이 의기양양 설쳐댄다, 나는 이런 세상이 너무 싫다고 했습니다."

"어쩌다 그런 얘기가 나왔는지 기억하십니까?"

"아마 제가 미술학원에 다닌 적이 있느냐고 물었을 겁니다. 어릴 때 뭘 배우러 다닌 적이 있느냐고요. 그게 계기였을 겁니다."

검사도 변호인의 얼굴이 굳은 것을 알아채지 못했다. 곧 변호인은 약삭빠른 쥐처럼 잽싸게 긴장을 풀고 원래 표정으로 돌아왔다.

야마신의 마음속에는 의문의 가시가 남았다.

"학원이 문을 닫고 존경하던 선생님과 이별하게 된 건 가시와기 군에게 선이 무너지고 악이 일어서는 상징적인 사건이었겠군요."

검사가 억양을 넣어 말했다.

"가시와기 군이 구체적으로 그런 분한 일을 겪었다. 그게 원인이 되어 일종의 염세주의에 빠졌다. 선생님은 그렇게 생각하시는군요."

"그렇습니다. 제가 그애에게 저 자신을 투영한 건 맞지만, 전혀 근거가 없는 건 아니라고 말하고 싶습니다."

"고맙습니다. 질문은 이상입니다."

자리에 앉나 싶었는데, 검사는 되레 자세를 바로잡고 증인석을 떠나려는 단노 선생을 불러세웠다. "단노 선생님."

유령이 몹시 지친 듯이 돌아보았다.

"그만두지 마세요."

변호인 옆에서 노다 겐이치가 무심결에 미소짓는 모습을 야마신은 보았다.

"가시와기 군처럼, 선생님과 화집을 보거나 그림 얘기를 하면서 학교 안에서 자기가 있을 곳을 찾으려는 학생이 또 있을지 몰라요. 그런 아이에게는 선생님이 필요해요."

야위고 창백한 단노 선생이 천천히 미소지었다.

"잘 생각해보겠습니다."

"거듭 실례가 많았습니다."

검사는 고개를 깊숙이 숙여 인사하고 자리에 앉았다.

정리의 자리에서는 재미있는 것이 많이 보인다. 판사만큼이나 전체를 조망할 수 있는데다가 다들 정리에게는 별생각 없이 있는 그대로의 모습을 보여주기 때문이다.

"검사 측 서증으로 조토 제4중학교 2학년, 마스이 노조무 군의 진술조서를 제출합니다."

검사가 한쪽을 철한 서증을 눈높이로 들어올리며 선언한 순간, 방청석 뒤쪽에 나란히 앉아 있던 쓰자키 선생과 조토 경찰서 사사키 레이코 형사가 따귀를 맞은 듯 경악하는 표정을 지었다. 한편 오늘도 학부모회 이시카와 회장과 콤비를 이룬 모기 에쓰오 기자는 입맛을 다시듯 만면에 희색이 감돌았다.

그리고, 오이데 슌지는 파랗게 질렸다.

변호인이 일어섰다. "판사님, 마스이 노조무라는 4중학교 학생의 진술 조서 내용은 본건과 직접적인 관련이 없는 별개 사건입니다. 증거로 채택하는 것은 부적절합니다."

검사는 물러서지 않았다. "마스이 군 사건은 올 2월에 일어난 강도상해사건입니다."

변호인이 말을 가로막았다. "조토 경찰서에서는 강도상해사건으로 다루지 않았습니다."

"그것은 피고인의 보호자가 피해자 마스이 군의 부모님을 위협해 피해 신고를 취하하고 화해를 강요했기 때문입니다."

"판사님, 검사의 이 발언은 정확한 사실이 아닙니다. 기록에서 지우고 배심원에게 방금 발언은 무시할 것을 지시해주십시오."

"정확한 사실임을 입증할 수 있습니다."

"본건과 관계없습니다."

"피고인의 폭력성을 증명하는 동시에 피고인이 마스이 사건 당시 이구치 군, 하시다 군과 친밀한 관계였다—즉 그 강도상해사건을 공모해 일으켰을 만큼 친밀했음을 입증하고 이구치 증인의 증언을 보강하는 데 필요한 진술입니다."

"판사님, 검사에게 경고해주십시오. 마스이 군 사건은 강도상해사건이 아닙니다!"

어안이 벙벙한 배심원들과 방청인들을 앞에 두고, 판사는 만약 '우거지상 미터기'가 있다면 그 바늘이 고장날 정도로 오만상을 찌푸렸다.

"정숙!"

한 번 크게 소리지르고 말했다.

"검사와 변호인은 이쪽으로 오세요."

그러고는 자기부터 판사석에서 내려가 다다미 뒤로 숨었다. 검사와 변호인이 씩씩거리며 그 뒤를 따라갔다. 변호인의 기세에 책상 위의 메모지 몇 장이 춤추듯 날아올라서 노다 조수가 황급히 손으로 눌렀다.

법정이 술렁거렸다. "마스이 노조무가 누구야?" "마스이 군 사건이라니?" "그러고 보니 뭔가 있었잖아. 그애들이 또 경찰에 잡혀갔다느니 어쩌느니."

슬금슬금 변호인석 뒤로 옮겨간 야마신은 까치발을 하고 판사석 뒤를 엿보았다.

"어떻게 된 거야, 후지노가 저걸 어떻게 알아?"

오이데 슌지가 노다 조수에게 달려들었다. 야마신은 곁눈질로 그쪽도 살펴보았다.

"텔레비전에 보도됐잖아. 그리고 원래 써먹을 만한 거리는 다 들고 나오는 거야. 재판은 원래 그런 거라고."

피고인은 달래는 노다 조수의 목을 금방이라도 조를 것 같았다.

"아버지가 위협했다니? 후지노가 방금 그랬지? 어떻게 그런 것까지 아느냔 말이야!"

"네 아버지가 정말로 그랬어?"

"멍청아, 크게 말하지 마!"

웃음이 터졌다. 야마신은 애써 표정관리를 했다.

판사석 뒤에서는 이노우에 판사가 화를 내고 있다. 그에 못지않게 후지노 검사가 소리를 높였고, 간바라 변호인은 (경우에 따라서는 이루 말할 수 없이 상대를 열받게 하는) 예의 침착한 말투로 막힘없이 반론했다.

"길고양이들 싸움이냐, 소리 좀 지르지 마!"

판사가 버럭 성질을 내더니 먼저 밖으로 나와서는 검은 판사복 자락을 휘날리며 으쌰 하며 제자리로 올라갔다. 내일은 잊지 말고 디딤대를 준비해야지. 앞으로 이런 일이 더 많을 텐데 그때마다 판사의 위엄이 깎이면 안 되겠다고 야마신은 생각했다.

"됐어!"

의기양양하게 돌아온 변호인이 조수와 피고인에게 알렸다.

"되긴 뭐가 돼. 까불지 마."

노다 겐이치가 피고인의 팔꿈치를 툭툭 쳤다. "잘된 거야, 우리 주장대로 됐잖아."

"그렇지." 변호인이 경쾌하게 말하며 자리에 앉았다. "하루에 두 번씩이나 규칙을 어기는 건 참아줄 수 없으니까."

제자리로 돌아온 야마신은 후지노 검사가 조금 전 들어올렸던 진술조서를 책상에 내리치며 못 참겠다는 듯 짧게 불평하는 모습을 보았다.

"내 노력은 물거품이 된 거야?" 하며 하기오 가즈미가 축 처졌다. 그 진술조서는 그녀가 만든 모양이다.

"정숙! 조용히 하세요."

판사가 의사봉을 두드리며 법정을 둘러보았다.

"검사 측의 마스이 군 진술조서는 증거 채택을 기각하는 게 아니라 보류하기로 했습니다. 조금 전 발언, 특히 '마스이 군 사건을 강도상해사건으로 다루지 않았다' 이하의 내용을 마스이 군의 진술조서가 아닌 다른 진술조서 내지 또다른 증인의 증언으로 입증한다면 증거로 채택하겠습니다. 따라서 배심원은 조금 전 검사의 발언은 잊도록."

"판사님." 변호인이 손을 들었다. "저희가 마스이 노조무 군의 증인신문을 요구한 것도 확인해주십시오. 진술조서만으로는 증거 채택에 동의할 수 없습니다."

"본인을 데려오라고? 노조무가 가엾지도 않니?"

항의하는 하기오 가즈미의 입을 사사키 고로가 말 그대로 틀어막으며 제지했다. 가즈미는 눈을 치뜨며 그의 손을 뿌리쳤다.

"너희는 피도 눈물도 없어?"

침을 튀기며 변호인 측에 소리쳤다.

"검사, 사무관을 조용히 시키세요."

후지노 료코가 일어서더니 도가 지나칠 만큼 정중하게 사과했다. "실례했습니다. 판사님. 죄송해요—"

변호인 측에 미소지어 보이고 그대로 내뱉었다. "이 융통성 없는 고집불통아! 앗, 방금 한 건 혼잣말이었어요."

법정 전체가 웃는 와중에 변호인도 따라 웃었다. 웃지도 화내지도 시치미떼지도 못한 사람은 밝혀지면 본인에게 상당히 곤란한 사건을 법정에서 폭로당하지 않고 넘어간 피고인뿐이다.

"후지노가 어떻게 아는 거야?"

아직도 그 타령이다.

분위기가 가라앉기를 기다렸다가 간바라 변호인이 일어섰다.

"그럼 판사님, 저희 증인을 부르겠습니다. 고다마 유리 씨 나와주세요."

야마신은 또다시 보기 드물게 재미난 장면을 목격했다. 방청석 가장자리에서 일어나 증인석으로 걸어나오는 늘씬한 젊은 여자를 보고 모기 에쓰오가 눈을 부릅뜬 것이다.

정말로 허를 찔렸을 때는 불량한 꼬맹이나 노련한 기자나 수준이 같아지는 모양이다. 야마신은 속으로만 남몰래 미소를 머금었다.

—미인이다.

증인에 대한 야마신의 첫인상은 그랬다. 중학생이든 중년 남자든 혹은 훨씬 연장자인 야마신의 할아버지 세대든, 어쨌거나 남자라는 인간들은 그렇게 생각할 만한 외모. 오, 미인인데. 요즘 들어 일부러 가끔 천박한 말을 쓰며 야마신을 놀리는 그의 형이라면 아마 이렇게 말할 것이다.

—가슴이 끝내주네.

"증인이 고다마 유리 씨 맞습니까?"

변호인이 이름을 확인하자 증인은 외모와 어울리는 아름다운 목소리로 대답했다.

"네. 올 7월 말까지 HBS 보도국에서 일했던 고다마 유리입니다."

방청인 몇몇이 이 증인이 왜 나왔는지 이해한 듯 아하, 소리를 냈다. 야마신도 충분히 이해했다. 조금 전에 모기 에쓰오가 떨떠름한 표정을 지은 것도 그 이유가 짐작이 갔다.

—모기 씨의 약점을 아는 증인이구나.

"나는 이 법정에서 진실만을 말할 것을 맹세합니다."

살짝 긴장한 듯 선서를 마친 증인을 검사 측의 하기오 가즈미가 매섭게 노려보았다. 검사에게 불리한 증인이라는 걸 간파했기—때문일 리 없다.

고다마 유리 같은 미인은 동성에게 거의 100퍼센트 미움받게 마련이다. 게다가 하기오 가즈미는 그런 미인을 알아보는 데 게릴라 급으로 예민하다.

"자리에 앉아주십시오."

간바라 변호인이 증인을 앉히더니 종이 몇 장을 들고 책상 앞으로 나갔다. 어딘지 모르게 발걸음이 가볍다. 증인이 엄청 짧은 미니원피스를 입어서일까. 간바라도 그런 걸 좋아하는 걸까. 그래도 상관없지만.

"고다마 씨는 HBS 직원이었습니까?"

"아뇨, 계약직이었습니다."

"파견회사를 통해 HBS로 가셨군요. 어떤 일을 하셨나요?"

"서무라고 할까, 잡무라고 할까…… 주로 맡은 일은 매일같이 방송국에 쏟아지는 우편물을 분류해서 나눠주는 거였어요."

"소속은 어디였나요?"

"처음 삼 개월은 기획부였고, 그뒤에 기획보도부로 옮겼어요."

"어느 부서에서나 증인의 업무 내용은 같았습니까?"

"네, 거의 같았어요."

"기획보도부는 HBS가 제작하고 방영하는 보도 프로그램을 총괄하는 부서라고 이해해도 될까요?"

"맞아요. 〈뉴스어드벤처〉도 거기 담당이죠."

방청석의 모기 에쓰오는 노골적으로 불쾌한 표정을 지으며 증인의 등을 노려보고 있었다. 하기오 가즈미와 맞먹는 표정이다.

"그렇다면 누군가가 HBS로 보낸 고발장을 맨 처음 발견한 사람이 증인인가요?"

증인이 고개를 저었다. "전 아니에요. 그 고발장이 왔을 무렵 저는 아직 기획부에 있었어요. 그건 모기 씨가 직접 찾아낸 거예요."

"모기 기자가 몸소 우편물을 조사해 고발장을 찾아냈다고요?"

"그랬다고 들었어요. 제가 담당하고부터도 모기 씨가 자주 그런 행동을 해서 난처했어요. 분류하지 않은 우편물을 마구 흩어놔서요."

"네가 일처리가 늦으니까 그렇지!"

별안간 모기 에쓰오가 증인을 향해 외쳤다. 야마신도 놀랐지만, 법정의 다른 사람들은 더더욱 놀랐다. 모두 흠칫했다. 판사는 반사적으로 의사봉을 들어올렸다.

"실례." 모기 에쓰오가 사과했다. "규칙에 어긋나는 발언이었군요. 앞으로 조심하겠습니다."

아마 본인도 돌발적으로 소리를 내지른 스스로에게 놀란 듯했다. 진땀을 흘렸다. 고다마 유리가 어지간히 싫거나 그녀에게 상당한 약점을 잡혔거나 둘 중 하나이리라.

증인은 방청석을 돌아보지 않았다. 똑바로 앞만 보았다.

"그러면 고다마 씨는 〈뉴스어드벤처〉가 방송한, 본교에서 일어난 일련의 사건과 관련된 특집에는 일절 관여하지 않았나요?"

"원래대로라면 관여할 입장이 아니었어요."

변호인이 고개를 살짝 갸웃거렸다. "그 말씀은?"

"사실 저 같은 사람은 프로그램 제작이나 취재에 관여할 수 없어요. 그런 자격도 없고, 훈련도 안 받았고, 경험도 없죠. 그런데 가시와기 다쿠야 군이 죽은 그 사건 취재 때 딱 한 번 모기 씨에게 억지로 끌려가 도운 적이 있어요. 모기 씨가 그 사건을 특집으로 만들려고 동분서주했을 무렵이니까 3월 초였을 거예요."

"뭘 하셨나요?"

"비디오 촬영이요."

"방송국 기자재를 혼자 짊어지고요?"

"아뇨, 모기 씨가 자기 비디오카메라를 건네줬어요. 아직 〈뉴스어드벤처〉 촬영 팀을 쓸 수 없다면서요."

"준비 단계라서였나요?"

"그렇다기보다, 방송국 윗분들에게 알려지면 곤란한 기습취재였거든요."

간바라 변호인은 점점 흥이 나는 것 같았다.

"증인은 어디에 가서 무엇을 촬영했습니까?"

고다마 유리가 고개를 돌려 오이데 슌지를 바라보았다. 피고인 역시 자기 감정을 순순히 따라서, 눈을 크게 뜨고 미녀 증인을 흥미진진하게 바라보고 있었다.

"모기 씨 차를 타고 오이데 학생 집으로 갔어요. 모기 씨가 자기는 학생 아버지를 만나 얘기를 나눌 테니 그동안 집과 공장 주변, 주위 모습을 촬영하라길래, 저는 비디오카메라 작동법도 잘 몰랐는데 아무튼 그렇게 했어요."

"시키는 대로 촬영을 마쳤습니까?"

"잘 안 됐어요."

"왜죠?"

"예기치 못한 일이 생겼거든요."

증인의 말투에서 억누를 수 없는 분노가 스며나왔다.

"모기 씨 혼자서 집안으로 들어가 인터뷰를 했는데, 그러던 와중에 싸움이 벌어진 모양이에요. 밖에 있는데도 집안에서 지르는 고함 소리며 물건 깨지는 소리가 들렸어요."

"그래서 어떻게 됐죠?"

"집안에서 갑자기 모기 씨와 오이데 학생 아버지가 튀어나왔어요. 오이데 마사루 씨였나요?"

"그렇습니다. 두 사람이 싸웠군요?"

증인이 잠시 생각했다. "방금 '싸움'이라고 했는데, 이건 정확한 표현이 아니에요. 오이데 마사루 씨가 화를 내며 모기 씨를 집 밖으로 몰아냈어요. 모기 씨는 바닥에 나동그라졌고 안경도 날아가버렸죠."

방청석이 술렁거리기 시작했다.

"모기 씨는 오이데 마사루 씨를 달래려 했어요. 슌지 군을 무턱대고 의심하는 게 아니라 진실을 규명하려는 거라면서."

"그렇지만 오이데 마사루 씨는 이미 화가 날 대로 났겠죠?"

"맞아요. 우리 아들에게 시비를 거는 거냐며 고함을 쳤어요. 얼굴이 시뻘겋게 달아오른 걸 보면 정말로 화가 난 것 같았죠. 다시 일어나서 뭐라고 말하려는 모기 씨를 세게 후려쳤어요."

본의 아니게 방청석의 주목을 받게 된 모기 에쓰오는 벌레 씹은 표정이었다.

"방송국이라고 잘난 척하지 마라, 고소해버리겠다. 아우성치면서 그런 말들을 했어요. 너무 갑작스러운 일이라 저도 놀라고 동요해서 자세히 기억은 안 나지만요."

"그 장면도 촬영했습니까?"

"나중에 확인해보니 그럭저럭 찍힌 것 같았어요. 하지만 그림이 안 좋다며 모기 씨가 엄청 야단쳤어요. 내가 일껏 맞아주기까지 했는데 이 모양이냐고."

"일껏 맞아주기까지 했다?"

빈정거리는 투로 변호인이 천천히 따라 말했다. 고생이 많았겠다는 표정이지만 법정의 반응과 모기 에쓰오의 우거지상을 즐기는 눈빛만은 감추지 못했다.

"이의 있습니다." 후지노 검사가 손을 들었다. "재미있는 비화이긴 하지만, 변호인은 이 증언으로 무엇을 입증하려는 겁니까? 의도를 모르겠습니다."

"조금만 더 하게 해주십시오."

변호인이 판사를 올려다보며 부드럽게 말했다.

"금방 저희 의도를 아실 겁니다."

판사가 고개를 끄덕였다. "이의를 기각합니다."

"고다마 씨는 당시 취재가 무엇을 위한 것인지 정확하게 알고 있었습니까?"

"잘 몰랐어요. 방송국으로 돌아가 직장 동료한테 얘기를 들었어요. 모기 씨 특기인 학교문제 취재인데, 학생 하나가 죽은 걸 집단괴롭힘과 연관된 살인사건이라고 확신하면서 모기 씨 혼자 들떠 있다고요."

"혼자 들떠 있다?"

"그래요. 사정을 아는 주위 사람들은 그렇게 생각했어요. 그래서 모기 씨도 절 데려간 걸 테고요."

"당시에 모기 기자를 적극적으로 돕는 스태프가 없었으니까요?"

"네, 있었던 것 같진 않아요."

"잠깐 이야기를 되돌리죠. 피고인의 집으로 취재하러 가서 오이데 마사루 씨에게 인터뷰를 시도하다 언쟁이 벌어졌고 폭력을 당했다는 건데, 증인이 보기에 모기 기자는 그 사실을 어떻게 생각하는 것 같던가요?"

"글쎄, 절 막 혼냈다니까요."

"아뇨, 증인에게가 아니라, 오이데 마사루 씨의 행위에 화가 났다거나 겁을 먹은 기색은 없었습니까?"

"전혀요. 제대로 못 찍었다고 절 야단쳤을 정도니까 오히려 소동이 난 걸 기뻐했을지도 모르죠. 그런 그림을 원했던 게 아닐까요?"

"오이데 슌지 군 부모님이 격분하는 장면을 찍고 싶어했다?"

"빼도 박도 못할 증거잖아요? 오이데라는 학생의 집안 분위기는 이 정도로 폭력적이다. 화가 나면 무슨 짓을 저지를지 모른다."

"그것은 모기 씨가 당시 이미 오이데 슌지 군이 가시와기 다쿠야 군을 살해했다고 결론지었기 때문이군요."

"그랬던 것 같아요."

"꽤나 에둘러갔는데요? 좀더 확실한 다른 증거를 찾으면 될 텐데."

"확실한 증거 같은 건 없었어요. 모기 씨의 근거는 그 고발장뿐이었으니까요. 나머지는 모조리 추측이에요."

"그래서 기획보도부의 다른 스태프들도 말하자면 '시큰둥했다'는 뜻인가요?"

"완전 시큰둥했죠."

방청석이 웃었고, 증인도 가볍게 웃었다.

"방송국 윗분들은 탐탁지 않았던 모양이에요. 〈뉴스어드벤처〉 책임 프로듀서가 직접 이렇게 말한 적도 있어요. 그 건은 위험하다, 모기가 폭주하는 거라고."

"어떤 상황에서 그런 말을 들었는지 기억합니까?"

"제가 일러바쳤어요."

고다마 유리가 시선을 떨어뜨렸다.

"모기 씨 태도에 너무 화가 나서 고자질했어요. 개인 물품인 카메라를 들려 현장으로 끌고 갔다고. 책임 프로듀서도 어이없어했죠."

"그래서 모기 기자가 폭주한다고 했군요."

"맞아요. 특집으로 만들려고 기를 써서 난감하다고."

"언제쯤이었죠?"

"제가 오이데 학생 집에 다녀온 지 일주일쯤 지났을 때였어요."

"그렇다면 그 당시 책임 프로듀서는 가시와기 다쿠야 군의 죽음을 〈뉴스어드벤처〉에서 다루는 걸 반대했던 거군요?"

"네. 프로그램에서 확실한 근거도 없이 중학생을 살인사건 용의자 취급하는 건 용납할 수 없다고."

"배심원 여러분."

변호인이 갑자기 배심원들을 불렀다.

"이 증언을 똑똑히 기억해주십시오. 〈뉴스어드벤처〉가 '가시와기 군에게 무슨 일이 일어났는가'라는 특집으로 다쿠야 군의 죽음을 전국에 방영한 것은 4월 13일이었습니다. 그런데 프로그램 책임 프로듀서는 3월 초부터 일주일이 지난 시점까지도 이런 생각을 가지고 있었습니다. 회의 같은 공식적인 자리에서는 아니지만, 고다마 씨가 자신이 당한 피해를 호소했을 때 그렇게 반응했습니다. 단순히 잡담을 나눈 게 아닙니다. 게다가 보도 프로그램을 제작하는 프로가 한 발언입니다."

힘주어 잘라 말하고, 이번에는 방청석을 둘러보았다.

"이것이 저희 의도입니다. 프로그램 방영이 채 한 달도 안 남은 시점에서조차 〈뉴스어드벤처〉는 이후 방영될 특집을 지지하지 않았다. 모기 기자의 견해를 지지하지 않았다. 오히려 위험한 폭주라며 눈살을 찌푸렸다. 여러분은 이 사실을 기억해주시기 바랍니다."

증인석의 고다마 유리도 고개를 끄덕였다.

"그런데 고다마 씨."

변호인이 증인을 돌아보았다.

"실제로는 4월 13일에 특집이 방영되었습니다. 그사이 어떻게 상황이 뒤집힌 걸까요. 알고 계십니까?"

"자세한 건 몰라요."

증인의 목소리가 작아졌다.

"하지만 방영된 프로그램 내용만 본다면 무슨 새로운 확증을 찾아낸 것 같진 않았어요. 결국 끝까지 버틴 모기 씨가 승리한 거 아닐까요."

"단 한 명의 기자의 집념—아니, 정열이 이겼다?"

"모기 씨에게는 과거 실적이 있으니까요."

"'학교문제'라면 모기 에쓰오가 적격이라는 거죠. 그런 실적이 신용으로 이어졌군요."

증인이 변호인 대신 후지노 검사에게 눈을 돌렸다. "저기…… 소문으로 들은 얘기를 해도 될까요?"

판사가 대답했다. "괜찮습니다. 증언하십시오."

고다마 유리는 여전히 후지노 료코를 바라보고 있었다.

"〈뉴스어드벤처〉는 강경파 보도 프로그램이고 HBS의 간판 프로그램 중 하나지만, 별로 시청률이 높은 건 아니에요. 광고주에 의지하는 프로그램이죠."

그래서—머뭇거리다가 말을 이었다. "모기 씨는 자유계약직 기자인데, 그런 광고주 쪽에 굵직한 연줄이 있다는 얘길 들은 적이 있어요."

"교육문제에 관심 있는 광고주에게 영향력을 발휘할 수 있다는 의미일까요?"

"맞아요."

여러분은 어떻게 생각하시느냐는 표정으로 변호인이 배심원들을 둘러보았다. 의미심장하게 충분히 시간을 들여서.

검사는 시치미를 뚝 떼고 있었다. 야마신은 〈뉴스어드벤처〉에 어떤 광고가 붙었는지 떠올려보려고 애썼지만 무리였다.

"방영 후 반응은 어땠습니까? 우편물에도 영향이 있지 않았나요?"

"네, 수많은 투서가 왔어요. 프로그램 주장을 고스란히 믿고 어서 살인자를 체포하라는 내용도 있었지만, 확실한 근거 없이 학생들의 불안을 부채질하는 건 좋지 않다고 비판하는 투서나 팩스도 많았어요."

고다마 유리가 다시 피고인을 바라보았다.

"오이데 학생을 안쓰럽게 여기는 사람도 많았던 것 같아요. 물론 프로그램에서 학생 이름을 밝히지는 않았지만."

피고인은 언짢음을 기조로 한 무표정으로 돌아갔다. 미녀 증인에 대한 흥미는 사라진 모양이다.

"방영 후 스태프 회의에서도 꽤 실랑이가 벌어졌던 모양이에요. 더는 모기 씨와 엮이기 싫었던 전 눈에 안 띄려고 물러나 있어서 구체적으로 어떤 대화가 오갔는지는 몰라요. 회의에 낄 입장도 아니었고. 그런데 그 후에 또 여학생이 죽었잖아요?"

변호인이 고개를 끄덕였다. "사고사였죠. 교통사고였습니다."

"그때는 큰 소동이 났었어요. 모기 씨가 참석한 회의에서 큰 소리로 욕설이 오가는 걸 제 귀로 똑똑히 들었어요. 어떤 학생이 어떻게 죽었는지 자세히 알기 전에는 다들 새파랗게 질렸죠. 만약 이번에 죽은 학생이 프로그램에서 살인사건 용의자 취급을 한 셋 중 하나라면, 방송윤리위원회에 회부될 게 틀림없다고."

"피고인을 비롯한 세 사람 사이에서도 그후 불행한 사고가 있었습니다." 변호인이 말했다. "알고 계십니까?"

"모기 씨가 스태프룸에서 얘기하는 걸 들었어요. 내부 분열이라고요. 모기 씨는 취재하고 싶어했지만 스태프가 말렸어요."

"증인은 어떻게 생각했나요?"

"가여웠어요."

"모기 기자가 그후에도 이 사건을 취재하려 했습니까?"

"모르겠어요. 아까 말한 책임 프로듀서는 〈뉴스어드벤처〉에서 그 사건의 후속편을 내보낸다면 검증 프로그램으로 만들자고 주장한 모양이에요."

"검증 프로그램?"

"경솔한 보도 내용을 반성해야 한다는 뜻이죠."

"상당히 심각한 반성이군요. 요컨대 방영 후에도 모기 기자를 지지하는 움직임은 크게 없었다. 오히려 방영 전보다 더 줄었다고 할 수 있을까요?"

"네."

"수많은 보도 특집에 관여했고 '학교문제' 분야에서 모기 기자가 세워온 실적을 아는 스태프들조차 본건에 관해서는 부정적이었다?"

"네. 하지만 구체적인 건 하나도 결정되지 않고 우물쭈물하는 사이에 이번에는 모기 씨가 이 재판에 대해 알게 됐죠."

고다마 유리가 처음으로 방청석을 의식했다. 모기 에쓰오를 향해 '당신이 거기 있는 거 알아요'라고 뒷모습으로 말하고 있다. '그렇지만 봐줄 생각도 없고, 무섭지도 않다고요'라고.

"〈뉴스어드벤처〉 측은 지금 사태를 조용히 지켜볼 생각일 거예요. 어쨌거나 가을 프로그램 개편에서 리뉴얼이 결정됐으니까."

"프로그램이 종영하나요?"

"네. 그래서 저도 다른 곳으로 옮기게 됐어요. 이제 방송국 일도 지쳐서요."

"그렇군요. 고맙습니다."

변호인이 꾸벅 인사를 하고 자리에 앉았다.

"반대신문 있습니까?"

후지노 료코가 책상에 양손을 짚으며 일어섰다.

"고다마 씨, 개인적으로 모기 에쓰오 기자를 어떻게 생각하세요?"

"어떻게라뇨?"

"좋아하냐 싫어하냐를 묻는 겁니다."

미니원피스 아래로 늘씬하게 뻗은 증인의 다리가 슬쩍 움직였다.

"기획보도부로 막 옮긴 무렵에는 존경했어요. 모기 씨가 취재해서 보도한 프로그램을 봐왔으니까요."

"지금은 어떤가요?"

"—꼭 존경할 만한 사람은 아니라고 생각해요."

"이 재판 얘기는 HBS에서 주워듣고 알게 되신 거죠?"

주워들었다는 말에 미묘하게 빈정거림이 묻어났다. 미묘하지만 싸늘하다.

"네."

"왜 증인이 되셨나요?"

"재판을 돕고 싶어서요. 지난주 교무실로 전화해서 제가 아는 얘기를 하고 싶다고 했어요. 그랬더니 기타오 선생님이라는 분이 변호인 측과 연결해주셨어요."

"즉 당신은 처음부터 어느 편을 들지 확실하게 결정한 지원병이군요."

검사는 증인의 대답을 기다리지 않고 씩 웃었다.

"이상입니다. 퇴정하셔도 됩니다."

우리는 계약직 아가씨의 증언 따위 신뢰하지 않아—라고 말하듯 퉁명스러운 태도였다.

"아, 판사님. 죄송한데 화장실 갈 시간 좀 주세요."

판사한테까지 무람없이 굴었다.

"십 분간 휴정합니다."

긴장이 풀린 방청석에서 모기 에쓰오 혼자 부루퉁한 얼굴로 안경알을 닦고 있었다.

—노다가 사라졌다.

휴식이 끝나고 와보니 변호인석에는 피고인과 변호인 둘뿐이었다.

간바라 변호인은 별다른 설명을 하지 않았다. 판사도 빈자리를 힐끗하며 의아한 표정을 지었지만 그뿐이었다.

"심리를 재개합니다."

이번은 검사 측 순서인 모양이다. 후지노 료코와 함께 두 사무관이 일어섰다. 큼직한 종이봉투에서 한쪽을 철한 서류뭉치를 꺼내 털썩 내려놓았다. 검사가 그중 하나를 판사석으로, 또하나를 하기오 가즈미가 변호인에게 들고 갔다. 가즈미는 서류철을 건네면서 간바라 변호인을 홱 째려보았다. 이제 와서 여자애처럼 곱상한 그의 외모가 거슬릴 리 없을 테니 화가 났다기보다 위협의 뜻으로 봐야 하리라. '불만 있으면 말해보시지'라고 말하는 듯한 파동을 야마신은 느꼈다.

"여러분."

후지노 검사가 법정을 한 바퀴 둘러보고 미소지었다.

"시계를 봐주십시오. 벌써 네시가 가까워졌습니다."

방청석의 사람들이 웅성거리며 손목시계를 보거나 체육관 정면에 걸린 둥근 시계를 쳐다보았다. 세시 오십분이 지났다.

"심리 이틀째라 꽤 익숙해졌지만, 이런 질의응답은 의외로 시간이 많이 걸리네요. 배심원 여러분도 지쳤죠? 계속 긴장해 있으니까."

배심원들은 제각각 고개를 끄덕였지만 판사와 변호인의 시선은 건네받은 종이에 못 박혀 있었다. 판사는 표정이 험악했고, 변호인은 페이지를 넘기며 내용을 파악하는 데 열중했다. 옆에서 들여다보려는 피고인을 손으로 막으며 서둘러 읽어나갔다.

"지금 저희 검사 측이 판사와 간바라 변호인에게 건넨 것은 한 인물의 진술조서입니다. 분량이 상당합니다."

야마신이 서 있는 곳에서도 간바라 변호인이 들척이는 A4용지에 글자가 빽빽한 것이 보였다.

"이 진술을 해준 건 저희 검사 측의 가장 중요한 증인입니다."

검사가 알기 쉽게 또박또박 설명하듯 배심원들에게 말했다.

"구체적으로 말씀드리죠. 가시와기 다쿠야 군이 본교 옥상에서 추락당하는 현장을 목격하고, 그것을 고발하기 위해 세 통의 편지를 써서 우체통에 넣은 인물입니다."

방청석이 쥐죽은 듯 조용해졌다. 정말로 놀랐을 때는 술렁이지도 못하는 것이다.

"그렇습니다. 사건의 목격자이자 고발장을 쓴 당사자입니다."

후지노 료코가 앞으로 나오더니 판사석과 배심원들을 정면으로 마주보고 섰다.

"이 증인은 자신이 무엇을 목격했는지, 그리고 어떤 행동을 했는지 상세하게 진술해주었습니다. 우리는 그것을 최대한 정확하게 문서화했습니다."

간바라 변호인, 하고 검사가 불렀다.

"이 진술조서를 검사 측 증거로 제출하는 데 동의합니까?"

변호인이 종이에서 시선을 들었다.

"동의할 수 없습니다."

전혀 허둥거리지 않았다. 단지 눈을 빛낼 뿐이었다.

"이 진술을 한 인물을 법정에 증인으로 불러 검사가 주신문을 해주십시오. 저희가 반대신문을 하겠습니다."

후지노 료코가 눈을 가늘게 떴다. "진술조서만으로는 안 된다는 겁니까?"

"이 진술조서에 나온 사실관계를 증인의 입을 통해 직접 확인할 필요가 있습니다."

"알겠습니다." 검사가 가볍게 양손을 들었다. "역시 그렇군요. 그럼 판사님은 어떠신가요?"

이노우에 판사의 눈도 은테 안경 너머에서 실처럼 가늘어졌다. 물론 기뻐서는 아니다. 그럴 리야 없을 테지만 혹시 후지노 료코가 장난치는 건 아닌가 의심하는 것처럼 보였다.

"변호인 측이 동의하지 않은 이상, 이 진술조서를 배심원에게 증거로 건넬 수는 없습니다."

후지노 검사가 고개를 끄덕이더니 몸을 홱 돌려 방청석을 마주보았다.

"매우 안타깝지만 어쩔 수 없군요. 그렇다면 변호인 측 요구대로 내일 그 증인을 법정에 소환하겠습니다."

영문을 몰라 침묵하고 있던 방청석이 일제히 술렁이기 시작했다. 판사도 곧장 의사봉으로 손을 뻗진 않았다. 소용없다는 걸 알았으리라.

그 소란 속에서 오이데 슌지가 변호인에게 자꾸 진술조서를 보여달라고 요구했다. 간바라 변호인이 놀라울 만큼 엄한 눈빛으로 뭐라고 두세 마디 하고 서류뭉치를 건네주었다.

첫 페이지에 시선을 떨어뜨렸을 때 벌써 피고인의 얼굴색이 변하는 것을 야마신은 알아챘다.

"여러분, 잠시 조용해주십시오." 검사가 방청석에 호소했다. "좀 진정해주세요. 부탁드립니다."

어지러이 움직이는 방청인들 사이에서 그대로 얼어붙은 듯한 사사키 형사의 얼굴이 보였다. 너구리를 닮은 쓰자키 선생의 얼굴도 굳어 있다.

검사가 다시 판사석을 올려다보고 천천히 소리 높여 말했다. "저희는 이 중요증인의 진술을 배심원 여러분이 올바로 이해할 수 있도록 최선을 다할 것이며, 증인 또한 마음의 준비를 했습니다. 내일 반드시 출정시키겠습니다. 다만 요청사항이 있습니다. 그에 대한 가부를 이 자리에서 협의해주시겠습니까?"

"뭡니까?" 판사가 되물었다.

"요청은 두 가지입니다."

검사가 손가락을 하나 세웠다.

"먼저 내일 심리는 비공개로 하고 싶습니다. 다시 말해 내일은 방청인을 받지 않겠다는 말입니다."

방청석이 다시 술렁거리자 판사가 의사봉을 땅땅 두드렸다. "정숙!"

웅성거림과 동요와 약간의 격분이 가라앉을 때까지 야마신은 법정을 빈틈없이 살펴보았다.

"그럼 두번째 요청은?"

검사가 또다른 손가락을 세웠다. "내일 그 증인이 입정해 증인석을 떠날 때까지 피고인을 퇴정시켜주십시오. 증인이 안심하고 증언하기 위해 반드시 필요한 조치입니다."

"피고인이 법정에 있으면 증인이 위협을 느낀다는 뜻인가요?"

"그렇습니다. 당연히 그 증인은 피고인을 몹시 두려워합니다. 피고인이 쉽게 격분하고 욕설을 퍼붓거나 증인에게 위협적인 태도를 보인다는 것은 판사님도 익히 아실 겁니다."

"피고인에게 단단히 주의를 주고 법정 규칙을 지키게 하겠습니다." 변호인이 말했다. "피고인은 그 증인의 증언을 들을 권리가 있습니다."

"증언 내용을 확인하는 건 진술조서로도 충분할 텐데요? 아, 찢지는 마시고요."

머리끝까지 화가 나서 금방이라도 진술조서를 구겨버릴 기세인 피고인에게 검사가 재빨리 경고했다.

"실제로 지금도 피고인은 변호인이 쉽게 컨트롤할 수 있는 상태가 아닌 듯하군요."

"이건 다 엉터리야!"

소리지르는 오이데 슌지의 손에서 변호인이 진술조서를 낚아챘다. 그 기세와 험악한 표정에 피고인은 순간 움찔했다.

검사가 더없이 침착하게 판사에게 물었다. "재정을 내리기 전에 이 두 가지 요청의 필요성을 입증해야 할까요?"

"글쎄요. 선뜻 받아들일 수 있는 요청은 아니라서."

"그렇다면 증인을—이 경우에는 참고인이겠죠. 불러도 되겠습니까?"

간바라 변호인이 고개를 끄덕이자 판사가 "좋습니다"라고 대답했다. 후지노 검사가 방청석을 둘러보았다.

"오자키 선생님, 증인석으로 나와주세요."

이 학교 학생이라면 누구나 알고 있는 오자키 선생이 방청석에서 일어나 앞으로 나왔다. 평소처럼 흰 가운 차림이 아니라 금방 알아보지 못했다. 야마신은 선생이 방청석에 있다는 것도 몰랐다. 불찰이다.

몸집이 작고 가냘픈 오자키 선생은 옅은 파란색 마 정장을 단정하게 차려입고 있었다. 온화한 표정은 평소와 다르지 않다.

"다들 고생이 많아요."

평소처럼 웃는 얼굴로 모두를 다독이고, "먼저 선서부터 해야 하죠?"라며 판사에게 물었다.

"아. 네. 부탁드립니다."

—이노우에도 오자키 선생님 앞에선 약해지는구나.

"그전에 성함을 확인하겠습니다."

그렇게 말하고 후지노 료코는 웃는 얼굴로 변했다.

"선생님은 모두 잘 알고 있겠지만, 일단 절차가 그러니까요."

"네. 저는 이 학교에서 양호교사를 맡고 있는 오자키 시즈코입니다."

—선생님의 풀네임은 처음 들었다.

"나는 이 법정에서 진실만을 말할 것을 맹세합니다."

"고맙습니다. 그럼."

"후지노, 잠깐만." 이노우에 판사가 몸을 내밀었다. "이것은 판사 재정에 필요한 질문이니 내가 묻겠습니다. 선생님, 자리에 앉아주십시오."

의자에 앉자 오자키 선생은 훨씬 작아졌다. 그런데도 어딘가 따스한 기운이 뿜어져나오는 느낌이었다. 선생이 증인식에 앉자 끈질기게 이어지던 방청석의 잡담도 멈췄다.

"음. 먼저 뭣부터 하나."

빈틈없는 이노우에 야스오도 허둥거렸다.

"검사가 소환하겠다는 문제의 증인 말인데요. 지금 단계에서는 익명으로 할까요?"

"그 진술조서에도 이름은 안 나와 있죠?"

"네."

"그럼 아직은 그렇게 해주세요." 오자키 선생이 부드럽게 대답했다. "A씨라고 부르면 어떨까요."

"알겠습니다. A증인으로 부르죠. 선생님은 A증인을 잘 아십니까?"

오자키 선생의 답변은 간결하고 군더더기 없었다. "네."

"A증인은 이 교내재판 법정에 출정하는 데 동의했나요?"

"네. 마음을 굳혔습니다."

"다만 방청인이 없었으면 하는 거군요."

"그렇죠. 낯선 사람들이 구경하는 가운데 증언하는 걸 피하고 싶어합니다."

"부끄러워서일까요?"

"부끄럽다기보다. 불특정다수의 사람들에게 자기가 목격자이자 고발자라는 사실이 알려지면 재판 후의 생활에 영향을 받을까 염려하고 있습니다."

"아아…… 그야 당연하겠죠."

오자키 선생님 앞에서는 판사도 체면을 차리기 힘들다.

"게다가 A증인은 지금까지 여러 일을 겪으면서 심신에 상처를 입었습니다. 지금도 매우 불안정한 상태고요. 많은 사람의 눈에 노출되는 것은 앞일에도 좋지 않습니다."

"어떻게 불안정한가요? 구체적으로 알려주실 수 있을까요?"

오자키 선생이 잠시 뜸을 들였다. "이 재판을 돕기로 결정하고부터 잠을 잘 못 이루는 것 같습니다. 과다호흡증후군도 보이고요."

"사건의 기억 때문에 괴로워하는 걸까요?"

다시 잠시 뜸을 들였다. "A증인을 괴롭히는 게 꼭 사건의 기억만은 아 닌 것 같지만, 괴로운 이유 중 하나인 것은 분명합니다."

매우 신중하게 단어를 골라 말했다. A증인이 누군지 아는 야마신은 오 자키 선생의 주도면밀함에 감탄했다. 듣는 이가 A증인의 신원을 추측하 지 못하도록, 동시에 본인은 A증인의 진술을 뒷받침하는 말을 하지 않도 록 충분히 주의를 기울였다.

"A증인이 피고인 앞에서 증언하고 싶어하지 않는 건 무리가 아닙니 다. 그 마음은 저도 잘 압니다. 하지만 피고인에 대한 공포심은 재판이 끝난 뒤에도 여전하지 않을까요?"

판사의 질문에 오자키 선생이 온화하게 딱 잘라 대답했다.

"판결이 나와서 어느 쪽으로든 결론이 나면 A증인도 분명 안정될 거라 고 저는 믿습니다. 본인도 그걸 바라고 증언할 결심을 한 거니까요. 여러 분이 부디 그런 마음을 헤아려서 올바른 판단을 내려주시기 바랍니다."

배심원은 모두 눈도 깜박이지 않고 오자키 선생을 바라보고 있었다.

"알겠습니다. 오자키 선생님, 고맙습니다. 들어가셔도 됩니다."

오자키 선생이 증인석을 떠나자, 이노우에 판사가 의사봉을 들고 한 번 내리쳤다.

"재정을 내리겠습니다. 검사 측의 요청 두 가지 모두 인정합니다. 따라 서 내일 심리는 비공개로 진행합니다. 방청인 여러분은 내일 이 법정에 들어오실 수 없습니다. 모쪼록 이해와 협조를 부탁드립니다."

한쪽에서 불만을 표하는 소리가 일었지만 판사는 개의치 않았다. 오자 키 선생이 증인석을 떠나자 판사의 위엄을 되찾은 모양이다.

"후지노 검사, 내일 제일 먼저 A증인의 증인신문을 시작하겠습니다. 차질 없이 준비하세요."

"알겠습니다."

"간바라 변호인."

풀이 죽고 부루퉁한 것으로 모자라 상황을 온전히 이해하지 못한 채 뭐라고 구시렁대는 피고인을 뿌리치고 변호인이 자리에서 일어섰다. "네."

"내일은 피고인을 대기실에 대기시키고, 허락이 있을 때까지 밖으로 못 나오게 하세요."

오이데 슌지는 순순히 수긍하지 않았다. "내가 없으면 될 거 아냐! 안 오면 그만이지."

"조용히 해!"

변호인의 일갈이 주위에 울려퍼졌다. 피고인은 입을 딱 벌렸다.

"실례했습니다. 재정에 따르겠습니다. 피고인이 따르지 않을 경우, 자택에 대기시키겠습니다."

"정리에게도 적절히 협력을 요청하도록."

딱히 야마신이 특별한 행동을 하지 않았는데도 피고인의 시선이 야마신의 얼굴에 부딪혔다가 비굴하게 꺾어져 발치로 떨어졌다.

"오늘 심리를 종료하고, 내일 오전 아홉시까지 휴정합니다."

선언을 마치자마자 판사석에서 훌쩍 뛰어내려온 이노우에 야스오가 변호인 측으로 다가갔다.

"이 녀석을 묶어둘 목줄이나 사슬이 필요할까?"

장내가 순식간에 소란스러워져서 야마신은 변호인과 피고인이 뭐라고 대답했는지 알아들을 수 없었다. 다만 달려갈 필요는 없어 보였다. 오이데 슌지는 충분히 의기소침해졌으니까.

농구부, 장기부 자원봉사자들과 체육관을 청소하고 의자를 정리하고 있는데 기타오 선생이 다가왔다. 그리고 야마신의 귓가에 재빨리 속삭였다.

"너한테 할말이 있다고 누가 기다리고 있어. 나더러 전해달라더구나.

뒷문 근처에 있는 모양이야."

야마신은 하루 일과가 다 끝난 지금에야 후줄근해진 옷깃과 몸에서 풍기는 땀냄새를 신경쓰며 서둘러 뒷문으로 갔다.

문 밖에서 후지노 료코의 아버지가 기다리고 있었다. 이럴 때는 '후지노 형사'라고 불러야 할까. 학부모의 얼굴이라기보다 직업인의 얼굴을 하고 있었다.

뒷문은 닫혀 있고 자물쇠도 채워져 있었다. '뒷문 근처'라는 게 '안쪽'이라는 뜻은 아니었나?

"괜찮아, 별다른 용건은 아니니까."

후지노 형사가 야마신을 손짓해 부르더니 손끝에 하얀 메모지를 끼워 문틈으로 내밀었다.

"간바라 학생에게 이걸 건네고 얘기 좀 전해줘."

야마신은 손이 더럽지 않은지 확인하고 메모지를 받아들었다. 반으로 접혀 있다.

"오늘밤에 그 번호로 연락해보라고 해. 너희를 도와줄 사람이야."

야마신은 그 말을 따라 하며 전달 내용을 확인했다.

"직접 전해주려고 대기실에 갔더니 아직 오이데와 얘기중이더구나. 그애 어머니도 함께 계시고."

형사는 야마신의 표정 변화를 놓치지 않았다. 빙긋 웃으며 말을 이었다. "오이데 씨 부인은 방청하진 않았어. 욱해서 가출할지 모르니 데리러 와달라고 눈치 빠른 사람이 불렀나보다."

그러면 오히려 역효과가 나지 않을까 갸웃하고 있자니 후지노 형사가 생각을 꿰뚫어본 듯 말했다.

"지금 오이데는 어머니에게 고분고분해. 그러잖아도 마음고생이 심한데 자기까지 걱정을 끼치고 있다고 생각하거든."

또다시 마음을 읽히기 전에 야마신이 소리 내어 말했다. "오이데는 조금 변했습니다."

어머니도 변한 것 같고요—라는 말까지는 하지 않았다.

"그래. 그런 변화야 있어도 좋지."

부탁한다, 라고 문 너머에서 후지노 형사가 말했다.

"이렇게 철책 너머로 보니까, 넌 정리 말고 간수도 잘 맞을 것 같구나."

그리고 손가락으로 입술을 막아 보였다.

"입은 무겁지?"

야마신이 말없이 고개를 끄덕였다. 형사가 다시 웃는 얼굴로 가볍게 손을 흔들며 자리를 떴다.

무심코 경례를 붙일 뻔한 자기 모습에 야마신은 슬쩍 웃음이 나왔다.

4

8월 17일 교내재판 셋째 날

아침에 일어나니 눈에 확 띄게 이마 한복판에 빨간 여드름이 톡 불거져 있었다.

구라타 마리코는 자기가 뚱뚱하다는 걸 잘 안다. 운동신경이 둔하고 매사에 느긋한—분명히 말하자면 '굼뜬' 성격이라는 것도 안다. 후지노 료코처럼 완벽한 아이가 왜 자기 같은 애랑 친구가 됐는지 주위에서 신기해하는 것도.

그와 동시에 마리코는 자기 피부가 매우 곱고 희다는 것도 안다. 그것은 한창 자라나는 십대에게 더할나위없는 행운이다.

그런 자랑스러운 피부에 여드름이 나버렸다.

—어젯밤에 미야케 생각만 해서 그럴 거야. 틀림없어.

세면대 거울을 노려보며 마리코는 생각했다.

—나도 이런 면에선 나이브하네.

나이브한 건 마리코만이 아니었다. 교내재판 사흘째, 마리코가 오늘도 열심히 배심원의 임무를 완수하리라 다짐하며 나갈 채비를 하고 있는데 전화가 울렸다. 고사카 유키오였다.

"배탈 났나봐. 조금 늦을 것 같으니까 마리짱 먼저 가."

두 사람은 재판 첫날부터 같이 등교했다. 배심원석에서도 옆자리에 나란히 앉는다. 덕분에 마리코는 마음이 든든했다. 유키오가 함께하지 않았다면 애당초 재판에 참가하지 못했을 것이다.

"지각? 하지만 오늘은 중요한 증언이 있잖아. 그건 알지?"

"알아. 그래서 긴장하는 바람에……"

유키오도 보나마나 오늘 아침까지 줄곧 미야케 주리 생각만 했을 것이다. 그런 생각이 들자 말로 직접 확인하지 않고는 견딜 수 없었다.

"있지, 유키오짱."

"마리짱은 배 괜찮아?"

수화기를 귀에 댄 채 마리코는 무심코 미소지었다. 얘는 이렇게 친절해서 좋다.

"난 괜찮아. 근데 조금 두근거려. A증인이 누군지 빤하잖아. 소문에 떠도는 그애겠지? 정말 나올까?"

"그건 곧 알게 되겠지."

이럴 때는 유키오도 좀 별로다. 도통 맞춰줄 줄 모른다.

"어차피 배심원이 다 모여야 재판을 시작할 수 있잖아. 나도 같이 늦게 갈래. 기타오 선생님에게 전화하면 기다려주실 거야."

"벌써 전화했어. 나도 많이 늦지는 않을 거야. 배탈 좀 가라앉으면 바로 갈 테니까, 마리짱은 늦지 마."

"그렇지만 나 혼자 가긴 싫은데."

불안하단 말이야.

"마리짱까지 늦으면 후지노한테 미안하잖아."

그렇게 말한 유키오가 갑자기 허둥거렸다.

"으윽, 나 화장실! 나중에 봐."

대뜸 전화를 끊어버렸다.

하는 수 없이 마리코는 혼자서 학교로 향했는데, 이제 횡단보도 하나를 건너 모퉁이를 돌면 정문까지 50미터 정도가 남은 지점에서 일행이 생겼다.

눈에 확 띄는 노란색에 동그스름한 자동차 한 대가 보도 옆에 서 있었다. 그 운전석 문을 열고 모기 에쓰오가 내린 것이다.

"안녕, 구라타?"

옛날 영국 부자들 같은 여름 양복 차림이다. 인도를 식민지로 삼았을 무렵 대영제국 신사가 그 더운 나라에서 입던 옷. 영화에서 본 적이 있다.

자동차는 많이 낡았지만 외제다. 저게 무슨 차더라? 유키오가 있었으면 금방 알려줬을 텐데.

"안녕하세요."

마리코는 인사만 하고 걸음을 늦추지는 않았다. 모기 에쓰오가 붙임성 있는 미소를 머금고 뒤에서 따라왔다.

"오늘 법정에선 상당한 파란이 예상되는데, 배심원으로서 기분이 어떠십니까?"

마리코가 대답했다. "아무렇지도 않아요."

그대로 아무렇지도 않게 계속 걸었다.

"오늘은 혼자니? 어제는 고사카랑 같이 왔지?"

이 기자는 우리 배심원들이 뭘 하나 줄곧 감시하는 건가? 그러려고 여기서 잠복을?

"오늘 우리는 법정에 못 들어가서 아쉬워."

"네에."

"지금 학부모회 이시카와 회장이, 자긴 다른 사람들과 입장이 다르니 비공개 법정도 방청할 권리가 있다며 오카노 선생님과 담판 짓는 중이야."

"네에."

"이시카와 씨가 방청 허락을 받는다면 어쩌면 나도 같이 들어갈 수 있겠지만……"

"네에."

마리코는 계속 아무렇지도 않게 걸었다.

"혹시 못 들어갈 때를 대비해 취재 협조 좀 해줄 수 있을까, 구라타 학생?"

"싫어요."

대답해버리고 나서야 후회했다. "거절하겠습니다"라고 말할걸. 그게 더 어른스럽다. 료짱 같았으면 틀림없이 그렇게 대답했을 것이다.

"나도 물론 배심원에게 묵비의무가 있다는 건 잘 알아. 하지만 이번 교내재판에는 많은 사람들이 흥미를 갖고 있어. 정확한 보도가 필요해."

마리코는 멈춰 서서 홱 뒤돌아보았다. 바로 뒤에서 쫓아오던 모기가 흠칫 놀란 듯 물러섰다.

"아저씨는 보도 때문에 방청하는 거예요? 본래 매스컴 관계자는 못 들어오는 게 이 법정의 규칙이에요. 기타오 선생님이 분명히 말씀하셨어요."

모기 에쓰오의 겉웃음이 살짝 일그러졌다. "〈뉴스어드벤처〉 기자로 온 건 아니야."

"그건 알아요. 증인으로 섰으니까요. 하지만 그건 끝났잖아요."

기자는 발끈한 눈치였다. "……그래, 증언은 다 했지만."

나는 이시카와 회장과 친구야, 라고 덧붙였다.

"친구니까 같이 방청하는 거라고."

마리코는 다시 몸을 홱 돌려 걷기 시작했다. 모기가 따라붙었다.

"난 말이지."

기자가 아님을 자처하는 기자가 목소리를 낮춰 비밀스럽고 친근하게 말했다.

"이 재판 얘길 책으로 쓸 생각이야. 물론 나 혼자서."

정확히 말하면 원고를 쓰는 것이고, 책으로 나올지는 아직 모른다. 그러니 자기는 매스컴 관계자가 아니라고 모기 에쓰오가 말했다.

"그 원고에 배심원으로 뽑힌 너희에 대해서도 자세히 쓰고 싶어. 그러니 취재에 좀 협조해줘. 너희도 너희 얘기를 제대로 써주길 바라잖아?"

은근히 협박하는 건가, 하고 마리코는 생각했다. 협조 안 하면 나쁘게 쓰겠다고?

마리코는 그런 게 제일 싫었다. 비겁한 짓이다.

"제가 뚱뚱하다고 써도 괜찮아요. 사실이니까."

"구라타 학생."

"그런데, 하나만 물어볼게요."

"물론이지. 뭔데?"

기자는 아니지만 원고를 쓰겠다는 남자가 부랴부랴 마리코와 나란히 서서 그녀의 얼굴을 들여다보았다.

"저거 아저씨 차예요? 차 이름이 뭐였더라. 외제 차죠?"

웃음을 채 거두지 못한 모기를 내버려두고 마리코는 정문으로 들어갔다. 문 옆에 야마신이 서 있었다. 안녕, 하고 인사를 건네는 순간 퍼뜩 떠올랐다.

"아, 맞다! 폭스바겐!"

야마신은 어리둥절한 눈치였다.

배심원 대기실에 모인 배심원 여덟 명을 앞에 두고 이노우에 판사가 오늘 심리는 3학년 A반 교실에서 열린다고 알렸다.

"북쪽이라 시원하고, 3층이니까 창밖에서 누가 엿보지도 않을 거야."

비공개 법정에 휑하니 넓은 체육관은 필요 없다. 공간이 좁으면 냉풍기도 제구실을 톡톡히 할 것이다.

"계속 교실에서 했으면 좋겠다." 장기부의 오야마다 주장이 한탄스레 말했다. "더워 죽을 지경이야."

키다리 땅딸이 콤비의 짝꿍 다케다 배심원장이 웃었다. "하긴 너희는 한증막 같은 체육관에 면역이 안 됐을 테니까."

"뚱보한테는 진짜 고역이라고."

구라타, 하고 판사가 마리코를 불렀다. "고사카 상태가 많이 안 좋나?"

"괜찮을 거야. 통화했을 때 목소리는 괜찮았어."

"감기 걸렸어?" 걱정하는 야마노 가나메의 눈이 부어 있었다. 뺨도 마찬가지다.

"아니야. 고사카는 긴장하면 바로 배탈 나거든. 가나메짱도 어제 푹 못 잤어?"

가나메가 말없이 눈을 내리깔았다. 나란히 앉은 가마타 노리코와 미조구치 야요이도 기분 탓인지 오늘 아침에는 눈빛이 어두워 보였다.

한편 첫날부터 정서불안 같던 가쓰키 게이코는 오늘은 침착했다. 오이데가 없어서 그런 거라고 마리코는 생각했다. 마음이 혼란스럽지 않은 것이다.

"아 참, 이노우에." 마리코가 손을 들었다. "보고할 게 있어."

마리코가 조금 전 모기 에쓰오와 우연히 마주친 얘기를 했다. 그사이 유키오가 목에 건 수건으로 땀을 훔치며 들어왔다.

"그래서 뭐라고 했어?"

"싫다고 했지."

"그것뿐이야?"

"응."

"진짜?"

"서둘러서 걸어왔거든."

이노우에 판사가 은테 안경에 손가락을 대고 한동안 생각에 잠겼다가 모두를 둘러보았다.

"그런 얘기 들은 사람이 또 있나?"

모두 마주보며 고개를 저었다. 가쓰키 게이코만 눈꼬리를 날카롭게 치켜세웠다.

"그런 얘기에 넘어가는 멍청이는 가만 안 두겠어."

"네가 흥분할 것 없어. 가만 안 두는 건 내 역할이니까."

그러더니 이노우에 야스오가 왜 그런지 마리코를 보며 슬며시 웃었다.

"너, 그 사람한테 얕보인 거야."

"날 무시한 걸까?"

"응. 너라면 마음대로 할 수 있을 거라고 생각했겠지. 완전 착각이지만."

마음대로 할 수 있을 거라니 무슨 말일까. 마리코는 유키오의 얼굴을 바라보았다. 땀이 흥건한 것은 더위 탓만은 아닌 것 같다. 무심코 물었다. "'피탓톤' 챙겨먹었어?"

고사카 집에 상비해둔 배탈약이다.

"응. 미안해, 마리짱. 내가 같이 있었으면 금방 쫓아버렸을 텐데."

키다리 땅딸이 콤비가 이상한 소리를 하며 놀렸다. "오, 역시 조토 3중학교 명물 부부, 죽인다!"

"죽? 갑자기 무슨 소리야, 무슨 죽?"

가쓰키 게이코를 빼고 모두가 웃어댔다. 목표하는 고등학교의 추천입학권을 따내기 위해 배심원에 지원했다며 늘 시큰둥하던 하라다 히토시까지 웃어서 마리코도 결국 웃고 말았다.

"구라타, 너 말이야." 이노우에 야스오가 말했다. "바보처럼 보여도, 실은 아니지?"

유키오는 웃기만 했다. 마리코는 너무한다며 짐짓 말로만 툴툴거렸다.

험담으로 들리지는 않았기 때문이다.

"바보 같으면서도 똑똑하다. 아무나 흉내낼 순 없지."

그런 말까지 하다니 이노우에도 오늘 아침엔 조금 이상하다. 왠지 들뜬 눈치였다.

"마리짱 잘했어."

퉁퉁 부은 눈으로 웃음지으며 야마노 가나메가 말했다. "훌륭해. 이노우에, 만약 우리도 그 얘기를 들었다면 똑같이 대답했을 거야."

"싫어요, 라고." 노리코와 야요이가 동시에 소리 내어 웃었다.

"좋아, 이걸로 워밍업은 끝났군."

키다리 배심원장이 동료들을 둘러보았다.

"오늘은 만만치 않겠지만 다들 잘해보자."

"십 분 뒤에 개정이야." 이노우에 판사가 일어섰다.

3학년 A반 교실에는 책상과 의자가 필요한 인원수만큼 체육관 법정과 비슷한 모양으로 놓여 있었다. 큰 차이는 배심원들에게도 각자 책상이 하나씩 주어졌다는 것과 판사석 위치가 높지 않다는 것, 그리고 방청석이 없다는 것이었다.

검사 측은 세 명이 다 모였는데, 변호인 측은 오이데 슌지뿐 아니라 조수인 노다 겐이치도 보이지 않았다.

"오늘 피고인은 자발적으로 자택 대기를 신청했습니다. 출정이 필요하면 바로 연락하겠습니다."

간바라 변호인이 판사에게 보고했다. 그게 다라서 판사가 물었다.

"노다는?"

"저희 사정이 좀 있어서요. 오후 심리에는 나옵니다."

딱히 별말이 아닌데도 후지노 료코가 약간 반응한 것을 마리코는 알아차렸다.

오전 아홉시 십오분이 지난 시각이었다. 간이법정이 된 교실 한가운데쯤에 덩그러니 놓인 의자—증인석은 비어 있었다.

"증인이 좀 늦네요. 죄송합니다."

자리에 앉은 채로 후지노 검사가 사과했다.

"오자키 선생님이 데리러 가셨어요. 부모님도 같이 오신다고 합니다."

"몸 상태는?" 판사가 물었다. "검사가 직접 확인했나?"

"틀림없이 확인했습니다. 걱정 마세요. 반드시 출정할 겁니다."

배심원들은 이미 'A증인'의 진술조서를 받았다. 모두 책상에 올려둔 그것을 의식하면서 빈 증인석은 의식하지 않으려고 애쓰는 것 같았다.

"마침 잘됐군. 물어보고 싶은 게 좀 있어."

이노우에 판사는 마리코가 오늘 아침 겪은 일을, 누구 이야기인지는 밝히지 않고 검사와 변호인에게 알렸다.

"후지노와 간바라에게는 그런 접촉이 없었나?"

"저는 없었습니다." 변호인이 먼저 대답했다. "노다 군과 오이데 군에게도 없었고요. 검사 측에는 새삼스레 접촉할 필요가 없겠죠."

모기 에쓰오는 이미 첫날 검사 측 증인으로 나와 청산유수로 말을 늘어놓았다. 이런 걸 뭐라고 하더라. 마리코가 기억을 더듬었다.

—은근슬쩍 비꼬기?

"우리가 모기 씨를 증인으로 소환한 건 사실이지만 한편이 된 건 아닙니다. 그렇게 은근슬쩍 비꼬는 건 자제해주시죠."

맞았다. 그런데 퉁명스럽게 받아치는 저 태도는 료짱답지 않다.

—역시 긴장했구나.

어쩌면, 정말로 어쩌면, 여기까지 와서 미야케 주리가 마음을 바꿀까 두려운 건지도 모른다.

충분히 가능한 일이다. 미야케는 제멋대로고 변덕스럽고 심술궂어서 믿을 수가 없다. 제멋대로 료짱에게 경쟁심을 느끼며 미워했다.

"오늘 법정을 비공개로 하는 것 때문에 말썽은 없었습니까?"

변호인이 판사에게 물었다. 조금 전 검사의 역습은 흘려듣기로 한 모양이었다.

"기타오 선생님에게 항의가 좀 들어왔대. 어제 폐정하고 나서 한동안 시끄러웠을 거야."

"하지만 막상 뚜껑을 열어보니 조용하군요."

간바라 말이 맞다. 3층 복도에도, 다른 교실에도 인기척이 없다. 복도에는 야마신 외에 오늘도 도우미로 와준 농구부와 장기부 부원들이 대기 중이다.

"학부모 입장에서는 이 심리를 공개하라고 막 우기기가 좀 그렇잖아. 꼭 구경꾼처럼 보일 테니까. 기타오 선생님도 그렇게 말하면서 쫓아버렸대."

"모기 씨도 바로 마음을 접은 것 같고……"

"뭐, 누가 들이닥치든 야마신이 쫓아내줄 테니 걱정 없어."

방청인이 없어 홀가분한지 다케다 배심원장이 법정에서 처음으로 동료 배심원들에게 말을 건넸다. 여학생들이 고개를 끄덕였고, 마리코도 다케다의 얼굴을 바라보았다.

마리코는 농구부 에이스인 이 키다리 남자아이를 지금껏 잘 몰랐다. 그런데 배심원으로 같이 법정에 있는 동안, 그냥 동급생으로 같은 교실에 있는 것만으로는 알 수 없는 부분까지 알게 된 기분이었다.

다케다에게는 '인망'이 있다. 인망이라는 말은 바로 이런 사람에게 써야 한다. 이노우에처럼 우등생은 아니다. 몇몇 운동부 남자애들처럼 눈에 띄는 인기인도 아니다. 그러나 다케다에게는 다른 남자아이들에게 없는 뭔가가 있다. 어쩌면 일부 선생님들에게도 없는 뭔가.

"나도 운동부니까 여차하면 침입자 쫓아낼 때 믿고 맡겨."

그러자 오야마다 오사무도 가슴을 폈다. "우리한테도 비밀리에 전해져

내려오는 장기짝 모서리 공격이라는 게 있어."

"그게 뭔데?"

노리코와 야요이, 그리고 또 한 사람 검찰사무관 하기오 가즈미가 이구동성으로 물었다. 세 여자아이의 주목을 받자 오야마다 주장은 좋아서 입이 헤벌어졌다.

"으음, 오래된 장기짝을 이렇게 스냅을 줘서 던지는 거야. 그러면 상대가 급소를 맞고 한 방에 쓰러지지."

"뻥치지 마."

이번에는 가쓰키 게이코까지 웃었다. 유키오도 가까스로 땀이 가시고 진정된 표정이었다.

"실은 기타오 선생님을 통해 정식으로 방청 신청이 들어오기도 했어."

웃음이 가라앉자 판사가 말했다.

"누가 신청했대?" 배심원장이 물었다.

"쓰자키 선생님이랑 조토 경찰서 청소년과의 사사키 형사님."

다들 얼굴을 마주보았다.

"내 직권으로 판단해서 거절했어. 오늘 증언은 우리 3학년만 들어야 할 것 같아서."

심호흡을 한 번 하고 간바라 변호인이 말했다. "올바른 재정이라고 생각해."

"나도."

고마워─후지노 검사가 말했다.

노크 소리가 들리고 교실 앞문이 열렸다. 오자키 선생님이 얼굴을 내밀었다.

"안녕, 여러분."

그리고 후지노 료코에게 고개를 끄덕여 보였다. 료코도 마주 고개를 끄덕였다. 긴장한 얼굴이 한순간 누그러졌다가 금세 다시 눈가와 입매가 매서워지는 모습을 마리코는 보았다.

A증인이 도착했다.

"자, 그럼." 판사가 의사봉으로 책상을 땅 내리쳤다. 체육관보다 훨씬 좁은 교실에 소리가 무척 크게 울려퍼졌다.

"교내재판 셋째 날 심리를 시작하겠습니다."

—살 빠졌네, 미야케.

마리코의 첫인상은 그랬다.

—훨씬 작아졌어.

미야케 주리는 원래 몸집이 작다. 마리코와는 골격부터 다른 듯 몸매가 가냘팠다. 그런데 그보다도 훨씬 작아졌다.

—그래도 피부는 좋아졌구나.

그렇게 여드름이 심하고 거칠던 피부가 몰라볼 정도로 깨끗해졌다. 그래서 창백한 뺨이 한층 두드러졌다. 햇볕에 그은 재판 관계자들 사이에서 주리만 다른 계절에 사는 듯 보였다.

하긴 당연한가. 미야케의 시간은 줄곧 멈춰 있었으니까. 마리코는 그런 생각이 들었다.

교복 차림이었다. 셔츠 옷깃 사이로 불거진 쇄골이 보인다. 치마도 허리가 헐렁해진 것 같다.

미야케 주리가 증인석에 섰다. 판사와는 마주보고, 양옆으로 죽 늘어앉은 배심원들의 시선을 한 몸에 받는 자리다.

간이법정 뒤쪽 칠판 앞의 의자에는 오자키 양호선생이 앉아 있었다. 주리가 증인석에서 돌아보면 곧바로 눈길이 닿을 곳이다.

"미야케 주리 씨를 검사 측 증인으로 소환합니다."

아주 짧은 순간이었지만 후지노 검사의 목소리가 떨렸다. 모두가 못 알아챘을지 몰라도 나는 안다. 료짱의 이런 목소리는 처음이다.

"본교 3학년 학생 미야케 주리 씨죠?"

이노우에 판사가 물었다.

"네, 제가 미야케 주리입니다."

마리코 옆에서 야마노 가나메가 헉하고 작게 숨을 삼켰다. 눈이 휘둥 그레졌다.

—목소리가 나오네.

아사이 마쓰코가 죽고 주리는 학교에 나오지 않았다. 충격 때문에 말을 못 하게 되었다는 소문이 돌았다. 학교에서 공식적으로 알려주지는 않았지만, 3학년 아이들 모두—적어도 여학생들은 대부분 그렇게 알고 있었다.

—나았구나.

하긴 그럴 테지. 낫지 않았으면 증인으로 나올 리 없다.

으음, 아니야. 마리코는 곧바로 생각을 고쳤다. 저절로 나은 게 아니라 료짱이 낫게 해준 것이다. 이 재판을 위해 료짱이 미야케에게 목소리를 되찾아준 것이다.

"판사 이노우에 야스오입니다. 우선 선서 부탁드립니다."

이노우에 판사가 증인이 여자라고 봐주지 않는다는 건 증명된 지 오래 인데 오늘은 이상하게 친절하다. 이런 걸 뭐라고 하지? 특별대우?

"저를 따라 해주십시오. 나 미야케 주리는."

"나 미야케 주리는."

"이 법정에서, 진실만을 말할 것을 맹세합니다."

"이 법정에서 진실만을 말할 것을 맹세합니다."

단숨에 말하고 미야케 주리는 시선을 떨어뜨렸다. 야마노 가나메가 주리의 움직임을 지켜보았다. 피아노를 잘 치는 가나메는 손이 크고 손가락이 길다. 지금 그 손이 주먹을 꼭 쥐고 있다.

동급생이자 같은 음악부였던 아사이 마쓰코를 떠올리는 것이다. 증인으로 나온 주리는 마쓰코에 대해 어떻게 말할까. 지금껏 나돌던 소문은 진짜일까. 아니면 엉터리일까. 마쓰코의 죽음은 정말로 그저 불행한 사고였을까.

그렇다. 죽음은 하나만이 아니다. 죽은 사람은 가시와기 다쿠야만이 아니다. 지금까지 외면해왔던 아사이 마쓰코의 죽음이 드디어 이 법정에서 언급된다—

"자리에 앉으십시오."

판사의 말에 주리가 고개를 저었다. "서 있어도 괜찮아요."

"이번 심문은 시간이 걸릴 테니 앉는 게 좋을 겁니다."

"그렇게 조심스러워하지 않아도 난 괜찮아요."

그렇구나. '조심스러워'했구나.

이노우에 판사가 무표정하게 말했다. "증인에게만 특별히 앉으라고 하는 게 아닙니다. 지금까지 나온 증인들도 모두 자리에 앉아서 증언했어요. 그게 안정적이니까요."

주리가 어색한 동작으로 의자에 앉았다.

"배심원 여러분." 판사가 양옆에 늘어선 얼굴을 훑어보았다. "뒤에 오자키 선생님이 와 계십니다. 아직 건강상태가 조금 불안정한 증인을 위해서요."

오자키 선생이 인사했다. 배심원들도 인사했다.

"미야케 씨, 기분은 괜찮습니까?"

고개를 숙이고 앉은 주리가 "네"라고 작게 대답했다.

"혹시 몸이 안 좋아지면 말씀하세요. 어려워 말고요."

판사가 시원스레 말하고 후지노 검사에게 고개를 돌렸다. "그럼 주신문을 시작하십시오."

후지노 료코가 책상에 양손을 짚고 조용히 일어섰다.

"미야케 주리 씨."

이름을 부르고, 주리가 고개를 들어 자기를 볼 때까지 기다렸다. 주리와 눈이 마주치자 부드럽게 미소지어 보였다.

"이 재판에 협조해주셔서 감사합니다. 저희 검사 측 모두는 증인의 용기에 감동했습니다."

주리는 말없이 고개를 꾸벅 숙였다.

"가능한 한 증인에게 부담이 가지 않도록 심문을 진행할 생각이지만, 질문 내용에 따라 조금 괴로울 수도 있습니다. 쉬고 싶을 때는 바로 말씀해주세요."

"알겠습니다."

다시금 고개를 꾸벅 숙이며 주리가 대답했다.

"난 괜찮아요. 다만—"

"다만?"

"빤히 바라보지 않았으면 좋겠어요."

그 말에 배심원들이 반응했다. 남자아이들은 저마다 자긴 안 그랬다는 듯 술렁거렸고, 여자아이들의 시선은 매서워졌다.

"배심원 여러분은 증인의 증언을 경청하려 집중하는 겁니다. 그렇죠?"

검사가 배심원들에게 빙긋 웃음을 건넸다. 마리코도 환하게 웃어 보였다. 아, 료짱이랑 눈이 마주쳤다. 다행이야.

"난 구경거리가 아니니까."

주리가 고집스럽게 말했다. 뭐야, 저런 건 하나도 안 변했네. 여드름이 나았어도 삐딱한 성격은 여전하잖아. 마리코는 속으로 투덜거리지 않을 수 없었다.

"아무도 증인을 구경거리라고 생각하지 않습니다. 재판이 시작된 지 오늘이 사흘째입니다. 그동안 모두 진지하게 임했어요. 배심원 여러분도 어느 증인의 증언이든 성실하게 귀기울였고요. 오늘도 똑같습니다. 안심하고 질문에 답해주세요."

판사는 묵묵히 증인을 바라보았다. 그러자 다케다 배심원장이 손을 들었다.

"으음, 저는 배심원장인데요…… 이럴 때 발언해도 되는지 잘 모르겠지만."

"괜찮아. 뭔데?"

판사가 허물없이 물었다. 마리코가 느끼기에는 이노우에도 다케다는 조금 달리 보는 듯했다.

"우리가 여기 앉아서 바라보는 게 부담된다면, 칸막이 같은 걸로 가리면 어떨까요? 얼굴이 안 보이는 게 증인한테 더 편하다면 그래도 상관없을 것 같은데."

다케다는 배려심이 많구나. 마리코는 감탄했다.

"어떡할래?"

판사가 검사와 변호인에게 물었다. 료코보다 변호인이 먼저 자리에서 일어섰다.

"미야케 증인, 저는 오이데 군 변호를 맡은 간바라 가즈히코입니다."

꾸벅 인사하는 그를 주리가 눈을 치뜨고 바라보았다.

"다케다 배심원장에게는 죄송하지만, 피고인의 권리를 지키는 입장인 저는 방금 제안을 받아들일 수 없습니다. 미야케 씨는 중요한 증인입니다. 얼굴을 보면서 심문을 진행하고 싶습니다. 물론 증인의 건강상태는 최대한 배려할 테니 이대로 주신문을 시작하면 안 될까요?"

판사 옆에서 노리코와 야요이가 고개를 끄덕거렸다. 마리코도 같은 생각이었다. 다케다가 배려한 건 좋지만, 간바라의 말이 맞다.

"증인의 요청을 받아들여 오늘 법정은 비공개로 진행하고 피고인도 퇴정시켰습니다. 그건 저희가 생각해도 일리 있는 요청이라 승낙했습니다. 하지만 증인이 질문에 내답하는 모습을 판사와 배심원에게 보이기 싫나는 건 조금 얘기가 다릅니다. 증인에게도 결코 이롭지 않을 겁니다."

"어째서?"

주리가 재빨리 물었다. 조그만 뱀이 대가리를 바짝 쳐드는 것 같았다.

"증인이 판사와 배심원에게 뭔가 감추고 싶어한다는 인상을 줄 수 있으니까요. 적어도 저는 그렇게 느낍니다."

맞아—하라다 히토시가 맞장구를 쳤다. 소리 내어 말할 생각은 없었던 듯 황급히 손으로 입을 가리는 모습이 귀여웠다.

전체적으로 남자 배심원은 여자들보다 미야케 주리에 대한 예비지식—혹은 선입견이 적다. 장기에 푹 빠져 사는 오야마다 같은 아이는 어쩌면 주리와 고발장에 얽힌 소문조차 모르고 있었을지 모른다. 재판 자체에 시큰둥한 하라다도 마찬가지겠지. 그들이 이 자리에서 주리를 주목하는 것은 그녀가 주목할 만한 증인이라서다. 그 이상의 의미는 없다.

—자의식 강한 건 여전하네.

마리코는 어이가 없었다. 남자아이들 중 자기 얘기를 듣고 그나마 주리에 대해 잘 아는 유키오가 자기와 같은 반응을 보이지 않는 것도 약간 짜증스러웠다.

"난 감추고 싶은 거 없어요."

말이 너무 심하다고 중얼거리며 주리가 울상을 짓는 통에 마리코는 점점 더 어이가 없어졌다. 어지간히 하시지, 미야케.

"저기." 다케다 배심원장이 머리를 긁적였다. "저기, 미야케. 우리는 미야케를 잘 몰라. 미야케도 나나 이 녀석은 잘 모르지?"

이 녀석이라는 건 옆에 앉은 오야마다 오사무였다. 오야마다는 맞아, 맞아, 하며 장단을 맞췄다.

"지금까지는 같은 학년이었다는 것도 잘 몰랐어. 그러니까, 뭐라고 할까, 편견이나 오해 같은 건 없어. 신경쓰지 말고 증언해. 되도록 빤히 보는 일이 없도록 주의할 테니까."

주리는 어깨를 움츠리며 놀림이라도 당한 양 고개를 떨어뜨렸다. 가쓰키 게이코가 매섭게 실눈을 뜨고 있었다. 그보다 훨씬 무섭게 쏘아보는 건 검사 조수 하기오 가즈미였다.

"그럼…… 한 가지만 약속해주세요."

주리가 가녀린 목소리로 판사에게 부탁했다.

"뭡니까?"

"제가 증언하는 동안 아무도 웃지 않았으면 해요. 웃음거리가 되긴 싫어요."

"미야케 씨."

은테 안경을 번쩍이며 판사가 몸을 앞으로 내밀었다.

"이 법정에서는 누가 일부러 웃기려 하지 않는 한 아무도 증인을 비웃지 않습니다. 이 법정에서 다루는 문제가 결코 웃을 일이 아니라는 것은 다들 잘 아니까요."

주리는 네라고도 알았다고도 하지 않았다. 고집스럽게 바닥을 내려다보았다.

"미야케 양."

뒤에서 오자키 선생님이 말을 건넸다.

"어렵게 용기 내서 여기까지 왔잖아. 힘내서 증언해보자. 내가 곁에 있으니까 안심하고."

주리는 돌아보지 않았다. 오자키 선생이 걱정스러운 듯 일어섰다.

"─항상 이래."

작게 중얼거리는 목소리가 들렸다. 주리였다.

"날 감싸주는 건 오자키 선생님뿐이야. 그래서 항상 양호실로 도망쳐서 애들한테 무시당하고 비웃음을 샀어."

판사도 후지노 검사도 말이 없었다. 모두 입을 다물었다.

"나를 모를 리 없잖아."

증인이 고개를 획 들더니 다케다 배심원장에게 말했다.

"이름은 몰라도 얼굴은 알잖아. 여드름 귀신으로 유명했으니까. 모를 리 없어. 그런데 뭐야, 허울 좋은 소리나 하고."

거의 비명에 가깝게 목소리가 커졌다. 키다리 다케다 배심원장은 어안이 벙벙한 눈치였다. 마리코는 마치 자기 일인 양 부끄러워서 몸이 움츠러드는 기분이었다.

아니야, 미야케. 농구부 활동에만 정신이 팔린 다케다는 너 같은 애 정말 몰라. 내가 누군지도 몰랐는걸. 같이 배심원을 하게 되기 전까지 몰랐단 말이야.

우리는 스스로 생각하는 만큼 남들 눈에 띄지 않는다. 세상은 우리와 관계없는 곳에서 돌아간다.

증인이 얼굴을 일그러뜨리며 울음을 터뜨리더니 소리쳤다. "아무리 중요한 얘기라도, 내가 하면 아무도 들어주지 않았어. 그래서 고발장을 쓴 거야. 그럴 수밖에 없었어. 내 잘못이 아니야. 고발장을 안 썼으면 아무도 날 믿어주지 않았을 거야!"

"그런 잘못을 바로잡으려고 이 재판을 시작한 거예요."

자세를 고치고 일어서며 후지노 료코가 말을 받았다. 늠름하지만 온화한 목소리였다.

주리의 뺨이 눈물에 젖었다. 쉴새없이 흐르는 눈물을 닦으려고도 하지 않았다.

"작년 12월 24일, 크리스마스이브에 일어난 일에 관해 묻겠습니다."

후지노 검사가 주리의 눈물에도 개의치 않고 책상 위 파일로 시선을 떨어뜨리며 말문을 열었다.

"미야케 씨, 증인은 그날 밤 밖에 있었습니까?"

오열을 억누르듯 두 손으로 입을 가리고 주리가 고개를 끄덕였다.

"밖에 있었다고요?"

"—있었어요."

"몇시쯤이었나요?"

"집에서 나간 건 열한시쯤이었던 것 같아요."

오자키 선생이 살그머니 앞으로 나와 주리에게 손수건을 건네주었다. 주리는 그것으로 눈물을 닦았다.

"증인 혼자였나요?"

"친구 아사이랑 같이요. 둘이서 나갔어요."

"어디로요?"

"꼭 어딜 가기로 정한 건 아니에요. 둘이 산책할 생각이었어요."

"그날은 해질녘부터 눈발이 조금씩 흩날렸습니다. 증인과 아사이 씨는 눈 내리는 동네를 산책하고 싶었던 거군요?"

"맞아요."

"누구 생각이었나요?"

"마쓰코―아사이가 먼저 말을 꺼냈어요."

"눈이 오니까 산책하면 재밌겠다고 생각했을까요?"

"마쓰코는 그런 걸 좋아했어요. 로맨티시스트였으니까."

"미리 전화해서 상의했나요? 아니면 아사이 씨가 바로 집으로 찾아왔나요?"

"통화하는 중에 그런 얘기가 나왔어요. 마쓰코가 전화를 걸었고요. 메리크리스마스라고."

"그 전화는 몇시쯤 왔죠?"

"여섯시 무렵이었던 것 같아요."

"그런데 산책 나간 것은 열한시였다?"

"마쓰코가, 밤에 산책해야 더 재미있다고 해서."

여느 때와 같은 증인신문이다. 가장 중요한 증인인 동시에 가장 까다로운 증인이기도 한 미야케 주리가 가까스로 교내재판 법정의 테두리 안으로 들어왔다.

"중학교 2학년 여학생 둘이 한밤중에 외출한다. 아무리 그냥 산책이라 해도 부모님이 허락하지 않을 텐데요."

"그래서 몰래 나가기로 했어요."

"만날 시간과 장소를 미리 정하고요?"

"열한시에 저희 집 근처 편의점에서 만나기로 했어요."

후지노 검사가 증인에게 미소지었다. "증인과 아사이 씨는 친한 사이였죠?"

주리는 대답하는 대신 고개를 끄덕였다.

"눈이 내리고, 점점 쌓여서 온통 새하얘지는 크리스마스이브 밤에 집을 몰래 빠져나와 동네를 산책하자. 아주 잘 맞는 친구 사이가 아니라면 떠올리기 힘든 생각이죠. 증인과 아사이 씨는 절친한 친구였군요."

"─맞아요."

마리코는 옆자리의 야마노 가나메가 무릎 위에서 더 세게 주먹을 쥐는 모습을 보았다. 절친한 친구였군요. 맞아요.

아니야. 가나메의 손은 그렇게 말하고 있다.

"열한시에 만났고, 손이 시려서 그 편의점에서 따뜻한 음료를 샀어요."

"뭘 샀는지 기억합니까?"

"캔커피였을 거예요."

"편의점에는 얼마나 있었죠?"

"십 분쯤."

"그리고 어디로 갔나요?"

"딱히 목적지를 정하지는 않았어요. 말 그대로 그냥 산책이었으니까."

"이리저리 근처를 돌아다녔나요?"

"네. 길에 사람이 꽤 있었어요."

"도중에 아는 사람과 마주치진 않았습니까?"

"설마. 중학생이 왜 그 시간에 밖에 돌아다녀요."

검사가 다시 즐거운 듯 미소지으며 말했다. "증인과 아사이 씨는 돌아다녔잖아요."

"속으로는 겁이 났어요. 엄마 아빠한테 들키면 야단맞을 테고, 경찰 눈에 띄어도 난처해질 것 같아서."

"그건 아사이 씨도 마찬가지였겠죠?"

"마쓰코는 겁을 안 내더라고요. 마쓰코 어머니는 그애에게 엄하지 않으니까."

심리는 속도감 있는 수준을 넘어 지나치게 가속도가 붙은 듯했다. 후지노 검사는 침착한데 증인은 초조해하며 말이 빨라졌다. 일 초라도 빨리 말해버리고 싶어 서두르는 것 같았다.

"산책은 얼마나 했나요?"

"제가 열두시가 되면 들어가자고 했어요. 마쓰코가 날짜가 바뀌는 순간에 눈 내리는 밤하늘 아래 있어보고 싶다고 해서, 그럼 열두시에 들어가자고 했던 거예요. 좀더 일찍 가고 싶었지만 마쓰코는 한번 말을 꺼내면 요지부동이라서."

주리가 입술에 침을 발랐다. 말이 점점 더 빨라졌다.

"그랬는데, 마쓰코가 이번에는 학교에 가보고 싶다는 거예요."

눈길을 들어 판사와 배심원들을 바라보았다.

"학교 시계를 보고 싶다고요. 건물 꼭대기에 시계 있잖아요? 그게 열두시 정각을 가리키는 걸 보고 집에 가겠다고 했어요."

"로맨틱하네요." 검사가 말했다. "그래서 함께 학교로 갔군요."

"네. 굉장히 추웠어요."

"눈은 계속 내렸나요?"

"내리다 말다 했어요. 내려도 조금 흩날리는 정도였고요. 그래서 주위가 잘 보였어요. 그런데—"

앞으로 고꾸라질 듯 빠른 말투와 조급하게 움직이는 눈동자.

"그런데 거기서 본 거예요. 오이데가 뒷문으로 학교에 들어가는 모습을요. 오이데 한 사람이 아니라 여러 명이 같이 있었어요. 저는 확실하게 못 봤는데 마쓰코가 그 삼인조를 알아봤고, 가시와기도 함께 있는데 아무래도 분위기가 심상찮다고 했어요."

"자, 잠깐만요."

검사가 한 손을 들어 증인의 말을 막으며 끼어들었다.

"그 부분에 대해서는 증인의 진술조서를 먼저 읽겠습니다. 혹시 실제로 증인이 목격한 것과 진술조서 내용이 어긋나면 말씀해주십시오."

주리가 불안하게 눈동자를 굴리며 고개를 끄덕였다.

검사가 진술조서를 펼쳐 읽기 시작했다.

"아사이와 저는 학교 건물 시계를 보려고 그리로 가기로 했습니다. 그때 있던 곳에서는 뒷문이 더 가까워서 그리로 갔습니다. 도중에 다른 사람과 마주치지는 않았습니다. 가로등과 집들 불빛이 밝아서 주위는 잘 보였습니다.

뒷문으로 다가가자 사람 그림자가 보여서 아사이와 저는 멈춰 섰습니다. 오이데라는 걸 알아차린 것은 아사이였습니다. '그 삼인조야'라고 말했습니다. 잘 보이지 않아서 가까이 가려는 저를 아사이가 말렸습니다. 저애들이 무슨 나쁜 짓을 하고 있을지도 모른다. 학교에 숨어들어 못된 짓을 할지 모르니까 섣불리 다가갔다간 위험하다고 했습니다.

저는 그럼 집으로 가자고 했습니다. 어서 돌아가고 싶었고, 그런 시간에 오이데 일행과 마주치기 싫었습니다. 그런데 아사이는 꼼짝하지 않았습니다. 같이 전봇대 뒤에 숨어서 오이데 일행이 학교 안으로 들어가는 모습을 지켜봤습니다.

그림자를 보니 전부 네 명 같았습니다. 처음에는 세 사람인 줄 알았는데, 자세히 보니 네 사람이었습니다. 아사이가 '그 삼인조' '오이데랑 이구치랑 하시다'라고 했습니다. 그러고는 나머지 한 명이 누군지 자세히 보려고 다가가려 했습니다. 제가 말렸지만 아사이는 듣지 않았습니다. 그러더니 저거 가시와기다. 가시와기가 있다고 말했습니다. 오이데 일행과 가시와기가 같이 있다니 이상하다. 가시와기는 계속 학교에 안 나왔으니까 더 이상하다면서 따라가 좀더 확실하게 살펴보자고 했습니다.

그사이 네 사람은 학교 안으로 들어가버렸습니다. 아사이도 뒷문으로 달려갔습니다. 하는 수 없이 저도 따라갔습니다. 뒷문은 빗장이 풀려 있었습니다. 건물로 들어가는 출입문도 닫혀 있긴 했지만 자물쇠가 열려 있었습니다. 아사이가 안을 들여다보더니 네 사람이 계단으로 올라간다고 했습니다. 저는 너무 무섭고 떨려서 말렸지만, 아사이가 끝끝내 따라가보자고 고집을 부려 같이 계단을 올라갔습니다.

올라가자 계단 위에서 남자애들 목소리가 들리고 손전등 불빛이 보였습니다. 발소리도 들렸습니다. 아사이와 저는 들키지 않게 떨어져서 올라갔습니다. 4층까지 올라가자 갑자기 추워졌습니다. 눈발이 안으로 휘몰아쳤습니다. 문이 열려 있는 걸 보고, 먼저 올라간 네 사람이 옥상으로 나갔다는 것을 알았습니다."

읽던 것을 멈추고 후지노 료코가 증인을 바라보았다. "여기까지 진술에 잘못된 점이 있습니까?"

"없습니다."

미야케 주리가 대답하자, 마리코 옆에서 누군가가 나지막이 "거짓말이야"라고 중얼거렸다.

야마노 가나메였다. 양손을 비틀고 입술을 꽉 깨물며 증인을 뚫어져라 보고 있었다.

다행히 판사는 못 들은 모양이다. 후지노 검사도, 증인도 못 들은 것 같았다.

그러나 마리코는 그 중얼거림에 귀와 가슴이 꿰뚫리는 기분이었다. 거짓말이야.

검사가 다시 읽기 시작했다. "아사이는 옥상에서 무슨 일이 벌어지는 지 확인해야 한다고 했습니다. 꼭 그래야만 직성이 풀릴 것 같다고 했습니다. 저는 무서워서 필사적으로 뜯어말렸습니다. 하지만 아사이는 전혀 듣지 않았고."

야마노 가나메가 조금씩 고개를 젓기 시작했다. 거짓말이야, 거짓말이야, 거짓말이야. 마리코는 등줄기가 서늘해졌다.

후지노 검사의 낭독은 계속되었다.

"아사이와 전 열린 문을 통해 옥상으로 나갔습니다. 서로 손을 꼭 잡고 요."

미야케 주리가 고개를 크게 끄덕거리며 말했다. "아사이가 먼저 옥상 으로 나갔어요. 제 손을 잡고―. 저는 너무너무 무서웠지만, 아사이도 무서워서 저랑 떨어지고 싶지 않았는지 도무지 손을 놔주지 않았어요."

자기 양손을 그때 두 사람의 손인 양 단단히 맞잡으며 배심원들에게 보여주었다.

후지노 료코가 진술조서를 내려놓고 증인을 향해 돌아섰다. "증인은 옥상에서 무엇을 보았습니까?"

미야케 주리는 대답하지 않았다. 검사를 보지도 않았다. 여전히 두 손 을 맞잡은 채로 배심원석을 물끄러미 바라보았다.

정확하게는, 야마노 가나메를 바라보았다.

구라타 마리코는 가나메에게 속삭였다. "가나메짱."

그리고 가나메의 손을 잡았다. 역시 꽉 움켜쥔 그 손을 마리코의 손이 감싸듯이 덮었다.

야마노 가나메는 주리를 응시했다. 커다란 눈동자로 바라보았다. 만약 지금 그애 앞으로 나가서 들여다보면 눈동자 깊은 곳에서 뭔가가 불타오 르고 있을 것 같았다.

―거짓말이야.

"미야케 씨." 검사가 불렀다. "이쪽을 보고 질문에 답해주세요."

가나메가 재빨리 눈을 내리깔았다. 맞잡았던 주리의 두 손이 풀리며 무릎 위로 떨어졌다. 그와 거의 동시에 가나메가 시선을 떨어뜨리며 마리코의 손을 꼭 잡았다.

"―옥상에 그 네 사람이 있었어요."

여전히 가나메를 의식하며 주리가 가까스로 검사에게 대답했다. "불빛은 문 너머의 형광등뿐이라 주위가 잘 보이진 않았어요. 그 네 사람이라는 것도 먼저 올라간 게 그 네 명이라 그렇게 생각했을 뿐이에요. 얼굴은 안 보였어요. 실루엣뿐이었어요."

"네 사람의 실루엣은 무얼 하고 있었죠?"

"한 명이 옥상 난간 너머에 서 있었어요. 난간을 넘어간 것 같았는데, 그게 가능한지 상상도 해본 적이 없어서 처음에는 상황이 잘 파악되지 않았어요."

후지노 검사의 신호에 사사키 사무관이 일어섰다.

"도면을 제시하겠습니다."

간이법정에도 이동식 칠판이 준비되어 있었다. 사사키 고로가 거기에 모조지 한 장을 재빨리 붙였다. 위가 북쪽, 아래가 남쪽인 옥상 겨냥도에 출입구인 작은 옥탑과 기계실 위치가 표시되어 있었다. 옥상을 에두른 난간은 겨냥도 바깥쪽에 점선으로 표시해놓았다.

"미야케 씨, 일어나서 앞으로 나와주세요."

주리가 일어나서 칠판으로 다가갔다. 후지노 검사가 작고 둥근 뭔가를 손에 들고 판사와 배심원들에게 보여주었다.

"자석입니다. 이 빨간색 자석을 증인과 아사이 마쓰코 씨라고 생각해주세요."

검사는 증인에게 다가가 빨간색 자석을 건넸다. "두 사람이 있었던 위치에 자석을 붙여주세요."

자석을 건네받은 주리가 칠판 앞에 다리를 모으고 서서 옥상으로 나가는 문 바로 바깥쪽, 즉 옥탑 앞에 붙였다.

"처음엔 여기 있었어요. 그런데 잘 안 보여서 바로 이쪽으로 옮겼어요."

기계실 아래, 오른쪽 모퉁이다.

"문에서 어느 정도 떨어져 있었나요?"

"3미터 정도였어요."

"위치관계를 사진으로 보여드리겠습니다."

사사키 고로가 다시 앞으로 나와 도면 옆에 카비네판 사진 세 장을 붙였다.

배심원들이 저마다 몸을 내밀어 도면과 사진을 살폈다. 가나메는 여전히 고개를 들지 못했고 마리코도 맞잡은 손을 놓지 않았다.

"이건 옥상에서 증인이 목격한 네 사람입니다."

검사가 검은색 자석을 들어올려 주리에게 건넸다. "네 사람이 어디 있었는지 자석을 붙여주세요."

주리가 검은색 자석 세 개를 기계실 오른편 앞쪽의 난간 근처에 붙였다. 마지막 하나는 난간을 표시한 점선 바깥에 붙였다.

"아사이와 저는 기계실 그늘에 숨어 있었어요. 고개를 쭉 빼고 네 사람이 뭘 하는지 지켜봤어요."

"이 각도에선 네 사람의 옆얼굴이 보였겠군요?"

"맞아요. 그래서 얼굴도 보였어요. 목소리도 들렸고요."

"옥상 출입문에서 3미터 넘게 떨어진 곳입니다. 그렇게 멀리까지는 건물 안의 불빛이 닿지 않을 텐데요. 그런데도 얼굴이 보였나요?"

"기계실 출입구에 조명이 켜져 있었어요. 밤에 옥상에 나간 게 처음이라 그런 데 전등이 있는지도 몰랐지만, 분명히 켜져 있었어요."

"판사님, 배심원 여러분. 세번째 사진을 봐주십시오."

후지노 검사가 칠판에 붙인 사진을 가리켰다. "기계실 문 위에 갓을 씌운 형광등이 달려 있습니다."

다케다 배심원장이 고개를 끄덕이며 옆자리의 오야마다 오사무에게 뭐라고 속삭였다. 그것을 확인하듯 틈을 두었다가 검사는 증인을 바라보았다.

"증인과 아사이 씨는 기계실 그늘에 숨어 그곳에서 벌어지는 일을 지켜본 거죠?"

미야케 주리가 고개를 크게 끄덕거렸다. 마리코의 눈에는 그 희고 야윈 얼굴이 공포로 마비된 듯 보였다.

"그때 저도, 넷 중 하나가 오이데라는 걸 알았어요."

"틀림없습니까?"

"틀림없어요. 목소리가 들렸고, 나머지 두 사람이 '슌짱'이라고 부르는 소리도 들었어요."

"나머지 두 사람이란 난간 안쪽의 세 사람 중 둘을 뜻하죠?"

"맞아요."

"그럼 난간 바깥쪽으로 넘어간 사람은 누구죠?"

"가시와기 다쿠야였어요."

주리가 두 손을 어깨 높이로 올리고 열 손가락을 구부렸다.

"난간 너머의 좁은 디딤대에 이쪽을 보고 서서, 손가락으로 이렇게 철조망을 붙잡고 있었어요."

"가시와기 군이 '슌짱'을 비롯한 세 사람에게 무슨 말을 했나요?"

"그애가 뭐라고 하는지는 안 들렸어요. 몹시 추워 보였고, 점퍼가 바람에 부풀어올랐어요. 무릎을 구부리고 필사적으로 철조망에 매달려 있는 것 같았어요."

"난간 안쪽의 세 사람은 뭘 했나요?"

"큰 소리로 뛰어내리라느니 뭐라느니 하면서 떠들었어요."

그리고는 갑자기 주리가 숨쉬기 괴로운 것처럼 양손으로 목을 눌렀다.

"그리고 '두 번 다시 오이데에게 반항하지 않겠습니다'라고 말하라고 가시와기에게 시켰어요."

"피고인이 한 말인가요?"

"나머지 두 사람이었던 것 같아요. 정확하게는 '두 번 다시 순짱에게 반항하지 않겠다고 맹세해'였던 것 같아요. 그러면서 셋이 난간 너머의 가시와기를 찌르고, 손가락을 철조망에서 떼어내려 했어요."

주리의 숨결이 거칠어졌다. 그녀의 숨소리 외에 들리는 것은 냉풍기 소리뿐이었다. 냉기 같은 침묵이 간이법정을 가득 메웠다. 그날 밤 이 학교 옥상에도 가득했을 냉기가 유령처럼 되살아나 법정을 지배했다.

한여름인데도 숨을 내뱉으면 하얗게 변할 것 같아 마리코는 무서웠다.

그 무서운 침묵을 배심원들이 충분히 맛보기를 기다렸다 검사가 물었다. "그래서 어떻게 됐죠?"

"가, 가시와기가."

주리는 여전히 호흡이 거칠었다. 말투도 흐트러지기 시작했다.

"찌르고, 노, 놀리는 걸 피하려고—난간 너머, 디딤대에서 이리저리 움직이고, 고개를 숙이기도 했어요. 그러던 중에."

헉헉거리며 가쁜 숨을 몰아쉬었다.

"그러던 중에?" 검사가 몰아붙였다.

"눈 깜짝할 새였어요. 순식간에 가시와기의 모습이 사라졌어요. 저는 한동안, 그애가 아래로 떨어졌다는 걸 몰랐어요."

"발이 미끄러졌을까요?"

"그랬을 거예요. 하지만 그때는 몰랐어요. 오이데가 큰 소리로 뭐라고 하면서 철조망을 손으로 두드렸고, 가시와기는 그걸 피하려고 했는데, 다시 보니 어느새 사라져버려서."

주리가 앉은 채로 몸을 바르르 떨었다. 두 눈에 눈물이 흘러넘쳤다.

"마쓰코랑 저는 너무 무서워서 그 자리에서 꼼짝할 수 없었어요. 잔뜩 웅크리고 기계실 그늘에 숨어 있었어요. 세 명은 진짜 떨어졌다느니 큰일났다느니 막 떠들면서 웃어댔어요. 엄청 신이 난 것 같았어요."

"신이 났다고요?"

"네. 됐어! 라고도 하고, 굉장하다! 라고도 했어요."

주리가 몸을 앞으로 숙이고 가슴 앞에 단단히 팔짱을 끼었다. 얼굴에서 표정이 사라지고 이마와 뺨에 땀이 맺히기 시작했다.

"저는 너무 무서워서, 다른 생각은 못 하고, 마쓰코의 손을 잡아끌고 도망쳤어요. 뒤도 안 돌아보고 도망쳤어요."

"오이데 일행이 증인과 아사이 씨가 있다는 걸 알아챘나요?"

"자기들끼리 야단법석을 떠느라 몰랐어요."

"증인과 아사이 씨는 올라갈 때와 같은 경로로 나왔습니까?"

"네. 정신없이 뛰어서 학교 밖으로 나왔고, 근처 주유소―건널목이 있는 데까지 달려갔어요."

"미야케 씨."

후지노 검사의 목소리에 힘이 들어갔다.

"다음날 아침 가시와기 군의 유체가 발견된 장소는 뒷문 안쪽의 학교 건물 벽 근처였습니다. 쌓인 눈더미 속에서 발견됐어요."

주리가 증인석에서 웅크린 채로 고개를 끄덕였다.

"증인과 아사이 씨는 건물 뒤쪽으로 나와 뒷문을 통과했는데, 그때 유체를 보지 못했나요?"

주리가 고개를 세차게 흔들며 숨을 헐떡거렸다. "못 봤어요."

"가시와기 군의 유체가 여기 증인이 자석을 붙인 위치에서 똑바로 낙하했다면 뒷문 바로 옆에 떨어졌을 겁니다. 증인과 아사이 씨는 유체를 알아보지 못했나요?"

"도망칠 때는 그런 걸 못 봤어요. 바로 옆을 스쳤을지 모르시만, 깜깜했고, 머릿속이 새하얘서 오로지 도망가야 한다는 생각뿐이었어요."

말을 멈추더니 주리가 의자에서 미끄러져내려가 바닥에 털썩 주저앉았다. 등이 위아래로 크게 들썩거렸다. 뒤쪽 자리에서 오자키 선생이 일어섰다. 검사가 재빨리 손을 들었다.

"판사님, 휴식을 취하게 해주십시오."

"오 분간 휴정합니다."

오자키 선생이 미야케 주리를 안아 일으켜 증인석에서 데리고 밖으로 나갔다. 문이 열렸다가 다시 닫히고 나서도 법정은 여전히 얼어붙은 듯한 침묵에 휩싸여 있었다.

하라다 히토시가 혼잣말처럼 나지막이 중얼거렸다. "저런 과다호흡은 비닐봉지를 씌우면 금방 가라앉는데."

모두 그를 바라보았다.

"―이산화탄소를 마셔야 하니까."

설명을 덧붙이고 하라다 히토시는 입을 다물었다. 그와 교대하듯 오야마다 오사무가 모두의 얼굴을 둘러보았다.

"그럼 구급차는 안 불러도 되는 거지?"

그 말에는 아무도 고개를 끄덕이지 않았다. 불안한 눈빛이 오갔다.

키다리 배심원장이 일어서서 판사를 불렀다.

"이노우에―가 아니라 판사님. 이거 계속할 거야?"

판사가 은테 안경을 밀어올렸다. "무슨 뜻이지?"

"증인신문 말이야. 미야케 증인이 계속 말하긴 힘들 것 같은데."

역시 다케다는 배려심이 있다.

야마노 가나메가 마리코의 손을 놓았다. 치마 주머니에서 손수건을 꺼내 눈가와 이마를 닦고 고맙다는 듯한 눈빛으로 마리코에게 미소지었다. 연분홍색 레이스가 달린 하얀 손수건. 말끔하게 다림질해서 네모나게 개켜두었다. 영락없이 가나메답다.

"난 진술조서로 충분하다고 생각해. 아주 상세하게 쓰여 있으니까. 미야케는 진술조서를 만들면서 후지노 검사에게 말한 것만으로 한계에 다다른 게 아닐까?"

다케다 배심원장이 공격의 화살을 변호인에게 돌렸다.

"간바라, 어떻게 생각해? 반대신문을 꼭 해야 할까?"

간바라 변호인은 말없이 생각에 잠겼다. 판사가 책상에 양팔을 괴고 손깍지를 낀 채 모두를 둘러보고 말했다. "휴정 시간을 십오 분으로 연장한다. 후지노, 사사키와 하기오를 데리고 퇴정해줘."

검사의 눈꼬리가 바짝 치켜올라갔다. "이유가 뭐죠?"

"방금 제안에 관해 나와 배심원과 변호인이 협의할 거야."

"우리는 입다물고 있으란 얘기야?" 이번에는 가즈미가 발끈했다.

"그래."

"부당한 처사입니다." 고로가 말했다.

"그쪽 의견은 알았어. 퇴정해. 이제 십이 분 남았어."

후지노 료코가 판사를 노려보며 자리에서 일어섰다. 그러고는 말없이 사무관들을 재촉해 뒷문으로 나갔다.

"변호인의 의향은?"

양손을 책상에 얹은 간바라 변호인이 조금 전 판사가 그랬듯 손깍지를 끼더니 그 위에 이마를 댔다. 마리코는 그가 변호인석에서 이렇게 고개 숙인 모습을 처음 보았다.

"간바라." 판사가 불렀다.

"이노우에 판사님."

살짝 흔들리는 달콤한 목소리가 들렸다. 가나메다. 마리코 옆에서 고개를 꼿꼿이 들고 판사를 바라보았다.

"난 증인신문을 계속했으면 좋겠어."

다케다 배심원장이 걱정스러운 눈빛을 띠었다. "야마노—"

"내가 아사이랑 친했다는, 그런 이유 때문이 아니야." 가나메가 선수를 치며 말했다. 당찬 모습이었다. "방금 증언에서만도 걸리는 부분이 있었어. 다들 못 알아챘어?"

"어디 말이지?" 판사가 물었다. 간바라 변호인도 고개를 들고 가나메를 바라보았다.

"미야케는 오이데 일행이 가시와기를 밀어뜨리고 옥상에서 소란을 떠는 와중에 도망쳤다고 했어. 그런데 그애가 썼다는 고발장에는 오이데 일행 '세 사람은 웃으면서 도망쳤'다고 쓰여 있어. 앞뒤가 안 맞아. 먼저 나가버렸다면 오이데 일행이 어떻게 도망쳤는지 못 봤을 테니 알 리 없잖아."

누군가 휘익 휘파람을 불었다. 오야마다 오사무다. "논리적이야. 응, 로지컬하네."

마리코는 혼신의 힘을 다해 말하는 가나메의 손이 떨리는 것을 지켜보았다.

"도망칠 때 가시와기를 못 봤다는 것도 이상해. 심정적으로 따져보면 말이야. 내가 만약 같은 입장이었다면 가시와기가 어떻게 됐는지—어쩌면 아직 살아 있을지도 모르니까 반드시 확인했을 거야."

"하긴, 오이데도 확인은 했겠지."

하라다 히토시가 다시 중얼거렸다. "정말 죽었는지 어떤지 나 같으면 확인할 거야."

"양쪽 다 그럴 여유가 없었을지 몰라." 배심원장이 말했다. "나는 그렇게 이상한 것 같진 않아. 특히 아사이랑 미야케는 우물쭈물하다가는 자기들까지 어떻게 될지 몰라서 완전 겁에 질린 상태였잖아."

"하지만 가시와기는 틀림없이 두 사람이 지나갔다는 길에 쓰러져 있었을 거야."

가나메가 울먹이는 목소리로 말했다. 입술도 떨리기 시작했다.

"바로 옆을 지나쳤다면 못 봤을 리 없어. 다음날 아침 노다가 발견했을 때 가시와기 몸은 눈더미에 파묻혀 있었어. 하지만 떨어진 직후라면 아직 눈이 쌓이지 않았을 테고, 그날 밤 눈이 갑자기 많이 내리기 시작한 건 자정이 지나서였어. 그전까지는 조금씩 흩날려도 쌓일 정도는 아니었다고. 난 확실히 기억해."

노리코와 야요이도 고개를 끄덕거렸다.

"자, 잠깐. 타임." 고사카 유키오가 끼어들었다. 모두의 시선이 쏠리자 얼굴이 새빨개졌다.

"저어, 배심원들끼리 의논하는 건 맨 마지막 순서 아냐?"

"뭐, 그건 그렇지만."

이노우에 판사가 씁쓸하게 웃더니 바람이 통하게 하려는 듯 검은 판사복을 펄럭거렸다. "하지만 혹시 여기서 미야케가 쓰러지기라도 하면 재판 자체를 중단해야 할 수도 있어."

"의외로 심약하네."

나지막이 중얼거린 사람은 하라다 히토시였다.

"과다호흡으로는 안 죽어."

"하라다. 냉혹하구나."

노리코가 말하자 그가 웃었다. "현실적이라고 해줘."

"정말." 야요이가 웃었다.

마리코 옆에서 고사카 유키오가 뭐라고 중얼거렸다.

"뭐?"

"음, 그게, 이런 얘기를 해도 된다면 말인데."

콧잔등이 또 땀으로 번들거렸다.

"미, 미야케가 옥상 기계실 출입구에 불이 켜져 있었다고 증언한 건 충격이었어."

"왜?"

"난 몰랐거든. 진짜로 밤중에 옥상에 올라가본 사람이 아니면, 그런 데

전등이 있는 건 모르잖아?"

그러자 "알아"라는 목소리가 들려왔다. 그것도 여럿. 다케다 배심원장과 오야마다 오사무, 하라다 히토시였다.

유키오가 몸을 젖히며 놀랐다. "어떻게?"

"방과후 특별활동을 하다보면 보여. 날씨가 흐린 날이나, 또 겨울이면 해가 짧으니까."

"누가 옥상에 점검하러 올라가도 거기 불이 켜지고."

하라다 히토시가 고개를 끄덕이며 말을 보탰다. "운동장 가장자리에서 올려다보면 보여."

아, 그렇구나―유키오가 공기가 빠져나간 듯 움츠러들었다. 이노우에 판사가 쯧쯧 혀를 찼다. "그 정도 선에서 끝내."

"판사님." 간바라 변호인이 일어섰다. "배심원 여러분."

침착했다. 전혀 허둥거리지 않았다.

"변호인 측에서 미야케 증인에게 묻고 싶은 건 단 한 가지입니다. 일 분만 주시면 반대신문을 마치겠습니다. 나머지는 검사 측에서 하기 나름이고요."

"그럼 후지노에게 심문 사항을 추리라고 해야겠군."

판사가 한숨을 섞어 말하더니 이번에는 몸소 복도로 나갔다.

"야마노, 괜찮아?"

간바라 변호인이 가나메에게 말을 걸었다. 가나메는 눈물을 글썽이고 있었다.

"괜찮아."

다시 손수건을 꺼내 얼굴을 닦았다. 이번에는 그녀가 먼저 마리코의 손을 찾아 쥐기에 마리코도 꼭 잡아주었다.

"너, 여기 앉을래?"

배심원석 반대편 끝자리에서 숨을 죽이고 조용히 있던 가쓰키 게이코가 난데없이 가나메에게 말했다. 친근한 말투에 목소리에도 웃음이 어려 있었다.

"이쪽에서 증인님 얼굴이 잘 보이거든. 빤히 바라봐줘."

"가쓰키, 쓸데없는 소리 하지 마."

배심원장에게 핀잔을 들은 가쓰키 게이코가 흥 하며 다리를 꼬았다.

우리는 어느 편일까? 마리코는 혼란스러워지기 시작했다. 새삼스레 다시 간이법정 안을 둘러보았다. 그러다 간바라 변호인과 눈이 마주쳤다.

그가 입가에 미소를 머금었다. 마리코는 부끄러워서 황급히 고개를 숙였다.

증인석으로 돌아온 미야케 주리는 축 처져 있었다. 얼굴은 한층 창백했다. 손수건을 손에 들고 있다.

"배심원 모두 증인의 건강상태를 염려해 예정했던 질문 몇 가지를 생략하기로 했습니다. 앞으로 십 분 정도면 주신문이 끝납니다. 괜찮을까요?"

검사의 말에도 말없이 고개를 끄덕일 뿐이었다.

"증인과 아사이 씨는 가시와기 다쿠야 군이 살해당하는 현장을 목격하고서."

주리가 다시 한번 고개를 끄덕이고 손에 든 손수건을 움켜쥐었다.

"그 얘기를 누군가에게 했습니까?"

"아니요."

"경찰에 신고했습니까?"

"아니요."

"부모님과 상의했습니까?"

"아니요."

"아사이 씨와 둘이 고발장을 만들어서 우체통에 넣은 건 해가 바뀐

1월 6일이었죠?"

"맞아요."

"그때까지 사건에 대해 입다물고 있었습니까?"

"네."

"왜 아무한테도 말하지 않았죠?"

"아까도 말했지만, 마쓰코—아사이나 제가 뭐라고 한들 아무도 안 믿어줄 거라고 생각했으니까요."

"그렇지만 증인과 아사이 씨는 거짓말을 할 사람들이 아니잖아요? 평소 주위에서 그런 소리를 듣지도 않았고요."

"너무 황당한 사건이라 믿어주지 않을 줄 알았어요."

"부모님조차도?"

"가족에게 걱정 끼치고 싶지 않았어요. 그건 마쓰코—아사이도 마찬가지였고요."

"증인이 늘 부르던 대로 불러도 상관없습니다."

후지노 검사가 증인에게 웃어 보였다.

"아무리 그래도, 그런 큰 비밀을 둘이서만 떠안고 있기는 괴로웠을 텐데요."

"마쓰코나 저나 오이데 일행이 금방 잡힐 줄 알았어요."

"세 사람이 가시와기를 죽인 게 금방 들통날 거라고요?"

"맞아요."

"확인하겠습니다. 증인은 옥상에 있었던 세 명 중 오이데 슌지—피고인의 얼굴을 똑똑이 봤습니까?"

"봤어요."

"나머지 두 사람이 누군지도 알아볼 수 있었나요?"

"그 자리에서는 잘 몰랐어요. 마쓰코랑 얘기하던 중에, 오이데와 같이 있었으니 틀림없이 하시다와 이구치일 거라는 생각이 들었어요. 실루엣도 두 사람 체형과 비슷했으니까."

"요컨대 하시다 유타로 군과 이구치 미쓰루 군에 대해서는 확증이 없었다?"

"네."

"그런데 고발장에는 왜 그렇게 썼죠?"

"마쓰코랑 의논해서 결정했어요."

"지금도 그 생각은 변함없습니까?"

"네."

"이구치 군은 이 법정에서 12월 24일 오이데 군을 만나지 않았고 같이 행동하지 않았다고 증언했는데, 그건 어떻게 생각하나요?"

"거짓말이에요."

마리코 옆에서 가나메가 한숨을 내쉬었다. 저 끝에 있던 가쓰키 게이코가 일부러 발끝을 높이 치켜들고 다리를 바꿔 꼬았다.

"고발장을 써서 사건을 알리자고 제안한 건 누구였나요?"

"저요."

"내용은 누가 생각했죠?"

"마쓰코랑 둘이 같이 생각했어요."

"세 통을 써서 세 사람 앞으로 보냈죠? 이름을 말씀해주시죠."

"당시 교장이었던 쓰자키 선생님과 담임이었던 모리우치 선생님, 그리고 가시와랑 저랑 같은 반이었던 후지노 료코입니다."

"저 말이죠?" 검사가 자기 코끝을 손가락으로 가리켰다.

"네, 맞아요."

"같은 반 아이들 중 왜 후지노 료코를 선택했나요?"

"반장이었고, 아버지가 경찰이라고 해서요."

"경찰에 직접 신고할 생각은 안 해봤나요?"

"진지하게 받아줄 것 같지 않아서 처음부터 생각도 안 했어요."

"방송국으로 고발장을 보낼 생각은요?"

"그런 생각은 전혀 안 했어요."

"어디까지나 학교 안에서 신뢰할 수 있는 사람에게 보내고 싶었군요."

"그래요."

"증인과 아사이 씨의 의견이 일치했습니까?"

"완전히 일치했어요. 후지노가 좋겠다는 말을 꺼낸 건 마쓰코였어요. 마쓰코는 후지노에게 가장 많이 기대했어요."

검사는 딱히 아무런 대꾸도 하지 않았다.

"고발장을 쓰기 시작한 것은 언제입니까?"

"생각은 계속 하고 있었지만, 내용을 결정하고 쓰기 시작한 건 1월 3일 지나서였던 것 같아요."

"그 사이에도 오이데 일행이 잡혀가길 기대했군요."

"네. 분명히 잡힐 줄 알았어요."

"그런데 좀처럼 그런 소식이 들려오지 않아서 고발장이라는 수단을 생각해냈고요."

"맞아요."

검사가 판사와 배심원들을 둘러보았다. "진술조서 첨부자료에 아사이 마쓰코 씨와 증인이 12월 31일 오후 네시 무렵, 함께 편의점 방범카메라에 찍힌 영상의 복사본이 있습니다."

"같이 사인펜을 사러 갔어요." 증인이 말을 이었다. "12월 24일 밤에도 마쓰코랑 그 편의점에서 만났어요. 저희 집 근처 '라라 파슬리'라는 곳이요."

"고발장을 발송한 게 1월 6일이 맞습니까?"

"네, 분명해요."

"어디 우체통이었나요?"

"마쓰코랑 같이 버스를 타고 중앙우체국까지 갔어요. 집 근처에서 보내기는 무서웠어요."

"왜죠?"

"소인을 보고 발신자가 이 근처에 사는 사람이라는 걸 알아낼지 모르니까요. 필적을 숨긴 것도 신원이 밝혀지는 게 싫어서였어요."

"증인과 아사이 씨는 올바른 일을 하려던 거잖아요? 그런데 왜 신원을 감추고 싶었죠?"

"오이데 일행이 알면, 이번에는 저나 마쓰코도 살해당할지 모른다고 생각했으니까."

낯빛은 창백하지만 주리의 음성은 이제 완전히 차분했다. 답변에도 망설임이 없었다.

살해당할지 모른다. 그런 말을 저렇게 침착하게 하다니—마리코에겐 불가능한 일이다. 나는 도저히 그럴 수 없다. 살해당할지 모른다는 두려움에 떨면서, 살인사건을 목격한 사실을 부모님한테도 털어놓지 않고 줄곧 감추고 있는 것도 도저히 무리다.

"그런데 미야케 씨."

후지노 검사가 오른발에서 왼발로 체중을 옮기며 목소리를 살짝 낮췄다.

"그 고발장 때문에 증인과 아사이 씨는 상상도 못 한 소동이 벌어졌습니다."

"네." 주리가 고개를 끄덕였다.

"그렇게 요란해지는 건 마쓰코나 저나 원치 않았어요. 게다가 〈뉴스어드벤처〉 때문에 오히려 오이데 일행을 두둔하는 사람들이 나타나서 저희는 크게 충격받았고요."

"증거도 없는데 평소 행실이 나쁘다는 이유만으로 살인범으로 몰렸다고 그들을 동정하는 의견이 나온 것 말이죠?"

"맞아요. 그래서 마쓰코가 두려워했어요."

"두려워해요?"

"동정을 산 덕에 이대로 그애들이 아무 추궁도 받지 않고 넘어가면, 틀림없이 고발장을 쓴 사람을 찾아내 복수할 거라고요."

"오이데 일행이 그런 일을 할 수 있다고 생각했나요?"

"그야 프로그램을 봤으면 누구나 그렇게 생각했을 거잖아요?"

주리의 목소리가 튀어올랐다.

"오이데한테는 완전 조폭 같은 아버지가 있어요! 기자를 때리고 쓰자키 선생님도 위협했어요. 돈도 있겠다, 복수를 위해서라면 무슨 짓이든 할 수 있잖아요."

주리는 이제 괴로움 때문이 아니라 흥분으로 숨이 헐떡였다.

"저는 그 프로그램에서 봤어요. 다들 봤잖아요? 잊었어요? 그애들은 2월에 4중학교 학생을 때리고 차서 반쯤 죽여놨어요! 가시와기를 죽이고 나서도 반성하기는커녕 두려워하지도 않았어요. 또다른 애를 괴롭혔다고요."

"이의 있습니다."

섬뜩하리만치 조용하게, 표정 하나 변하지 않고 지금까지 지켜보던 간바라 변호인이 차분하게 끼어들었다.

"방금 증인이 언급한 사건은 이 법정에서 증거로 채택되지 않았습니다."

"증인." 판사가 나섰다. "텔레비전에서 본 내용만으로 증언하면 안 됩니다."

"그렇지만 다들 봤잖아? 텔레비전에서 모기 씨가 보도했잖아!"

주리가 증인석에서 일어섰다. 목소리가 히스테릭하게 높아졌다.

"걔들은 그런 애들이야! 게다가 오이데 아버지는 돈으로 피해자 입을 막고 사건을 무마해버렸어."

"증인, 그 건에 관해 발언하면 안 됩니다."

"텔레비전에 나왔어! 확실한 근거가 있는 거잖아!"

"이 법정에서는 텔레비전에서 보도되었다고 해서 사실로 인정하진 않습니다. 증인은 자리에 앉으십시오."

"미야케 씨, 앉으세요."

검사까지 재촉하자 주리가 어깨를 떨며 자리에 앉았다. 그러나 말은 멈추지 않았다.

"여기 있는 사람들은 정의 같은 건 어떻게 되든 상관없는 거야? 나쁜 짓을 한 사람이 벌을 안 받아도 괜찮은 거냐고!"

"증인, 조용히 하세요."

"자기랑 관계없으니까, 자기는 무사하니까 모른 척하는 거야? 마쓰코는 죽었어! 그애도 오이데 패거리가 죽인 거나 다름없는데 다들 시치미 떼고—"

판사가 의사봉을 두드리려는 순간 후지노 료코가 큰 소리로 증인을 나무랐다.

"조용히 하세요, 미야케 씨!"

주리가 움찔하며 긴장했다.

"정신 차리세요. 여기서는 아무리 소리질러도 소용없어요."

주리는 입을 다물었지만, 그래도 흥분이 가라앉지 않는 듯 손바닥을 치마에 문지르고 팔짱을 꼈다 풀었다 했다.

"3학년 새 학기가 시작되고, 4월 20일 오후 세시가 지났을 무렵."

여전히 불안하게 움직이며 주리가 고개를 끄덕였다.

"아사이 마쓰코 씨가 교통사고를 당했습니다."

"—네."

"그날 증인은 아사이 씨를 만났습니까?"

"사고를 당하기 직전에 마쓰코가 우리 집에 왔었어요. 둘이서 얘기를 했어요."

배심원 몇 명이 숨을 삼키는 기척이 느껴졌다. 마리코는 무심코 가나메의 얼굴을 보았다. 뺨에서 핏기가 가셨다.

"무슨 얘기를 했죠?"

"가시와기 사건에 대해서요. 마쓰코가 벌벌 떨면서 몹시 동요했어요."

"왜 동요했을까요?"

"그야!"

주리가 조바심을 내며 손바닥으로 허벅지를 내리쳤다.

"일주일 전에 〈뉴스어드벤처〉 특집을 보고 오이데 아버지가 어떤 사람인지 알았으니까요. 이틀 후 학교에서 보호자 모임이 열렸지만 장황한 의견만 오가고 전혀 진전이 없었던 것에도 절망했어요. 마쓰코 어머니가 모임에 나가서 이런 얘기를 들었다고 했어요. 고발장은 엉터리다. 아직도 그 타령이냐. 경찰서 형사까지 그렇게 주장하면서 수사를 미비하게 한 자기들 잘못을 얼버무리려 했다고요."

주리가 눈꼬리를 치켜세우고 목소리를 높였다.

"이대로라면 오이데 패거리는 자유의 몸이다. 나랑 주리짱이 사건을 목격하고 고발장을 쓴 것도 틀림없이 들통날 거라며 마쓰코가 울었어요. 매스컴이 작정하고 나서서 조사하면 금방이라고요. 그렇지만 저는, 저는—"

말이 뜻대로 나오지 않는지 입을 뻐끔거렸다.

"그렇게 혼자 고민하면 안 된다고 했어요. 포기하긴 아직 이르다고. 모기 씨는 믿을 만한 사람 같았고, 조용히 참고 기다리면 틀림없이 좋게 풀릴 거라고 마쓰코를 설득했어요."

네, 설득했어요. 주먹으로 허벅지를 때리며 다시 말했다.

"아사이 씨와 헤어진 것은 몇시쯤이었나요?"

"자세히 기억나진 않아요. 세시 전이었던 것 같아요."

"헤어질 때, 아사이 씨는 어땠나요?"

"얼굴빛이 안 좋고 울상이었어요. 무척 불안해 보였고요. 그래서 제가 조심해서 가라고 했어요. 분명히 그렇게 말했는데, 마쓰코는."

목소리가 갈라지며 뒤집히더니, 주리의 눈에서 별안간 눈물이 뚝뚝 떨어졌다.

"넋을 놓고 있다가 트럭 앞으로 뛰어들었어요."

"사고 목격자는 아사이 씨 부모님에게 '여학생이 갑자기 뛰어들었다'고 증언했습니다."

냉정하게 받아치는 검사의 말에 주리가 울상인 채로 고개를 저었다.

"몰라요. 사고가 어떻게 났는지는. 전 못 봤으니까."

"아사이 씨가 겁을 먹고 동요했다. 증인과 자기가 고발장을 썼다는 게 들통날까봐 걱정했다. 그래서 제정신이 아니었다. 그런 뜻이죠?"

"맞아요. 제가 하고 싶은 말이 바로 그거예요. 넋이 나갔다고 할까, 불안함을 못 이겨서 노이로제 상태인 것 같았어요."

증언을 듣던 가나메가 아래를 내려다보며 손을 꽉 쥐었다. 치마 주름을 움켜쥐고 있었다.

"저랑 헤어지고 혼자 남으니까 무서워져서, 마구 뛰어서 집으로 가려 한 게 아닐까 해요."

주리가 거기까지 말하고 숨을 크게 내쉬었다. 가나메의 손은 여전히 치마 주름을 움켜쥐고 있었다. 손가락 관절이 튀어나올 정도로 세게, 힘주어서.

"증인은 조금 전 아사이도 '오이데 패거리가 죽인 거나 다름없다'고 했는데, 그 말은?"

"죄송합니다." 주리가 재빨리 사과했다. 적당히 뭉쳐서 던져버리는 듯한 말투였다. "마음이요. 제 마음이 그랬다는 뜻이에요. 오이데가 마쓰코를 트럭 앞으로 떠밀었다는 건 아니에요."

"배심원 여러분, 증인 발언의 진의를 알아주십시오."

검사가 배심원들을 둘러보았다. 마리코는 료코와 시선을 맞추려 했지만 료코는 누구와도 시선을 맞추지 않았다. 한 번 휴정하고 나서는 줄곧 그랬다. 어디도 보지 않고 오로지 심문을 이어가는 데 집중했다. 판사도 변호인도 눈에 들어오지 않는 것 같았다.

—보고 싶지 않은 건지도 몰라.

별안간 그런 생각이 머릿속을 스쳐 마리코는 스스로도 놀랐다. 내가 왜 이런 생각을 한담.

"사고가 일어난 지 사흘 만에 아사이 씨는 세상을 떠났습니다." 검사가 말을 이었다. "많이 괴로웠겠군요."

"네." 주리가 고개를 끄덕이며 손수건으로 눈물을 훔쳤다. "충격 때문에 목소리가 안 나왔어요."

"지금은 괜찮습니까?"

"나오게 됐어요. 이 재판에서 증언하고 싶었으니까."

닦고 또 닦아도 주리의 눈물은 멈추지 않았다. 말이 띄엄띄엄 끊겼다.

"마쓰코를 위해—증언하고 싶었으니까, 내 목소리가, 도, 돌아올 수 있게 마쓰코가 도와준—거라고 생각해요."

치마 주름을 움켜쥔 야마노 가나메의 손등으로 눈물 한 방울이 똑 떨어졌다. 한 방울뿐이었다. 가나메는 씩씩하게 고개를 들고 치마를 놓고서 손가락으로 눈가를 훔쳤다.

"용기 내어 증언해주서서 감사합니다."

후지노 검사가 자리에 앉았다. 미야케 주리가 나지막이 흐느끼며 손수건으로 얼굴을 가렸다. 마리코는 교실 뒤쪽으로 시선을 던졌다. 오자키 선생은 걱정스러운 표정이었지만 자리에서 일어나진 않았다.

"변호인, 반대신문 있습니까?"

"네."

간바라 가즈히코가 자리에서 일어나 양손을 책상에 얹고 미야케 주리를 바라보았다.

"미야케 씨, 마음이 좀 가라앉았습니까?"

주리는 대답하지 않고 고개를 숙인 채 손수건으로 얼굴을 가리고 있었다.

"제가 미야케 씨에게 하고 싶은 질문은 딱 하나뿐입니다. 여쭤봐도 될까요? 아니면 좀더 기다릴까요?"

주리가 얼굴을 들었다. 눈이 새빨갛고 뺨이 젖어 있다.

"하세요, 괜찮아요." 대답한 뒤 주리가 짧게 흐느꼈다.

"고맙습니다."

간바라 변호인이 고개를 숙였다. 그리고 책상에서 손을 떼고 자세를 바로잡았다.

"미야케 주리 씨."

"네."

"가시와기 군이 살해당하는 현장을 목격했다는 당신의 증언은 진실입니까?"

냉기 대신 묵직한 침묵이 주위를 에워쌌다. 모두가 숨을 죽였다. 증인석의 미야케 주리마저 한순간 숨을 멈춘 것 같았다.

"뭐…… 뭐라고요?"

울어서 목이 잠긴 것이 아니라 정말로 말이 차마 밖으로 나오지 않는지, 주리가 띄엄띄엄 되물었다. "뭐라고, 뭐라고 했어?"

"질문의 뜻을 모르시겠습니까?"

말투는 부드럽고 표정도 온화하지만, 간바라 가즈히코의 눈가와 뺨에 웃음기라고는 없었다. 눈동자가 맑았다.

"그럼 표현을 바꿔보죠. 미야케 주리 씨, 당신은 정말로 직접 겪은 일을 증언하는 겁니까? 아니면 머릿속으로 만들어낸, 있지도 않은 얘기를 하는 겁니까? 어느 쪽입니까? 대답해주십시오."

그러더니 곧바로 부드럽게 덧붙였다. "선서했다는 걸 잊으면 안 됩니다."

굳어 있던 후지노 료코가 벌떡 일어섰다. "판사님!"

"이의는 기각합니다. 증인은 대답하세요."

그렇다, 대답이 듣고 싶다. 미야케, 대답해. 마리코도 마음속으로 외쳤다. 대답해.

휘둥그레 뜬 미야케 주리의 눈에서 또다시 눈물이 흘러넘쳤다. 입술이 바르르 떨렸다.

"다시 한번 질문할까요?"

간바라 변호인의 말투는 더할나위없이 차분하고 담담했다.

"당신의 증언은 진실입니까?"

주리를 똑바로 응시하는 눈빛에도, 차분하게 확인하는 질문에도 힐문의 기색은 없다. 거기 깃든 것은 전혀 다른 감정이다.

─꼭 위로하는 것 같아.

순간 마리코는 그런 생각을 했다.

눈을 크게 뜨고 눈물을 흘리던 주리의 얼굴이 순간 경련이 일듯 꿈틀거렸다. 얼굴이 더욱 일그러지고 입은 크게 벌어졌다. 주리는 손수건을 쥔 손에 다른 한 손을 얹고서 마치 구역질을 참아내듯 입을 틀어막았다. 우우, 하는 신음소리가 새나왔다.

"─진실이에요."

그 대답을 들은 순간, 변호인의 어깨가 축 처지는 것을 마리코는 보았다. 안심한 게 아니다. 맥이 풀린 것도 아니다.

─실망했구나.

게다가 저 서글픈 눈빛은 뭘까. 아까와 비슷하다. 위로하는 거야?

아니, 그게 아니다. 자기가 왜 그런 생각을 하는지 마리코는 알 수가 없었다. 내가 왜 이러지? 이상해. 뭐가 잘못됐나봐.

그렇지만 저 얼굴. 눈 깜짝할 사이이긴 했지만, 간바라가 보인 눈빛. 다들 알아챘을까.

―미안해.

미야케 주리에게 사과하는 눈빛이었다.

"반대신문을 마치겠습니다."

증인에게서 시선을 돌려 간바라 변호인이 자리에 앉았다. 마리코는 가슴에 손을 얹었다. 심장이 두근두근했다. 진정해, 진정해. 내가 이상한 거야.

오자키 선생이 앞으로 나와 몸을 숙이고 우는 주리를 증인석에서 일으켜세웠다. 주리의 발걸음이 휘청거렸다. 한 걸음 한 걸음, 술 취한 사람처럼 비틀거리며 뒤쪽으로 물러났다.

문득 돌아보았다. 오자키 선생의 팔에서 벗어나듯 몸을 비틀며 이쪽을 돌아보았다.

그러나 그뿐이었다. 미야케 주리 증인의 차례는 끝났다. 그녀는 법정을 나갔다. 사실을 증언하고서.

모습을 감추었다.

"다들 쉬어. 정오까지 휴정이야."

이노우에 판사의 말에 배심원들은 한 시간 남짓 법정에서 해방되었다. 모두 대기실로 가는 길에 야마노 가나메가 말을 건넸다.

"구라타, 나 잠깐 밖에서 걷고 싶어. 같이 가줄래?"

마리코가 고개를 끄덕였다. 반가웠다. 마침 마리코도 푸른 하늘이 보고 싶었다.

"조심해야 해."

나란히 계단을 내려가며 마리코가 말했다.

"그래. 그늘로만 걷자."

오늘도 덥잖아—가나메의 말에 마리코는 살짝 맥이 풀렸다.

"응, 그래."

마리코의 말은 아직도 모기 기자가 근처에서 어슬렁거릴지 모르니 조심하자는 뜻이었다.

하긴 그래도 상관없겠지. 또 그 기자가 달려들면 내가 가나메짱을 지켜주면 된다.

운동장에는 아무도 없었다. 강렬한 햇살이 건물에 반사되었고, 밀려오는 모래먼지까지 열기를 품고 있었다. 건물 그늘과 나무 밑을 찾다보니 두 사람은 자연스레 운동장 가를 묵묵히 걷게 되었다.

"아까는 고마웠어."

운동장 건너편의 학교 건물이 정면에 바라보이는 곳까지 왔을 때, 가나메가 입을 열었다.

마리코는 얼굴을 붉혔다. 뭐라고든 대꾸해야 할 테지만 적당한 말이 떠오르지 않았다. 료짱 같으면 전혀 안 그럴 텐데.

"아사이 생각이 자꾸 나서 힘들었어."

가나메가 작은 목소리로 말을 잇고 한 손으로 손차양을 했다. 햇볕을 피하는 것 같기도 하고 눈물을 감추는 것 같기도 했다.

"응." 마리코는 대답했다.

"아까 고사카도 그랬지, 이런 얘기는 아직 하면 안 된다고. 하지만 여기서 구라타한테만 하는 건 괜찮겠지?"

"응."

나는 왜 "응"밖에 못 할까.

가나메가 손을 내리더니 마리코에게 미소를 건넸다.

"미야케한테 좀더 화가 날 줄 알았는데, 아니었어."

"아니었다고?"

"응."

가나메의 눈가가 젖어 있었다.

"그냥 한없이 슬펐어."

8월 중순의 뜨거운 햇볕이 나란히 걷는 두 사람에게 쏟아져내렸다. 그림자가 짙다. 하늘이 푸르다. 그러나 여름방학은 곧 끝난다―마리코는 문득 그런 생각을 했다.

"증언하는 미야케를 보니까, 마짱이 이제 없다는 실감이 나더라."

아사이 마쓰코는 이제 없다.

"미야케는 저렇게 마음껏 말할 수 있는데, 마짱은 아무 말도 할 수 없어. 아무리 자기 심정을, 생각을 말하고 싶어도 할 수 없어. 죽어버렸으니까."

이번에는 손차양이 아니라 아예 손바닥으로 눈가를 감싸듯이 덮고 가나메가 말을 이었다.

"마짱이 없다, 마짱은 죽어버렸다, 그런 생각이 새삼스럽게 자꾸 떠오르는 거야."

마리코가 가나메의 등에 손을 얹었다. 몸의 떨림이 전해져왔다.

"마짱이 죽고 나서 미야케랑 마짱이 고발장을 쓴 것 아니냐는 소문이 퍼졌을 때부터 난 줄곧 생각했어. 마짱은 미야케를 도운 것뿐이라고. 마짱은 착하니까 미야케의 부탁을 거절 못 한 게 틀림없다고."

"응."

마리코가 가나메의 등을 부드럽게 어루만졌다.

"그러니까 이제 와서 미야케가 무슨 말을 하든 놀랄 것 없었어. 그런데 역시 소문으로만 들을 때랑은 전혀 다르단 걸 깨달았어. 정말, 진짜로 본인의 입으로 들으니까 전혀 달랐어."

우리―가나메가 목소리에 힘을 주었다. "다음에는 오이데의 주장도 들어야 하잖아?"

마찬가지라고 말하며 가나메가 마리코를 바라보았다.

"오이데도 처음에는 소문이었어. 그애랑 친구들이 가시와기를 죽인 거 아니냐는."

"그랬지."

"그때도 반쯤은 설마 그애들이 그렇게까지 나쁜 짓을 할까 싶었지만, 반쯤은 정말 그랬을지도 모른다고 생각했어. 그냥 소문일 뿐이고 근거도 없었는데 말이야."

"―다들 그랬어."

"그러니까, 오이데에게도 진짜 사실을 본인 입으로 말할 기회를 줘야 하잖아. 오이데는 살아 있으니까. 말할 수 있으니까. 난 이제야 교내재판 의 의미를 안 것 같아."

너무 늦었지, 가나메가 웃었다. 마리코도 웃으며 고개를 가로저었다. 아냐, 전혀 안 늦었어. 그렇게 생각했다.

"재판이 20일까지지. 오이데는 내일쯤 증언하려나?"

"간바라가 생각하고 있겠지. 분명히 가장 좋은 타이밍을 생각해뒀을 거야."

그렇게 말하고 마리코는 망설였다. 증인 미야케 주리를 마주할 때 간 바라가 마치 사과하는 것처럼, 위로하는 것처럼 보였다는 얘기를 가나메 짱한테 해볼까.

"―수수께끼야."

학교 건물을 바라보며 가나메가 중얼거렸다.

"이것도 새삼스러운 얘기지만, 간바라는 정말 수수께끼야. 마리짱은 그런 생각 안 드니?"

질문을 던진 가나메가 마리코의 대답을 기다리지 않고 자문하듯 말을 이었다.

"왜 변호를 맡았을까. 그애, 무슨 생각을 하고 있는 걸까? 그냥 정의 롭거나 친절해서만은 아닌 것 같아. 갑자기 그런 생각이 들어. 걷잡을 수 없이."

가나메도 그 반대신문에서 뭔가 느낀 거라고 마리코는 짐작했다. 표현하는 말은 달라도 같은 느낌을 받은 거라고.

고사카는—유키오는 어떨까. 배심원장은 어떨까. 료짱은 어떨까.

그리고 다른 누구보다, 노다는 어떨까. 조수인 그는 간바라와 가장 가까이 있다. 뭔가 느끼지 않았을까. 아니, 좀더 나아가 뭔가 알고 있지 않을까.

—뭔가라니, 뭘?

"어."

가나메가 조그맣게 소리를 지르며 폴짝 뛰어올랐다. 가나메의 시선이 향하는 곳에서 누가 운동장을 곧장 가로질러 열심히 뛰어오고 있었다.

순간 아사이 마쓰코인 줄 알았다. 체육시간이 생각났다. 마리코처럼 마쓰코도 몸이 무겁고 발이 느렸다. 게다가 뛰면 가슴이 출렁거려 남자아이들은 물론이고 여자아이들한테도 은근히 웃음을 사곤 했다.

"마짱 엄마다!"

가나메가 뛰어오는 사람을 맞으려고 앞으로 걸어갔다. 숨을 헐떡이며 뛰어오는 사람이 아사이 마쓰코가 아니라 그녀와 체형이 똑 닮은 중년 여자라는 것을 마리코도 번뜩 알아차렸다.

"가나메짱!"

두 사람은 손을 맞잡았다. 아사이의 어머니는 숨이 턱끝까지 찬 듯했다. 가나메를 끌어안으며 숨을 헉헉 몰아쉬었다.

"창밖으로 네가 보이더라."

목소리도 마쓰코랑 많이 닮았다.

"우리는 오늘 못 보는 거 알지만."

"죄송해요."

"집에 있자니 영 진정이 안 돼서."

아사이의 어머니는 크게 심호흡을 하고 빙긋 웃었다.

"와버렸지 뭐야. 그랬더니 쓰자키 선생님이 안에서 같이 기다리자고 하셨어."

아사이의 어머니가 바라보자 차려 자세로 서 있던 마리코는 꾸벅 인사를 했다.

"구라타 마리코예요." 가나메가 소개해주었다.

"응, 알아. 배심원 맡았지?"

"아주머니, 방청하셨어요?"

"아니, 난 그럴 용기가 없어서 계속 남편만 보냈어."

"아, 그래서……"

오늘은 미야케 주리가 증언한다는 걸 알고 참을 수가 없어 학교에 와버린 걸까.

간신히 숨을 고른 아사이의 어머니가 가나메와 마리코 앞에서 자세를 바로잡았다.

"마쓰코 엄마 아사이 도시에입니다. 둘 다 배심원 역할을 하느라 고생이 많으십니다."

무릎에 손을 모으고 몸을 굽히며 정중하게 인사했다. 어른에게 이렇게까지 격식을 차린 인사를 받다니, 마리코에게는 난생처음 있는 일이었다.

"아주머니."

잠긴 목소리로 가나메가 불렀다. 아사이 도시에는 그녀의 어깨를 감싸 안았다.

"많이 힘들겠지만 기운내. 마쓰코를 위해 그래달라는 게 아니야. 이 재판은 굉장히 중요하니까."

가나메를 끌어안은 채 아사이 도시에가 마리코에게 웃어 보였다.

"구라타."

"네."

"마쓰코한테 얘기 많이 들었어. 구라타도 자기만큼 통통하지만 하얗고 예쁘게 생겼다고. 게다가 무척 성격도 좋고 착한 아이라고."

마리코는 아무 말도 할 수 없었다. 눈이 부신 듯 실눈을 뜬 아사이 어머니의 모습에 마리코도 눈이 부셨다.

"쓸데없는 소리 하면 안 된다는 건 쓰자키 선생님이 말씀해주셔서 잘 알아. 그냥 목소리만이라도 듣고 싶어서. 자, 그럼."

학교로 돌아가려는 아사이 도시에를 가나메가 붙잡았다. "아주머니, 미야케는."

"주리짱은 안 만났어. 그러려고 온 건 아니야, 가나메짱."

"그렇지만……"

아사이 도시에는 운동장 건너편에 보이는 학교 건물을 슬쩍 곁눈질하며 목소리를 낮췄다.

"주리짱은 오카노 선생님이랑 같이 있는 모양이야. 무슨 일인지 몰라도 교장실이 꽤 소란해. 주리짱 몸이 나빠진 게 아니어야 할 텐데."

마리코와 가나메는 얼굴을 마주보았다. 아사이 도시에가 가나메의 어깨를 부드럽게 흔들었다.

"쓰자키 선생님이랑 얘기 많이 했어. 난 그걸로 충분해."

"아주머니는 증인으로 나와달라는 요청 안 받으셨어요?"

가나메의 질문에 마리코는 놀랐다. 역시 예리하다. 나는 그런 생각도 못 했는데.

"요청은 안 받았는데 오이데의 변호인, 음, 간바라 군이던가, 재판 전에 우리 집에 왔었어. 그때 내가 하고 싶은 얘기 다 했어."

후지노도 왔다고 했다.

"그애도 착해. 다들 정말 좋은 애들이야. 너희 모두. 덕분에 우쭐하단다. 내가 대견해하는 것도 좀 이상하지만."

따갑게 내리쬐는 태양빛 아래서 아사이 도시에는 벌써부터 땀을 흘렸다. 그러나 눈가에 반짝이는 것은 땀만이 아닐 것이다.

"자, 난 이만 갈게. 방해해서 미안해."

아사이 도시에가 빙글 돌아서더니 타박타박 걸어갔다. 도중에 한 번 돌아보고 손을 흔들었다. 가나메와 마리코도 손을 흔들었다.

마리코는 다시 착각에 빠졌다. 아사이 마쓰코에게 손을 흔드는 기분이었다. 아니, 착각이 아닐지도 모른다.

마리코와 가나메가 십오 분 정도 일찍 간이법정으로 돌아가자 마침 배심원들만 모여 있었다. 대기실에는 늘 이노우에 판사가 같이 있었는데 이런 건 처음이었다.

"저기, 구라타랑 가나메도 봤어?"

오야마다 오사무가 종종거리며 다가왔다.

"보다니 뭘?"

"뭐가 아니고 사람." 장기부 주장이 고지식하게 고쳐주었다. "하시다가 왔어."

아버지랑 같이 왔다고 했다.

"역시 이구치 일 때문일까. 혼자 오긴 좀 그랬나봐."

가까이 있던 의자를 끌어당겨 다리를 올린 가쓰키 게이코가 나른하게 말했다. "노다가 데리고 왔다던데."

"아아, 그래서." 가나메가 찰싹 손뼉을 쳤다. "노다가 어제부터 사라졌었구나."

"무슨 뜻이야?"

"하시다 군을 증인으로 세울 준비를 했겠지."

가쓰키 게이코가 얼굴을 찡그렸다. 눈썹을 완전히 밀어버리고 따로 그리지도 않아서 인상이 한층 사납다.

"그래봤자 달라질 거 없을 텐데."

마리코는 하시다 유타로가 증인으로 나온다는 것보다 게이코의 태도가 더 놀라웠다.

"이구치가 증인으로 나왔으니 하시다가 나와도 이상할 거 없잖아. 그나저나 난 가쓰키가 기뻐할 줄 알았는데."

고사카 유키오의 말에 게이코가 눈을 치켜떴다. "내가 왜?"

유키오는 대번에 당황해서 쩔쩔맸다. "왜, 왜냐면 하시다는 오이데에게 유리한 증언을 해줄 거잖아."

"너희는 그걸 믿어?"

화가 난 듯 재빨리 되받아쳐 물었다.

"증언은 공평하게 듣고 있어."

노리코와 야요이 콤비가 재빨리 입을 모아 대꾸했다. "듣고 있어"와 "들어"만 다르고 똑같다.

"벌써 사흘째인데 이제 그만 우리를 믿을 때도 됐잖아? 네 그런 태도, 진짜 짜증나거든."

분위기가 험악해졌다.

오야마다 오사무가 딸꾹질을 했다.

"난 도시락 먼저 까먹는 게 특기인데."

"나중에 꼭 딸꾹질을 해." 키다리 땅딸이 콤비 중 배심원장이 설명을 덧붙였다.

"도시락을 먼저 먹다니? 우린 급식이잖아."

천진하게 따져 묻는 야요이의 말에 장기부 주장이 웃었다. "특별활동 있을 때는 도시락을 싸와."

"오야마다는 학교 오면 일단 도시락부터 먹어. 아침으로."

"그럼 점심은 어떡해?"

"'야마야'에 빵 사러 가."

학교 근처 빵집이다.

"두뇌 운동은 칼로리를 많이 소비하니까."

"하지만 근육은 안 생기니까 남은 칼로리는 이렇게 배로 변하지."

키다리 다케다 배심원장이 오야마다 오사무의 빵빵한 배를 주먹으로 쳤다.

"으윽! 아, 딸꾹질 멈췄다."

모두 웃는 와중에 게이코와 노리코는 여전히 서로를 노려보고 있었다. 정확히는 게이코가 노려보고 노리코는 그 시선을 맞받는 중이었다.

게이코가 졌다. 의자에서 다리를 내리며 시선을 홱 돌렸다. 마리코는 마음속으로 가마타 노리코에게 박수를 보냈다.

다들 좋은 애다. 훌륭한 배심원이다.

"너희 커닝했지."

오후 심리가 시작됐는데도 이노우에 판사가 직분을 잊은 발언을 했다. 변호인 측에서 하시다 유타로를 증인으로 소환한다는 말에 배심원들 아무도 놀라지 않았던 것이다.

"판사님, 방금 발언은 규칙에 어긋나는 거 아닌가요?"

다케다 배심원장이 시치미를 뚝 떼며 지적했다. 배심원 모두—가쓰키 게이코를 제외하고—아래를 내려다보며 애써 웃음을 참았다.

마리코는 변호인과 조수도 웃는 걸 보았다. 둘 다 편안해 보였다. 노다는 잠을 제대로 못 잔 듯 눈이 부어 있다.

"증인을 불러도 되겠습니까?"

변호인의 말에 판사가 사뭇 진지한 표정으로 허락했다. 노다 겐이치가 일어나 문을 열었다.

마찬가지로 중학교 3학년이다. 얼굴을 보는 게 오랜만이긴 하지만 일 년 이 년 만도 아니다. 그런데도 마리코는 이런 생각이 들었다.

—하시다, 늙었네.

농구부 에이스인 다케다 배심원장과 맞먹을 정도로 하시다 유타로는 키가 크다. 그러고 보니 이구치 미쓰루와 싸워 불상사가 생기기 전까지 그도 잠깐이나마 농구부 활동을 했었다.

그런데 지금 이렇게 인상이 달라진 까닭은 무엇일까. 배심원장이나 하시다 유타로나 똑같은 교복을 입었는데 왜 이리 분위기가 다른 걸까. 키가 유난히 큰 사람은 등이 굽어지기 쉬운데, 하시다는 단순히 등이 굽었다기보다 아예 노인 같았다. 발걸음도 무겁고 어딘가 아파 보였다. 얼굴색도 안 좋았다.

—누구에게든 좋은 일이 하나 없었구나.

마리코의 가슴속에 불현듯 그런 생각이 솟아올랐다.

—이구치도 상처받고, 하시다도 상처받고, 미야케도 상처받고.

누구에게든 하나도 좋은 일이 없었다.

"이름을 말해주십시오."

하시다 유타로가 나지막이 이름을 말했다. 단순히 아래를 내려다보는 것이 아니라 주위 누구의 얼굴도 보지 않고 시선을 피했다.

"좀더 크게 대답해주세요. 그럼 선서."

마리코가 후지노 료코를 바라보았다. 역시 놀란 기색은 없었다. 이쪽이 이구치라는 카드를 꺼냈으니 저쪽에서 하시다라는 카드를 꺼낸다. 당연하다. 그렇지만 이 승부에서는 누가 먼저 꺼내느냐가 중요하다.

아닌 게 아니라, 마리코의 귓속 깊이 아직도 이구치 미쓰루의 목소리가 남아 있었다.

—오이데가 한 말.

—가시와기의 장례식이 끝나고 말했어.

—자기가 죽였다고.

—정말로 크고 위험한 일이라면, 슌짱이 우리를 떼놓고 할지도 모른

다고 생각했어.

간바라 변호인이 일어나 판사와 배심원들에게 말했다. "하시다 증인과 관련해 제출할 진술조서는 없습니다. 시간상 작성하지 못했습니다. 사과 말씀 드립니다."

노다 겐이치가 잠을 못 잔 이유는 진술조서를 만들기 위해서가 아니었던 모양이다. 하시다 유타로에게 증인이 되어달라 설득하고 심문 준비를 하는 것만으로도 시간이 모자랐던 걸까.

"하시다 씨, 앉아주십시오."

하시다 유타로가 소리 없이 의자에 앉았다. 유령이 움직이는 것 같았다.

"지금부터 증인에게 여러 가지 질문을 하겠습니다. 얼굴을 들고 배심원 여러분에게 잘 들리도록 대답해주세요."

변호인의 말에 증인은 고개를 들었지만 눈은 여전히 이리저리 피해다녔다.

"증인은 오이데 슌지 군, 이구치 미쓰루 군과 친구죠?"

대답이 없다.

"같은 패거리라고 하는 게 좋을까요?"

역시 대답이 없다.

변호인이 계속했다. "불량 패거리, 문제아 집단. 1학년 때부터 계속 셋이 어울리며 많은 문제와 소동을 일으켰다. 그렇죠?"

그제야 증인이 말없이 고개를 끄덕였다.

"이 학교 학생이라면 다들 잘 알고 있을 테니 자세한 얘기는 생략하겠습니다. 그런데 증인은 올해 들어 언젠가부터 오이데 군, 이구치 군과 거리를 두기 시작했습니다. 그렇죠?"

증인이 다시 고개를 끄덕였다.

"그 이유부터 말씀해주시겠습니까?"

하시다 유타로가 극단적으로 말수가 적다는 것은 그 자리의 모두가 익히 알고 있다. 묵묵히 난폭한 짓을 하기 때문에 경우에 따라서는 오이데 슌지보다 훨씬 무섭다.

"이유가 있었죠, 하시다 씨?"

변호인이 책상에 손을 얹고 몸을 앞으로 내밀었다.

"계기라고 하는 편이 나을까요?"

하시다 유타로는 구부정하게 앉아 있었다. 숨쉬는 기척조차 느껴지지 않았다.

"—싫어졌으니까."

가쓰키 게이코가 웬일로 다리를 꼬지 않고 의자 등받이에 기대지도 않고 증언을 들었다. 발밑으로 새나오는 듯한 증인의 나지막한 목소리에 귀를 쫑긋 세우고 있었다.

"뭐가 싫어졌나요?"

"이런 거."

"이런 거라면?"

"경찰에 잡혀간다거나."

"그런 일이 있었습니까?"

하시다 증인의 고개가 또 수그러졌다. 변호인은 증인에게 시선을 못 박은 채 천천히 몸을 일으켰다. 그리고 입을 막 열려는 순간, 하시다 증인이 속삭이듯 말했다.

"2월, 아마 중순 무렵에…… 돈을 뺏어서."

"돈을 뺏었다고요?"

"4중학교 애를."

"그 사건이 발각되어 조토 경찰서 청소년과에서 보호관찰을 받았다. 증인과 오이데 군, 이구치 군 셋이서. 그렇죠?"

"맞아."

검사석에서 료코와 고로, 가즈미까지 놀랐다. 매우 놀란 기색이다. 왜

지? 마리코는 이유가 와 닿지 않았다.

"대상은 당시 조토 제4중학교 1학년이었던 마스이 노조무 군입니다. 기억합니까?"

"그땐 이름은 몰랐어."

"단지 지나가는 사람들을 살피다가, 작고 얌전해 보이는 학생이라서 고른 건가요?"

"그래."

"그 사건 때문에 마스이 군이 큰 부상을 입고 입원했습니다. 기억합니까?"

하시다 증인이 아래를 내려다본 채 고개를 끄덕였다.

"그 결과 당신들 세 사람은 여러 번 얼굴을 마주한 조토 경찰서 청소년과의 사사키 형사에게, 이번만은 보호관찰로 끝나지 않을 거라는 경고를 받았나요?"

증인이 고개를 끄덕였다.

"사사키 형사가 그 건은 엄연한 강도상해사건이라고 했습니까?"

증인이 고개를 끄덕였다.

후지노 검사가 손을 들고 곧장 일어섰다. "판사님, 변호인 측 증인이 자진해서 마스이 노조무 군 사건을 언급하고 있습니다. 이것으로 어제 판사님이 말한 마스이 군 진술조서의 채택 요건이 충족된 것 같은데요."

"나도 그렇게 생각해."

판사의 솔직한 답변을 듣고서야 마리코도 알았다. 그렇다. 이 강도상해사건은 어제 법정에서 료짱이 언급하려 했다가 간바라가 적극 반대해서 철회시킨 사건이다. 그런데 오늘은 간바라가 먼저 들고 나와서 료짱이 깜짝 놀란 거구나.

"변호인, 마스이 노조무 군의 진술조서를 검사 측 증거로 채택합니다. 문제없죠?"

"문제없습니다. 편하실 대로."

정작 본인은 태연하다. 판사나 검사에게 신경쓰지 않고 증인에게만 집중했다.

"그런데 실제로 당신들은 강도상해사건의 범인으로 체포되거나 죄목을 추궁당하지 않았습니다. 이유가 뭐죠?"

"오이데 아버지가."

그렇게 말한 하시다 증인이 간신히 배심원들을 향해 고개를 돌렸다.

"상대와 합의를 봐서."

"상대라는 건 마스이 노조무 군 본인과 그의 부모님을 말하는 거죠?"

"그래."

"그 결과 합의가 성립되어 그 일은 형사사건으로 다뤄지지 않았다. 증인의 생활은 변하지 않았다. 그렇죠?"

"맞아."

"그런데." 변호인이 목소리에 힘을 주었다. "증인의 마음은 변했다. 싫어졌다."

증인이 변호인을 보고 두 번, 세 번 말없이 고개를 끄덕였다.

"오이데 군, 이구치 군과 어울려 그런 짓을 하는 게 싫어졌다. 증인이 하고 싶은 말이 그건가요?"

"맞아."

"사건은 무마되어도 사건이 있었다는 사실은 암암리에 알려진다. 실제로 당신들 세 사람이 또 무슨 짓을 벌인 것 같다는 소문이 학교에 퍼졌습니다. 증인은 알고 있었습니까?"

"알았어. 응."

"누가 소문을 퍼뜨렸다고 생각했나요?"

"3중학교에서는 아무도 몰랐으니까, 4중학교에서 먼저 퍼졌겠지."

"마스이 군이?"

"그래."

"학교가 달라도 3중학교와 4중학교는 그리 멀리 떨어져 있지 않고 같은 지역 공립학교인데다 학생들끼리 교류가 있으니 완전히 숨길 수는 없다. 그렇죠?"

"우리가 문제아인 건 4중학교에서도 아니까."

"그것은 당신들 세 사람이 마스이 군 이전에도 4중학교 학생에게 시비를 걸거나 금품을 갈취한 적이 있기 때문일까요?"

"그럴 거야, 아마도."

뭐가 우스운지 배심원 중 하라다 히토시가 풋 웃음을 터뜨렸다가 허둥지둥 고개를 숙였다. 하시다 증인은 무표정하게, 어찌 보면 졸린 것 같은 멍한 얼굴로 그 모습을 바라보았다.

"소문을 듣고 증인은 어떤 생각을 했습니까?"

"그냥, 별생각 없었어."

"사실이니까?"

"그래."

"그런데 증인은 오이데 군이나 이구치 군과 다르게 계속 등교했죠. 오이데 군과 이구치 군은 2월 사건 이후 한동안 학교에 나오지 않았고, 그후 〈뉴스어드벤처〉가 본격적으로 나서면서 고발장 소동이 표면화되자 학교 측에 항의하는 뜻으로 등교거부를 계속했습니다. 하지만 증인은 학교에 나갔어요. 왜죠? 왜 두 사람과 같이 행동하지 않았죠?"

잠시 틈이 생겼다. "싫었으니까."

"두 사람과 같은 태도를 취하는 게 싫었다?"

"그래."

"왜죠?"

"이제 그런 건 그만둘 생각이었어."

"그런 거라면?"

"스스로 생각하지 않고 뭔가 하는 거."

"스스로 생각하지 않고 뭔가 한다."

변호인이 천천히 강조하며 따라 말했다.

"그렇다면 그때까지 증인이 뭔가 할 때, 그 생각을 했던 사람은 누구입니까?"

증인은 대답하지 않았다.

"오이데 군입니까?" 변호인이 물었다. "늘 오이데가 생각하고, 오이데가 우리를 불러내서 뭔가 했다. 나와 이구치 군은 오이데를 따라다녔을 뿐이다. 끌려다녔을 뿐이다. 나쁜 사람은 오이데고 나는 나쁘지 않다. 적어도 오이데만큼 악랄하지는 않았다. 그런 뜻인가요?"

증인이 입을 벌린 채로 한동안 가만히 있었다.

모두 기다렸다.

"오이데 때문이 아니야." 하시다 유타로가 말했다. "우리 셋 다 아무 생각이 없었어. 그냥 기분 내키는 대로 일을 저질렀어. 나쁜 건 세 사람이 마찬가지였어."

마리코 옆에서 가나메가 참았던 숨을 내쉬었다. 고사카 유키오는 눈을 휘둥그레 뜨고 굳어 있었다. 곁눈질로 보니 가쓰키 게이코도 유키오와 똑같은 자세, 똑같은 표정이었다.

해가 서쪽에서 뜰 일이네.

"그런 게 싫어졌어." 하시다 증인이 말을 이었다. "나 자신이 싫어졌어."

변호인이 별안간 화난 듯 무뚝뚝한 말투로 물었다. "언제부터요?"

"글쎄."

"마스이 군 사건 때문에 갑자기 싫어졌나요? 손바닥 뒤집듯이?"

"그건 아니야."

"그럼 전부터 그런 생각을 했나요?"

"나도 잘 모르겠어."

"잘 모르겠지만, 지금 이렇게 표현할 수 있는 생각이 마음속 어딘가에 도사리고 있었다. 마스이 군 사건은 그게 표면화된 계기였다. 그런가요?"

증인은 말없이 경련하듯 또다시 몇 번 고개를 끄덕거렸다.

"그런 마음을 먹는 건 오이데 군이나 이구치 군을 배신하는 거라는 생각은 안 했나요?"

친구였는데, 라고 변호인이 내뱉듯이 말했다. 왜 화를 내지? 간바라, 좀 이상해. 대체 넌 어느 편이야?

"생각한 것도 같아."

"그런데도 증인은 배신했다."

"이제 싫어졌으니까."

"계속 학교에 나오고 농구부에도 들어갔죠."

다케다 배심원장이 증인을 바라보며 고개를 끄덕였다. 하시다 증인은 그를 보지 않았다.

"증인만 마음을 고쳐먹은 것처럼. 친구들은 나 몰라라 하고 혼자 착한 아이가 되었다. 그렇죠?"

뜻밖에도 하시다 유타로는 희미하게 미소지었다.

"착한 아이까지야."

변호인이 입을 다물었다. 한일자로 굳게 다물고 증인을 바라보았다.

"증인의 그런 심경과 태도 변화가 원인이 되어 5월에 이구치 군과 크게 싸웠습니다. 그렇죠?"

증인의 흐릿한 미소가 사라졌다. 말없이 고개를 한 번 끄덕였다.

교대하듯 이번에는 변호인이 미소지었다. "이구치 군의 견해는 다른 것 같더군요. 당시 이구치 군은 증인이 그 고발장을 쓴 줄 알고 화가 났었다고 증언했습니다. 지금은 의견이 다른 것 같지만."

"이구치는 그렇게 믿었어."

"증인이 고발장을 썼다고요?"

"그래."

"증인이 왜 그랬다고 생각했을까요?"

"물어봤지만 알 수 없었어. 이구치나 나나 바보니까."

"오이데 군이 이구치 군에게 무슨 귀띔을 했을 거라는 생각은 안 듭니까?"

"몰라."

재빨리 대답한 증인이 덧붙였다. "이런 얘기를 슌짱—오이데랑 해본 적이 없으니까."

"거짓말이에요. 얘기했잖습니까."

마리코는 화들짝 놀랐다. 배심원들이 하나같이 숨을 들이마셨다.

증인은 대답하지 않았다. 변호인도 그 이상 추궁하지 않았다.

"시간을 좀더 앞으로 되돌려보죠." 변호인이 말했다. "작년 12월 24일 오후부터 밤까지 하시다 씨는 어디 있었습니까?"

"집."

"집에 있었다."

"어머니 가게 일을 도왔어."

"무슨 가게죠?"

"술집. 어머니는 꼬치구이 집이라고 하지만."

"휴일이었는데 영업을 했나요?"

"단골손님들이 있어서."

"하루 종일 도왔습니까?"

"그날은 그랬어."

"크리스마스이브인데 아무 데도 안 나갔나요?"

"나갈 일이 없으니까."

"오이데 군, 이구치 군과 어울려서 나갈 생각은 없었나요?"

증인이 시선을 떨어뜨렸다. 심호흡을 하는 듯했다. 새삼스레 왜.

"그날은 슌짱이—집에 있어야 한다고 했어."

검사석의 후지노 료코가 눈을 가늘게 떴다.

"중요한 손님이 오니까 아버지가 집에 있으라 했다고."

"오이데 군에게 그렇게 들었나요?"

"그래."

"얘길 들은 게 언제죠?"

증인이 고개를 갸웃거렸다. 증인석에서 처음으로 보인 자연스러운 동작이다.

"여러 번 말해서……"

"크리스마스이브에 밖에 못 나간다고요?"

"그래."

"맨 처음 들은 게 언제였는지 기억을 떠올려볼 수 있을까요? 한 달 전?"

하시다 증인은 고개를 저었다.

"두 달 전?"

"몰라."

"보름 전?"

증인이 다시 고개를 저었다.

"언제인지 알 수 없을 만큼 여러 번 들었군요."

"슌짱한테는 아버지 명령이 절대적이었으니까."

"오이데 마사루 씨. 하시다 군은 만난 적이 있습니까?"

"정식으로 만난 건 2월 사건 때야."

"오이데 마사루 씨가 마스이 군 가족과 교섭해 합의를 보려고 했을 때 말이죠?"

"그래."

"그전에는 마사루 씨를 소개받은 적이 없었다?"

"난 그래. 하지만 우리 어머니나 이구치 아버지는 안면이 있었을 거야. 오이데 씨는 지역 조합에서 유명하니까."

"이 지역 회사나 상점들의 조합 말인가요?"

"그래. 이구치네가 잠깐 돈이 필요한데 대출을 못 받았을 때도 슌짱 아버지가 은행을 소개해줬다고 했어."

후지노 검사가 손을 들었다. "이의 있습니다. 간접적인 정보입니다."

"그렇습니다. 간접적입니다." 변호인이 재빨리 무마했다. "죄송합니다. 배심원 여러분은 잘 아시리라 믿고, 이대로 심문을 계속하겠습니다."

료짱도 저렇게 분한 표정을 지을 때가 있구나―마리코는 생각했다.

"재작년 크리스마스이브는 어땠나요? 증인은 뭘 했습니까?"

"슌짱이랑 이구치랑 셋이 슌짱 선배라는 사람이 하는 파티에 갔었어."

"어른들 파티였나요?"

"고등학생 같았어."

"크리스마스 파티였군요?"

"거기서 술 마시고 취해서 오는 바람에 슌짱이 아버지한테 맞았어."

검사가 손을 들자 변호인이 선수를 쳤다. "나중에 오이데 군에게 들은 겁니까, 아니면 증인도 그 자리에 있었습니까?"

"나도 있었어. 머리를 맞았어."

"증인도 취했나요?"

"그래."

"그때 오이데 마사루 씨가 뭐라고 했는지 기억납니까?"

"우리 같은 바보들이랑 어울려다니지 말라고 슌짱한테 화냈어."

이번에는 배심원장을 비롯한 남자 배심원들 모두가 웃었다. 유키오까지 웃었다.

"오이데 군은 재작년 크리스마스이브에 아버지한테 크게 혼났고, 게다가 작년에는 손님이 올 테니 나가지 말라는 말을 들었군요."

"그래."

"오이데 군이 그 상황에서 아버지의 말을 거스를 수 있다고 봅니까?"

"슌짱은 아버지를 못 당해."

그 말이 맞다고 마리코는 느꼈다.

"오이데 군은 아버지의 지시에 따른다는 건가요?"

"반드시 따라."

반드시라는 말만 효과음을 쓴 것처럼 크게 울렸다.

"그날 밤 슌짱은 밖에 나가지 않았어."

한동안 그 얼굴을 물끄러미 바라보더니 변호인은 팔짱을 끼고 턱을 살짝 당겼다.

"어제 이구치 미쓰루 군이 증인으로 이 법정에 나왔습니다."

하시다 증인의 표정은 흔들리지 않았다.

"작년 크리스마스이브의 행동에 대해 증언했습니다. 그 역시 외출하지 않고 집에 있었다고 합니다. 오이데 군을 만나지 않았다. 다만 사건에 관한 것—가시와기 군이 살해되었다고 주장하는 고발장에 세 사람의 이름이 적혀 있는 것에 관해서는 자신이 그 자리에—요컨대 가시와기 군이 죽은 현장이었던 이 학교 옥상에 없었으니 알 수 없다고 말했습니다. 오이데 군이나 하시다 군이 어땠는지는 알 수 없다고."

"슌짱은 나가지 않았어."

담담한 말투는 변함없지만, 증인의 목소리에 약간 힘이 들어갔다.

"아버지가 그러라고 했으니까."

"증인도 나가지 않았고요. 집에 있었다."

"그래."

"입증해줄 사람이 있습니까?"

"판사님, 잠깐만요."

후지노 검사가 자리에서 일어섰다.

"이런 질의응답은 무의미하다고 생각합니다. 고발장의 작성자는 당일 밤 현장에서 확실하게 얼굴을 확인한 건 오이데 슌지 한 사람뿐이라고 인정했습니다. 고발장에 이구치 군과 하시다 군의 이름을 쓴 건 그 두 사람이 평소 오이데 군과 어울려다녔기 때문에 단순히 추측한 거라는 사실도 인정했습니다. 그러니."

진절머리가 난다는 듯 콧김을 한 번 내쉬었다.

"하시다 증인이 당일 밤 어디서 뭘 했는지는 사건과 관계없습니다. 중요한 건 작년 크리스마스이브 밤 이구치 증인과 마찬가지로 하시다 증인 역시 피고인을 만나지 않았다는 사실뿐입니다. 따라서 피고인이 몇시에 어디서 뭘 했는지 증인은 모릅니다. 그건 이구치 증인의 주장과 완전히 일치합니다. 그걸로 충분합니다."

검사의 얼굴을 보며 증인이 말했다. "슌짱은 우리 없이 그런 짓 못 해."

후지노 료코가 한순간 움찔할 만큼 거친 말투였다.

"우리는 혼자서는 절대 나쁜 짓 못 해. 슌짱도 그건 잘 알아."

"그렇지만 이구치 의견은 달랐어. 어제—"

"검사." 변호인이 부드럽게 끼어들었다. "지금은 저희가 주신문을 하는 중입니다."

"후지노. 앉아."

판사의 지시에 검사가 부루퉁한 표정으로 자리에 앉았다.

변호인이 계속했다. "오이데 군은 증인과 이구치 군 없이 혼자서는 나쁜 짓을 하지 않는다. 증인은 그렇게 생각하는 거죠?"

고개를 끄덕이다가 다시 저으며 증인이 말했다. "생각하는 게 아니야. 알아."

"안다고요?"

"그래."

"증인의 일방적인 확신 아닐까요? 실제로 재작년 크리스마스이브에는 오이데 군의 '선배'라는 사람들의 파티가 있었어요. 그 '선배'들은 증인이나 이구치 군과도 아는 사이였나요?"

"그건 아냐."

"그렇다면 오이데 군에게는 증인과 이구치 군 외에도, 요컨대 학교 밖에도 친구나 선배가 있는 겁니다. 같이 어울려 술을 마시고 나쁜 짓을 할 수 있는 친구나 선배가요."

"하지만 슌짱은 그 파티에도 혼자선 못 갔어. 우리를 데려갔지."

"당신들이 꼭 함께 있어야 하니까?"

"그래."

"늘 그랬다. 금품갈취든, 괴롭힘이든, 강도상해사건을 저지를 때든. 그런 거죠?"

고개를 떨어뜨린 증인은 무릎에 손을 얹고 팔에 힘을 주며 "그래"라고 대답했다.

"이구치 군 의견은 다르던데요."

"이구치는 오기가 났어."

"오기?"

"슌짱에게 복수하려는 거야."

변호인이 팔짱을 풀더니 양손을 가볍게 펼쳤다. "이구치 군이 왜 오이데 군에게 복수를 하죠? 이구치 군을 크게 다치게 한 건 증인이잖아요?"

증인은 대답하지 않았다. 잔뜩 힘이 들어간 어깨가 희미하게 떨리기 시작했다. 다리를 떨고 있다.

"슌짱 아버지가."

몸을 내밀지 않으면 배심원들에게는 들리지 않을 정도로 작은 목소리였다.

"경찰에 체포됐으니까. 이구치는 이제 슌짱이 무섭지 않은 거야."

그래서—라고 말하고, 목이 잠겼다.

"지금까지 참아왔던 만큼 복수하려는 거지."

"증인과 이구치 군은 오이데 군의 행동을 참아왔다는 겁니까?"

대답이 없다.

"오이데 군은 증인과 이구치 군의 보스였다. 그래서 두 사람은 오이데 군에게 거스를 수 없었다. 싫어도 거역할 수 없었다. 오이데 군 한 사람만 해도 만만치 않은데 뒤에 아버지까지 버티고 있으니 더더욱 참을 수밖에 없었다. 그런 뜻인가요?"

증인의 머리가 위아래로 움직였다. 맞다는 뜻이다.

"우리고 슌짱이고 다른 친구가 없었으니까."

"그래서 당신들 셋이서 어울려다녔다. 이제 그런 관계가 싫어진 증인이 빠지려 하자 두 사람은 화가 났다. 게다가 증인이 그 고발장을 썼다는, 잘 생각해보면 도저히 불가능한 상상까지 하면서 증인을 몰아세웠다. 그 결과 말다툼이 벌어졌고, 이구치 군은 큰 부상을 입었다. 그래서 지금 증인은—"

변호인은 일단 말을 끊고 말투를 누그러뜨렸다. "깊이 후회하고 있다. 그렇죠?"

하시다 증인이 고개를 들고 끄덕였다.

"한 가지 가정을 해보겠습니다." 변호인이 말을 이었다. "만약에, 만약에 말인데요. 오이데 군이 어쩌다 당신들이 없는 곳에서 말썽을 일으켰을 경우, 혹은 말썽에 휘말렸을 경우, 그걸 당신들에게 숨길 거라고 생각합니까?"

증인이 고개를 저었다. 부정이다.

"숨기지 않는다?"

"우리한테 말할 거야. 반드시."

"왜죠?"

"슌짱 혼자서는 안 되니까."

"당신들의 도움이 필요하다? 예를 들면 뒤처리를 시키기 위해서."

증인이 처음으로 변호인에게 노기를 드러냈다. "아니, 뭘 시키는 건 아니야. 어쨌든 슌짱은 잠자코 있진 않아. 우리에게 숨기지 않을 거라고."

"제삼자가 입막음을 해도요? 예를 들면 아버지가."

"그래도 우리한테는 말해."

"무서운 아버지가 입막음을 하면 오이데 군은 그 지시에 따르지 않을까요?"

"그런 것과 달라."

다르겠지. 마리코도 알 수 있었다. 변호인이 알면서 일부러 저런다는 것도.

"우리는 친구였으니까."

마리코는 그 삼인조가 진심으로 싫었다. 그러나 이 순간 하시다 유타로의 입에서 나온 '친구'라는 말에 깃든 온기는 알 수 있었다. 그것이 소중한 것이었다는 것도. 성가시고 무섭고 못된 구석뿐인 세 사람이 끊으려야 끊을 수 없는 관계였다는 것도.

달리 친구가 없었으니까.

"슌짱이 감춘다 해도 난 알 수 있어."

그렇게 단언하고 하시다 증인이 몸을 떨었다.

"슌짱은 가시와기를 죽이지 않았어. 그런 짓을 저질렀다면, 난 알았을 거야. 반드시 알아차렸을 거야."

"가정한 상황에 대한 의견을 듣는 건 의미 없지 않나요?"

후지노 검사의 날카로운 목소리가 날아들었다.

"아니요, 그렇지 않습니다."

변호인이 재빨리 받아쳤다. 이 간이법정에서 처음으로 검사와 변호인의 시선이 정면으로 맞부딪쳤다.

"이 가정은 본래 검사가 제시한 것입니다. 증인은 그에 대한 의견을 말하는 겁니다."

눈을 깜박거리며 검사가 고개를 옆으로 돌렸다. 그런데도 간바라 변호인은 한동안 후지노 검사에게서 시선을 떼지 않았다.

그대로 천천히 억양을 붙여 말했다. "한 가지 더 가정해보면—"

또 뭐야? 후지노 료코의 얼굴은 그렇게 말하고 있었다. 너 대체 무슨 꿍꿍이야?

"마스이 노조무 군 사건 얘기입니다. 이제 그때 기억을 떠올려주십시오. 당신들이 올 2월에 일으킨 흉악한 강도상해사건입니다."

어제는 그렇게 부정하던 표현을 유난히 강조했다.

"사건 당시 증인은 어떤 생각을 했습니까?"

"어떤 생각이라니……"

"솔직히 형사사건으로 이어지지 않아 다행이라 생각했겠죠?"

"그야 그렇지만."

"또 어떤 생각이 들었나요?"

꽤 오래도록 입을 다물고 있던 증인이 "무서웠어"라고 대답했다.

"혹시 그 녀석이 죽지 않았을까 싶기도 했고."

"마스이 군을 죽였을지 모른다는 생각이 들었다?"

"그래."

"그래서 무서웠다?"

"맞아."

"그래서 증인은 그 사건을 계기로 결단을 내렸고요. 그렇죠?"

"그래."

"그럼 지금부터는 가정하에 질문하겠습니다. 잘 생각하고 대답해주십시오. 만약 마스이 군 사건이 없었다면 증인은 지금쯤 어떻게 지내고 있을까요?"

증인은 다시 다리를 떨기 시작했다.

"계기가 없으니 오이데 군과 이구치 군과 예전처럼 친구로 지냈을까요? 속으로는 싫어도 변하지 못했을 거라고 생각합니까?"

"그건…… 모르지."

"그럼 가정을 바꿔보죠."

변호인은 입으로만 씩 웃고 곧바로 진지한 표정으로 돌아갔다.

"만약 증인이 오이데 군과 함께, 마스이 노조무 군의 사건보다 앞서 그와 비슷한 폭력사건을 일으켰다면 어땠을까요?"

마리코 옆에서 가나메가 작은 목소리로 "와" 하고 감탄했다. 그리고 마리코의 손을 힘껏 움켜잡았다.

눈이 휘둥그레진 후지노 검사가 입을 반쯤 벌렸다.

"잘 생각해보십시오."

증인을 응시하며 말한 변호인이 연거푸 몰아붙였다. "마스이 군 사건보다 앞서 혹시 상대가 죽지 않았을까 불안해할 만한 행동을 저질렀더라면? 좀더 직접적으로 말해볼까요. 당신들이 2월의 그 사건 전에 살인사건을 일으켰다면? 혹은 오이데 군이 사람을 죽이고 그것을 숨기고 있다는 사실을 증인이 알았다면? 그래도 증인은 생활을 바꾸지 않고, 태도를 바꾸지 않고, 오이데 군 이구치 군과의 관계도 변함없이, 조금의 반성이나 공포나 후회나 자기혐오 없이, 셋 사이에 껄끄러운 것 하나 없이 사이좋게 어울려 마스이 노조무 군을 공격했을까요?"

"이의 있습니다!"

검사가 소리치며 일어서는 동시에 변호인이 그에 못지않게 큰 소리로 판사에게 말했다. "방금 질문은 철회하겠습니다."

배심원들도 술렁거렸다. 배심원장이 목을 움츠리며 웃었다. 남자아이들 중 누군가는 작게 "비겁해" 하고 말했다. 말과는 반대로 목소리는 은근히 칭찬하는 듯 들떠 있었다. 하라다일까?

증인석의 하시다 유타로는 고개를 저었다. 후지노 료코의 성난 얼굴에 놀란 것 같았다.

"안 했을 거야." 작은 소리로 대답했다. 변호인이 아니라 검사에게 말한 것이다. 후지노, 네가 왜 열을 내.

"배심원들, 방금 질문과 답변은 잊도록. 저런 걸 유도신문이라고 하는 거야."

판사가 시원스럽게 말하고 후지노 검사의 격분을 가라앉히려는 듯 의사봉을 한 번 두드렸다.

"후지노, 앉아."

몇 번씩 말하게 하지 말라며 위협적인 목소리로 말했다. 후지노 검사는 자리에 앉았다.

"대단하다!"

가나메가 마리코의 귓가에 대고 속삭였다. "간바라는 바로 이걸 원했던 거야."

"응?"

"하시다가 없는 자리에서 후지노가 먼저 마스이 노조무라는 아이의 사건을 언급하며 끔찍했다고 설명하면, 우리는 오이데 패거리가 정말 폭력적이라고만 생각하고 넘어갔을 거야. 그래서 어제 간바라가 가로막았던 거야. 그런데 하시다가 증언해주면 얘기가 완전 달라지잖아!"

마리코는 가나메가 흥분했다는 건 알았지만 그녀의 말은 이해가 잘 안 갔다.

"그러니까 마리짱, 가시와기를 먼저 죽였다면 하시다는 훨씬 일찍 오이데와 관계를 끊었을 테고—"

"배심원!"

판사가 이쪽을 노려보았다. 둘이서 목을 움츠렸다.

"잡담은 금지다."

"네, 죄송합니다."

그런데도 가나메는 마리코의 손을 꼭 잡은 채 놓지 않았다. 맞은편에서 유키오도 얼굴 가득 미소를 머금고 있다. 굉장히 감탄한 눈치다. 나만 이해 못 하는 건가?

"검사가 화내는 것도 당연합니다. 제가 지나쳤습니다."

웃으며 고개를 숙였다.

"가정은 그만하고 사실로 돌아가죠."

간바라 변호인이 증인을 향해 돌아섰다. 그러고는 호흡을 가다듬었다. 배심원들도 자연스럽게 호흡을 가다듬었다.

잠시 법정이 고요해졌다.

"하시다 유타로 씨."

응, 하며 증인이 고개를 끄덕였다.

"증인은 작년 크리스마스이브 한밤중에 집에 있었죠."

"응."

"이 학교 옥상에는 없었죠."

"응."

"증인도 없었고, 오이데 군도 없었죠."

"응."

"응" 하고 말한 변호인도 고개를 끄덕였다. "그래요. 당신들은 옥상에 없었습니다."

단순히 하시다의 증언을 확인하는 것을 넘어서서 한 치의 의심도 없는 강한 확신이 깃든 말투였다. 그것을 느낀 마리코는 마음이 흔들렸다.

"증인도 오이데 군도 가시와기 다쿠야 군을 살해하지 않았다. 그것이 증인의 진실—증인이 배심원 여러분에게 해주고 싶은 얘기죠?"

증인이 배심원들을 바라보았다. 배심원들도 증인을 바라보았다.

"맞아." 증인이 대답했다.

숨을 한 번 내쉬고 변호인이 판사에게 말했다. "증인의 크리스마스이브 알리바이와 관련해, 당일 밤 증인의 어머니 가게에 있었던 나가세 씨라는 단골손님의 진술조서가 있습니다."

"증거로 채택한다."

답변한 판사가 검사를 돌아보았다. "아니면 직접 증인신문을 해야겠습니까?"

검사는 곧바로 대답하지 않았다. 살짝 얼어붙은 듯 변호인을 바라볼 뿐이었다. 옆에 있던 사사키 고로가 검사의 팔꿈치를 슬쩍 찔렀다.

"후지노?"

판사가 부르자 후지노 료코도 정신을 차렸다. "어? 아니요, 필요 없습니다."

"뭐가 필요 없다는 거지?"

"그 나가세라는 사람의 증인신문 말입니다. 저희 견해와 주장은 변하지 않으니까."

간바라 변호인이 증인에게 웃어 보였다. "다행이네요. 그래도 나가세 씨는 증인이 증언을 마칠 때까지 기다려주신다고 합니다."

그 말을 듣고 마리코는 퍼뜩 떠올렸다. 아마 다른 배심원들도 그랬을 것이다. 오늘 하시다 유타로와 같이 온 사람은 바로 그 나가세라는 손님이었다. 오야마다 오사무가 별생각 없이 '아버지'라고 한 건 착각이었다.

"증인을 염려해 나가세 씨가 같이 와주셨습니다. 만약의 경우 증언대에 서달라는 부탁도 승낙하셨고요."

변호인이 배심원들에게 그렇게 말하고 증인에게 물었다.

"증인은 편모가정이죠?"

"응."

"아버지가 안 계십니다. 그래도 가게 단골손님 중 증인의 신변을 걱정해주는 분이 계신다니 다행이군요."

증인은 대답하지 않았고, 다시 고개를 숙이는 바람에 어떤 표정을 짓고 있는지도 보이지 않았다.

동급생이 적당한 연배로 보이는 남자 어른과 같이 있으면 바로 '아버지인가보다' 생각해버린다. 다른 관계는 생각해보지 않고, 생각할 필요도 못 느낀다. 그것은 매우 행복한 동시에 세상을 잘 모르는 사람의 사고방식일지도 모른다. 마리코는 오야마다 오사무의 옆얼굴을 보았다. 그 역시 생각에 잠긴 듯 보였다.

"질문을 계속하겠습니다. 조금만 더 힘내주세요."

간바라 변호인이 증인을 격려하고 책상 위 파일을 들척였다. 조수 노다 겐이치가 작은 소리로 뭐라 말했고, 변호인은 몸을 숙여 그 말을 듣더니 고개를 한두 번 끄덕였다.

—노다도 흥분한 것 같네.

마리코의 시선을 알아챘는지 노다 겐이치가 주먹을 쥔 한 손을 책상밑으로 감춰버렸다.

검사석의 후지노 료코가 종이뭉치를 떨어뜨렸다. 고로와 가즈미와 함께 흩어진 종이를 주워모으며 "미안, 미안" 하고 허둥거렸다. 마리코는 그 이마에 번진 땀을 알아차렸다.

—료짱이 왜 저러지.

변호인은 고개를 들고 자세를 바로잡았다. 노다 겐이치까지 등을 꼿꼿이 펴며 연필을 쥐는 모습이 우스웠다.

"하시다 씨, 이번에는 다시 한 단계 전으로 시간과 기억을 되돌려주십시오."

변호인은 그렇게 말하고 판사를 바라보았다.

"지금부터 증인에게 11월 14일 과학준비실에서의 일에 관해 질문할 예정인데, 그전에 이구치 미쓰루 군이 그 건을 어떻게 증언했는지 확인하고 싶습니다. 판사님, 이구치 증인의 진술을 낭독해도 되겠습니까?"

판사가 안경테를 누르며 고개를 끄덕였다.

"그럼 읽겠습니다."

배심원들이 바로 어제 들은 증언이다. 그런데도 가나메가 진지하게 긴장하며 귀기울이기에 마리코도 가만히 들었다.

아까부터 계속 말을 했는데도 목이 쉰 기색이 없는 간바라 변호인은 막힘없이 진술조서를 읽어나갔다.

"이구치 군의 증언 중 증인의 기억과 다른 점이 있습니까?"

고개부터 젓고는 하시다 증인이 대답했다. "없는 것 같아."

"당신들 세 사람과 가시와기 군의 대화, 가시와기 군의 발언, 싸움으로 발전한 과정, 가시와기 군이 먼저 의자를 집어던진 것—전부 증인이 겪은 대로입니까?"

"대체로 그래."

"이구치 군은." 책상 위 진술조서로 시선을 떨어뜨리고 변호인이 말했다. "증인에 대해 이렇게 증언했습니다. '하시다는 심각한 표정이었다. 그때 하시다 혼자만 가시와기를 무서워하는 것 같았다'."

어깨를 떨어뜨리고 증인이 고개를 끄덕였다.

"이것은 이구치 군이 당시 증인의 태도를 보고 받은 인상입니다. 그 해석에 잘못된 점은 없습니까?"

"응."

변호인이 눈썹을 찌푸렸다. "요컨대 증인은 과학준비실에서 실랑이를 벌일 때 가시와기 군이 무서웠던 겁니까?"

"무서웠다는 말은 좀 과장이고."

"그럼 어떻게 말하면 좋을까요?"

"왠지 기분이 나빴어."

"왜죠?"

"사람을 죽여보고 싶다고 하니까."

"말뿐이었죠. 당신들 세 사람 앞에서 센 척한 걸지도 몰라요."

하시다 증인은 다시 고개를 저었다. "가시와기 눈빛이 왠지 이상했어."

"어떻게 이상했는데요?"

"뭐랄까, 눈동자가 흔들리지 않는 느낌. 진심이었어."

"증인이 느끼기에는 가시와기 군이 진심으로 '느낌이 어떤지 궁금해서' 사람을 죽여보고 싶어했다. 그런 뜻이죠?"

"그래."

"그에 대해 나중에 오이데 군이나 이구치 군과 얘기해봤습니까?"

"안 했어. 곧바로 구스야마한테 혼났으니까."

"그럴 상황이 아니었다?"

증인이 고개를 끄덕이고 말했다. "슌짱도 별로 신경쓰지 않았고."

"이구치 군은 본인도 오이데 군도 가시와기 군에게 열받았다고 증언했는데요."

"그때뿐이었어."

금세 잊어버렸다고 하시다 유타로가 말했다. 모두 조용히 귀기울이는 가운데 가쓰키 게이코만 가볍게 웃었다.

"그래서 그걸로 끝났다. 그후 가시와기 군 이야기가 당신들 사이에 나온 적은 없었나요?"

"응."

"증인도 신경쓰지 않았고요?"

당연히 "그래"라는 대답이 나올 거라 예상했던 마리코는 귀를 의심했다.

"난 좀 싫었어."

"싫었다. 요컨대 신경이 쓰였다?"

"그래."

"과학준비실에서 가시와기 군이 했던 말, 그의 태도, 그 모든 것이 그랬나요?"

"그래."

대답한 뒤 증인이 기침을 했다. 조금 전부터 목이 따가운 것 같았다.

"물 드릴까요?"

"됐어. 괜찮아."

세게 한 번 헛기침을 하고 증인이 말을 이었다. "그뒤로 가시와기가 학교에 안 나와서 예감이 더 안 좋아졌어."

"좀더 구체적으로 알려주시겠습니까. 어떤 식으로 안 좋은 예감이 들었죠?"

"음, 그러니까—"

이 자리에서 생각한다기보다 준비된 말을 떠올리는 듯한 표정.

"가시와기가 정말로 누군가를 죽이려는 게 아닐까 하고."

—사람을 죽여본 적 있어?

"불안하고 걱정됐군요. 그의 눈빛이 진심이었으니까."

"그래. 맞아."

"다시 한번 묻겠는데, 증인의 그런 걱정을 오이데 군이나 이구치 군에게 말하지 않았습니까?"

"안 했어."

"두 사람은 신경쓰는 것 같지 않아서요."

"그래."

"그럼 증인 혼자 걱정을 안고 있었던 거군요."

"그렇긴 한데……"

대답한 증인의 시선이 잠시 흔들렸다.

"그렇긴 한데?"

하시다 유타로가 변호인의 얼굴을 바라보았다.

—괜찮겠냐?

그렇게 묻는 것처럼 보였다. 간바라, 진짜 이 말을 해도 괜찮겠냐!

그것은 마리코의 억측이 아니었다. 간바라 변호인이 증인에게 그래도 좋다는 눈짓을 해 보인 것이다.

무심결인 양 증인이 심호흡을 했다. 그 모습에 후지노 검사가 몸을 불쑥 내밀었다.

"계속 신경쓰기도 싫어서."

"증인은 어떻게 했습니까?"

"본인에게 물어봤어." 증인이 말했다. "가시와기한테."

노다 겐이치가 책상 밑에서 '됐어!' 하듯 주먹을 불끈 쥐는 모습을 마리코는 보았다.

방청인들이 있었다면 소란스러워졌겠지만, 배심원들은 오히려 숨을 죽여 고요해졌다.

후지노 료코는 표정이 없었다. 나란히 놀라는 두 사무관 옆에서 조용히 앉아 있을 뿐이었다.

"그게 언제였습니까?" 변호인이 물었다.

"12월 초. 첫째 주 토요일인가 일요일이었을 거야."

"가시와기 군을 어디서 만났습니까?"

"일부러 만난 건 아니야."

하시다 증인이 갑자기 변명조로 말하더니 머리를 긁적거렸다. 팔이 길다. 손도 크다. 그가 다케다 배심원장과 맞먹는 키다리라는 것을 마리코는 새삼 실감했다.

"밤에 어머니가 가게 얼음이 떨어졌다고 해서 편의점에 사러 갔었어. 그랬더니 거기 가시와기가 있었어."

"어디 있는 편의점이고, 몇시 무렵이었습니까?"

"우리 집에서 두세 채 건너 있는 세븐일레븐. 열두시가 다 됐을 때야. 그래서 놀랐어."

"가시와기 군은 뭘 하고 있었습니까?"

"한쪽에 서서 잡지를 보고 있었어."

"증인을 바로 알아보던가요?"

증인이 고개를 끄덕였다.

"알아보고 어떤 표정을 지었습니까?"

"히죽 웃었어."

"웃었다?"

"그래."

"알은체를 하느라요?"

"그게 아니라 내가 엄청 놀라는 꼴이 우스웠던 모양이야."

"놀랐다. 줄곧 신경쓰이던 가시와기 군과 우연히 맞닥뜨려서?"

"응." 고개를 끄덕이고 하시다 증인은 입가를 일그러뜨렸다. "그런데 금세 화가 났지."

"놀라서 주눅들었다가, 가시와기 군이 웃으면서 보는 바람에 화가 났다?"

"그래."

"그래서 어떻게 했나요?"

"처음에는 무시할 생각이었는데, 얼음을 사서 나오려는데 그 녀석이 날 보고 있었어."

"역시 히죽 웃으면서?"

"그래서 다가가서 말을 걸었지."

"뭐라고 했나요?"

"여기서 뭐하냐, 뭐 그렇게."

"가시와기 군은 뭐라고 대답했습니까?"

잠시 뜸을 들였다.

"심부름? 이라고 했어."

변호인이 고개를 살짝 갸웃거렸다. "증인이 심부름으로 편의점에 온 거냐고 물은 거죠?"

"그렇겠지."

"스스럼없군요."

"난 화가 났어. 무시당한 것 같아서."

그래서—목소리가 낮아졌다.

"밤늦게 편의점 같은 데서 어슬렁거리면 경찰에 잡혀간다고 가시와기한테 말해줬지."

"가시와기 군의 반응은 어땠습니까?"

"여전히 히죽거렸어."

"피하는 분위기가 아니었다?"

"전혀."

"가시와기 군의 옷차림을 기억합니까?"

"추리닝."

"평상복이군요."

"그래."

"등교거부를 시작한 이후 가시와기 군은 생활 리듬이 깨져서 간혹 밤낮이 바뀌기도 했다. 밤새 자지 않거나, 때로는 밤중에 나갈 때도 있었던 것 같다고 그의 부모님이 말했습니다."

변호인이 판사와 배심원들에게 설명하고 다시 증인에게 물었다. "그리고 어떤 말을 주고받았나요?"

"계속 궁금했던 거. 왜 학교에 안 오느냐고 물었지."

순수한 의문이다.

"가시와기 군은 대답했습니까?"

"걱정 마라, 너희랑은 관계없다고 했어."

"증인의 마음을 꿰뚫어보았군요."

증인은 대답하지 않고 못마땅한 듯 또다시 입을 내밀었다.

"너한테는 이런 게 안 어울리니까 그만두라고 했어."

"불량한 척 학교에 반항하는 게 가시와기 군과 어울리지 않는다고 말했군요. 그래서요?"

"반항하는 게 아니라 이제 아예 학교에 안 갈 거라고 했어."

"그때 주위에 다른 사람이 있었습니까?"

"계산대에 주인만 있었어."

"증인과 가시와기 군 둘이서만 편의점 잡지 코너에서 얘기를 나눈 거군요."

"그래."

"큰 소리로 말했습니까?"

증인이 고개를 흔들고 시선을 들어 변호인을 바라보았다. "그곳 주인은 날 알아."

"가게 일을 돕다가 심부름을 자주 가니까, 편의점 주인과도 안면이 있었군요."

"이웃이기도 하고. 그러니까 나는 늦은 시간에 들락거려도 별 상관 없지만, 가시와기는 달라. 몸이 조그만 게 초등학생 같으니까."

"자꾸 어슬렁거리면 주의를 들을지 모른다고 생각했나요?"

"응. 그래서 가시와기를 끌고 같이 밖으로 나왔어."

마리코는 감탄했다. 하시다에게 그런 면이 있었구나.

"가시와기 군이 순순히 따라나왔습니까?"

"응."

"저항하지 않았나요?"

"전에도 밤중에 여기 왔지만 아무도 뭐라고 안 했댔어. 편의점은 거의 다 그렇다며 웃었어."

"나와서 어떻게 했죠?"

"우리 가게 앞까지 가서 잠깐 얘기했어."

"무슨 얘기를요?"

하시다 유타로의 뾰족한 울대뼈가 위아래로 까딱였다. "나는 말을 잘 못 해."

"괜찮아요. 지금까지 증언은 아주 좋았습니다."

증인이 미심쩍다는 눈빛을 배심원들 쪽으로 던져 마리코는 고개를 끄덕여 보였다. 시선이 마주치진 않았지만 몸짓은 틀림없이 알아봤을 것이다.

"난 정말로 가시와기가 위험하다고 생각해서."

"사람을 죽이거나 다치게 할 것 같은 예감이 들었죠."

"그래서, 너 좀 위험하다고 했지."

"본인에게 분명하게 말했군요?"

증인이 고개를 끄덕였다.

"가시와기 군의 반응은? 또 웃기만 했나요?"

"놀랐어."

"놀랐다?"

"넌 내가 진심이란 걸 알았구나, 하고."

"과학준비실에서 했던 말이 장난이 아니다, 진심으로 진지하게 물었던 거라는 뜻이군요."

"그래."

"실제로 가시와기 군이 진지해 보였습니까?"

"그때는 웃지 않았어."

변호인이 고개를 끄덕이며 눈짓으로 다음 말을 재촉했다. 하시다 유타로의 이마에 땀이 뱄다.

"진짜로 누굴 죽일 생각이라면 그만두라고 했어. 넌 못 한다고. 우리도 그런 짓은 안 한다고."

"그러자 가시와기 군은?"

"자기는 못 한다고 했어. 그래서 우리한테 부탁할 생각이었다고. 그래서 난."

말이 빨라지는 바람에 입가에 고인 침을 증인이 손등으로 쓱 훔쳤다.

"대체 누굴 죽이고 싶은 거냐고 물었지. 선생이냐, 부모냐."

은테 안경 너머 판사의 눈이 실처럼 가늘어졌다. 그와 대조적으로 후지노 검사는 눈도 깜박이지 않았다.

"누구한테 그렇게 화가 났냐고 물었더니, 그런 건 아니라고 했어. 그냥 자기 주위 사람이 죽어주면 좋겠다는 거야."

변호인의 눈도 미심쩍은 듯 가늘어졌다. "무슨 뜻일까요?"

"주위의 누군가가 죽으면 죽음이 어떤 건지 알 수 있다. 그게 아니면 알 수 없다. 가시와기는 그렇게 말했어."

증인은 이마의 땀을 훔치고 몸을 한 번 부르르 떨었다.

"진짜로 이 녀석 머리가 어떻게 됐구나 싶었어. 완전 진지하게, 무슨 시험 얘기라도 하듯이 누가 죽어주면 좋겠다니, 머리가 멀쩡한 사람이 할 수 있는 생각이 아니잖아."

"무서웠겠군요. 증인이 무섭다고 느낀 것이 그때 가시와기 군에게 전해졌을까요?"

증인은 머뭇거리지 않고 고개를 크게 끄덕거렸다.

"이제 더는 너희를 끌어들이지 않을 테니 걱정 말라고 했어, 그 녀석이."

다케다 배심원장이 소리 내어 깊은 숨을 내쉬었다.

"하시다 너, 왜 좀더 일찍 말 안 했어. 우리한테 말했으면 좋았잖아."

이제 참을 수 없다는 듯이 내뱉었다. 그 말이 끝나기가 무섭게 판사의 날카로운 지적이 날아들었다.

"배심원장, 조용히!"

다케다 배심원장은 항의하듯 판사를 보더니 어깨를 축 늘어뜨렸다. 증인석의 하시다 유타로는 몸을 숨기듯 움츠러들었다.

짧은 기간이었지만 그 두 사람은 같은 특별활동 부원이었다. 농구부 키다리 에이스의 옆얼굴에서 깊은 상심의 빛을 본 마리코는 가슴이 아팠다.

"그래서요? 그다음에는 어떻게 됐나요?"

증인이 몸을 움츠린 채 대답했다. "그뿐이야. 너 진짜 이상하다고 말하고 집으로 들어왔으니까."

"가시와기 군을 그 자리에 남겨두고?"

"그래."

"도망쳤군요."

"그런 셈이지. 맞아."

"그때 증인은 도망치고 싶을 만큼 무서웠다?"

"가시와기가 정상이 아니라고 생각했어."

"그 얘기를 누군가에게 했습니까?"

"아니. 음, 지금 너희한테 하기 전에는."

"어머니에게도, 가시와기 군의 담임인 모리우치 선생님에게도, 오이데 군과 이구치 군에게도 하지 않았다?"

증인이 고개를 끄덕였다.

"왜 하지 않았습니까?"

대답이 없다.

"믿어주지 않을 것 같았나요?"

"나부터도 왠지 믿기지 않았어."

"가시와기 군의 생각, 가시와기 군의 말, 그 모든 게 믿기지 않았다?"

"그래."

"내버려두자, 엮이지 않는 게 좋겠다고 생각했나요?"

"난 아무것도 할 수 없으니까."

"그뒤로 가시와기 군을 만났습니까?"

"못 만났어."

"전화 같은 걸 받은 적은요?"

"그럴 리 없잖아."

"증인이 뭐든 손을 써보려고 한 적은 있습니까?"

증인이 말없이 고개를 저었다.

"고맙습니다. 판사님, 그 세븐일레븐에는 저희가 문의해봤는데, 안타깝게도 방범카메라 테이프를 재활용하는 모양이라 작년 12월 초의 녹화분은 남아 있지 않았습니다. 그러나 날짜가 확실하진 않지만 작년 말 하시다 군이 한밤중에 얼음을 사러 와서 동급생으로 보이는 자그마한 소년과 가게에서 만났다는 걸 주인이 기억하고 있었습니다. 그 진술조서를 변호인 측 증거로 제출합니다."

"수리합니다." 판사는 검사 측 의견을 묻지도 않고 즉결했고, 왜 그런지 후지노 검사도 이의를 제기하지 않았다.

"반대신문 있나?"

판사가 묻자 그제야 후지노 료코의 표정이 바뀌었다. 증인석의 하시다 유타로는 척 봐도 주눅든 듯 움츠러들었다.

후지노 검사가 천천히 일어나 양손을 책상에 얹고 증인을 바라보았다.

"하시다 씨."

증인은 말없이 입술을 깨물며 아래를 내려다보았다.

"말이 많아졌네요."

검사가 어색한 미소를 지었다.

"꼭 딴사람처럼. 짧은 시간 동안 연습하느라 힘들지는 않았습니까?"

얘가 지금 무슨 말을 하는 거냐고 도움을 청하듯 증인이 변호인을 훔쳐보았다. 간바라 변호인은 입으로만 살짝 미소지었다.

"이 증언을 잘해내기 위해, 간바라 변호인과 노다 군을 상대로 연습한 것 아니냐고 묻는 겁니다."

검사가 좀더 환하게 웃으며 재차 물었다. 증인은 대답이 없었다.

"반대신문은 이걸로 마칩니다. 하시다 씨, 재판에 나와줘서 고맙습니다."

후지노가 고개를 꾸벅 숙이고 자리에 앉았다. 하시다 유타로는 증인석에서 굳어버린 채 꼼짝하지 않았다.

"나는—"

고개를 숙인 채 중얼거리는 증인의 목소리에 변호인이 눈을 살짝 크게 떴다. 노다 겐이치가 당황했다. 판사는 몸을 내밀었다.

"증인, 무슨 할 얘기가 있습니까?"

하시다 유타로가 고개를 끄덕였다.

"알겠습니다. 판사 재정으로 발언을 허락합니다."

어려운 단어라 알아듣지 못했는지 증인은 머뭇거렸다. 하고 싶은 말을 하면 된다고 변호인이 부드럽게 설명했다.

이렇게 새삼 멍석을 깔아주면 오히려 말문이 막히겠지. 마리코는 머뭇거리는 하시다 유타로의 심정을 충분히 이해할 수 있었다.

"내가 생각한 걸."

시선을 이리저리 움직이며 그가 중얼거렸다.

"확실하게 말해야 한다고."

늘 과묵해서 속마음을 알 수 없는 하시다 유타로가 자발적으로 말을 했다.

"그런 마음이었어."

짧게 말하고, 그는 자리에서 일어섰다. 아래를 내려다본 채 자리를 벗어나 교실 뒷문으로 향하는 뒷모습에 대고, 다케다 배심원장이 소리 없이 입술로만 중얼거리는 모습을 마리코는 보았다.

—바보 자식.

정말 그래.

"앞으로의 증인신문 진행방식을 상의하고 싶습니다."

하시다 유타로가 떠난 법정에서 변호인이 말문을 열었다. "저희는 오늘 아침 제출한 목록에 적은 대로 앞으로 증인 한 명만 더 소환하고, 그 후에는 피고인 당사자신문을 진행할 예정입니다."

검사가 끼어들었다. "이 목록에 있는 '곤노 쓰토무'라는 사람은 누구죠? 이름밖에 안 나와 있는데요."

"죄송합니다. 지금으로서는 이름밖에 밝힐 수 없습니다. 솔직히 말씀드려 그 사람이 와줄지 어떨지도 그때가 돼야 확실히 알 수 있어서요."

"무슨 뜻이죠?"

후지노 검사는 대놓고 기분 나쁜 티를 냈다. 살짝 겁을 먹은 듯 보이는 건 마리코의 지나친 생각일까.

"무슨 뜻이 있다기보다 상대의 요청이 있어서 죄송하다는 말씀밖에 드릴 수 없습니다. 그런데 판사님, 이 증인 말입니다."

어기대는 검사를 제쳐놓고 변호인이 판사에게 말했다. "오늘은 아무래도 상황이 여의치 않습니다. 그리고 피고인도 비공개 법정이 아니라 방청인이 있는 자리에서 당사자신문을 하고 싶다고 강하게 희망해 그 역시 내일 이후로 잡고 싶습니다."

배심원들이 놀랐다. 가쓰키 게이코는 소리까지 질렀다. "무슨 소리야! 너희 슌짱을 놀림감으로 만들 셈이야?"

"배심원, 조용히!"

"그렇잖아!"

"조용히 안 하면 쫓아낸다. 아니, 파면할 수도 있어, 가쓰키."

"배심원에서 잘린다는 의미야."

가만있으면 좋으련만 하라다 히토시가 군이 토를 달자, 아니나 다를까 게이코는 발끈했다.

"날 또 자르겠다고? 어디, 할 수 있으면 한번 해봐!"

"가쓰키."

여학생들의 코러스. 노래하지 않은 건 마리코뿐이었다. 가나메, 노리코, 야요이 세 사람이 입을 모았다.

"네 입장 좀 생각하고 행동해."

여자 배심원들의 리더 격인 가마타 노리코가 단호하게 타일렀다.

"좀 어지간히 하라고! 우리는 팀이라 네가 잘리면 우리까지 해산해야 한단 말이야. 그러면 네 소중한 오이데에게도 득 될 게 없어. 알겠니?"

게이코는 눈을 치켜떴지만 그래도 아까보단 기가 꺾였다.

"알겠니?"

노리코가 소리를 높여 몰아붙였다.

"―그래, 알았어."

"알았다고 합니다, 판사님. 죄송합니다."

마무리하는 배심원장의 말에 모두 웃었다. 후지노 료코와 위엄을 잃어선 안 되는 이노우에 판사만 빼고.

"그래서 으음, 어디까지 말했지."

간바라 변호인도 평소답지 않다.

"검사 측 증인 목록에도 오늘 나오기로 한 건 미야케 주리 씨 한 명뿐이죠? 그러니."

검사가 다시 끼어들었다. "조금 전 판사의 재정을 받았으니, 4중학교 마스이 노조무 군을 소환하고 싶습니다."

"그야 지당한 말이지만, 부르면 지금 바로 올 수 있습니까?"

변호인의 물음에 료코가 잠깐 머뭇거렸다.

"그건―"

"그럼 내일로 미루고 오늘은 이쯤에서 휴정하면 어떨까요? 배심원 여러분도 오늘 들은 증언과 진술조서를 천천히 검토할 시간이 필요할 테니까요."

교실의 시계는 오후 두시 반을 가리키고 있었다. 평소보다 이른 건 분명하지만 오늘은 폭탄발언이 많아서 힘들었다. 마리코는 머릿속이 혼란스러웠다. 재판도 벌써 사흘째라 긴장과 피로가 누적된 것 같았다. 몹시 지쳤다.

"그렇긴 하군. 이쯤에서 일단락할까."

판사도 갑자기 긴장이 풀린 것 같았다. 그때 앞문에 노크 소리가 들리고 야마신이 얼굴을 내밀었다.

"실례합니다."

예의를 십분 발휘해 90도로 인사했다.

"휴정하거나 오늘 심리를 마치면 교내재판 참가자 여러분에게 잠시만 시간을 내달라고 쓰자키 선생님이 부탁하셨습니다. 오카노 임시 교장선생님도 동석하신답니다."

모두 술렁거렸다. 판사가 벗으려던 판사복과 함께 직책을 다시 두르며 물었다.

"무슨 일이야?"

"상세한 내용은 모릅니다. 판사님이 허락하면 곧바로 교장실에 알리러 가겠습니다."

"알았어. 허락합니다."

다시 인사를 하고 야마신은 쏜살같이 사라졌다.

"야마자키 말이야." 하라다 히토시가 말했다. "구스야마 선생님이랑 일대일로 맞장 떠서 이겼다는 소문 진짜냐?"

"진짜야. 우리의 무적 정리."

노리코의 대답에 쓸데없는 수다가 이어지기도 전, 바람처럼 빠르게 오카노 임시 교장이 들어왔다. 키가 크고 나이에 비해 스마트한 교장 바로 뒤에 동글동글한 콩너구리 쓰자키 전 교장이 서 있었다.

예전과 서로 입장이 바뀐 두 선생님. 마리코는 지금도 오카노 임시 교장을 배려하듯 작게 움츠러든 콩너구리를 똑바로 쳐다보기 힘들었다.

"여러분의 과외활동은 순조롭게 진행되는 것 같군요."

오카노 임시 교장이 말문을 열었다. 그러나 나는 절대 이 '과외활동'에 찬성하지 않는다—라고 경직된 어깨가 솔직하게 말하고 있다.

"선생 입장에서 여러분을 방해하고 싶지는 않지만, 한 가지 문제가 생겨서요. 쓰자키 선생님, 말씀하시죠."

그 '문제'라 함은 자기가 아닌 쓰자키 선생이 불러왔다는 것을 노골적으로 드러내는 태도였다.

"여러분, 미안합니다."

쓰자키 전 교장이 둥그런 머리를 꾸벅 숙이며 난데없이 사과했다.

"그러나 이건 여러분과 이 재판에 중요한 일이라고 판단했고, 오카노 선생님도 인정해주셔서."

"짧게 할 겁니다." 옆에서 임시 교장이 못을 박았다. "십 분 내로요."

"십 분 내로요." 콩너구리가 따라 말했다. "휴정되기를 기다렸습니다. 오늘은 일찍 마쳐서 다행이군요. 저녁까지 이어질 것 같으면 저쪽더러 포기하라고 설득할 생각이었습니다."

저쪽이라니, 어느 쪽? 이번에는 마리코 혼자만 무슨 소리인지 영 감을 못 잡는 것이 아닌 듯했다. 이노우에 판사와 간바라 변호인까지 멍한 표정이었다.

"무슨 일이죠, 쓰자키 선생님?"

이노우에 판사는 땀을 훔치며 경황없이 말하는 쓰자키 전 교장보다 훨씬 위엄 있었다.

"모리우치 선생님 사건입니다."

배심원들이 술렁거렸다. 긴장한 검사와 변호인 일행은 자세를 가다듬었다.

"무슨 진전이 있었습니까?" 판사가 물었다.

"있었습니다. 실은 그래서."

콩너구리가 노타이셔츠 앞주머니에서 손수건을 꺼내 얼굴을 훔치자 마리코는 마음이 놓였다.

"저기, 실은 선생님에게 부상을 입히고 도망쳤던 여자분이 지금 학교에 와 있습니다."

모두의 놀라움에 공포의 빛깔이 더해졌다.

"여기 있다고요? 어디요?"

제일 먼저 새된 소리를 지르며 벌떡 일어선 사람은 하기오 가즈미였다. "모리우치 선생님을 괴롭히는 걸로는 부족해서 우리까지 공격하러 온 거예요?"

"바보." 한마디 내뱉은 사사키 고로가 그녀의 팔을 잡아끌며 자리에 앉혔다. "또 이럴래?"

"상대는 살인범이잖아!"

"살인 아니야. 모리우치 선생님은 살아 있어. 좋아지고 있다고."

평소와 달리 놀라서 엉거주춤 일어난 간바라 변호인이 입을 반쯤 벌린 채 털썩 주저앉으며 노다 겐이치에게 웃어 보였다. 눈이 휘둥그레진 겐이치는 기절했나 의심스러울 만큼 반응이 없었다.

"노다, 정신 차려."

변호인이 흔들자 가까스로 평소 모습을 되찾았다.

"모리우치 선생님 옆집에 살았던 가키우치 미나라는 여자분입니다. 지금 경찰서로 가려고 하는데."

"어? 자수하는구나."

노리코와 야요이가 소곤거리자, "자수가 아니야. 이런 경우는 '출두' 지"라며 판사가 놓치지 않고 정정했다.

"가키우치 씨는 자신이 한 행동을 순순히 인정하고 경찰에 출두하려

합니다." 쓰자키 전 교장이 말을 이었다. "신병이 구속되면, 앞으로 여러분을 만나 얘기할 기회가 없겠죠. 그래서 출두 전에 교내재판을 여는 여러분을 찾아와 꼭 사과하고 싶다고 점심때부터 줄곧 기다렸어요."

"내가 교장실에서 못 나오게 잘 잡아뒀으니 여러분은 안심하세요. 이 교실 근처에는 오지 않았습니다."

오카노 임시 교장의 설명을 듣자 마리코의 머릿속에 뭔가가 떠올랐다. 정오가 되기 전 운동장에서 아사이의 어머니를 만났을 때 '교장실이 소란하다'고 하지 않았던가. 그게 가키우치 미나에 때문이었구나. 가나메를 돌아보자 그녀도 같은 생각을 했는지 고개를 끄덕였다.

"우리한테 왜 사과하죠?"

후지노 료코의 목소리에서 놀라움이 사라지고 분노와 불신이 묻어났다.

"사과는 모리우치 선생님에게 먼저 하는 게 맞잖아요."

"본인도 그러길 바랐지만, 모리우치 선생님이 계신 병원으로 가면 바로 현장에서 체포될 테니까요."

"그건 그러네." 고로가 고개를 끄덕였다. "선생님 어머니가 신고할 거야. 변명 따윈 안 듣겠지."

"원칙적으로는 이루 말할 수 없이 비상식적인 사태라고 생각합니다."

오카노 임시 교장이 여봐란듯이 불쾌감을 표하며 곁눈으로 콩너구리를 노려보았다.

"그러나 가키우치라는 여자분은 혼자 온 게 아니라 가족과 변호사와 함께더군요. 특히 변호사 선생님이 정중하게 부탁하셔서 거절하는 게 오히려 더 번거로울 듯하고, 거절당한 본인이 이성을 잃고 도망치거나 하면 곤란하다는 생각에 십 분 안이라는 조건을 붙여서 허락했습니다."

"오카노 선생님, 끼어들어 죄송합니다만." 이노우에 판사가 일어서서 말했다. "가키우치 미나에라는 분은 저희 재판의 핵심인 고발장의 중요

관계자입니다. 만약 가능했다면 제일 먼저 증인으로 소환했을 겁니다. 따라서 이건 매우 고마운 기회입니다. 십 분이든 이십 분이든 필요한 만큼 증인신문 시간을 갖겠습니다. 가키우치 씨를 데려와주십시오."

그러더니 임시 교장의 반응은 기다리지 않고 검사와 변호인을 번갈아 보았다.

"주신문, 어느 쪽에서 할 거야?"

후지노와 간바라가 동시에 손을 들었고, 변호인이 빙긋 웃으며 손을 내렸다.

"양보할게. 모리우치 선생님은 후지노의 선생님이니까."

"당연하지."

왠지 불만스러워 보이는 오카노 임시 교장의 표정이 풀리기도 전에 야마신이 앞장서서 문제의 사람들을 데려왔다. 세 사람이 잇달아 뒷문으로 들어왔다. 한 사람은 삼십대 여자다. 그 사람이 가키우치 미나에이리라.

이번 재판을 치르는 단 사흘 동안 마리코는 온갖 광경을 보았다. 중학생이 갑자기 늙어 보이기도 했고, 어엿한 어른이 중학생 앞에서 흐트러지는 모습도 보았고, 대학생이 초등학생처럼 아버지에게 반항하는 것도 보았다. 그러니 이제 뭘 봐도 놀라지 않을 거다, 적어도 올여름에 놀랄 건 다 놀랐다고 생각했는데, 역시 놀라고 말았다.

—이 사람도 유령 같아.

아마 미인이었을 것이다. 도시적이고 세련된 여자. 그런데 지금은 그 흔적조차 없다. 싸구려 같은 프린트 원피스를 입고 어울리지 않게 운동화를 신었다. 화장기 없는 야윈 뺨에는 긴 머리카락이 엉겨붙어 있었다.

나머지 두 남자 중 그나마 표정이 밝은 쪽이 여자에게 착 달라붙어 있었다. 나이도 더 많아 보였다. 쉰 살 안팎 정도. 다른 한 명은 가키우치 미나에와 비슷한 나이대로 꽤 준수한 외모에 양복을 말쑥하게 차려입었다.

중년 남자는 고개를 숙이고 휘청거리는 여자를 쓰자키 전 교장이 재빨리 놓아준 의자에 앉히고는 그 옆에 서서 여자의 어깨에 손을 얹고 입을 열었다.

"여러분, 방해해서 죄송합니다. 저는 가와노 료스케라고 합니다. 이해하기 쉽게 말씀드리면, 제 직업은 사립탐정입니다."

복도 쪽 가장자리에 서 있던 오카노 임시 교장이 깜짝 놀라 펄쩍 뛰었다. "가와노 씨, 당신은 변호사라고 했잖소!"

가와노 탐정은 처음 보는 마리코도 바로 알아챌 수 있을 만큼 코믹하게 시치미를 뗐다.

"네? 아닌데요. 저는 가키우치 부부에게 가네나가라는 변호사 선생님이 계시다고만 말씀드렸죠."

얼굴이 벌겋게 달아오른 오카노 임시 교장을 콩너구리가 열심히 달랬다.

"판사님, 검사 측, 변호인 측 콤비는 병원에서 만났죠. 잘 지내는 것 같아 다행이네요."

가와노 탐정이 활달하게 말하며 얼굴 가득 미소지었다. "배심원 여러분, 처음 뵙겠습니다. 저는 여러분의 열렬한 팬이기도 합니다. 쭉 방청했어요. 다들 훌륭합니다!"

이번에는 전 교장이 깜짝 놀랐다. "가와노 씨, 방청했습니까?"

"했죠. 그러면 안 됩니까?"

후지노 검사가 아래를 내려다보며 웃었다.

"그야, 당신은 학교 관계자가 아니잖습니까."

"모리우치 선생님의 어머님이 부탁하셨습니다. 대신 방청해달라고."

가와노 탐정은 그렇게 말하고 가슴에 손을 얹었더니 마리코와 배심원들에게 정중하게 말했다. "그런 입장입니다. 모리우치 선생님과 선생님 어머니의 의뢰를 받아 고발장이 방송국에 투고된 건을 조사했습니다. 오늘

이 자리에 함께 온 것은 여기 가키우치 노리후미 씨가."

탐정이 삼십대 남자를 손으로 가리키자 남자는 모두를 향해 가볍게 고개를 숙였다. 괴로워 보이는 침울한 표정이고 눈이 빨갰다.

"가키우치 씨가 도주중인 미나에 씨에게서 출두하고 싶다는 전화를 받고 저에게 알려주셨기 때문이죠."

우아, 하며 가즈미가 눈을 휘둥그레 떴다. "남편분, 용감해요!"

"바보야, 입 좀 다물어." 고로가 나무랐다.

"그런데 경찰에는 그 전화가 온 걸 용케 숨기셨네요."

"회사로 전화가 와서……"

가키우치 씨가 작게 대답하자 가즈미는 더욱 새된 소리를 지르며 말했다. "겨우 그 정도로 수사를 따돌리다니, 경찰은 진짜 믿을 게 못 되는구나."

이노우에 판사가 가즈미가 아니라 후지노 료코에게 말했다. "저 녀석입 좀 다물게 해."

"죄송합니다." 사과를 하면서도 후지노 검사는 여전히 웃고 있었다. 가와노 탐정도 스스럼없이 웃었다.

"가즈미짱, 오늘도 고잉 마이 웨이라 보기 좋네요."

현 교장과 전 교장이 졸도하고 참다 못한 판사가 화를 내기 전에 가와노 탐정은 진지한 표정을 되찾았다.

"서론은 이쯤 해두죠. 자, 여러분, 이분이 가키우치 미나에 씨입니다. 증인석에 앉는 게 좋을까요?"

"그렇게 해주십시오. 후지노 검사가 주신문을 하겠습니다."

"자, 잠깐 기다려요." 졸도 직전인 오카노 임시 교장이 앞으로 나섰다. "이 여자가 우리 학생들에게 접근하게 해선 안 됩니다!"

"오카노 선생님, 여기는 법정입니다. 판사인 저의 재정에 따라주세요."

"이노우에 군!"

판사는 개의치 않고 "정리"라며 야마신을 불렀다. 지금은 그도 입정해 뒷문 앞에 차려 자세로 꼼짝 않고 서 있다.

"네!"

"증인을 증인석으로 데려가세요. 정리도 거기서 대기하도록."

야마신이 민첩하게 앞으로 나오더니 가키우치 미나에를 재촉해 일으켜서 증인석으로 안내했다. 지금까지 이야기가 오가는 내내 얼굴 한 번 들지 않고 말 한마디 하지 않았던 여자는 걸음을 내딛자마자 휘청거리고 말았다. 야마신이 재빨리 그 어깨를 붙잡았다.

"고마워요."

다들 처음으로 목소리를 들었다. 가냘프고 여성스러웠다.

"증인은 건강상태가 안 좋아 보이니 앉아서 말해도 좋습니다. 먼저 이름을 확인하겠습니다. 당신이 가키우치 미나에 씨죠?"

의자에 앉아 가까스로 몸을 가누며 고개를 든 여자가 대답했다. "네."

"거주지가 에도가와 구에 있는 프라우코포 에도가와 402호 맞습니까?"

"네, 그렇습니다."

가키우치 미나에의 야윈 얼굴에 어렴풋이 놀라움의 잔물결이 일었다. 이노우에 판사의 의기양양한 태도에 감탄했을지 모른다.

"그럼 선서해주십시오."

여자는 더듬더듬 어설프게 선서했다. 기력과 체력이 약해진 탓이겠지만, 아마 원래도 저렇게 응석 부리는 투로 말했을 것 같다고 마리코는 생각했다. 난 별로 안 좋아하지만 어른 중에도 그런 여자가 있긴 하지. 얼굴이나 분위기는 영 딴판인데 말투만 그래. 그게 여자답다고 생각하는 걸까.

지레짐작은 좋지 않지만, 어쩐지 이미 이 사람의 내면을 언뜻 엿본 기분이 들었다.

"가키우치 씨, 지금부터 증인신문에 답변을 해주셔야 합니다."

이노우에 판사가 사무적으로 말을 건넸다.

"일문일답 형식이므로 판사인 제가 허락하지 않는 한 증인 마음대로 발언할 수 없습니다. 그래도 괜찮겠습니까?"

가키우치 미나에가 고개를 끄덕이며 말했다. "네."

그리고 숨결을 가다듬으며 빠르게 덧붙였다. "여러분 편한 대로 해주세요."

"알겠습니다. 자, 그럼."

판사가 고개를 끄덕이며 신호를 보냈다.

"주신문을 시작하겠습니다. 저는 검사를 맡은 후지노 료코입니다."

후지노 검사가 자리에서 일어나 인사했다.

"먼저 여쭙겠습니다. 모리우치 선생님 앞으로 온 고발장—작년 12월 24일 본교 학생인 가시와기 다쿠야 군이 사망한 사건은 자살이 아니라 살인사건이며 자신이 그 현장을 목격했다는 내용의 문서를 알고 있습니까?"

"알고 있습니다."

"그 실물을 손에 넣은 적이 있습니까?"

"있습니다."

"어떻게 손에 넣었죠?"

가키우치 미나에가 고개를 숙이자 머리칼이 쏟아져내려 얼굴을 반쯤 가렸다.

"모리우치 씨의 우편함에서 훔쳤습니다."

"왜 그런 행동을 했습니까?"

"괴롭히고 싶어서요."

"증인은 모리우치 선생님의 친구입니까?"

"아뇨."

"그저 옆집에 사는 사람인가요?"

"—그렇습니다."

"모리우치 선생님과 무슨 말썽이 있었습니까?"

"없었습니다."

"그런데 왜 괴롭혔죠?"

가키우치 미나에가 긴 머리칼을 쓸어올렸다.

"저는 여러분의 선생님이 싫었습니다."

"모리우치 선생님이 증인에게 민폐를 끼치거나 피해를 줬습니까?"

"아닙니다. 그냥 제가 일방적으로 싫어한 거예요."

"왜죠?"

딱딱한 말투로 잇달아 질문해나가는 후지노 료코는 슬퍼 보였다.

"—질투했던 것 같습니다."

"친구도 아니고 그냥 이웃일 뿐인데, 모리우치 선생님의 어느 부분이 그렇게 샘이 났나요?"

"모리우치 씨는 젊고."

증인의 목소리가 기어들어가는 것과 동시에 남편 가키우치 노리후미가 그녀에게서 시선을 돌렸다.

"젊고 아름답고 행복해 보이고 학생들도 잘 따라서 시샘이 났습니다."

후지노 검사가 입을 한일자로 꾹 다물고 콧김을 뿜었다. "선생님의 우편함에서 고발장을 훔친 것은 계획적인 일이었습니까?"

"아뇨, 우연이었어요."

"그전부터 우편물을 훔쳐서 선생님의 사생활을 엿보았다. 그러다 우연히 고발장을 손에 넣은 거군요."

"그렇습니다."

"뜯어서 읽고, 그게 중요한 내용이라는 걸 알았습니까?"

"중요한 것 같아서, 신문기사 같은 걸 찾아보고 알게 됐습니다."

"그런데도 일부러 고발장을 찢어서 HBS의 〈뉴스어드벤처〉에 투고했나요?"

"그렇습니다."

"그것은 증인이 혼자, 개인의 생각으로 한 일입니까?"

"그렇습니다. 저 혼자 했어요."

"〈뉴스어드벤처〉 특집을 봤을 때 어떤 기분이 들던가요?"

다시 머리칼을 쓸어올린 가키우치 증인은 더욱 고개를 숙였다.

"담임선생인데 무책임하게 고발장을 찢어서 버리고 가시와기 군 사건을 은폐하려고 했다. 그렇게 모리우치 선생님이 손가락질당하는 걸 알고 어떤 생각이 들었나요?"

긴 머리칼 뒤에서 새나오는 가키우치 미나에의 목소리는 금방이라도 꺼져들어갈 것 같았다. "—죄송합니다."

후지노 료코는 정리 야마신과 마찬가지로 차려 자세로 꼼짝 않고 증인을 내려다보았다.

"질문을 마치겠습니다."

교대하듯 간바라 변호인이 일어섰다.

"이 재판의 피고인 오이데 슌지 군을 변호하는 간바라입니다."

가키우치 미나에가 얼굴을 들고 코를 훌쩍거렸다.

"가키우치 씨. 오이데 슌지 군과 안면이 있습니까?"

"없습니다."

코멘소리였다.

"그의 가족과는?"

"전혀 모릅니다."

"모리우치 선생님 외에 조토 제3중학교에 아는 사람이 있습니까?"

"없습니다."

"HBS로 고발장을 보냈을 때, 거기 적힌 내용이 진실이라고 생각했습니까?"

배심원들의 시선이 증인에게 쏠렸다.

"—저는 몰랐습니다."

"그렇지만 진실일지도 모른다고 생각했다?"

"잘 모르겠어요."

"아주 조금도요? 50퍼센트쯤은 진실이라고 생각했던 거 아닐까요?"

증인이 머리칼을 쓸어올리며 눈물이 글썽이는 눈으로 변호인을 올려다보았다. "진실이길 바랐어요. 모리우치 씨가 그런 무책임한 선생님이라면 고발당해야 마땅하다고 생각했어요."

"그렇다면 당시 증인은 스스로 옳은 일을 한다고 생각했나요?"

증인이 눈물을 흘렸다. "네."

"그 생각은 바뀌었습니까?"

"모르겠어요. 가시와기 군이라는 학생의 사건에 대해서 전 아무것도 모릅니다."

못 견디겠다는 듯이 흐느끼며 손으로 입을 틀어막았다. 이어지는 증언은 신음에 가까웠다.

"그렇지만 저는 어른스럽지 못하게 남을 괴롭혔습니다. 그걸로 부족해서 모리우치 씨를 다치게까지 했어요. 여러분의 선생님에게 정말로 몹쓸 짓을 저지르고 말았습니다."

"저기."

가키우치 노리후미가 빨개진 눈을 깜박거리며 일어섰다.

"미나에가 그런 짓을 저지른 건 우리 부부 사이에 문제가 있어서입니다. 아무 관계 없는 어른들 싸움에 이렇게 여러분을 끌어들여 정말로 죄송합니다. 그래서 미나에도 경찰에 출두하기 전에 여러분에게 꼭 사과하고 싶어했고,"

"가키우치 씨, 당신은 증인이 아닙니다. 발언을 삼가주세요."

"그렇지만 저는,"

"그런 사죄와 변명은 저희가 아니라 모리우치 선생님에게 하셔야 옳습니다."

아무 관계 없는 어른을 타이르는 중학생 판사 앞에서 아무 관계 없는 어엿한 어른 가키우치 씨가 물러났다. 중학생 판사의 말이 옳았다.

"그렇군요…… 미안합니다."

그가 자리에 앉자 변호인이 말했다. "다시 한번 확인하겠습니다. 가시와기 다쿠야 군의 죽음의 진상에 대해 증인은 전혀 아는 게 없다. 관계가 없다는 거죠?"

"네. 저는 관계없는 제삼자입니다."

"증인은 단지 모리우치 선생님을 괴롭히고 싶었을 뿐이다. 그렇죠?"

"그렇습니다."

"질문 마치겠습니다."

변호인은 가키우치 미나에에게서 시선을 돌렸지만 여전히 그대로 서 있었다. 그에 호응하듯 후지노 검사도 일어섰다.

"이제 됐나?" 가와노 탐정이 물었다.

판사가 대답했다. "증인신문은 끝났습니다. 나가셔도 됩니다."

"이분이 모리우치 선생님을 다치게 한 정황 같은 건 안 물어봐도 돼?"

"그것은 이 교내재판에서 다룰 사안이 아닙니다."

그렇게 말하고 판사도 자리에서 일어섰다. 배심원장도 일어섰다. 배심원들과 양쪽 조수들도 일어섰다. 단 한 사람 가쓰키 게이코만 여전히 다리를 꼬고 앉아 있었다. 분노로 불타오르는 그 눈빛이 '당신 때문에 순지가 피해를 봤어, 이 멍청한 여자야'라고 외치고 있었다.

"그렇군. 그 말이 옳아."

가와노 탐정은 고개를 크게 끄덕이며 여전히 밝은 표정으로 입술만 힘껏 다물더니 가키우치 부부를 재촉했다. "자, 갑시다."

"잠깐 기다려요."

내내 제삼자였던 오카노 임시 교장이 다시 끼어들었다.

"가와노 씨, 학생들에게 설명해야죠."

아아, 하며 탐정이 손으로 이마를 때렸다. "으음, 여러분. 가키우치 씨가 출두 전에 이 학교에 들렀다는 사실은 경찰에 알리지 않는 게 좋겠다는 것이 교장선생님의 생각입니다."

"나, 나 혼자만의 생각은 아닙니다."

탐정은 허둥거리는 임시 교장을 무시했다. "그게 깔끔하겠지? 여기 들러서 여러분을 만났다는 사실이 새나가면 또 교장선생님 책임 문제가 도마에 오를지 모르니까."

"글쎄, 난 그런 뜻으로 한 말이 아니라니까요."

"알겠습니다. 가키우치 씨 일은 우리 모두 비밀로 하겠습니다." 판사가 약속했다.

"고맙다."

오카노 임시 교장은 얼굴을 붉혔고, 콩너구리는 왜 그런지 넋이 나간 듯 보였다.

"그럼, 모두 힘내."

가와노 탐정이 중학생들에게 경례했다. 마주 경례하는 경솔한 중학생은 없었다.

남편과 탐정의 부축을 받고, 전 교장의 안내와 임시 교장의 감시 아래 뒷문으로 나가려던 가키우치 미나에가 버둥거리듯 뒤돌아보았다.

"여러분."

유령은 울고 있었다.

"나 같은 어른은 되지 마세요."

그리고 나갔다. 저 사람은 결국 저 말을 하러 온 거구나, 하고 마리코는 생각했다.

"저런 말까지 할 필요는 없는데."

가쓰키 게이코가 내뱉듯이 말했다.

"모리린도 그리 훌륭하진 않았으니까."

밉살스럽게 쏘아붙이면서도 하기오 가즈미는 두 눈 가득 눈물을 글썽이고 있었다. 뭘 또 바보같이 따라 울어—사사키 고로가 머리를 가볍게 쓰다듬어주었다.

"저 사람, 반성하고 있잖아."

"어떨지 모르지. 출두하겠다는 것도 도망 다니는 데 지쳐서 스스로가 비참해져서인지도 몰라."

"그렇다면 굳이 여기까지 찾아오진 않았을 거야." 간바라 변호인이 말했다. "가와노 씨가 우리 재판을 위한 일이라고 설득해준 거 아닐까."

후지노 료코가 책상에 풀썩 엎드렸다. 지쳤다—그 등이 호소하고 있었다. 법정에는 이제 어른도 증인도 없다. 교내재판의 핵심 멤버뿐이다.

"어쨌거나 저 사람, 완전히 만신창이더라."

미조구치 야요이는 가키우치 미나에가 나간 문에서 여전히 눈을 떼지 못했다. 유령이 나타났다가 사라진 문이다.

"남의 눈에 눈물 내면 제 눈에는 피눈물이 난다잖아."

노리코의 말에 판사가 맞장구를 쳤다. "그 말이 진리군."

맞아, 진리야.

난 어떤 어른이 되어도 괜찮으니, 별로 대단한 어른은 못 되겠지만, 저렇게 눈빛이 어두운 유령 같은 사람만은 되고 싶지 않다.

그것이 구라타 마리코의 인생 목표다.

텔레비전 화면에 가키우치 미나에의 사진이 나왔다.

여권이나 운전면허증 사진인 듯 진지한 표정으로 정면을 보고 있다. 미인이고 화장도 잘했다. 머리 모양도 세련됐다. 그런데 어딘지 모르게 차갑고 이기적인 인상이었다.

—저런 눈빛, 어디서 본 적 있는데.

눈빛이 딱딱하다. 눈동자에 갑옷을 둘렀다. 누구도 우습게볼 수 없어. 나에게는 그런 빈틈이 없다고 말하는 눈빛이다.

불을 끈 방에서 혼자 턱을 괴고 텔레비전을 보며 미야케 주리는 생각에 잠겼다.

중학생 여자아이가 자기를 이렇게 분석하고 있을 거라곤 당사자 가키우치 미나에는 상상도 못 할 것이다. 아니, 어느 정도는 각오하고 있을까. 굳이 제 발로 3중학교를 찾아와 교내재판 증인석에 섰다니까.

용의자 가키우치 미나에.

남자 뉴스캐스터의 해설이 이어졌다.

"용의자 가키우치 씨는 경찰 조사에 순순히 응하고 있지만, 상세한 사건 내용에 대해서는 '아직 마음의 정리가 되지 않아 말하고 싶지 않다'라고만 답했습니다."

화면이 바뀌고 조토 제3중학교 건물이 나왔다. 정문 옆에 달린 간판은 모자이크 처리가 되어 있었다.

같이 나온 여자 아나운서가 말했다. "그런데 용의자는 경찰에 출두하기 전, 피해자 모리우치 에미코 씨가 근무하던 중학교를 찾아가 모리우치 씨가 담임을 맡았던 반의 일부 학생들에게 상해사건에 대해 사죄했다고 하던데요."

남자 캐스터가 고개를 크게 끄덕거렸다. "그렇습니다. 학생들은 놀랐겠지만, 용의자 가키우치 씨가 강력히 요청한 결과 학교 측에서 허락해줬다고 합니다."

"학부모들의 항의가 없었을까요?"

"문제될 수 있는 부분이죠."

주리는 한 시간쯤 전부터 채널을 이리저리 돌리며 뉴스 프로그램만 보고 있었다. 이 프로그램도 그렇고 HBS 외의 방송사는 고발장 소동의 경위까지 보도하지는 않았다. 애당초 〈뉴스어드벤처〉 독점 보도였고, 그 내용 때문에 HBS 내부에서도 실랑이가 있었다고 하니 타 방송사들이 신중해졌는지도 모른다.

침대 협탁에서 전화가 울렸다. 벨소리는 한 번 만에 멈췄다. 아빠가 받았을까, 엄마가 냉큼 집어든 걸까.

이번에는 유선전화기로 무선전화기를 호출하는 벨이 울려서 주리는 오른손에 텔레비전 리모컨을 쥔 채 왼손을 뻗어 전화기를 들었다. 금방 바꿔주는 걸 보면 전화를 받은 사람은 아빠인가보다. 엄마였다면 상대가 누구든 우리 집의 주장을 쏟아놓으며 한동안 수화기를 놓지 않았을 테니까.

"주리, 후지노 학생 전화다."

역시 아빠였다.

"학교에서 연락 올지 모르니 길게 통화하면 안 돼."

"통화중에 전화 오면 얘기할게."

"길게 통화하지 말라고 했다."

네, 라고 대답하고 주리는 입을 다물었다. 찰칵 소리가 들렸다.

"여보세요?"

후지노 료코의 목소리다. 주리는 말했다. "지금 텔레비전 보고 있어."

그렇구나, 라고 료코가 말했다. "우리도 조금 전까지 봤어. HBS?"

"여기저기. HBS도 봤는데, 왠지 변명만 늘어놓는 것 같더라."

가키우치 미나에라는 여자가 쓸데없이 고발장을 훔쳐 보내는 바람에 〈뉴스어드벤처〉까지 휘둘리고 말았다고 주장하는 듯했다. 한발 더 나아가 모기 기자가 꾸민 특집은 우리와 관계없다고 말하고 싶은 것을 애써 참는 느낌.

"그냥 내버려둬. 우리랑은 이제 관계없으니까."

주리가 리모컨으로 텔레비전을 껐다. 커튼을 쳐놓은 실내가 캄캄해졌다. 무선전화기의 통화 램프만이 빨갛게 빛났다.

"미야케, 괜찮니?" 료코가 물었다.

"뭐가 걱정인데? 가키우치라는 여자 일은 나도 알고 있었으니까 아무렇지도 않다고 했잖아."

법정에서 증언한 후 주리는 따라온 엄마와 함께 내내 양호실에 있었다. 오늘 심리가 끝날 때까지 학교에 있고 싶다고 오자키 선생에게 부탁한 것이다. 엄마는 못마땅해했지만, 주리는 남고 싶었다. 어쩌면 다시 한 번 불려갈지 모른다고 생각했다. 내심 불려가기를 바랐는지 두려웠는지는 스스로도 알 수 없었다.

세시가 지나 후지노 료코가 양호실로 찾아왔다. 주리의 얼굴을 보고 '역시 안 갔구나' 하는 눈빛을 보였다. 그 순간 얼른 가버릴 걸 그랬다고 후회했다.

—많이 괴로웠을 텐데 힘내서 증언해줘서 고마워. 나머지는 우리가 확실히 할게.

료코는 고생 많았다며 주리를 도닥였다. 그런 료코가 꼴 보기 싫어서 주리는 곧바로 받아쳤다. 아까 모리우치 선생님을 죽이려 했던 여자가 너희를 만나러 갔지? 라고.

가키우치 미나에가 심리가 일단락되기를 기다리는 동안 어떻게 해야 할지 교장실에서 꽤 큰 소리로 논의가 오갔다. 같은 1층에 있는 양호실에도 그 소리가 고스란히 들렸기 때문에 오자키 선생이 주리와 엄마에게 사정을 설명해주었다.

—가키우치 씨라는 여자분인데, 모리우치 선생님을 다치게 하고 사람들에게 피해를 준 걸 사과하고 싶다고 찾아왔어. 고발장을 방송국에 보낸 것도 저 사람 짓인가봐.

오자키 선생은 혹시 가키우치 미나에가 교내재판 멤버들을 만나면 주리도 그 자리에 함께하고 싶으냐고 물었다. 주리는 단호하게 거절했다. 이제 와서 그런 얘기는 하고 싶지 않다는 태도를 보이는 게 정의를 추구하는 목격자답다고 생각했다. 나는 진실을 말했으니 그것만으로 충분하다. 그래서 료코에게도 그 자리에서 그렇게 말했다. 나는 가키우치 미나에의 사과를 들으러 법정으로 돌아갈 마음은 없었다고.

그런데도 여전히 묻는다. 괜찮냐고.

주리가 수화기에 대고 말했다. "가키우치라는 여자의 스토커 짓 때문에 나의―나와 마쓰코의 고발장까지 가짜 취급을 받는 건 화가 나."

"우리는 그런 생각 안 해."

"그러셔?"

왜 이렇게 공연히 화가 치밀까. 왜 두려운 걸까. 나는 무엇이 두려운 걸까.

"그렇지만 오카노 선생님은 난처해진 거 아냐? 살인미수 용의자를 보호자 허락도 없이 학생에게 접근시켰잖아. 교장이 또 바뀔지 몰라. 그런 소동이 벌어지면 재판까지 중단되지 않겠어?"

주리의 말에 후지노 료코가 잠시 입을 다물었다.

"―내일은 방청인이 올 테니, 심리 시작 전에 이노우에가 사정을 설명하겠대."

이노우에라. 잘난 척하긴.

"가키우치 씨는 우리를 해치러 온 게 아니고 옆에 보호자도 있었으니 위험할 건 전혀 없었어. 우리도 그 사람 증언을 듣고 싶었다고 확실하게 설명하면 교내재판에 관심 있는 사람들은 이해해줄 거야."

"매스컴이 어떻게 나올진 모르지."

교육위원회도 그렇고, 라며 주리가 말했다. "지금쯤 교장실 전화기에 불이 났을걸? 오카노 선생이 사과 회견을 할까. 또 보호자 모임이 열릴지도 모르겠네."

후지노 료코가 다시 입을 다물더니 이번에는 좀처럼 말을 잇지 않았다.

주리는 수화기 너머의 침묵에 못 견디게 화가 났다. 왜 입다물고 있는 거야? 묻고 싶은 게 있잖아? 그래서 전화했잖아?

"우리 아빠야." 주리가 말했다. "우리 아빠가 경찰에 신고했다고. 그 여자, 에도가와 경찰서에 출두했지? 거기 번호를 찾아서 전화했어. 용의자가 출두하기 전에 조토 제3중학교에 와서 당치도 않은 짓을 했다고."

료코는 여전히 말이 없었다.

"오카노 선생님이 이번 일에 대해 입다물라고 한 건 알아. 나한테도 그랬으니까. 그래서 가만있으려고 했는데, 집에 와서 엄마가 아빠한테 다 말해버렸어."

엄마는 주리와 함께 법정에 들어가지 못해 불만이었던 것이다. 교내재판 멤버들이 어린애 주제에 시건방지게 어른한테 이래라저래라 한다며 화가 나 씩씩거렸다. 그래서 아빠가 돌아오자마자 불평불만을 늘어놓기 시작했고, 그러다가 가키우치 미나에가 나타난 이야기까지 쏟아놓은 것이다.

"내가 부추긴 거 아니야. 우리 아빠는 원래 그래. 잘못된 걸 못 참는 사람이야. 안 그래? 다같이 입을 맞추고 침묵하다니, 그건 잘못이잖아."

뜻밖에도 후지노 료코가 가볍게 웃었다. "우리 엄마도 오카노 선생님이 이상하다고 화냈어. 나도 네 아버지가 옳은 일을 했다고 생각해."

그렇지만, 하며 곧바로 말을 이었다. "그 일이 들통나면 성가셔질 게 빤하잖아. 번거로운 일도 늘어날 테고. 말 안 한다고 딱히 해가 될 거 없으니까 가만있자고 했던 거야."

"하지만 경찰에서는 틀림없이 그 여자가 출두하기 전에 어디서 뭘 했는지 조사할 거라고. 조사하면 금세 들통나잖아!"

"그게 들통나기 전에 교내재판은 끝나. 앞으로 사흘 남았어."

"그럼 그다음엔 어떻게 되든 상관없다는 거야?"

"어떻게 되든 상관없는 건 아니지만, 일단 재판을 무사히 끝내는 게 우선이야. 오카노 선생님도 그런 생각으로 한 말이라면 내가 뭐라 할 순 없어."

분노한 주리는 어느새 땀이 솟았다. 아니면 이건 식은땀일까.

"후지노, 너 바보야? 오카노 선생님이 재판 따윌 걱정할 리 없잖아. 그 사람은 자기 입장밖에 생각 안 해."

"꼭 가키우치 씨 일이 아니더라도 선생님은 속 편한 입장이 아니잖아. 교내재판이 끝나면 재판을 왜 허락해줬느냐고 학부모회에서 공격할 게 뻔해."

"그걸 알면서도 재판을 허락했다는 소리야?"

"그렇지 않을까? 아닌가. 난 오카노 선생님도 나름의 생각이 있다고 봐. 그렇지 않다면 무슨 수를 써서라도 재판을 반대했을 거야. 우리를 정학시켜서라도."

"그건—후지노 네가 다카기 선생님한테 맞는 바람에 세게 나갈 수 없었던 거지."

"그런 일도 있었나? 잊고 있었네."

료코가 또 가볍게 웃었다.

"어느 쪽이든 오카노 선생님은 괴로울 거야. 나도 처음에는 그런 생각 못 했는데, 이젠 좀 달라졌어."

모두 똑같이 괴롭다고 말했다.

"기타오 선생님도 마찬가지야. 재판이 끝나면 책임지고 사임하실 생각 이거든."

주리가 수화기를 움켜쥐었다. "본인이 그랬니?"

"오카노 선생님한테 사직서를 냈어."

료코의 목소리가 강해졌다.

"선생님들도 그런 각오를 하면서까지 진상을 알고 싶어하셔. 어쩌면 자기 학생이 살해당했을지 모르는 사건이니까. 그건 전혀 이상하게 볼 일이 아니잖아?"

진상 따위—라고 할 뻔하다 주리는 아슬아슬하게 말을 삼켰다. 진상 따위.

"내일은 방청인도 더 많을 테고, 가키우치 씨 때문에 몰려온 취재진을 막기도 만만치 않을 거야. 그래도 우리는 끝까지 해낼 테니까 걱정 말고 기다려."

해내다니—뭘 어떻게 해내겠다고.

"후지노."

"응?"

"오이데가 인정할까?"

자기가 했다고, 가시와기를 죽였다고 인정할까?

후지노 료코의 대답은 간결했다. "몰라."

주리의 발밑에서 한기가 밀려올라왔다.

"후지노, 넌 정말로 내 얘기를 믿니?"

"난 검사야." 료코가 대답했다.

주리는 엉겁결에 소리쳤다. "그것뿐이야? 반드시 이기겠다고 말해. 내 말이 진실이란 걸 증명하라고!"

후지노 검사의 숨소리가 희미하게 들려왔다.

"이 재판에서는 아무도 이길 수 없어." 료코가 말했다. "모두 상처투성 이야. 진흙탕에 빠졌어. 얻을 게 하나도 없어. 그래도, 그렇다 하더라도 그냥 내버려둘 순 없으니까, 그냥 내버려두면 안 되니까 다들 노력하는 거야. 올바른 일을 하고 싶으니까."

"약속이랑 다르잖아!"

"나는 널 믿는다고 약속했어. 지금도 믿고. 그걸로 부족해?"

믿는다고 해서 그게 꼭 진실이라는 법은 없어. 주리의 귀에는 그렇게 들렸다.

"날 속인 거구나."

후지노 검사는 대답하지 않았다.

"속여서 증언을 시킨 거야. 좋아, 그렇게 말해줄게. 다 알릴 거라고."

목소리를 낮추고 속삭이듯 후지노 료코가 주리에게 천천히 되물었다.

"누구한테?"

그렇다, 누구에게 알려야 하는가. 경찰에? 선생에게? 교육위원회에? 엄마 아빠에게? 아니면 모기 기자에게?

지금 확실하게 주리의 편이 되어줄 사람은 과연 누구일까.

모두 진흙탕에 빠졌다. 모두 상처투성이다.

전화기를 내동댕이치고 전화를 끊어버리려 했다. 그러나 그럴 수 없었다. 전화를 끊으면 자신을 둘러싼 세계 자체에서 끊어져버릴 듯한 기분이 들었다.

마쓰코가 그립다. 마쓰코를 만나 후지노 료코가 얼마나 밥맛없는지, 심술궂고 거짓말쟁이고 못됐는지 험담을 쏟아놓고 싶다.

—정말 그러네, 주리짱. 주리짱 마음은 충분히 알겠어.

알지도 못하는 주제에 마쓰코는 늘 그렇게 말했다. 안다니까, 주리짱. 그러니까 화내지 마. 울지 마.

하지만 마쓰코는 이제 없다.

"나만 나쁜 사람 되긴 싫어."

앞으로도 계속 거짓말쟁이 취급을 당하며, 차가운 눈총을 받으며 살아가는 건 도저히 견딜 수 없다. 그래서 내 입으로 내 입장을 주장하기로 결심했는데, 그러고도 여전히 나쁜 사람 취급을 받다니.

"아무도 널 나쁜 사람이라고 안 했어."

주리가 울음을 터뜨렸다. "배심원 애들이 그런 표정으로 널 봤단 말이야!"

"나도 울고 싶어." 료코가 말했다. "울면 마음이 풀릴 것 같아. 그럼 내일부터 다시 힘낼 수 있겠지. 재판을 도중에 그만두진 않을 거야. 누구도 방해할 수 없어."

"만약 내가 거짓말을 했다면?"

내가 대체 무슨 소리를 하는 거지? 주리 안의 주리가 당황했다. 왜 이렇게 허둥대는 거야.

"그 고발장이 새빨간 거짓말이라면, 후지노 넌 어떡할 거야?"

그 질문에 대한 답은 주리의 예상을 넘어섰다. 하지만 그 무엇으로도 대체될 수 없는 유일한 답이기도 했다.

"고발장이 거짓인지 진실인지 밝혀내는 건, 이제 나나 네가 아니야."

법정이야—후지노 검사가 말했다.

"되도록 푹 쉬고, 조금이라도 자둬. 그 말 하려고 전화했는데 너무 길어졌네. 미안."

그리고 전화는 끊겼다. 주리는 수화기를 움켜쥔 채 주저앉았다.

마쓰코가 그립다. 마쓰코라면 내 마음을 이해해줄 것이다. 마쓰코라면 내 편이 되어줄 것이다. 언제나 그랬다. 그랬는데.

—내 거짓말이 마쓰코를 죽게 만들어버렸어.

단 하나였던 친구를 애도하면서, 미야케 주리는 소리 높여 울었다.

"여보세요? 어, 저녁 먹는 중?"

"응. 저녁밥."

"입에 있는 거 빨리 삼켜. 지저분하게."

"으응. 근데 무슨 일이야?"

"좀 전에 후지노한테서 전화 왔어. 나랑 너랑 나눠서 다른 배심원들한테 연락해달래. 나 혼자 하면 시간이 걸리니까 둘이 하는 게 빠르잖아."

"무슨 일인데?"

"텔레비전 봤지? 뉴스에 나왔잖아."

"우리 학교 말이지? 도대체 누가 폭로한 거야?"

"그것 때문에 연락 돌리라는 거야. 미야케 아버지가 경찰에 신고했대."

"혁……"

"후지노가 미야케한테는 잘못이 없댔어. 하긴 부모님이 한 일이니까."

"그런데 미야케는 그 자리에 없었잖아."

"집에 안 가고 양호실에 있었대. 그래서 사정을 알게 된 거야. 그애 예전부터 양호실에서 살다시피 했나봐. 가마타가 그러더라."

"그래서, 어떻게 하라고?"

"다들 너처럼 '도대체 누가 폭로한 거야?' 싶어 의문덩어리가 됐을 거아냐. 그러면 안 되니까 후지노가 알리래."

"의문이 아니라 의심이겠지."

"자식, 꼬박꼬박 따지기는. 연락이나 제대로 해."

"누구누구한테 하면 되는데?"

"여자애들한테 부탁한다."

"가쓰키는 좀 빼줘."

"나도 싫거든."

"으, 가마타한테 부탁해야 하나. 근데 가쓰키가 이런 걸 신경이나 쓸까?"

"그애도 배심원이니까 알리긴 해야 돼."

"성가시네."

"배심원장의 명령이다."

"예예. 그나저나 이렇게 일이 커졌는데, 내일 재판을 열 수나 있을까?"

"판사님이 알아서 수습할 거라고 후지노 검사님이 말씀하셨다. 내 생각에도 별문제 없을 것 같아. 이제 와서 그만둘 순 없잖아."

"다케―가 아니라 배심원장님."

"왜?"

"신경쓰지 마."

"뭘?"

"하시다 말이야. 그건 아무도 어쩔 수가 없었어. 본인이 마음을 먹지 않는 한 주위에서는 어쩔 도리가 없었다고."

"너, 내가 지금 그런 걸로 괴로워하는 것 같냐?"

"아니야?"

"—어떻게 알았어?"

"난 장기 고수잖냐."

"친구라서 그렇다고 해주면 안 되냐?"

"네 친구이자 장기 고수니까."

"그 친구라는 거 말인데."

"절친이라고 하는 게 낫냐?"

"그게 아니라. 간바라는 가시와기 친구였잖아?"

"그런 것 같더라."

"그…… 의리라고 할까. 그게 정말 대단해. 머리도 좋고. 아이큐가 170 정도 되지 않을까."

"배심원장님, 다른 멤버에게는 비밀로 해줄 수 있어?"

"뭔데?"

"난 왠지 그 녀석이 수상해."

"수상해?"

"커닝하고 있다고 할까."

"커닝?"

"잘 모르겠지만, 우리는 빈손인데 그 녀석 혼자 지도를 갖고 있는 느낌이 들어."

"너 아직도 비디오게임 하냐? 장기에 열중하겠다며?"

"그런 얘기가 아니라니까. 아, 됐어. 가마타한테 전화할래."

"그렇구나…… 응, 알았어. 그렇다고 달라질 건 없을 거야. 아버지가
화났으면 미야케도 어쩔 수 없었을 테니까."

"내일 또 엄청 시끄러워지겠다. 야요이, 괜찮니?"

"야마노랑 구라타는 어땠어?"

"가나메는 야무진 애니까 괜찮아. 구라타는 골치 아픈 생각을 안 하는
애니까 괜찮고. 텔레비전도 안 봤대서 깜짝 놀랐다니까."

"하하, 그건 정말 구라타답다. 그애 착하지."

"난 좀 답답해."

"너랑은 안 맞으려나. 하지만 나랑 구라타랑 좀 닮지 않았니?"

"말도 안 돼, 전혀 다르거든."

"그나저나 노리코."

"─왜?"

"미야케 증언, 어떻게 생각해?"

"아직 우리끼리 그런 얘기 하면 안 돼."

"지금만 하자. 응? 그거 진짜일까?"

"뭐, 하늘에서 빨간 눈이 내릴 거라는 일기예보랑 같지."

"무슨 말인지 잘 모르겠다."

"다같이 모여서 얘기할 때 설명해줄게. 그때까지 잘 생각해봐."

"나도 생각하고 있어. 오늘 집에 돌아와서 쭉 생각했는걸. 미야케랑 아
사이에 대해서."

"무슨 생각?"

"노리코가 전학 와서 친구가 되어주지 않았다면, 난 계속 양호실만 들
락거렸을 테고, 어쩌면 또 예전처럼 학교에 못 다니게 됐을지 몰라."

"─글쎄, 그건 모르는 일이지."

"나한테 친구는 너뿐이야. 네가 있어줘서 학교에 갈 수 있는 거야. 미야케랑 아사이도 그렇지 않았을까?"

"아사이는 음악부 친구들이 있었어."

"응, 그러니까 미야케가 그랬을 거라고."

"흐음."

"그래서 생각해봤거든. 만약—만약에, 100퍼센트 만약에, 노리코가 누군가에게 화가 나서 복수할 생각을 하고, 그 사람이 나쁜 짓을 했다는 고발장을 써서 학교로 보낼 테니 도와달라고 하면, 난 어떻게 할지."

"난 그런 짓 안 해."

"물론이지. 그래서 만약이라고 했잖아. 응?"

"응, 알았어."

"그럴 때 도와주는 게 친구일까, 아니면 그만두라고 말해주는 게 친구일까."

"야요이—"

"그만두라고 말렸는데도 노리코가 그런 짓을 해버렸다면, 그게 거짓말이라고 누군가에게 사실대로 알리는 게 친구일까, 아니면 입다물고 있는 게 친구일까."

"반대로 생각해볼래? 네가 거짓 고발장을 쓸 테니까 도와달라고 나한테 애원하면 난 어떻게 할까?"

"넌 말리겠지."

"말리기만 하는 게 아니라 화낼 거야. 절교지."

"—그럼 나도 그래야겠네."

"내 친구라면."

"알았어, 노리코. 고마워."

"간바라는 중요한 용건으로 통화중이야. 끊고 나서 너한테 연락하겠대. 그래도 너,"

"알았으니까 구시렁거리지 좀 마. 난 아무렇지도 않아. 오늘도 하루 종일 잠만 잘 잤으니까."

"하시다가 증언 잘해줬어."

"그따위 건 관심 없어. 그 자식이나 이구치나 이제 내 친구도 아냐."

"텔레비전 봤니?"

"엄마가 보고 뭐라고 하긴 하던데, 대체 무슨 일이야?"

"어머니한테 물어봐. 신경 안 쓰이면 굳이 신경쓸 거 없지만, 내일은 아마 방청인이 늘어날 거야."

"보나마나 후지노가 나한테 꽥꽥거리는 거 구경하러 오겠지."

"꽥꽥거리다니?"

"안 그러겠어? 야, 후지노가 원래 그렇게 히스테릭했냐?"

"—오이데, 괜찮은 척할 거 없어."

"내가 무슨 괜찮은 척을 해?"

"내일은 상당히 힘들 거야."

"여기까지 왔는데 어떻게 되든 상관없어."

"그렇게 생각해도 힘들 거야."

"뚜껑 열리면 너희나 패주지, 뭐."

"후지노는 때리지 마라."

"왜 웃어? 지금 웃을 상황이야? 노다 너, 요즘 너무 시건방진 거 아냐? 내가 마음만 먹으면 너 따윈."

"재판하는 동안은 그런 거 잊기로 했어. 재판 끝나면 너 피해서 도망다녀야 하는 거야? 그럼 차라리 전학 갈까."

"이러는 게 시건방지다는 거야."

"시건방지지 않으면 네 변호는 불가능해. 아, 물론 난 조수지만."

"—자, 잠깐만. 텔레비전에 모리우치 사진이 나오는데. 저거 뭐야?"

"어머니한테 물어보세요. 자, 그럼."

몇몇 전화 통화가 오간 그날 저녁, 이노우에 가에서는 남매가 녹음기와 워드프로세서를 사이에 두고 마주앉아 있었다. 싸우는 건 아니지만 사정을 모르는 사람 눈에는 한창 싸우는 것처럼 보이는 분위기였다.

"정말 다른 방법은 없는 거야? 꼭 우리 둘이서 이 녹음 내용을 받아적어야 해?"

"누나, 신문기자 되고 싶다며? 연습할 기회잖아."

"물리적으로 어려워. 너무 어렵다고."

"그러니까 큰 줄거리만 정리하래도. 자질구레한 것까지 신경쓰니까 시간이 걸리지."

"재판의 증언은 자질구레한 부분이 중요한 거 아냐?"

"토씨 하나하나에 집착하지 말란 뜻이야. 중요한 건 진술조서와 증언에 상반되는 점이 있느냐 없느냐니까. 그것만 파악하면 돼."

산더미처럼 쌓인 A4용지 출력물 앞에서 이노우에 야스오의 누나가 한숨을 내쉬었다.

"종이랑 잉크도 거저 나오는 게 아니야."

"아. 예예."

"'예'는 한 번만 해!"

"예예."

"너 말이야, 사서 고생한다는 생각 안 드니?"

"안 들어."

"난 들어. 하필이면 너 같은 동생이 걸리다니 최악이야."

"그건 내 책임이 아니야. 아빠 엄마의 공동작업이니까."

"무슨 공동작업인지 알기나 하냐?"

이노우에 야스오가 은테 안경을 지그시 눌렀다.

"그런 표정 짓지 마. 나중에 경제사범으로 도쿄 지검 특수부에 잡혀가서 조사받을 때까지 아껴두라고."

이노우에가 막 인쇄한 새 종이를 옆에 내려놓고 내친김에 티셔츠 안으로 손을 넣어 옆구리를 벅벅 긁었다.

"긁으면 안 된다니까. 땀띠는 긁으면 더 심해져. 그런 희한한 망토는 대체 왜 입는 건데?"

"판사의 상징이야."

"그 번쩍번쩍한 비닐이?"

"거참 시끄럽네. 입 놀릴 시간에 손이나 놀려."

"동생 생각해주는 누나한테 할 소리야?"

이노우에 야스오의 손이 멈추었다. 이마에서 뺨으로 땀 한 줄기가 흘러내렸다.

"—누나."

"왜?"

"우리 변호인, 어떻게 생각해?"

누나가 남동생의 얼굴을 바라보았다. 그리고 발견했다. 머리 좋고 사사건건 따지기 좋아하고 얄미울 정도로 노력가인데다 스토익하고 지기 싫어하는 남동생이 처음으로 보이는 표정을.

"어떻다니?"

"똑똑하지?"

"그렇지. 그애도 자칫하다간 나중에 경제사범으로 체포될 인물이야."

"나랑 같은 종류인가."

"그래도 친구는 안 되는 게 좋을걸. 넌 그런 애한테 지는 거 못 참잖아."

그애는 인물도 괜찮으니까, 라고 말한 누나는 화를 내지도 웃지도 않고 눈빛의 변화도 없는 남동생을 보고 조바심이 났다.

"얘가 진짜 왜 이래. 그만해. 뭘 겁내고 그래?"

"내가 겁내는 것처럼 보여?"

"지금은 그래. 조금."

그렇다, 겁을 먹었다. 아니꼬울 정도로 똑똑한 내 동생이. 내가 중학생이고 이 녀석이 초등학교 3학년이었을 때, 거대한 운석이 지구와 충돌해 인류가 멸망 위기에 처하는 내용의 영화를 보고 무서워하자 그 영화의 과학적 고증이 얼마나 잘못됐는지 줄줄이 늘어놓으며 나를 위로해주던 동생이 겁을 먹었다.

이노우에 야스오가 안경을 벗고 얼굴을 팔로 훔쳐냈다.

"이 재판, 왠지 말도 안 되는 방향으로 흘러갈 것 같은 기분이 들어."

"말도 안 되는 방향이라니…… 그게 어딘데?"

"정말로 진상을 밝혀내게 될지도 몰라."

그게 너희가 원했던 거잖아—라고 말하려던 누나는 입을 다물었다.

"내 생각이 지나친 거라면 좋겠지만, 오늘 왠지 그런 생각이 들었어. 후지노도 나랑 같은 느낌을 받았을 것 같고."

"후지노가 네 여자친구 될 일은 없을 테니 걱정 마."

놀리려고 한 말인데 동생은 이번에도 웃지 않았다.

"그 녀석, 뭔가 알고 있는 게 아닐까."

"후지노?"

"아니. 간바라 말이야."

이노우에 야스오의 누나는 주위에 흩어진 메모 다발에 별생각 없이 손을 뻗어보았다. 그중 한 장에 간바라 변호인과 하시다 증인이 나눈 대화가 적혀 있었다.

"알고 있다니, 사건에 관해서?"

"—응."

"알면서 변호를 맡았다는 뜻이야?"

"아니까 변호인을 하겠다고 한 거 아닐까."

다시 말해—야스오가 또다시 팔로 얼굴을 훔쳤다.

"고발장이 엉터리고 오이데는 아무 짓도 안 했다는 걸 그 녀석은 처음부터 알고 있었을지 모른다는 뜻이야. 그래서 그렇게 자신만만하게 변호할 수 있는 거지. 오늘 후지노도 그 가능성을 알아챘을 거라고 봐. 도중에 분위기가 좀 이상해졌으니까."

이노우에 야스오는 영리한 아이지만 두뇌의 치밀함이 상상력과 반드시 비례하는 것은 아니다. 웅장하고 환상적인 판타지 영화를 보고도 "저 줄거리는 말이 안 돼"라며 불평을 늘어놓는 꼬마 논리학자가 왜 또 이런 뚱딴지같은 소릴 하는 걸까.

"너, 네가 지금 무슨 소리를 하는지는 아니?"

"아마도."

"간바라가 사건의 진상을 안다는 건, 가시와기가 죽은 현장에 있었던 사람만 알 수 있는 사실을 안다는 뜻이야. 유서는 없었다며?"

"없었어."

"그렇다면—넌 간바라가 가시와기를 죽게 했다고 말하고 싶은 거야?"

'죽였다'고 할 뻔했다가 아슬아슬하게 '죽게 했다'고 고쳐 말했다.

"누나."

"왜?"

"늘 그렇지만 누나의 사고방식에는 구멍이 있어."

귀여운 구석이라곤 눈 씻고 찾아봐도 없는 녀석 같으니.

"무슨 구멍?"

"현장에 있었다고 꼭 피해자나 범인이라고 단정할 순 없어."

목격자일 가능성도 있지, 라고 이노우에 야스오가 말했다.

"아하, 그러셔." 누나가 말했다. "얼른 가서 잠이나 자."

오 년에 한 번 있을까 말까 한 일이지만 야스오는 누나의 말내로 순순히 자러 갔다. 워드프로세서와 녹음기와 수북한 종이 더미에 둘러싸인 누나는 무더운 한여름 밤에 홀로 남겨졌다.

—왜 나까지 불안하지?

창밖에서는 계절의 흐름에 성실한 가을벌레가 가느다란 울음소리를
내고 있었다.

5

8월 18일 교내재판 넷째 날

예상대로 18일 조토 제3중학교 체육관 앞은 방청을 희망하는 사람들
로 넘쳐났다. 지난밤 기타오 선생의 제안으로 농구부와 장기부의 지원자
들이 부리나케 만든 추첨권이 날개 돋친 듯 나갔다. 기본적으로는 무작
위 추첨이지만, 취재기자나 리포터가 보호자를 가장해 숨어들지나 않는
지 기타오 선생님이 눈에 불을 켜고 지켜보았다.

미디어의 취재 요청은 오카노 임시 교장과 구스야마 선생이 합동으로
예방선을 쳐 막아냈다. 오카노 임시 교장은 오전 여덟시 정문 앞에서 기
자회견을 열어, 어제 오후 가키우치 미나에가 학생들을 대면한 일에 관
해서는 자신이 모든 책임을 지겠다고 언명했다. 한편 가키우치 미나에와
학생들 사이에 오간 대화는 "비공개 법정에서 주고받은 내용이므로 내게
는 공표할 권리가 없다"며 끝까지 밝히지 않았다. 다만 "재판을 진행하
는 학생들은 가키우치 씨의 입으로 직접 사실을 듣게 된 걸 다행으로 생
각한다"는 말을 잊지 않고 덧붙였다.

임시 교장이 가키우치 미나에의 방문 사실에 대해 학생들을 입막음한
사실을 비판하는 기자들의 질문이 잇달았는데, 오카노 임시 교장은 그
질문에도 꼬박꼬박 답했다. 입막음을 한 것은 분명합니다. 이유는 단 하
나, 지금 같은 사태가 일어나 교내재판이 연기, 혹은 무산돼버릴까봐 염

려해서입니다. 제 입장상의 문제와는 관계없습니다. 그러나 일부 보호자의 항의가 있었다는 사실은 인정하며, 그 항의도 타당하다고 생각합니다. 일찍이 모리우치 선생님에게 불공정한 발언을 한 사실을 포함해 앞으로 제가 어떤 식으로 책임을 져야 할지는 지역 교육위원회의 판단을 삼가 바라는 바입니다―

기자회견 모습을 멀찍이서 구경하던 보호자들은 '자포자기네' '외려 뻔뻔하게 나오긴' 하고 생각했다. '나름대로 과감한 결단이야'라고 생각하는 사람도 있었다. 소란스러운 기자 무리에 반감을 느끼고 "당신들 같은 외부인이 우리 학교 일에 무슨 권리가 있다고 끼어드느냐"며 달려드는 사람도 있고, 말없이 떠들썩한 무리에서 떨어져나와 자원봉사자를 도와 추첨권을 나눠주는 사람도 있었다.

몇몇 미디어에서는 재판에 관계된 학생들에게 제각기 접촉을 시도했다. 대부분 아침 일찍부터 전화를 걸거나 직접 집으로 찾아가는 식이었다. 이번 교내재판에 대한 사전지식 없이 급하게 취재를 시작한 기자 중에는 잘못된 정보에 근거해 전혀 상관없는 학생을 찾아간 케이스도 있었다.

오카노 임시 교장이 기자회견 장소로 정문을 택한 데는 연막을 치려는 의도도 있었다. 기자들이 거기 매달려 있는 사이 재판 관계자들이 무사히 학교로 들어올 수 있었던 것이다. 지금까지 방청석에서만 조용히 지켜보던 보호자들이 오늘 아침만은 특별히 차로 데려다주거나 같이 등교하면서, 통학로에서 잠복중이던 기자나 리포터들을 쫓아내는 장면도 볼 수 있었다.

그렇게 관계자들은 그날 아침 저마다 이야깃거리를 갖고 대기실에 모였다. 검도 유단자인 야마노 가나메의 아버지는 죽도를 들고 학교까지 딸과 함께 가겠다고 했다가 아내에게 한바탕 구박을 받았다. 집을 나서자마자 텔레비전에서 몇 번 본 기억이 있는 여자 리포터가 다가왔지만,

가나메의 아버지가 한 번 노려보자 말 한마디 붙이지 못하고 물러났다. 죽도 없이도 그날 아침 가나메 아버지는 박력이 넘쳤다. 내 딸한테 접근하지 마.

구라타 마리코와 고사카 유키오는 유키오의 부모와 함께 등교했다. 오늘 아침에도 배탈이 난 유키오는 엄마가 학교 가는 내내 그 얘기만 하는 바람에 창피했다. 그러나 그런 분위기 덕분인지 그들에게는 기자도 리포터도 붙지 않았다. 아무것도 모른다고 대꾸하자 금세 떨어져나갔다. 마리코는 이건 또 이것대로 시시하다며 투덜거렸고, 유키오는 오늘도 땀범벅이 되었다.

단짝 가마타 노리코와 미조구치 야요이는 엄마들과 함께였다. 딸들을 통해 예전부터 알고 지내던 두 엄마는 아이들이 무사히 들어가자 곧바로 방청석 추첨 줄에 서서, 아이들이 배심원을 맡은 것에 대한 놀라움을 주고받았다. 이렇게 '눈에 띄는 일'에는 관심이 없거나 피해다니는 줄 알았는데, 어느새 참 많이 컸네요.

하라다 히토시는 부모님의 걱정을 따돌리고 혼자 등교했다. 학교 근처에서 기자 몇 명이 접근해오자 "글쎄요, 저는 2학년이라서"라며 떨쳐냈다. 손익계산에 밝은 그는 불필요한 것을 따돌리는 데도 능숙했다.

다케다 배심원장과 오야마다 오사무 콤비에게는 어찌된 영문인지 아무도 접근하지 않았다. 때마침 정문 앞 기자회견의 열기가 최고조에 다다른 시점이라 그랬겠지만, 하필이면 자기만 주목을 받지 못해 약간 언짢았던 오야마다 오사무가 뒷문 근처에서 사진을 찍고 있던 기자에게 제 발로 다가가, 인기 탤런트 A와 B가 소속사에서 공인한 연인 사이에다 이미 동거중이라는 소문이 진짜냐고 집요하게 캐묻는 바람에 배심원장이 학교 안으로 끌고 오다시피 했다.

"이런 멍청이."

"왜 그래? 스캔들의 진상을 알 수 있는 절호의 기회잖아."

"그 기자 완장도 못 봤냐? 신문사야. 여성주간지가 아니라고."

"그럼 여성주간지 완장을 찾아내서 다시 시도해볼까."

"제발 좀 참아라."

가쓰키 게이코에게는 방학중에 그녀가 무슨 사고를 칠지 염려해 따라와줄 아버지가 없었다. 술집에서 일하는 엄마는 매일 점심때가 되도록 일어나지 않는다. 게이코는 아침밥 대신 물만 마시고 여느 때처럼 아파트 현관을 나섰다. 그리고 계단 아래 서 있는 정리 야마신을 발견하고 기겁했다.

"야, 너 거기서 뭐해?"

"좋은 아침입니다."

야마신이 꾸벅 인사를 하더니 학교까지 같이 가자고 했다. 누구 지시로 마중 나왔다는 설명도 없었다.

"내가 왜 너랑 같이 가냐?"

따라오고 싶으면 알아서 따라오든가. 게이코는 모르는 척 걸음을 서둘렀고 야마신은 그 뒤를 담담히 따라갔다. 게이코에게는 이 일에 대한 정보를 흘릴 친구가 없다. 한눈에도 재판에 참여할 평범한 학생으로 보이지 않는다. 접근하는 기자나 리포터는 없었다. 도중에 게이코의 위장이 허기를 호소하며 요란하게 꼬르륵거렸다. 야마신은 그 소리에도 반응하지 않았다.

배심원 대기실에는 오자키 양호선생이 준비한 샌드위치가 있었다.

"오늘 아침에는 다들 경황이 없을 거라고, 오자키 선생님이 준비해주셨어."

게이코에게 그렇게 말하고 야마신은 사라졌다. 다른 배심원들은 아직 오기 전이었다. 게이코는 샌드위치 하나를 집어들었다. 평소 좋아하는 달걀샌드위치였다. 천천히 씹으며 맛을 음미했다. 그리고 야마신은 아침을 먹었을까 생각했다.

오늘 증인으로 나올 마스이 노조무를 포함해 검사 측 멤버는 사사키 고로 아버지의 차로 등교했다. 모리우치 선생이 중상을 입은 날 밤 다같이 탔던 그 밴이다. 기자 몇 명과 리포터들을 곁눈질하며 뒷문을 통과했고, 건물 출입구 앞에 내려 재빨리 안으로 들어갔다.

료코의 아버지 후지노 다케시도 함께였다. 오늘 아침에는 다들 말수가 적었는데, 료코가 차 안에서 퍼뜩 생각난 듯 아빠에게 물었다.

"오늘 변호인 측이 부를 증인 중에 '곤노 쓰토무'라는 사람이 있어. 설마 내가 아는 아빠 부하직원 곤노 씨는 아니겠지?"

"당연하지."

"그럼 누굴까?"

"내가 어떻게 아냐. 간바라한테 물어봐."

시원하게 받아치는 아빠의 얼굴을 료코가 왠지 불안하게 바라보았다. 그녀의 눈빛 때문에 두 사무관도 불안했다. 마스이 노조무는 긴장했는지 얼굴빛이 창백했다. 핸들을 돌리던 고로의 아버지가 격려의 말을 던지며 어떻게든 웃겨보려고 애썼지만 소용없었다.

변호인 측도 노다 겐이치의 아버지 다케오가 운전하는 승용차로 등교했다. 미리 전화로 약속해두고 오늘 아침 가즈히코를 찾아간 겐이치는 깜짝 놀랄 만한 광경을 보았다. 가즈히코가 어머니와 나란히 집 앞에 서 있었던 것이다.

"폐가 많습니다. 가즈히코의 엄마입니다."

겐이치의 아버지와 정중하게 인사를 주고받은 가즈히코의 어머니가 겐이치에게도 미소를 건넸다.

"겐이치 군이지? 가즈히코에게 얘기 많이 들었어. 여러모로 고마워."

무엇이 고맙다는 것인지 알 수 없는 겐이치는 횡설수설 간신히 인사를 했다. 오래된 단독주택 대문 앞에서 고개를 숙이고 배웅하는 어머니의 모습이 차창에서 사라지자 슬며시 가즈히코의 얼굴을 돌아보았다.

'됐으니까 가만있어'라는 변호인의 눈짓에 모른 척 돌아앉았다. 뭔지는 잘 모르겠지만 이 자리에서는 덮어두라는 뜻이다.

알겠습니다. 알고말고요. 난 충실한 조수니까. 슬쩍 옆을 바라보자 운전석에 앉은 노다 다케오의 눈이 룸미러에 비친 겐이치에게 미소를 던졌다. 아빠는 아무것도 모를 텐데.

─아닌가, 아는 건가?

우리는 부자지간이니까.

부자지간. 겐이치는 생각했다. 기분이 나쁘지 않았다. 그 기분 그대로 데리러 가서인지 슌지는 겐이치를 보자마자 대뜸 핀잔부터 줬다.

"뭘 히죽거리고 난리야? 노다."

그래도 피고인 당사자신문이 예정된 오늘은 슌지가 긴장하는 것보다 이렇게 발끈거리는 게 낫다. 그게 그의 자연스러운 모습이니까.

오늘 아침 소동을 가장 유쾌하게 넘긴 것은 이노우에 가족이었다. 다급하게 취재를 시작한 미디어 관계자들에게도 판사의 당당한 모습에 감탄하거나 그를 비판하는 목소리가 수없이 모여든 참이었다.

그들에게 맞선 것은 야스오의 아버지였다. 계속 울려대는 전화와 인터폰에 분통이 터진 그가 "내가 현관 앞에서 기자회견을 하마"라고 선언하자, 아내와 딸과 당사자인 아들이 만류했다.

"아버지가 할 바엔 내가 하는 게 이치에 맞아."

야스오는 그렇게 주장했다가 수면 부족인 누나에게 꿀밤을 맞았다.

결국 누나의 제안으로 택시를 집 앞까지 불러 가족이 다함께 등교했다. 사정을 모르는 운전기사는 놀라면서도 베테랑다운 능숙한 솜씨로 뒤따라오는 기자와 리포터를 따돌렸다.

"수상이 된 기분이군." 야스오의 아버지가 만족스러운 듯 말했다. "취재 열기가 이렇게 뜨거울 줄 몰랐어."

"취재 열기는 무슨." 야스오의 어머니가 말했다. "그나저나 오랜 수수께끼가 풀린 기분이네. 내 배에서 어떻게 야스오 같은 아이가 나왔나 신기했었는데. 야스오, 너한테 내 유전자는 안 갔나보다. 전부 아빠 유전자야."

"그래서 머리가 좋다는 거야?"

누나의 질문에 어머니가 웃으며 대답했다. "그래서 이렇게 별나다는 거지."

"동의 못 해." 아버지와 아들이 동시에 말했다.

별나든 아니든 그날 법정을 가득 메운 방청인들에게 개정 직후 이노우에 판사가 꺼낸 인사말—본인 표현으로는 '훈계'—은 매우 적절했다.

정시보다 삼십 분 늦게 개정했지만 입장을 거부당한 미디어 관계자들로 문밖은 여전히 소란스러웠다. 온갖 종류의 흥분으로 체육관 내부의 온도는 더욱 올라갔다.

이노우에 판사는 방청인들에게 어제 가키우치 미나에('가키우치 씨'라고 불렀다)와의 만남에 대해 간단히 설명하고, 그 만남이 교내재판에 유익했다는 것, 어떤 식으로든 위협은 전혀 느끼지 않았다는 것, 가키우치 씨가 출두한 덕분에 재판 관계자 모두가 다함께 기뻐하고 안도하고 있다는 것을 시원시원하게 말해나갔다. 마지막에 "모리우치 선생님이 하루빨리 쾌차하길 진심으로 바랍니다"라고 말하며 그 순간만은 판사가 아니라 중학교 3학년 학생다운 표정을 지었다. 몇몇 방청인들은 열렬한 박수를 보냈다. 거기에 압도당했는지 판사의 진행을 저지하려 나서는 사람은 없었다.

판사의 지시를 받고 일어선 후지노 료코가 방청석 맨 앞줄 가장자리에서 대기하고 있던 마스이 노조무를 증인석으로 불렀다.

그사이에도 마스이 노조무의 얼굴빛은 점점 더 창백해졌다. 긴장을 넘어 공포까지 어려 있었다. 이름을 밝히고 선서하는 목소리가 가늘게 떨렸다. 이노우에 판사가 "좀더 크게 말씀해주십시오"라고 지적하자 되레 더 움츠러들었다.

오늘 아침 료코는 약속장소였던 공원에서 마스이 노조무를 만나 다시 한번 확인했다. 정말로 증언해도 괜찮겠냐. 싫으면 거절해도 아무 문제없다. 우리에겐 마스이 군의 증언이 중요하지만, 일단 증언대에 서면 앞으로 일상생활이나 학교생활에 영향이 가지 않을 거라 장담할 수 없다. 부모님에게도 숨긴 채 지금까지 협조해준 것은 깊이 감사하고 있다. 진술조서라는 서증만 있어도 그런 마음은 변하지 않는다—

그러나 마스이 노조무의 결의는 흔들리지 않았다. 핏기가 가신 입매를 굳게 다물며 증언하겠다고 했다.

"내가 어떤 일을 당했는지 한번 제대로 털어놓고 싶어요. 아무것도 모르는 사람들에게 확실히 알려주고 싶어요."

그때 료코는 결심했다.

어제 변호인 측의 계략으로 마스이 노조무가 강도상해사건을 당했다는 사실은 료코가 기대했던 만큼의 효과가 없을 터였다. 마스이 노조무가 얼마나 끔찍한 일을 당했는지, 오이데 순지 패거리가 얼마나 끔찍한 짓을 했는지, 자세하게 증언하면 할수록 어제 하시다가 한 증언만 힘을 받을 뿐이다.

그래도, 마스이 군이 마음껏 증언할 기회는 마련해주자. 그리고 배심원들뿐 아니라 방청인들에게도 알리는 것이다. 오이데, 이구치, 하시다 삼인조가 얼마나 악랄한 짓을 저질러왔는지, 그것을 아무도—적어도 효과적으로는—제지하거나 나무라지 못하고, 얼마나 무기력하게 그대로 방치해왔는지 알리자. 이 증인신문은 꼭 가시와기 다쿠야만을 위한 것은 아니다. 마스이 노조무를 위해서라도 해야 한다.

어린아이든 미성년자든, 일방적인 폭력을 당한 사람은 자신이 피해자임을 호소할 권리가 있다. 어떤 사정으로 무슨 일이 일어났는지 본인이 주위에 알리기를 원한다면, 그것을 저지할 권리는 누구에게도 없다.

료코는 다카기 선생님에게 따귀를 맞았을 때를 떠올렸다. 만약 그때 엄마 구니코가 거세게 항의하지 않았다면, 발끈한 다카기 선생님도 나쁘지만 선생님에게 반항한 너도 나쁘다며 참으라고 했다면, 내신서에 영향이 있을지 모르니 되도록 원만하게 처리하는 게 좋겠다고 했다면, 나는 어땠을까.

부당하다고 생각했을 것이다. 마스이 노조무도 마찬가지다. 그애는 줄곧 부당한 인내를 강요당했다. 부모님이 그애를 위해 내린 결정일지라도 본인이 부당하다고 생각하는 이상 그 배려는 잘못된 것이다. 합의했으니 그냥 넘어가자는 건 피해를 당하지 않은 사람의 주장이다.

"이 재판에 참가해주셔서 고맙습니다."

평소와 다름없이 인사말부터 꺼낸 료코가 마스이 증인에게 미소지었다. 4중학교 남학생의 여름 교복은 3중학교와 달리 흰색 셔츠에 밝은 파란색 바지로 유난히 얇아 보인다. 마스이 노조무의 몸은 그 옷 안에서 헤엄이라도 칠 수 있을 것처럼 가냘팠다.

료코는 마스이 증인의 진술조서를 한 손에 들고 사실관계를 확인하는 질문부터 시작했다. 질의 응답을 주고받는 사이 떨리던 마스이 증인의 목소리가 차츰 안정을 찾아갔다. 대답을 망설이지도 않았고, 사실관계의 기억도 정확했다.

증인은 료코에게 시선을 맞춘 채 단 한 순간도 피고인 쪽으로 눈을 돌리지 않았다. 판사조차 보려 하지 않았다.

"그럼 증인이 어떤 부상을 당했는지, 배심원 여러분이 눈으로 확인할 수 있도록 증인에게 빌려온 사진 몇 장을 게시하고 싶습니다. 괜찮겠습니까?"

"네."

사사키 고로와 하기오 가즈미가 칠판을 끌어와 재빨리 스냅사진을 붙여나갔다. 마스이 증인이 입원했을 때 그의 부모가 찍은 사진이다.

사진이 보이는 방청석 앞쪽이 술렁거리기 시작했다. 배심원들은 침착했다. 구라타 마리코만 충격으로 눈이 휘둥그레졌다.

간바라 변호인과 노다 조수는 피하지 않고 마스이 증인을 바라보았다. 오이데 피고인은 못마땅한 듯 입을 삐쭉 내밀고 아래를 내려다보고 있었다. 료코는 혹시라도 그가 마스이 증인에게 위협적인 태도를 보이면 즉시 판사에게 퇴정을 요청할 작정이었는데, 아직은 표정만 험악할 뿐 별다른 움직임이 없었다.

"이런 상태로 입원했을 때, 증인은 어떤 심정이었습니까?"

마스이 노조무가 잠시 생각했다. 방청석에서 팔랑거리던 부채와 손수건이 뚝 멈췄다.

"—무서웠어요."

"무서웠다?"

"네. 다 나아도 후유증이나 장애가 남을까봐 걱정돼서요."

"가족분들은 증인에게 뭐라고 했나요?"

"꼭 나을 거라고 격려해줬어요."

"이 사진은 부모님이 찍은 거죠?"

"맞습니다. 아빠가 찍었어요."

"왜 찍으셨을까요?"

"나중을 대비해서, 사진을 찍어두는 게 좋겠다고."

"언제 찍은 사진인가요?"

"제가 입원한 다음날에요."

"그때 경찰은 수사를 시작했었나요?"

"형사님이 와서 이것저것 물었어요. 그런데 제 주장과 상대방 주장이 어긋난다고 했어요."

"어떻게 어긋났죠?"

"저는 금품갈취를 당했다고 했는데, 오이데 쪽은 싸운 거라고 했다고."

"그렇지만 증인은 돈을 뺏겼잖아요."

"그건 싸우다보니 그렇게 된 거고, 돈을 빼앗을 생각으로 저를 때린 건 아니라고 했대요."

"증인은 오이데 슌지 군, 이구치 미쓰루 군, 하시다 유타로 군과 아는 사이였나요?"

료코는 여기서만 일부러 '군'이라는 호칭을 붙였다.

"전에 그 공원 근처에서 본 적은 있어요. 하지만 아는 사이는 아니에요."

"증인은 사건이 일어날 때까지 세 사람을 몰랐던 겁니까?"

"네. 하지만 소문은 들었어요."

"어떤 소문이죠?"

"3중학교 불량 삼인조라고. 저희 학교 학생도 돈 뺏기고 그랬다고요."

변호인이 한 손을 들었다. "이의 있습니다. 그건 단순한 소문이지 근거 있는 사실이 아닙니다."

"그럼 질문을 바꾸겠습니다." 료코가 담담히 말을 이었다. "증인은 그날 오이데, 이구치, 하시다 세 사람과 아이카와 수상공원에서 싸움을 했다고는 생각하지 않는 거죠?"

"네."

"지금도 그런가요?"

"네."

"그런데 결과적으로 이 사건은 금품갈취로 처리되지 않았고, 증인은 상대와 합의했어요. 왜죠?"

"그러는 편이 좋겠다고 부모님이 결정했어요."

"부모님은 왜 합의하는 편이 좋다고 생각하셨을까요?"

"이 일로 그애들이 소년원에 들어가더라도 얼마 안 돼 금방 나올 것이다. 그러면 나중에 보복당할지도 모른다고 걱정했어요."

"이유는 그것뿐입니까?"

그때 처음으로 마스이 증인이 오이데 슌지를 보았다. 훔쳐보는 게 아니라 똑바로 응시했다.

"오이데 아버지가 제 치료비와 위로금을 지불하겠다고 했어요."

"그러니 이 일로 세 사람을 추궁하지 말아달라고. 오이데 군의 아버지가 대표로 교섭했군요?"

"그렇다고 할 수 있어요."

"증인의 부모님은 곧바로 받아들이셨나요?"

마스이 증인은 여전히 오이데 피고인을 바라보고 있었다. 그제야 피고인이 눈을 들어 둘의 시선이 마주쳤다. 피고인의 눈빛이 순식간에 사나워졌다.

증인은 주눅들지 않았다. 오히려 피고인의 그런 반응에 만족한 듯 천천히 눈을 깜박이더니 료코에게로 시선을 돌렸다.

"저희 부모님이 하신 말을 그대로 옮겨도 되나요?"

"네, 물론이죠."

"오이데 군 아버지는 건전한 인간 같지 않다. 그런 사람과 엮이면 뒤탈이 날 게 뻔하고, 그나마 변호사가 말이 통하는 사람 같으니 얼른 합의하고 끝내자고 했어요."

방청석에서 웃음소리가 일었다. 거리낌없고 가차없는 웃음소리다. 오이데 슌지의 얼굴이 붉어졌다.

"증인은 부모님의 결정을 어떻게 생각했나요?"

"어쩔 수 없다고 생각했어요. 저도 무서웠으니까."

"오이데 군과 그 친구들이 무서웠나요? 아니면 오이데 군 아버지가?"

"양쪽 다요."

또다시 조롱하는 듯한 웃음소리가 들렸다. 오이데 슌지가 몸을 꿈틀거리다가 변호인이 뭐라고 주의를 주자 다시 시선을 떨어뜨렸다. 얼굴은 점점 더 달아올랐고 한 손을 쥐었다 폈다 했다. 료코의 예상이 맞아떨어졌다. 지금 마스이 군을 때리고 싶은 거지? 말리는 사람이 없다면, 이런 자리가 아니라면, 당장이라도 달려들어 마구 쥐어팼겠지.

"지금도 무서운가요?" 료코가 증인에게 물었다.

마스이 증인이 고개를 끄덕였다. "네."

"그런데도 이 자리에 증인으로 나온 건, 무슨 심적인 변화가 있어서입니까?"

"한 가지는 오이데 아버지가—이 재판과는 관계없지만, 체포되었기 때문입니다."

"지금도 신병이 자유롭지 못한 상태죠. 그러니 과거에 오이데 군이 한 일을 증언하더라도 집으로 쳐들어와 위협하지는 못한다."

"이의 있습니다." 변호인이 기계적으로 발언했다. 판사 역시 "이의를 인정합니다"라고 기계적으로 대답했다.

료코가 싱긋 웃었다. "오이데 군 아버지가 동네에서 모습을 감춰서 두려움이 사라진 거군요?"

"완전히 사라진 건 아니지만 마음이 편해졌어요."

"증인의 심적 변화에 다른 이유도 있습니까?"

마스이 증인은 대답하기에 앞서 몸을 부르르 떨었다.

"저 말고도 폭력을 당한 사람이 있다면, 가만있어선 안 되겠다고 생각했습니다."

"피고인에게 폭력을 당했다는 것을 공식적으로 확실히 밝히고 싶었군요. 그러면 피고인의 됨됨이를 배심원들에게 알릴 수도 있고요."

"맞아요. 그리고."

증인이 또다시 부르르 떨자 판사가 몸을 가볍게 앞으로 내밀었다.

"제가 어떤 일을 당했는지 한 번쯤 말하고 싶었어요. 부모님은 합의했으니 그만 잊어버리라고 했지만 그럴 수가 없었어요. 없었던 일로 하라지만 무리였어요."

무리였어요—라고 말하는 순간 목소리가 갈라졌다.

법정이 조용해졌다.

료코가 잠시 뜸을 들었다.

"여기서 증언한 것 때문에 피고인이 원한을 품고 또 때릴까봐 불안한가요?"

"조금이요. 하지만 앞으로 제가 또 다치고 그것이 오이네 때문이라면, 저는 분명하게 그렇다고 말할 거예요. 오늘 이 자리에 계신 여러분이 증인이에요. 저희 부모님도 합의하고 잊어버리자는 말은 이제 하지 않으실 거고요."

"부모님은 증인이 이 재판에 참가한 것을 알고 계십니까?"

모른다, 나 혼자 결정했다는 대답이 나올 줄 알았는데, 아니었다.

"계속 숨기다가 오늘 아침에 아빠한테 말했어요. 방청하러 오셨을 거예요."

그와 동시에 방청석 중간쯤에서 양복 차림의 남자가 손을 들고 일어섰다. "제가 증인의 아버지입니다"라고 큰 소리로 말했다.

료코는 놀란 표정을 감추지 못하고 허둥지둥 진술조서로 시선을 떨어뜨렸다.

"그렇군요. 그럼 증인의 아버지는 여기서 증언하고 싶다는 증인의 마음을 이해하고 응원해주신 거네요."

증인이 여전히 손을 들고 있는 아버지를 돌아보며 고개를 끄덕였다. 아버지도 고개를 크게 끄덕이고는 손을 내렸다. 힐긋거리는 주위의 시선을 받으며 조용히 자리에 앉았다.

아버지의 대담한 행동이 마스이 증인에게 용기를 준 모양이었다.

"네. 제 마음을 알아주셨어요. 만약 가시와기란 학생이 정말로 살해당했다면 가만있어선 안 된다고도 하셨고요."

"가시와기 군 사건은 증인의 사건보다 두 달 가까이 먼저 일어난 일입니다. 증인이 자신에게 일어난 일을 알리지 않아서 가시와기 군 사건이 일어난 건 아니에요."

"그건 그렇지만, 그래도 저는 오이데 패거리가 사람을 죽일 수도 있다는 걸 알아요."

방청석이 술렁거렸고, 오이데 피고인은 머리끝까지 피가 솟구치는지 자리를 박차고 일어서려 했다. 그러자 변호인이 그의 셔츠를 확 끌어당겨 자리에 앉혔다. 그 기세에 피고인은 의자에서 굴러떨어질 뻔했다.

"피고인, 정숙하세요." 판사가 재빨리 목소리를 높였다.

"일부러 그러지는 않았을 거예요. 아마도."

창백했던 얼굴에 핏기가 돌아오고, 증인의 말투가 결연해졌다.

"그냥 장난이죠. 이런 짓을 하면 얘가 어떻게 될까, 혹시 죽지는 않을까라는 생각을 할 줄 몰라요. 저를 공격할 때도 그랬어요. 오이데 일행은 저를 때리고 발길질하면서 계속 웃었어요. 가시와기 군 때도 그랬을 거예요."

이의 있습니다—변호인이 말을 채 마치기도 전에 판사가 끼어들었다.

"이 발언은 증인의 의견이자 추측입니다. 배심원은 무시하도록."

"실례했습니다." 료코가 판사에게 고개를 숙이며 말했다. 그리고 증인에게 은밀하게 눈짓을 했다. 마스이 증인의 눈에서 밝은 빛이 반짝였다.

그 빛을 보고 료코는 만족했다.

"이상 검사 측의 주신문을 마칩니다."

료코가 자리에 앉아 증인석의 마스이 노조무를 격려의 눈길로 바라보았다.

방청석이 술렁거리는 바람에 변호인은 잠시 기다렸다가 입을 열었다.

"증인은 오이데 군과 알고 지내던 사이가 아니죠?"

"네."

마스이 증인의 목소리에 다시 흔들리는 기미가 감돌았다.

"친구도 아니고요."

"네."

"오이데 군, 이구치 군, 하시다 군에게 폭력을 당한 것은 단지 증인이 운 나쁘게 그때 그 자리에 있어서였지, 사이가 안 좋아졌다거나 하는 이유가 있었던 건 아니죠?"

"네, 아닙니다."

"혹시 오이데 군이나 이구치 군이나 하시다 군이 증인에게 폭력을 행사할 때 증인의 이름을 몰랐을 수도 있나요?"

"아마 그럴 거예요."

"증인은 운 나쁘게 그 자리에 있었다는 것 말고 피해를 당한 이유로 달리 짚이는 데가 있습니까?"

마스이 증인은 질문의 의도를 이해하지 못하는 것 같았다. 고개를 갸웃거렸다.

변호인이 친절하게 설명했다. "이를테면 증인이 먼저 세 사람을 도발했다거나 하는 것 말입니다."

"그런 적 없어요."

"증인이 그들에게 다가간 적도 없나요? 말을 걸었거나."

"아니요."

"피해를 당할 때까지는 그들을 몰랐다. 그건 틀림없군요?"

"틀림없어요."

변호인은 고개를 끄덕이곤 숨을 한 번 내쉬었다.

"증인은 스스로가 외향적인 편이라고 생각합니까, 내향적인 편이라고 생각합니까?"

증인이 다시 의심스러운 표정을 지었다.

"활발한 편이냐 얌전한 편이냐는 뜻입니다."

"―얌전한 편이에요."

"증인은 몸집이 작군요. 저도 그렇습니다만."

변호인이 미소지어 보였다.

"성격이 얌전하고 몸집도 작으면, 특히 남학생들 사이에서는 업신여김을 당하거나 괴롭힘이나 놀림의 대상이 되기 쉽다고 생각합니다. 오이데 군 일행 외의 학생들—예를 들어 4중학교 동급생 사이에서도 증인은 한번쯤 괴롭힘이나 놀림을 당한 적이 있지 않나요?"

증인은 불쾌한 기색이 역력했다.

"그것과 제 사건은 관계없어요."

료코가 손만 치켜드는 게 아니라 벌떡 일어서며 소리쳤다. "이의 있습니다. 변호인은 의미 없는 질문으로 증인을 모욕하고 있습니다."

변호인, 이라고 판사가 엄한 목소리로 불렀다.

"이 질문으로 뭘 입증하려는 겁니까?"

변호인은 곧바로 대답했다. "피고인이 혐의를 받고 있는 가시와기 다쿠야 군의 죽음에 대한 사정—정확히 말해 검사 측이 입증하고자 하는 사정과, 마스이 증인이 피해를 당한 사건은 전혀 성질이 다르다는 말씀을 드리고 싶습니다."

고개를 끄덕이며 판사가 뒷말을 재촉했다.

"가시와기 군의 죽음의 원인은—어디까지나 검사 측의 가설입니다만—가시와기 군과 피고인의 감정적인 대립입니다. 그러나 마스이 증인이 피해를 당한 사건에서 감정적인 대립은 보이지 않습니다. 마스이 증인은 피고인과 그 동료들을 몰랐습니다. 폭력사태가 일어나기 전에 대화를 주고받은 것도 아닙니다. 다시 말해 피고인은 우연히 옆을 지나가던 마스이 증인이 몸집도 작고 얌전해 보여 금품을 갈취하기 적당한 대상이라 여기고 습격한 것입니다. 전자는, 검사 측 말에 따르면 계획적인 폭력입니다. 후자는 즉흥적으로 저지른 폭력입니다. 약해 보이는 상대에게 돈을 뜯어낼 목적으로 접근했다가 순간적인 기분에 휩쓸려 우발적으로 폭력을 행사한 겁니다. 두 가지는 전혀 성질이 다른 사건입니다. 그러니 배심원 여러분은 폭력의 결과가 아니라 폭력이 발생한 원인과 과정에 주목해주시기 바랍니다."

방청석이 쥐죽은 듯 고요해졌다. 무작위 추첨권으로 자리를 차지한 방청인 중에는 어제 뉴스를 보고서야 재판에 관심이 생긴 구경꾼도 섞여 있을 터이다. '간바라 스타일'이 낯설 테니 어리둥절해서는 눈을 굴리고 있겠지.

"난 괴롭힘 같은 거 안 당했어요!"

증인이 살짝 얼굴을 붉히며 반박했다.

"가끔 놀리는 애들은 있었지만⋯⋯"

긴장이 풀린 방청석의 몇몇이 웃는 바람에 료코가 휙 노려보았다.

"괴롭힘 같은 건 안 당했어요. 돈을 뜯긴 것도 2월의 그 사건이 처음이에요."

"알겠습니다. 이상입니다. 고맙습니다."

변호인이 자리에 앉고 방청석이 잠잠해지기를 기다렸다가 료코가 천천히 일어섰다.

"판사님, 재신문을 요청합니다."

그러고는 즉시 증인을 똑바로 바라보았다.

"마스이 군, 지금 오이데 군에게 어떤 기분이 드나요? 그에게 하고 싶은 말이 있습니까?"

하고 싶은 말이 있으면 해봐. 잊으라고 강요당했던 것을 이 자리에서 다 말해버려.

"이 재판에서 사실을 말하면 좋겠어요."

"가시와기 군의 죽음에 관여했다면, 그 사실을 정직하게 인정해달라는 말이군요."

"맞아요. 하지만 혹시 관여하지 않았다면, 관여하지 않았다고 말하고 힘을 내면 좋겠어요."

"힘을 내면 좋겠다고요?"

"혹시라도 귀찮거나 자포자기해서 하지도 않은 일을 했다고 인정한다면, 그건 있었던 일을 없었던 걸로 하자는 말에 정말로 그래버린 저와 마찬가지예요. 그러면 안 된다고 생각합니다."

그것은 료코가 바랐던—검사로서 바랐던 대답은 아니었다. 그러나 한 사람의 중학생으로서는 마땅히 바라야 할 대답이었다.

"그리고—그리고 또."

마스이 노조무의 목소리가 다시 작아졌다. 다리가 떨리는 게 보였다.

"재판이 끝나면, 한 번이라도 좋으니까 저에게 사과하면 좋겠어요."

피고인은 도망치듯 고개를 숙이고만 있었다.

"고맙습니다."

료코는 자리에 앉았다. 마스이 노조무가 판사와 배심원들에게 고개를 꾸벅 숙이고 증인석을 떠났다. 옆에 있는 출입구로 향하는 대신 방청인들의 시선을 받으며 통로 쪽으로 갔다. 방청석에 있던 아버지도 일어나 앉아 있는 사람들을 헤치고 나와 곁눈질 한 번 없이 곧장 아들에게로 다가갔다.

아버지가 마스이 노조무의 어깨를 끌어안았다. 그리고 둘이 나란히 체육관을 나갔다.

"—아, 진짜."

사사키 고로가 수건으로 얼굴의 땀을 훔치며 나지막이 중얼거렸다.

"아버지가 오면 온다고 미리 좀 말해주지."

"마스이 군도 아버지한테 털어놓긴 했지만 정말로 방청하러 올지는 몰랐을 거야. 아마도."

가즈미가 말했다. 부드러운 말투였다.

후지노 료코는 조용히 호흡을 가다듬었다. 검사 측 증인은 마스이 노조무가 마지막이었다. 모든 카드를 꺼냈다. 이제는 반대신문으로 반격하고, 논고에 승부를 거는 수밖에.

"변호인 측 증인을 부르십시오."

판사의 말에 옆 출입구로 달려나간 노다 겐이치는 한참이 지나도 돌아오지 않았다. 증인이 늦는 걸까.

─곤노 쓰토무가 대체 누구람?

혹시 대기실이 아니라 방청석에 있나 싶어 료코는 두리번거렸다. 그때 뜻밖의 인물을 발견했다. 앞에서 삼분의 일쯤 되는 줄 끄트머리에 얼굴을 반쯤 가리고 앉아 있었다.

머리칼을 아주 짧게 잘랐다. 남자아이 같다. 티셔츠에 청바지 차림도 평소 이미지와 다르다. 사람들이 바로 알아보지 못하도록 나름 신경쓴 걸까.

미야케 주리다. 오른쪽에 어머니가 있고, 왼쪽에는 오자키 선생님이 붙어 있었다.

─왜?

왜 이제 와서 방청할 마음이 들었지? 오이데 슌지의 당사자신문 때문일까?

─후지노, 날 믿니?

주리는 료코의 시선을 알아채지 못했다. 야윈 몸을 감싼 흰색 티셔츠가 너무 커서 헐렁헐렁했다.

"오래 기다리셨습니다. 변호인 측 증인, 곤노 쓰토무 씨입니다."

변호인의 목소리와 함께 키가 훤칠한 양복 차림 남자가 입정했다. 일년 중 삼백 일은 양복을 입는 사람일 거라고 료코는 생각했다. 저런 차림이 몸에 밴 느낌이다. 료코의 아빠와 마찬가지다.

"증인은 증인석으로 와주십시오."

료코의 심장박동이 빨라졌다. 분명 내가 아는 곤노 씨는 아니다. 언뜻 보인 양복 옷깃의 배지, 저건 분명히—

"성함을 확인하겠습니다. 곤노 쓰토무 씨죠?"

"네, 제가 곤노 쓰토무입니다. 이 법정에서 변호인을 맡은 간바라 가즈히코 군의 요청을 받아 증인으로 출정했습니다."

"먼저 선서 부탁드립니다."

어른, 게다가 미지의 증인의 등장에 판사의 말투에서도 어딘가 정중함이 느껴졌다. 증인의 목소리는 맑고 발음도 좋았다. 나이는 삼십대 후반에서 마흔 정도일까. 어깨가 떡 벌어진 것이 스포츠맨 같았다.

제출한 증인의 진술조서를 판사가 수리하자, 변호인이 말문을 열었다.

"첫번째로 여쭙겠습니다. 곤노 씨는 본교 학생의 보호자이십니까?"

"아뇨, 그렇지 않습니다. 이 학교에서는 외부인이죠."

"직업을 알려주십시오."

조금 전에 료코가 본 배지는 진짜였다. 증인이 대답했다.

"변호사입니다."

방청석이 술렁거렸다.

"사법시험에 합격하고 변호사 자격을 취득한 지 딱 십 년째입니다. 제2도쿄 변호사회에 소속되어 있습니다."

곤노 증인은 시원스럽게 말했다. 어찌 보면 우락부락한 얼굴에 방청석의 술렁거림을 즐기는 듯한 빛이 어렴풋이 감돌았다.

변호인이 일어서서 주신문의 첫마디를 이렇게 꺼냈다. "선생님의 등장에 온 법정이 놀라고 있습니다."

증인이 활짝 웃었다. "진짜가 나타나서일까요."

변호인도 쑥스럽게 웃었다. "그렇겠죠. 저희 교내재판에 참가해주셔서 감사합니다."

"잘 부탁드립니다. 그런데 심문에 앞서 배심원 여러분에게 잠깐 드리고 싶은 말이 있는데, 괜찮을까요, 판사님?"

"무슨 말씀인가요?"

"저는 지금부터 검사와 변호인 양측의 심문에 대답할 용의가 있습니다만, 그전에 제 입장을 명확히 해두고 싶습니다."

그러시죠, 라며 판사가 수락했다.

"배심원 여러분, 고생이 많으십니다."

증인이 배심원 아홉 명에게 가볍게 고개를 숙였다. 배심원들도 인사를 했다. 상황 파악이 잘 되지 않는 가쓰키 게이코만 빼고.

"저는 증인으로 출정했지만, 간바라 변호인의 요청을 받은 당사자는 아닙니다. 원래 증인은 제 의뢰인입니다. 저는 의뢰인의 위임을 받아 대리인으로 이 자리에 나왔습니다."

쉽게 풀어 설명해주는 말투였다.

"제 의뢰인은 교내재판이 아니라 학교 밖 사회의 실제 형사재판에서 어떤 혐의로 기소된 신분입니다. 그 형사재판─공판에서 제 의뢰인이 공정한 판결을 받는지 지켜보고, 필요한 경우에는 마땅한 수단을 강구해 그의 권리를 지키는 것이 제 임무입니다."

배심원들은 눈 한 번 깜박이지 않고 주목했다.

"제 의뢰인이 관련된 것으로 보이는 위법행위에는 다른 관계자들이 여럿 있습니다. 그중에는 제 의뢰인처럼 이미 기소된 사람도 있고, 여전히 조사중인 사람도 있습니다. 관계자 수가 많고 현장도 여러 곳인 복잡한 사건이라 수사는 아직 진행중입니다."

곤노 증인은 일단 말을 끊었다가 배심원들의 얼굴을 둘러보고 다시 이었다.

"그런 상황에서 전 이 자리에 나왔습니다. 여러분에게 이해를 구하고자 하는 포인트를 말씀드리면, 저는 의뢰인의 뜻을 존중해 최대한 솔직하게 본인의 의도에 따라 증인신문에 답변할 생각이지만, 이 자리에서 나온 질문이 제 의뢰인이 현실 사회에서 추궁당하고 있는 죄상—'죄상'이란 재판에 회부된 위법행위의 내용을 뜻합니다—에 직접적으로 관계되거나, 제 의뢰인의 장래에 불이익 또는 불공정한 사태를 초래할 가능성이 있을 경우에는 답을 할 수 없습니다. 가령 제 의뢰인이 제가 대답해도 상관없다고 생각한다 하더라도 제 생각에 의뢰인—피고인에게 불이익이 갈지 모르는 증언이라고 판단되면 답변하지 않겠습니다. 또는 부분적으로만 답하겠습니다."

배심원들의 긴장한 표정에 곤노 증인이 미소지었다.

"다만, 부디 제가 절대 이 교내재판 법정을 가벼이 보지는 않는다는 점을 알아주십시오. 그것은 제 의뢰인의 바람이기도 합니다. 그는 현재 구속되어 공판을 기다리고 있는 몸이지만 이 교내재판에 기꺼이 증인으로 나서고 싶어했습니다. 자신이 아는 한에서 배심원 여러분에게 진실을 전하고 싶어했습니다. 모쪼록 제 의뢰인의 진지한—진정한 마음을 알아주시기 바랍니다."

부탁드립니다, 라며 곤노 증인이 다시 고개를 숙였다. 이번에는 배심원들도 모두 고개를 숙였다.

"이노우에 판사님, 고맙습니다."

곤노 증인이 판사에게도 고개를 숙였다. 그리고 변호인을 바라보았다. "자, 시작하시죠."

아무래도 기에 눌렸는지 간바라 변호인은 금방 말문을 열지 못했다.

"긴장 풀어요." 곤노 증인이 작은 소리로 말했다. 방청석 앞줄에서 몇 사람이 웃었다.

"으음, 곤노 선생님."

간바라 가즈히코가 당황하다니 보기 힘든 광경이다. 그러나 료코도 웃을 계제가 아니었다. 진짜 프로 법률가가, 진짜 작정하고 이 자리에 나타난 것이다.

"'곤노 증인'으로 불러도 괜찮습니다." 증인이 온화하게 말했다. "여긴 학교니까 '선생님'이라고 하면 헷갈릴 테니까요."

"네, 그럼 곤노 증인에게 여쭙겠습니다."

조수 노다 겐이치가 이마의 땀을 훔쳤다. 한편 오이데 슌지는 조금 전 증인의 장황한 이야기 속 '피고인'이 자신을 가리키는 건지 아닌지 아직 도 헷갈리는 표정이었다.

"증인에게 이 자리에서 증언해달라고 의뢰한 인물이 누군지 알려주실 수 있습니까?"

"그건 안 됩니다."

딱 잘라 거절했다.

"여기서 제 의뢰인의 성명을 밝힐 수는 없습니다. 이유는 조금 전에 말 씀드린 바와 같습니다."

"그럼 질의과정에서는 어떻게 지칭해야 할까요. 의견 있으십니까?"

"'제 의뢰인' '증인의 의뢰인'으로 하면 어떨까요?"

"알겠습니다. 그렇다면 증인은 현재 어떤 사정으로 의뢰인의 변호를 맡고 계십니까?"

"의뢰인의 기소가 확정되었을 때 제가 국선변호인으로 선임되었습니 다. 제출한 서증 첫 페이지에 제 의뢰인의 '변호인 선임장' 복사본을 첨 부했습니다."

"이거죠?"

간바라 변호인이 해당 페이지를 펼쳐서 들어 보였다. 검게 칠해서 가 린 부분이 의뢰인의 이름인 모양이다.

"그렇습니다."

"증인의 의뢰인은 어떤 죄로 기소되었습니까?"

"여러 건입니다만, 제일 큰 것 한 가지만 들어도 되겠습니까?"

"네."

"현주건조물 방화입니다."

료코의 심장이 쿵 내려앉았다. 방청석의 어른들 역시 그 말만 듣고도 떠오르는 게 있을 것이다. 다시 술렁거림이 일었다. 배심원들은 잘 모르는지 반응이 없다.

"사람이 거주하는 건물에 고의로—일부러 불을 질러 화재를 일으킨 죄입니다."

곤노 증인이 배심원들에게 설명했다. 그제야 그들의 얼굴에도 이해와 놀라움의 빛이 번졌다.

료코 옆에서 사사키 고로가 누구에게 짓밟히기라도 한 것처럼 신음소리를 냈다. 하기오 가즈미도 머리칼을 만지작거리다 말고 그대로 굳어버렸다.

"그 방화사건은 언제 어디서 일어났습니까?"

"올해 7월 1일 새벽 한시경, 오이데 마사루 씨 자택에서입니다."

방청석의 술렁거림이 커졌다. 판사가 의사봉을 두드리며 "정숙하십시오"라고 목소리를 높였다.

"오이데 마사루 씨는 이 교내재판의 피고인인 오이데 슌지 군의 아버지입니다." 증인이 말을 이었다. "그 방화로 오이데 씨 자택은 전소했습니다. 제 의뢰인은 그 방화사건의 실행범—오이데 씨 집에 직접 불을 지른 인물로 간주되고 있으며, 방화 사실을 인정했습니다."

"증인의 의뢰인은 왜 오이데 씨 집에 불을 질렀습니까?"

"의뢰를 받았기 때문입니다."

"누구에게 의뢰를 받았죠?"

증인이 미소지었다. "대답할 수 없습니다."

"그 사건에 대해서는 이웃사람들도 신문 보도 등을 통해 대략적인 사실을 알고 있습니다. 그런데도 대답할 수 없으신가요?"

"보도된 내용이 사실이라고 할 순 없습니다." 증인이 단호하게 말했다. "누가 언제 어떤 형태로 제 의뢰인에게 '오이데 씨 집에 불을 질러 가옥을 전소시켜달라'고 의뢰했는가. 그에 대한 사실인정은 공판에서 제 의뢰인에게도, 그 사건으로 함께 기소된 오이데 마사루 씨에게도 커다란 쟁점입니다. 따라서 지금으로서는 대답할 수 없습니다."

"알겠습니다. 증인의 의뢰인은 오이데 마사루 씨와 평소 교류가 있었습니까?"

"없었습니다."

"그렇다면 증인의 의뢰인은 오이데 씨 집에 불을 지르고 무엇을 얻었나요?"

"금전입니다."

"요컨대 돈을 받고 방화를 했다는 뜻이군요?"

"그렇습니다. 단적으로 말해, 제 의뢰인은 그런 일을 하청받는 프로입니다."

증인이 배심원들의 얼굴을 둘러보았다.

"혹시 '강제철거'나 '강제철거반'이라는 말을 들어본 적이 있습니까?"

다케다 배심원장을 비롯한 몇 명이 고개를 끄덕였다. 증인도 그들을 보며 고개를 끄덕였다.

"둘 다 지금 같은 호경기가 시작되고, 특히 대도시권의 땅값이 급상승한 뒤로 신문이나 잡지에서 자주 접하게 된 말이죠. 조금 이야기가 새지만 먼저 그에 관해 간략한 설명을 드리겠습니다."

노다 겐이치가 살며시 일어나 변호인 측 칠판을 앞으로 끌어왔다. 하얀 분필을 쥐고 '강제철거' '강제철거반'이라 쓰고는 자리에 앉았다. 긴장해서 글씨를 쓰는 손이 흔들리고 걸음걸이도 어색했다.

"글자로 쓰면 이렇습니다. 고맙습니다."

증인이 노다 조수에게 미소지었다.

"강제철거란 일정 토지에 자리한 주택이나 공공주택에 거주중인 임대

입주자, 토지를 임대해 주택이나 점포를 짓고 거주하거나 가게 또는 회사를 경영하는 사람들을, 그들의 의지와 상관없이 강제로 내쫓거나 몰아내는 행위입니다. 그렇다면 왜 이렇게 난폭한 일이 일어날까요?"

증인은 앞으로 나가 직접 칠판에 글씨를 쓰며 설명하고 싶은 눈치였다.

"토지소유권을 가진 사람—일반적으로 지주라고 부르는데, 그 사람에게는 소유한 토지를 자기 뜻에 따라 자유롭게 팔거나 임대하거나 직접 사용할 권리가 있습니다. 다만 맨션이나 아파트를 지어 임차인을 들였거나 차지권借地權 계약을 맺고 토지를 타인에게 임대한 경우에는 임차한 쪽에도 일정한 권리가 발생합니다. 계약 내용대로 그 토지에서 거주하거나 가게를 운영할 권리죠. 즉 지주에게도 임차인의 권리를 존중하고 계약을 확실히 이행할 의무가 발생한다는 뜻입니다."

자, 그런데—증인이 말을 이었다.

"지주 측도 어떤 사정으로 그 계약을 해지하거나 변경해야 할 때가 있습니다. 그럴 경우에는 사전에 임차인에게 그 취지를 통보하고, 퇴거비용을 지불하는 등 일정한 절차를 밟아야 합니다. 대부분의 경우에는 원활하게 진행되지만 때로 임차인이 퇴거를 거부하거나 여러 사정으로 지주가 원하는 기간 내에 퇴거하지 못하거나 퇴거비용을 놓고 실랑이를 벌이는 등의 문제가 생길 수 있습니다. 양쪽 다 인간이고 생활이 걸려 있는 문제이다보니 어쩔 수 없습니다. 이 경우에는 합의나 조정으로 해결하는 것이 이상적이지만, 상황이 여의치 않을 때 지주 측은 간혹 임차인을 괴롭히거나 임차인이 그 토지에 살기 힘든 환경을 만들어 강제로 쫓아내려 합니다. 그런 행위를 '강제철거'라 하며, 이에 가담하거나 대행해주는 개인 혹은 단체를 일반적으로 '강제철거반'이라 부릅니다."

배심원들이 다시 제각기 고개를 끄덕거렸다.

"방금 제가 '지주 측'이라고 했는데, 이것은 강제철거를 행하는 주체가 꼭 지주인 것만은 아니기 때문입니다. 지주는 그럴 생각이 없어도 중간에 개입한 부동산 개발업자가 강제철거를 시도하는 경우도 있고, 높은 수익이 날 것으로 보이는 토지에 눈독을 들인 제삼자가 멋대로 강제철거를 행해 주민을 쫓아내고는 임대료를 받지 못해 난처해진 지주에게 토지를 팔라고 강요하는—그런 경우도 있습니다. 실태는 실로 다양하니, 배심원 여러분도 지주들이 하나같이 욕심쟁이에 나쁜 인간이라고 오해하진 않았으면 좋겠습니다."

방청석에서 가벼운 웃음소리가 일었다.

"부동산은 본래 고가입니다. 게다가 땅값이 상승중인 작금은 그 가치가 더한층 올라갔습니다. 안타깝지만 그로 인해 부동산을 둘러싼 권리나 이해의 충돌이 늘어나고 있는 게 사실입니다. 그중에서도 특히 비극적인 것은 가족이나 친족 사이끼리 충돌하는 케이스입니다. 오이데 씨의 경우도 그렇습니다."

증인이 오른손 집게손가락을 얼굴 옆에 세워 보였다.

"가족 중 한 사람이 토지소유권을 갖고, 그 땅에 지은 집에서."

이번에는 왼손 손가락 세 개를 세우고는, 양쪽 손가락을 한가운데로 모았다.

"다른 가족과 동거중이었습니다. 그리고 그 가족 중 땅을 자산으로 활용하고 싶어하는 사람이 토지소유권을 가진 다른 한 사람, 다시 말해 가정 내의 지주와 의견이 충돌했고, 합의를 보지 못한 상태에서 당사자 중 하나가 성급한 해결을 원해 제 의뢰인을 포함한 강제철거반을 개입시켰습니다. 그 결과 집이 전소된데다 사망자까지 나오고 말았습니다."

엄청난 비극입니다. 증인의 목소리에 힘이 실렸다.

"그런 강제철거의 경우 방화라는 수단이 자주 이용되나요?"

"건물이 없어져버리면 아무도 그곳에 살 수 없으니 효과는 확실하죠. 다만 불이 번질 위험이 있고 사상자가 나올 가능성도 높아서 최후의 수단에 가까우며, 어지간히 거친 철거반도 쉽게 단행할 수 있는 일이 아닙니다."

"하지만 증인의 의뢰인은 그쪽 분야의 프로죠?"

천진난만한 표정으로 질문하는 변호인에게 증인이 진지한 눈빛을 던졌다.

"그렇습니다. 노련한 기술자입니다."

판사석의 이노우에 야스오가 혐오스러운 듯 얼굴을 찡그렸다. 그것을 눈치 빠르게 알아챘는지 증인이 이노우에 판사를 마주보았다.

"프로니 기술자니 하는 건 조심성 없고 부적절한 표현이죠. 저도 그건 충분히 알고 있습니다. 제 의뢰인은 법을 어겼습니다. 도의에 어긋나는 악행을 저질렀습니다. 그 행위에는 일말의 변명의 여지도 없습니다. 그러나 저는 성장기에 있는 여러분이 부디 냉정하게 생각하고 이해하도록 노력해주셨으면 합니다. 인간은 때때로 제 의뢰인 같은 삶을 택하기도 합니다. 그리고 그 속에서 나름의 긍지―자긍심과 분별력을 가지기도 합니다."

그 말을 기다렸다는 듯이 변호인이 물었다. "증인의 의뢰인의 긍지란 구체적으로 어떤 것인가요?"

증인은 잠깐 뜸을 들였다가 힘있게 대답했다.

"자신이 관여한 건에서는 화재로 인한 직접적인 사상자를 내지 않는다―인체에 해를 끼치지 않는다는 뜻입니다."

"사람이 사는 건물에 불을 지르는데, 그게 가능할까요?"

"오이데 씨 사건 전까지는 가능했습니다. 제 의뢰인은 과거 십여 건의 방화 실행 행위를 인정했는데, 그중 사망자가 나온 것은 오이데 씨 케이스뿐이었습니다. 덧붙이자면 이 건으로 체포될 때까지 제 의뢰인에게는 전과가 없었습니다."

"다시 말해 경찰이 주시한 적이 없었다는 건가요?"

"주시는 받아도―이 역시 조심성 없는 말이겠지만, 꼬리를 잡힌 적이 없었다고 할까요."

변호인이 천천히 고개를 끄덕였다. "그런 수법, 즉 방화 수단은 증인의 의뢰인만의 독자적인 것입니까?"

"그렇습니다. 그래서 제 의뢰인에게는 별명이 있었습니다. 건물 안에 있는 사람이 화재가 난 사실을 바로 알아차리고 대피할 수 있도록 요란하게 불을 피우면서도 원하는 대로 불길을 통제하기 때문에, 그에 빗대어 '불꽃 장인'으로 불렸습니다."

노다 겐이치가 다시 칠판에 적었다. 여전히 글씨 쓰는 손이 떨렸다. 료코도 떨리는 자기 손을 움켜쥐었다. 역시 그랬다. 곤노 변호사는 '불꽃 장인'의 변호인이었다.

"그런데 오이데 군 집에서는 실패했죠?"

증인이 피고인인 오이데 슌지에게 시선을 돌렸다. "그렇습니다. 오이데 마사루 씨의 모친, 슌지 군의 할머님이 돌아가셨습니다. 제 의뢰인은 진심으로 애도하고 있습니다."

오이데 슌지의 얼굴에 분노의 빛은 보이지 않았다. 오히려 아까보다 풀이 죽었다.

"'불꽃 장인', 즉 증인의 의뢰인은 단 한 명의 사상자도 내지 않고 목적을 이루기 위해 여러 장치를 해두겠죠?"

이번에는 증인이 변호인의 그 질문을 기다린 모양이었다. 네, 라고 바로 대답했다.

"그에 대해선 이 자리에서 상세하게 밝힐 수 없습니다. 다만 한 가지, 기술적인 장치가 아니라 제 의뢰인의 심정적인 부분에 근거한 바를 말씀드리죠."

"어떤 건가요?"

"제 의뢰인은 사전에 반드시 해당 건물에 사는 사람들을 만나봅니다. 대부분은 얼굴을 확인하는 정도지만 때때로 이야기를 나누는 경우도 있다고 합니다."

변호인이 눈을 크게 깜박였다. "만난다면, 일부러 찾아간다는 건가요?"

"그렇습니다."

"굳이 왜 그러는 걸까요?"

"그 사람들을 만남으로써 의뢰 처리에 필요한 정보—예를 들면 2층에 세 사람, 1층에 한 사람이 잔다는 등의 정보와 그외에도 그들이 그 건물에 살고 있다는 것, 살아 있는 인간이라는 걸 가슴에 새기기 위해서라고 했습니다."

배심원 야마노 가나메가 뭔가에 충격받은 듯 흠칫하며 양손으로 입가를 가렸다.

"대상은 빈 건물이 아니다. 살아 있는 인간이다. 나는 자칫 잘못하면 그들의 목숨을 빼앗을지 모를 행위를 저지르려는 것이다. 증인의 의뢰인은 다시금 그 사실을 확인하기 위해 일부러 해당 건물에 사는 사람들의 얼굴을 보러 갔던 거군요?"

"그렇습니다. 그런다고 뭐가 달라지는 건 아닙니다. 죄가 가벼워지는 것도 아니죠. 심정적이라고 덧붙인 건 그런 뜻에서입니다. 물론 주민 중 환자나 노인, 아이가 있으면 피난 때 도움이 필요할 테니 그런 상황을 확인하려는 목적도 있었겠죠."

"상대가 얼굴을 기억하면 난처해지지 않을까요?"

"그런 위험은 각오했다고 합니다."

증언의 흐름이 보이기 시작했다. 떨리는 무릎을 진정시킬 수 없어 료코는 무심결에 다리를 꿈틀거렸다.

"항상, 반드시 그랬다는 거죠?"

"네, 반드시."

"한 건의 예외도 없이?"

"예외는 없습니다."

"그렇다면 오이데 씨에게도 증인의 의뢰인이 사전에 찾아갔습니까?"

"찾아갔습니다."

간바라 변호인은 도발하듯 턱을 가볍게 쳐들었다. "언제였죠?"

"제 의뢰인은 총 세 번 오이데 씨 집을 방문해 사전준비를 했는데, 맨 처음은 작년 12월 24일 밤이었습니다."

온 법정이 술렁거리고, 판사의 의사봉 소리가 거세게 울려퍼졌다.

곤노 증인이 물을 부탁해서 노다 겐이치가 페트병을 건네주었다. 증언이 잠시 중단되었다. 술렁거림은 가라앉았지만 방청인들이나 배심원들이나 동요와 흥분을 감추지 못했다.

변호인이 질문을 재개했다.

"증인의 의뢰인은 몇시에 어떤 식으로 오이데 씨 집을 찾았습니까?"

"이 건에 관련된 동료와 셋이서 오이데 마사루 씨에게 마작 초대를 받았다는 명목으로 갔습니다. 오이데 씨 집에는 근사한 마작 탁자가 설치된 전용 방이 있었다고 하더군요. 도착한 것이 밤 아홉시 전이었고, 집에서 나온 건 새벽 두시가 지나서였다고 합니다."

"꽤 오래 있었군요."

"마작을 했으니까요." 증인이 살짝 웃었다. "구실이 아니라 정말로 탁자에 둘러앉아 마작을 했다고 합니다. 참고로 제 의뢰인 혼자만 돈을 잃었습니다. 그의 목적은 다른 데 있었으니 집중하기가 어려웠겠죠."

"당일 밤 증인의 의뢰인 목적은 사전에 건물을 점검하고 집에 살고 있는 사람들을 만나는 것이었죠."

"그렇습니다. 부인과는 집에 들어가자마자 바로 인사를 나눴다고 합니다. 모친은 오이데 마사루 씨가 방으로 안내해줘서 만났고요."

"슌지 군은 만났습니까?"

"오이데 마사루 씨는 부인에 이어 곧바로 슌지 군을 인사시키려 했지만, 아무리 불러도 슌지 군은 얼굴을 내밀지 않았죠. 그래서 마사루 씨가 손님한테 제대로 인사도 못 하는 놈이라며 화를 냈다고 합니다."

"증인의 의뢰인은 그때 대부분의 시간을 마작 방에서 보냈나요?"

"그렇습니다. 가끔 화장실에 가거나 다리를 풀겠다는 핑계를 대고—주로 오이데 부인에게 댄 핑계였습니다만—방에서 나와 집안을 살펴본 모양인데, 모두 짧은 시간이었습니다."

"그걸로 사전조사가 될까요?"

"그에게는 충분했겠죠. 그리고 그날 밤 방문했을 때 마사루 씨에게서 집 설계도를 받았다고 합니다. 지은 지 삼십 년이 넘은 집이라 설계도도 오래되고 그후의 개축이나 증축 내용은 반영되지 않았기 때문에 어디까지나 개략적인 파악을 위한 자료였다고 하지만요."

"설계도와 함께 가족들이 어떤 방을 쓰는지에 대한 정보도 얻었나요?"

"그렇습니다."

"예를 들면 부엌이 여기고, 욕실이 여기고, 슌지 군의 방은 여기라는 식으로."

"그렇습니다. 다만 그것을 실감하기 위해 자기 눈으로 집안 상황을 확인해야 했다고 합니다. 가구나 비품이 어떻게 놓여 있는지, 설계도에는 창문이 있는데 실제로는 막혀 있는 경우가 없는지, 사람이 실제로 거주하는 건물은 직접 살펴보지 않고는 알 수 없는 사항이 많기 때문이죠."

변호인은 이미 파일을 들고 있지 않았다. 가야 할 목적지는 알고 있다. 똑바로 곧장 달려갈 뿐이다. 그런 표정이었다.

"그래서, 증인의 의뢰인은 내내 슌지 군을 못 만났나요?"

"마사루 씨가 마작 방에서 내선으로 전화를 걸거나 부인을 시켜 몇 번이나 불렀지만 슌지 군은 끝내 나타나지 않았다고 합니다. 밖에 돌아다니지 말고 집에 있으라고 했더니 골이 나서 반항하는 거라며 마사루 씨가 몹시 화를 내서, 제 의뢰인과 동행들이 달랬다고 합니다."

"슌지 군을 못 만나면 증인의 의뢰인은 곤란해지겠죠?"

"그날 밤에 못 만나도 나중에 또 기회가 있을 거라 생각했던 모양입니다. 계획 실행까지는 반년도 더 남아 있었으니까요. 그래서 딱히 서두를 필요가 없었던 모양인데."

우연히—증인이 천천히 말했다.

"우연히?"

"제 의뢰인이 물을 한 잔 마시려고 부엌으로 갔다가, 거기서 순지 군과 마주쳤습니다."

변호인도 천천히 물었다. "그게 몇시쯤이었나요?"

"부엌에 있는 조그만 텔레비전에서 NHK 뉴스가 나오고 있었다고 합니다. 그날 밤에는 눈이 내렸죠. 새벽 무렵에 폭설로 바뀌었고."

"네. 수도권에 대설경보가 내려졌습니다."

"그때 텔레비전 화면에 일기예보 지도가 나왔다고 합니다. NHK 채널에는."

증인이 허공에 손으로 네모난 화면 형태를 그리고 그 왼쪽 위 모서리를 가리켰다.

"브라운관 이쯤에 시각이 뜨잖아요? 드라마가 나올 때는 몰라도, 뉴스나 일기예보에서는 거의 그렇죠."

"네."

배심원들도 고개를 끄덕였다.

"제 의뢰인이 텔레비전으로 시선을 돌렸을 때, 거기 뜬 시각은 오전 영시 팔분이었다고 합니다."

노다 조수가 칠판에 '0:08'이라고 썼다.

"제 의뢰인은 어릴 때부터 시각적인 기억력이 뛰어났다고 합니다. 그런 능력이 '불꽃 장인'으로서의 기술과 관련 있는지는 잘 모르겠지만, 어쨌든 한번 본 것은 잊지 않는다, 특히 숫자는 틀림없이 기억한다고 말했습니다."

방청석의 술렁거림이 가라앉았다. 이제 모두 마른침을 삼키고 있었다.

"확인하겠습니다." 변호인이 말했다. "작년 크리스마스이브 밤, 날짜가 바뀌어 12월 25일 오전 영시 팔분이 된 뒤에, 증인의 의뢰인은 오이데 씨 집—이 법정의 피고인인 오이데 슌지 군의 자택 부엌에서 피고인과 마주쳤다는 얘기죠?"

"그렇습니다."

당사자인 피고인은 눈을 휘둥그레 뜨고 손을 들어 머리를 긁적거렸다. 그러고는 노다 겐이치에게 얼굴을 가까이 대고 뭐라고 속삭이자 조수가 재빨리 답했다. 조용히 하라고 말한 눈치였다.

"증인의 의뢰인이 오이데 씨 집 부엌에 갔을 때, 거기 슌지 군이 있었다는 말이죠?"

"그렇습니다."

"슌지 군이 뭘 하고 있었는지 증인의 의뢰인은 기억합니까?"

"전자레인지에 뭔가 데우고 있었다고 합니다. 우리도 자주 그러잖아요. 음식이 담긴 접시나 포장지를 전자레인지에 넣고, 시간을 맞추고, 다될 때까지 옆에서 기다리죠."

"슌지 군도 그러고 있었다?"

"그렇습니다."

"증인의 의뢰인은 어떻게 했습니까?"

"'안녕?' 하고 인사를 했습니다. 조금 전에도 말했듯 제 의뢰인은 아직 슌지 군을 못 본 상태였지만, 나이로나 외모로나 그가 오이데 마사루 씨의 아들이라고 쉽게 추측할 수 있어서 먼저 인사한 겁니다."

"슌지 군의 반응은 어땠습니까?"

"부루퉁하니 대답이 없었다. 다시 말해서 무시했다고 합니다." 증인이 진지한 표정으로 말을 이었다. "제 의뢰인은 이어서 자기소개를 했습니다. 이름은 밝히지 않고 '유니버설 흥산' 사람이라고만 했습니다. 오이데 씨 집 강제철거에 관여한 기업의 이름이죠. 그리고 동료와 함께 마작 초대를 받아서 왔다고 말을 이었습니다."

"순지 군은?"

"여전히 부루퉁했다고 합니다."

지금의 피고인 모습과 마찬가지다.

"곧바로 전자레인지가 멎어서 순지 군은 내용물을 꺼내고 냉장고에서 페트병을 꺼내 부엌을 나갔습니다. 부엌에서 나가면 바로 2층으로 올라가는 계단이 있는데, 그리로 올라가는 발소리가 들렸다고 합니다."

"그렇다면 증인의 의뢰인은 순지 군과 대화를 나누진 않은 거군요."

"그렇습니다."

"그때 순지 군에게서 어떤 인상을 받았을까요?"

"마사루 씨 말대로 아버지의 명령에 화가 난 눈치라 반항적인 아들이라 생각했다고 합니다. 하지만 그 또래 남자아이에게는 흔한 일이니 크게 신경쓰지 않았고요."

"순지 군의 옷차림을 기억합니까?"

"연푸른색 운동복을 위아래로 입고 있었습니다. 발은 맨발이었고, 슬리퍼도 신지 않았죠."

"집에서 쉬는 차림새네요."

"그렇죠. 저도 집에서 빈둥거릴 때는 그렇습니다."

증인이 배심원들에게 다시 미소를 건넸지만 배심원들은 긴장을 풀지 못했다.

"실제로 순지 군은 매우 졸려 보였고, 그래서 부루퉁하게 느껴졌나보다고 제 의뢰인은 생각했답니다."

"졸려 보였다고요?"

"네. 얼굴이 그랬나봅니다. 옷매무새가 단정치 못하고 머리도 헝클어져 있었죠. 조금 전까지 자기 방에 누워 있다가 배가 고파서 부엌으로 내려왔다—그 역시 우리가 흔히 하는 행동이죠."

"집에서 쉬고 있을 때 말이죠."

"그렇습니다."

"곧 외출한다거나, 밖에서 막 들어온 느낌은 아니었던 거죠?"

소용없다는 걸 알면서도 료코는 손을 들어 이의를 제기했다. "판사님, 변호인은 증인에게 의견을 묻고 있습니다."

이의를 인정합니다, 라며 판사도 기계적으로 대답했다.

변호인은 계속했다. "슌지 군이 부엌에서 나가고 증인의 의뢰인은 어떻게 했나요?"

"거기서 텔레비전 일기예보를 봤다고 합니다. 대설경보 소식에는 그도 신경이 쓰였을 테니까요."

"몇시까지 부엌에 있었습니까?"

"일기예보가 끝난 것이 영시 이십분이었습니다. 제 의뢰인은 마작 방으로 돌아갔습니다. 그리고 마사루 씨에게 아드님을 만났다고 했습니다. 가족 구성원과 대면한다는 목적은 그날 밤에 다 이룬 셈이죠."

"오이데 마사루 씨가 뭐라고 했는지 증인의 의뢰인은 기억합니까?"

"마사루 씨는 보나마나 아들놈이 인사도 제대로 안 했을 거라며 또 버럭했다고 합니다. 아버지 체면을 구겼다고 생각했겠죠. 오늘 아무 데도 나가지 말라고 하는 바람에 골이 난 거라며 다시금 해명했습니다."

"오이데 마사루 씨가 슌지 군에게 그날 나가지 말라고 한 건 증인의 의뢰인이 찾아올 예정이었기 때문인가요?"

"그렇습니다. 아들이 허구한 날 밖에서 말썽을 일으켜 골치라는 얘기도 했다고 합니다."

"그후 증인의 의뢰인은 줄곧 마작 방에 있었습니까?"

"두 번쯤 화장실에 갔고, 그 김에 집안 몇 군데를 둘러봤다고 합니다."

"그때 슌지 군을 다시 보지는 않았고요?"

"못 봤습니다."

"그리고 새벽 두시가 지나서 오이데 씨 집에서 나왔군요."

"네. 마사루 씨가 콜택시를 불러줘서 현관 앞에서 동료 두 사람과 같이 탔습니다."

"오이데 마사루 씨가 배웅했습니까?"

"그렇습니다. 집안은 조용했고 불도 대부분 꺼져 있었다고 합니다."

변호인이 틈을 두는 사이 곤노 증인이 몸을 살짝 움직였다.

"그후에도 증인의 의뢰인은 오이데 씨 집을 두 번 더 방문해—사전조사를 했다는 얘긴데요."

"네."

"그때는 오이데 부인이나 슌지 군을 만난 적이 없습니까?"

"없습니다. 다만 그 집에 가사도우미가 두 사람 있었는데, 그중 한 사람은 돌아가신 모친을 보살피는 역할이라 모친 상태가 좋지 않을 때는 집에서 묵기도 한다는 정보를 듣고 마사루 씨에게 부탁해 그 가사도우미를 만났다고 합니다."

"얼굴을 확인했다는 뜻인가요?"

"그렇습니다."

"증인의 의뢰인이 슌지 군과 마주친 것이 작년 12월 24일이 아니라 그후 두 번 더 방문했을 때일 가능성은 없습니까? 사람의 기억은 헷갈리기 쉬우니까요."

"수도권에서는 드물게 폭설이 내린 날이라 기억은 확실합니다."

"증인의 의뢰인은 작년 크리스마스이브 영시 팔분 오이데 씨 자택 부엌에서, 운동복 차림에 맨발에 머리가 헝클어진, 몹시 졸려 보이는 오이데 슌지 군과 마주쳤다. 틀림없습니까?"

"틀림없습니다."

"고맙습니다."

숨을 깊이 내쉬고 변호인은 자리에 앉았다. 어깨의 짐을 내려놓은 듯한 그 표정에 증인도 고개를 크게 끄덕여주었다. 훌륭한 심문이었어, 라고 말하듯이.

"반대신문 있습니까?"

판사의 목소리가 들렸다. 온 법정의 주목을 받자 료코는 몸이 무거워졌다.

결정적인 알리바이 증언이다. 이제 어쩔 수 없다.

어제 비공개 법정에서 미야케 주리는 배심원들을 앞에 두고 이렇게 증언했다. 크리스마스이브 밤중에 아사이 마쓰코와 둘이 학교 건물 시계가 새벽 영시—정각 열두시를 가리키는 순간을 보러 갔다고. 그리고 거기서 가시와기 다쿠야와 오이데 슌지를 목격했다고.

주리의 증언에는 시간적인 정확성이 없다. 그녀가 목격한 것이 열두시 전의 일인지 열두시가 지난 뒤의 일인지 분명치 않다. 그것은 료코의 의도였다. 주리는 시각을 단정하고 싶어했지만, 뜻밖의 상황에서 시각을 분명하게 기억하는 건 부자연스럽다며 료코가 반대했던 것이다. 모호한 편이 낫다. 가시와기 군이 죽은 시점이 오전 영시 정각이든, 혹은 영시 반에 가깝든 큰 차이는 없으니까.

그렇다. 차이는 없다. 오이데 슌지가 오전 영시 팔분에 집에 있었고, 방금 전까지 자다 일어난 모습으로 배가 고파 야식을 데웠다면 어느 쪽이나 마찬가지다.

그래도 무슨 수가 없을까. 단 한 가지라도 좋으니 곤노 증인의 증언에 일침을 가할 수는 없을까. 그 일침으로 알리바이 증언에 금이 가게 할 수는 없을까.

부딪쳐보는 수밖에 없다. 료코가 일어섰다.

"이 재판에서 검사를 맡은 후지노입니다. 잘 부탁드립니다."

"저야말로." 곤노 증인이 대답했다.

사사키 고로는 진땀을 빼고 있었다. 하기오 가즈미는 창백했다. 배심원들은 아래를 보고 있다. 구라타 마리코만 걱정스럽게 료코를 바라보았다.

—마리짱조차 이 증언이 결정적이라는 걸 아는구나.

이런 생각은 마리짱을 무시하는 건데. 료코의 마음이 흔들렸다.

역시나 목소리에 힘이 없었다.

"증인은—이 경우엔 곤노 증인 본인과 증인의 의뢰인 두 사람에게 여쭙고 싶은데요."

"네."

"증인들은 이 교내재판의 정보를 어디서 들으셨습니까? 여기서 증인의 의뢰인의 증언이 중요할 거라 판단한 이유는 무엇입니까?"

곤노 증인이 온화한 미소를 띠었다. "그 질문에는 답할 수 없습니다."

"왜죠?"

"그 질문에 답하려면 제가 현실 사회의—실제 공판에서 제 의뢰인을 위해 어떤 변호활동을 하고 있는지, 혹은 앞으로 무엇을 계획하고 있는지 밝혀야 하기 때문입니다. 그것은 제 의뢰인에게 불이익을 줄 소지가 있습니다."

게다가—증인이 미소지었다.

"저도 그렇고 제 의뢰인도 그렇고, 이 증언이 교내재판에서 중요하다고 판단하진 않았습니다. 중요하지 않을까 추측한 것뿐입니다. 판단은 법정에서 하겠죠."

"그렇군요. 실례했습니다."

여기 모인 사람들, 나만 빼고 다 죽어버렸나? 살아 있다면 왜 이렇게 조용한 거야. 료코는 생각했다.

이렇게 조용한 가운데 이런 질문을 하고 싶진 않은데.

"증인의 의뢰인은 여기서 순지 군에게 유리한 증언을 함으로써 오이데 마사루 씨에게 무슨 보상을 받기로 한 건 아닌가요? 예를 들면 실제 공판에서 오이데 씨가 증인 의뢰인의 죄를 덜어줄 만한 증언을 한다거나."

이노우에 판사의 얼굴이 다시 일그러졌다. 이번에는 혐오인지 분노인지 알 수 없었다.

곤노 증인의 표정은 한층 부드러워졌다.

"이것도 본래는 답할 수 없는 질문이지만, 제 의뢰인의 명예를 위한 것이라는 개인적인 판단하에 말씀드리죠. 제 의뢰인은 오이데 마사루 씨와 어떤 형태의 거래도 하지 않았습니다. 무엇보다 오이데 마사루 씨는 제 의뢰인이 이 교내재판의 증인으로 서는 것도 모릅니다."

"그럴 수가 있나요?"

"사실입니다."

"하지만 선생님은 변호사고, 오이데 마사루 씨 면회도 자유롭게 할 수 있잖아요?"

"이 경우에는 면회가 아니라 '접견'이라고 하는 게 옳겠죠." 곤노 증인이 부드럽게 말했다. "그리고 현재 제 의뢰인과 오이데 마사루 씨에게는 법원의 접견금지 명령이 내려져 있습니다. 본인의 변호인 외에는 누구도 피고인을 만날 수 없게 하는 조치죠. 앞서 말씀드렸듯이 제 의뢰인과 오이데 마사루 씨가 기소당한 사건은 관계자 수가 많아 사실관계가 복잡하게 얽혀 있습니다. 수사도 여전히 진행중이고요. 이런 경우 관계자끼리 입을 맞추거나 증거 은폐를 도모할 가능성이 있어 법원에서 그런 조치를 내리는 겁니다."

료코는 그 자리에서 사라져버리고 싶은 기분이었다.

"저는 오이데 마사루 씨의 변호인이 아니므로, 오이데 마사루 씨를 접견할 수 없습니다." 증인이 말했다.

고로가 료코의 치맛자락을 잡아당겼다. 그만하자는 신호다.

료코가 고개를 들었다. "증인의 의뢰인이 현실 사회의 실제 재판에서

받고 있는 혐의는 한 가지만이 아닌 듯한데요."

"네."

"그중에는 살인죄도 있겠죠? 화재로 오이데 군의 할머니가 돌아가셨으니까요."

"그렇습니다."

"아까는 왜 그런 말씀을 안 하셨나요?"

증인이 망설임 없이 대답했다. "그건 사과드려야겠군요. 제 의뢰인의 인상이 나빠질까 저어되어 분명하게 밝히지 않았습니다."

"사실인데도요."

"그렇죠. 다만."

증인이 잠시 생각에 잠겼다.

"마침 좋은 기회고, 혹시 여러분의 이 재판에도 참고가 될지 모르니 한 가지 알려드리고 싶습니다. 판사님, 괜찮겠습니까?"

말씀하시죠, 라고 판사가 허락했다. 증인은 료코가 아니라 배심원들을 향해 시선을 돌렸다.

"일본의 사법제도는 죄형법정주의를 기본으로 합니다. 국가는 사전에 명문화된 법률에서 규정하지 않은 죄를 국민에게 물을 수 없습니다. 그리고 형법상의 '살인죄'는 어떤 행위로 남의 생명을 끊은 인간이 당시 살의가 있었는가 아닌가를 기준으로 성립됩니다."

배심원들은 열심히 귀기울였다.

"다만 이 '살의'에는 두 종류가 있습니다. 각각 법률상의 인정 기준이 다릅니다."

먼저 첫번째는—곤노 증인이 다시 오른손 손가락을 세웠다.

"사람을 죽여서 죄를 추궁당하는 범인—즉 피의자 혹은 피고인에게 상대를 죽이고자 하는 명확한 의지가 있었다고 인정되는 경우입니다. 본인의 자술을 근거로 삼을 수도 있고, 사전에 범행계획을 세웠거나 흉기를 준비했거나 전부터 피해자를 죽이겠다고 협박하거나 주위에 그런 취지를 공언하는 등의 언동과 상황증거, 물증으로 판단하기도 합니다."

그런데, 라며 손가락을 또하나 세웠다.

"두번째는 이처럼 명쾌하지 못한 케이스입니다. 어떤 행위를 하면 그것을 당한 상대나 혹은 그에 영향을 받은 불특정한 누군가가 죽을지도 모른다는 걸 알면서도 행했는데, 결과적으로 사람이 죽고 만 경우입니다. 이 '어쩌면 ○○할지 모르지만, 그래도 상관없다'는 의지를 '미필적 고의'라 하고, 그로 인해 사람이 죽고 말았다면 '미필적 고의에 의한 살의가 있었다'고 인정하는 것입니다."

노다 겐이치가 그대로 놔둔 칠판으로 다가가 받아적었다. 고마워요, 라고 증인이 말했다.

"복잡한 개념이지만 이번 기회에 익혀주십시오. 의도적으로 일정한 행위를 함으로써 사람이 죽어버렸지만, 실행 당시에는 적극적으로 사람을 죽이고자 하는 의도가 없었다. 다만 자신의 행위로 사람이 죽을지 모른다는 걸 알면서도 그래도 상관없다거나 어쩔 수 없다고 생각했다. 그것이 미필적 고의에 의한 살의의 인정 기준입니다."

그때 미간을 찡그린 채 귀기울이던 가마타 노리코 배심원이 손을 들었다.

"죄송합니다, 좀 어려워서요."

"네, 어느 부분이 어려운가요?"

"살의가 없어도 사고 등으로 사람을 죽게 하는 경우가 있잖아요?"

"안타까운 일이지만 그렇죠."

"그건 살인죄가 아닌 거죠?"

"아닙니다. 사고로 사람을 죽게 한 경우에 묻는 죄는 과실치사입니다. 살인죄는 고의범에게—일부러 사람을 죽인 경우에만 묻는 죄니까요."

"그렇다면 미필적 고의에 의한 살인도 일부러 그런 게 아니라 어쩌다 우연히 그렇게 된 결과라면, 과실이랑 마찬가지 아닌가요?"

곤노 증인이 반가운 표정을 지었다. "좋은 질문이군요. 그러나 과실로 사람을 죽게 한 경우와 미필적 고의에 의한 살인은 다릅니다. 전자에는 행위자의 의도가 없지만 후자에는 있죠. 사람이 죽었다는 결과는 우연히 발생했을지라도 그전에 사람이 죽는 중대한 결과를 불러올 수 있는 행위를 의도적으로 행했다. 단순히 실수로 저지른 게 아니다. 즉 의지가 작용한 겁니다. 고의로 행한 거죠."

아, 그렇구나, 라고 노리코가 중얼거렸다. "그 점이 다르네요. 대강 알겠습니다."

방청석에서 오랜만에 웃음소리가 일었다.

곤노 증인도 씁쓸하게 웃었다. "길게 설명했지만, 사실 범인의 의도를 따지자면 사전에 어느 정도 심각하게 '이 행위로 사람이 죽을지 모른다'고 생각했는지—그렇게 인식하고 예측했는지 가려내는 것이 훨씬 어려운 문제입니다. 죄를 묻는 쪽도 변호하는 쪽도 그것을 확실하게 입증해야 합니다."

가마타 노리코뿐 아니라 옆자리의 미조구치 야요이도 고개를 끄덕였다.

"이건 법률가에게도 어려운 일입니다. 저도 과거 판례를 살펴보고 있어요. 왜냐하면 제 의뢰인도 그 기준에 따라 '살의가 있었다'고 인정되어 살인죄로 기소당했기 때문입니다."

그렇게 말한 곤노 증인이 료코 쪽으로 몸을 돌렸다.

"제 의뢰인은 오이데 씨 집에 불을 내면 누군가가 죽을지 모른다는 걸 예측했다. 그럼에도 계획을 바꾸지 않고 보수를 받기 위해 방화를 저질렀다, 이것이 담당 검사의 생각입니다. 하지만 저는 생각이 다르고 담당 검사의 사실인정이 잘못되었다고 봅니다. 오이데 마사루 씨의 모친이 끝내 피하지 못한 것은 제 의뢰인으로서는 예측할 수도, 알 수도 없었던 뜻밖의 이변입니다. 따라서 검사의 주장에 맞설 생각입니다."

"선생님의 의뢰인이 사람을 죽이지 않는 '불꽃 장인'이기 때문인가요?" 료코가 물었다.

"그렇습니다."

증인이 료코의 눈을 보며 빙긋 웃었다.

"이 교내재판에서는 실제 재판의 엄격한 규칙을 간혹 무시한다고 들었습니다."

"간혹이 아니라 계속 무시하는 것 같네요." 판사가 말했다. "그래서 배심원이 판사의 양해도 구하지 않고 증인에게 불쑥 질문하고요."

노리코가 목을 움츠렸고 곤노 증인은 웃음을 터뜨렸다.

"그렇군요. 그럼 저는 판사님에게 미리 양해를 구하고 한 가지 부탁을 드리죠. 검사 후지노 씨에게 질문해도 되겠습니까?"

"네." 료코가 판사보다 먼저 대답했다.

증인이 료코의 눈을 보며 물었다. "제 의뢰인이 살인죄로 기소되었다는 사실에 연연하는 이유가 뭔가요?"

부드러운, 그러나 상대의 마음속 한 점을 꿰뚫어보는 듯한 눈빛이었다. 료코는 그 눈빛을 피하지 않고 대답했다.

"살인 같은 짓을 저지르는 인간의 증언은 믿을 수 없기 때문입니다."

본심이 아니다. 그러나 말하고 싶었다. 여기서는 말하고 싶었다.

곤노 증인이 고개를 끄덕였다. "그렇군요. 솔직하게 대답해주셔서 감사합니다."

료코가 시선을 떨어뜨렸다. "반대신문은 여기까지입니다."

"재신문은?"

"없습니다." 변호인이 대답했다.

"그럼 곤노 증인은 퇴정해주십시오. 고맙습니다."

곤노 변호사가 마지막으로 배심원들의 얼굴을 둘러보며 인사하고 증인석을 떠났다. 그리고 변호인석으로 다가가더니 자리에서 일어선 간바라 변호인에게 먼저 손을 내밀어 악수를 주고받았다. 뺨이 발갛게 달아오른 노다 겐이치의 어깨를 친근하게 툭 치고, 오이데 슌지에게 짧게 뭐라고 말한 후 들어왔을 때처럼 흔들림 없는 발걸음으로 한 번 돌아보지도 않고 뒷문으로 나갔다.

"오후 한시까지 휴정합니다."

순식간에 소란해진 법정에서 료코 혼자만 시간이 멈춰버린 양 우두커니 앉아 있었다.

피고인 오이데 슌지는 점심시간에 셔츠를 갈아입은 모양이다. 빳빳하게 다린 교복 와이셔츠의 단추를 단정하게 채우고, 바지가 흘러내리지 않게 단단히 허리띠를 맸다. 머리도 매만진 것 같았다. 그러나 흐트러진 자세까지는 금세 고쳐질 리 없었다. 침착하지 못한 태도도 여전했다. 인정신문과 선서를 하는 동안에도 똑바로 서 있지 못했다. 말투도 우물거렸다.

똑바로 해—료코가 마음속으로 쏘아붙였다. 자기 이름 정도는 큰 소리로 말하란 말이야.

"피고인, 증인석에 앉으세요."

판사의 말을 변호인이 재빨리 가로막았다.

"피고인은 일어서서 당사자신문에 답하겠습니다. 그럼 시작하겠습니다."

방청석 여기저기서 손수건이나 부채가 팔랑거렸다. 변호인이 책상을 돌아 앞으로 나왔다. 빈손이다. 아무것도 들고 있지 않다.

"오전중에 곤노 쓰토무 증인이 했던 증언을 피고인도 들으셨죠?"

피고인이 턱을 내밀듯이 고개를 끄덕였다.

"소리 내어 대답해주십시오."

"들었어."

"피고인 본인은 작년 크리스마스이브의 그 일을 기억합니까?"

홍, 하고 콧방귀를 뀌었다.

"듣고 보니 그런 것 같기도 하고."

피고인이 중얼거리며 귀 뒤를 긁적거렸다.

"본인에게는 또렷한 기억이 없습니까?"

"기억났으면 진작 말했겠지."

"증인의 알리바이 성립과 관련된 중요한 사실입니다. 떠올려보려고 애쓰지 않았습니까?"

피고인이 입을 내밀고 발을 꼼지락꼼지락했다.

"곤노 증인의 증언을 들은 지금은 기억이 납니까?"

"―대충은."

"그날 밤 전자레인지에 데운 야식이 무엇인지 기억납니까?"

피고인이 나지막이 쳇, 하고 혀를 찼다.

"부엌에서 마주쳤던 손님의 인상착의는 기억납니까? 사소한 거라도 상관없습니다."

기억 안 난다고 피고인이 퉁명스럽게 내뱉었다. "그따위 걸 어떻게 일일이 기억해?"

"피고인에게는 중요한 사실입니다. 그따위라고 할 게 아니에요."

"우리 집에 오는 아버지 손님은 한둘이 아니야. 내가 밤늦게 야식을 먹은 것도 한두 번이 아니고."

조바심이 난 탓에 목소리가 어린아이처럼 높아졌다. 오이데 순지의 미성숙함이 표면으로 드러났다.

"그러니까 일일이 기억 못 한―"

"알겠습니다."

변호인이 팔짱을 끼고 피고인을 바라보았다.

"피고인은 작년 크리스마스이브 한밤중에 자신이 한 행동을 기억하지 못하는군요. 잘 알겠습니다. 그럼 피고인이 하지 않은 것을 확인해보죠. 괜찮겠죠?"

오이데 순지가 다시 귀 뒤를 마구 긁어댔다.

"피고인은 그날 밤 이 학교에 왔습니까?"

"안 왔어."

"옥상에 올라갔습니까?"

"안 올라갔어."

"하시다 유타로 군과 이구치 미쓰루 군을 만났습니까?"

"몰라. 그 녀석들이 뭘 했는지는 알 바 아냐."

"안 만난 거죠?"

"그렇다니까!"

"가시와기 다쿠야 군을 만났습니까?"

"안 만났어."

"가시와기 다쿠야 군을 옥상으로 데려갔습니까?"

"글쎄 그런 건."

"대답해주십시오. 가시와기 다쿠야 군을 옥상으로 데려갔습니까?"

"—그런 적 없어."

"가시와기 다쿠야 군을 옥상에서 밀어뜨렸습니까?"

피고인이 변호인을 노려보았다. 변호인도 지지 않고 노려보았다.

"밀어뜨리지 않았습니다."

오이데 순지가 연극 대사를 읊듯 대답했다. 어설프기 짝이 없는 연기다. 너무 어설퍼서 되레 진짜처럼 보였다. 간바라 가즈히코는 대체 몇 번이나 피고인과 리허설을 했을까. 어디부터 손대야 할지 모를 오이데 순지를 지금까지 어떤 식으로 길들여왔을까.

"피고인은 가시와기 다쿠야 군을 살해했습니까?"

배심원들이 새삼스레 긴장했다.

오이데 슌지는 대답했다. "죽이지 않았습니다."

"그렇지만 이구치 증인은 가시와기 군이 죽었을 당시 피고인이 '내가 죽였다'고 말했다고 증언했습니다. 잊었습니까?"

"누가 그따위."

발끈한 것처럼 소리를 지르더니. 그래서는 안 된다 싶었던지 입을 꾹 다물고 숨을 내쉬었다.

"그런 말을 진지하게 들으면 바보지. 이구치는 일부러 그러는 거야."

"그럼 피고인이 이구치 미쓰루 군에게 '내가 가시와기를 죽였다'고 말한 것은 사실이군요?"

"몰라. 잊어버렸어. 그런 농담 따위 일일이 기억 안 나."

"요컨대 그렇게 말했더라도 단순한 농담이었다?"

"당연하지."

"피고인은 가시와기 다쿠야 군을 살해하지 않았군요."

"진짜 더럽게 집요하네."

매달리는 듯한 시선으로 피고인을 빤히 바라보던 가쓰키 게이코가 눈을 깜박거렸다.

변호인이 담담하게 말을 이었다. "그러나 피고인은 가시와기 다쿠야 군을 살해했다는 혐의를 받고 이 자리에 나왔습니다. 왜 이런 입장이 되었다고 생각합니까?"

"그야 그 엉터리 고발장 때문에."

"현실에서 일어나지 않은 거짓말을 쓴 고발장 탓이라는 거죠?"

"그래."

"요컨대 피고인은 거짓 고발장 때문에 누명을 썼다. 덫에 걸렸다. 함정에 빠졌다. 그렇습니까?"

당연하지, 라고 피고인이 받아쳤다.

"처음부터 말했잖아. 난 함정에 빠졌다고."

"왜 함정에 빠졌다고 생각합니까?"

갑자기 날카롭게 되받아치는 변호인의 질문에 오이데 슌지가 눈에 띄게 움츠러들었다.

"왜라니?"

"다시 말해, 피고인은 그 엉터리 고발장을 쓴 인물의 동기가 뭐라고 생각하느냐는 질문입니다. 피고인을 고발한 인물은 왜 그런 번거로운 방식으로 거짓말을 했을까요?"

피고인이 선 채로 다리를 떨듯 움직이더니 눈동자를 이리저리 굴리며 변호인의 시선을 피했다.

"알 게 뭐야. 그건 고발장을 쓴 놈을 잡아와서 물어봐."

"저는 피고인의 의견을 물었습니다. 자신이 왜 함정에 빠졌는지, 피고인은 짚이는 데가 없습니까?"

법정의 모든 시선이 피고인에게 모였다. 피고인은 안절부절못하며 도망칠 곳을 찾았다.

료코는 저도 모르게 입술을 깨물었다. 이것도 리허설대로일까? 이게 간바라가 미리 준비한 내용이고, 오이데도 다 알고서—

무슨 까닭인지 변호인 옆의 노다 겐이치도 료코와 마찬가지로 입술을 깨물고 있었다. 아랫입술이 보이지 않을 만큼 세게.

"다시 한번 묻겠습니다. 피고인은 자신이 왜 누명을 썼는지 알고 있습니까?"

오이데 슌지는 대답하지 않았다. 등이 뻣뻣하게 굳었고 어깨가 위아래로 들썩거렸다.

"배심원 여러분, 피고인이 이 질문에 대답하지 못했다는 것을 기억해주십시오."

간바라 변호인은 내뱉듯이 말하고는 성큼성큼 책상 뒤로 돌아갔다.

"다음 질문으로 넘어가겠습니다."

조수 노다 겐이치의 눈빛이 험악함을 넘어 비장하게 변했다. 료코는 당황스러웠다. 노다가 왜 저렇게 긴장하지?

"피고인의 평소 생활상—본교에서의 품행을 확인하겠습니다. 질문이 많으니 피고인은 '네' '아니요'로 대답해주세요. 제가 묻는 사실이 맞을 경우에는 '네', 그런 사실이 없는 경우에는 '아니요'. 이 두 마디면 됩니다."

단호하게 딱 자르는 차가운 말투였다. 이것도 사전에 의논했을까. 이런 방식을 오이데 슌지가 허락했다니 놀랍다.

책상 위 파일을 왼손으로 집어 페이지를 넘기며 그리로 시선을 떨어뜨린 채 변호인이 말문을 열었다. "재작년, 막 본교 1학년이 된 4월 말 피고인은 체육관 뒤에서 흡연한 사실이 있습니까?"

순간 방청석이 고요해졌다. 곧이어 여기저기서 웃음소리가 일었다.

"담배를 피웠느냐고 묻는 겁니다."

파일에서 눈길을 들고 변호인이 말을 바꿔 다시 물었다. "대답해주세요."

오이데 슌지가 나지막한 목소리로 "네"라고 말했다.

"같은 4월. 당시 1학년 B반 남학생들의 신발장에서 실내화 몇 켤레를 훔쳐다 현관 쓰레기통에 버렸습니까?"

방청석에서 다시 웃음이 일었다.

"이게 뭐야?"

웃음을 사서 기분이 상했는지 피고인의 눈가가 붉어졌다.

"뭘 묻는 건데? 그건 이 재판이랑 관계없잖아."

"질문에 대답해주세요. '네' '아니요'로 부탁드립니다."

방청석을 홱 돌아본 피고인이 그야말로 오이데 슌지답게 행동했다. 웃고 있는 사람들을 매섭게 노려본 것이다.

그 눈빛에 웃음소리가 조금 가라앉았다. 그러나 피고인을 주목하는 방청인들의 시선은 흔들리지 않았다.

"'네'입니까, '아니요'입니까?"

"아니요."

침을 뱉듯 내뱉었다.

"같은 해 5월 연휴가 끝난 후에." 변호인이 말을 이었다. "하교중 당시 1학년이었던 한 여학생의 가방을 뒤에서 걷어차고, 여학생이 넘어지자 발로 밟았습니까?"

방청석이 다시 고요해졌다. 웃음소리가 사라졌다.

"너 지금 뭐하자는 거야?"

오이데 슌지는 목소리가 뒤집히고 얼굴은 시뻘겋게 달아올랐다. 변호인 쪽으로 다가서려 했다.

"피고인, 정숙하세요."

판사가 재빨리 제지했고, 피고인의 왼쪽 뒤에서 대기하고 있던 정리 야마신이 한 발 앞으로 나섰다.

변호인이 파일로 시선을 떨어뜨린 채 담담히 물었다. "그런 사실이 있습니까, 없습니까?"

"대체 누가—"

"'누가'는 문제가 안 됩니다. 사실을 묻는 겁니다. 대답하세요."

"누가 그런 걸 일러바쳤어!"

"일러바쳤다는 표현을 쓴 이상, 그 사실을 인정한 거죠? 배심원 여러분은 그렇게 이해해주십시오."

이노우에 판사는 그제야 안경테가 흘러내려간 걸 깨닫고 밀어올렸다.

"계속하겠습니다. 같은 해 6월, 이것도 하교 때입니다. 들고 있던 우산으로 동급생 남학생 둘을 때렸습니까? 눈에 거슬리니까 내 앞에서 걷지 말라고 위협했나요?"

오이데 슌지는 우두커니 서 있었다. 변호인은 얼굴을 들지 않았다.

"—알 게 뭐야."

"'아니요'라는 뜻인가요?"

"그래. 아니요."

"그다음. 같은 해 여름방학중, 피고인은 특별활동을 마치고 돌아가는 동급생 여학생 한 명을 기다리고 있다가 가방을 빼앗고, 가방을 돌려받고 싶으면 체육복을 벗고 알몸으로 춤을 추라고 강요했습니까?"

료짱, 하는 작은 소리가 들렸다. 하기오 가즈미다. 눈이 휘둥그레졌다.

"이게 뭐야?"

"나도 모르겠어."

사사키 고로가 중얼거렸다. "쉿, 조용."

"피고인, 질문을 다시 할까요?"

아니요―오이데 슌지의 목소리가 들려왔다. 너무 작아서 벌이 윙윙거리는 소리 같다.

"방금 아니라고 했죠?"

"그렇습니다."

"배심원에게 또렷이 들리도록 좀더 큰 소리로 대답해주세요."

피고인이 배심원들을 바라보았다. 겁을 먹었다. 오이데 슌지가 겁을 먹었다. 그 시선을 맞받은 사람은 가쓰키 게이코뿐이었다. 모두 고개를 숙이거나 메모를 받아적고 있었다. 키다리 배심원장과 그의 단짝은 진지한 눈빛으로 간바라 변호인을 바라보았다.

"일일이 시기를 따지면 더 헷갈리나보군요. 그럼 지금부터는 내용만 질문할 테니 '네' '아니요'로 대답해주세요."

사무적인 정도가 아니다. 변호인의 말투는 거의 냉혹했다.

료코는 등줄기가 싸늘했다. 오이데 슌지가 정말로 당황했다. 이 당사자신문은 사전연습 없이 하는 것이다. 이 자리에서 이런 질문을 받을 거라고는 꿈에도 상상 못 한 것이다.

이게 뭐지? 이건 뭐냐고.

변호인의 의도는 대체 뭘까.

"동급생 남학생을 대걸레 자루로 때린 적이 있습니까?"

"내가 언제 그런."

"그런 사실이 있습니까, 없습니까?"

"없습니다."

"헌책방에 팔려고 도서실의 책을 빼간 적이 있습니까? 그때 피고인을 막는 도서위원에게 '네 책도 아니면서 간섭하지 말라'고 고함을 쳤습니까?"

귀까지 빨개진 피고인은 대답하지 않았다.

"동급생 가방에서 교과서와 노트를 훔쳐서 버린 적이 있습니까?"

"—아니요."

"음악실 CD를 창밖으로 집어던진 적이 있습니까?"

아니요, 라고 모기만한 소리로 말했다. 변호인이 피고인을 바라보았다. "원반던지기를 하자며, 웃으면서 내던지지 않았나요?"

"그런 적 없어!"

"학교 유리창을 깬 적이 있습니까?"

"아니요."

그 대답에 방청석이 술렁거리자 오이데 슌지는 한층 얼굴을 붉히며 "—네"라고 고쳐 말했다.

"급식시간에 동급생이 밥 먹는 모습이 마음에 안 든다며 머리에 우유를 부은 적이 있습니까?"

방청석 어딘가에서 한 사람이 큰 소리로 웃다가 금세 조용해졌다.

"동급생의 책상이나 가방에서 금품을 훔친 적이 있습니까?"

그 질문에 가쓰키 게이코가 반응했다. 부끄러운 듯 재빨리 고개를 숙였다.

"학교 주변 가게에서 도둑질을 한 적이 있습니까?"

"아니요."

"그럼 동급생에게 억지로 도둑질을 시킨 적이 있습니까?"

피고인은 대답하지 않고 시선을 떨어뜨렸다. 몸이 힘없이 흔들렸다.

"학교 안에서 갈취행위를 한 적이 있습니까?"

"—아니요."

"그럼 학교 밖에서 갈취행위를 한 적이 있습니까?"

"그건 조금."

이번에는 다른 곳에서 신경질적인 웃음소리가 일었다.

"동급생 남학생을 화장실로 끌고 가 변기에 머리를 처박으려 한 적이 있습니까?"

벌겋게 달아올랐던 오이데 순지의 귀가 어느새 핏기를 잃고, 차츰 하얗게 질려갔다.

"그럼 동급생 여학생을 화장실로 끌고 가 바닥에 얼굴을 짓누르고, 혀로 핥아서 깨끗이 청소하라고 강요한 적이 있습니까?"

배심원 여학생들이 눈을 감거나 손으로 얼굴을 가렸다.

"동급생이나 하급생 들에게 죽으라고 한 적은?"

대답이 없다.

"그럼 '죽고 싶지 않으면 이제 학교에 나오지 말라'고 한 적은?"

대답이 없다.

"'네 더러운 얼굴을 보면 토할 것 같으니까 학교에 오지 말라'고 말한 적이 있습니까?"

피고인은 대답하지 않았다. 굳어 있었다.

"하급생 여학생을 빈 교실로 끌고 가 커터칼로 위협하며 속옷을 벗기려 한 적이 있습니까?"

피고인은 대답하지 않았다.

변호인은 담담했고 말투도 바꾸지 않았다. "그런 사실이 있습니까, 없습니까. 대답해주세요."

이제 그만해—배심원 중 누군가가 말했다. 미조구치 야요이의 목소리 같았다. 울상을 짓고 있다.

"이번에는 횟수로 대답해주십시오. 대강 어림해서 말해도 상관없습니다. 지금까지 학교 안에서 몇 번이나 폭력을 휘둘렀습니까? 폭력을 휘두른다는 건 누군가를 때리거나 차거나 복도나 계단에서 다리를 걸어 넘어뜨리거나 넘어진 사람을 짓밟는 등의 행위를 말합니다."

피고인은 대답하지 않았다.

"대답하기 힘듭니까?" 변호인이 물었다. "횟수가 기억 안 납니까? 아니면 셀 수 없을 만큼 많습니까?"

그럼—하고 파일로 시선을 던졌다.

"누군가에게 '돼지'라고 험담한 적이 있습니까?"

야요이가 끝내 울음을 터뜨렸다. 노리코가 그 어깨를 감싸주었다.

"'거지같다'고 욕한 적은? '괴물'이라고 한 적은?"

오이데 슌지의 얼굴이 창백해졌다.

"피고인에게 질문하는 중입니다. 대답하세요."

"난—"

"이 학교에서 누군가에게 '죽여버리겠다'고 말한 적이 있습니까? 있다면 몇 번 정도입니까?"

변호인은 웃음기가 없었다. 그러나 흥분한 기색도 아니다. 감정이 없는 것 같다. 이토록 무표정한 간바라 가즈히코는 지금까지 본 적이 없다.

"피고인, 대답하세요."

오이데 슌지가 얼굴을 들었다. 입술까지 하얘져서는 딱딱한 시선을 변호인에게 돌렸다.

"나는 가시와기를 죽이지 않았어."

"지금은 그 질문을 하는 게 아닙니다."

"죽이지 않았다고!"

"지금은 그걸 묻는 게 아니야."

변호인이 목소리에 힘을 주었다. 그의 얼굴빛도 변해 있었다.

"질문을 잘 듣고 대답해주세요. 저는 피고인에게 이렇게 물었습니다. 지금까지 피고인은 본교에서 동급생이나 하급생 들을 위협하고, 폭력을 휘두르고, 심하게 놀리고, 다치게 하고, 금품을 강탈하고, 비웃고, 괴롭혀 왔다. 그것이 사실입니까? 피고인은 인정합니까? 아니면 부정합니까?"

'네'냐 '아니요'냐.

"피고인, 대답하세요."

방구석 어딘가에서 몰래 손톱으로 뭔가를 긁어대는 것 같은, 좀스러울 정도로 작고 희미한 목소리로 오이데 슌지가 대답했다.

"—조금 장난친 것뿐이야."

피고인의 입에서 나온 그 한마디 말이, 실이 떨어진 연처럼 불안하게 떠돌며 방청석 너머로 흘러가는 모습이 료코의 눈에 보이는 것 같았다.

장난친 것뿐이야.

"'네'라는 뜻이군요?"

피고인이 "네"라고 말했다.

"스스로가 한 행동을 인정하는 거죠?"

"네."

숨을 한 번 내쉬고 변호인은 배심원들을 둘러보았다. "제가 이 자리에서 피고인에게 질문한 내용은 피고인이 지금껏 본교에서 저질러온 악행—피고인의 표현을 빌리자면 '조금 장난친' 것의 극히 일부에 지나지 않습니다. 실제로는 훨씬 많은 사실이 있지만 일일이 확인하자면 시간 낭비가 될 것 같아 생략했습니다. 배심원 여러분에게는 나중에 서증으로 제출할 테니 검토해주십시오."

그렇게 말하고 손에 든 파일을 책상에 툭 내려놓았다.

서증 제출을 인정합니다, 라고 판사가 말했다.

피고인—변호인이 불렀다. 고개를 숙이고, 흔들거리지 않고, 이제야 겨우 똑바로 서 있는 것을 배운 오이데 슌지를.

"피고인이 그렇게 '조금 장난칠' 때 상대는 어떤 태도를 보였는지 기억합니까? 상대의 표정을 기억합니까? 혹은 상대가 한 말이 기억납니까?"

피고인은 대답하지 않았다.

"피고인처럼 상대도 장난을 즐긴다고 느꼈습니까?"

법정에는 질문만 울려퍼졌다.

"피고인처럼 상대도 웃었을까요?"

장난이니까.

"피고인에게 맞은 상대가 아프다고 소리친 적은 없었나요? 그만하라고 피고인에게 애원한 적은 없었나요? 알몸이 되라는 피고인의 명령에 여학생이 울면서 거부한 사실이 없었습니까?"

피고인은 분명히 보고 들었을 겁니다—변호인이 말을 이었다. "상대의 반응이 없다면, 장난은 전혀 재미있지 않으니까요. 아닌가요?"

오이데 슌지는 대답하지 않았다. 그 자리를 벗어날 수도 없었다.

여기는 법정이니까. 자신의 무죄를 증명하기 위해 제 발로 걸어나온 법정이니까.

많은 사람의 시선이 그를 붙잡고 있으니까.

"피고인은 지금까지 학교생활을 하는 동안 누군가의 미움을 산 적이 있습니까?"

대답이 없었다. 변호인도 곧바로 다음 말로 넘어가지 않았다. 침묵이 법정을 가득 메웠다.

오이데 슌지의 숨소리가 료코의 귀에 들려왔다. 딸꾹질을 하는 것처럼 불규칙하게.

"그럼 질문을 바꾸죠. 피고인은 누군가에게 미움받는다는 게 어떤 건지 않니까?"

가쓰키 게이코가 오이데 슌지를 바라보았다. 달리 어쩔 도리 없이 그저 바라보고만 있었다.

"피고인은 피고인의 장난 때문에 피고인을 미워하게 된 사람들의 마음을 헤아려본 적이 있습니까?"

피고인의 폭력에 상처받은 사람들의 마음을 헤아려본 적이 있습니까?

"피고인은 지금까지 학교라는 하나의 사회 속에서, 실로 빈번하게 잘못된 행동을 저질러왔다고 생각하지 않습니까?"

오이데 슌지의 어깨가 어색하게 움찔했다.

"그 잘못된 행동의 결과가 이것이라 생각하지 않습니까?"

변호인이 양손을 펼쳐 법정을 가리켰다.

"그 잘못된 행위의 결과가, 피고인을 거기 세웠다고 생각하지 않습니까?"

피고인은 고개를 더욱 깊이 숙이며 변호인의 얼굴을 외면했다. 양손을 꽉 쥐고 있었다. 이를 악물고 있었다.

"피고인은 분명히 함정에 빠졌습니다. 가시와기 다쿠야 군을 죽이지 않았는데도 죽었다고 거짓 고발장에서 지목당했습니다. 너는 살인자라고 지목당한 것입니다."

그것은 부당한 방법입니다—

"고발장을 쓴 사람은 보지도 않은 것을 보았다고 주장하고, 있지도 않았던 일을 있었다고 주장하며 피고인을 고발했습니다. 그 이유가 무엇인가."

그 이유가 무엇인가, 라고 변호인은 반복했다.

"그 사람에게는 이것이 천재일우의 기회였기 때문입니다. 장난을 즐기는 피고인이라는 인간을, 장난으로 서슴없이 남에게 상처 주는 인간을, 장난으로 남의 인격과 존엄을 파괴하기를 즐기는 인간을 학교에서—조토 제3중학교라는 하나의 사회에서 쫓아버릴 더없이 좋은 기회였기 때문입니다."

그렇게 생각하지 않습니까. 변호인이 물었다. 이 규탄이 형식적으로나마 질문으로 보이게 하기 위한 수사적인 물음을.

"피고인은 함정에 빠졌습니다. 피고인을 함정에 빠뜨릴 기회는 누구에게나 있었습니다. 피고인에게 상처받고 피고인을 원망하는 인간이라면 누구라도 고발장을 쓸 수 있었습니다. 그것은 즉, 고발장을 쓴 것이 누구인가라는 의문은 표면적인 문제에 불과하다는 뜻입니다. 쓴 사람을 가릴 필요조차 없습니다. 그게 누구든 이상하지 않으니까. 그렇게 생각하지 않습니까?"

피고인은 대답하지 않았다. 입을 다문 채 잠자코 있었다. 그것을 확인하려 충분히 뜸을 들이고 변호인이 다시 배심원들에게 말했다. "피고인은 이 질문에 대답하지 못했습니다. 배심원 여러분은 그렇게 기억해주십시오."

주신문을 마칩니다. 반대신문 하시죠―간바라 변호인이 자리에 앉았다.

그 순간 방청석이 술렁였다. 줄지어 앉아 있던 사람들의 물결이 허물어졌다. 뒤를 돌아본 료코는 그제야 정신이 돌아온 듯 벌떡 일어섰다.

미야케 주리다. 기절했는지 의자에서 미끄러져 바닥에 널브러진 것이다. 오자키 선생이 황급히 안아 일으키고, 주리의 어머니가 딸의 이름을 부르며 울부짖었다.

"정리!"

판사가 부르기도 전에 야마신은 이미 움직이고 있었다. 농구부 도우미들도 부리나케 뛰어나가고 구급차, 구급차, 라고 외치는 소리가 여기저기서 들렸다.

모두가 정신없이 허둥거릴 때 판사만 고집스레 침착함을 유지했다. 의사봉을 두드리며 소리쳤다.

"정숙! 십 분간 휴정합니다!"

미야케 주리가 실려가고, 오자키 선생이 사라지고, 법정의 동요가 가라앉아 심리가 재개될 때까지는 거의 한 시간 가까이 걸렸다. 교내로 들어가지는 못했어도 주변에 모여 심리가 끝나기를 이제나저제나 기다리고 있던 취재진 사이를 구급차가 뚫고 들어와 기절한 여학생을 싣고 나간 것이다. 아수라장이 되지 않을 수가 없었다. 무슨 일이 일어났느냐, '법정'에서 뭘 하는 거냐는 폭풍 같은 추궁에 오카노 임시 교장은 또다시 정문 앞에서 긴급 발표를 해야 했다.

게다가 이노우에 판사는 혼자 기타오 선생에게 불려가 좀처럼 돌아오지 않았다. 겨우 와서는 주먹으로 배를 얻어맞은 듯한 얼굴로 무뚝뚝하게 판사석에 앉았다.

변호인석 광경은 초상집 같았다. 간바라 가즈히코는 말 한마디 없이 시선을 내려뜨리고 앉아 있었다. 노다 겐이치는 창백한 얼굴로 연신 뭔가 쓰고 있었다. 오이데 슌지는 돌처럼 굳어버렸다. 그의 얼굴에서 분노의 빛은 보이지 않았다. 그저 돌로 변해버렸다.

"재판, 계속할 수 있을까……"

가즈미가 나지막이 중얼거린 순간, 주리를 따라나가 법정에서 모습을 감췄던 야마신이 종종걸음으로 돌아왔다. 셔츠 등부분이 땀으로 젖어 있었다.

야마신은 판사석으로 달려가더니 이노우에 판사에게 귀엣말을 했다. 판사의 은테 안경이 번쩍거렸다.

"알았어."

고개를 끄덕인 판사가 몸을 일으켰다. 야마신은 자기 위치로 돌아갔다.

판사가 의사봉을 한 번 내려치고 법정을 향해 말했다. "피고인의 당사자신문을 재개합니다. 피고인은 증인석으로."

료코가 자리에서 일어섰다. "죄송합니다, 판사님. 그럴 필요 없습니다. 검사 측 반대신문은 없으니까요."

판사가 안경 너머 눈을 가늘게 뜨며 료코를 바라보았다.

"그래도 괜찮겠어?"

"네."

"나중에는 기회 없어."

"알고 있습니다. 검사 측에서 피고인에게 할 질문은 없습니다."

이 법정을 위해, 그리고 진실을 위해 물을 것은 이제 없다.

"그럼 이것으로 오늘 심리를 마칩니다."

다시 의사봉을 두드리고 판사가 법정을 둘러보았다.

"이 교내재판은 내일 19일 하루 휴정합니다. 심리는 모레 오전 아홉시에 재개합니다."

재빨리 말하고는 시커먼 비닐 판사복을 휘날리며 판사석에서 훌쩍 내려왔다. 료코가 그 뒤를 따라갔다. 가즈히코도 판사 뒤를 쫓아갔다.

"이노우에!"

"판사님이라고 불러."

판사가 변호인 측 칠판 뒤로 들어갔다. 료코와 가즈히코도 뒤따랐다.

"마침 잘됐군. 여기서 얘기하자."

목덜미에 땀이 흥건한 이노우에 판사가 판사복 끈을 풀어헤치며 작은 목소리로 말했다.

"왜 휴정하게?"

"내일 쉬어버리면 이제 개정이 불가능해질지 몰라."

판사가 벌컥 화를 냈다. "개정을 왜 못 해? 후지노, 날 우습게보지 마. 전교 1등인 내 자존심을 걸고 이 재판은 결심까지 끌고 갈 거야. 배심원들이 평결을 내게 할 거라고!"

"하지만."

"잠깐 시간을 갖지 않으면 수습하기 힘들겠대." 판사가 한숨을 내쉬었다. "미야케가 저렇게 되는 바람에 밖에서 지금 난리야. 이대로 내일 개정했다간 기자나 리포터를 막을 방법이 없어."

"그럼 오카노 선생님이?"

"그래. 교장선생님 부탁이야. 우리도 어느 정도 타협해야 하잖아."

하루 쉰다고 잠잠해질까.

"그 부분은 교장선생님과 기타오 선생님에게 맡기는 수밖에 없어. 기타오 선생님은 말을 잘하시니까 어떻게든 해주시겠지. 미야케가 실려간 것도, 그냥 체육관이 너무 더워서 여학생 하나가 몸이 안 좋아진 거라는 소문을 퍼뜨리고 있어."

판사가 학년 최고의 우등생답지 않게 경박한 웃음소리를 냈다.

"후지노가 기절하지 않아서 다행이야."

"내가 왜 기절해?"

"승산이 희박해졌다는 걸 알았을 텐데."

료코는 판사 대신 변호인을 바라보았다. 줄곧 표정다운 표정이 없던 간바라 가즈히코가 겸연쩍어하는 듯 보여 안심했다. 그런 스스로에게 또 화가 났다.

"아직 몰라. 승부가 결정된 건 아니야."

"—다행이다." 가즈히코가 중얼거렸다.

이번에는 판사와 검사가 변호인을 바라보았다.

"뭐가 다행이야?"

"아. 다시 계속할 수 있어서."

"간바라, 정신 똑바로 차려. 너 아까부터 얼이 빠진 것 같아."

가즈히코가 뒤늦게 생각난 듯 손등으로 땀을 훔치며 웃었다. "당사자 신문을 하는 동안 오이데가 혹시 나한테 달려들까봐 거의 제정신이 아니었거든."

"지금쯤 너 대신 노다가 죽도록 맞고 있을지 모르지."

"아, 그럼 안 되지. 난 대기실에 가봐야겠다."

가즈히코가 달려갔다.

체육관 출입구는 방청인들로 북적거렸다. 몇몇은 학교 밖에서 취재를 받을지도 모른다. 오늘 법정에서 오고간 내용이 외부로 새나가는 건 어느 정도 각오해야 할 것이다.

"기타오 선생님은 20일 법정을 다시 비공개로 열자고 하시던데, 그건 안 통하겠지."

판사의 중얼거림을 흘려보내고 료코는 말을 꺼냈다.

"이노우에."

"왜?"

"아까 당사자신문, 오이데가 내용을 미리 알고 있었을까?"

이노우에 야스오는 대답하지 않았다.

"간바라가 말한 내용들, 정말로 있었던 일일까? 오이데 패거리가 한 짓을 그렇게까지 구체적으로 모을 수 있었을까? 그럴 만한 시간이 있었나?"

"팬들 많잖아. 마음만 먹으면 가능했겠지. 우리도 어느 정도 소문으로 들은 얘기고."

"소문은 그냥 소문이지. 근거가 없어."

"소문이라 해도 오이데가 새파랗게 질리도록 늘어놨으니 효과는 마찬가지야."

"그럼 거짓말이라는 거야?"

"거짓말이 아니야. 소문이지."

판사가 자기도 더워서 그만 가봐야겠다며 축 처진 시늉을 해 보였다.

"너희도 잠깐 대기실에 있다가 돌아가. 조심해서 움직이고."

"알아."

체육관에서 나가자 운동장을 둘러싼 울타리 너머로 방송국 중계차 몇 대가 보였다. 사람, 사람, 사람의 물결 속에서 차가 두드러져 보였고, 눅눅한 여름 바람을 타고 소음이 밀려왔다. 료코도 녹초가 되었다.

검사 측 대기실에서는 고로가 도시락을 먹고, 가즈미는 열심히 서증을 읽는 중이었다.

"료짱, 점심 거의 안 먹었지? 지금 뭐 좀 먹어둬."

이거 맛있어―빛깔 고운 반찬들이 줄지은 도시락을 가리켰다. 콩너구리 전 교장이 마련해준 점심이다. 세심하게 매일같이 메뉴가 바뀌었다.

말로는 맛있다면서 고로는 조금도 맛있게 먹지 않았다.

바깥의 소란이 가라앉을 때까지 셋이서 마냥 기다렸다. 료코는 아무 생각도 할 수 없어서 책상에 엎드려 선잠을 잤다. 가즈미는 서증을 읽으며 메모를 하고 그걸 지웠다 찢었다 하다가 어느새 상한 머리칼을 가려내는 작업으로 돌아갔다.

얼마나 시간이 흘렀을까. 노크 소리가 들리고 기타오 선생님이 얼굴을 내밀었다.

"후지노, 잠깐 괜찮니?"

노타이에 땀냄새가 풀풀 나고 구깃구깃해진 와이셔츠를 입은 기타오 선생 뒤에 누가 서 있었다.

"밖으로 좀 나와봐. 할 얘기가 있어."

어? 가즈미가 소리를 높였다. 기타오 선생이 아니라 그 뒤에 있는 사람을 보았다. 시선을 따라간 고로도 눈이 휘둥그레졌다.

"가전제품점 아저씨다!"

료코도 놀라서 그를 바라보았다. 기타오 선생이 료코의 팔꿈치를 잡고 복도로 끌어내더니 문을 쾅 닫았다.

"여기 고바야시 씨가 너에게 할 얘기가 있는 모양이야."

가전제품점 아저씨. 고바야시 가전제품점 아저씨잖아. 그 공중전화부스 앞에 있는 가게. 사건이 일어난 날 일정한 간격으로 가시와기 다쿠야에게 전화가 걸려온 곳 중 하나다.

"나는 빠질게. 볼일 끝나면 고바야시 씨를 밖에까지 배웅해드려야 하니까 저쪽에서 기다리마."

서둘러 말하고 기타오 선생은 가버렸다.

"네가 검사님이구나."

고바야시 가전제품점 아저씨도 흰색 와이셔츠에 회색 바지 차림이었다. 맨발에 옛날식 슬리퍼를 꿰신고 있다.

나이는 예순 살 정도일까. 백발이 섞인 머리칼. 땀줄기가 흘러내리는 관자놀이. 살짝 쉰 목소리. 눈을 깜박거리며 마치 깨지기 쉬운 물건을 다루듯이 조심스럽게, 조금이라도 큰 소리를 내면 료코가 망가질까 걱정하듯이 조용조용 말을 꺼냈다.

"네, 그렇습니다."

"처음에는 저쪽으로 갔었어. 선생님에게 부탁해서 말이야. 그랬더니 그애가 너랑 얘기하라고 해서."

무슨 뜻이지? '그애'는 또 누구고?

"너희끼리 이렇게 어려운 일을 해내다니, 훌륭하구나."

자기가 만져도 료코가 망가지지 않는다면 머리를 쓰다듬어주고 싶다는 듯이, 그렇지만 무례하게 그러면 안 된다는 듯이 가전제품점 아저씨가 한 손을 다른 손으로 억눌렀다.

"나도 어떻게 된 영문인지 잘 모르겠다만."

그렇지만 그애였어—고바야시 가전제품점 아저씨가 말했다.

"오늘 아침 뉴스에서 너희 선생님을 때린 여자가 학교로 찾아왔다고 시끌시끌했잖아. 우리 딸도 3중학교 졸업생이고 손자도 여기 다녀서 걱정스러운 마음에 보러 와봤단다. 그랬더니 그애가 있어서 깜짝 놀란 거야."

료코의 가슴이 불길하게 술렁거렸다. '그애'가 누구지?

"조금 전 교실에 같이 있던 남학생이 우리 집에 왔었지? 사진 들고. 열흘 전쯤인가?"

료코는 그저 고개만 끄덕거렸다.

"작년 크리스마스이브 저녁에 우리 가게 앞 전화부스에서 전화를 걸던 남자아이의 얼굴을 기억하느냐며, 사진을 들고 왔었지."

그렇다. 고로가 확인하러 갔다. 가시와기 다쿠야와 오이데 슌지 삼인조의 사진을 들고.

"그보다 먼저 노다라는 아이도 사진을 들고 찾아왔었어. 아까 체육관에서 너희 반대편에 앉아 있던 아이."

"아, 네. 변호인 측의 노다예요."

"양쪽 다 그애 사진은 안 들고 왔었어. 그래서 몰랐는데."

말하면서 가전제품점 아저씨가 초조한 듯 손을 깍지 꼈다. 곤란해하는 것이다. 고민하는 것이다.

"그런데 오늘 체육관에서 얼굴을 보니까 기억이 나더구나. 목소리까지 들으니 금방 알았고. 그렇지만."

이런 얘기를 너에게 해도 될까, 중학생 여자아이인 너에게.

료코의 귓속에서 자신의 심장 고동 소리가 쿵쿵 울렸다.

그애가 누구죠?

"아저씨—고바야시 씨."

"그냥 아저씨라고 하렴. 난 이 학교 수위였던 이와사키 씨랑 친했어. 이와사키 씨 기억나지?"

그애가 누구죠?

"아저씨, 이브 날 공중전화부스에 있던 남자아이를 오늘 여기서 보신 거죠?"

가전제품점 아저씨가 고개를 끄덕였다.

"그애가 누구예요?"

"그러니까 그게, 저쪽의 또다른 아이지 뭐냐."

말을 아주 잘하더구나—라고 덧붙이고 가전제품점 아저씨는 나지막이 웃었다.

"전화부스에서 봤을 때는 주뼛거리기만 했는데."

료코가 바르르 떨리는 손을 들어 입을 가렸다.

그럴 리 없어. 없어. 없어. 없어.

그렇지만—

그럴 수 있다. 그러면 모든 게 정확하게 맞아떨어진다. 지금까지 있었던 몇 가지 일들, 너무도 절묘하게 여겨졌던 것들, 불가사의했던 것들이 하나부터 열까지 완전히 풀린다.

그렇다, 앞뒤가 딱 들어맞는다. 이런 구체적인 형태는 아니었지만, 지금까지 차가운 틈새바람처럼 료코의 마음을 위협하곤 했던 그 불안. 솟아오를 때마다 그런 말도 안 되는 일은 있을 수 없다며 거의 반사적으로 밀쳐냈던 의혹이 이로써 풀린다.

—그애는 진상을 알고 있는 게 아닐까.

그애야말로 진짜 사건 당사자가 아닐까.

이럴 때 사람들은 흔히 '눈앞이 환해진다'고 말한다. 그건 거짓말이다. 적어도 모든 이에게 들어맞는 표현은 아니다.

지금 료코의 눈앞은 전혀 환하지 않았다. 거대한 벽을 맞닥뜨린 것처럼 시야가 가로막히고 어둠에 휩싸였다.

그 어둠 속으로 기억이 스쳤다. 기억의 조각. 갖가지 장면과 음성. 지금껏 료코가 거쳐온 경험과 감정.

그 속에서도 유독 또렷하고 잔혹할 만큼 명료한 것은, 히비야 공원의 분수대에서 나눈 대화의 조각이었다.

고바야시 가전제품점 앞의 전화부스에서 전화를 건 소년이 누구일 것 같으냐. 료코의 질문에 간바라 가즈히코는 이렇게 대답했다.

—본인.

료코의 눈을 보며 그 말을 되풀이했다.

—본인이라고.

그때 료코는 무슨 뜻인지 몰랐다. 그는 늘 아니꼬울 정도로 매끄럽고 조리 있고 적절한 단어를 택해 말했다. 그런데 그때만은 '본인'이라는 애매한 표현을 썼다.

그래서 료코는 되물었다. 설마 가시와기라는 뜻이냐고. 가즈히코는 그렇다고 인정했다.

그리고 어렴풋하게 낙담한 표정을 지었다.

—본인.

그 말의 진정한 의미는 이것이었다. 본인이야. 지금, 네 눈앞에 있는 나.

하지만 료코는 가시와기 다쿠야일 거라고 생각했다. 그렇게 생각할 수밖에 없었으니까.

후지노, 못 알아채는구나.

그래서 그는 낙담한 것이다. 실망했던 것이다. 후지노가 알아채주지 않는구나.

—왜?

왜, 왜, 왜?

료코의 귀에서 외부의 소리가 사라졌다. 들리는 것은 오로지 자기 안의 의혹의 소리뿐이었다. 왜, 왜, 왜, 왜.

6

8월 19일 교내재판 다섯째 날(종일 휴정)

료코의 분위기가 심상치 않다.

후지노 다케시도 물론 어느 정도 각오하고 있었다. 변호사 곤노 쓰토무를 변호인 측에 소개해준 사람은 후지노였고, 그건 료코도 금방 알아챘을 것이다. 불공평하다, 비겁하다고 료코가 불평을 퍼부어도 하는 수 없다. 변호인 측을 도와주기로 했을 때부터 충분히 예상한 일이었다.

그런데 딸은 불평하지 않았다. 비난은커녕 얘기조차 하려 들지 않았다. 어제 심리가 끝난 뒤로 눈에 띄게 분위기가 바뀌었다. 눈빛과 표정도 지금까지와는 다르다. 단순히 긴장했다거나 감정이 격앙된 게 아니다.

"당신, 무슨 얘기 못 들었어?"

이른 아침 딸들이 일어나 방에서 나오기 전에 후지노는 아내 구니코에게 물었다.

"재판 얘기?"

"당연하지."

"궁금한 게 있으면 료코한테 직접 물어봐."

"료코, 어젯밤도 꼬박 새우지 않았어?"

"이번 재판 하기로 하고부터 매일같이 그러는걸, 뭐. 일일이 야단칠 필요 있어?"

뭔가 이상해, 라고 후지노는 중얼거렸다.

"어제는 심리도 일찍 끝났는데 늦게 들어왔고."

료코는 해가 완전히 저물고서야 녹초가 되어서 돌아왔다. 사실 후지노는 딸과 같이 들어오려고(물론 아버지로서 걱정이 되어서였다) 운동장 한쪽에서 기다렸는데, 한참을 기다려도 료코가 나오지 않아 한발 앞서 귀가했던 것이다.

"그때부터 거의 말을 안 하잖아."

저녁 먹을 때도 정신을 딴 데 팔고 있었다. 그러고는 자기 방에 틀어박혀 무슨 용선이 있는지 줄기차게 전화 통화를 했다. 후지노는 깜빡이는 유선전화기 램프를 줄곧 불안한 마음으로 지켜보았다.

구니코가 잠깐 단어를 기억해내려는 표정을 지었다.

"'논고'?"

"그게 뭐?"

"그걸 준비해야 한다던데. 머릿속이 복잡할 거야."

후지노 생각에는 그게 다가 아닌 것 같았다.

"지금 그 녀석 얼굴은, 범인이 다 불어버릴 때랑 똑같아."

구니코의 눈초리가 매서워졌다. "기분 나쁜 비유 좀 하지 마."

매일 방청하러 다니다보니 업무상 동료나 부하직원에게 피해를 주고 있었다. 종일 휴정인 오늘이라도 일찍 출근해야 하지만, 후지노는 여전히 걸음이 선뜻 떨어지지 않았다. 어쨌거나 료코와 얼굴을 마주하고 한 마디라도 나눠야 직성이 풀릴 것 같았다.

아침 여덟시가 되자 마침내 료코가 자기 방에서 내려왔다. 급히 욕실로 뛰어들어가더니 샤워를 했는지 머리에 목욕수건을 뒤집어쓰고 나왔다.

"어, 잘 잤니?"

잠이 부족한 탓에 눈꺼풀이 부어 있었다. 얼굴이 왜 그 모양이냐고 후지노가 말을 꺼내기도 전에 쇼코와 도코도 일어나 나와서 순식간에 시끌 벅적해졌다.

아침을 먹자 료코는 다시 방으로 올라가 교복으로 갈아입고 내려왔다. 어깨에 가방을 메고 있었다.

"나가니?" 구니코가 물었다.

"응. 점심때까지 들어올게."

"학교?"

"—응."

"혼자서 괜찮아?"

"내가 같이 가지." 후지노가 일어섰다. 료코는 거절하지 않았다. 엄마에게 "다녀오겠습니다"라고만 말하고 현관으로 향했다.

딸은 현관에서 신발을 신고 있었다.

"아빠가 바래다줄게. 아직 기자들이 있을지 모르니까."

"—학교 가는 거 아니니까 괜찮아."

"그럴 줄 알았어."

두번째 '응'이 거짓말이라는 걸 후지노는 진즉 눈치챘다. 아빠는 프로야. 만만하게 보지 말라고.

"어디 가는데?"

료코는 필요 이상으로 꼼꼼하게 운동화 끈을 묶었다.

"오늘은 휴정이잖아. 좀 쉬지 그러니."

"할 일이 있어."

"어디 가냐니까?"

료코가 일어서서 아빠에게 등을 돌린 채 말했다. "노다네 집에."

후지노는 반쯤은 놀랐고 반쯤은 납득했다.

"여기까지 와서 변호인 측과 타협하겠다는 거니?"

료코가 문손잡이를 잡았다.

"기소를 철회할 생각이야?"

손잡이를 잡은 료코의 등이 긴장으로 굳었다.

"그럴 리 없잖아."

"그럼 뭘 의논하게?"

아무리 나이를 먹어도 아무리 머리가 좋아도, 후지노 다케시에게는 여전히 어린 딸이 그를 돌아보았다. 저도 모르게 움츠러들 만큼 날카로운 눈빛으로.

"내일 법정에서 밝히겠습니다."

후지노도 신발을 신었다. "바래다줄 테니 기다려."

"노다한테는 기자들이 따라붙지 않으니까 괜찮아."

부녀가 밖으로 나오자 집 근처 전봇대 뒤에서 두 남녀가 모습을 드러냈다. 기자와 카메라맨 같았다. 후지노는 딸의 어깨를 감싸고, 따라붙으며 말을 거는 그들을 모른 척하고 지나가던 택시를 잡았다.

"가까운데."

"이럴 때는 멀리 돌아가야 해."

바로 가면 기본요금밖에 나오지 않는 곳을 빙 돌아갔다.

"노다한테는 왜 기자들이 안 붙지?"

"몰라. 별로 눈에 안 띄어서 그런 거 아닐까."

료코의 눈빛은 여전히 딱딱했다.

"대체 뭘 의논하려고?"

대답이 없다. 후지노도 그저 딸의 반응이 궁금해서 물었을 뿐이었다.

"—아빠가 도울 일 있니?"

없다고 바로 대답하더니 덧붙였다. "고마워."

후지노는 노다네 집보다 한 블록 앞에서 택시를 세웠다. 혹시 몰라서 그런다고 하자 료코도 말없이 따라 내렸다.

둘이서 주위를 살피며 걸었다. 엇비슷한 주택이 늘어선 길목에서 료코가 "저기"라며 2층집 한 채를 가리킨 순간, 길 맞은편에서 승용차 한 대가 천천히 다가왔다. 속도를 늦춰 노다 집 앞에서 멈추더니 조수석 문이 열렸다.

간바라 가즈히코가 내렸다. 료코와 후지노를 곧바로 알아보고 표정이 달라졌다.

이 아이도 지쳤다. 료코처럼 눈꺼풀이 부었거나 졸려 보이는 건 아니다. 그냥 지쳤다. 힘이 빠졌다. 그렇다, 마치 한숨 돌린 것처럼. 마음 놓고 피로를 한껏 드러내고 있었다.

간바라의 그런 모습을 보니 후지노는 더더욱 알 수 없었다. 왜지? 검사 측이 포기하고 재판을 끝내려는 게 아니라면, 왜 저애가 안도할까?

"안녕하세요."

간바라 가즈히코가 후지노에게 인사했다. 그때 노다 집의 현관문에서 겐이치가 얼굴을 내밀었다. 그는 후지노가 아니라 간바라 가즈히코를 태우고 온 승용차 운전자에게 인사했다. 깜짝 놀란 눈치였다.

"아빠, 이제 됐어."

료코가 잰걸음으로 변호인 측 두 사람에게 다가갔다. "얼른 일하러 가. 방청하러 다니느라 곤노 아저씨랑 동료들에게 폐 많이 끼쳤잖아."

그러더니 그 말이 끝나기가 무섭게 덧붙였다.

"곤노 선생님 말고, 내가 아는 곤노 아저씨 말이야."

후지노는 무표정을 지켰고 료코도 작은 목소리로 말했으니 들릴 리 없었을 테지만, 노다 집의 현관 앞에서 가즈히코가 마치 몸을 움츠리는 듯 보였다. 그 팔꿈치를 겐이치가 잡아끌었고 료코도 두 사람을 따라가며 승용차 운전자에게 인사를 건넸다.

"안녕하세요, 가와노 씨."

들어오세요―겐이치가 말을 건네더니 이번에는 후지노에게 인사했다. "안녕하세요. 죄송합니다."

뭐가 왜 죄송해?

"삼십 분 정도는 거기 세워둬도 괜찮으니까 들어오세요."

그러고 노다 겐이치는 도망치듯 집안으로 들어가버렸다. 머리 위에서 2층 창가의 커튼이 열리고 사람 그림자가 보이는가 싶더니 금세 닫혔다. 겐이치의 가족이겠지.

중학생 셋이 사라지고, 후지노는 가와노라는 남자와 단둘이 길에 남았다.

"으음, 저기."

넥타이는 매지 않았지만 바지와 가죽구두는 나름 비싸 보인다. 나이는 사십대 후반일까.

"료코짱—이 아니라, 후지노 검사의 아버님이십니까?"

"네, 료코의 아버지입니다."

"아아, 저는요."

남자가 와이셔츠 주머니와 바지 주머니를 탁탁 두드리더니 허둥지둥 차로 돌아가 운전석 문을 열고 웃옷을 끄집어냈다.

"명함, 명함이."

뭘 그리 허둥거리는지 땀을 흘렸다.

"저는 이런 사람입니다."

명함을 건네받은 후지노는 무심코 미간을 찡그렸다.

"조사사무소?"

"네. 후지노 씨와 동업자라고 주장할 정도로 뻔뻔하지는 않습니다만."

"제 직업을 아시는군요."

"료짱에게 들었습니다."

명함에서 가와노의 얼굴로, 다시 노다 집 현관문으로 시선을 옮기고는 후지노가 물었다. "저애들이랑 의논할 게 있어 오셨습니까?"

"아뇨, 음, 그게."

가와노가 머리를 긁적이며 땀을 흘렸다. 그때 현관문이 벌컥 열리며 료코가 나타났다.

"가와노 씨, 빨리 들어오세요."

사립탐정을 재촉한 료코는 이어서 후지노에게 쏘아붙였다. "방해하지 마, 아빠."

"방해는 무슨—"

료코는 후지노를 손가락질로 가리켰다. "변호인 측도 아빠 같은 어른을 써먹었어. 우리도 한 번쯤 똑같이 한대서 문제될 거 없잖아?"

후지노가 어안이 벙벙해 있는 사이 "죄송합니다" 하고 머리를 긁적거리며 가와노라는 사립탐정이 노다 집으로 들어갔다.

대체 무슨 꿍꿍이지?

조토 경찰서의 청소년과에서는 사사키 레이코가 이른 아침 회의를 마치고 밀린 서류 더미 앞에서 애써 선하품을 참고 있었다.

"아침부터 그런 표정 지으면 일진이 사나운데."

놀리는 쇼다의 말에 레이코가 웃었다. "더위 먹었나."

"먹을 만하죠. 매일같이 그 체육관에 있으면."

레이코 앞에는 교내재판 방청중에 적어둔 메모와 그것을 옮겨 정리한 노트가 펼쳐져 있었다. 본업을 소홀히 할 수는 없지만 어젯밤에도 이것들을 정리하며 찬찬히 다시 읽다가 하마터면 밤을 새울 뻔했다.

"이제 곧 결심재판이죠?"

쇼다가 시원한 차가 담긴 잔을 레이코에게 건네고 옆자리에 앉았다.

"그렇지…… 갑자기 오늘 휴정은 했지만, 고비는 넘겼으니까."

어제 피고인 당사자신문으로 증인신문은 끝났다. 중요한 증언은 다 나왔고, 결과도 이미 결정된 분위기다.

간바라 가즈히코는 최선을 다해 오이데 슌지를 변호했다. 레이코는 그 작고 얼굴이 곱상한 소년에게 이제 존경심마저 느껴졌다.

가즈히코는 슌지의 알리바이 성립 가능성을 시사하며 재판의 향방을 결정지었다. 변호를 위해서라면 그것만으로도 충분한데, 그는 거기서 멈추지 않았다. 오이데 슌지를 단순히 누명을 쓴 불쌍한 희생자로 만들지 않았다. 그가 함정에 빠졌을 가능성을 입증하기 위해, 그런 누명을 써도 별수 없는 문제였음을 스스로 인정하게 만드는 대담한 기술을 선보인 것이다. 가차없고 호된 그 규탄은 한 치의 빈틈도 없는 훌륭한 변호로 이어졌다.

어제도 방청석에 있었던 레이코는 응급실로 실려가는 주리를 따라갔다. 쓰자키도 함께였다. 본인은 만나지 못했지만 오자키 선생과 얘기를 나눌 수 있었다.

"미야케 양은 괜찮아요. 오늘 일을 잘 이해하고 있어요. 단지 좀 놀랐 겠죠."

방청석에서 간바라 변호인의 말을 들으며 주리는 속으로 무슨 생각을 했을까. 간바라 변호인이 왜, 누구를 위해 피고인을 규탄했는지 주리는 알았을까.

—간바라는 널 위해, 너에게 들려주기 위해 그런 신문을 한 거야.

주리는 그걸 알았을까.

"사사키 씨?"

이름을 부르는 소리에 정신이 돌아왔다. 손으로 황급히 눈을 비볐다.

"내일은 논고와 최후변론이 있지. 오늘이 가기 전에 학교에서 매스컴을 확실히 통제하면 좋을 텐데."

"한 가지 좋은 수가 있긴 한데요."

쇼다의 말에 레이코가 눈을 번쩍 떴다. "무슨 수?"

"양동작전."

쇼다가 입꼬리를 올리며 씩 웃었다. "사사키 씨도 공범이 돼준다면, 오카노 선생님에게 제안해도 좋을 것 같아요."

레이코가 몸을 내밀었다. "좋아, 말해봐."

"그렇게 나올 줄 알았지." 쇼다의 표정이 갑자기 진지해졌다. "사사키 씨, 그전에 한 가지 확인해도 될까요?"

"뭔데?"

"간바라는 그 변호인, 사사키 씨는 이번 재판 전부터 알고 있었어요? 어디서 만난 적이 있어요?"

"설마." 레이코가 웃으며 고개를 저었다. "이 동네에 산다지만, 경찰서 신세를 질 만한 애는 아니잖아."

"그렇죠."

흐음, 하며 쇼다가 혼자 고개를 끄덕였다.

"그럼 내 기억이 잘못된 건 아니겠군요."

"무슨 소리야?"

쇼다는 머뭇거렸다. 그러더니 얼굴을 가까이 대며 목소리를 낮추길래 레이코도 다가갔다.

"팔 년 전쯤 제가 아카사카 북부 경찰서에 있을 때 불행한 사건이 있었어요."

알코올중독증 남편이 아내를 죽이고 체포되었고, 자신도 부상을 입어 병원으로 옮겨졌는데 그곳 화장실에서 목을 매 자살했다고 한다.

"걸레 몇 장을 찢어 묶어서 밧줄을 만들었죠."

무슨 수를 써서라도 죽겠다, 자기는 더 살아서는 안 된다는 비장한 의지가 느껴졌다고 쇼다는 말했다.

"그 부부에게는 당시 일곱 살쯤 된 아들이 하나 있었어요. 사건 후에 엄마의 소꿉친구였던 사람이 맡아줬는데."

레이코는 잠자코 쇼다의 얼굴을 바라보다가 물었다.

"그애 얼굴이 간바라랑 닮았다는 말이야?"

"그래도 어린애들은 얼굴이 잘 변하잖아요. 성장기에는 더더욱."

"이름 기억나?"

쇼다가 별로 내키지 않는다는 듯 고개를 끄덕였다.

"저는 당시 순찰경찰이라 직접 관여하진 않았지만, 사건이 일어난 사택이 제 담당구역이라."

"이름 기억나, 안 나?"

"─가즈짱이라고 했어요."

가즈히코 군, 하고 쇼다가 말했다.

"양부모한테 가면서 성뿐 아니라 이름도 바꿨을지 모르겠지만."

레이코가 눈을 깜박거리며 자신이 정리한 노트로 시선을 떨어뜨렸다.

"세상이 좁은 건가?"

"아직 확실한 건 아니니까요."

"맞아." 레이코는 일부러 힘주어 말했다. "이 재판하고 관계도 없고."

그렇다. 관계없다. 간바라 가즈히코가 어떤 소년인지와 그애가 하는 변호는 관계가 없다. 특이한 아이인 건 분명하지만—

두 사람 다 쉽사리 입을 열지 못했다. 무거운 분위기를 바꿔보려고 레이코는 웃었다. 때마침 누군가 무지러진 담배를 입에 물고 복도를 지나갔던 것이다.

"왜 웃어요?"

쇼다가 레이코의 시선을 좇아 복도를 돌아보았다. 무지러진 담배의 주인은 이미 지나가버렸다.

마스이 노조무 사건 말이야, 라고 레이코가 말했다. "관계없기로 치면 그것도 마찬가지잖아. 물론 오이데 군 패거리가 저지른 일이긴 하지만, 어쨌든 별개 사건이야."

"네. 그런데 그게 왜요?"

"검사 측이 알아내서 언급하더라고. 배심원들이 피고인의 폭력성을 이해하는 데 필요하다면서. 결국 뜻대로는 안 됐지만, 후지노 쪽에서 마스이 사건의 상세정보를 파악한 건 확실해."

쇼다의 눈과 작은 코가 놀라움으로 커졌다. "어떻게 알아냈지?"

"신기하지?"

"그애들은 재판 놀이뿐 아니라 형사 놀이도 잘하나보네요. 소문을 추적해서 마스이를 알아냈을까요?"

"그렇다기에는 너무 빠르잖아."

"설마 사사키 씨가?"

"말도 안 돼."

"그렇겠죠. 마스이 쪽에서 먼저 협력하겠다고 나섰을—리도 없고."

이번에는 레이코가 빙긋 웃었다. "우리 경찰서의 누군가가 흘린 거야. 귀여운 후지노 검사님에게 좋은 자료를 줄 셈으로 누군가가 마스이 사건을 넘긴 거지."

쇼다의 조그만 코는 여전히 커져 있었다.

"설마 나고야 아저씨?"

레이코가 입술 앞에 손가락을 세웠다. "그 빚은 나중에 확실히 돌려받을 테니까, 비밀이야."

언젠가 이자까지 붙여서 톡톡히 받아낼 거야.

"그 선배도 마스이 사건이 유야무야돼서 나름 부아가 났을지 모르죠."

"그렇다면 이자는 좀 깎아주지 뭐."

"알겠습니다." 쇼다도 빙긋 웃었다. "아무튼, 양동작전 말인데요."

뭔가 일어나고 있다. 후지노 다케시는 그렇게 생각했다. 뭔가 움직이고 있다. 아마 료코도 예상하지 못했을 것이다. 그래서 녀석이 그런 표정을 짓는 것이다.

하지만 후지노가 과연 무엇을 할 수 있을까. 방금도 아빠가 도와줄 건 없다고 단호하게 말하지 않았는가.

—그래도 나는 부모니까.

부모 마음을 조금은 헤아려줘도 좋지 않은가. 쓸데없이 참견하려는 게 아니다. 그저 걱정스러운 것뿐이다.

혼자 끙끙 앓던 중에 퍼뜩 떠올랐다. 간바라 가즈히코의 부모를 만나볼까.

교내재판에 직접 연관된 아이들의 보호자들은 지금껏 서로 딱히 협의하는 일 없이 각기 거리를 두고 자식들을 지켜봐왔다. 중학교 3학년 여름방학이라는 중요한 시기에 괴상한 과외활동에 참가한다는 것은 아이들 각자가 자기 부모와 의논해 결정했다. 물론 보호자 대부분은 부지런히 방청하러 오는 듯했고 후지노도 그중 하나지만, 간바라 가즈히코의 부모는 어쩌고 있을까.

사는 곳은 멀지 않다. 주소는 전화번호부로 알아낼 수 있겠지. 후지노는 발길을 돌려 집으로 돌아갔다. 현관문을 열고 거실로 들어가자 양손에 빨래를 안은 구니코가 나와서 의아한 표정을 지었다.

"뭐 두고 갔어?"

후지노는 대답하지 않고 전화기 받침대 밑에서 전화번호부를 꺼냈다.

"왜 그래?"

"당신, 간바라네 집 주소 알아? 료코한테 못 들었어?"

"—일하러 안 가?"

후지노는 전화번호부를 들척였다.

한숨을 내쉰 구니코가 탁자에 빨래를 내려놓고 기대섰다.

"그만둬."

"왜?"

"이렇게 허둥거리다니 당신답지 않아."

후지노는 손을 멈추고 아내의 얼굴을 올려다보았다.

"당신은 부모로서 걱정도 안 돼?"

료코가 이상한 것도 모르겠느냐며 엉겁결에 강하게 말했다.

"이상하든 아니든, 이젠 조용히 지켜볼 수밖에 없잖아."

다른 집들도 다 그렇다고 구니코는 말했다.

"그 녀석, 학교에 간 게 아니야. 노다네 집에 모여서 변호인 측과 협의 중이라고."

후지노는 조금 전 본 것들을 말해주었다. "수상쩍은 사립탐정까지 끌어들였다니까."

"그럴 필요가 있었겠지. 필요하니까 하는 거야. 누구랑 같이 있든 노다네 집에 있으면 걱정할 거 없어."

"당신은 정말 걱정 안 돼?"

"그런 식으로 말하지 마. 오늘은 나도 바빠. 당신이랑 싸울 시간 없어."

후지노는 화풀이로 전화번호부를 탁 덮었다.

"—걱정이 왜 안 되겠어."

구니코가 양손을 앞치마 주머니에 넣고 입을 삐죽 내밀었다.

"그렇지만 난 참견하지 않기로 했어. 료코를 믿으니까."

"나도 믿어."

구니코가 입을 다물고 후지노도 입을 다물자 세탁기 돌아가는 소리만 들렸다.

"간바라 학생도 분위기가 이상했다니까."

후지노는 변명투로 말하는 스스로에게까지 화가 났다.

"난 그애도 걱정돼. 그애가 왜 이 재판에 끼어들었는지, 왜 그렇게 열심인지 이유를 모르겠어."

아니, 그게 아니다. 뿌연 안개 너머로 그 '이유'가 어렴풋이 보여서 걱정스러운 것이다. 그 점이 료코와 다르다.

"그애랑 얘기하면서 대놓고 물어본 적이 있어. 왜 오이데의 변호인이 됐냐고. 그랬더니 그애가."

—책임이 있어서요.

"어떻게 그런 말을 할 수 있을까? 단지 가시와기 학생의 친구였을 뿐이고, 오이데와는 일면식도 없는데, 그애한테 대체 무슨 책임이 있느냔 말이야."

말을 하면 할수록 마음에 걸린다. 내가 좀더 일찍, 좀더 깊이 파고들었어야 하지 않았을까. 그런 식으로 변호인 측에 도움을 준 건 잘못된 판단 아니었을까.

"당신도 참, 안 그래 보이는데 혼자서 끙끙 앓는 성격이네."

아픈 곳을 찔린 후지노는 발끈하는 표정을 지었다. 그 얼굴을 보고 구니코가 미소지었다.

"그렇게 웃지 마. 나도 싸우긴 싫어."

"당신, 간바라 학생 만났구나."

"왜, 안 돼?"

"그럴 필요가 있으니까 만났겠지. 내가 이러쿵저러쿵 참견할 일은 아니야."

아무래도 후지노가 뒤처지고 있다.

"그애 부모님도 걱정하고 있지 않을까?"

구니코가 탁자에서 떨어져 냉장고로 다가갔다. 보리차를 꺼내 잔 두 개에 따라 탁자로 들고 왔다. 그리고 말했다.

"료코한테는 비밀이야."

"뭘?"

"간바라 어머니가 나한테 인사를 한 적이 있어."

그제였어—라며 말을 이었다. "방청인이 못 들어간 날. 열시쯤이었나?"

"당신은 한 번도 방청하러 안 갔잖아."

"당신이 가니까 난 안 가기로 한 거지. 역할 분담으로."

그런 거야 어찌됐든 상관없다.

"내가 생각해도 이상하긴 한데, 그날은 방청이 안 된다고 하니까 료코가 어쩌고 있는지 오히려 더 신경쓰여서 학교에 가봤어. 정문 근처에서 잠깐 얼쩡거리다 금방 돌아오긴 했지만."

그때 다른 보호자도 몇 명 있었다고 한다.

"아는 사람은 아무도 없더라고. 마리짱 엄마나 이노우에 학생 부모님 같으면 나도 안면이 있으니까 금방 알아봤을 텐데."

그때 한 부인이 말을 걸었다.

"실례지만, 후지노 료코 학생의 어머니냐고 묻는 거야."

"당신인 걸 어떻게 알았지?"

"어머, 무슨 소리야. 료코는 날 꼭 빼닮았잖아."

후지노는 지금껏 자랑스러운 큰딸이 자기를 닮은 줄로만 알았다.

"그렇다고 했더니."

ㅡ간바라입니다. 변호인을 맡고 있는 가즈히코의 엄마예요.

"신세를 많이 졌다면서 정중하게 고개를 숙이셨어."

"그뿐이야?"

"응. 나야말로 신세 졌다고 인사를 했지. 달리 어쩌겠어."

"어머님은 어때?"

"품위 있는 사람이었어. 체격이 아담하고."

천 보따리를 들고 있었다고 한다.

"요즘에는 보기 드물잖아. 혹시 전통의상이 아닐까 했어. 옛날 싸개종이로 포장한 거."

"바느질집인가?"

"다도나 꽃꽂이 선생님일지도 모르지. 인상이 좋았어. 친절해 보이고."

친구가 될 수 있을 것 같더라고 하곤 혼자 웃었다.

"하긴, 우리는 이제 그럴 나이가 아니겠지만."

후지노 구니코는 친구라는 말로 상징되는 끈끈한 관계를 좀처럼 맺지 않는다. 사교를 좋아하지도 않는다. 그녀가 그런 말을 하는 건 드문 일이었다. 후지노는 그 부인이 간바라 가즈히코의 어머니가 틀림없겠다고 납득했다. 그애를 키운 어머니라면 구니코가 좋은 인상을 받았대도 이상하지 않다.

간바라 가즈히코의 어머니도 자식 걱정에 매일같이 방청하러 온 걸까. 그 '걱정'은 어쩌면 후지노나 구니코의 걱정보다 훨씬 무거운 게 아닐까.

아무래도 자꾸 나쁜 상상이 앞선다.

ㅡ책임이 있어서요.

"그걸 왜 료코한테 비밀로 하라는 거지?"

"그냥."

엄마의 감이라고 하며 다시 웃었다. 작은 미소였다.

"엄마는 서글퍼."

아빠도 서글프다. 아니, 괴롭다.

"아무튼 이제 와서 우왕좌왕 허둥거리지 마, 여보."

이제 그만 일하러 가시죠, 라고 말하는 구니코의 눈매가 순식간에 매
서워졌다.

"자꾸 게으름 피우면 세금 도둑이라고 욕먹어요, 공무원님."

"누가 할 소리."

그렇게 되받아친 후에야 후지노도 씁쓸하게 웃었다.

교내재판 관련자들은 예기치 않게 주어진 휴일을 각각 다른 방식으로
보내고 있었다.

배심원장인 다케다 가즈토시는 집 근처 공원에 딱 하나 있는 낡은 농
구 골대 아래서 아침부터 땀을 흘리는 중이었다. 살짝 기울어진 농구 골
대에 잇달아 슛을 성공시키는 그의 모습에 놀라 나온 꼬마들이 하나둘
다가왔고 어느새 두 팀으로 나눠 게임을 하게 되었다.

그의 콤비 오야마다 오사무는 같이 사는 할아버지를 상대로 장기를 두
고 있었다. 오사무가 계속 이기는 통에 할아버지가 "한 판만 더"라며 자
꾸 매달려서 끝날 기미가 보이지 않았다.

야마노 가나메는 한참을 망설인 끝에 구라타 마리코에게 연락해 함께
아사이 집을 찾아가기로 했다. 마리코가 가는 곳이라면 고사카 유키오도
간다. 아사이 도시에가 세 사람을 맞아주었다.

"재판 얘기는 하면 안 되지?"

"마짱이랑 아주머니에게 말하는 건 괜찮을 거예요."

아사이 마쓰코의 영정은 오늘도 웃고 있었다.

가마타 노리코와 미조구치 야요이는 둘의 어머니와 넷이서 도심의 백화점으로 쇼핑을 갔다. 여름세일이 벌써 막바지였다. 백화점을 몇 군데 돌아다니는 사이 미야케 주리와 아사이 마쓰코가 고발장을 보냈던 중앙우체국 옆을 지나쳤다. 두 사람은 그날 주리와 마쓰코는 그러지 않았을 거라 생각하면서 서로 몸을 바짝 붙이고 팔짱을 낀 채 잠자코 걸었다.

하라다 히토시는 1학년 때부터 다니고 있는 입시학원에서 주임강사와 이야기에 푹 빠져 있었다. '배심원의 묵비의무'라는 말은 여기선 소용없었다. 하라다 히토시는 (약간의 각색을 더해서) 재판 내용을 낱낱이 알려주었고, 주임강사는 열심히 귀기울이며 의견을 내놓았다. 마침내 논의는 배심원제의 옳고 그름에까지 이르렀고, 하라다 히토시는 즐겁게 어른과 의견을 나누며 자기 지망학교에 관해 생각했다.

가쓰키 게이코는 아침부터 할 일이 통 없었다. 그저 덥고 땀냄새 나는 게 싫어서, 일하러 나갈 때까지 누워 있기로 작정한 엄마를 두고 훌쩍 집을 나섰다. 산책이라는 걸 어떻게 하는지 몰라서 무작정 걸었다. 밖으로 나와도 덥고 땀냄새가 나서 바보 같다는 생각이 든 순간, 이제는 텅 비어버린 오이데네의 집터에 와 있음을 깨달았다.

옆에 서 있는 오이데 집성재는 영업중이었다. 사장이 체포되어도 일은 계속된다. 직원들이 일을 하고 있다. 대체 무슨 할 일이 있을까. 월급도 나올지 안 나올지 모르는데. 그런데도 하는 것이다.

게이코는 한참을 더 어슬렁어슬렁 걸었다. 그러다 꼬마들과 시끌벅적하게 농구를 즐기는 키다리를 발견하고 엉겁결에 멈춰 섰다. 땀범벅이 된 배심원장이 게이코를 알아보고는 큰 소리로 불렀다.

"아, 가쓰키. 너도 농구할래?"

어차피 할 일 없잖아, 라고 말하자 꼬마들이 까르르 웃었다.

게이코는 도망치듯 그 자리를 떴다. 왜 말을 걸고 난리야, 하며 화를 내다가 갑자기 웃음이 터졌고, 그런 자신에게 화가 나서 일부러 화난 표정을 지었다.

이구치 미쓰루는 아버지와 함께 병원에 가서 여느 때처럼 재활치료를 받았다. 지켜보는 아버지가 더 아픈 표정이다.

하시다 유타로는 어머니의 가게 일을 도왔다. 여동생이 카운터 한구석에서 여름방학 그림일기를 썼다. 음식 준비를 하는 엄마와 오빠의 모습을 그렸다.

야마자키 신고는 도장에서 사범에게 호된 훈련을 받았다. 단련이 끝나면 좌선해라. 네 일거수일투족에서 잡념의 불꽃이 정전기처럼 튄다고 야단을 맞았다. 집에서는 녹초가 되어 돌아올 남동생을 위해 야마신의 누나가 시원한 수박을 준비하고 있었다.

휴일의 텅 빈 파란 하늘에 여름 끝자락의 소나기구름이 떠 있었다.

"누나가 기가 세 보이네."

학생 집을 방문한 선생이 맨 처음 할 소리는 아니라고 이노우에 야스오는 생각했다.

"글래머고."

"그 소리 들으면 죽일지도 몰라요."

오늘도 기록 작성에 쫓기는 야스오는 티셔츠에 반바지, 기타오 선생은 티셔츠에 운동복 바지 차림이었다.

"선생님, 그런 차림으로 매스컴을 상대하게요?"

게다가 이상하게 들뜬 것 같은데.

"내 할 일은 끝났다."

실은 그 건으로 좋은 소식이 있어서 알리러 왔다며, 기타오 선생이 이노우에의 집 현관 앞에 선 채 목에 건 수건으로 얼굴의 땀을 훔쳐냈다.

기가 센 글래머 누나가 돌아왔다.

"선생님, 안으로 들어오시죠."

"괜찮아, 금방 갈 거니까."

"그럼 보리차라도."

"음, 고맙군."

누나가 보리차를 한 잔 들고 오더니 기타오 선생에게 쟁반째 건넸다. 그리고 금세 물러가면서 야스오를 단단히 노려보았다.

들었구나. 이제 어쩐다. 야스오는 고민했다.

"선생님, 성희롱이라는 말."

"오늘은 조용했지?"

야스오가 입을 다물고 선생의 얼굴을 바라보았다.

"기자가 들이닥치거나 전화가 울려대진 않았지?"

아침 나절에는 시끄러웠지만 그후로는 잠잠했다.

"모리우치 선생님 어머니가 학교에 와서 오카노 선생님과 기자회견을 하셨어."

뜻밖의 일이었다. 놀란 야스오의 얼굴을 보고 기타오 선생은 우쭐거리 듯 가슴을 폈다.

"내일은 모리우치 선생님이 병원에서 기자회견을 할 거야. 병원에서 허락해줬대."

"괜찮은 거예요?"

"주치의가 동석할 거야."

여기저기서 취재 요청이 쇄도해 몇 차례에 걸쳐 회견을 열 예정이라고 한다.

"내일 너희가 재판하는 동안, 모리우치 선생님이 취재진을 잡아놓겠다 는 뜻이야."

대담한 계획이다. 그러나 좋은 생각이다. 기타오 선생님, 그 일로 들떠 서 말이 헛나왔구나.

"그건 누구 생각이죠?"

"너도 참 쓸데없는 데로 머리가 돌아가는구나."

"전교 1등이니까요."

"누가 오카노 선생님에게 제안한 모양이야. 모리우치 선생님에게 억지로 강요하진 않을 테지만, 혹시라도 도와줄 수 있다면 그게 최고의 양동 작전이라고."

누구라니, 그게 누군데?

"쓰자키 선생님도 동석하신대. 주역이 등장하면 취재 전쟁도 이쯤에서 가라앉겠지. 내일부터는 원래대로 돌아가. 안심하고 힘내."

네, 라고 전교 1등 수재가 대답했다.

"그것뿐이냐? 좀더 고마워해야지."

"모리우치 선생님에게는 감사드립니다."

솔직히 그렇게 용기 있다고 생각하진 않았던 터라 야스오는 상당히 감동했다. 모리우치 선생을 다시 봤다.

"그리고 선생님 어머니에게도요."

좋아―기타오 선생은 보리차를 다 마시고 빈 잔을 야스오에게 내밀었다. 이제 돌아가나 했는데 선생의 표정이 바뀌었다. 학생들을 지도할 때의 표정이다.

"이노우에, 어제 돌아갈 때 후지노 좀 이상하지 않았니?"

이상했다. 무엇 하나 허투루 보지 않고 머리에 담아두는 이노우에 야스오도 그렇게 생각했다.

후지노 료코는 흡사 유령을 본 듯한 표정이었다. 그뿐이 아니다. 변호인 조수 노다 겐이치도 이상했다. 노다로 말하자면 아예 유령이 된 듯한 얼굴이었다.

더욱 이상한 건 그런 노다 겐이치 옆에 간바라 가즈히코가 없었다는 점이다. 재판에 관여한 뒤로 늘 쌍둥이처럼 함께였던 두 사람이 어제는 따로 돌아갔다.

무엇 하나 허투루 보지 않는 이노우에 야스오. 이노우에 판사의 가슴이 술렁거렸다.

"너, 연락은 해봤냐?"

그럴 생각으로 몇 번이나 수화기를 들었다가 결국 마음을 접었었다.

"아뇨. 무슨 일이 있었든 간에 내일이면 분명해지겠죠."

"—넌 참, 항상 네 페이스를 고집하는구나."

"제가 페이스메이커가 되지 않으면 재판을 이어갈 수 없는걸요."

"—참 항상 바른말만 하네."

"선생님, 오이데는 어쩌고 있는지 아세요?"

"살아 있어." 기타오 선생이 웃었다. "웬일이냐, 그 녀석 걱정을 다 하고?"

"자기 변호인한테 세게 한 방 맞았잖아요."

"그렇다고 이제 와서 도망치진 않아. 그 녀석도 나름 체면이 있으니까."

"그럼 다행이고요."

할말은 다 했다.

"모리우치 선생님이 기자회견 하시는 거, 아이들에게 알릴까요?"

"너만 알고 있으면 돼."

"알겠습니다."

고맙습니다, 라며 야스오가 고개를 숙였다.

"누나가 미인인데."

"—가족이라 그런지 잘 모르겠는데요."

"성희롱한 거 아니야. 사실을 말했을 뿐이지."

누나는 내 학생이 아니니까, 라고 변명했다. 한심스러웠다.

"그럼 내일 보자."

기타오 선생이 사라지자, 미인이고 기가 센(이건 사실이다) 글래미 누나가 눈을 가늘게 뜨고 험악한 표정으로 다가왔다.

이노우에 야스오는 하늘을 올려다보았다.

아무것도 할 게 없고, 아무도 만나고 싶지 않은 오이데 슌지는 길고 지루한 하루를 보내고 있었다.

아무것도 할 게 없고, 아무도 만나고 싶지 않은 미야케 주리도 길고 지루한 하루를 보내고 있었다.

저녁 무렵이 되어 후지노 료코가 주리의 집으로 찾아왔다. 현관 앞에서 료코를 쫓아 보내려는 엄마의 날카로운 목소리가 들려왔다.

주리는 방에서 나가 계단을 내려갔다. 엄마와 료코가 동시에 알아차리고 돌아보았다.

"엄마, 괜찮아."

"주리짱, 넌 아직."

"그냥 빈혈이야. 이젠 아무렇지도 않아."

후지노—하며 주리가 료코에게 손짓했다. 아무도 만나고 싶지 않지만, 누군가를 꼭 만나야 한다면 상대는 료코뿐이다.

료코는 주리 어머니에게 짧게 끝내겠다며 양해를 구하고 서둘러 계단을 올라갔다.

방에서 둘이 마주하자 주리는 묘한 사실을 알아차렸다. 후지노 료코의 뺨에 뭐가 흘러내린 흔적이 있었다. 땀자국 같지는 않았다.

울었나.

"몸은 어때? 미안해. 오늘 아침에 퇴원했다는 얘기는 오자키 선생님한테 들었어."

"빈혈이야. 이제 아무렇지도 않아."

역시나 료코의 뺨에 뭐가 흘러내린 흔적이 있다.

"내일 논고를 하는데."

료코는 선 채로, 마치 무서운 것을 피해 도망치듯 빠르게 말했다.

"혹시 네가 싫지 않다면, 어머니가 허락해주시면, 다시 방청하러 와줬으면 해서."

주리는 잠자코 있었다.

"내 얘기만 해서 미안해. 하지만 어제 와줘서 기뻤어."

법정에서 실신한 걸 방청인들이 어떻게 받아들일지, 주리는 애써 생각하지 않으려 했다.

그 소동으로 주리가 고발장을 썼다고 추측한 사람도 있겠지. 전부터 그렇게 의심했거나 그런 소문을 들었다가 확신한 사람도 있겠지.

이제 그런 건 아무래도 좋다.

그래, 이제 아무래도 좋아. 누가 고발장을 썼든 상관없으니까. 그게 중요한 문제가 아니니까.

그렇다면 왜 나였을까. 왜 나는 마쓰코까지 끌어들였을까.

간바라 가즈히코는 왜 나를 이런 상황으로 몰아넣었을까. 무슨 권리로 그런 신문을 했을까. 그애는 아무 관계도 없는데. 왜 주제넘게 나선 걸까.

왜 그냥 내버려두지 않았을까.

내가 한 행동을 이해한다느니, 내 마음을 이해한다느니, 왜 이제 와서 그런 주장을 하느냔 말이다.

이미 엎질러진 물인데.

"내키면 갈게."

그래―료코가 나지막이 말했다.

"할말은 그게 다야?"

"응."

아니잖아. 내 얼굴이 보고 싶었던 거잖아. 내가 어떤 표정인지 확인하고 싶었던 거잖아.

주리는 속으로 비아냥거리는 한편 생각했다. 난 널 만나고 싶었어.

만나고 싶었단 말이야. 하고 싶은 말이 있었어. 들려주고 싶은 말이 있었어.

그렇지만 뺨에 눈물 자국이 난 너에게 그런 얘기를 할 순 없잖아.

"난 괜찮아. 재판은 괜찮을지 어떨지 모르겠지만."

괜찮아, 라고 후지노 료코가 말했다.

"그럼 내일 봐."

가지 마. 목구멍까지 소리가 올라왔다. 후지노, 내 얘기 좀 들어줘.

료코는 가버렸다. 어깨가 축 처져 있었다. 발걸음이 지쳐 있었다.

후지노도 나랑 똑같은 여자애니까.

—나 있잖아, 후지노.

자기 방의 벽을 바라보며 주리가 중얼거렸다.

—어제 병원에서 깨달았어.

의식을 되찾고 몸을 일으켜, 병실 화장실에 가서 언뜻 거울을 본 순간 깨달았다.

—그제 뉴스에서, 체포된 가키우치 미나에라는 사람 사진을 봤을 때.

저런 얼굴을 안다. 어디선가 본 적 있다고 생각했다.

—그게 누구 얼굴인지 알았어.

내 얼굴이다. 주리는 생각했다. 가키우치 미나에의 얼굴은 나와 똑같다.

그것은 거짓말쟁이의 얼굴이다. 거짓말을 해서 남에게 상처 주고 자신도 상처받는 인간의 얼굴이다.

그래서 이러지도 저러지도 못하고 절망한 인간의 얼굴이다.

—그게 내 판결이야, 후지노.

휴정일의 해가 저물고, 모두에게 기나긴 밤이 시작되었다.

7

8월 20일 교내재판 마지막 날

오늘도 하루가 시작되었다.

이 재판을 시작한 뒤로 노다 겐이치에게 새로운 아침을 맞는다는 건 그날 하루만큼 성장함을 뜻했다. 성장이라는 말이 과장스럽다면 발견이라고 해도 좋다. 하루가 지나면 그날의 발견이 있다. 그런 나날이 이어지는 중이었다.

오늘도 그렇겠지. 내가 아무리 싫다고 해도 그렇게 되겠지. 재판은 대단원을 맞는다. 이제 다음은 없다. 진실이 밝혀진다.

그리고 겐이치는 여기까지 온 지금에야 그것이 두려워졌다.

줄곧 가슴속 깊이 묻어두었던 의문의 답을 얻고, 줄곧 짊어졌던 무거운 짐을 내려놓을 수 있건만.

무섭다. 못 견디게 무섭다.

어제 밤새도록 생각했다. 이렇게 될 줄 알았다면 재판 따위 모른 척하고 얌전히 있을 걸 그랬다. 수험공부나 하고 있을 걸 그랬다. 그게 훨씬 노다 겐이치답다.

속으로 열심히 그런 생각을 되뇌었지만 전혀 마음에 와 닿지 않았다. 자기 생각이 진심 같지도 않았다. 그것이 미심쩍고 의아해서 잠들지 못하고 또다시 생각에 잠겼다. 대체 노다 겐이치답다는 건 어떤 걸까.

나는 이제 재판이 시작되기 전의 내가 아니다. 발버둥쳐도 소용없다. 하루하루 새로운 날을 쌓아올리며 여기까지 왔다. 다음이 없는 게 아니다. 물러설 수가 없는 것이다.

등교 준비를 하고 있으니 언제나처럼 야마신이 아침 순찰을 왔다. 한눈에도 잠이 부족해 보이는 겐이치의 일굴을 보고 "어젯밤은 열대야였지"라고 말했다. 야마신의 정중한 말투는 변함없었다. 내가 변호인 조수니까.

그렇다. 나는 변호인 조수다.

"야마자키도 수고 많아."

인사를 주고받고, 자리를 뜨려는 야마신을 불러세웠다.

"오늘은 굉장히 길어질 거야."

자전거에 오르려던 야마신이 다시 서서 자세를 바로잡았다.

"셔츠나 갈아입을 옷을 준비하는 게 좋을 것 같아. 배심원들에게도 그렇게 전해줘."

야마신이 차려 자세로 "응" 하고 대답했다. 그러고는 잠시 망설이다 말했다. "후지노 검사도 그랬어. 오늘은 시간이 좀 걸릴 거라고."

"그렇구나."

"그러니 도시락이나 음료수를 여유 있게 준비하라고."

거기까지는 생각하지 못했다.

"기타오 선생님이랑 쓰자키 선생님과 상의해서 차질 없이 준비할게. 다른 할말은?"

"없는 것 같아."

야마신은 자전거에 발을 올리려다 말고 또다시 겐이치를 향해 돌아섰다.

"후지노 검사가, 한 명도 떨어져나가는 사람 없이 다함께 평결을 내리고 싶다고 했어."

겐이치는 고개를 끄덕였다. 후지노, 그거 나한테 한 말이야? 떨어져나가지 말라고. 도망치지 말라고.

그게 아니면—

"노다, 힘내."

그러더니 야마신은 약간 허둥거리며 손가락으로 제 얼굴을 가리켰다. "방금 건 후지노 검사가 아니라 내가 한 말이야."

매일 아침 모든 이를 둘러봤으니, 마지막 날인 오늘 아침 뭔가 짚이는 게 있는 것이리라.

"응. 알아."

구라타는 야마신의 얼굴이 우락부락하다고 했다. 그러나 이렇게 보니 전혀 우락부락하지 않다. 늠름하다.

"늦지 않게 갈게. 그럼 학교에서 봐."

"응."

겐이치는 현관문을 닫고 자기 방으로 올라가 불룩한 가방을 들고 내려왔다. 거실로 들어가자 조간신문을 보고 있던 아빠 다케오가 눈길을 들었다.

"잘 잤니? 벌써 가게?"

"응."

"어젯밤 늦게까지 안 자던데, 괜찮니?"

겐이치는 말없이 고개를 끄덕이고 물었다. "아빠, 오늘 방청하러 와?"

노다 다케오가 외동아들의 얼굴을 바라보며 눈을 깜박거렸다.

"그러려고. 엄마도 몸이 괜찮으면 같이 갈까 해. 이제 마지막이잖아?"

겐이치가 고개를 한 번 끄덕였다. 갑자기 가슴이 답답하고 말이 나오지 않았다.

다케오의 눈빛이 겐이치를 위로하듯 부드러워졌다. "우리가 안 가는 게 낫겠니?"

"그건 아니야. 단지."

—단지.

"걱정은 하지 마. 어떤 결과가 나오든 난 하나도, 하나도."

대체 무슨 말이 하고 싶은 걸까. 머리로는 알 수 없었다. 대신 마음속에서 말이 솟구쳐올랐다.

"후회하지 않으니까."

아아, 이 말이 하고 싶었구나.

"그래." 다케오도 고개를 끄덕였다. "알았다. 마음 놓고 어서 가."

응, 이라고 하려 했지만 또 목이 메었다. 겐이치는 현관으로 향했다.

신발을 신는데 갑자기 얼굴이 달아오르며 눈물이 쏟아질 것 같았다. 아마도 아래를 내려다보는 자세 때문이리라. 이러면 안 된다고 스스로를 나무라며 감정을 삼키고, 운동화 끈을 다 묶기 전에 겨우 가라앉혔다.

나는 변호인 조수다. 그 역할을 완수할 것이다.

노다 겐이치의 교내재판 마지막 날이 시작된다.

학교 주변을 맴돌던 기자들이나 리포터들의 모습은 보이지 않았다. 모리우치 선생과 선생 어머니 덕분이다. 오카노 임시 교장이 기자회견으로 매스컴을 적당히 요리해준 덕도 있겠지. 오카노 선생님은 막상 닥치면 그런 일에 능숙하다고 기타오 선생이 말했었다. 그래서 출세하는 거라고.

한편 방청석 분위기는 한가로웠다. 여덟시 사십분인 지금 절반도 차지 않은 듯했다. 지금까지 중 가장 호응이 적다. 어제 온종일 휴정해서일까. 다들 단 하루의 공백으로 집중력도 흥미도 떨어져버린 걸까. 더 해봐야 별것 없다고 생각하는 걸까.

—꽉 차면 좋겠다.

한 명이라도 많은 사람이 들어주길 바라며 지금껏 우리는 달려왔다.

변호인 측 대기실에는 늦잠꾸러기 오이데 슌지의 모습은 보이지 않고 간바라 가즈히코 혼자 창가에서 운동장을 내다보고 있었다.

"안녕?"

겐이치가 인사하자 돌아보았다. 잠을 못 잔 것 같지도 더위에 지친 것 같지도 않은, 평소와 다름없는 얼굴이다.

"안녕?"

두 사람 다 뒷말을 잇지 못하고 침묵했다. 이전 닷새 동안은 어땠더라.

하고 겐이치는 생각해보았다.

"오늘은 방청인이 적네."

가즈히코는 그렇게 말하고 햇살이 따가운지 실눈을 떴다. 이 교실 창문은 동향이다.

"갈아입을 옷 챙겨왔니?" 겐이치가 물었다.

"응."

겐이치도 창가로 다가갔다. 정문으로 들어와 운동장을 가로질러 체육관으로 향하는 방청인들이 내다보였다. 어른 둘. 부모와 아이. 누군가의 어머니. 누군가의 아버지.

"모기 씨다." 가즈히코가 말했다. 연일 무더위가 이어지는 와중에도 한 치의 흐트러짐 없는 차림새. 금방 알아볼 수 있었다.

"오늘은 혼자네. 학부모회 회장님이 안 보여."

둘 다 다시 입을 다물었다. 나란히 서서 내려다보고 있자니 운동장을 가로지르는 사람이 차츰 늘어났다. 체육관 입구에서 도우미들이 바쁘게 움직였다.

좋아, 이제 됐어.

"준비됐습니까, 변호인?"

겐이치의 질문에 가즈히코가 이쪽을 바라보았다.

"됐습니다"라고 대답했다.

겐이치는 계속 운동장을 내려다보고 있었다. 시선을 돌릴 수가 없었다. 조금이라도 움직였다간 혼이 빠져나가버릴 것 같았다.

"저도 준비됐습니다."

그때 가즈히코가 무슨 말을 하려 했다. 입술이 달싹이고 말이 나오려던 참이었다. 아마도 '미안'이라는 말이.

그 직전에 교실 문이 덜컹거리며 열렸다. 함께 돌아보니 실내화 뒤축을 꺾어 신은 오이데 슌지가 몹시 언짢은 얼굴로 들어서더니 "이 자식들

봐라" 하고 다짜고짜 신경질부터 냈다.

"지금 태평하게 구경이나 할 때야?"

그 피고인신문 이후로 슌지는 변호인과 제대로 눈도 맞추려 하지 않았다. 시종 부루퉁한 건 화가 났다는 표시일 테다. 아무리 변호를 위한 작전이라 해도 그렇게까지 해야 했느냐고. 그렇지만 화가 폭발하진 않아 당황스럽기도 하겠지.

—왜 대놓고 화를 못 내는지 모르는구나.

예전처럼 버럭버럭할 수 없는 건 네가 화가 난 게 아니라 상처받았기 때문이야. 그리고 왜 상처받았는지 생각하고 있기 때문이야. 틀림없이.

틀림없이—그러길 바란다.

"가자."

노다 겐이치가 변호인과 피고인에게 말했다.

"오 분 전이야."

후지노 료코도 잠을 못 잔 것 같다.

사무관 사사키 고로는 어딘지 모르게 기운이 없다. 하기오 가즈미는 여느 때와 비슷해 보이지만, 후지노 검사는 과연 오늘의 계획을 두 사람에게 얼마나 밝혔을까.

이노우에 판사가 입정했다. 전원이 기립했다. 방청석의 출석률은 70퍼센트 정도였다.

"여러분, 안녕하십니까."

판사가 인사하자 다들 웅성거리며 자리에 앉았다. 세탁을 했는지 구깃구깃해진 검은 판사복의 옷깃을 가다듬으며 이노우에 판사가 얼굴을 들었다.

"배심원 여러분."

어제 하루 휴정한 터라 배심원들은 조금 생기를 되찾았다.

"당초 예정으로는 오늘 검사 측 논고와 변호인 측 최후변론을 듣고 결심을 내린 후, 여러분께 평결을 부탁할 예정이었습니다. 그런데."

곁눈질을 하는 판사의 안경테가 번쩍거렸다.

"어제 오후 검사 측이 새로운 증인을 신청했습니다. 후지노 검사, 배심원들에게 그 이유를 설명해주십시오."

후지노 료코가 일어나 배심원들에게 가볍게 고개를 숙이고는 말했다. "본건과 관련된 새로운 사실이 드러났기 때문입니다."

"새 증인이 세 명이라면서요?"

"네."

"이 신청서에는." 판사가 책상으로 시선을 떨어뜨렸다. "세번째 증인의 이름이 적혀 있지 않습니다. 어떻게 된 겁니까?"

"그 증인의 신원은 아직 밝힐 수 없습니다."

"그런데도 증인을 본 법정에 부를 수 있습니까?"

"부를 수 있습니다."

"시간 낭비 아닐까요?"

"아닙니다. 문제없습니다."

"변호인 측은 이의 없습니까?"

겐이치 옆에서 간바라 변호인이 앉은 채로 대답했다. "없습니다."

피고인은 불만스러워 보였다. "뭐야, 또 뭐가 있다는 거야?"

"피고인, 뭐라고 했습니까?"

여느 때처럼 변호인이 기계적으로 피고인의 무례를 사과했다. "실례했습니다. 저희도 새 증인 신청에 동의합니다."

겐이치가 연필을 세게 움켜쥐었다. 오이데, 제발 입 좀 다물어.

"그럼 새 증인 신청을 인정합니다."

"고맙습니다."

료코의 말이 끝나자 자리에서 일어난 사사키 고로가 검사 측 뒤편 출입구로 달려가 문을 열고 증인을 맞아들였다. 양복 차림의 남자였다. 후지노 검사도 앞으로 나가 그 증인을 맞았다.

"증인석으로 와주십시오."

겐이치는 눈을 들어 증인석으로 다가가는 사람을 바라보았다. 몸집이 작고 비쩍 말랐고 흰머리가 많다. 새치겠지. 나이는 사십대 중반이라고 들었다.

고개를 숙인 채 증인석에 다다른 그가 간바라 가즈히코를 바라보았다. 가즈히코도 증인을 바라보았다. 눈인사를 건넸다. 증인이 고개를 끄덕였다.

판사가 입을 열었다. "성함을 말씀해주십시오."

"다키자와 스구루입니다."

"선서 부탁드립니다."

목소리도 발음도 좋았다. 남들 앞에서 말하는 데 익숙한 사람이다.

문득 생각했다. 삼십 년 후 간바라는 분명 저런 중년이 돼 있을 거야.

후지노 검사의 심문이 시작되었다.

"다키자와 씨. 출정해주셔서 고맙습니다."

증인이 검사에게 고개를 숙였다.

"직업을 말씀해주십시오."

"초중학생을 대상으로 학원을 운영하고 있습니다. 저도 강사고요."

"장소는 어디인가요?"

"지금은 우라와 시내에 있습니다."

"그전에는?"

"재작년 12월 말까지 도쿄에 있었습니다. 주오 구 아카시초에요."

"학원 이름을 말씀해주십시오."

"그때나 지금이나 '다키자와 학원'입니다."

"일반적인 입시학원인가요?"

"수험공부만이 목적은 아닙니다. 보습도 합니다."

"보습이라면, 요컨대 학교 수업을 따라가지 못하는 학생을 도와준다는 뜻인가요?"

"그렇습니다. 학력뿐 아니라 정서적인 면에서 문제를 안고 있는 학생에게 학교와는 또다른 배움의 장을 제공하는 것 역시 저희 학원의 목표입니다."

체육관 뒤쪽 출입구로 뒤늦게 도착한 방청인들이 들어왔다. 빈자리가 차츰 메워져갔다.

"증인은 가시와기 다쿠야 군을 아십니까?"

증인은 잠시 뜸을 들였다.

"네. 주오 구에 있을 당시 우리 원생이었습니다."

"정확히 언제쯤이었나요?"

"가시와기 군은 초등학교 5학년 2학기부터 저희 학원에 들어왔습니다. 오미야 시내에서 이쪽으로 전학을 오면서요."

"언제까지 다녔나요?"

"제가 학원을 닫을 때까지 쭉 다녔습니다."

"그렇다면 증인은 거의 이 년 반 동안 가시와기 군을 봤겠군요."

"네. 성실한 학생이었습니다."

"가시와기 군은 수험공부가 목적이었나요? 아니면 조금 전에 증인이 말씀하신, 도움이 필요한 학생이었나요?"

"가시와기 군은 학력 면에서는 보충이 따로 필요 없었습니다. 잠재된 능력이 뛰어났으니까요."

"실제 성적이 어떻든 간에, 학습능력에는 문제없는 학생이었다는 뜻인가요?"

"그렇습니다. 다만 학교와 잘 안 맞았죠. 학교라는 시스템과 안 맞았다고 해도 좋을 테고요."

배심원석에서 가마타 노리코와 미조구치 야요이가 고개를 끄덕거렸다. 집단생활을 꺼리고, 개성을 말살당하고 획일적으로 취급받는 것을 싫어했던 어린 철학자. 지금껏 이 법정에서 충분히 묘사된 가시와기 다쿠야의 모습이다.

이노우에 판사는 떨떠름한 표정이다. 가시와기 다쿠야의 됨됨이라면 이미 충분히 들었다. 대체 이 증인의 어디가 새롭다는 건가. 무슨 새로운 사실이 있다는 건가.

"증인의 학원에서는 어땠나요?"

"학원 분위기에는 비교적 빨리 적응했습니다. 학교의 한 반보다도 인원수가 적어서 마음이 편했을 겁니다."

"증인과는 가깝게 지냈습니까?"

다키자와 증인은 잠시 생각하고는 말했다. "적어도 저는, 가시와기 군에게 어느 정도 신뢰를 얻었다고 느꼈습니다."

"왜 그렇게 느끼셨나요?"

딱딱한 말투로 되물었다. 증인은 담담히 답했다. "가시와기 군은 말이 많은 편이 아니었지만 저에게는 이야기를 자주 했습니다. 학교나 가정에 대해서요."

"불만이나 험담을 할 때도 있었습니까?"

"가끔은 있었죠."

"가시와기 군이 증인에게 그런 얘기를 터놓고 했다는 뜻일까요?"

"저는 그렇게 느꼈습니다."

"학원에 가시와기 군과 친하게 지낸 친구가 있었습니까?"

다키자와 증인이 간바라 가즈히코를 돌아보았다. 아주 짧은 순간, 주저하는 듯한 눈빛을 보였다. 간바라 변호인은 양손을 책상 위에 가지런히 올리고 눈을 내리뜨고 있었다.

"있었을 겁니다. 아무하고나 화기애애하게 어울리는 아이는 아니라 상대를 고르긴 했지만요."

"가시와기 군은 학교에선 친구가 없었다고 하더군요."

"본인도 그렇게 말했습니다."

"그런데 학원에서는 달랐다?"

"조금은 달랐다고 봅니다."

"왜 그랬을까요?"

"아무래도 학원이 편해서겠죠. 저는 본래 필요 이상으로 엄격한 규칙을 만들지 않습니다. 일단 시간표가 있긴 하지만 원생들 상황에 맞춰 마음대로 드나들게 했습니다."

"학교와는 시스템이 다르군요."

"네."

"재작년 12월 말에 학원을 닫은 데는 무슨 사정이 있었나요?"

증인이 잠깐 아래를 내려다보고 말했다. "저와 일부 학부모 사이에 말썽이 생겼습니다. 해결될 기미가 보이지 않아서 제가 운영을 단념했습니다."

"가시와기 군은 그 일을 어떻게 받아들였나요?"

"매우 안타까워했습니다."

"가시와기 군과 그의 부모님은 증인과 말썽이 생긴 학부모들과는 생각이 달랐다는 뜻일까요?"

"그애 부모님의 뜻은 저도 잘 모릅니다. 어쩌면 불만이 있었을지도 모르죠. 그러나 가시와기 군은 저를 믿어줬다고 생각합니다. 그만두지 말라고 했으니까요."

"그럼 학원이 문을 닫아서 가시와기 군은 실망했겠네요."

"저는 그렇게 느꼈습니다."

"그런 가시와기 군을 끝내 떠나게 된 것에 대해, 증인은 당시 어떤 생각을 했나요?"

"그애에게 미안했고, 걱정도 됐습니다."

"학교라는 시스템과 맞지 않는 가시와기 군을 버려두고 떠난 꼴이 되었으니까요."

증인이 아래를 내려다본 채 고개를 끄덕였다. "—그렇죠. 정말 그랬습니다."

자기 손을 보고서야 노다 겐이치는 알아차렸다. 어느새 메모하던 손을 멈췄다는 걸.

간바라 변호인은 밀랍인형처럼 꼼짝도 하지 않았다. 피고인은 따분해 보였다. 이런 지루한 얘기는 대체 왜 하느냐는 듯 부루퉁한 얼굴이다.

"증인은 작년 연말에 가시와기 군이 죽은 사실을 알고 있었습니까?"

"신문에서 보고 알았습니다."

"장례식에 오셨습니까?"

"아뇨, 저어되어 가지 않았습니다."

"가시와기 군의 부모님에게 연락은?"

"하지 않았습니다."

"왜죠?"

거침없는 검사의 말투에 이노우에 판사까지 조금 놀랐다. 너무 몰아대지 마, 후지노.

"그애가 그렇게 된 데 저도 일말의 책임을 느꼈습니다."

"증인이 멀어진 것이 가시와기 군에게 좋지 않은 영향을 주었다는 뜻일까요?"

"그렇습니다."

즉시 대답한 후 증인은 고개를 가로저었다.

"아니, 그에 앞서 제가 학원을 닫았을 당시도 그랬습니다. 가시와기 군은 말썽이 생겼다고 무릎 꿇은 저에게 낙담했을 뿐 아니라 분노했습니다. 그애의—뭐라고 할까요, 그애에게는 학교로 대표되는 이 사회 시스템에 대한 불신이나 절망, 그런 감정을 잠재우기는커녕 오히려 부풀려놓고 제가 떠나버렸으니까요."

후지노 검사는 침묵을 지키는 것으로 증인의 다음 말을 재촉했다.

"저는 예전에 중학교 교사였습니다." 증인이 말을 이었다. 목소리가 조금 낮아졌다. "규칙만 존재하는 학교 체제에 의문을 품고 뛰쳐나와 학원을 열었습니다. 가시와기 군은 저의 그런 경력을 알고, 저에게 친근감 같은 걸 느꼈던 것 같습니다."

"학교를 싫어하는 사람끼리 느끼는 친근감이군요."

"학교라는 기존 시스템에 의문을 품은 사람끼리라고 할까요."

증인이 그제야 눈길을 들고 검사에게 희미하게 미소지어 보였다.

"그런 제가 학부모들과의 말썽이라는 세속적인 사태에 무릎을 꿇고 물러선 겁니다. 학교라는 시스템에서는 뛰쳐나왔지만, 사회라는 시스템에서는 도망칠 수 없었죠. 저도 크게 좌절했지만 저에게 기대하는 바가 컸던 가시와기 군은 배신당한 기분이었을 겁니다. 당시 그애는 매우 감정적으로 보였습니다. 그런 심정을 충분히 알면서도 저는 그애를 버리고 떠났습니다. 매우 무책임했습니다."

검사는 표정도 바꾸지 않고 고삐를 계속 당겼다.

"증인을 그런 상황으로 몰아넣은 학부모들과의 말썽이 무엇이었는지 구체적으로 알려주십시오."

증인이 머뭇거렸다. 뾰족한 울대뼈가 위아래로 움직였다.

"몇 가지 이유로 비난을 받았습니다."

"어떤 비난이었나요?"

"제가 연줄을 이용해 원생을 유명 중학교에 입학시키고 학부모에게 부정한 금품을 받았다거나."

"부정입학 의혹이군요. 다른 건요?"

이제 증인은 억지로 쓴웃음을 지었다.

"어느 원생의 학부모와 개인적으로 부적절한 관계를 가졌다. 다시 말해 남녀관계를 뜻합니다."

방청석이 술렁거렸다.

"사실이라면 상당히 불명예스러운 일이군요."

"네. 하지만 사실이 아니었습니다."

"누명이었군요."

"네."

"하지만 증인은 결국 그런 비난에 무릎을 꿇고 만 거죠?"

"그렇습니다."

패배했다. 도망쳤다. 그 좌절감은 지금도 사라지지 않았다. 증인이 풍기는 분위기가, 움츠러든 등이 그렇게 고백하고 있었다.

"지쳐버렸습니다. 아무리 해명해도 이해를 얻지 못해서 끝내 두 손 든 거죠."

"비난받을 일을 하지 않았음에도, 그것을 인정하고 물러났다는 건가요?"

"……그런 셈입니다."

"가시와기 군은 자신이 친근감을 느낀 증인이 그렇게 좌절하는 모습을 보고 매우 낙담했다. 그런 얘기죠?"

"그렇다고 봅니다."

저는 한심하게 도망쳐버렸습니다—

"증인이나 증인을 궁지로 몰아붙인 이 사회라는 시스템, 학교라는 증오스러운 시스템에 대한 불만과 불신을 안은 채 가시와기 군은 증인이라는 동조자를 잃었다. 학교생활을 하면서도 그의 불만이나 불신은 해소되지 않았다. 오히려 더욱 쌓여갔다. 그래서 너무 이른 죽음을 맞았을지도 모른다고 증인은 생각한 거죠?"

"그렇습니다."

"요컨대 증인은 가시와기 군이 자살했다고 생각한다. 맞습니까?"

"그렇습니다. 그애가 죽은 걸 알았을 때 그렇게 생각했습니다."

달리 생각할 수 없었다고 덧붙였다.

"그러니 그애의 죽음에는 나에게도 일말의 책임이 있다. 그런 생각이 들었습니다. 그래서 부모님에게도 연락할 수 없었습니다."

저는 당당할 수 없었습니다, 라고 덧붙였다.

"그래도 그뒤의 소동에 대해서는 알고 계시겠죠? 〈뉴스어드벤처〉는 보셨습니까?"

"일련의 보도는 챙겨봤습니다."

"그럼 가시와기 군의 죽음이 자살이 아니라는 설도 알고 계시겠죠?"

"네."

"어떻게 생각하셨습니까?"

"뭐라 말씀드릴 수 없습니다."

"지금은 어떻게 생각하십니까?"

증인은 대답하지 않았다.

"진상을 알고 싶은 마음은 있습니까?"

"—있습니다."

대답한 증인이 이노우에 판사를 바라보았다. 그리고 변호인석으로 시선을 던졌다. 겐이치의 손에서 연필이 미끄러졌다.

간바라 가즈히코는 시선을 피한 채 꼼짝하지 않았다.

후지노 검사가 발을 바꿔 디디며 자세를 바로잡았다. "증인이 떠나 낙담했을지라도 가시와기 군에게는 친구가 있었죠? 학교에는 없었지만, 학원에는 있었습니다."

증인이 고개를 크게 끄덕거렸다.

"그 친구에게 가시와기 군이 기댈 수 있을 거란 생각은 안 하셨습니까?"

"저도 그럴 거라 기대했습니다."

증인은 숨이 가쁜 듯 목 언저리에 손을 댔다. 넥타이는 매지 않았지만 셔츠 옷깃이 빳빳하게 서 있었다.

"다만 그 친구─제 입장에서는 원생 중 한 사람이지만, 그 아이 역시 가시와기 군과는 또다른 의미에서 일종의 도움이 필요했다고 할까요. 아, 정작 본인은 그런 도움이 필요 없었을지 모르지만, 주위 어른들이 그렇게 생각할 수밖에 없는 사정이 있어서."

"어떤 사정인가요?"

증인은 곧바로 대답하지 않았다. 입술을 깨물었다. 방청석에서 손수건과 부채가 팔랑거렸다. 이제 빈자리는 거의 없었다.

"─매우 불행한 방식으로 부모님을 잃었습니다."

"고아라는 뜻인가요?"

"네. 다행히 양부모님을 만났고 관계도 양호했습니다. 사정을 모르는 사람들 눈에는 그런 과거가 있는 아이로 보이지 않았을 겁니다. 성격이 밝고 성적도 좋았습니다."

착한 아이였다고 중얼거렸다.

겐이치가 눈을 감았다. 그리고 다시 떴다. 눈앞의 광경은 아무것도 달라지지 않았다.

"가시와기 군에게는 좋은 친구가 있었군요." 검사가 말했다. 겐이치의 기분 탓인지 목소리에서 동요가 전해졌다. '좋은 친구'라고 말할 때 묘하게 떨렸다.

"좋은 친구가 있었고, 그 친구는 증인이 가시와기 군을 떠난 뒤에도 그의 곁에 있었다. 그렇죠?"

"네. 계속 친하게 지냈겠죠. 두 사람은 사이가 좋았으니까. 다만."

검사가 헛기침을 했다. 스스로도 목소리가 떨리는 것을 알아챘으리라.

"다만?"

"저는, 그건 또 그것대로 걱정스러웠습니다."

"가시와기 군과 그 친구 사이에 걱정스러운 요소가 있었나요?"

"제 생각이 지나친 걸지 모르지만."

증인은 고개를 떨궜다. 힘이 빠진 게 아니라 자기 의지에 따라 아래를 내려다본 것이었다. 그러지 않고는 증언을 계속할 수 없었으리라.

"섬세한 아이가 흔히 그렇듯이, 가시와기 군은 비교적 추상적인 것에 지나치게 깊이 몰두하는 면이 있었습니다."

검사가 고개를 끄덕였다. "가시와기 군의 아버지도 이 법정에서 그렇게 증언하셨습니다."

"그렇군요…… 저와도 자주 이야기를 나눴습니다. 이렇게 불합리하고 말도 안 되는 것들이 판치는 세상에서 왜 살아가야 하는가. 사람이 사는 의미는 무엇인가. 어떻게 해야 그것을 발견할 수 있는가."

겐이치가 놓아버린 연필을 가즈히코가 집어들어 만지작거렸다.

"그런 가시와기 군에게는 불행하게 부모를 잃고 혼자 남겨졌는데도 하루하루 활기차게 살아가는—옆에서 보기에는 아무 일 없었던 양 밝고 활기차게 살아가는 듯한 그 친구가 매우 흥미로웠겠죠. 그렇다보니—거기에 집착했다고 할까."

증인은 잠시 머뭇거리다가 단언했다. "가시와기 군이 흥미를 드러내는 방식이 저는 조금 마음에 걸렸습니다. 일종의 사색에 잠기는 것까진 좋은데, 너무 빠진 나머지 상대의 기분을 헤아리지 않고 말과 행동을 함부로 하기도 했으니까요."

"가시와기 군이 불행한 사정으로 고아가 된 친구, 그 원생의 기분이나 입장을 배려하지 않는 듯 보였다. 증인은 그렇게 느꼈다는 말인가요?"

"그렇습니다. 네, 맞아요."

"누군가와 친해지는 동기치고는 확실히 부자연스럽네요. 그런데 가시와기 군은 어떻게 그 친구의 과거를 알게 됐을까요. 본인에게 직접 들었을까요?"

"그 아이는 먼저 나서서 그런 얘기를 털어놓는 성격이 아니었습니다."

증인이 다시 목으로 손을 뻗어 매지도 않은 넥타이를 푸는 시늉을 했다. 이마가 어렴풋이 땀으로 번들거렸다.

"그건 제 실수였습니다."

혀가 살짝 꼬였다.

"그런 사정이 있는 원생이다보니 건강을 비롯해 저도 각별히 신경썼고, 다른 원생보다 자주 부모님과 연락을 주고받았습니다. 학원에서 그애 양어머니와 면담도 했고요. 그때 우연히 학원에 온 가시와기 군이 그 면담 내용을 엿들었습니다. 조금 전에도 말했듯이 저는 원생들에게 어느때고 편하게 드나들라 했고, 특히 가시와기 군은 다른 원생이 없을 때 저랑 얘기를 나누려고 훌쩍 놀러오곤 했거든요."

실례합니다, 라며 증인이 웃옷 앞주머니에서 손수건을 꺼내 이마를 닦았다.

"적어도 본인이 제게 말한 경위는 그렇습니다."

"그게 언제쯤인가요?"

"삼 년 전 6월 무렵이었습니다. 제가 학원을 닫기 일 년 반 전이죠."

"그래서 가시와기 군은 그뒤 그 원생에게 특별한 관심을 갖게 됐고요."

"네. 하지만 그애들은 그런 일이 있기 전부터도 마음이 잘 맞았습니다. 가시와기 군이 상대의 사정을 알게 되면서 관계에는 다소 변화가 생겼겠죠. 그래도 친구라는 사실은 변하지 않았습니다. 그 점만은 말씀드리고 싶습니다."

손수건을 집어넣지 않고 손에 쥔 채 증인이 한숨을 한 번 내쉬었다.

"학원을 닫을 때 저는 원생 모두에게 진심으로 사과했습니다. 물론 그 원생에게도 마찬가지였고, 사정이 있는 아이이니만큼 걱정되기도 했습니다. 그런데 그애는 오히려 저를 걱정했습니다. 그리고 그 이상으로 가시와기 군을 걱정했습니다. 선생님이 이런 일로 피해를 당해서 가시와기가 화가 났다. 앞으로 점점 더 따지기 좋아하고."

이제 괴로운 듯 목소리를 짜냈다.

"사람을 싫어하게 되고, 노이로제에 시달리지 않을까 하고요. 그런 걱정까지 했습니다. 그래서 저는 제가 떠난 후에도 그애가 가시와기 군 옆에 있어줄 거라고 생각했습니다."

가즈히코가 만지작거리던 연필을 갑자기 겐이치의 손 가까이 내밀었다. 겐이치는 그것을 받아들며 무심결에 변호인의 얼굴을 바라보았다.

간바라 가즈히코는 시선을 피했다.

"가시와기 군에게는 그런 친구가 있었군요."

후지노 료코의 말투는 담담했다. 그 또한 본인이 의도한 것이었다.

"증인은 그후 그 원생을 만난 적이 있습니까?"

"연하장을 주고받은 정도고, 만난 적은 없습니다."

오늘 여기 오기 전까지는—그리고 증인은 말을 잇지 못했다.

"오늘 여기요?"

검사의 질문에 증인이 손수건을 움켜쥐며 고개를 끄덕였다. 그리고 변호인석을 돌아보았다.

"그 원생은 피고인의 변호를 맡고 있습니다. 오랜만이구나, 간바라 군."

방청석뿐 아니라 배심원석까지 술렁거렸다. 간바라 가즈히코와 가시와기 다쿠야가 같은 학원에 다닌 친구 사이였다는 사실은 다들 알고 있다. 그래서 재판에 참여한 것이다. 그러나 그가 부모를 잃었다는 사실은 모른다. 그런 배경은 모른다. 후지노 료코도 몰랐다. 불과 어제까지만 해도 그 사실을 알고 있었던 사람은 겐이치와 오이데 순지뿐이었다.

참다 못한 오이데 순지가 급기야 목소리를 낮춰서 "이제 와서 저런 얘기를 왜 해" 하고 투덜거렸다.

산바라 변호인은 앉은 채로 인사하는 증인을 향해 고개를 숙였다.

"이상 주신문을 마칩니다. 반대신문 부탁드립니다."

후지노 료코가 자리에 앉았다. 하기오 가즈미가 사사키 고로를 밀쳐내고 료코 쪽으로 얼굴을 들이댔다. 고로는 얌전히 뒤로 밀려났다.

간바라 변호인이 일어섰다.

"다키자와 선생님, 오랜만에 뵙습니다. 놀라게 해드려 죄송합니다."

다시 고개를 깊이 숙였다. 증인은 못 박힌 듯 꼼짝하지 않았다.

"사과해야 할 사람은 나야. 좀더 일찍 네게 연락했어야 하는데."

"이 재판을 한다는 건 알고 계셨나요?"

"이렇게 제대로 하는 줄은 몰랐어."

"어제, 검사 측에서 연락을 했죠?"

"후지노 양의 의뢰를 받았다는 분이 와서 얘기해주셨어."

호기심 많은, 혹은 친절한 사립탐정이 료코의 뜻을 받아들여 다키자와 선생을 찾아내 만나러 간 것이다.

"이제 와서 내가 뭘 할 수 있나 싶었어."

증인은 동요하고 있었다. 억눌러두었던 것이 흘러넘칠 지경인 것이다. 법정 같은 건 아무래도 좋다. 사과하고, 추궁하고, 심문하는 것보다 훨씬 중요한 일을 하고 싶다.

"하지만 할 수 있는 게 있다면……"

"어렵게 나와주셔서 감사합니다."

다시 한번 고개를 숙이고 판사 쪽으로 돌아서는 변호인을 증인이 매달리듯 불러세웠다.

"정말 괜찮니? 이래도 괜찮아? 내 마음대로 이런 증언을 해도."

애원하는 듯한 증인의 목소리에 배심원들 사이에도 동요가 번졌다. 겐이치는 차마 볼 수가 없었다. 그러나 눈을 감아도 시선을 피해도 이곳은 우리 법정이다.

"재판이니까요." 간바라 가즈히코가 말했다. "진짜와는 규칙이 상당히 다르지만, 저희에게는 엄연한 재판입니다. 그래서."

변호인의 얼굴에서 겸연쩍은 웃음이 사라졌다.

"선생님에게도 안 좋은 옛일을 떠올리게 해드렸습니다. 죄송합니다."

증인이 천천히 고개를 가로저었다.

"그런 건 괜찮아. 내 문제는 아무래도 상관없어."

왜냐하면 나는—증인의 어깨가 축 처졌다.

"이렇게 돼버린 건 내 책임이니까."

변호인이 재빨리 반론했다. "선생님, 그렇게 생각하시면 안 돼요."

"그렇지만."

"판사님, 반대신문 마칩니다."

이노우에 야스오는 고집스레 평정을 지켰다.

"그럼 증인은 퇴석해주십시오. 고맙습니다."

증인은 움직이지 않았다. 움직일 수 없는 것이다.

"이노우에 판사님, 저는 아직 할 얘기가 있습니다."

"죄송합니다만 하실 수 없습니다. 증인의 심문은 끝났습니다. 방청을 원하시면 하시죠."

그것이 법정이다. 겐이치는 마음이 놓였다. 이노우에가 저런 녀석이라 다행이다.

다키자와 증인이 증인석을 떠났다. 그리고 방청인들의 시선을 받으며 뒤쪽으로 걸어갔다. 빈자리가 보이지 않았다. 농구부 도우미가 접의자를 들고 달려왔다.

겐이치는 가시와기 다쿠야가 따랐던 학원 선생이 고뇌에 짓눌리듯 의자에 주저앉아 고통스럽게 머리를 감싸쥐는 모습을 바라보았다.

방청석 가장자리에서 가와노 탐정이 일어서더니 발소리를 죽여 조심조심 다키자와 선생에게 다가갔다.

후지노 료코도 그 모습을 바라보고 있었다. 가와노 탐정이 말을 걸고 다키자와 선생이 가까스로 고개를 들자, 미련을 떨쳐버리듯 시선을 돌렸다.

"그럼 다음 증인을 부르겠습니다."

고바야시 가전제품점 아저씨.

이런 식으로 학교를 찾게 될 줄은 꿈에도 몰랐을 것이다. 겐이치도 동네 가전제품점 아저씨를 이 법정에 부르리라곤 상상도 못 했다.

흰색 노타이셔츠에 말끔하게 다린 회색 바지 차림. 겐이치가 가게를 찾아가 만났을 때보다 조금 늙어 보였다. 여기가 동네 한복판이 아니라 학교이기 때문일까.

"협조해주셔서 감사합니다."

웬일로 판사가 그렇게 말문을 열었다.

"먼저 성함을 말씀해주십시오."

아저씨가 당황한 눈치로 후지노 료코를 바라보았다. 료코가 고개를 끄덕이며 표정으로 재촉했다.

"괜찮겠니? 여기서 그 얘기를 해도."

"네, 부탁드립니다."

아저씨를 격려하고 판사에게 사과했다.

"죄송합니다. 고바야시 씨는 우리를 걱정하고 계세요."

"당연히 걱정이지. 걱정하는 게 당연하잖아. 너희 부모님들도 그러실 테고."

"증인, 성함을."

"나는 이 동네에서 오랫동안 가게를 해왔어. 이 학교에 대해서도 너희보다 잘 알아."

"증인, 성함을 말씀해주십시오." 판사가 무뚝뚝하게 반복했다.

"고바야시 슈조야."

이름을 밝히고, 장난꾸러기 꼬마를 흘겨보는 듯한 얼굴로 판사를 보았다.

"선서 부탁드립니다."

"나도 알아. 그제 견학하러 왔었거든."

방청석에서 웃음소리가 일자 이번에는 그쪽으로 성난 얼굴을 돌렸다.

"누가 경망스럽게 웃고 이러나?"

화가 난 증인의 선서는 엄숙했다. 방청석의 웃음소리가 잦아들었다.

"자리에 앉아주십시오."

"서서 해도 괜찮아."

증인이 차려 자세를 취했다. 배심원들은 어안이 벙벙한 듯했다. 다케다와 오야마다 콤비는 입을 반쯤 벌리고 있었다. 뭐야, 저 아저씨?

"고바야시 씨는 가전제품점을 하고 계시죠." 후지노 검사가 심문을 시작했다.

"그래. 도로변에 있는 가게란다. 이 근처에서는 제일 오래됐어. 우리 딸도 이 학교 졸업생이고."

이 학교의 이와사키 수위와 아는 사이였다는 것, 이곳 학생이었던 시절의 구스야마 선생을 안다는 것. 구스야마 선생뿐 아니라 이 지역에 대해서라면 누구보다 상세하게 알고 있고, 지금은 구의회 의원이 된 아무개는 옛날에 어땠고 이 학교의 2대 교장선생님은 어떤 사람이었고—등등 묻지도 않은 말까지 늘어놓았다. 그러고 보니 얘기하기를 좋아하는 아저씨였다고 겐이치는 기억을 떠올렸다.

후지노 검사가 증인을 다루는 데 애를 먹는 모습은 다들 처음이었다. 방청석에서 이따금 거리낌없는 웃음소리가 새나왔지만 역시나 배심원들은 웃지 않았다. 점점 진지한 표정으로 바뀌어갔다. '고바야시 가전제품점'이라는 말을 어디서 들었는지 떠오른 것이다. 유일하게 상황을 이해하지 못하고 후지노가 왜 저런 이상한 아저씨를 불러왔나 하는 표정을 짓고 있던 가쓰키 게이코도 질문이 고바야시 가전제품점 앞의 전화부스에 이르자 간신히 알아차린 것 같았다. 눈이 커졌다.

"가게 앞에 공중전화부스가 있죠?" 료코가 물었다.

"그렇지. 가게에서도 잘 보여. 그래서 늘 유심히 지켜보지."

최근 이삼 년 전부터 밤늦게까지 노는 아이들이 눈에 띄게 늘었다. 한밤중에 전화부스에 모여서 기나긴 통화를 하거나 그리로 친구를 불러내는 아이들을 보면 도저히 그냥 놔둘 수가 없다. 잔소리꾼이라는 핀잔을 듣거나 말거나 가서 주의를 준다. 다시 한바탕 연설이 이어졌다.

겐이치는 시선을 들 수가 없었다. 그래서 간바라 변호인이 어떤 표정을 짓고 있는지 알 수 없다. 책상 아래로 아무렇게나 뻗은 오이데 슌지의 다리가 보였다. 따분한지 다리를 떨기 시작했다.

"그럼 고바야시 씨, 작년 12월 24일 오후 일곱시 반 무렵을 떠올려주십시오."

료코의 발언을 기다렸다는 듯 사사키 고로가 일어섰다. 칠판을 끌어와 모조지를 붙여나갔다. 하기오 가즈미는 도울 생각도 않고 굳어버린 듯 자리에 앉아 있었다.

그 일람표다. 12월 24일에 총 다섯 번, 약 두 시간 반 간격으로 가시와기 다쿠야에게 걸려온 전화의 발신처.

굵은 매직으로 적혀 있었다.

'⑤ 고바야시 가전제품점 앞.'

시각은 오후 일곱시 삼십육분. 메모를 볼 필요조차 없다. 겐이치는 외우고 있었다.

"작년 크리스마스이브 오후 일곱시 반 무렵, 가게 앞 전화부스에서 누군가 전화 거는 모습을 보셨습니까?"

"응, 봤지."

야마노 가나메가 숨을 크게 들이쉬며 옆에 있는 구라타 마리코의 손을 잡았다.

"어떤 사람이었습니까?"

"너희 또래쯤 되는 남자아이였어."

편안한 분위기로 어딘지 모르게 웃음기를 머금고 있던 방청인들이 조용해졌다.

"기억력이 좋으시네요."

"그애가 영 이상해 보여서 기억하는 거야."

"어떻게 이상했나요?"

"왠지 불안하고 고단해 보였지. 추워 보였고, 곤경에 처한 것 같기도 했고."

"전화하면서 난처해하는 눈치였나요?"

"그래."

그리고 고바야시 가전제품점 아저씨는 설명했다. 그 소년에게 말을 걸었다는 것. 밤늦게 자주 공중전화부스를 들락거리는 불량청소년들과 다르게 소년의 행동거지가 예의 발랐다는 것. 얼른 집에 들어가라고 하자 순순히 알았다고 대답했다는 것.

"그래서 그애는 가버렸는데."

고바야시 슈조가 말했다. 그 뒷모습을 지켜보고, 나중에 몹시 후회했다고.

"난 말이다, 전쟁중에 있었던 일을 떠올렸어."

공습 전날 어머니와 어린 여동생과 헤어졌던 일을. 어머니의 뒷모습을 바라보다가 별안간, 그러나 강렬히 불길한 예감에 휩싸였던 일화를 고바야시 슈조가 열심히 풀어놓았다. 먼 옛날의 비극이 아직도 마치 엊그제 일처럼 생생하게 그의 가슴속에 새겨져 있었다. 크지만 쉰 목소리를 들으면 알 수 있었다.

좋은 기억은 남지 않는다. 겐이치는 생각했다. 왜 나쁜 기억만 선명하게 남는 걸까. 왜 저 아저씨는 작년 크리스마스이브의 일까지 기억하고 있는 걸까.

"그애가 누구일지 신경이 쓰였단다."

증언은 계속되었고, 온 법정이 숨죽이고 귀를 기울였다.

"그래서 바로 다음날, 이 학교 학생이 옥상에서 뛰어내려 자살했다는 소식을 듣고 깜짝 놀랐어."

자살한 학생이 어제 전화부스에 있었던 그 아이 아닌가 싶어서.

"틀림없이 그렇다. 그애는 금방이라도 죽을 것처럼 무슨 고민을 했던 거라는 생각이 들더구나. 왜 그때 붙잡지 않았을까. 가게로 데리고 들어와 집이 어디냐고 묻고 부모님에게 알렸으면 좋았을걸."

증인의 뺨이 붉어졌다. 겐이치는 오이데 순지의 지저분한 실내화를 바라보았다.

후지노 료코는 냉정했다. "그 얘기를 누군가에게 하셨습니까?"

"우리 가족에게 했지. 아아, 그리고 이와사키 씨에게도 했고."

"당시 이 학교의 수위셨죠."

"그렇지. 그랬더니 이와사키 씨가 꼭 그렇지 않을 수도 있다며 날 위로해줬어."

후지노 검사가 고개를 끄덕였다. "그래서, 사실은 확인하셨습니까?"

"확인이라니?"

"자살한 학생의 사진을 보거나, 예를 들면 이와사키 씨에게 부탁해 정말로 그 아이가 전화부스에서 본 소년이었는지 확인하셨습니까?"

"아니, 그때는 그렇게까진 안 했지만."

안 했지만—이라고 말하고 황급히 침을 삼키고는 말을 이었다.

"이번 달에 너희가 우리 집에 왔잖니. 사진을 들고."

"네, 찾아뵈었습니다."

"여러 장 들고 왔지. 그중에 내가 본 남자애가 있는지 봐달라고. 내가 제대로 기억하는지 어떤지 확인하러 온 거였지?"

"실례가 되었다면 사과드립니다."

"아니, 그건 괜찮다." 증인이 고개를 세차게 가로저었다. "괜찮아, 기분이 상한 건 전혀 아니니까."

"그 사진 중에 고바야시 씨가 봤던 소년이 있었습니까?"

"없었지. 없었어. 내가 그렇게 말했더니 너희가 굉장히 실망했지."

목이 잠기는지 증인이 헛기침을 했다.

"그 사진 중에는 전화부스에서 본 소년이 없었군요."

"없었어."

딱 잘라 말하고 고바야시 슈조는 입을 다물었다. 겐이치는 큰맘 먹고 증인석을 바라보았다.

고바야시 가전제품점 아저씨가 눈을 크게 뜨고 이쪽을 바라보고 있었다. 변호인석을.

후지노 검사가 물었다. "그럼 지금도 그 소년이 과연 누구인지, 전혀 짚이는 데가 없으신가요?"

고바야시 가전제품점 아저씨는 눈도 깜박이지 않았다. 눈으로 화를 내고 있다. 걱정하고 있다.

"지금은 알아. 그제 여기서 봤으니까."

마치 지진을 감지한 것처럼 법정이 밑바닥부터 동요했다.

"여기서 보셨다고요?"

이 법정에서요? 검사가 물었다.

"응."

"그 소년이 지금도 이 자리에 있습니까?"

"—있지. 그래."

겐이치는 숨을 참았다.

"손으로 가리켜주실 수 있나요?"

떨리지도 뒤집히지도 않는 후지노 료코의 목소리.

"너, 괜찮겠니?"

고바야시 슈조가 질문을 던진 '너'는 후지노 검사가 아니었다.

"정말 괜찮겠어? 응?"

"고바야시 씨, 손으로 가리켜주십시오."

후지노는 강하다. 겐이치는 심호흡을 했다. 나도 강해져야 한다. 나는 변호인 조수다. 내 역할을 완수해야 한다.

"저 아이야."

고바야시 슈조가 이쪽을 가리켰다. 겐이치 옆의 간바라 가즈히코를.

지목을 받고 그는 고개를 들었다. 망설임 없이 똑바로 증인의 시선을 맞받았다.

"틀림없습니까?"

"틀림없어."

동네 아이들을 오랫동안 지켜봐온, 잔소리꾼에 참견쟁이에 조금은 유머러스한 고바야시 가전제품점 아저씨의 얼굴이 일그러졌다. 손가락이 떨리고, 들어올린 손이 힘없이 떨어졌다.

"고맙습니다. 이상 주신문을 마칩니다."

료코의 목소리는 도중에 묻혀버렸다. 놀라움 섞인 술렁거림이 체육관 천장에 부딪혀 되울렸다.

"조용히 하세요! 정숙!"

판사가 의사봉을 두드리는 와중에 간바라 변호인이 천천히 일어섰다.

"반대신문은 없습니다."

판사에게 말하고, 고바야시 증인에게 돌아서더니 정중하게 고개를 숙였다.

"그때는 친절하게 대해주셔서 감사했습니다."

겐이치의 귀에는 아무 소리도 들리지 않았다.

판사님—후지노 검사가 불렀다.

그 의연한 목소리가 겐이치를 다시 현실로 돌려놓았다. 동요와 흥분으로 술렁거리는 법정에서 후지노 료코의 목소리는 겐이치의 귀에 와 닿았을 뿐 아니라 눈에도 보였다. 무수한 사념이 어지러이 뒤엉키는 미로 속에서 올바른 방향을 가리키는 단 하나의 붉은 화살표.

"오늘 새로 신청한 세번째 증인을 소환하고 싶습니다. 괜찮을까요?"

이노우에 판사는 의사봉을 쥔 채 굳어 있었다.

"도토 대학 부속중학교 3학년, 간바라 가즈히코 학생입니다. 괜찮을까요?"

입술을 꽉 다문 판사가 의사봉을 한 번 강하게 내리쳤다.

"정숙!"

그 어느 때보다 고압적인 한마디에 법정은 조용하다 못해 싸늘해졌다. 학교를 다니며 어떤 상황에서도 주변을 기겁하게 한 적 없었던 이노우에 야스오에게 이것은 불명예스러운 일이었다. 천천히 의사봉을 내려놓고 검은 판사복 옷깃을 손으로 매만지며 말했다.

"검사와 변호인은 이쪽으로."

판사석에서 내려서며 덧붙였다.

"변호인 조수도 같이 오도록."

네 사람은 떠들썩한 법정을 뒤로하고 변호인 측 문밖으로 나갔다. 맨 뒤에서 따라가던 겐이치는 문을 닫는 순간 살짝 시선을 돌려, 상황 변화를 따라잡지 못해 불안한 표정을 짓고 있는 피고인 옆에 정리 야마신이 붙어서는 모습을 보았다. 마음이 든든했다.

체육관 옆 그늘로 들어서자, 화가 난 듯 재게 걷던 이노우에 판사가 분을 못 참겠다는 듯 휙 돌아보았다.

"이게 대체 어떻게 된 거야?"

후지노 료코의 표정은 새침했다. 간바라 가즈히코의 표정은 진지했다. 새침한 표정과 진지한 표정의 차이는 투명도에서 온다. 나도 참 한가하게 별생각을 다 하네—겐이치는 생각했다.

"어떻게 된 거냐고 묻잖아. 너희 대체 무슨 꿍꿍이야?"

사람들로 꽉 찬 법정은 냉풍기도 장식일 뿐 항상 무더웠다. 그런데도 이노우에 판사의 이마에 땀이 흐르는 건 처음 보았다.

"꿍꿍이 같은 거 없어." 후지노 검사가 여전히 새침한 표정으로 대답했다. "진실을 밝히려는 것뿐이야."

이노우에 판사가 움츠러드는 모습도 겐이치는 처음 보았다.

"괜찮은 거야?"

판사가 간바라 가즈히코에게 물었다. 시비조였지만 살짝 겁을 먹은 티가 난다. 판사는 그것을 감추려고 일부러 거친 목소리를 내고 있었다.

"넌 그래도 괜찮으냐고?"

응—가즈히코가 고개를 끄덕였다.

"지금 뭐하자는 거야?"

조금 전에 움츠러든 만큼 판사는 더 화를 냈다. 검사와 변호인이 동시에 시선을 떨어뜨렸다.

"내 법정에서 무슨 짓을 하려는 거냐고? 어?"

체육관 밖도 덥긴 마찬가지다. 바람이 불어서 그나마 좀 낫지만.

"판사님."

가즈히코의 목소리에 이끌려 그를 바라보면서, 겐이치는 자기도 시선을 떨어뜨리고 있었다는 걸 깨달았다.

"기회를 줘."

판사와 변호인의 눈이 마주쳤다. 간바라 변호인이 고개를 숙였다.

"부탁이야."

이노우에 판사가 짜증스러운 듯 판사복 옷깃에 손가락을 찔러넣고 느슨하게 풀었다. 가까이서 보니 목덜미를 빙 둘러 땀띠가 나 있었다.

"반대신문은 어떡할 거야?"

검사와 변호인보다 먼저 겐이치가 대답했다. "내가 할게."

대답하는 순간, 무릎이 후들거렸다.

이노우에 판사의 얼굴이 벌게졌다. "노다 너도 한통속이었군. 나만 빼놓은 거지?"

"미안해."

노다만 말한 것이 아니다. 가즈히코의 목소리도 겹쳤다.

"법정을 모욕하지 마."

내뱉듯이 말한 판사는 나란히 선 세 사람을 일부러 밀치고 지나쳐 성큼성큼 체육관 문 쪽으로 돌아갔다. 얇디얇은 검은 판사복이 바람에 크게 부풀어올랐다.

"가자." 후지노 검사가 말했다.

"증인은 선서해주십시오."

증인석에 선 간바라 가즈히코를 주시하는 법정은 그저 조용해지기만 한 것이 아니다. 기다리고 있다. 겐이치는 그렇게 느꼈다.

"이 법정에서 진실만을 말할 것을 맹세합니다."

손을 들고 선서하는 제 변호인의 모습에 오이데 슌지가 눈을 부릅떴다. 그 혼자 이 상황을 이해하지 못했다.

"대체 뭐야?"

어떻게 된 거야, 라고 겐이치에게 묻는 게 벌써 네번째다.

"조용히 들어."

겐이치가 달래는 것도 네번째다. 슌지가 아까보다 심하게 다리를 떠는 바람에 균형이 맞지 않는 책상이 비뚤거렸다.

배심원 아홉 명의 반응은 제각각 달랐다. 가장 침착한 건 애초에 개인적인 목적으로 참가한 하라다 히토시였고, 놀라지 않는 만큼 호기심으로 눈이 반짝거렸다. 구라타 마리코는 아니나 다를까 몹시 당황한 기색이고, 그런 그녀를 달랠 방법이 없어 고사카 유키오까지 덩달아 당황했다. 가마타 노리코는 화가 난 듯 입을 꾹 다물었고, 미조구치 야요이는 놀랍게도 노리코의 팔에 매달리는 대신 무릎 위에서 양손을 굳게 맞잡았다.

간바라 증인을 향한 야마노 가나메의 눈빛에는 놀라움과 함께 불안이 감돌았다. 위로도 보였다. 겐이치에게는 뜻밖이 아니었다. 오야마다 오사무의 눈에는 놀라움과 함께 그만큼 강한 안도의 빛이 깃들어 있다. 그것도 뜻밖은 아니었다.

—역시 그랬구나.

납득하고 후련한 표정이다. 괜히 장기부 부장인 게 아니다. 이 교내재판이 추적하는 진실에, 흔들리지 않고 시종 섬뜩하리만치 예리하게 변호하던 간바라 가즈히코가 연관되어 있지 않을까 하고, 언제부터인지는 몰라도 어렴풋이 짐작했을 것이다. 있을 수 없는 일이지만 그게 아니라면 너무 부자연스럽잖아? 그런 통찰력이 저 둥그런 몸속에 숨어 있다.

다케다 배심원장은 고바야시 슈조 증인의 증언을 듣고 눈이 튀어나올 지경으로 놀랐지만 지금은 많이 진정했다. 그를 달래준 건 분명 단짝친구이리라.

그리고 가쓰키 게이코는—유일하게 상처받고 화를 냈다. 간바라 증인을 노려보는 눈동자가 저 깊은 곳부터 번득였다. 오이데 순지와 달리 그녀는 상황을 이해했고, 그래서 화가 난 것이다.

—이게 대체 뭐야?

조용히 들어줘, 가쓰키. 어떻게 된 일인지 금방 알게 될 테니까. 그때 가서 화내도 늦지 않으니까.

"간바라 증인의 주신문을 시작하겠습니다."

후지노 검사가 말문을 열었다. 조금 전에 "가자"라고 말했을 때와 마찬가지로 결연하기만 할 뿐 다른 감정은 드러나지 않는 표정이다.

"먼저 확인하겠습니다. 앞서 고바야시 슈조 씨가 작년 12월 24일 오후 일곱시 반 무렵, 고바야시 가전제품점 앞 공중전화부스에서 증인을 목격했다고 증언했습니다. 증인은 그 사실을 인정합니까?"

간바라 가즈히코는 담담함 외의 모든 감정을 억누른 표정이었다.

"네, 사실입니다."

"증인은 그때 뭘 했나요?"

"전화를 걸었습니다."

"누구에게 전화를 걸었습니까?"

"가시와기 다쿠야에게 걸었습니다."

법정의 공기가 흔들렸다.

"이 목록을 봐주십시오." 후지노 검사가 손바닥으로 칠판을 가리켰다. "증인이 고바야시 가전제품점 앞에서 가시와기 다쿠야 군에게 건 전화는 ⑤번, 오후 일곱시 삼십육분 전화인가요?"

"그렇습니다."

간바라 증인은 망설임 없이 답하고 일단 입을 다물었다가 말을 이었다. "하지만 ⑤번만이 아닙니다. 다른 전화도 제가 걸었습니다."

술렁거리는 방청인들을 보며 판사는 저도 모르게 의사봉을 쥐었다. 그러나 두드릴 필요는 없었다. 모두가 그 증언을 듣고 싶어했다.

"①에서 ⑤까지 모든 전화를 증인이 걸었다? 모두 가시와기 군에게 걸었습니까?"

"그렇습니다."

후지노 검사가 눈을 가늘게 떴다. "왜 그런 행동을 했습니까?"

"가시와기와 약속을 해서입니다."

"약속?"

"일종의―게임이라고 할까요."

어제, 작년 크리스마스이브의 일을 겐이치와 후지노 료코에게 말해줄 때도 가즈히코는 게임이라고 했다. 표현은 조금 달랐다. 게임 비슷한 거라 했었다.

　―가시와기한테는 게임 비슷한 거였을 거야.

　"모두 공중전화인데, 저는 전화기가 있는 그 장소들을 찾아다니며 그 때마다 가시와기에게 전화를 걸었습니다."

　"그게 게임이라고요?"

　"그렇습니다."

　"시간도 정해졌습니까?"

　"네."

　"그래서 가시와기 군이 전화기 옆에서 미리 기다리고 있다가 집에 계신 부모님보다 먼저, 부모님이 알아채지 못하게 전화를 받았다. 그런 건가요?"

　"그렇습니다."

　검사가 칠판의 목록을 바라보았다. "통화는 모두 짧게 끝났습니다. 복잡한 얘기는 할 수 없었겠죠."

　"가시와기에게 전화를 거는 데 의미가 있었기 때문에, 그때그때 길게 얘기할 필요는 없었습니다."

　"그것도 그 게임의 규칙인가요?"

　"네."

　"증인이 다섯 군데를 돌며 매번 가시와기 군에게 연락하는 것이?"

　"제가 확실하게 저 다섯 군데를 찾아갔는지 확인만 하면 됐습니다. 다섯 곳의 체크포인트를요."

　"체크포인트요?"

　검사가 무표정하게 확인했다.

　"꼭 오리엔티어링* 같군요."

---

　* 지도와 나침반을 이용해 지정된 지점을 통과하고 목적지까지 도달해야 하는 경기.

"조금 비슷한 것도 같습니다."

후지노 검사가 턱을 당기며 다른 종류의 질문을 던졌다. "증인과 가시와기 군은 친구였나요?"

"네. 다키자와 학원에서 알게 됐습니다."

"친한 사이였습니까?"

잠시 틈이 생겼다. "네."

"그런 특이한 게임이 서로 친한 두 사람 사이에선 의미가 있었나요?"

"그렇습니다. 저와 가시와기에게는 의미 있는 게임이었습니다."

"다섯 군데 체크포인트의 의미도 서로 알고 있었군요."

"네, 알고 있었습니다."

"가시와기 군이 죽은 지금, 그 의미를 아는 사람은 증인뿐이고요."

"네."

검사가 나지막이 숨을 내쉬었다. "그럼 배심원 여러분에게 설명해주시겠습니까?"

눈을 몇 번 깜박거리고는 간바라 가즈히코가 배심원들을 향해 시선을 돌렸다. 아홉 쌍의 눈이 그를 응시했다.

"오전 열시 이십이분에 건 ①번 전화가 있는 성모마리아 조토 병원은—이 지역에 있으니 다들 아시겠지만."

평소처럼 뛰어난 변호인의 언변이 아니다. 증인 간바라 가즈히코는 성적은 좋지만 딱히 눈에 띄는 구석이 없는, 지극히 평범한 중학생으로 보였다. 그런 아이가 교실 칠판 앞에 서서 사회나 무슨 과목의 발표를 하는 것처럼 보였다.

"제가 태어난 병원입니다. 그래서 그곳이 게임의 출발점이 되었습니다."

야마노 가나메와 하라다 히토시가 나머지 배심원들과는 조금 다른 반응을 보였다. 어쩌면 그 두 사람도 성모마리아 병원에서 태어났을지 모른다.

"②번의 아키하바라 역 근처에는 제가 어릴 때 아버지를 따라 자주 갔던 조립모형 전문점이 있습니다. 아버지와 저의 추억이 깃든 장소라서 두번째 체크포인트로 정했습니다."

가마타 노리코가 급히 메모를 시작했다.

"③번 아카사카 우체국 근처는 제가 예전에 부모님과 살았던 곳입니다. 아버지가 다닌 회사 사택이 거기 있어서요."

지금은 없지만—하고 덧붙였다. "장소는 기억했기 때문에 세번째 체크포인트로 정했습니다."

후지노 검사가 고개를 끄덕였다. "그럼 ④번은?"

"신주쿠 역 서쪽 출구에는 제 어머니가 일했던 가게가 있습니다. 아버지와 결혼하고 그만뒀지만 그뒤로도 가게 주인과 알고 지내서 저를 가끔 데려갔습니다."

"무슨 가게죠?"

"레스토랑입니다. 작은 곳이지만 맛있어요."

그렇게 말한 증인이 약간 쑥스러운 듯 미소지었다. 그 웃음에 배심원석의 구라타 마리코는 겨우 마음을 놓은 눈치였다.

"고바야시 가전제품점 앞의 ⑤번 전화부스에는 ①번에서 ④번까지의 체크포인트 같은 의미는 없습니다. 제가 ①에서 ④까지 다 돌고 동네로—지금 사는 집 근처로 돌아왔다는 걸 알리려고 건 전화였습니다."

"그렇다면 ①에서 ④의 체크포인트는 모두 증인과 증인 부모님의 추억이 깃든 장소군요."

"네, 그렇습니다."

"증인에게는 추억이 있겠지만 가시와기 군은 개인적으로 아무 상관 없는 장소입니다. 가시와기 군은 왜 그런 곳에 증인을 보내 일일이 전화를 걸라고 했을까요?"

"제가 확실하게 찾아갔는지 확인하기 위해서였습니다."

"아니, 그 얘기가 아닙니다. 가시와기 군은 증인의 개인적인 추억이 깃든 장소에 왜 그토록 관심을 가졌죠?"

간바라 가즈히코는 입을 다물고 잠시 생각에 잠겼다. 방청석에서 부채와 손수건이 팔랑거렸다. 가즈히코의 이마에도 땀이 배어 있었다.

증언하기 힘든 게 아니다. 겐이치는 알고 있었다. 다만, 어떻게 증언하든 모두가 놀라리란 것─그게 걱정스러운 것이다. 어제도 계속 거기에 신경썼다.

괜찮아, 속 시원히 털어놔버려. 걱정할 거 없어. 고개를 숙이고 연필을 쥐고 있는데 누군가의 시선이 느껴졌다. 눈길을 들자 미조구치 야요이가 이쪽을 바라보고 있었다. 노다, 괜찮니? 그런 배려가 전해졌다.

야요이는 가마타 노리코에게 거의 기대다시피 붙어다닌다. 겐이치는 그걸 여자아이들 특유의 행동이라고 생각했는데, 실은 아닐지도 모른다. 이 재판이 시작된 뒤로 가즈히코와 겐이치의 관계도 비슷한 면이 있었다. 겐이치도 가즈히코에게 바짝 달라붙어 있었다.

그래서 야요이는 걱정해주는 것이다. 노다, 너 혼자서 괜찮겠느냐고.

"저는 지금 이 동네에서 양부모님과 살고 있습니다."

가즈히코가 다시 배심원들을 둘러보며 말했다. "친부모님이 돌아가셨기 때문이죠."

사건이 있었습니다─라며 말을 이었다.

"전 제 친아버지가 절대 나쁜 사람은 아니었다고 생각하지만."

말을 골라가며 천천히.

"알코올중독이었습니다. 그건 아버지에게나 어머니에게나 불행이었습니다."

그래서, 라며 숨을 내쉬었다.

"술에 취하면 가족에게 자주 폭력을 휘둘렀습니다. 이성을 잃고 난폭하게요. 그러던 어느 날."

다시 심호흡을 하고 말을 이었다.

"아버지가 어머니를 죽이고 말았습니다. 뒤따르듯 본인도 자살했습니다. 제가 일곱 살 때였습니다."

증인의 말투가 담담해서 다들 곧바로 반응을 보이지는 못했다. 여자 배심원들은 약속이라도 한 듯 눈이 휘둥그레졌고, 남자 배심원들은 입이 반쯤 벌어졌다.

그리고 야마노 가나메가 제일 먼저 눈을 감고 도망치듯 고개를 떨궜다. 조금 전 겐이치가 그랬던 것처럼. 눈을 감아도, 고개를 숙여도 눈앞의 현실은 변하지 않는데.

"가시와기가 강한 관심을 보였던, 제 부모님의 죽음에 얽힌 '불행한 사정'은 그와 같습니다."

발밑에서 철썩철썩 물이 차오르듯 법정이 술렁거림으로 가득 찼다. 판사가 의사봉을 두드릴 정도는 아니었지만 '정숙'이라는 말로 가라앉지 않을 듯했다.

그래도 판사는 경고했다. "정숙하십시오."

화가 난 눈이었다. 왜 화가 나는지 모르겠다는 표정으로 화를 내고 있다.

후지노 검사가 입을 열었다. "가시와기 군은 우연히 증인의 그런 과거를 알게 됐다고 다키자와 선생님이 증언하셨는데요."

"네. 저도 가시와기에게 그렇게 들었습니다."

"부모님의 불행에 대해 알고 있다고, 가시와기 군이 직접 증인에게 말했나요?"

"그렇습니다. 깜짝 놀랐죠."

"그런데도 증인은 가시와기 군과 계속 친구로 지냈군요?"

"네."

"싫지 않았나요?"

"싫다―기보다."

증인이 고개를 살짝 갸웃거렸다.

"언제 어디서 누군가에게 알려질지 모른다는 생각은 늘 하고 있었기 때문에, 그때는 그 누군가가 가시와기라서 다행이라고 생각했습니다."

"왜죠?"

"가시와기는 그런 얘기를 떠들고 다닐 아이가 아니었으니까요. 실제로 자기는 확실히 들었다고 하면서도 다른 원생에게는 말하지 않았습니다."

"다른 누구에게도 알려지지 않았다. 다키자와 선생님 말고는."

"그렇습니다."

오이데 슌지가 별안간 큰 소리로 말했다. "난 알고 있었어."

노다 겐이치는 놀란 나머지 튀어오를 뻔했다. 허둥지둥 피고인의 팔을 붙들었다.

"조용히 해."

"네가 말해줬잖아."

피고인이 간바라 증인을 향해 입을 삐죽 내밀었다. "변호인을 하겠다고 할 때, 네가 말했잖아? 너희 아버지가 어머니를 죽였다고. 아버지가 술꾼이라 어머니뿐 아니라 너도 자주 얻어맞았다고."

"피고인, 정숙하세요."

판사의 제지도 안중에 없었다. 오이데 슌지는 의자에서 반쯤 일어서서 더욱 목소리를 높였다.

"네가 말했지? 말했잖아?"

"피고인! 입다물지 않으면 퇴정시키겠습니다."

슌지가 의자에 털썩 주저앉았다. 그러고도 앞을 바라보며 큰 소리로 혼잣말을 계속했다. "난 거짓말인 줄 알았는데."

헛소리인 줄 알았어.

"난 네가 거짓말하는 줄 알았다고. 내 변호인이 되려고 그럴듯하게 꾸며낸 얘기인 줄로만."

목소리가 점점 작아지더니 슌지의 눈빛이 공허해졌다. 겐이치는 시선을 떨어뜨렸다.

증인석의 가즈히코는 꼼짝하지 않았다.

"배심원 여러분."

아무 일도 없었다는 듯 후지노 검사가 입을 열었다.

"증인 부모님의 불행한 사건은 증인과 가시와기 군 둘만의 비밀이었습니다. 그래서 가시와기 군은 증인에게 강한 관심을 갖게 되었습니다."

둘만이라고 말하며 손가락을 세워 보였다.

"그 점에 대해 다키자와 선생님은 이렇게 증언하셨습니다. '가시와기 군이 흥미를 드러내는 방식이 마음에 걸렸다.' '일종의 사색에 잠겨 상대의 기분을 헤아리지 않고 말과 행동을 함부로 했다.'"

오야마다 오사무가 고개를 끄덕였다.

"그것은 증인과 가시와기 군 이야기입니까?"

간바라 증인이 미소지으며 고개를 저었다. "처음부터 그렇지는 않았습니다. 저희는 초등학생이었으니까요."

이번에는 다케다 배심원장도 고개를 끄덕였다.

"제 가정사를 알고 가시와기는 단순히 놀랐을 겁니다."

"그렇지만 다키자와 선생님은 걱정하셨죠."

"학교든 학원이든 선생님은 늘 학생을 걱정하게 마련이니까요."

방청석 앞쪽에서 나지막한 웃음소리가 일었다. 누군가 했더니 구스야마 선생이었다.

"다키자와 학원에 같이 다니면서, 저희 부모님에 대해 알고 나서 가시와기의 태도가 달라졌다고 생각하진 않습니다. 다만 양부모님과 함께 사는 게 어떤 느낌이냐고 물은 적은 있어요."

"어떤 느낌이냐는 말은?"

"구박받거나 하진 않느냐고."

증인은 다시 가볍게 웃으며 고개를 저었다.

"만화나 드라마 같은 걸 떠올렸던 모양이에요. 초등학생이었으니까."

"이런 가능성은 없을까요? 가시와기 군은 증인의 과거에 대한 관심을 증인에게 직접 노골적으로 드러내지는 않았다. 그러나 다키자와 선생님에게는 솔직하게, 증인의 부모님이 불행하게 돌아가신 것에 관심이 있다고 털어놓았다."

"그건 제가 알 수 없습니다."

"그럼 그 판단은 배심원 여러분에게 맡기죠."

검사, 라고 부르는 판사의 목소리가 높아졌다. "질문의 목적이 명확하지 않습니다. 12월 24일에 한 게임과 증인과 가시와기 군의 과거 이야기가 무슨 관련이 있습니까?"

검사에게 그렇게 묻고는 겐이치에게 시선을 휙 돌렸다. 본래는 네가 이의를 제기했어야지. 정신 차려.

"실례했습니다."

검사가 판사와 배심원들에게 고개를 숙였다.

"서론이 길어졌습니다. 하지만 이 부분을 짚고 넘어가지 않으면 예의 게임의 의미도 알 수 없습니다. 질문을 계속해도 될까요?"

판사가 근엄하게 고개를 끄덕였다.

"그렇다면 증인과 가시와기 군 사이에는 다키자와 선생님이 걱정하던 그런 일이 전혀 없었나요?"

대답이 나오기까지 시간이 걸렸다. 간바라 증인은 발밑으로 시선을 떨어뜨리고 생각에 잠겨 있었다.

"다키자와 학원이 없어진 뒤로 분위기가 조금 달라졌습니다."

"어떻게요?"

"다키자와 선생님이 이상한 스캔들 때문에 피해를 봤다고 가시와기는 불같이 화를 냈습니다. 그 때문에 아무래도."

"아무래도?"

"신경질적이 되었다고 할까요."

"다키자와 선생님 같은 훌륭한 사람은 멸시당하고, 근거 없는 소문을 퍼뜨려 선생님을 곤경에 빠뜨린 인간은 태평하게 살아간다. 세상은 불합리하다. 가시와기 군이 그런 분노를 느꼈다는 뜻일까요?"

"—그런 것 같습니다."

"증인은 그런 가시와기 군을 보니 어땠습니까?"

"걱정됐습니다."

"그에 대한 다키자와 선생님의 증언 내용을 기억합니까?"

"네."

"다키자와 선생님이 증언한 대화 내용도 기억합니까?"

"네."

"'가시와기가 점점 더 사람을 싫어하게 되는 건 아닐까.' 당시 증인은 그런 걱정을 했다고요."

"그렇습니다."

"그래서 계속 친구로 지냈다."

"그렇습니다."

"증인이 가시와기 군의 친구였다는 것을 증인의 가족, 지금의 양부모님은 알고 계셨습니까?"

"알고 있었습니다. 가시와기가 저희 집에 자주 놀러왔으니까."

"그럼 가시와기 군의 부모님도 증인이 아들의 친구라는 걸 알고 있었겠죠?"

"그건 그다지."

"그다지?"

"가시와기의 부모님은 저에 대해 잘 모르실 겁니다."

"증인은 가시와기 군의 집에 드나든 적이 없었나요?"

"없습니다. 저뿐 아니라, 가시와기는 집에 친구를 부르는 일이 거의 없었습니다. 제가 알기로는 그렇습니다."

"이상하네요. 그 이유를 물어본 적이 있나요?"

"일부러 물어본 적은 없습니다."

"이유 비슷한 걸 가시와기 군이 말한 적은 있습니까?"

"어머니가 깔끔하신 편이라, 남자애들이 놀러와 소란 떠는 걸 싫어한다는 얘기는 들은 적 있습니다."

"다른 얘기는 없었습니까?"

"못 들었습니다."

검사가 고개를 한 번 끄덕이고 말을 이었다. "여기서는 증인의 의견을 묻고 싶은데, 가시와기 군이 증인의 집에 자주 놀러온 것은 증인의 가정을 엿보고 싶다는, 구체적으로 말해 증인과 양부모의 관계가 어떤지 알고 싶다는 호기심 때문이라고 생각하진 않습니까?"

간바라 증인이 방청석을 살짝 의식했다. "—모르겠습니다."

후지노 검사도 일이 초쯤 방청석으로 시선을 던졌다.

"중학교에 진학하며 가시와기 군은 이 학교로, 증인은 도토대 부속으로 갈라졌습니다. 다키자와 학원도 없어졌습니다. 두 사람의 관계에 변화가 있었습니까?"

"초등학교 때처럼 어울리지는 않게 됐습니다."

"가시와기 군이 증인의 집에 놀러오는 일도 없었다?"

"네. 그래도 가끔 만났습니다. 역 근처 서점이나 공원 같은 데서."

"만날 약속을 잡고요?"

"그런 식이었죠."

"가시와기 군이 전화한 적이 있습니까?"

"있습니다."

"증인이 건 적은?"

"있습니다."

"그렇다면 증인은 가시와기 군의 학교생활을 어느 정도 알 수 있었겠군요?"

"네. 어느 정도는."

"증인이 보기에 가시와기 군의 학교생활은 어땠습니까?"

"어땠냐 하시면?"

검사가 어깨를 으쓱했다. "즐거워 보인다거나 따분해 보인다거나. 활기차 보인다거나 기운이 없어 보인다거나. 그런 거요."

증인은 일단 입을 다물었다가 결심한 듯 대답했다. "제가 가시와기의 마음을 다 안다고 생각하진 않지만, 딱 한 번 자기도 사립학교 시험을 볼 걸 그랬다는 말을 한 적 있습니다."

"공립중학교인 이 학교가 아니라, 사립학교로 갈 걸 그랬다?"

"그렇습니다."

"증인과 같은 학교에 가고 싶었다고 한 건 아닌가요?"

"그런 건 아닙니다."

"증인이 도토대 부속중학교에 진학한 건 본인 의사였습니까?"

"양부모님이 권했고, 저도 가능하면 그게 좋겠다고 생각하고 시험을 봤습니다."

"양부모님이 왜 공립이 아니라 사립을 권했을까요. 증인은 그 이유를 알고 있습니까?"

"역시 제 가정환경이 평범하지 않으니 인원수가 적은 사립이 더 마음이 놓인다고, 특히 어머니가—양어머니가 권하셔서요."

"그에 대해 가시와기 군이 의견 같은 걸 말한 적 있습니까? 증인이 중학교 입시를 치를 때 말입니다."

"없습니다."

"전혀?"

"네."

"그때는 자기도 사립에 가고 싶다거나, 시험은 치기 싫다거나, 증인도 자기랑 같이 3중학교에 가면 좋겠다거나 하는 말을 전혀 안 했다는 거죠?"

"네."

"나중에 이 학교 학생이 되고서야 자기도 사립에 가야 했다고 말했다?"

"가야 했다는 정도로 강하게 말하진 않았습니다."

"그래도 그렇게 해석할 법한 얘기를 한 거죠?"

"—네."

"그것은 가시와기 군의 3중학교 생활이 재미없다, 원만하지 않다는 걸 암시한 발언이 아니었을까요?"

증인이 시선을 떨어뜨렸다. "그랬을 거라고 생각합니다."

"원만하지 않다고요?"

"네."

"증인은 그렇게 느낀 거죠?"

"네."

"그때도 걱정됐나요?"

소리 내서 대답하는 대신 증인은 고개를 두 번 끄덕였다.

"구체적으로 어떤 걱정을 했죠?"

"이대로라면 가시와기가 학교에 안 가게 될지 모른다고 생각한 적이 있습니다."

"언제쯤이었죠?"

"1학년 봄방학이 끝날 무렵이었습니다. 새 학기에 학교 가기가 지겹다고 했어요."

그렇지만, 이라며 서둘러 말을 이었다. "실제로는 별일 없었습니다. 그때는 가시와기 군이 등교거부를 하지 않았고, 그래서 제 생각이 지나쳤던 거라 생각했습니다."

"가시와기 군이 학교에 품고 있는 불만이나 주위와 잘 어울리지 못하는 상황에 대해 누군가와 상담하는 것 같진 않았습니까?"

"저는 모릅니다."

"상담 상대로 짚이는 사람은 있습니까?"

"―없습니다."

"다키자와 선생님 같은 존재가 가시와기 군에게는 이제 없었다?"

"없었을 겁니다."

"그렇다면 다키자와 학원을 잃고 다키자와 선생님을 잃고서 가시와기 군은 엄청난 타격을 받았다고 볼 수 있을까요?"

후지노 료코의 눈이 호소하고 있었다. 증인을 재촉했다. 말해. 이 법정에서 모든 걸 밝히기로 결정했으니까 말해. 아무리 힘들어도 증언해. 이제 와서 내가 고삐를 늦출 순 없어.

"그렇다고 생각합니다."

검사보다 힘이 달리는 듯 증인의 목소리가 작아졌다.

"그래서 가시와기는 자꾸 화를 냈습니다."

"누구에게 화를 냈나요? 다키자와 선생님을 깎아내린 사람들인가요?"

"구체적으로는 그렇겠지만, 뭐랄까, 좀더 여러 가지 것에."

"이 세상에? 다키자와 학원에서처럼 불합리한 일이 일어나고, 그것을 전혀 바로잡지 않은 채로 흘러가버리는 이 세상에 화가 난 걸까요?"

간바라 증인이 또다시 소리 없이 고개만 몇 번 끄덕였다. 그렇습니다, 그렇습니다, 그렇습니다.

그리고 체념한 듯 숨을 한 번 내쉬고 말했다. "아무도 믿을 수 없고, 좋은 일은 하나도 없다. 주위에 바보밖에 없다고 말한 적이 있습니다."

배심원들이 증인에게서 시선을 돌렸다. 가쓰키 게이코만 지금까지 이해할 수 없었던 방정식이 비로소 풀렸다는 표정을 짓고 있었다. 나도 이해할 수 있는 방정식이었다고.

"왜 이런 데 있어야 하는지 모르겠다고."

증인은 머뭇거렸다. 연신 눈만 깜박였다.

말해. 후지노 료코의 눈이 호소했다.

"그런 울분 때문이겠지만, 저에게도 넌 어떻게 아무렇지 않을 수 있느냐고 화를 냈습니다."

"넌 어떻게 아무렇지 않을 수 있느냐."

검사가 힘주어 따라 말했다.

"아무렇지 않다는 건 무슨 뜻일까요?"

"그러니까, 음, 저는 일단 평범하게 학교를 다녔고."

"평소 생활에서 가시와기 군처럼 큰 불만이나 울분을 품진 않았다?"

"그렇습니다, 네."

"가시와기 군은 그게 의문이었군요. 그래서 증인에게 물었다. 어떻게 아무렇지 않을 수 있느냐."

"그렇습니다."

"그건 증인이 다키자와 선생님이 당한 억울한 일을 잊고 평온하게 중학교 생활을 하는 게 이상하다는 뜻일까요?"

"물론 그런 뜻도 있었겠죠."

"다른 뜻도 있었나요?"

간바라 증인이 팔을 들어올려 셔츠 소매로 얼굴을 훔쳤다.

"다른 뜻도 있지 않았을까요?"

거의 위압적인 태도로 턱을 쳐들며 후지노 료코가 목소리에 힘을 주었다.

"그는 이해할 수 없었습니다. 불행한 사건으로 부모님을 잃고, 양부모님 밑에서 자라고, 자신에 비해 여러모로 평범하지 못한, 괴로운 인생을 강요당하는 증인이 어떻게 평범하게 살아갈 수 있는지. 어떻게 태연한 나날을 보낼 수 있는지. 어떻게 불행에 무릎 꿇지 않을 수 있는지. 어떻게 이 세상의 불합리를 견뎌낼 수 있는지. '넌 어떻게 아무렇지 않을 수 있느냐'는 가시와기 군의 힐문에는 그런 뜻이 담겨 있지 않았을까요?"

손을 들 생각이었는데 어찌나 다급했던지 겐이치는 자리에서 벌떡 일어서고 말았다. 책상이 덜커덕거렸다.

"판사님, 이의 있습니다."

배심원들이 놀랐다.

"거, 검사는 증인에게 의견을 요구하며 증인을 유도하고 있습니다."

발언을 마치자마자 순식간에 땀이 솟았다.

"이의를 인정합니다. 배심원은 검사의 방금 발언을 잊도록."

후지노 료코의 눈에 깃든 전투적인 빛이 사라졌다. 그 눈이 겐이치의 눈과 똑바로 마주쳤다.

—타이밍 좋았어.

료코가 고마워한다는 것을 겐이치는 알아챘다. 체육시간에 공놀이를 하다 절묘한 순간 패스를 받은 에이스의 눈빛이었다. 겐이치가 그런 눈빛을 받는 일은 아주 드물다. 그래도 알 수 있었다. 그와 똑같다는 걸 알 수 있었다.

정리 야마신이 판사에게 눈짓으로 허가를 구하고 증인석으로 다가갔다. 손에 든 수건을 증인에게 건네주었다.

"고마워."

간바라 증인이 인사하고는 수건으로 얼굴의 땀을 훔쳤다. 야마신은 말없이 그 수건을 다시 받아들고 발소리도 내지 않고 제자리로 돌아갔다.

"가시와기가 어떤 뜻으로 '아무렇지 않다'는 표현을 썼는지, 저는 알 수 없습니다."

증인이 배심원들을 향해 말했다.

"다만 1학년이 끝나갈 무렵부터 가시와기가 저희 부모님 일에 대해 조금씩 묻기 시작했습니다."

"어떤 걸 물었나요?"

"당시 일을 제가 얼마나 기억하는지, 그때 어떤 생각을 했는지, 지금은 어떻게 생각하는지."

호흡을 가다듬고 말을 이었다.

"스스로의 미래가 불안하지는 않으냐고."

"증인의 미래라니, 어떤 뜻일까요?"

"말하자면, 제가 나중에 아버지처럼 알코올중독이 되지 않을까 하는 뜻이었을 겁니다."

내내 숨죽이고 있던 방청석이 조금 술렁거렸다.

"하나같이 증인이 듣기 좋은 질문은 아니었겠군요."

"—네."

"그런 걸 왜 묻느냐, 그만하라고 말한 적이 있습니까?"

"말한 적은 있지만."

어제도 그랬다. 이 대목에서 가즈히코의 목소리는 자신감을 잃었다. 망설임을 드러냈다.

"가시와기가 묻지 않아도, 저 스스로 그런 생각을 한 적이 있어서."

피하면 안 된다 생각했다고 말했다.

"그리고 가시와기는 진지했습니다. 절대 장난으로 물어본 게 아니었습니다."

"하지만 그와는 관계없는 일일 텐데요. 나한테 상관 마라, 내버려둬라 싶진 않았나요?"

간바라 증인의 어깨가 약간 처졌다. "처음에는 그렇게 생각하지 않았습니다."

가시와기는 진지했으니까, 라고 다시 한번 말했다. "나는 이런 데서 이렇게 살아가는 게 하나도 재미없다. 왜 살아야 하는지 모르겠다는 말을 자주 했습니다. 이대로 산다고 무슨 좋은 일이 있겠느냐고."

"증인은 뭐라고 했나요?"

"모르겠다고 했습니다."

"그 대답에 가시와기 군이 만족했습니까?"

"만족 못 했겠죠."

"그럼 비슷한 질문을 또 했군요?"

"가시와기는 답을 찾고 있었으니까요."

"그 답을 증인이 찾아줄 필요가 있었을까요?"

"―모르겠습니다."

그러더니 간바라 가즈히코는 고개를 저었다. 한 번, 두 번 고개를 젓고 배심원들을 바라보았다.

"하지만 그때는 답을 찾아내야 할 것 같았습니다. 음, 그러니까 그건."

손으로 머리를 누르며 얼굴을 찌푸렸다.

"가시와기는 말했습니다. 너는 극복해야 할 게 있으니 살아갈 의미를 찾기 쉬울 거라고."

"극복해야 할 것?"

"부모님이 그렇게 되었어도 굴하지 않는 거죠."

"그것이 증인이 사는 의미라고 가시와기 군이 말했나요?"

"직접 말로 표현한 적은 없지만, 제 안에도 그런 생각이 있었을 겁니다. 나 혼자만 살아남은 이유는 뭘까 하는 거요."

사막을 떠도는 유령. 겐이치는 떠올랐다. 왜 나만 살아남았을까. 부모님과 같이 죽어버리는 게 낫지 않았을까. 죽었어야 하지 않을까. 자문자답을 되풀이하며 떠돌고 있다.

후지노 검사가 어깨가 들썩일 정도로 깊이 한숨을 내쉬었다. 나란히 앉은 두 사무관도 똑같이 한숨을 내쉬었다.

순간 겐이치는 보았다. 하기오 가즈미의 눈이 붉었다.

겐이치에게 들켜 부끄러운 듯 가즈미가 손등으로 눈가를 휙 훔쳤다.

"가시와기 군과 증인은 늘 그런 대화를 나눴습니까?"

조금 지친 얼굴로 증인이 웃었다. "늘 그랬던 건 아닙니다."

"그럼 가시와기 군이 내킬 때?"

"그애는 고민했습니다. 진지했어요."

"하지만 그건 실례가 되는 고민 아닌가요?"

입가의 미소를 거두고 증인이 시선을 떨궜다.

"더는 친구로 지낼 수 없겠다고 생각한 적은 없습니까?"

고개부터 끄덕이고 증인이 대답했다. "조금씩 그런 마음이 들었습니다."

얼굴을 들고 배심원들에게 말했다. "짜증스러웠습니다. 솔직히."

야마노 가나메가, 미조구치 야요이가 그 얼굴을 바라보았다. 가마타 노리코는 메모를 하고 있었다.

"저 스스로는, 가시와기가 품는 의문의 답을 막연하게나마 찾아냈다고 생각했었으니까."

그런 만큼 가시와기 다쿠야가 짜증스러웠다.

"가시와기와 그런 얘기를 하게 되기 전, 아직 초등학생일 때 딱 한 번 양부모님에게 물어본 적이 있습니다. 나는 왜 아버지 어머니와 함께 있지 않느냐고. 나만 왜 여기 있는 거냐고."

못 견디겠다는 듯 오야마다 오사무가 고개를 숙였다.

"그랬더니 양어머니는 말했습니다. 모른다. 모르지만, 나는 네가 여기 있어줘서 좋다고요."

하기오 가즈미가 얼굴을 마구 문질렀다. 알았어. 괜찮아. 널 안 볼 테니까 감출 거 없어.

"그때는 아직 초등학생이라 잘 몰랐습니다. 그렇지만—결국 그 말이 충분한 대답 아닐까 했어요."

"저도 그렇게 생각합니다."

그러고 나서 후지노 검사는 재빨리 판사에게 사과했다. "실례했습니다. 방금 발언은 기록에서 삭제해주십시오. 개인적인 감상입니다."

구라타 마리코의 눈도 붉었다.

"그런 생각을 하게 된 건 언제부터였나요?"

"확실히 기억나진 않지만 아마 작년 여름 무렵일 겁니다. 특별활동으로 바빠지고 이런저런 일이 있어서 가시와기를 만날 기회가 줄었습니다."

"2학년 여름이군요. 그런 심경의 변화 때문에—혹은 증인의 생각이 굳어졌기 때문에, 가시와기 군과의 성가신 관계를 끊고픈 마음이 강해진 것 아닐까요?"

"그렇습니다."

그런데 잘되지 않았다—고 말했다.

"중학교에 들어오고는 사실 별로 붙어다니지도 않았죠. 그러다보니 오히려 거리를 둘 방법이 없었습니다. 게다가 저도 가시와기와 관계를 끊어버리는 게 내심 두려웠어요."

"왜 두려웠죠?"

"눈을 떼면 가시와기가 터무니없는 짓을 저지르지 않을까 해서."

"터무니없는 짓이라면, 무슨 사건을 일으킨다거나?"

"제가 가장 불안했던 건 가시와기가 자살하는 것이었습니다."

"그런 낌새가 있었나요?"

"살아 있어도 의미를 못 느끼니 죽어도 상관없어—그런 말을 자주 입에 올렸습니다."

"괜히 말로만 그러는 경우도 있잖아요?"

"가시와기는 진심이었을 겁니다. 설령 아니었어도 상대가 진지하게 받아들이지 않으면 진짜로 그런 마음을 먹을 것 같기도 했고요."

"증인은 마음이 상당히 약했군요."

후지노 료코는 정말로 고삐를 계속 당겼다.

"약했죠." 간바라 가즈히코가 고개를 끄덕였다. "저는 늘 마음이 약했습니다. 어떤 형태로든 제 주위에서 또 누군가가 죽는 건—"

싫었으니까, 라고 말했다.

방청석 한 귀퉁이에서 누군가의 울음소리 비슷한 게 들렸다. 겐이치는 흠칫했다. 혹시 가시와기 어머니면 어쩌나.

"증인 혼자 끌어안지 않아도, 가시와기 군에게는 가족이 있었잖아요."

"네."

검사의 눈빛은 강했다. "이건 가시와기 군과 그 가족의 문제라고 선을 그어버릴 수는 없었나요?"

"하지만 가시와기는 부모님이나 형을 그다지."

머뭇거리며 아래를 내려다보는 증인의 몸이 경직되었다. 방청석에 있을 가시와기의 가족을 의식하는 게 분명했다.

"우리 가족은 다 따로 놀고 차갑다고 말한 적이 있습니다. 그게 사실인지 아닌지는 알 수 없었지만, 그래서 더 불안했습니다."

증인이 고개를 떨군 채 "죄송합니다"라고 했다. 검사는 못 들은 척했다. 겐이치는 무서워서 방청석으로 시선을 돌릴 수 없었다.

"증인은 작년 여름 무렵부터 가시와기 군과 거리를 두기 시작했습니다. 가시와기 군이 증인의 심경 변화를 알아챈 것 같던가요?"

"알아챘을 겁니다."

친구니까요, 라고 말했다.

"그 때문에 말다툼이나 싸움을 한 적은 없습니까?"

"딱히 없습니다."

"그런데도 증인은 결국 가시와기 군과 멀어지지 못했군요."

"제가 내심 망설여서일 겁니다. 마음에 걸리는 게 있어서."

또다시 땀을 흘렸다.

"이건 제 느낌이지 가시와기가 어필한 건 아닙니다. 그 점을 먼저 밝혀 두고 싶습니다."

배심원들이 제각각 고개를 끄덕였다.

"2학년이 되고 가시와기를 둘러싼 이 학교의 상황이 더더욱 나빠지는 느낌이 들었습니다. 고립되었다고 할까요."

실제로 고립되어 있었다. 가시와기 다쿠야와 같은 반 아이들에게는 그게 일상이었다.

"여름방학이 되니 그런 느낌이 조금 약해졌지만—학교에 안 가도 되니까—2학기가 시작되자 다시 악화되었다고 할지, 가끔 전화 목소리만 들어도 가시와기가 우울하다는 걸 알 수 있었습니다. 이럭저럭하던 중 11월 14일에 과학준비실에서 충돌이 일어났죠."

"증인은 그 일을 언제 알았습니까?"

"거의 직후에 알았습니다. 가시와기에게서 전화가 왔습니다."

"당시 상황을 상세하게 들었습니까?"

"그때는 오이데라는 이름을 들어도 누군지 몰랐지만, 싸운 상대가 어떤 아이인지는 충분히 짐작이 갔습니다."

"가시와기 군이 왜 그런 얘기를 증인에게 했을까요?"

"드디어 학교에 모든 기대를 버렸다고 했습니다. 이제 나가지 않을 거다, 속이 시원하다고요. 그 말이 하고 싶었을 겁니다."

"증인은 어떤 생각이 들었나요?"

"어쩔 수 없다고 생각했습니다. 그래서 가시와기의 마음이 진정된다면 잠깐 학교에서 떨어져 지내는 게 좋을지 모른다는 생각도 했고."

하지만—다시 목소리가 가늘어졌다.

"말로는 속 시원하다고 하면서, 사실 가시와기는 오이데 일행과 요란하게 충돌한 걸 상당히 신경썼던 것 같습니다. 그애들에게 보복당할지 모른다는 걱정 때문이 아니라, 자기답지 않은 짓을 했다. 유치한 짓을 저질렀다는 생각이에요. 저도 처음 이야기를 들었을 때는 너답지 않다고 말했을 정도였고."

"다시 한번 확인하겠습니다."

검사가 책상에 손을 얹고 몸을 앞으로 내밀었다.

"과학준비실에서 충돌한 것을 가시와기 군이 신경썼다. 후회했다. 증인은 그렇게 느꼈다. 그런 뜻이죠?"

"그렇습니다. 하지만 보복을 두려워한 건 아닙니다."

"가시와기 군이 그렇게 말했나요?"

"확실히 말하진 않았지만요."

"과학준비실 사건 이후로 이따금 증인이 그런 느낌을 받았다는 얘기인가요?"

"네."

"그렇게 느낀 근거가 있습니까?"

간바라 증인이 갑갑한 듯 셔츠 옷깃을 잡아당겼다.

"등교거부를 시작하고서 그전보다 훨씬 기운이 없어 보였던데다 이제 다 귀찮다, 싫어졌다는 말을 자주 했습니다."

"다 귀찮다, 싫어졌다?"

"그렇습니다. 오이데 일행의 보복이 두려웠다면 그런 말은 하지 않았겠죠."

"증인에게 강한 척했을지도 모르잖아요."

간바라 가즈히코가 변호인에서 증인이 되고 처음으로 피고인 오이데 순지를 돌아보았다.

"가시와기는 오이데 일행을 무시했습니다. 정확하게는 업신여겼죠."

당사자인 피고인은 겐이치 옆에서 다리를 떨어대고 있었다.

"무서워하는 것 같진 않았습니다. 가시와기가 신경썼던 건 자기답지 않은 행동을 했다는 것뿐입니다."

"그런 얘기는 전화로 했나요, 만나서 했나요?"

"전화로 했습니다."

"가시와기 군이 걸었습니까?"

"네. 그 무렵 이미 제가 먼저 전화를 거는 일은 없었으니까요."

"그런 푸념, 즉 가슴에 맺힌 얘기를 하고 싶을 때 가시와기 군이 증인에게 전화를 걸었다?"

"그렇습니다."

"증인은 뭐라고 대답했나요?"

"별다른 말은 하지 않았습니다. 저는 3중학교 상황을 모르니까요. 그냥 그렇고 그런 얘기밖에…… 예를 들면 눈 딱 감고 전학을 가는 게 좋겠다거나, 음, 또."

말을 꺼내고서야 간바라 가즈히코는 입술을 깨물었다.

"또 뭐죠?"

"다키자와 선생님이랑 상의해보는 게 어떻겠냐고요."

"가시와기 군은 뭐라고 하던가요?"

"―기억이 잘 안 납니다."

그럴까. 정말 그럴까. 기억하고 있지만 여기서는 말할 수 없는 게 아닐까. 겐이치는 그렇게 생각했다.

오이데 슌지가 다리를 떠는 통에 책상이 삐걱거렸다.

"결국 나는 네가 안고 있는 문제를 풀 방법이 없다고 솔직히 말할 수밖에 없었죠."

"가시와기 군이 뭐라고 하던가요?"

"화가 난 것 같았어요. 그게 11월 말이었고, 그때부터 한동안 전화도 안 오다가."

12월 중순쯤 다시 연락이 왔다.

"저희 집 근처 어린이공원에서 가시와기를 만났습니다. 일요일 오전이었습니다."

그 어린이공원이라면 잘 안다. 겐이치도 거기서 가즈히코를 기다렸다
가 만나곤 했다.

"2학기 초에 만난 뒤로 처음이라 거의 석 달 만이었습니다. 많이 야위
고 얼굴색이 안 좋아서 놀랐습니다."

자기 방에 틀어박혀 밤낮이 뒤바뀐 생활을 해서다.

"가시와기 군이 무슨 일로 증인을 불러냈나요?"

간바라 증인의 턱 끝에서 땀 한 방울이 떨어졌다.

"저에게 주고 싶은 게 있다고 했어요."

"뭐였죠?"

"노트입니다. 수업 때 쓰는 노트."

유서였습니다. 라고 말했다.

"죽기로 결심하고 유서를 썼다. 너한테 맡기겠다고 했습니다."

법정이 술렁이고 웅성거리는데도 판사는 가만있었다. 배심원들도 술
렁거렸다.

그러다 곧 자연스레 잠잠해졌다.

"죽는다는 건, 자살한다는 뜻일까요?"

"네."

"가시와기 군이 자살하기로 결심했다. 그래서 유서를 써서 증인에게
맡겼다. 그렇죠?"

"그렇습니다."

"그걸 받았습니까?"

"그때는 엉겁결에 받아버렸습니다."

"자살하려는 이유를 물어봤나요?"

"사는 게 귀찮고 살아갈 의미가 없어서라고 했습니다."

"그뒤로 어떻게 했죠?"

간바라 증인이 손등으로 턱의 땀을 훔치고 검사를 바라보았다.

"노트를 받아 집에 와서는 어떻게 해야 할지 몰라 이삼일 그대로 뒀습니다. 그렇지만 역시 이러면 안 될 것 같아서 가시와기에게 전화했고, 학교에 다녀와서—그러니 꽤 늦은 시간이었을 텐데, 그때 그 어린이공원에서 만나 이야기하고 노트를 돌려줬습니다."

"유서를 받을 수 없다고?"

"네."

그리고, 그리고. 자꾸 말문이 막히면서도 목소리는 멈추지 않았다.

"죽으면 안 된다고, 저도 생각이 잘 정리되지 않은 상황에서 뭐라고 자꾸 말을 했습니다. 살아갈 의미가 꼭 있어야 하는 건 아니다, 어른이 되면 알게 될 거라고요."

"가시와기 군의 반응은 어땠나요?"

증인의 어깨가 들썩거리며 떨렸다. "냉담했습니다."

"냉담?"

"건성으로 듣는다고 할지. 그러면서 넌 이걸 진심으로 안 받아들이는 거냐고 저한테 따졌습니다."

"가시와기 군이 자살한다는 말을 증인이 진심으로 받아들이지 않았다는 뜻인가요?"

"그렇습니다. 진심이라고 생각 안 하니까 그렇게 빤한 소리나 하는 거라고요."

겐이치는 연필을 책상에 내려놓았다. 그대로 쥐고 있으면 부러뜨릴 것 같았다.

"제가 그때 가시와기가 정말 자살할 생각인지 아닌지 몰랐던 건 맞습니다. 반신반의했습니다. 하지만 제가 빤한 소리나 늘어놓는다고 화를 낼 때 가시와기는 진심이었습니다. 그래서 두려워졌죠."

가시와기 다쿠야는 내 행동을 보고 정말 죽어야겠다는 마음을 먹은 건 아닐까.

"내가 유서를 돌려주려 한 게 잘못이었을까. 대화를 할수록 그런 생각이 들었습니다. 하지만 그냥 가지고 있겠다고 번복할 수도 없었습니다."

"그 유서는 어떻게 됐나요?"

"가시와기가 가져갔습니다. 그가 죽고 방에서 나올 줄 알았는데 발견되지 않았으니 아마도 처분했겠죠."

더는 의미가 없는 유서였으니까.

"어떻게든 가시와기의 생각을 돌리고 싶었지만, 어떻게 해야 할지 몰랐습니다. 아무튼 죽으면 안 된다. 나는 네가 죽는 걸 원치 않는다고 말했을 뿐입니다."

"가시와기 군은 뭐라고 했나요?"

"믿을 수 없다고 했습니다."

"가시와기 군이 죽기를 원치 않는 증인의 마음을 믿을 수 없다고요?"

"네."

"증인은 더욱더 어쩔 도리가 없었겠군요."

"그래서, 어떻게 하면 믿겠느냐고 물었습니다."

함정에 빠진 거다. 겐이치는 생각했다. 덫에 걸려든 것이나 다름없다.

가시와기 다쿠야는 이러지도 저러지도 못하게 되었다. 제 발로 소동을 일으키고, 거기서 꺼내주려고 내미는 손을 거부하고, 점점 더 좁은 곳으로 파고들어 헤어날 수 없게 되었다. 그때 자기와 달리 드넓은 곳에서 평범하게 살아가는 간바라 가즈히코를 보자 부아가 치밀었다. 자기에게서 멀어지려 하고—자기를 내동댕이치려는 간바라 가즈히코가 미웠다.

다시 관심을 가져주길 바랐다.

후지노 검사가 부드럽게 물었다. "가시와기 군은 증인의 질문에 뭐라고 대답했나요?"

다시 수건이 필요할 정도로 가즈히코는 땀범벅이었다. 셔츠 등도 젖어 있었다.

"사는 의미가 꼭 있어야 하는 건 아니라느니 조만간 찾아낼 거라느니 한 제 말은."

배심원들의 아홉 쌍의 눈빛.

"무책임하다고 했습니다. 진심이 아니다. 입에 발린 소리다. 그러니."

"그러니?"

"입에 발린 소리가 아니라는 걸 증명하면 믿어줄 수 있다고요."

"어떻게 증명하죠?"

방청석의 무수한 눈빛.

"부모님이 돌아가셨을 때 저는 일곱 살이었습니다." 간바라 가즈히코 가 말했다. "사건을 전혀 기억 못 하는 건 아닙니다. 조금씩은 기억이 남 아 있습니다. 아버지가 술에 취하면 폭력을 휘둘러서 겁이 났던 것도, 어 머니가 울었던 것도 기억합니다. 다만."

숨이 차는 듯 어깨가 크게 들썩였다.

"당시 기억은 되도록 떠올리지 않으려 애썼습니다. 양부모님과 살다보 니 그럴 필요도 없었죠. 그런데 가시와기는 그게 잘못이라고 했어요."

뭐가 잘못이란 말인가.

"자기에게 일어난, 자기 힘으로는 어쩔 수 없었던 불합리한 과거를 제 대로 보려 하지 않는다. 맞서지 않는다. 그래서 태평하게 살아갈 수 있는 것이다. 살아가는 의미는 조만간 알게 될 거라느니, 부모님이 그렇게 됐 는데 왜 나만 살아남았는지는 알 필요 없다느니 하는 건 네가 도망쳤기 때문이라고 가시와기는 말했습니다."

도망치든 숨든 네가 무슨 상관이야. 겐이치는 책상 밑으로 주먹을 쥐 었다. 가시와기 다쿠야, 왜 죽었어. 왜 살아 있지 않는 거야!

실컷 때려줬을 텐데. 내가 때려줬을 텐데. 어리광도 정도껏 부리란 말 이야.

"그러니 네가 더는 도망치지 않고—"

간바라 가즈히코는 이제 증언하는 게 아니었다. 토해내고 있었다.

"네 과거, 부모님과의 추억을 하나하나 떠올리고, 그런데도 여전히 살아 있는 게 다행이라고 생각한다면, 너 같은 일을 겪은 인간도 그렇게 생각할 수 있다면, 그건 입에 발린 소리가 아니다. 진심이다. 네가 진심으로 그렇게 생각한다면 정말로 살아가는 데 의미가 있을지 모른다."

후지노 검사는 흔들림이 없었다. 올곧은 목소리가 법정에 울려퍼졌다.

"증인이 그걸 해낸다면, 죽으면 안 된다, 죽기를 원치 않는다는 말을 믿겠다. 믿고서 자살할 마음을 접겠다. 가시와기 군이 그렇게 말했군요?"

증인이 고개를 끄덕였다. 다시 땀방울이 떨어졌다.

"그게 12월 24일에 했던 게임의 목적이었습니다."

"게임이었군요." 후지노 검사가 되풀이했다. "가시와기 군의 목숨이 걸린 게임이었다. 그런 얘기죠?"

검사도 땀범벅이었다. 사무관 가즈미가 슬그머니 손수건을 내밀었다. "죄송합니다"라고 판사에게 양해를 구하고 료코가 얼굴을 훔쳤다.

배심원들도 한숨 돌렸다. 미조구치 야요이는 창백했다. 가마타 노리코가 그녀의 얼굴을 살피며 등을 쓸어주었다. 다케다 배심원장도 걱정된 듯 몸을 틀어 두 여학생을 돌아보았다.

"못 해먹겠군."

바로 옆에서 들려온 오이데 슌지의 중얼거림에 겐이치는 눈을 들었다.

"나만 완전 바보 된 것 같은데."

바보 된 것 같은데. 슌지가 찾아낸 새로운 표현이다. 빈정거림이 배어 있다.

슌지는 땀을 흘리고 있었다. 눈은 겐이치를 보고 있지 않았다. 다리는 여전히 떨고 있었다.

"퇴정할래?" 겐이치가 물었다.

그 말을 입 밖에 내고 스스로도 놀랐다. 진심이었다. 오이데 슌지가 간바라 가즈히코의 증언을—그의 의도를 따라가지 못하고 이해할 마음도 없다면, 이 자리에 없어도 상관없다. 아니, 있을 필요가 없다.

슌지가 눈을 부릅뜨고 겐이치를 노려보았다. 덤벼들 듯 입술을 일그러뜨리더니 갑자기 어깨를 축 늘어뜨렸다. 떨던 다리도 멈췄다.

"거들먹거리지 마. 네놈 지시 따위 안 받아."

신경질적으로 다리를 쭉 뻗으며 작게 쳇, 하고 혀를 찼다.

후지노 검사가 손수건을 내려놓고 자세를 바로잡았다.

"실례했습니다. 증인신문을 계속하겠습니다."

료코의 말에 슌지가 다시 맹렬히 다리를 떨기 시작했다.

"이 ①에서 ④까지의 장소는."

그렇게 말하고 료코는 입을 다물었다.

"네."

증인이 대답했다. 깊이 파고들어야 할 때, 한 발 더 내디뎌야 할 때 겁을 먹고 머뭇거리는 검사를 격려하는 것 같았다.

"—증인이 골랐습니까?"

"아니요. 가시와기가 정했습니다."

"증인과 돌아가신 부모님의 개인적인 추억이 깃든 장소인데, 가시와기 군이 어떻게 지정할 수 있었나요?"

"그동안 제가 이따금 부모님 얘기를 했으니까요. 그걸 기억하고 있었을 겁니다."

"부모님 얘기는 증인이 먼저 꺼냈나요? 아니면 가시와기 군이 해달라고 졸랐나요?"

"어느 쪽이라고 단정할 수 없습니다. 가시와기가 물어본 적도 있지만 어쩌다가 제가 먼저 할 때도 있었습니다. 그건 그러니까."

간바라 증인이 잠시 생각했다. "조금 전 부모님에 대해 알게 된 게 가시와기라서 다행이라 생각했다고 말했습니다. 왜냐하면 가시와기는 입이 무거웠으니까요. 실제로도 비밀을 지켜줬습니다. 기억력도 매우 좋아서 똑같은 얘기를 몇 번씩 캐묻지도 않았습니다."

그래서. 그러니까. 변호인이 아니라 평범한 중학교 3학년으로 돌아와 횡설수설하는 간바라 가즈히코가 작아 보였다.

"모순일지 모르지만, 저는 이따금 누군가에게 부모님 얘기를 하고 싶을 때가 있었습니다. 양부모님에게 할 순 없죠. 서로 거북하니까. 하지만 그럴 때 가시와기는, 매우, 뭐랄까."

"의지가 되었다? 이야기 상대로 신뢰가 갔나요?"

"맞아요, 그랬습니다."

구원받은 듯 고개를 크게 끄덕이는 증인의 얼굴에서 긴장이 가셨다.

"편하게 얘기할 수 있었습니다. 아마 지금 떠오르는 것 이상으로 많은 이야기를 털어놓았을 겁니다."

"가시와기 군과 증인은 증인의 부모님에 얽힌 불행한 과거에 대해, 어떻게 보면 기억을 공유하는 관계가 되었다. 그렇게 이해해도 될까요?"

"그렇다고 생각합니다. 아마 그럴 겁니다."

만약 그게 나였다면 어땠을까. 겐이치는 생각해보았다. 만약 내가 간바라 가즈히코의 친구고, 그의 부모님의 불행한 죽음을 아는 단 한 사람이었다면.

나라면 그 사실을 아는 순간 도망쳤을지 모른다. 저 간바라 가즈히코에게 그런 과거가 있었나 하며 겁을 집어먹었을지 모른다. 어떻게 대해야 할지 몰라 멀어졌을지 모른다.

이따금 세상을 떠난 부모님을 떠올리고 누군가에게 말하고 싶어진다. 가즈히코의 그런 마음은 전혀 모순된 게 아니다. 양부모님이 아무리 다정해도, 아니, 다정해서 더더욱 마음이 쓰여 말하지 못하는 것도 지극히 정상적이고 가즈히코답다.

그것을 받아주는 상대는 가시와기 다쿠야뿐이었다. 나는 그때 거기 없었다. 후지노도 없었다. 그렇다, 난 안 되겠지만, 후지노가 있었으면 좋았을 텐데.

그 후지노 료코는 지금 검사의 입장에서 간바라 가즈히코와 마주하고 있다.

"가시와기 군이 그 게임을 제안했을 때 거절할 생각은 안 했나요?"

"그럴 생각은 없었습니다."

"거절하면 기분이 상한 가시와기 군이 그 즉시 자살해버릴 거라 생각했기 때문인가요?"

가즈히코가 다시 잠깐 생각에 잠겼다. 당시 기분을 떠올린다기보다 그 무렵의 자신을 마음속에서 불러내 '사실은 어땠어?'라고 묻는 듯한 표정이었다.

"물론 그런 걱정을 안 했던 건 아니지만, 오히려 제가 하고 싶었습니다."

"증인이 하고 싶었다고요?"

가즈히코가 료코에게 고개를 끄덕였다. "가시와기가 그 게임을 제안했을 때 놀랐습니다. 나는 왜 그런 생각을 못 했을까 하고요."

"무슨 뜻인가요?"

"그러니까, 저 혼자 하면 게임은 아니겠지만, 저 스스로 부모님과의 추억이 깃든 장소를 찾아가봤어도 좋았겠다는 생각이 들었습니다."

여전히 위로하듯 미조구치 야요이의 등에 손을 얹은 채 가마타 노리코가 고개를 끄덕였다.

"아까도 말했지만 저는 부모님의 사건을—물론 완전히는 아니지만, 어느 정도는 스스로 정리했다고 생각해왔습니다. 그렇다면 그런 시도를 해봤어도 좋았을 거라는 뜻이죠."

"그 제안을 받기 전에는 증인 스스로 ①에서 ④의 장소를 찾은 적이 없었습니까?"

"없었습니다. 역시 피해다닌 거죠. 그러나 이젠 그럴 필요가 없다, 오히려 찾아가봐야 할 때가 아닐까. 가시와기와 대화하면서 그런 생각이 들었습니다."

"가시와기 군에게 그런 말을 했나요?"

"했습니다. 그래서 게임에 동의했고, 나는 분명 괜찮을 테니까 널 반드시 납득시킬 수 있을 거라고 했습니다."

"가시와기 군이 뭐라고 하던가요?"

"그때는 아무 말도 하지 않았습니다."

두 사람은 게임 절차를 정하고 반드시 지키기로 약속했다. 그리고 그날 바로 실행했다.

"증인은 ①에서 ④까지의 장소를 순서대로 찾아가 그곳에서 가시와기 군에게 전화를 걸었군요."

"그렇습니다. 지정된 장소에 왔다고 알렸습니다."

"각각의 통화 시간이 매우 짧습니다."

후지노 검사가 칠판의 목록을 손으로 가리키며 배심원들의 얼굴을 둘러보았다.

"요컨대 증인은 ①번 장소에 왔다, ②번 장소에 도착했다고 가시와기 군에게 알린 게 전부군요? 와보니 어떤 기분이 들었는지 자세히 말하지는 않았습니까?"

"그건 나중에 따로 말하기로 했습니다. 가시와기는 지정된 장소를 제가 제대로 돌 수 있는지부터 확인하고 싶은 것 같았습니다."

"증인이 규칙을 지키고, 약속을 완수하느냐?"

"그렇습니다."

"하지만 전화로는 정확한 확인이 불가능합니다. 신주쿠에 있다고 말해도 실은 다른 장소일지 모르죠. 그저 말뿐이면, 가시와기 군은 증인이 약속을 지키는지 아닌지 알 수 없을 텐데요?"

"제 생각도 그랬습니다. 게임 계획을 세울 때부터 그게 걸렸으니까요."

이번에는 생각을 하는 게 아니라 머뭇거렸다.

"너도 같이 가자, 그게 낫지 않겠느냐고 제안도 했습니다."

"가시와기 군이 뭐라고 했나요?"

"너 혼자 가야 의미가 있다. 너 혼자 과거를 대면해야 이 게임이 성립된다고 주장했습니다."

"그래서 결국 각 포인트에서 간단히 전화만 하기로 했나요?"

"그렇습니다."

"전화는 대체로 두 시간 반 간격으로 걸었습니다. 이 간격은 증인이 정했습니까?"

"아뇨, 그것도 사전에 계획했습니다."

"몇시에 어디, 몇시에 어디 하는 식으로?"

"네."

"그렇다면 증인은 실제로 이 장소들을 돌면서 시간이 꽤 남지 않았나요? 이동하는 데 그 정도 시간은 안 걸릴 텐데요."

"각각의 장소에서 많은 생각을 했으니까요."

후지노 검사가 눈을 가늘게 떴다. "어떤 생각을 했나요?"

"여러 가지, 기억이 떠올랐습니다."

"괴로웠습니까?"

증인이 고개를 끄덕였다.

"도중에 그만두고 싶지는 않았습니까?"

"그만두려다 다시 마음을 다잡곤 했습니다. 하지만 막연하게 예상했던 것보다는 괴롭지 않았습니다."

즐거웠던 기억도 떠올랐으니까—라고 말했다.

"저희 부모님은 불행하게 인생을 마쳤지만 늘 불행했던 건 아니었어요. 아버지도 맨정신일 때는 다정한 분이었고 어머니와 사이도 좋았죠. 나약하긴 했지만 나쁜 사람은 아니었다고 생각합니다."

스스로에게 말하듯 증인은 눈을 내리뜨고 있었다.

"그 게임을 하기 전까지 저는 되도록 부모를 떠올리지 않으려고 애썼습니다. 그래야만 했던 시기도 있었지만, 그러면서 부모님과의 좋은 기억까지 모두 가둬버렸습니다. 한꺼번에 봉인했다고 할까요."

가시와기 다쿠야가 제안한 게임이 그 봉인을 풀었다.

"일곱 살 때는 몰랐지만 지금은 이해할 수 있을 것 같은 일도 몇 가지 떠올랐습니다. 검사의 말대로 제게는 시간이 충분했기 때문에, 정말로 많은 생각을 했습니다."

"많은 생각을 해도, 미리 예상하고 각오했던 만큼 괴롭지는 않았군요?"

"네. 그건 아마 저도 그만큼 성장했다는 뜻일 테고, 역시 양부모님 덕택이라는 생각이 들었습니다. 그래서 친부모님 못지않게 양부모님 생각도 많이 했습니다."

증인이 갑자기 살짝 웃는 바람에 검사도 배심원들도 놀랐다.

"죄송합니다."

증인이 밝은 표정으로 모두에게 사과했다.

"그때 생각이 나서요. 실은 ③번 아카사카 우체국에 갔을 때, 휴일이었지만 크리스마스이브라서 문을 연 가게가 주위에 꽤 많았습니다. 그래서, 아무래도 시내 중심지까지 나올 일은 별로 없으니 선물이라도 사갈까 했죠."

"양부모님인 아버지와 어머니에게 드릴 선물이겠죠?"

국어 성적도 상위권인 후지노 료코답지 않은 표현이지만 지금 상황에는 딱 들어맞았다. 양부모님인 아버지와 어머니.

"그렇습니다."

검사도 미소지었다. "뭘 사려고 했나요?"

어제는 이런 이야기가 오가지 않았다. 겐이치도 궁금했다.

"조그만 크리스마스트리였습니다. 이 정도 되는."

가즈히코가 손으로 20센티미터 정도 높이를 표시해 보였다.

"아카사카에 있는 제과점에서 팔고 있었습니다. 빨강, 노랑 등 색색깔 은박지로 싼 초콜릿이 달려 있었는데—저희 어머니가 그런 아기자기한 장식품을 좋아하시거든요."

중학교 3학년 남자아이에게 어머니 얘기는 언제나 쑥스럽게 마련이다. 증인도 쑥스러워했다. 배심원들의 표정도 부드러워졌다.

야마노 가나메만 울고 있었다. 손수건으로 닦고 또 닦아도 흐르는 눈물은 멈추지 않았다. 구라타 마리코가 다가앉자 가나메가 몸을 굽히며 고개를 숙여버렸다.

겐이치는 방청석으로 눈을 돌렸다. 어른들에게는 가즈히코의 말이 어떻게 들릴까. 그의 모습이 어떻게 비칠까.

"사갔습니까?" 검사가 물었다.

"아뇨, 그만뒀습니다. 왠지 경솔한 행동 같아서."

"경솔해요?"

"이 게임에 가시와기의 목숨이 걸려 있다는 사실을 떠올렸습니다."

증인이 손으로 인중의 땀을 훔치더니 시선을 떨어뜨렸다. "다시 말해, 막상 게임을 시작해보니 저는 그렇게 일부러 의식하지 않으면 가시와기를 잊을 만큼 제 일로만 머릿속이 꽉 찼습니다."

"자기 자신과, 부모님과, 양부모님인 아버지 어머니 생각으로?"

"그렇습니다. 다키자와 선생님 생각도 났습니다. 학원에 다닐 때 선생님이 저에게 많은 이야기를 해주셨는데, 그때는 이해할 수 없었던 걸 이제 알 것 같기도 했으니까요. 학교 친구들도 생각나고, 아무튼 그런 생각들이 머릿속에 가득했습니다."

"막상 해보니 그 게임은 가시와기 군을 위한 게 아니라 증인 자신의 게임이 되었다고 할 수 있을까요?"

"네, 그랬습니다."

"그 말을 가시와기 군에게 전화로 했습니까?"

"분명하게 말하지는 않았습니다."

"가시와기 군은 증인에게 무슨 말을 하고, 어떤 걸 물었나요? 아무리 짧은 시간이라도 단지 지정 포인트에 도착했다는 것보다는 많은 얘기를 했겠죠?"

"주위 모습이 어떤지, 제가 전화를 거는 장소가 정확히 어디인지 물었습니다."

"통화하며 가시와기 군이 한 말 중 기억나는 게 있습니까?"

야마노 가나메가 몸을 일으켰다. 눈이 새빨갛지만 눈물은 멈춘 것 같았다.

"한 포인트를 통과하면, 다음 포인트에도 시간 맞춰 가라고 단단히 다짐을 두었습니다."

"다시 한번 묻겠는데, 증인의 기분을 물은 적은 없습니까?"

"제 기분은 포인트를 다 돌면 듣겠다고 했습니다. 게임을 마치고 제 얼굴을 보면요."

"가시와기 군이 직접 증인의 모습을 확인하면 듣겠다는 뜻인가요?"

"그랬던 것 같습니다."

증인의 표정에 그늘이 드리웠다. 옆얼굴밖에 볼 수 없는 겐이치도 확연히 알 정도였다.

"제 생각에 그때 이미 가시와기는 저를 믿지 않았습니다."

"무슨 뜻이죠?"

"사실은 괴로운데 그런 마음을 감추고 자기에게 거짓말을 한다, 연기하고 있다고 생각하는 것 같았습니다."

"증인이 왜 연기를 하나요?"

"제가 침울해져서 역시 나한테는 살아갈 의미도 목적도 없다고 말하면, 그건 가시와기에게도 좋지 않으니까요."

"그래서 증인이 억지로 괜찮은 척한다?"

"그렇습니다."

"가시와기 군이 분명히 그렇게 말했나요?"

"그런 건 아니지만, 넌 이상하다, 정상이 아니라고 했습니다."

"게임을 해보니 증인 자신이 예상했던 것만큼 괴롭지 않았고, 풀이 죽지도 않았고, 오히려 즐거운 기억을 떠올리고 양부모님에게 감사하는 마음도 느끼며 긍정적으로 변했다. 그런 모습을 '정상이 아니다'라고 한 거군요?"

"그런 것 같습니다."

"가시와기 군이 언짢아했나요?"

가즈히코가 놀란 듯 눈을 깜박거렸다. "언짢다면?"

"말 그대로입니다."

"목소리만으로는……"

"가시와기 군도 게임이 한창 진행중일 때는 증인의 목소리밖에 못 들었죠. 그런데도 증인이 예상보다 의연하다는 것을 알아채고 정상이 아니라고 했잖아요?"

증인이 잠시 머뭇거렸다. "가시와기는 자살을 생각하고 있었으니 기분이 좋았을 리 없죠."

"게임을 시작했을 때와 포인트를 몇 군데 통과하고 연락했을 때, 가시와기 군의 기분에 변화는 없었습니까?"

증인이 입을 다물었다.

"더 언짢아진 것 같지는 않았나요?"

"—모르겠습니다."

"예상 밖으로 흔들림 없고 긍정적인 증인의 모습을 가시와기 군은 '연기'라고 의심했다. 자기가 자살하는 걸 막으려고 괜찮은 척하는 거라고."

"네. 조금 전에 증언한 대로입니다."

"사실은 좀 다르지 않았을까요? 가시와기 군은 증인이 의연하게 이 게임을 해나가고, 게임을 통해 부모님의 사건을 극복해내는 것처럼 보여서 초조해진 게 아닐까요? 가시와기 군이 기대했던 것은 증인이 긍정적으로 게임을 마치는 게 아니라, 도중에 이성을 잃고 울음을 터뜨리거나 침울해하는 모습이 아니었을까요?"

증인은 대답하지 않았다. 표정이 사라졌다.

후지노 검사가 책상 위 파일을 옮기며 잠시 뜸을 들였다.

"모든 포인트를 예정대로 돌았습니까?"

"돌았습니다."

"그리고 동네로 돌아와, 고바야시 가전제품점 앞 전화부스에서 가시와기 군에게 전화했군요."

"그렇습니다."

"무슨 말을 했나요?"

"다 돌았다고."

증인의 목이 꿈틀했다.

"내일 자세히 말해주겠다고 했습니다. 저 스스로도 내면에서 새로운 발견을 했고, 마음 같아서는 가시와기에게 바로 그 얘기를 해주고 싶었습니다. 하지만 벌써 일곱시 반인데다 양부모님은 당연히 이 게임에 대해 전혀 모르고 있었습니다. 그냥 친구 집에 공부하러 간다고 둘러대고 나온 터라 어서 집에 들어가고 싶었습니다."

"가시와기 군이 뭐라고 하던가요?"

"오늘 안에 만나자고 했습니다."

"그날 밤이군요."

"그렇습니다."

"평범한 중학생이 좀처럼 생각하기 어려운 시간대죠. 하물며 크리스마스이브 밤이었습니다. 눈까지 내렸고."

그렇죠…… 증인이 작은 목소리로 말했다.

"가시와기 군이 몇시에 어디서 만나자고 했습니까?"

배심원들이 일제히 몸을 앞으로 내밀었다. 가쓰키 게이코까지.

"—밤 열한시 반에, 이 학교 옥상으로 오라고 했습니다."

검사와 증인의 말에 조용히 귀기울이던 방청석이 술렁거렸다. 판사가 딱딱한 목소리로 정숙하라고 했다.

"조토 제3중학교 옥상으로요?"

"그렇습니다."

"왜 그곳으로 정했는지 가시와기 군이 이유를 말했나요?"

"물어도 알려주지 않았습니다. 일단 오라고 했죠."

"증인은 거절하지 않았습니까?"

"설득하려 했습니다." 목소리가 갈라졌다. "그 시간에 나가려면 저는 양부모님에게 비밀로 해야 했고, 하루 종일 걸어다녀서 아무래도 지쳤고, 머릿속도 마음속도 생각으로 가득 찼고, 한밤중인 것도 걸리고."

목이 꽉 잠겨서 괴로운 숨소리만 들렸다.

"그런데 그날 밤 거기서가 아니면, 내일은 못 만난다고 해서."

"내일은 못 만난다? 왜죠?"

"자기는 죽을 테니까. 가시와기는 그렇게 말했습니다."

여전히 술렁거리는 방청석을 향해 판사가 의사봉을 두드렸다. "조용히 하세요!"

그렇게 성을 낼 만큼 소란스럽지는 않았다. 이노우에 야스오는 판사 노릇을 구실로 제 안에 찬 분노의 가스를 내보낸 것이다. 그렇게라도 하지 않으면 점잔 뺀 얼굴로 판사석에 앉아 있을 수가 없어서.

네가 내 말을 들어주지 않으면, 내가 시키는 대로 하지 않으면, 나는 죽겠다. 이보다 비겁한 협박은 없다.

"오늘밤 안에 만나지 않으면 나는 죽는다."

검사가 따라 말했다.

"그때 가시와기 군의 목소리는 어땠습니까?"

"어떻다뇨?"

"우울했다거나, 증인에게 매달리는 것 같았다거나, 장난처럼 들렸다거나."

증인이 머뭇거렸다. "전혀 장난처럼 들리진 않았습니다."

"그러면 증인은 어떻게 느꼈습니까?"

"매우—"

"매우?"

"고집스럽고 냉혹하다고 느꼈습니다."

고바야시 가전제품점 앞에서 목격되었을 때 간바라 가즈히코가 몹시 지치고 춥고 난처해하는 듯 보여 참견쟁이 가게 주인이 저도 모르게 말을 걸 수밖에 없었던 것은, 가즈히코가 실제로 몹시 지치고 춥고 난처한 상황이어서였다.

시키는 대로 했는데. 게임을 잘 마쳤는데. 자신은 성과를 거두었고 그건 가시와기 다쿠야에게도 좋은 결과일 게 틀림없는데, 왜 아직도 끝나지 않는가.

"증인이 잘 모르는 학교에, 그것도 한밤중에 몰래 숨어드는 건 상식적으로 생각해도 어려운 일이었겠군요."

"준비는 알아서 해두겠다고 했습니다. 자기가 화장실 창문으로 들어가서 뒷문 바로 앞의 건물 출입문을 열어두겠다고요. 옥상으로 나가는 문도 열어두고."

"그렇군면."

검사가 나지막이 숨을 내쉬고 배심원들의 얼굴을 둘러보았다.

"증인에게는 느닷없는 제안이었지만 가시와기 군은 처음부터 한밤중에 이 학교 옥상에서 만날 계획을 세우고 있었던 거군요."

"그런 것 같습니다."

"게임 결과에 상관없이, 한밤중에 증인을 이 학교 옥상으로 불러내려고요."

증인이 말없이 고개를 끄덕였다.

"그래서 어떻게 했나요?"

"그래서—저는 가시와기의 계획에 따랐습니다."

"작년 12월 24일 밤 열한시 반에 증인은 이 학교 옥상으로 왔군요?"

"네, 왔습니다."

"옥상에는 누가 있었습니까?"

"가시와기가 있었습니다."

"다른 사람은 누가 있었습니까?"

증인이 고개를 저었다. "아무도 없었습니다. 가시와기 혼자였습니다."

"그는 어디 있었습니까? 아, 잠깐만요. 도면을 바꾸겠습니다."

사사키 고로와 하기오 가즈미가 황급히 움직여 첫날 등장했던 옥상 겨냥도를 붙였다.

"가시와기는 이 난간 쪽에 서 있었습니다."

증인이 손가락으로 가리켰다. 추락지점 바로 위쪽이다.

"옥상 옥탑에 전등이 하나 켜져 있어서 그 빛으로 확인했습니다."

"증인은 어디 있었죠?"

"가시와기에게 다가갔는데—너무 추워서 도저히 가만있을 수 없었습니다. 제자리걸음을 하거나 이리저리 서성거렸죠."

"가시와기 군은 어땠나요?"

"난간 앞에서 꼼짝도 하지 않았습니다."

그리고 응시했으리라. 간바라 가즈히코를.

"둘이서 무슨 얘기를 나눴습니까?"

"저는—어쨌거나 빨리 집에 가고 싶었습니다. 피곤해서 몸이 휘청거릴 정도였습니다. 게임을 한 것까진 좋았지만, 하루 동안 너무 많은 기억들을 떠올리고 곱씹는 바람에."

"머리가 터질 것 같았다?"

"그렇습니다. 정말이지 한계였습니다. 양부모님에게도 죄송했고."

게임을 한 것도, 한밤중에 몰래 집에서 나온 것도.

"그런 데서 뭘 해도 좋은 얘기가 나올 것 같지 않아서."

"가시와기 군은 어땠나요?"

증인이 고개를 숙였다. 어깨가 축 처지고 다리가 불안하게 움직였다.

신경쓰지 마. 겐이치가 마음속으로 말했다. 가시와기 다쿠야의 부모님은 신경쓰지 마. 형도 신경쓰지 마. 저 사람들도 알아야 해. 저 사람들이야말로 알아야 해.

"대뜸 화부터 냈습니다."

"왜 화를 냈죠?"

"그러니까, 제가 이상하다면서요."

"어떻게 이상하다는 건가요?"

"사실은 우울한데 거짓말하는 거 아니냐고."

"과거를 찾아간 탓에 증인은 타격을 받았다. 자신이 왜 살아야 하는지 알 수 없게 되었다. 미래에 대한 희망도 사라졌다. 사실은 그런 마음으로 가득한데 일부러 강한 척한다. 부모님과의 추억이 깃든 장소를 찾아가 많은 것을 떠올렸다고 큰소리친다. 그런 의미겠죠?"

"그렇습니다."

"요컨대 가시와기 군은 증인을 비난한 거군요?"

"—그렇습니다."

"그 비난은 정당한 것이었습니까? 증인은 가시와기 군에게 거짓말을 하고 일부러 아무렇지도 않은 척했습니까?"

"아닙니다."

"그런데 가시와기 군은 믿어주지 않았나요?"

"차츰 제가 정말로—게임을 하길 잘했다고 생각한다는 걸 알게 된 것 같았습니다."

"그렇다면 증인을 더는 비난할 필요가 없겠죠?"

"—그게 더 나쁘다고 했습니다."

목소리가 잘 들리지 않았다. 간바라 가즈히코답지 않다.

"좀더 큰 소리로 대답해주십시오."

한순간 가즈히코가 이를 악물었다. 그리고 큰 소리로 말했다.

"가시와기는, 제가 진심으로 그 게임을 하길 잘했다고 생각한다면, 그게 더 이상하고 못된 거라고 했습니다."

검사도 목소리를 높였다. "가시와기 군은 증인이 좀더 우울해해야 한다고 생각했다. 좀더 겁을 먹고 좀더 슬퍼해야 한다고 생각했다. 긍정적으로 받아들이면 안 된다고 생각했다. 그런데 현실은 그렇지 않았다. 그래서 증인을 비난했군요."

조금 전과 딴판으로 증인은 입을 꾹 다물었다.

"증인은 묵묵히 비난당하기만 했나요?"

입을 다문 채로 간바라 가즈히코가 고개를 저었다.

"뭐라고 받아쳤습니까?"

"네가 하는 말이 더 이상하다고 했습니다."

"그렇죠. 게임을 시작할 때, 증인이 괴로운 과거와 관련된 장소를 찾아가고도 그것을 극복한다면 자기도 구원받는다. 증인처럼 자기 힘으로는 어쩔 수 없었던 비극을 짊어진 사람도 긍정적으로 살아갈 수 있다. 살아갈 의미가 있다고 느낀다면 자기도 그렇게 생각할 수 있다. 그러니 자살은 그만두겠다. 가시와기 군은 분명히 그렇게 말했을 텐데요. 그런데 막상 뚜껑을 열어보곤 화를 내며 게임을 마친 증인이 이상하다느니 못됐다 느니 했다."

어제 후지노 료코가 말했다. 내일 법정에서 간바라가 겪었던 일을 될 수 있는 한 충실하게 재현할 생각이다. 그러니 있는 그대로 증언해달라. 다만 몇 가지 말은 누가 뭐래도 법정으로 끌어내고 싶지 않다. 그냥 묻어 둘 생각이다. 그래도 괜찮겠어?

가즈히코는 그 말을 받아들였다. 그래서 겐이치도 받아들였다.

이 자리에서 일어나 온 법정에 울려퍼지도록 크게 외치고 싶다. 가즈 히코를 비난하며 가시와기 다쿠야가 이렇게 말했다고.

—어떻게 그렇게 태평할 수 있지?

—알코올중독 살인자 자식의 인생에 긍정적인 가치 따윈 없어.

—부끄럽게 생각해야 하는 것 아냐?

"증인은 가시와기 군의 태도에 놀랐겠군요?"

고개를 든 가즈히코가 이노우에 판사를 올려다보았다. 은테 안경 너머 이노우에 야스오의 눈빛은 흔들리지 않았다. 전부 털어놔. 그렇게 말하 고 있다. 다 말해버려. 내가 들어줄 테니까.

"도대체 왜 그러는지 알 수 없었지만."

"가시와기 군이 왜 그런 말을 하는지 이해할 수 없었나요?"

증인이 고개를 저었다.

"이해하려고 노력했습니까?"

"나름대로 노력했습니다."

그런데—갑자기 가즈히코의 눈빛이 먼 허공을 응시했다.

"가시와기를 달래려고 이런저런 얘기를 하던 중 갑자기 깨달았습니다."

야마노 가나메가 다시 눈물을 글썽거렸고, 미조구치 야요이는 금방이 라도 토할 듯한 얼굴로 가마타 노리코의 팔에 매달려 있었다.

그러나 배심원들은 서로를 받쳐주듯 바짝 붙어앉아 집중했다.

"가시와기는 나를 괴롭히려는 것이다. 친구가 아니다. 나를 업신여기고 있다. 공감이나 이해 같은 걸 할 수 없다. 가시와기는 나를 정상적인 인간으로 보지 않는다. 살인자의 자식이니까 절대 정상적일 수 없다고 생각한다."

정상적인 인간이 되는 걸 도저히 용납할 수 없다고 생각하는 거다.

정상적이고, 머리 좋고, 감성이 풍부하고, 부모의 따뜻한 사랑과 보호 아래 자라온 내가 지금 이토록 괴로워하고 있다. 학교와 대립한다. 친구도 없다. 조금만 움직여도 누군가와 충돌하고 고독으로 내몰린다.

내가 이런데 간바라 가즈히코가, 살인자의 자식 따위가 어떻게 긍정적이고 충실하고 정상적인 인생을 살아갈 수 있는가. 행복한 표정을 지을 수 있는가.

잘못되었다. 그러니 내가 바로잡아야 한다. 간바라 가즈히코를 그에게 걸맞은 처지로 떨어뜨릴 것이다. 그에게 걸맞은 고뇌와 고독을 안겨줄 것이다. 그리고 그의 인생이 차츰 엇나가는 모습을 구경해주리라.

뭐 어떤가. 이 녀석은 살인자의 자식인데.

"야." 목소리가 들렸다. 오이데 슌지다. 눈이 튀어나올 만큼 놀란 표정이었다.

"너 피 나."

손톱이 손바닥으로 파고들어 피가 날 정도로 겐이치는 주먹을 세게 움켜쥐고 있었다.

"조금 전에 후지노 검사가 말한 대로입니다."

다행히 가즈히코는 알아채지 못했다. 료코를 바라보고 있었다. 겐이치는 수건으로 피를 닦아냈다.

"그 게임의 목적도 실은 다른 데 있었습니다. 가시와기는 제가 그 게임을 무사히 마치고 돌아오기를 바란 게 아니었습니다. 제가 도중에 무너져 도망치길 바랐죠. 그렇게 될 거라고 생각했을 겁니다. 그런데 바람대로 되지 않아서."

"증인에게 분노를 드러냈군요."

검사가 천천히 말했다. 간바라 증인이 고개를 끄덕였다.

"그걸 알아차린 순간 모든 게 싫어졌습니다. 가시와기에게 휘둘려 한밤중에 이런 데 숨어들어오다니."

대체 뭘 하는 건가 싶었습니다—

그 한마디는 증인이 검사에게 하는 말이 아니었다. 중학생 남자아이가 허물없는 여자아이에게, 혹은 자기 여자친구에게 푸념하는 듯 친근하게 들렸다.

"더는 상대 못 해주겠다고 가시와기에게 말했습니다. 이제 모르겠다, 네 마음대로 해라. 그리고 집에 가려 했습니다."

"가시와기 군은 어떻게 하던가요?"

"몹시 화내면서 소리를 질렀습니다. 저는 무시하고 계단 쪽으로 갔습니다. 그랬더니 가시와기가."

목소리가 떨렸다.

"옥상 철조망을 기어올라갔습니다. 뛰어내리겠다면서."

구라타 마리코가 눈을 질끈 감았고, 고사카 유키오는 손으로 얼굴을 가렸다.

"순식간에 올라가 반대편 난간에 내려섰습니다. 어찌나 쉽게 올라가는지—무척 추웠고 손도 곱았을 텐데—놀란 저는 꼼짝도 할 수 없었습니다. 그리고 생각했습니다. 가시와기가 이러는 게 처음은 아닐 거라고. 전에도 이렇게 철조망에 올라간 적이 있을 거라고."

"자살하려고요?"

"아마 그렇겠죠."

옥상 난간 끝에 발을 디디고 손가락으로 철조망을 움켜쥔 가시와기 다쿠야. 핏기 없는 하얀 얼굴로 철조망 너머의 간바라 가즈히코를 노려본다.

밤하늘에서는 가랑눈이 흩날리고, 발밑은 젖고 군데군데 얼어붙어 있다.

"제가 가버리면 바로 뛰어내리겠다고 했습니다."

"진심이라고 생각했나요?"

"그렇습니다."

"허세를 부리는 거라고 생각하진 않았습니까?"

"허세로 그런 위험한 행동을 할 순 없겠죠."

검사가 뜸을 들였다.

"가시와기 군이 정말로 뛰어내릴 작정이라고 생각했다. 그래서 증인은 어떻게 했나요?"

가즈히코가 배심원들을 보았다. 배심원들도 그를 바라보았다.

"마음대로 하라고 했습니다."

방청석에서 숨죽인 비명이 들렸다. 그 소리에 가즈히코의 얼굴이 일그러졌다.

"그렇게 죽고 싶으면 죽어버리라고 말하고 계단을 뛰어내려왔습니다. 그길로 학교를 나왔습니다. 달려서 집으로 돌아갔습니다."

"돌아봤습니까?"

"돌아보지 않았습니다."

"학교 밖으로 달려나오는 사이, 무슨 소리가 들리진 않았습니까?"

"아무 소리도 못 들었습니다. 미처 신경쓰지 못한 것뿐일지 모르지만."

달리고 또 달려서 귓속이 바람 소리로 가득했다—어제는 그렇게 말했다. 지금도 달리고 또 달려서 도망치듯, 검사의 질문에서 도망치듯, 질문이 끝나기가 무섭게 대답했다.

"옥상에는 얼마나 있었습니까?"

"정확히는 모르겠습니다. 오래 있었던 것 같기도 한데, 가시와기가 제 얼굴을 보자마자 화를 내서 곧바로 싸움 비슷하게 돼버렸고, 저도 마음이 조급했었으니 실제로는 그리 긴 시간이 아니었을 겁니다."

몸을 부르르 떨고서 증인이 법정의 시계를 바라보았다.

"집에 돌아오니 열두시 십분이 지나 있었습니다. 그건 또렷이 기억합니다."

"3중학교에서 증인의 집까지 뛰어가면 얼마나 걸리나요?"

"십 분 이내일 겁니다. 그날 밤에는 눈이 왔지만 아직 길에 쌓이지 않았고, 저도 정신없이 달렸으니 아마 그 정도였겠죠."

"그렇다면 옥상에 있었던 시간은 이십 분에서 삼십 분 정도라고 생각해도 좋을까요?"

"그쯤—될 겁니다."

"증인은 가시와기 군이 옥상에서 추락해 죽었다는 사실을 언제 알았습니까?"

"다음날 뉴스를 보고 알았습니다."

"어떤 생각이 들었습니까?"

증인이 손으로 입을 가렸다. 한동안 그렇게 잠자코 있었다.

"무서웠나요?"

"—네."

"증인 탓이라고 생각했습니까?"

"그렇습니다."

"그 얘기를 누군가에게 했습니까? 예를 들면 양부모님이나."

"하지 않았습니다. 아무에게도 말 못 한다고 생각했습니다."

제 잘못입니다—

"이상이 작년 12월 24일 밤, 오후 열한시 반에서 새벽 영시 조금 넘어서까지 증인이 겪은 일의 전부입니까?"

"네, 그렇습니다."

"옥상에는 증인과 가시와기 군 둘밖에 없었죠?"

"그렇습니다."

"다른 사람은 아무도 없었다."

"없었습니다."

"가시와기 군이 제 발로 철조망에 올라가 뛰어내리겠다고 한 거죠?"

"그렇습니다."

"증인이 밀어뜨린 게 아니다?"

"—밀어뜨리지 않았습니다."

"가시와기 군이 옥상에서 떨어지는 상황을 목격하지도 않았죠?"

"네."

"증인은 그날 밤 옥상에서 가시와기 다쿠야 군 외에 누구도 만나지 않았군요."

"네, 그렇습니다."

"피고인을 만나지 않았군요."

"네."

"이구치 미쓰루 군도 만나지 않았고요."

"네."

"하시다 유타로 군도 만나지 않았습니다."

"네."

"그들은 거기 없었다. 맞습니까?"

"그렇습니다."

"피고인은 가시와기 다쿠야 군을 죽이지 않았다. 증인은 그 사실을 알고 있었군요?"

"네, 알고 있었습니다."

겐이치의 귓가에 별안간 짐승이 울부짖는 듯한 소리가 들리는가 싶더니, 오이데 슌지가 책상을 뒤엎을 기세로 벌떡 일어섰다.

"이 새끼가 어디서 장난질이야!"

얼굴이 시뻘겠다. 몸이 부들부들 떨렸다. 온몸이 방금까지 떨던 다리가 된 듯했다. 순식간에 책상을 밀쳐내더니 증인석의 간바라 가즈히코에게 달려들었다.

"넌 다 알고 있었어! 내가 아무 짓도 안 했다는 걸 알았어! 알면서 감쪽같이 시치미를 뗐어!"

방청석이 떠들썩해졌다. 사람들이 일어섰다. 배심원들도 일어나 남학생들이 여학생들을 보호하듯 앞을 막아섰다.

"그만해!"

판사의 성난 고함소리가 울려퍼지고 피고인이 증인의 멱살을 움켜쥔 순간 정리가 달려들었다. 말없이 오이데 슌지의 팔꿈치를 짓누르더니 마치 갓난아기의 팔이라도 되는 양 간단하게 비틀었다.

"아얏!"

슌지는 가즈히코를 놓고 아우성치며 비틀거렸다. 더는 날뛰지 못하는 그의 양손을 야마신은 뒤로 돌려 꺾어올렸다. 슌지가 꽥꽥 소리를 질러 댔다.

"뭐하는 짓이야, 이거 놔!"

가즈히코는 움켜잡혔던 옷깃에 손을 댄 채 우두커니 서 있었다. 숨결이 거칠다. 얼굴은 새파랗게 질려 있다. 언젠가도 이런 일이 있었다. 붉은 자국이 남을 정도로 슌지에게 멱살을 잡힌 적이 있었다.

"피고인에게 퇴정을 명령한다! 정리, 데리고 나가세요!"

"감히 누구한테! 이 거짓말쟁이! 네까짓 게 무슨 변호인이야, 속이기나 하고! 죽여버린다! 너 같은 놈은 당장 죽여버리겠어!"

욕설을 퍼붓고 아우성을 치고 침을 튀기며 소리치는 오이데 슌지를 야마신이 그다지 힘든 기색 없이 끌고 나갔다. 땀에 젖은 얼굴이 험상궂었다.

"기다려."

가쓰기 게이코다. 슌지 뒤를 쫓아 증인석까지 나갔다.

"기다려! 슌지를 데려가지 마."

"배심원, 자리로 돌아가세요."

"슌지도 진심으로 저러는 거 아니야! 다 안다고! 알지만."

"가쓰키 배심원, 앉으세요! 안 그러면 같이 퇴정시키겠습니다!"

가쓰키 게이코가 양손으로 얼굴을 감싸며 그 자리에 주저앉았다. 구라타 마리코와 야마노 가나메가 앞으로 나가 게이코의 어깨를 감싸안고 배심원석으로 데려갔다.

"가쓰키, 정신 차려."

가나메가 속삭이는 소리가 들렸다.

"오이데를 위해서라도 재판을 잘 마무리해야지."

판사가 의사봉을 두드려도 법정의 동요는 좀처럼 가라앉지 않았다. 겐이치는 심호흡을 반복하며 눈을 감았다. 뒤늦게 생각난 것처럼 손바닥 상처가 아렸다.

"증인, 증언을 계속할 수 있겠습니까?"

판사의 말에 증인석 등받이를 붙들고 서 있던 증인이 고개를 들었다.

"네, 괜찮습니다."

"검사." 판사가 재촉했다. 후지노 료코도 제자리에 서서 마음을 진정시키려는 듯 눈을 감고 있었다.

그 눈을 뜨고 증인을 바라보았다.

"옥상에서 생긴 일은 증인의 가슴속에만 묻어둔 비밀이었죠?"

"그렇습니다."

"누구에게도 털어놓지 못했고요."

"네."

"가시와기 군의 장례식에는 갔습니까?"

"경야에만 갔습니다."

"어떤 심정이었나요?"

"하다못해." 증인이 목멘 소리로 답했다. "사과라도 하고 싶었습니다."

"증인은 가시와기 군의 죽음에 책임을 느꼈습니까?"

"제 책임이니까요."

그 말에 야마노 가나메가 고개를 가로저었다. 얼굴은 창백했지만 눈이 강렬하게 빛났다.

후지노 검사가 크게 숨을 한 번 내쉬더니 한결 부드럽게 말했다.

"증인은 이 교내재판에 자진해서 참여했습니다. 그렇죠?"

"네."

"피고인의 변호를 지원했습니다. 그것은 틀림없는 사실입니까?"

"네, 그렇습니다. 저는 제 뜻으로 오이데 군의 변호를 맡았습니다."

왜죠? 검사가 물었다.

"증인은 진상을 알고 있었습니다. 알면서 감췄습니다. 가시와기 군은 이제 없습니다. 증인만 침묵을 지키면 아무도 사실을 몰랐을 겁니다. 그런데 왜 자진해서 이런 번거로운 일에—교내재판에 참여했나요?"

"누명을 쓴 오이데 군에게 미안했습니다."

증인의 목소리에는 망설임이 없었다.

"그래서 진상을 밝히기로 마음먹은 건가요?"

"네."

"다른 방법도 있지 않았을까요? 예를 들면 가시와기 군의 부모님에게 고백한다거나, 경찰을 찾아간다거나."

"그래서는 진상이 학교와 여러분의 귀에 들어갈지 어떨지 확신할 수 없었습니다."

호소하듯이 배심원들의 얼굴을 둘러보았다.

"오이데 군의 누명은 본래 근거 없는 소문과 심증이 발단이었습니다. 제가 진상을 밝힌다 해도 몇몇 사람들만 알고 덮어버리면 오이데 군의 의혹은 씻기지 않을 것 같았습니다. 극단적인 경우에는 제가 진상을 밝혀도 이제 와서 무슨 소용이냐. 그냥 입다물고 있으라는 반응이 나올 가능성도 있었습니다."

그렇게 말하고 증인은 저도 모르게 손을 들었다. "아니, 순서가 좀 잘못됐군요. 잠깐 설명할 기회를 주십시오."

이런 면은 영락없이 평소의 간바라 변호인이다.

"처음에는 저도 어떻게 해야 좋을지 몰랐습니다. 입다물고 있으면 들키지 않을 테고 제가 의심받을 일도 없다고 생각하긴 했습니다. 그렇지만 그러고 있자니 점점 괴로워져서."

료코와 겐이치에게는 이렇게 말했다. 보이지 않는 고리가 목에 채워져 있는 것 같았다고. 매일 아침 눈을 뜰 때마다, 가시와기를 떠올릴 때마다 그 고리가 조여들었다. 한꺼번에 확 조여드는 게 아니다. 1밀리미터, 3밀리미터, 5밀리미터. 그렇게 조금씩, 그러나 확실하게 조여들었다고.

—그래도 시간은 흐르잖아. 그러다보면 이따금 아무렇지 않은 날이 오기도 했어. 아침에 일어나니 모든 게 깨끗이 사라지고 아무것도 두렵지 않았지. 가시와기가 죽기 전의 나로 돌아간 거야.

하지만 그것은 착각이었다. 오래가지 않았다. 모든 것이 깨끗이 사라진 듯한, 무거운 짐을 던 듯한 착각을 아주 잠깐 느끼고 나면 보이지 않는 고리는 더 강하게 조여들었다.

"가시와기의 죽음은 끝이 아니었습니다. 오히려 시작이었죠. 고발장 소동으로 아사이 마쓰코 양이 죽었고, 이구치 미쓰루 군도 크게 다쳤습니다. 〈뉴스어드벤처〉의 보도로 3중학교 전체가 사건에 휘말렸습니다."

그 모든 게 제 탓입니다—

"괴로웠고 두려웠습니다. 달리 할 말이 떠오르지 않습니다."

가즈히코가 목으로 손을 가져갔다. 눈에 보이지 않는 고리가 채워져 있던 곳이다. 아직도 그 존재가 느껴지는 걸까.

"그래서 몇 번이나 생각했죠. 내일 가시와기의 부모님을 만나러 가자.

만나서 고백하자. 경찰서에 가자. 하지만 용기가 나지 않았습니다."

그러던 와중에 교내재판 이야기를 들었다.

"이 학교에 다키자와 학원을 같이 다녔던 친구가 있었고, 저도 정보를 얻고 싶어서 그애를 통해 상황을 들었습니다. 그랬더니 3학년 학생들끼리 사건을 재판에 부친다는 소식이 들렸습니다. 그 말을 듣고 구원받은 기분이었습니다."

"내가 오이데 군의 변호를 맡아야겠다고요?"

"아니요. 당시에는 거기까지 생각하진 못했습니다. 제가 가만있어도 교내재판에서, 모두가 지켜보는 가운데 오이데 군에게 잘못이 없다는 사실이 밝혀질 줄 알았습니다. 애당초 근거 없는 용의였으니까요. 그저 누명이니까 누군가가 확실하게 밝혀줄 거라고 믿었습니다."

자신은 침묵을 지키고, 오이데 슌지는 누명을 벗어 무죄가 되고, 3중학교의 소동은 끝난다. 가즈히코는 그렇게 기대했던 것이다.

"그런데 재판을 열기가 아무래도 어려울 것 같다고 하더군요. 사람도 모이지 않고, 오이데 군 가족이 반대한다고."

"난항을 겪었죠."

"저는 조바심이 났습니다. 상황이 어떻게 돌아가는지 궁금해서 친구에게 부탁해 재판을 준비하는 모임이라고 할지, 그런 자리에 참석했습니다. 그랬더니 정말로 어수선하고, 오이데 군도 거칠게 굴고, 그래서—"

실은 그 자리의 분위기에 휩쓸린 거라고 가즈히코는 부끄러운 듯 중얼거렸다.

"변호를 맡고 싶다고 나섰습니다. 처음부터 그럴 생각이었던 건 아닙니다. 그때까지도 여전히 제가 사실을 밝힐 필요는 없을 거라고 생각했습니다. 진실을 덮어둔 채로 풀어나갈 수 있을 거라고."

그러나 관여한 지 얼마 되지 않아 생각이 달라졌다.

"재판 준비를 시작하자, 즉 안쪽으로 들어서보니 이 사건이 밖에서 봤을 때보다 훨씬 중대하며 3중학교의 모든 이에게 검은 그림자를 드리우고 있다는 걸 알았습니다. 가시와기 군의 죽음의 진상이 일찍 밝혀졌다면 아사이 마쓰코 양은 죽지 않았을 겁니다. 고발장 같은 것도 없었겠죠. 이구치 군도 다치지 않았을 테고, 하시다 군도 평범하게 학교를 다니고 있었을 겁니다."

그 모든 게 내 탓이다. 내가 겁쟁이처럼 입을 다물어버린 탓이다.

"이렇게 된 이상 법정에서 진실을 밝혀야겠다는 생각이 들었습니다."

후지노 검사가 진지한 표정으로 물었다. "저희가 그걸 해낼 수 있다고 생각했나요?"

"실제로 그러고 있잖아요." 가즈히코가 말했다. 그리고 검사를 격려하듯 미소지어 보였다. "실은 약간 조바심이 났었습니다. 결심이 가까워오는데 후지노 검사가 제 꼬리를 못 잡았으니까요. 그제 고바야시 가전제품점 주인아저씨의 접촉이 있기 전만 해도, 제 입으로 검사에게 털어놓아야겠다고 생각했을 정도입니다."

"미안하게 됐군요."

후지노 료코는 웃지 않았다.

"기대에 못 미쳐서."

방청석 일부가 경련하듯 술렁이다 금세 조용해졌다. 오야마다 오사무가 코밑을 훔쳤다. 난 알았어. 나는 저 변호인에게 뭔가 있다는 냄새를 맡았다고.

"피고인 오이데 슌지 군은."

짐짓 별 이야기 아닌 것처럼 보이고 싶은 듯 후지노 검사가 코로 한숨을 내쉬었다.

"다루기 힘든 문제아이며 주위의 평판도 최악이라 그런 누명을 써도 딱히 이상할 것 없는, 내버려둬도 상관없는 불량학생입니다."

"그래도 죄는 없습니다."

그 멍청이, 왜 얌전히 법정에 있지 못했던 거야. 왜 이 말을 자기 귀로 듣지 못하냐고.

"가시와기를 죽이지 않았습니다. 누명 때문에 괴로워했습니다. 이상할 것 없다뇨, 절대 그렇지 않습니다."

증인의 목소리가 늠름하게 울려퍼졌다.

"하지만 그뿐만이 아닙니다. 재판 준비를 하는 사이, 심리가 시작되고 진행되는 와중에도 제 마음은 점점 변해갔습니다. 제가 무슨 일을 했는지 확실하게 자각할 수 있었습니다. 아니, 자각하고 있던 걸 객관적으로 바라볼 수 있게 되었다고 할까요."

가즈히코는 증인석 의자 등받이를 양손으로 붙잡고 있었다. 떠밀려가지 않도록, 증언을 다 마칠 때까지 똑바로 서 있을 수 있도록.

"말로 잘 표현하진 못하겠지만, 저 스스로도 확실치 않았습니다. 가시와기의 죽음에 내가 어떤 책임이 있는지, 마음으로는 알지만 어떻게 표현해야 좋을지 몰랐습니다. 그걸 도와준 것이 곤노 변호사 선생님의 증언이었습니다."

눈치 빠른 야마노 가나메가 깜짝 놀란 듯 손으로 입을 가렸다. 가즈히코는 그것을 알아채고 그녀에게 고개를 끄덕여 보였다.

"미필적 고의의 살의를 곤노 선생님이 설명해주셨죠."

배심원들의 눈이 커졌다. 표정이 굳었다.

"제가 가시와기에게 했던 행동도 그렇습니다."

그때 옥상에서—

"가시와기는 철조망 반대편으로 넘어가 양손으로 매달려 있었습니다. 눈이 오는 한밤중이었습니다. 흥분했고, 얼굴이 하얗게 질려 있었습니다. 당장 뛰어내리겠다고 몇 번이나 소리쳤습니다."

간바라 가즈히코는 그런 가시와기 다쿠야에게 등을 돌렸다. 등을 돌리고, 그를 두고 가버렸다.

"가시와기가 설령 본인 스스로 뛰어내리지 않더라도 손이 곱아 철조망을 놓쳐버릴지 모릅니다. 발이 미끄러질지도 모릅니다. 위험한 가능성은 얼마든지 있었습니다. 그런데도 저는 그를 버려두고 도망쳤습니다."

정신없이 뛰어서 학교를 벗어났고, 곧장 집으로 돌아갔다.

"모든 게 귀찮았습니다. 가시와기가 싫어졌습니다. 그에게 휘둘리는 게 싫었습니다. 그래서 생각했습니다. 실제로 입 밖으로도 냈습니다."

그렇게 죽고 싶으면 죽어버려.

"내버려두면 죽을지 모른다는 걸 알면서도, 저는 도움이 필요한 가시와기를 외면하고 도망쳤습니다."

죽어버린대도 상관없다.

"저에게는 살의가 있었습니다."

배심원들은 꼼짝도 하지 않았다.

"제가 가시와기를 죽인 겁니다. 법정에서 그걸 밝혀야 한다, 밝혀줬으면 좋겠다고 생각했습니다."

후지노 검사는 한동안 말이 없었다. 몸을 보호하듯 단단히 팔짱을 끼고 있을 뿐이었다.

이윽고 심문을 시작할 때처럼 침착한 말투로 증인을 불렀다.

"간바라 증인."

"네."

"증인은 선서를 했습니다."

"네."

"거짓말하는 게 아니죠?"

"네, 거짓말하지 않았습니다."

"증인의 증언은 피고인을 변호하기 위해 꾸며낸 엉터리 얘기가 아닌 거죠?"

간바라 가즈히코가 웃었다. 변호인일 때와 똑같은 웃음이었다.

"꾸며낸 얘기가 아닙니다. 저는 실제로 일어난 일을 말했습니다."

"왜죠?"

단도직입적인 것을 넘어 지나치게 솔직한 질문이었다.

"증인에게 득 될 게 아무것도 없는데."

"득 될 게 있죠." 간바라 가즈히코가 대답했다. "거짓에서 벗어나게 됩니다. 사죄해야 할 사람에게, 용서받을 수 있을지는 알 수 없지만, 사죄할 기회가 생겼습니다."

제 아버지는─가즈히코가 목소리를 낮췄다.

"알코올중독으로 이성을 잃었고, 그 결과 어머니에게 손을 대고 말았습니다. 자신이 한 행동을 깨닫고 나서는 이루 말할 수 없이 두려웠을 겁니다."

그래서 스스로 죽음을 선택했다.

"그것은 잘못된 선택이었으며 실은 정식으로 처벌을 받아야 마땅했습니다. 하지만 나약했던 아버지는 견뎌내지 못했습니다. 스스로가 저지른 행동을 견뎌내지 못했어요. 그래도 자기 책임을 제삼자에게 덮어씌우지는 않았습니다. 나약했지만, 그렇게까지 비겁하지는 않았습니다. 아버지는 아버지 나름대로 자신이 할 수 있는 최선의 방법으로 죗값을 치렀던 겁니다."

나도 그래야 한다고 생각했다─고 가즈히코는 말했다. "잘못을 저질렀지만 아직 늦지 않았다면. 더 늦기 전에."

후지노 료코가 고개를 끄덕였다. 팔짱을 풀고 등을 곧게 폈다.

"판사님, 간바라 증인의 부모님 사건을 다룬 신문기사와 증인의 가족 사진을 서증으로 제출합니다."

"수리하겠습니다."

"주신문을 마칩니다."

검사가 겐이치를 바라보았다. "노다 군 차례야."

겐이치에게 법정의 시선이 쏠렸다.

이런 상황에서 무슨 반대신문을 할 수 있을까. 무엇보다 간바라 변호인이 검사 측 증인이라는 것부터가 말이 안 된다. 실제 재판에서는 절대 있을 수 없는 일이다.

어제 이야기하면서는 겐이치가 변호인석에서 일어나 딱 한 마디, "반대신문은 없습니다"라고 말하고 끝내기로 했다. 질문 같은 건 없다.

그러나 지금 겐이치의 가슴속에는 하고 싶은 말이 있었다. 가즈히코에게 묻고 싶은 말이 있었다. 법정에 들려주고 싶은 말도 있었다.

"증인에게 묻겠습니다."

말문을 열자, 가즈히코와 후지노 료코 둘 다 놀란 표정을 지었다.

"증인은 가시와기 다쿠야 군의 미움을 받았다고 생각합니까?"

"네?" 가즈히코가 목소리를 높였다.

"두 사람은 한때 친한 친구였겠죠. 그런데 아까부터 증언을 들어보니, 적어도 가시와기 군이 증인에게 예의 게임을 제안한 시점―혹은 등교거부를 시작하고 순조로운 학교생활을 하는 증인과 심적 거리가 한층 멀어진 무렵부터, 가시와기 군의 내면에는 증인에 대한 증오가 싹튼 게 아닐까 싶습니다. 증오라는 말이 지나치다면 반감이라고 할까요."

잘 모르겠습니다, 라고 증인이 중얼거렸다. 겐이치의 말뜻을 모르는 게 아니라, 겐이치가 뭘 하려는지 모른다는 뜻이리라.

"나는 이렇게 괴로운데 증인은 즐겁고 알찬 나날을 보내고 있다. 그것이 부럽다. 달갑지 않다. 그러니 증인을 괴롭혀 곤경에 빠뜨리고 싶다. 가시와기 군에게 그런 마음이 있었던 게 아닐까요? 증인은 못 느끼셨습니까?"

가즈히코는 시선을 이리저리 움직일 뿐 대답하지 못했다.

"증인은 옥상에서 가시와기 군과 이야기하던 중, 가시와기 군이 실은 증인을 업신여긴다고 느꼈죠. 조금 전에 한 증언입니다."

네, 라며 가즈히코가 작은 목소리로 인정했다.

"거기에 증인을 향한 미움도 섞여 있었다고 생각하지 않습니까?"

"—모르겠습니다."

대답한 가즈히코가 료코를 돌아보았다. 료코도 불안한 듯 눈썹을 찡그리고 있었다.

겐이치는 다시 주먹을 움켜쥐었다. 상처가 욱신거렸다.

"가시와기 군은 증인과 옥상에서 만나기 위해 진지하게 준비했습니다. 충동적으로 불러낸 게 아니었어요. 그렇죠?"

"그렇긴 하지만."

"단순히 옥상에서 뛰어내리겠다는 퍼포먼스로 증인을 당황하고 놀라게 하려는 의도뿐이었을까요?"

"무슨 뜻인지 모르겠습니다."

목소리를 가다듬고 용기를 짜내 겐이치가 말을 이었다.

"그날 밤, 가시와기 군이 없애고자 했던 목숨이 가시와기 군 자기 것뿐이었을까요? 어쩌면 다른 목숨을 없앨 생각이 아니었을까요?"

겐이치는 자기 심장박동에 몸이 떨렸다.

"눈이 내린 건 우연이었습니다. 그렇지만 12월 한밤중에 아무도 없는 학교 옥상입니다. 가시와기 군은 사전에 계획을 세웠고, 증인은 갑자기 불려나와 당황한데다 게임을 막 끝내고 지쳐 있었습니다."

가즈히코를 지치게 하고 약하게 만든 것도, 단 하룻밤의 휴식도 주지 않고 한밤중에 학교로 불러낸 것도 모두 가시와기 다쿠야의 의도가 아니었을까.

"게다가 증인은 양부모님 몰래 집을 나온 것에 양심의 가책을 느끼고 두려워했습니다. 심리적으로 극히 불안정한 상태였죠."

가즈히코의 얼굴에 비난의 빛이 떠올랐다. 노다, 대체 무슨 소리를 하는 거야?

"지금까지의 증언에서 밝혀졌듯이, 가시와기 군은 죽음에 흥미가 있었습니다. 주위 사람의 죽음을 보고 싶다, 경험하고 싶다는 소망이 있었습니다. 그러면 자신이 살아 있다는 걸 실감할 수 있을지 모른다고 생각해서요."

"잠깐만요."

가즈히코의 제지를 겐이치는 무시했다.

"배심원 여러분은 기억을 떠올려주십시오. 가시와기 군은 그것을 바라고 있었습니다."

모두 떠올렸다. 미조구치 야요이뿐 아니라 항상 냉정한 가마타 노리코까지 창백해졌다.

"증인에게 묻겠습니다." 겐이치가 가즈히코를 향해 몸을 돌렸다. "그날 밤, 가시와기 군이 증인을 불러낸 것은 여차하면 증인을 죽게 하려는──증인을 죽음으로 유인하려는, 죽음으로 이끌려는 의도가 있어서였다고 생각하지 않습니까?"

"판사님, 이의 있습니다!"

겐이치는 료코의 목소리도 무시했다. 오히려 질세라 더욱 목소리를 높였다.

"실제로는 그 의도가 빗나가서 가시와기 군 자신이 철조망으로 올라가 위험한 처지에 놓였습니다. 하지만 만약 증인이 그때 진심으로 가시와기 군을 도우려 했다면 상당한 위험을 감수해야 했을 겁니다. 그렇겠죠?"

가즈히코는 대답하지 않았다. 땀범벅이었다.

"요컨대 증인은 가시와기 군의 예상을 빗나가는 행동으로 스스로를 지켜낸 건지도 모릅니다. 더는 위험에 빠지지 않게 올바른 판단을 내리고 그 자리에서 몸을 피했습니다. 결과적으로 가시와기 군이 죽은 것은 안타까운 일이지만, 증인의 행동은 미필적 고의의 살의에서 비롯된 게 아니라 정당한 자기방위였다고 볼 수 있지 않을까요?"

모두 어안이 벙벙한 눈치였다.

"반대신문을 마칩니다."

겐이치가 자리에 앉았다. 앉은 후에도 몸은 계속 떨렸다. 무릎이 부들부들 떨려 발끝이 바닥에 닿지 않았다. 순식간에 땀이 솟았다.

"정숙!" 판사가 의사봉을 두드렸다. "간바라 증인은 증인석에서 나가주십시오."

가즈히코가 휘둥그레 뜬 눈으로 입을 헤벌린 채 겐이치 옆으로 돌아왔다. 휘청거리며 책상에 손을 짚고서야 조심스럽게 자리에 앉았다.

배심원들이 서로 얼굴을 마주보았다. 방청석은 술렁거렸다.

시선이 느껴졌다. 겐이치가 고개를 들자 사사키 고로, 하기오 가즈미와 눈이 마주쳤다. 고로가 엄지손가락을 치켜세웠고 가즈미는 여전히 붉은 눈으로 웃어 보였다.

후지노 검사는 그런 두 사람을 못 본 척했다.

"무슨 말을 한 거야."

가즈히코의 입술이 바르르 떨렸다.

"할말을 한 것뿐이야."

"가시와기 부모님이—"

"사실은 사실이야. 가능성은 가능성이고. 얼버무리면 안 돼. 난 그렇게 생각해서 그렇게 물은 거야. 난 변호인 조수니까."

겐이치가 웃었다. 웃을 수 있었다. 여전히 떨리는 손가락을 단단히 깍지 꼈다.

아니, 그게 아니다. 조수 역할을 완수해내기 위해서만은 아니다. 난 아니까, 난 이해하니까 가만있을 수 없었다.

나는 안다. 아버지와 어머니를 이 세상에서 없애려 했던 그날 밤, 살의라는 것이 어떻게 내 눈앞에 나타났고 무엇을 요구하며 나를 다그쳤는지.

그것은 얼굴도 형체도 없이 새카맣기만 했다. 그래서 간절히 원했다. 꼬맹아, 나에게 어서 얼굴을 만들어줘. 나를 이 세상에 빚어내. 난 네 힘으로 이 세상에 나타나고 싶어. 어서, 어서, 어서!

　그것은 공포 같은 게 아니었다. 지독한 굶주림이었다. 나는 그것을 알고 있다.

　그래서 확실하게 분간할 수 있다. 작년 크리스마스이브 한밤중, 이 학교 옥상에서 철조망에 매달린 가시와기 다쿠야와 대치했을 때 가즈히코가 어떤 상황이었는지.

　너는 무서웠을 뿐이다. 춥고 무섭고 화가 나서 그 자리에서 도망치고 싶었을 뿐이다. 얼굴을 달라, 얼굴을 달라며 위협하고 탐욕스럽게 매달리는 존재가 네 곁에는 없었다. 너는 절망적으로, 혼자서 가시와기 다쿠야와 마주한 것이다.

　그래서 너는 도망쳤다. 스스로를 지키기 위해. 그뿐이다. 살의는 공포나 분노와는 다르다. 그것은 무시무시한 굶주림이다. 가해자든 피해자든 가리지 않고 통째로 삼키려 드는 굶주림이다. 나는 알고 있다. 다른 사람은 몰라도 나는 알고 있다.

　지금 똑똑히 입 밖에 낼 수 있다면 얼마나 좋을까. 나는 살의를 알아. 그래서 이해하는 거야. 간바라, 네가 틀렸어. 너도 틀릴 때가 있다고.

　"판사님." 료코가 일어나서 목소리를 높였다. "간바라 증인의 일련의 증언은 저희 검사 측이 피고인 오이데 슌지를 소추하고 추궁해온 근거를 크게 뒤집는 내용입니다. 실제 재판에서는 검사 측에서 그런 증인을 세우는 일이 없을 테고, 만약 검사 측에서 간바라 증인이 말한 사실을 확인했다면 피고인을 기소하는 데 필요한 근거를 잃었으니 기소를 취하할 것입니다."

　"무슨 말이 하고 싶습니까?"

　판사의 은테 안경이 번쩍거렸다.

"그러나 저희 교내재판은 실제 재판과 다릅니다. 여기서 밝혀진 진실을 배심원의 평결로 확고히 하는 것이 가장 바람직한 방식이라고 생각합니다."

"요컨대?"

"양쪽 증인은 다 나왔습니다. 피고인의 변호인은 아이러니하게도 피고인의 무죄를 입증하는 가장 큰 증인이기도 합니다. 이런 상황에서는 논고와 최후변론이 필요치 않을 것 같습니다. 이쯤에서 재판을 마무리하고 배심원들이 평결을 시작했으면 하는데, 어떻습니까?"

이노우에 판사가 고개를 끄덕이며 입을 열려는 순간, 후텁지근한 법정의 공기를 찢는 듯한 날카로운 소리가 울려퍼졌다.

"잠깐만!"

모두 방청석을 바라보았다. 목소리의 주인공을 보았다.

미야케 주리였다. 역풍에 맞서듯 어깨에 힘을 잔뜩 주고, 양손을 주먹 쥐고, 두 발을 벌리고 서 있었다.

"잠깐만."

너무 흥분한 탓인지 주리의 목소리는 비정상적으로 날카롭고 높았다. 얼굴이 시뻘겋게 달아올랐다. 그 얼굴로 후지노 료코를 똑바로 노려보며 다그쳤다.

"왜 이렇게 되는 거야? 후지노, 이건 너무 무책임하잖아?"

모두 어안이 벙벙해서 입을 열지 못했다.

판사가 제일 먼저 정신을 차렸다. "방청인, 조용히 하세요."

주리는 판사에게까지 덤벼들었다. "그렇게는 못 해!"

침이 튀었다. 그것을 고스란히 뒤집어쓴 양 이노우에 판사가 얼굴을 찡그렸다.

"방청인은 발언할 수 없습니다."

"나는." 주리가 한 손으로 야윈 제 가슴을 두드렸다. "그냥 방청인이 아니에요. 증인이라고요."

안 그래? 그렇게 호소하며 배심원 한 사람 한 사람을 노려보듯 둘러보았다.

"고발장을 쓴 사람은 나예요. 내가 그 고발장을 썼어요."

다시 가슴을 두드렸다. 몇 번이고, 몇 번이고. 그리고 이번에는 방청석을 돌아보았다.

"미야케 주리입니다. 이 학교 학생이에요. 가시와기와 같은 반이었어요. 오이데도 잘 알아요. 17일 비공개 법정에서 증언한 게 바로 저예요."

자, 이 얼굴을 잘 봐둬. 오만하게 턱을 치켜들며 체육관을 메운 열기 속에서 스스로를 드러냈다.

"저는 가시와기가 살해당하는 장면을 목격했어요. 그 자리에, 그 옥상에 있었어요. 이 두 눈으로 모든 걸 봤다고요."

"방청인, 허락 없이 발언하면 안 됩니다."

"그럼 증언을 시켜줘!" 주리가 소리쳤다. "내가 다시 한번, 증언하게 해달라고!"

후지노—라고 불렀다.

"어떻게 이럴 수가 있어? 넌 날 믿는다고 했잖아. 그래서 검사를 맡았다고 했잖아. 그런데 어쩜 그렇게 태도를 싹 바꿀 수가 있어? 너무 무책임하잖아!"

주리가 일어선 채로 발을 동동 굴렀다. 후지노 료코는 창백해졌다.

"어떻게 그렇게 쉽게 간바라의 증언을 채택할 수 있어? 어떻게 그렇게 쉽게 내 증언이 아니라 그게 진실이라고 인정하는 거야? 간바라가 이렇게 많은 사람들 앞에서 증언해서? 많은 사람들 귀에 직접 들리게 말해서? 그래서 그게 더 중요한 거야? 이럴 줄 알았으면 나도 공개 법정에 설 걸 그랬어! 이렇게 별거 아닌 걸로 진실이 결정된다면, 나도 그냥 사람들 앞에 설 걸 그랬다고!"

주리의 외침에 후지노 검사가 마치 꾸지람을 들은 학생처럼 쭈뼛거리며 일어섰다. 그리고 머뭇머뭇 말했다.

"간바라 군은 증언에서 지금까지 수수께끼였던, 가시와기 군에게 걸려온 다섯 통의 전화 내용을 언급했습니다. 게다가 거기에는 고바야시 가전제품점의 고바야시 씨의 목격증언이라는 근거가."

"검사!" 판사가 날카롭게 외쳤다. "방청인의 말에 답변하지 마세요!"

후지노 검사는 찬물을 뒤집어쓴 표정을 지었다. 판사가 은테 안경테를 누르며 말했다.

"후지노 검사는 간바라의 증언에 대한 반대증인으로 미야케 증인의 재신문을 요청합니까?"

시선을 이리저리 돌리던 료코는 몸이 휘청거리는 통에 책상에 한 손을 짚고서야 겨우 정신을 차렸다.

"네, 네에."

가느다란 목이 꿈틀했다. 이마에 땀이 솟구쳤다. "미야케 주리 증인의 재신문을 신청합니다."

"신청을 인정합니다." 판사가 의사봉을 들고 소리 높이 한 번 내리쳤다. "미야케 씨, 증인석으로 나오세요."

주리가 서둘러 성큼성큼 앞으로 나왔다. 등에 땀이 배어 있었다.

겐이치는 주리의 옆얼굴을 바라보았다.

당연히 보여야 할—미야케 주리에게 더없이 잘 어울리는 특유의 히스테릭한 빛은 신기하게도 찾아볼 수 없었다.

가즈히코는 무슨 생각을 하고 있을까. 방청석에서 주리가 일어선 순간 그가 몸을 꿈틀하는 것이 느껴졌다. 그뒤로는 호흡까지 멈춰버린 양 굳어 있었다.

"미야케 주리 씨."

이마에서 땀이 흘러내리는데도 아랑곳없이 후지노 검사가 입을 열었다.

"증인이 그 고발장을 썼죠?"

주리는 긴장을 늦추지 않고 꼿꼿이 서 있었다. "네, 그렇습니다."

"작년 12월 24일 밤, 새벽 영시 무렵 학교 옥상에서 목격한 상황을 고발장의 형태로 공개한 사람이 증인이죠?"

"그렇습니다. 모두 제가 한 일입니다."

"그때 아사이 마쓰코 씨와 같이 있었죠?"

"아니요."

겐이치는 제 귀를 의심했다. 방청인들도 일제히 눈을 깜박거렸다. 오야마다 오사무는 손가락으로 귀를 후비는 시늉까지 하며 놀랐다.

"마쓰코와 같이 있었다는 건 거짓말이었습니다. 가시와기의 사건을 목격한 사람은 저 혼자입니다. 마쓰코는 그 자리에 없었어요."

망설임 없는 주리의 단언에 후지노 검사도 움츠러들었다. 주리는 료코를 보고 있지 않았다. 판사와 배심원들의 얼굴도 보지 않았다. 그저 정면만 응시했다.

"17일 증언과는 다르군요."

"맞아요. 그래서 거짓말이라고 한 거예요. 이 자리에서 정정합니다."

주리의 목소리는 여전히 높고 날카로웠지만 이제 흥분한 기색은 없었다.

"마쓰코에게는 고발장을 보내는 걸 도와달라고만 했어요. 정말로 그것뿐입니다."

"그럼 왜 아사이 마쓰코 씨도 함께 목격했다고 거짓말을 했나요?"

"저 혼자 목격했다고 하면 안 믿어줄까봐 불안해서요."

"혼자보다 둘이 목격했다는 게 신빙성이 높을 것 같았나요?"

"그렇습니다."

"17일 증인신문 때는 왜 그런 말을 하지 않았죠?"

"죄송합니다." 주리가 퉁명스럽게 사과했다. "아무래도 불안했어요. 저 혼자라면 믿어주지 않을 것 같아서요."

잠시 입을 다물었다가 덧붙였다.

"저는 미움받고 있으니까."

쥐죽은 듯 조용한 방청석에 그 말이 울려퍼졌다. 미움받고 있으니까.

"그에 대해서는 마쓰코에게―정말로 미안하게 생각해요. 마쓰코에게 사과하고 싶어요."

주리의 몸이 동요로 흔들렸다.

"마쓰코가 그런 사고로 죽은 건 제가 마쓰코를 끌어들였기 때문이에요. 고발장이 방송국에까지 새나가 큰 소동이 벌어지는 바람에 마쓰코가 겁을 먹었어요. 이런 걸 원한 게 아니었다고. 저도 무서웠으니 마쓰코는 훨씬 더 무서웠을 거예요. 제가 열심히 달랬고, 가만히만 있으면 괜찮아질 거라고 설득했지만."

주리가 배심원들을 둘러보았다.

"교통사고가 나기 직전에 마쓰코가 저랑 같이 있었다는 건 사실이에요. 고발장 문제로 같이 이야기를 했어요. 사실을 밝히고 싶다는 마쓰코를 제가 말렸어요. 날 배신하지 말라고 부탁했어요. 입막음을 한 거죠."

방청석에 놀라움의 파도가 일었다.

"착한 마쓰코는 제 말을 들어줬어요."

주리가 또 아무것도 없는 허공으로 시선을 돌렸다. 그녀의 눈에는 어쩌면 거기 있는 아사이 마쓰코의 모습이 보일지도 모른다. 아니, 보이길 바라는 걸까.

"하지만 마쓰코는 두려워했어요. 너무 두려웠던 나머지 이성을 잃었어요. 그래서 그렇게 차 앞으로 뛰어든 거예요."

내가 마쓰코를 죽게 만들었어요   미야케 주리가 말했다. 증인석 의자 등받이에 양손을 얹고, 그 손에 힘을 주며 매달리듯 움켜쥐었다.

"왜 지금 와서 사실을 말해야겠다는 생각이 들었죠?"

후지노 검사의 말투가 조금씩 안정을 되찾았다. 그녀는 질문을 하는 게 아니었다. 미야케 주리의 의도대로 이끌려가고 있었다.

주리가 눈을 꽉 감았다. 이를 악물고 있다는 걸 알 수 있었다.

"마쓰코는 제 유일한 친구였어요."

미움받는 미야케 주리 곁에서 늘 함께해주었던 아사이 마쓰코.

"그 친구를 제가 죽게 만들었어요. 하나뿐인 소중한 친구였는데, 마쓰코는 저 때문에 죽었어요."

슬퍼서 견딜 수 없다고 했다.

"아무리 후회해도 부족해요. 앞으로도 후회를 거듭할 테고, 평생 못 잊을 거예요."

"증인." 판사가 끼어들었다. "검사의 질문에 대답하세요."

주리는 이노우에 판사를 바라보았다. "저는 마쓰코를 잃었어요. 절대 되찾을 수 없는 것을 잃었다고요."

그걸 알아달라고 했다.

"사람들이 간바라의 증언을 진실이라고 인정하는 건, 그애가 괴로운 일을 겪어서인가요?"

주리는 거꾸로 배심원들에게 질문을 던졌다.

"그애가 여러 가지 힘든 이야기를 자진해서 고백해서요? 보통은 숨기고 싶어할 부모님 얘기까지 사람들 앞에서 털어놓아서? 그래서 다들 그애가 하는 말이 진실이라고 믿는 거예요?"

그리고 료코에게 돌아섰다. "그래서 내 말을 믿는다고 했던 후지노 너도, 그렇게 쉽게 배신한 거니?"

료코는 대답하지 않았다. 배심원들은 그저 숨죽이고 지켜보기만 했다.

"그렇다면 나도 똑같이 할게. 숨겨놨던 걸 고백할게. 나는 마쓰코에 대해 거짓말을 했습니다. 마쓰코가 죽은 것은 내 책임이에요. 스스로 인정합니다. 내가 마쓰코를 죽게 만들었어요. 죽인 거나 마찬가지예요."

그러니까—라며 다시 의자 등받이에 매달렸다. "그러니까 내 증언도 믿어주세요. 저는 사실대로 말했어요. 더는 거짓말할 이유가 없어요. 이 두 눈으로 본 것을 고발장에 썼어요. 모두 실제로 일어난 일이라고요."

눈발이 흩날리는 한밤중의 옥상에서 얼어붙은 철조망 너머로 보이던 가시와기 다쿠야의 창백한 얼굴.

"간바라는 거짓말을 하는 거예요."

입술을 일그러뜨리고 어깨를 들썩거리며 미야케 주리가 단호하게 내뱉었다.

"간바라의 얘기는 하나부터 열까지 전부 거짓이에요. 꾸며낸 얘기예요. 새빨간 거짓말이에요. 그런 엉터리 소리를 늘어놓으면서 오이데의 무죄를 증명하려 들다니, 머리가 어떻게 된 게 분명해요."

주리는 간바라 가즈히코에게 험담을 퍼부으면서도 변호인 측을 고집스럽게 외면했다. 설령 그쪽에 사람이 없고 벽만 있다고 해도 그렇게까지 무시하는 건 부자연스러울 정도였다.

"가시와기 다쿠야는 살해당했어요. 오이데 슌지에게 살해당했어요. 제가 그 현장에 있었어요. 모든 걸 지켜봤다고요. 오이데가 떠들어대는 소리를 들었어요. 가시와기를 몰아붙이고 깔깔거리는 걸 봤어요. 그게 오이데의 특기예요. 약한 사람을 괴롭히는 걸 끔찍이도 좋아한다고요!"

주리가 규탄하는 피고인은 그 자리에 없다. 오이데 슌지의 자리는 여전히 비어 있다. 무서워할 필요가 없는데도 그녀는 그쪽을 보지 않았다.

"전 사실대로 증언했어요. 실제로 일어난 일을 말했어요. 믿어주세요."

미야케 증인이 배심원들에게 호소하고는, 보이지 않는 손에 따귀를 맞은 것처럼 비틀거리며 변호인과 조수를 돌아보았다. 그리고 가즈히코에게 외쳤다.

"난 너 같은 애는 못 봤어!"

가즈히코는 움직이지 않았다. 눈도 깜박이지 않았다. 그가 이 법정에서 경악으로 굳어버린 건 처음이었다.

뺨의 붉은 기운이 완전히 가셔 주리는 창백했다. 눈만 붉었다. 눈물이 그렁그렁했다.

"넌 거기 없었어. 없었다고. 말도 안 되는 소리 하지 마!"

뭔가에 홀린 듯 주리를 바라보며 자리에서 일어서려는 야마노 가나메를 옆에 있던 구라타 마리코가 황급히 말렸다.

"아무것도 모르면서."

주리의 뺨으로 눈물이 주르륵 흘러내렸다.

"아무것도 안 했으면서 나서지 말란 말이야. 날 방해하지 말라고."

가즈히코가 뭐라고 항변하려는 듯 입술을 달싹였다. 소리는 나오지 않았다.

"네까짓 게 내 마음을 어떻게 알아!"

급기야 주리는 울음을 터뜨리더니 허물어지기 일보 직전에 가까스로 자세를 다잡았다. 증인석 의자 등받이가 그녀의 구명줄이었다.

"나쁜 짓은 하지 않았어요."

울면서 말했다.

"나쁜 짓은 하지 않았습니다."

나쁜 짓은 하지 않았습니다. 주리가 다시 한번 말했다. 무슨 뜻이지? 주어가 빠졌다. '누가' 나쁜 짓을 하지 않았다고 주장하는 건가.

겐이치는 문득 깨달았다.

주어는 '너'다. 간바라 가즈히코다. 가즈히코는 아무것도 하지 않았다고 말하는 것이다.

그녀는 거짓말을 하고 있다. 아사이 마쓰코를 잃고 더는 거짓말할 이유가 없다고 하면서도 여전히 거짓말을 하고 있다. 그 거짓말을 믿어달라고 호소하고 있다.

가즈히코를 돕기 위해서.

너는 아무것도 하지 않았어. 가시와기 다쿠야에게 아무 짓도 하지 않았어. 그날 밤 너는 옥상에 없었어. 가시와기를 만나지도 않았어. 가시와기는 네가 모르는 곳에서, 네가 모르는 이유로 죽었어. 넌 관계없어.

주리는 오이데 슌지가 살인을 저질렀다는 거짓말을 고집해서, 가즈히코에게 면죄부를 주려는 것이다.

왜? 왜 그러는 거지?

미움받던 미야케 주리를 그가 이해해주었기 때문이다. 3중학교에서 그녀와 나란히 앉았던 그 누구도 아닌 가즈히코가 그녀를 이해했다. 같은 반의 그 누구도 진심으로 헤아려주지 않았던 그녀의 속마음을 그만이 헤아려주었다.

이 법정에서 가즈히코는 오이데 슌지가 교내에서 어떻게 학생들을 괴롭히고 폭력행위를 저질렀는지 실상을 폭로했다. 3중학교의 모두가 어느 정도 알면서도 모른 척했던 것, 보고도 못 본 척했던 것을 슌지에게 직접 말로 들이대며 비난했다. 그리고 말했다. 그 고발장을 써서 피고인을 함정에 빠뜨린 게 누구냐는 질문은 의미가 없다고. 고발자가 누구든 이상하지 않다. 피고인은 지금껏 그럴 만한 행동을 해왔으니까.

그 마음이 주리에게 통했다. 그래서 그때 주리가 정신을 잃은 것이다. 간바라 변호인의 마음을 알아챘기 때문에. 그가 무엇을 위해 피고인에게 그런 신문을 했는지 알아챘기 때문에.

너는 나쁘지 않다. 가즈히코는 신문에서 오이데 슌지를 호되게 비난하며 주리에게 그렇게 전한 것이었다. 너는 거짓말을 했다. 하지만 너는 나쁘지 않다. 너는 그저 막다른 궁지에서 빠져나오려고 한 것뿐이다. 그러기 위해 생각나는 대로 행동했을 뿐이다. 너는 나쁘지 않다. 옳은 행동은 아니었지만, 나쁜 짓을 한 건 아니었다.

다른 누구도 아닌 간바라 가즈히코가 유일하게 그런 말을 해주었다.

겉치레가 아니다. 그때뿐인 위로도 아니다. 오이데 슌지를 비난함으로써, 가즈히코는 주리에게 그런 마음을 전했던 것이다.

이해한다고.

미야케 주리의 거짓말에는 절실한 이유가 있었다. 영혼의 생사가 걸린 이유가 있었다. 주리는 슌지에게 괴롭힘을 당했고 괴물이라고 멸시당했다. 학교라는 감옥 안에서는 그녀가 도망칠 곳이 없었다.

주리의 증언은 거짓이지만 그 안에는 진실이 있다. 오이데가 떠들어대는 소리를 들었다고 했다. 깔깔거리는 웃음소리를 들었다고 했다. 그것은 분명 주리가 눈으로 본 광경이고 귀로 들었던 소리다. 그날 밤 어둠에 휩싸인 옥상에서 가시와기 다쿠야에게 던진 조소와 폭력이 아니라, 미야케 주리가 이 학교에서 보낸 세월 속에서 수도 없이 겪어온 것이었다.

도망칠 수도 저항할 수도 없고 누구의 도움도 받을 수 없었던 미야케 주리에게 남은 선택지는 두 가지뿐이었다. 스스로 사라지거나, 오이데 슌지의 존재를 지워버리거나.

그런데 기회가 찾아왔다. 주리는 스스로 살아남기 위해 반격에 나섰다. 그것이 그 고발장이었다. 게다가 미야케 주리에게 그 기회를 준 것은 간바라 가즈히코였다. 가시와기 다쿠야가 죽은 직후 그가 바로 진실을 밝혔다면 주리는 아무것도 할 수 없었다. 궁지에 몰려 주위의 미움을 받는 상황에서 빠져나올 수는 없어도, 거짓말쟁이는 되지 않을 수 있었다. 아사이 마쓰코를 그 거짓으로 끌어들여 결국 잃고 마는 비극도 일어나지 않았을 것이다.

오이데 슌지를 가차없이 신문하며 가즈히코는 온 힘을 다해 주리에게 사과한 것이다. 미안해, 미안해, 미안해.

왕따에다 거짓말쟁이인 미야케 주리를 간바라 가즈히코만이, 오직 그만이 용서하려 했다.

주리도 알 수 있었다. 가즈히코의 의도를 알 수 있었다. 그렇지 않았다면 그녀가 오늘 이 자리에 나타났을 리 없다.

그리고 이번에는 주리가 그를 구하려 했다. 그를 용서하려는 것이다. 거짓말을 이어가고, 지어낸 죄에 매달리고, 없었던 일을 있었다고 주장해 가즈히코에게 면죄부를 주려는 것이다.

간바라는 나쁜 짓을 하지 않았다고.

"간바라는 이 사건과 아무 관계도 없어요."

주리가 눈물에 젖은 얼굴로 목이 잠긴 채 신음하듯 말했다.

"제 증언이 진실이에요. 믿어주세요. 간절히 부탁드립니다."

거기까지 쏟아내자 힘이 빠져버린 듯 주저앉아 엉엉 울기 시작했다. 티끌만큼도 연기 같지 않은, 거리낌없는 통곡이었다.

"후지노 검사."

판사의 목소리에서 억양이 사라졌다.

"질문 더 있습니까?"

후지노 료코는 뭔가에 얻어맞은 듯 우두커니 서 있었다.

주리는 계속 울고 있었다.

"검사, 재신문을 계속하겠습니까?"

"—아니요. 이걸로 마치겠습니다."

변호인, 하며 판사가 가즈히코를 바라보았다.

"반대신문 있습니까?"

가즈히코는 자리에 앉아 있었다. 주리의 고통스러운 울음소리가 숨죽인 법정에 퍼져나갔다.

"없습니다."

앉은 채로 대답하고서야 제 목소리를 듣고 정신을 차린 듯 화들짝 일어섰다.

"반대신문은 없습니다."

야마신이 앞으로 나와 웅크린 채 흐느끼는 미야케 주리에게 손을 뻗었다. 보호자 같은 따뜻한 손길로 어깨를 잡고 일으켜 세웠다. 그리고 고개를 푹 숙인 그녀를 감싸듯이 부축해 증인석을 떠나 법정 밖으로 데려갔다. 곧이어 방청석에서 일어서는 사람들이 있었다. 한 사람은 오자키 양호선생이고, 나머지는 주리의 부모 같았다.

아니, 또 있다. 저 사람들은 아사이 마쓰코의 부모 아닌가. 어머니는 손수건으로 얼굴을 가린 채 울고 있다. 주리와 마찬가지로 비틀거리면서 남편의 부축을 받아 법정에서 나갔다.

그 뒷모습을 지켜보고, 스스로를 조종하던 끈이 끊어진 양 가즈히코는 털썩 주저앉았다. 그리고 중얼거렸다. 바로 옆에 있는 겐이치에게만 들리는, 숨소리로 착각할 정도로 가느다란 목소리였다.

그 말을 듣고 겐이치는 자신의 이해가 틀리지 않았다는 것을 알았다.

가즈히코는 말했다. 고마워.

가까스로 잠잠해진 법정에서 이노우에 판사가 입을 열었다.

"조금 전 후지노 검사가 그간의 경과를 감안해 논고와 최후변론은 생략하자는 의견을 냈습니다만."

이 상황에서까지 판사의 위엄을 지키려는 이노우에 야스오의 고집도 만만치 않다.

"저는 그 의견에 동의하지 않습니다. 따라서 지금부터 검사 측의 논고와 변호인 측의 최후변론을 집행하겠습니다."

후지노 검사, 라고 근엄하게 불렀다. 료코가 말없이 일어섰다. 잠시 그대로 서 있다가 책상을 돌아 배심원들 앞으로 나왔다.

"배심원 여러분."

배심원의 시선이 자신을 향하자 간신히 미소지었다.

"돌발사고가 이어졌던 교내재판도 마침내 대단원에 접어들었습니다."

법정은 찬물을 끼얹은 것처럼 조용했다. 이제 손수건이나 부채를 팔랑거리는 방청인은 보이지 않는다.

"먼저 제가 검사로서 미숙했던 점을 여러분께 사과드립니다."

고개 숙여 인사하고 료코는 얼굴을 들었다.

"하지만 저희가 소환할 수 있는 증인은 모두 소환해 증언을 들었습니다. 저희 힘으로 조사할 수 있는 것은 모두 조사해서 밝혀냈습니다. 이제는 여러분이 차분하게 평의에 임해주시길 바랄 뿐입니다."

부디 사실을 봐주십시오—

"마음뿐 아니라 머리와 마음 양쪽으로 생각해주십시오. 여러분이라면 틀림없이 올바른 평결을 이끌어내주실 거라고 저는 믿습니다."

못다 한 얘기가 남진 않았는지 스스로에게 묻듯 료코는 고개를 살짝 갸웃거렸다. 그리고 스스로에게 고개를 가로저었다.

"논고를 마칩니다."

판사에게 말하고 자리로 돌아갔다. 사사키 고로와 하기오 가즈미가 일어나 검사를 맞았다.

"변호인, 최후변론 하세요."

지금까지와는 다르게 간바라 가즈히코가 책상에 손을 짚고 일어섰다. 검사와 달리 배심원들에게 다가가려 하진 않았다.

가까스로 고개를 들고 배심원들을 바라볼 뿐이었다.

"이 닷새 동안, 후지노 검사도 말했듯이 놀라운 일이 많이 일어났습니다. 배심원 여러분이 분노하거나 황당했던 적도 있었을 겁니다. 끈기 있게 심리에 참가해주셔서 감사합니다."

그도 한 번 고개를 숙였다. 그대로 고꾸라져버릴 것 같은지 다시 책상에 손을 짚어 몸을 지탱했다.

"제 입장에서 이런 발언을 해도 될지 모르겠습니다만, 꼭 드리고 싶은 말이 있습니다."

야마노 가나메의 눈에 다시 눈물이 그렁그렁했다. 미조구치 야요이는 가마타 노리코와 손을 꼭 맞잡았다. 남자 배심원들은 약속이라도 한 듯이 자세를 바로 했다. 지금까지는 교실에서 어떤 선생에게 아무리 엄한 지도를 받았대도 절대 취하지 않았을 자세다.

"가시와기 다쿠야 군이 죽은 사건에서 저는 당사자입니다. 그러나 이 교내재판에서는 유일하게 학교 외부인으로 관여해왔습니다. 그 과정에서 절실하게 느낀 것이 있습니다."

여러분은 훌륭합니다, 라고 했다. 그때부터 말투에 힘이 되살아났다.

"이렇게 어려운 재판을 기획하고 실현했습니다. 그 용기와 창의력과 노력에 깊은 경의를 표합니다. 다른 학교에서는 절대 하지 못했을 겁니다. 여러분이기에 여기까지 올 수 있었습니다."

배심원들 중 왜인지 가쓰키 게이코만 아래를 내려다보았다.

"안타깝게도 피고인은 지금 이 자리에 없습니다."

간바라 변호인이 텅 빈 피고인석으로 눈을 돌렸다.

"원래는 여기 있어야 하는데, 그러지 못했습니다. 그가 자리를 지키도록 저와 조수 노다 군이 나름대로 노력했지만 힘이 닿지 못했습니다. 매우 죄송스럽습니다."

그러나—변호인이 등을 곧게 폈다.

"여러분처럼 용기가 없고 여러분처럼 남을 배려하고 아픔을 헤아릴 만큼 사려 깊지 못할지라도 피고인은 이 교내재판에서 도망치지 않았습니다. 저항하고 소란을 피웠지만 끝까지 도망치지는 않았습니다. 지금 피고인이 여기 없는 것은 그의 뜻이 아닙니다."

퇴정당해서입니다, 라고 말했다.

"왜 주인공인 내가 쫓겨나야 하느냐며 지금쯤 화를 내고 있겠죠. 왜냐하면 피고인도 이 교내재판에 뭔가를 걸었기 때문입니다. 그걸 말로 표현하는 능력이 부족해 상당히 불성실한 태도를 보이고 말았지만, 그의 속내는 그렇지 않습니다."

피고인은 이 재판에 스스로를 걸었습니다, 라고 말했다.

"여러분에게 걸었던 겁니다."

간바라 가즈히코는 그 순간 완전히 간바라 변호인으로 돌아왔다.

"그렇지 않았다면, 그 누가 아무리 노력해도 이 법정을 만들어내고 재판을 끌어갈 수 없었을 겁니다. 그런 의미에서 피고인 역시 칭찬받아 마땅하다고 저는 생각합니다."

배심원들이 하나같이 텅 빈 피고인석을 바라보았다. 방청인들도 마찬가지였다.

"피고인은 이 학교에 피해를 끼치는 불량학생이며, 선생님들도 통제하기 힘든 문제아였습니다. 쉽게 흥분해서 폭력을 휘두르고, 약한 자를 괴롭히고, 힘을 과시하고, 자기 행동이 잘못되었다는 것도 거의 자각하지 못했습니다. 피고인은 말 그대로 이 학교의 골칫거리였습니다."

그러나, 그렇지만. 간바라 변호인이 목소리를 높여 호소했다.

"피고인은 가시와기 다쿠야 군을 살해하지 않았습니다. 그의 죽음과 관계없습니다. 피고인이 살인자라는 확증은 아주 작은 조각 하나도 발견되지 않았습니다. 그런 것은 존재하지 않았습니다. 하물며 피고인에게는 알리바이가 있습니다. 작년 12월 24일 한밤중 운명의 시간에 피고인이 어디서 뭘 했는지, 다시 한번 머릿속에, 마음속에 떠올리고 평의에 임해주시기 바랍니다."

다케다 배심원장이 천천히, 그리고 깊이 고개를 한 번 끄덕했다.

"저는 이 학교의 외부인입니다. 재판이 끝나면 더는 3중학교와 연이 없습니다. 이 학교의 과거와도, 미래와도 무관한 존재입니다. 따라서 저는 여러분이 피고인에게 당한 수많은 피해를 체감할 수 없습니다."

그 말이 배심원들의 마음에 스며드는 것을 지켜보듯 간바라 변호인은 뜸을 들였다.

"그 사실을 알면서도 감히 부탁드립니다. 어쩌면 상관없는 외부인의 의견 아니냐고 분노하실지도 모릅니다. 그럼에도 부탁드립니다. 부디 사실에 의거해 올바른 평결을 내려주십시오."

겐이치는 어느새 변론에 푹 빠져 있었다. 가슴의 통증도 슬픔도 사라졌다. 가즈히코의 말에 씻겨나갔다.

"물론 이 교내재판에는 법적인 구속력이 없습니다. 이 법정은 여름방학 과외활동입니다. 설령 여러분이 유죄 평결을 내린다 해도 피고인이 벌을 받지는 않습니다."

그러나, 하지만.

"유죄 평결을 받는다면 피고인은 분명 이 학교를 떠날 겁니다. 설령 본인이 원하지 않는다 해도 더는 여러분과 함께 이 학교를 다닐 수 없겠죠. 요컨대 여러분은 평결의 힘으로 피고인이라는 성가신 짐을 3중학교에서 쫓아낼 수 있는 것입니다."

그것은 큰 힘입니다—

"소문난 문제아를 단번에 쫓아낼 수 있습니다. 이런 기회는 두 번 다시 없을 겁니다. 피고인이 상처받고 괴로워할지 모르지만 그건 자업자득입니다. 자신이 씨앗을 뿌렸습니다. 지금까지 약삭빠르게, 혹은 그저 운 좋게, 혹은 부모님이라는 어른의 힘을 빌려 받아 마땅한 벌과 지도를 피해온 피고인에게 오히려 적당한 처분일지 모릅니다."

가쓰키 게이코가 고개를 숙인 채 양손으로 얼굴을 가렸다.

"하지만 그게 과연 옳은 일일까요?" 간바라 변호인이 말을 이었다. "누적된 괴롭힘과 폭력행위의 대가를 치르게 하려고 피고인을 살인자라 비난하는 것이 옳은 일일까요? 그것이 정의일까요?"

여러분이 추구해온 정의일까요? 변호인은 호소했다.

"부디 그 유혹에 지지 말아주십시오. 여러분이 피고인에게 유죄를 선고하는 건 곧 크나큰 거짓을 인정하는 일입니다. 그것은 이 닷새 동안 법정에서 나온 그 어떤 거짓보다 잘못된 거짓입니다. 진실에서 등을 돌린 위증입니다. 다른 누구도 아닌 배심원 여러분 한 사람 한 사람이, 여러분 각자의 마음속 법정에서 위증을 하는 것과 다름없습니다."

이노우에 판사가 입을 한일자로 꾹 다물었다. 후지노 료코는 석상이 된 것처럼 미동도 하지 않았다.

"본 법정에 소환된 증인은 모두 선서를 했습니다. 평의에 들어가기 전 배심원 여러분도 마음속으로 선서해주십시오. 진실을, 오로지 진실만을 마주하겠다고 마음속으로 맹세해주십시오. 왜냐하면 여러분의 평결에는 오이데 순지라는 한 중학교 3학년생의 마음이 걸려 있기 때문입니다. 상당히 비뚤어지고 철없고 제멋대로지만, 그래도 틀림없이 인간의 마음입니다. 살아 있는 마음은 바뀔 수 있습니다. 변화의 가능성이 있습니다. 그 가능성을 없애지 말아주십시오. 피고인이 이 법정에서 여러분에게 걸었던 것을 받아들여주십시오. 앞으로는 지금껏 시도해본 적 없는 방식으로 스스로를 마주하고 변화해나갈 기회를 피고인에게 주십시오."

말을 맺으며 눈을 감고 간바라 변호인은 숨을 한 번 내쉬었다.

"최후변론을 마치겠습니다."

예상 밖의 일이 일어났다. 방청석 한쪽에서 박수가 나온 것이다.

처음에는 한 사람이었다. 겐이치는 눈길을 돌려 그 주인공을 찾았다. 그러나 찾아내기도 전에 한 사람, 또 한 사람 박수 치는 방청인이 늘어났다. 이윽고 헤아릴 수 없을 만큼 많은 사람의 박수소리가 후텁지근한 체육관 안을 가득 메웠다.

판사가 손에 든 의사봉을 두드리며 낭랑한 목소리로 선언했다.

"이것으로 본 법정은 모든 심리를 종료하고 결심합니다. 배심원은 별실로 이동해 곧바로 평의에 들어가겠습니다."

이노우에 판사는 세 시간 안에 평결을 내리라고 했다.

"그 정도면 충분하지?"

아홉 명의 배심원은 일단 대기실에 모여 점심을 먹고 쉬는 중이었다. 책상 여덟 개를 두 줄로 마주보게 늘어놓고, 이른바 '주인공 자리'인 나머지 한 책상에는 배심원장 다케다 가즈토시가 앉았다. 자연스럽게 남자와 여자로 나뉘었는데 가쓰키 게이코만 남자 쪽 가장자리에 끼어 있었다. 여자들 중 누군가 따로 앉아야 한다면 그건 게이코일 테고, 그렇다고 남자 측에서도 환영받지 못해서 자세히 보니 그녀의 책상만 조금 떨어져 있었다. 본인이 떨어뜨렸을지도 모른다.

이노우에 판사는 여전히 펄럭거리는 검은 판사복을 두르고 있었다. 목덜미에 희미하게 땀띠가 난 것을 야마신은 알아차렸다. 평의하는 동안 정리가 대기실 경비를 서야 하니 지금 같이 식사를 해두라는 판사의 명령에 따라 출입문 옆에서 서둘러 도시락을 먹는 중이었다.

교내재판 기간 내내 쓰자키 전 교장이 마련해준 점심 도시락은 매일 종류와 모양이 달랐고, 그러면서도 하나같이 맛있었다. 사소하지만 중요한 부분이라고 야마신은 생각했다.

그런 배려는 콩너구리가 받은 마음의 상처가 얼마나 깊은지 드러내는 동시에 사죄의 뜻도 담겨 있었다. 도시락 하나에도 진실이 깃든다. 야마신은 사범의 말을 떠올렸다. 백 마디 말보다 주먹밥 하나가 진실을 말하기도 하는 법이야.

"우리야 상관없지만, 방청인들한테는 어떻게 알리지?"

가마타 노리코의 질문에 판사가 대수로울 것 없다는 듯이 내뱉었다. "체육관 앞에 써 붙여두면 돼."

'평결은 오후 여섯시에 나옵니다.'

"왠지 시시하다." 오야마다 오사무가 투덜거렸다. "할리우드 영화 보면 배심원 평의가 며칠씩 이어지고, 그동안 호텔에 갇혀서 먹고 싶은 거 다 시켜 먹고, 그러다가 배심원끼리 눈이 맞기도 하던데."

"입 좀 다물어." 노리코가 단칼에 잘랐다. "빨리 시작 안 하면 시간이 모자란다고. 이 점심시간도 세 시간에 포함되니까."

"약간의 오차는 인정한다."

판사가 판사복 자락을 휘날리며 대기실을 나갔다. 야마신은 식사를 마치고 도시락을 말끔히 정리했다.

"조금이라도 먹어둬."

야마노 가나메의 상냥한 목소리는 누구를 향한 걸까. 가쓰키 게이코였다. 게이코는 도시락 포장을 뜯을 생각도 않고 고개를 떨어뜨린 채 앉아 있었다.

"그래, 배고프면 어지럽잖아."

여학생들이 입을 모아 맞장구쳤다. 게이코는 움직일 생각도 하지 않고 시선을 발밑으로 떨어뜨린 채 나지막이 중얼거렸다.

"―그 바보, 지금 어쩌고 있을까?"

두 손 들었다는 듯 눈알을 빙글 돌려 천장을 올려다보는 하라다 히토시만 빼고 다들 서로의 얼굴을 바라보았다.

"오이데만 걱정되는 게 아니야."

웬일로 고사카 유키오가 가장 먼저 입을 열었다. 아이들의 시선을 받고 움츠러들면서도 게이코를 달래려는 듯 말을 이었다.

"우리 모두 누군가를 걱정하고 있어. 그렇지만 앉아서 걱정이나 하려고 여기 모인 건 아니잖아."

"그래!"

옆에 있던 오야마다 오사무가 유키오의 둥그런 어깨를 철썩 때렸다.

"고사카가 좋은 말 했네."

나란히 앉은 모습을 보니 두 사람의 체형은 많이 비슷했다. 오사무는 살이 쪄도 탄탄하고 유키오는 동글동글하다는 차이뿐이다.

"그나저나 료짱은 어쩌고 있을까……"

구라타 마리코가 나지막이 중얼거렸다.

후지노 료코는 어쩌고 말고 할 것도 없었다. 검사 측 대기실에서 사무관들과 점심을 먹고 어제 일을 두 사람에게 설명하는 중이었다.

"변호인 측에는 노다가 같이 있었으니까. 나도 사사키나 가즈미를 불러야 했을지도 모르지만."

고로가 고개를 끄덕였다. "하긴 어제 간바라 본인한테서 직접 이야기를 들었으면 좋았겠지."

"미안해."

"난 그렇게 생각 안 해." 가즈미가 단호하게 말했다. "아무것도 몰랐던 게 다행이었어. 알았으면 오늘 법정에 못 나왔을지도 몰라."

간바라 가즈히코의 증인신문 때 가즈미는 눈물을 글썽거렸다. 여자의 무기를 쓸 상황이 아닌데도 가즈미가 우는 모습을 적어도 료코는 처음 보았다.

"게다가 판사와 배심원만 빼고 우리 모두 진상을 알고 있었다면 왠지 속임수처럼 보이지 않았을까? 그런 걸 뭐라고 하지, 고로짱?"

둘이서 한참 이거네 저거네 실랑이하다 '승부조작'이라는 말이 나오자 겨우 잠잠해졌다.

"하지만 내가 알고 있었다는 것만으로도 이미 승부조작 아닌?"

료코가 웃은 순간 노크 소리가 들렸다. 전령을 맡고 있는 농구부원이 얼굴을 내밀었다.

"실례합니다. 후지노 검사 부모님이 오셨는데요."

료코가 자리에서 일어나 인사했다. "감사합니다. 그런데 저희는 평결이 나올 때까지 외부인을 못 만나요. 부모님에게 그렇게 전해주세요."

알겠습니다, 라며 전령이 달려갔다.

"안 만나도 돼?"

"괜찮아."

료코는 살짝 화가 났다. 이런 상황에 찾아오다니, 엄마 아빠도 참 태평하다.

"료짱, 전에 말이야." 가즈미가 큰 눈동자를 이쪽으로 돌렸다. "간바라가 이상한 말을 했다고 고민한 적 있지?"

무슨 이상한 말? 고로가 인상을 찌푸렸다.

"어차피 이기는 건 후지노라고 했나 뭐랬나?"

료코도 기억한다. 고개를 크게 끄덕였다.

"응, 아키코한테 들었어. 확실히 기억나. 노다랑 셋이서 이야기하다가, 이기고 지는 것만 따지면 후지노의 승리일 테니 걱정 말라고 간바라가 말했대."

"분명 이상하긴 하네." 고로가 입을 삐죽 내밀었다. "그 녀석이 진상을 밝히면 우리 검사 측이 지는 거잖아. 그걸 빤히 알면서도 왜 료짱이 이긴다고 했지?"

가즈미가 모든 걸 깨달았다는 듯 냉정하게 말했다.

"그건 재판의 승패가 아니라 인간으로서의 승패를 말한 거야. 자기는 살인자니까라는 뜻이 아닐까."

료코와 고로는 입을 다물었다.

"—간바라는 어떻게 될까. 학교에서 퇴학당할까?"

"안 들키면 되잖아?"

"무슨 소리야, 들킬 게 뻔하지! 경찰에도 얘기가 들어갈 테고, 뭣보다 모기가 와 있잖아. 그 작자가 간바라네 학교에 이를 게 뻔해."

"그럴까……"

하긴 도토대 부속이니까, 라며 고로가 갑자기 풀이 죽었다.

"공립이랑 다르게 그런 일에 더 엄격하려나?"

료코가 밝은 목소리로 말했다. "혹시 그런 일이 생기면 우리가 어떻게든 해보자."

두 사무관이 눈을 깜박거렸다.

"뭘 어떻게 해?"

"청원서를 쓴다거나."

"아, 그렇지." 고로가 손뼉을 짝 쳤다. "이번에는 우리가 간바라를 변호하면 되겠네."

응, 하고 료코가 고개를 끄덕였다.

"그때는 미야케도 도와줄지 몰라."

그 말이 끝나기가 무섭게 가즈미의 눈이 바짝 치켜올라갔다. "난 싫어, 절대 싫어!"

"야, 여기까지 왔으니 미야케 마음도 좀 알아줘라."

"몰라! 알아도 몰라! 용서 못 햇!"

무슨 일인가 싶어 전령이 다시 와볼 정도로 시끄러워졌다.

"음, 그럼 여러분."

키다리 다케다 배심원장이 잔뜩 긴장했다.

"평의라는 걸 시작하려 하는데, 음, 그러니까."

"음이 너무 많아." 오야마다 오사무가 날카롭게 지적했다.

"먼저 의문점부터 정리해보는 게 어때?" 하라다 히토시가 새침하게 말했다. "사실관계는 법정에서 몇 번이나 들었고, 증언도 다 있어."

책상 위에는 지금까지 제출된 서증과 이노우에 판사가 (누나의 도움으로) 작성한 각 증인신문의 기록이 쌓여 있었다.

"아직 석연치 않다 싶은 게 있으면 그것부터 시작해보자."

고개를 한 번 끄덕이고 야마노 가나메가 말했다. "내가 알 수 없는 건 가시와기야."

언제나 온화하고 부드러운 가나메의 눈에 어렴풋한 분노의 빛이 떠올랐다.

"주위 사람의 죽음을 경험하고 싶다니. 안 그러면 살아 있다는 실감이 안 난다니. 난 도무지 이해가 안 가."

"난 알아."

평소답지 않게 또렷한 목소리로 미조구치 야요이가 바로 대답했다. 말을 내뱉고서야 여느 때처럼 멈칫멈칫하며 소극적으로 말했다. "알 것 같아."

고사카 유키오가 둥그런 얼굴을 야요이에게 돌렸다. "실은 나도 야마노처럼 잘 모르겠어. 어떻게 알 것 같은지 말해줄 수 있니?"

두 사람이 말을 나누는 것은 이 재판뿐 아니라 학교생활을 통틀어 이번이 처음일 것이다. 야요이는 늘 올려다보던 밤하늘에서 갑자기 별똥별을 발견한 듯한 눈빛을 띠었다.

"—나도 비슷한 생각을 한 적이 있으니까. 그래서, 음, 조금 위험한 짓도 했고."

다들 조금 긴장했다.

"위험한 짓?" 배심원장이 물었다.

야요이는 옆에 있는 노리코를 돌아보고서 대답했다. "아직 노리코랑 친해지기 전이니까 1학년 때였어—10월쯤이었나."

노리코가 고개를 끄덕이며 단도직입적으로 물었다. "야요이, 뭘 했는데?"

미조구치 야요이가 먼 허공을 바라보았다. "반에서 왕따를 당해서."

학교 다니기가 괴로웠다.

"마침 그 무렵 가와사키에서 한 중학생이 투신자살을 했어. 여자애. 근처 아파트 12층에서 뛰어내려서 죽었지. 그 뉴스를 보고 현장에 가보고 싶어졌어."

"갔니?"

야요이가 고개를 끄덕였다. "난 거의 외출을 안 하니까, 혼자서 가와사키까지 가는 것만 해도 꽤 큰맘을 먹은 거였어."

그래도 꼭 가보고 싶어서 학교 이름과 텔레비전 화면에 언뜻 비친 주소 푯말을 실마리 삼아 가까스로 현장에 도착했다.

"그애가 떨어진 곳은 주차장이었어. 이미 보름쯤 지나서 아무것도 안 남아 있었지만 꽃은 아직 놓여 있었지. 지저분한 우유병에 꽂힌, 반쯤 시든 국화꽃."

야요이는 그 꽃 옆에 한참을 웅크리고 앉아 있었다.

"여기서 나 같은 여자애가 죽었구나 생각했어. 콘크리트 바닥을 만져봤어. 뭔가 전해지지 않을까 해서."

야요이는 생각했다. 내 목숨이 이 콘크리트로 빨려들고, 자살한 아이가 그 목숨을 받아서 살아나면 좋을 텐데.

"자살한 아이는 성적이 안 좋아서 고민이었대. 부모님이 엄하셨나봐. 하지만 노력하면 성적은 좋아질 수 있잖아? 나처럼 사람들에게 미움받고 따돌림당하는 성격은 못 고쳐. 그러니까 차라리 내가 죽는 게 나을 것 같았어."

오이데 순지로 머릿속이 가득 차서 정신이 딴 데 가 있는 듯하던 가쓰키 게이코가 별안간 야요이에게 매섭게 쏘아붙였다.

"그따위 생각이나 하니까 미움받는 거야."

놀란 듯이 눈을 살짝 크게 뜬 야요이가 게이코에게 웃어 보였다. "그렇겠지."

다른 배심원들은 당황한 눈치였다.

"네가 한 건 그것뿐이야?"

노리코의 질문에 야요이가 고개를 저었다. "아무리 손을 대고 있어도 콘크리트는 목숨을 빨아들이지 않더라."

"당연하지." 오사무가 또 날카롭게 끼어들었다.

"그래서 난 그 아파트 비상계단으로 올라갔어. 죽은 아이가 그랬던 것처럼 12층까지. 비상계단이 건물 외부로 나 있어서 누구든 올라갈 수 있었거든."

그런데 지나가던 관리인이 12층 층계참에서 서성거리는 그녀를 발견했다.

"관리인 아저씨가 한 시간 정도 설교를 했어.."

정확히 말해 관리인은 일단 야요이 어머니의 연락처를 물어서 전화를 하고. 어머니가 부랴부랴 데리러 올 때까지 줄기차게 타일렀다고 한다.

"상당히 특이한 말을 하더라고."

목숨은 소중하다느니, 목숨은 지구보다 무겁다느니, 목숨을 함부로 하면 안 된다느니 하는 말들을 늘어놓지는 않았다.

"관리인 아저씨는 오만상을 찌푸리고 말했어. 자살한 아이가 불쌍하다고. 자기가 더 빨리 발견했으면 죽지 않았을 거라고. 미안하다, 너무 미안하다고."

실로 진심 어린 말이었고, 잘 모르는 중학생의 죽음에 이렇게까지 책임을 느끼는 어른도 있구나 하는 생각에 야요이는 마음이 흔들렸다.

그런데 조금 지나니 이야기의 방향이 달라졌다.

"점점 화를 내는 거야."

관리를 제대로 못했다고 상사에게 혼나고 월급을 삼 개월 치나 깎였다느니, 그애가 떨어진 자리를 계약한 차 주인이 불길하니까 다른 데로 옮기겠다고 한다느니, 사건 때문에 아파트 값이 떨어졌다는 항의가 보름 만에 스무 건이 넘게 들어와서 손이 발이 되도록 빌었지만 실은 왜 내가 빌어야 하는지 모르겠다느니.

"요컨대 자살한 꼬맹이 하나 때문에 엄청난 피해를 입었다고 너한테 불평한 거네."

다케다 배심원장과 오야마다 오사무 콤비가 어이없다는 듯 말했다.

"응. 왠지 맥이 풀렸어. 그래서 안 죽고 돌아왔지."

아홉 개의 책상 주위에 침묵이 내려앉았다. 야요이는 부끄러운 듯 몸을 움츠렸다.

"미안해, 이상한 얘기 해서."

이상하지 않아, 라고 배심원장과 고사카 유키오가 동시에 말했다.

"가시와기도 어디선가 맥이 풀렸으면 좋았을 텐데." 다른 아이들보다 머리통 하나쯤 키가 큰 배심원장이 머리를 긁적였다. "간바라는 좋은 녀석이지만 역시 그러진 못했지. 그 녀석 경우에는 무리도 아니겠지만."

"그래, 간바라는 자기 앞가림하기도 벅찼을 테니 어쩔 수 없었겠지."

오야마다 오사무가 재채기를 참듯 손으로 코를 꽉 잡고서 말했다. "가시와기를 우리 부로 스카우트할 걸 그랬네. 머리도 좋았던 것 같고 장기를 배웠으면 다른 고민은 싹 사라졌을걸. 그럼 안 죽었을 텐데."

가마타 노리코가 한숨을 내쉬었다. "취미로 하면 그렇겠지. 하지만 프로 기사가 되기로 마음먹으면 그것도 또 엄청 힘들잖아? 일본장기연맹에 들어가려다 실패한 사람이 자살했다는 기사를 본 적 있어."

"그건 차원이 다른 얘기야."

"차원은 달라도 이 세상 얘기야."

"결국 자살방지 특효약이란 건 없는 거네."

눈에 깃들었던 분노의 빛을 지우고 야마노 가나메가 중얼거렸다. "음악가의 세계에도 비극은 무척 많아. 예술은 어떤 사람은 구하지만, 또 어떤 사람은 궁지에 몰아넣으니까."

모두 의기소침해졌다.

"그럼 가시와기는 자살한 걸로 보는 거지?"

구라타 마리코의 태평한 말투에 모두 퍼뜩 정신을 차렸다. 그 반응에 마리코가 더 놀랐다.

"어, 지금 그 얘기 하는 거 아녔어?"

"맞아, 구라타 말이 옳아."

가슴 앞으로 젠체하며 팔짱을 낀 하라다 히토시가 차가운 눈빛으로 모두를 둘러보며 말을 이었다. "이 평의를 요약해보면 간바라와 미야케 둘 중 어느 쪽을 믿느냐인데, 다들 미야케의 말은 벌써 머릿속에서 지워버린 거 같은데? 간바라의 증언이 진실이고, 가시와기는 자살했다. 그러니 평결은."

"오이데는 무죄다." 고사카 유키오가 말했다.

"그래. 그렇게 동의하면 끝이잖아?"

"그런데 하라다, 말은 그렇게 하면서 뭔가 납득이 안 가는 표정이네."

노리코가 정곡을 찌르자 하라다 히토시가 시큰둥하게 눈을 깜박거렸다. "납득했어."

"거짓말. 뭐 걸리는 거 있지?"

"난 대세에 따를 거야."

오야마다 오사무가 조그만 코를 벌름거렸다. "그런 무사안일주의는 좋지 않아."

"아, 그럼 내가 의견을 바꿀게." 야마노 가나메가 가볍게 손을 들었다. "간바라의 증언을 전적으로 받아들이는 건 찬성할 수 없어. 그러니 하라다도 자기 의견을 말해줘."

히토시가 상당히 성가시다는 듯 가나메를 흘끗 곁눈질했다. 문과 여자애는 이래서 싫다니까.

"—오이데한테는 알리바이가 있잖아."

"응, 있지." 배심원장이 고개를 끄덕이며 모두를 둘러보았다. "곤노 변호사 선생님 증언에 의문 있는 사람, 있어?"

아무도 대답하지 않았다.

"그럼 오이데의 알리바이가 성립한다는 게 우리의 통일된 의견이고. 다음은?"

"간바라와 가시와기의 관계는 학원 선생님이 증언했고, 그 녀석들이 크리스마스이브에 뭘 했는가 하는 것도 대략 그대로 받아들이면 될 것 같아. 세세하게는 간바라의 해석이 들어갔지만 그쪽도 목격자가 있으니까."

"가전제품점 아저씨." 야요이가 고개를 끄덕였다. "그 아저씨, 날 야단 쳤던 아파트 관리인이랑 닮았어."

또 모두 입을 다물어서 야요이가 사과했다. "괜한 소리 해서 미안."

"그렇지만 나는."

줄곧 팔짱을 끼고 있던 하라다 히토시가 묵직한 콧김을 내쉬며 천장으로 시선을 던졌다.

"가시와기 말인데, 일단 자살할 결심을 했으니까 간바라에게 유서를 준 거잖아?"

노리코가 고개를 끄덕였다. "간바라가 돌려줬지."

"그런데 그 유서는 가시와기가 죽은 뒤에도 발견되지 않았어."

"본인이 처분한 거 아냐?"

히토시가 노리코의 얼굴을 똑바로 바라보았다. "과연 그럴까? 네가 가시와기 입장이라면 그렇게 쉽게 유서를 처분할 수 있겠어?"

허를 찔린 노리코가 눈을 깜박거렸다.

"그냥 글이 아니야. 유서라고. 나라면 그렇게 쉽게 버리진 못할 거야."

"유서니까 더더욱, 간바라가 안 받아주니 남겨둘 의미가 없어진 게 아닐까."

이례적이라기보다 경이로웠다. 대답이 막힌 노리코 대신 야요이가 반박한 것이었다.

"의미가 있고 말고를 떠나서 가시와기는 그걸 더는 쳐다보고 싶지도 않았던 거 아닐까? 안 그래? 창피하고 분하잖아."

간바라에게 거부당했으니까, 라고 말했다.

"그러네…… 나도 야요이 의견에 찬성."

두 여학생의 협공 앞에서 하라다 히토시는 더욱 단단히 팔짱을 꼈다.

"어쨌거나 난 그 실물이 궁금해. 읽어보고 싶어. 가시와기의 심경이 가장 잘 드러났을 테니까."

"뭐, 없는 건 어쩔 수 없잖아."

장기부 주장의 중재를 배심원장이 뭉개버렸다. "그 유서, 정말로 안 남아 있을까?"

"설마."

"아직 집안 어딘가에 있지 않을까?"

"그럼 진작 발견했겠지."

"애당초 그런 유서가 있긴 할까? 간바라가 꾸며낸 얘기가 아니라는 보장도 없잖아."

어이, 하라다—오야마다 오사무가 한탄했다. "너 대체 어디까지 거슬러올라갈 셈이야?"

"유서로 안 보였을지도 몰라."

야마노 가나메의 말에 다들 그녀를 보았다.

"흔히 보는 그런 유서랑 달라서, 그래서 부모님이 못 알아챘을 수도 있지 않을까?"

"그러고 보니." 노리코의 눈매가 매서워졌다. "간바라가 그랬어. 가시와기가 건네준 건 노트였다고. 편지봉투가 아니라."

"내가 메모했어." 구라타 마리코가 손에 든 수첩을 뒤적거렸다. 그러더니 옆에서 들여다보는 고사카 유키오에게 손가락으로 짚어주었다. "봐, 여기! 노트를 받고 이삼일 있다 돌려줬다고 했어. 어린이공원에서 만나서."

"그렇지만 내용을 읽어보면 유서라는 걸 알겠지."

"간바라는 안 읽었어." 노리코도 자기 메모를 확인했다. "'어떻게 해야 할지 몰라서 그대로 뒀다.' 읽었다는 말은 없어."

"그 노트를 찾아봐달라고 부탁해볼까?"

"그래도 될까?"

오야마다 오사무가 키다리 배심원장을 올려다보았다.

"이미 결심을 마쳤는데, 배심원이 조사를 요청하는 게 허용되나?"

"증언에서 나온 이야기를 보충하는 거니까 괜찮을 거야."

배심원장이 일어나 복도에서 기다리는 야마신에게 직접 말하러 갔다.

가시와기 가족 세 사람을 위해 기타오 선생이 도서실을 내주었다. 평결이 나올 때까지 좀 쉬고 계세요.

일부러 그런 건 아니었지만 정신을 차려보니 세 사람은 창가에서 가장 멀리 떨어진 안쪽 자리에 앉아 있었다. 열람용 책상에 부모님이 나란히 앉고, 히로유키는 그 맞은편에 앉았다.

도서실에는 커튼이 없었다. 운동장에 무리지어 있는 방청인들의 목소리가 열린 창으로 들려왔다.

"창문 닫을까?"

히로유키가 작은 소리로 말했다. 아버지는 어깨가 축 처진 어머니에게 다가가서 등을 어루만져주었다.

"바깥 소리 신경쓰이죠?"

대답을 기다리지 않고 히로유키는 창을 닫으려고 일어섰다. 도서실은 2층이었다. 창가에 서면 운동장이 내려다보였다. 운동장에서도 도서실이 보인다는 뜻이다.

실제로 날아드는 시선이 느껴졌다. 히로유키는 재빨리 창문을 닫고 도망치듯 자리로 돌아왔다.

형세는 역전되었다. 이 재판은 이미 오이데 슌지를 심판하는 자리가 아니다. 심판받는 것은 가시와기 다쿠야다.

다쿠야는 대관절 어떤 열네 살 소년이었을까. 방청인들의 눈에는 어떻게 비쳤을까.

이제 누구도 다쿠야를 감수성 예민하고 사려 깊은 어린 철학자라 생각하지 않는다. 유일한 친구나 다름없던 간바라 가즈히코를 몰아붙이고, 그의 인생을 빼앗으려 한 고집스럽고 냉혹한 에고이스트다.

그렇다, 그게 진실이다. 형인 나는 안다. 몸서리날 정도로 잘 안다. 히로유키 역시 하마터면 다쿠야에게 인생을 빼앗길 뻔했다. 그대로 부모 곁에 머물며 다쿠야와 함께 살았다면 간바라 가즈히코가 맡은 역할은 히로유키의 몫이 되었을 것이다.

히로유키에게는 한 가지 확신이 있었다. 작년 11월 다쿠야가 오이데 슌지 삼인조와 충돌했을 때, 사람을 죽여본 적이 있느냐고 묻고 자기 주위 사람이 죽는 걸 경험하고 싶다고 했을 때, 다쿠야가 떠올린 '죽어야 할 주위 인간'은 틀림없이 나였을 것이다. 다쿠야는 형 히로유키가 죽기를 바랐을 것이다.

그 녀석은 악마다. 나는 안다. 예전부터 알고 있었다. 세상에는 그런 인간이 있다. 남들과 공존하지 못하는. 항상 자신이 특별한 존재여야 직성이 풀리는.

하지만—

열네 살이란 본래 그런 나이가 아닐까. 누구나 자의식이 과도하고, 끊임없이 주위와 부딪치고, 마음은 우월감과 콤플렉스가 뒤섞여 불안정하고, 상처를 주고 상처를 받고, 그렇게 몇 년을 지내다가 만신창이가 되어 그 시기를 빠져나온다.

나도 그랬다. 다쿠야도 그랬다. 그런데 왜 다쿠야는 그것만으로 부족했을까.

내가 있어서일까. 부모의 관심을 놓고 형과 다투어야 해서? 그렇다면 형제자매가 있는 십대는 모두 악마여야 한다. 그건 아니다.

우연히 간바라 가즈히코라는 특별한 아이를 만났기 때문일까? 불행한 성장과정, 어두운 과거가 있는 우등생. 다쿠야 못지않게 똑똑하고 생각이 깊고 게다가 다쿠야와 달리 남들의 호감을 산다.

어떤 비극일지라도 평범한 것보다는 낫다. 극적인 인생을 원한다. 나는 결코 '그저 그런 인간'이 아니라고 자부하면서, '그저 그런 인간'으로 만족할 바에야 차라리 비극을 원한다.

십대라면 누구나 한 번쯤 해볼 법한 생각이다. 그런데 불행하게도 다쿠야 앞에는 그 본보기가 있었다. 실물이 있었다. 단순한 상상의 산물이 아니라 옆에서 살아 숨쉬고 같이 웃고 공부하고 있었다.

다쿠야는 그가 되고 싶었던 것이다.

"히로유키."

부르는 소리에 고개를 들었다. 아버지가 위로하듯 바라보고 있었다.

"손수건 줄까?"

그 말을 듣고서야 히로유키는 자신이 울고 있다는 걸 깨달았다. 뺨이 젖어 있었다.

아버지와 아들은 말없이 서로를 바라보았다. 아버지 옆에서 고개를 숙인 어머니의 공허한 눈은 아무것도 보고 있지 않았다.

"너도 많이 힘들었겠구나."

아버지 가시와기 노리유키가 입을 열었다. 히로유키는 고개를 저었다. "힘든 건 저뿐만이 아닌걸요."

"이 재판 얘기가 아니야."

기계적으로, 그러나 충분히 부드러운 손길로 어머니의 등을 어루만지며 아버지가 말했다.

"더 옛날 일 말이야. 네가 다쿠야를 어떻게 생각했는지—우리를 떠날 때 네가 어떤 마음이었는지."

가시와기 노리유키의 눈에서 갑자기 눈물이 흘러내렸다. "미안하다."

아버지의 눈물을 보니 히로유키는 아무 말도 할 수 없었다.

"절대 다쿠야만 생각했던 건 아니야."

너도 나와 엄마의 자식이야—

"그렇지만 다쿠야는 몸이 약해서…… 여러모로 손이 많이 가서."

"알아요." 히로유키가 대답했다. "아버지 엄마 마음은 저도 알아요. 화나지도 않았고, 원망하지도 않아요."

"그애는 훌륭했어."

콧잔등으로 흘러내리는 눈물을 닦아낼 생각도 않고 새빨개진 눈을 깜박거리며 가시와기 노리유키가 말을 이었다.

"믿기지 않을 정도로 총명하고 귀엽고 아장아장 걸음마를 할 때부터 빛이 났어. 그애한테는 뭔가가 있었다. 반짝이는 뭔가가."

아버지의 얼굴을 똑바로 볼 수 없어서 히로유키는 눈을 내리떴다.

구부정히 앉아 있는 어머니의 창백한 얼굴이 열람실 책상 위에 유령처럼 비쳤다. 그러나 가시와기 고코가 제 그림자보다 더 유령 같았다. 건너편 책장이 투명하게 비쳐 보이지 않는 게 신기할 정도로 어머니의 모습은 얄팍하고 공허했다.

"—다쿠야는 특별한 아이였어."

아버지가 눈물을 흘리며 나지막한 소리로 기도하듯 중얼거렸다.

"그래서 분명 특별한 사람이 될 줄 알았어. 주변에 넘쳐나는, 이 사회를 소비할 줄만 아는 시시한 인간들과는 다르다고 생각했어."

히로유키는 생각했다. 나 역시 그런 '시시한 인간' 중 하나다.

"그래서—그애가 뭘 하든."

나는 인정해주고 싶었어, 라고 말했다.

"별생각 없이 매일 시끌벅적하게 몰려다니는 학교 아이들과 잘 섞이지 못해도 당연하게 여겼어. 섣불리 타협해서 주위에 섞여들어봐야 그 아이의 개성에 오히려 마이너스라고 생각했지."

아버지는 참회하고 있는 것이다—히로유키는 알아차렸다. 나에게가 아니다. 다쿠야에게다.

"젊을 때는 누구나 날카로워지게 마련이야. 다쿠야가 어쭙잖게 세상에 물들기보다는 자아가 분명한 인간으로 커주길 바랐다. 고립을 두려워하지 않고 자기 길을 굳건하게 걸어가는 젊은이가 되어주길 바랐어."

어디서 잘못되었는지 알 수 없다. 할 수만 있다면 그 자리로 돌아가고 싶다. 다쿠야는 고독했을까. 애정을 원했을까. 친구가 필요했을까. 자신감을 잃고 자기혐오에 시달렸을까. 도움을 원했을까.

토해내는 듯한 아버지의 고백을 히로유키가 손을 들어 가로막았다. "아버지."

가시와기 노리유키가 새빨갛게 충혈된 젖은 눈으로 그를 바라보았다.

"이제 됐어요."

어딘가 몸속 깊은 곳에서 마개가 열린 느낌이 들었다. 몸속에 가득했던 물처럼 차가운 무언가가 거품을 일으키고 용솟음치며 히로유키의 내면을 씻어내고 밖으로 흘러나왔다.

이제 됐어요. 그건 아버지에게 한 말이 아니었다. 스스로에게 던진 말이었다.

다 받아들인 줄 알았지만 여전히 나는 상처받고 있었다. 부모님의 마음속에는 다쿠야뿐이고, 그들의 애정은 다쿠야에게로만 향했다. 이럴 걸 나는 왜 태어났는지 모르겠다는 생각마저 했었다.

하지만 그 애정이 다다른 곳은 이런 참회뿐이다. 그렇다면 됐다. 나는 도리어 구제받은 셈이다. 특별한 아이가 아니라서, 빛나는 뭔가가 없어서 다행이다.

내가 태어난 의미를 찾는 건 나 자신이다. '시시한 인간'인 나는 스스로 나 자신을 찾아낼 것이다.

도서실 문을 누군가 조심스럽게 노크했다. 실례합니다, 라는 목소리도 들렸다.

판사를 맡은 이노우에 야스오라는 소년이다. 검은 판사복을 벗고 교복 차림으로 돌아왔다. 기타오 선생도 함께였다.

"불쑥 찾아와서 죄송합니다."

침울한 가시와기 부부를 본 기타오 선생이 송구스러운 듯 말했다. 판사복을 벗은 이노우에 판사는 잠깐 히로유키와 눈이 마주쳤다가 봐서는 안 될 것을 본 양 곧바로 시선을 피했다.

"실은 배심원들의 요청이 있어서요."

얼른 설명하라며 선생이 쿡 찌르자 이노우에 판사가 또박또박 상황을 말했다.

과연. 히로유키는 배심원들의 예리함이 놀라웠다.

"다쿠야가 유서를 노트에 썼다는 건 저희도 오늘 처음 알았습니다."

지금까지 편지나 일기 같은 건 뒤져봤지만 평범한 노트까지 내용을 확인해보지는 않았다.

"아버지 엄마도 짚이는 거 없어요?"

노리유키가 간신히 손수건으로 얼굴을 훔쳤다. 고코는 누구의 시선이나 말에도 반응하지 않고 멍한 눈으로 몸을 앞뒤로 살며시 흔들었다.

"여보." 노리유키가 그 얼굴을 살폈다.

가시와기 고코가 중얼거렸다. "—유서인 줄 몰랐어."

나머지 네 사람은 숨을 삼켰다. 고코가 몸을 흔들며 책상에다 대고 중얼거렸다.

"소설인 줄 알았어. 그애가 소설을 썼다고 생각했어. 서랍 안쪽에 숨겨져 있었어."

히로유키가 책상에 양손을 짚고 어머니 쪽으로 상반신을 내밀었다. 목소리를 낮추고 최대한 부드럽고 다정하게 물었다. "엄마, 그 노트를 본 적 있구나."

고코가 몸을 흔들며 고개를 끄덕였다.

"자기 이야기를 하는 것 같지 않았어. 주인공이 따로 있는 거야. 다쿠

야가 아니라. 그러니까 소설이야. 내 맘대로 다른 사람에게 보여주면 그
애가 싫어할 것 같아서."

"엄마, 그 노트 어디 있어요?"

"소설이라니까." 고코는 되풀이했다. "사실이 아니야. 다쿠야가 지어
낸 이야기야. 어쩌면 희곡일지 몰라. 대사가 많고 좋은 말도 있었어."

"여보, 그 노트 어디 있어?"

가시와기 노리유키가 아내의 어깨를 감싸 흔들리는 몸을 붙들었다.

"엄마, 다쿠야 노트 어디다 뒀어요?"

겨우 눈길을 들더니 고코는 그제야 히로유키의 존재를 알아차린 듯 약
간 놀라며 말했다.

"아아, 히로유키."

"응, 엄마. 내가 뭐라고 했는지 들었어요? 지어낸 이야기가 적혀 있다
는 다쿠야의 그 노트, 지금 어디 있어요?"

가시와기 고코가 턱을 툭 떨구며 대답했다. "가계부 넣어둔 책꽂이 안
쪽에."

히로유키가 일어서서 기타오 선생에게 말했다. "어딘지 제가 알아요.
가져오겠습니다."

사사키 레이코는 쓰자키와 함께 운동장 한구석의 벤치에 앉아 있었다.

체육관에는 아직 방청인들이 삼분의 일 정도 남아 있었다. 나머지 삼
분의 이는 운동장에 삼삼오오 모여 있고, 일단 집으로 간 사람들도 있는
듯했다. 평결이 나올 때쯤 다시 오려는 거겠지.

많은 사람이 벤치에 앉은 쓰자키를 알아보았다. 전 교장 콩너구리의
얼굴은 학부모들도 잘 알고 있었다. 인사를 하는 사람도 있고, 멀리서 험
악하게 쏘아보는 사람도 있다.

쓰자키는 침착했다. 인사에는 인사로 응하고 쏘아보는 시선이나 명백

하게 그에 대해 수군거리는 말소리에는 시치미를 뗐다.

"미야케는 지금 어쩌고 있을까요?"

레이코의 질문에 쓰자키가 온화한 눈빛을 보냈다. "부모님과 집으로 갔다고 합니다. 오자키 선생님도 함께요."

"아사이네 부모님도 같이 계신가요?"

"조금 전까지는 그랬던 모양이에요."

쓰자키가 손으로 얼굴을 쓱 훑어내렸다.

"아사이 양 부모님은 평결을 들으러 오신다고 했는데, 미야케 양은 어떨지. 개인적으로는 그만 집에서 조용히 쉬었으면 좋겠군요."

저도요—레이코가 고개를 끄덕였다.

"결국 저희 어른들은 아무도 그애 마음을 움직이지 못했죠."

쓰자키는 아무 말도 하지 않았다.

"그렇지만 법정이 그애를 움직였어요. 미야케에게는 그게 가장 바람직한 방법이었을 거예요."

쓰자키가 나지막이 숨을 토해냈다. "간바라 군 덕분이죠."

"—그렇죠."

"실례합니다."

목소리가 들려서 두 사람은 고개를 들었다. 눈앞에 모기 에쓰오가 서 있었다.

"어머나." 레이코가 입을 내밀었다. "혼자 계시네요. 이시카와 회장님은 어디 계시고?"

모기 기자는 오늘도 세련된 차림새다. 우리 모두 땀이 줄줄 흐르는데 저 사람 셔츠는 어쩜 저리 빳빳할까.

레이코에게 비웃음을 슬쩍 던진 모기가 쓰자키 쪽으로 돌아섰다. "쓰자키 씨, 한 가지 부탁이 있습니다."

쓰자키가 말없이 기자의 얼굴을 올려다보았다.

"저는 이번 교내재판에 대한 르포를 쓸 생각입니다. 이시카와 회장에게도 그렇게 이해를 구하고 취재를 계속해왔습니다. 그래서 평결이 나오고 재판이 끝나면 쓰자키 씨를 인터뷰하고 싶습니다. 날짜와 장소를 정해주시면 찾아뵙겠습니다."

"모기 씨, 아직도 이 사건에서 우려낼 게 남았나요?"

르포 좋아하네. 레이코는 발끈했다.

"애초에 이 모든 혼란은 당신이 불러온 거예요! 아사이 마쓰코 학생이 사고를 당한 것도 당신이 섣부른 확신과 추측으로 프로그램을 만든 탓이라고요. 미야케 학생 증언 못 들었어요? 당신네들이 텔레비전에서 소란을 피워서 아사이가 겁에 질렸었다잖아요."

모기가 다시 비웃음을 흘리며 레이코를 내려다보았다.

"여러모로 불행한 우연이 겹쳤습니다."

"뭐가 어째? 우연?"

저도 모르게 일어나 모기의 멱살을 잡으려는 레이코를 쓰자키가 팔로 가로막았다.

"거절하겠습니다."

쓰자키는 온화하게 말했다. 모기가 한쪽 눈썹을 치켜세웠다.

"거절한다고요? 도망치시겠다. 또 책임 회피군요."

쓰자키 전 교장은 움츠러들지 않았다. 콩너구리라는 별명에 걸맞은 친근한 미소를 머금었다.

"모기 씨, 저야말로 당신에게 부탁이 있습니다. 저도 당신을 인터뷰하고 싶어요."

모기뿐 아니라 레이코까지 눈이 휘둥그레졌다.

"저도 일련의 사건을 글로 정리해보려 합니다."

쓰자키가 미소지었다.

"제 변명을 하려는 게 아니라, 학생들의 노력을 어떤 식으로든 기록해

두고 싶어서 결정한 일입니다."

그러고는 벤치에서 일어나 정중하게 허리를 굽혔다.

"잘 부탁드립니다. 자세한 건 나중에 다시 말씀드리기로 하고, 지금은 평결을 기다리죠."

몸집이 작고 수수한 전직 교장과, 몸집은 작지만 이목을 끄는 차림새의 취재기자가, 여름의 끝자락 모래먼지가 피어오르는 운동장 한구석에서 마주 섰다.

"당신은 훌륭한 언론인입니다."

쓰자키의 말에 레이코는 아니라고 말하고 싶었다. 그러나 입가에는 부드러운 미소를, 눈동자에는 엄한 눈빛을 머금은 쓰자키를 보고 말을 삼켰다.

"과거에 〈뉴스어드벤처〉를 무대로 펼친 당신의 활동—끈질기게 진실을 추구하는 저널리스트로서의 용기와 정열에 경의를 표합니다. 덕분에 세상에 알려진 사실도 많죠. 가만 놔뒀으면 은폐되었을 비극이 드러나기도 했어요. 당신은 교육현장의 구조적인 미비함을 적발하고, 집단괴롭힘을 당하거나 교사에게 체벌을 받아도 울며 잠들 수밖에 없었던 아이들과 보호자를 구제해왔습니다. 당신은 훌륭한 일들을 했어요."

과거의 성과라면 레이코도 인정하지 않을 수 없다. 모기는 분명 좋은 일들을 해왔다.

"저는 가시와기 군이 죽고 중대한 국면에서 몇 번이나 실수를 저질렀습니다. 제 한 몸 지킬 생각으로 판단을 자꾸 미루는 바람에 일을 수습하기는커녕 더 키워버렸죠. 학생들은 저 때문에 받지 않았어도 될 마음의 상처를 받았습니다. 그것은 제 책임입니다."

내가 나약한 인간이었기 때문이라고 말했다.

"저와 달리 당신은 강한 사람입니다. 자기 신념에 따라 주저 없이 돌진했습니다. 하지만 그런 당신도 인간입니다."

모기가 쓰자키에게서 시선을 돌렸다.

"이번에는 당신이 틀렸어요." 쓰자키는 말을 이었다. "가시와기 군의 죽음에는 당신이 원하는 진상이 감춰져 있지 않았습니다."

"평결이 어떻게 날지는 아직 모르죠."

나지막이 되받아치는 모기에게 쓰자키가 고개를 끄덕였다.

"그러니 기다려봅시다."

모기 에쓰오는 입을 다문 채 양다리에 힘을 주고 쓰자키 앞에 버티고 섰다. 그리고 눈길을 들더니 단언했다.

"학교라는 제도는 이 사회의 필요악입니다. 전 그 악과 싸우고 있고요."

"말씀은 잘 알겠습니다. 그러나 악일지라도 '필요'하다면, 저는 그 안에서 최선을 다하기로 마음먹고 노력해왔습니다."

쓰자키의 목소리에서 힘이 느껴졌다.

"당신을 증인으로 불러낸 건 후지노 양의 솜씨였죠. 저는 그 아이의 용기와 지혜에 감동했습니다. 당신은 어떠셨나요?"

모기의 표정이 희미하게 흔들렸다. 쓴웃음을 짓는 듯 보이기도 했다.

"지금 와서 생각하면 제대로 이용당한 것 같습니다."

"그게 후지노 양이 싸우는 방식입니다. 그에 맞선 변호인 측도 훌륭했어요. 우리 어른들은 그 아이들에게 완패했습니다."

모기는 어깨를 살짝 으쓱하고는 쓰자키의 눈을 보며 고개를 끄덕였다. "그건 인정 안 할 수가 없군요."

그리고 발길을 돌려 자리를 뜨려다 말고 다시 한번 당부했다. "조만간 연락드리겠습니다. 저한테서 도망치려 하면 또 실수하시는 겁니다."

레이코는 쓰자키와 나란히 앉아 모기 에쓰오의 뒷모습을 지켜보았다.

"쓰자키 선생님, 정말로 이 재판 이야기를 쓰실 거예요?"

쓰자키가 레이코를 돌아보더니 딴청 부리는 표정을 지어 보였다.

"일기로 쓰면 안 될까요?"

쓰자키가 먼저 웃고, 레이코도 따라 웃었다. 운동장에 고인 열기 속에서 관자놀이를 타고 땀 한 줄기가 흘러내렸다.

우리 어른들은 완패했다. 그러니 이젠 그저 기다리는 수밖에 없다.

"엄청 이상한 소리를 할까 하는데."

노다 겐이치가 젓가락질을 멈추고 간바라 변호인에게 말을 걸었다.

변호인 측 대기실에는 둘뿐이었다. 결심 후 법정에서 돌아오자 오이데 슌지의 모습이 보이지 않았고, 그가 어디서 뭘 하고 있는지 알려주는 사람도 없었다.

그래서 둘이서만 멀뚱히 있었다.

처음에는 녹초가 되었다고 할까, 기운을 다 쏟아낸 기분이라 밥을 먹을 힘도 없었다. 그건 겐이치만이 아니었다. 지금까지 단 한 번도 흐트러진 모습을 보인 적 없던 간바라 변호인이 말없이 의자 세 개를 나란히 놓고 벌렁 드러눕는 걸 보자 겐이치는 아무 말도 할 수 없었다.

가즈히코는 등을 돌리고 누워 있었다. 거부가 아니라 완전히 도피하는 자세다. 누구하고도—특히 나랑은 얘기하고 싶지 않구나.

겐이치는 책상에 엎드려서 잠깐 졸았다. 책상에서 떨어질 뻔하고서야 눈을 뜨고 시간을 확인하니 삼십 분 정도 지나 있었다.

배에서 꼬르륵 소리가 나서 준비된 도시락을 먹기로 했다. 포장을 뜯고 나무젓가락을 갈라서 한입 넣자 입안 가득 침이 솟을 정도로 맛있었다. 피로 때문이 아니라 배가 고파 힘이 없었던 것이다.

어떤 상황이든 배는 고프다. 배가 차면 조금이나마 힘이 생긴다. 그래서 큰맘 먹고 변호인에게 말을 걸었다.

"엄청 이상한 소리인데, 해도 돼?"

변호인은 움직이지 않았다. 계속 자는 척하기로 한 모양이었다. 진짜

자는 건 아니었다. 등이 여전히 경직되어 있었다.

"우리, 어쩐지 이혼 얘기중인 부부 같다. 서로 거북하고 지겨운데 딱히 갈 데가 없어서 같이 있을 수밖에 없잖아."

변호인이 의자를 덜거덕거리며 아주 천천히 겐이치 쪽으로 돌아눕더니 손으로 머리를 괴고 얼굴을 보았다.

"그거 맛있어?"

"맛있어."

"무슨 도시락이야?"

"돼지고기 튀김이랑 영양밥."

간바라 변호인이 꾸물꾸물 일어났다.

"먹을래?"

겐이치가 도시락을 내밀자 졸린 듯한 얼굴로 받아들었다.

"쓰자키 선생님이 준비해주신 도시락, 매일 메뉴가 달랐지?"

"응."

"매일같이 바꾸려면 꽤 힘들 텐데."

누워 있었던 탓에 변호인의 머리 한쪽이 눌렸다.

"넌 가끔 진짜 웃긴 생각을 하더라."

이야기가 오락가락했다. 겐이치는 영양밥을 천천히 씹으며 맛을 음미했다.

"이혼 얘기중인 부부라니." 그렇게 중얼거린 가즈히코가 웃음을 터뜨렸다. "별소리를 다 해."

겐이치도 웃었다. 그 웃음 덕분에 입이 풀렸다. 지금까지 겐이치를 묶어왔던―겐이치가 스스로를 통제해왔던 포박이 풀렸다.

"지금까지 말 안 했는데."

여기서는 말할 수 있을 것 같다. 말해버리고 싶다. 털어놔버리자. 내 비밀을 털어놓으면 비슷해지는 건 아닐지라도, 그래도 조금은 가즈히코에게 다가설 수 있다.

"난 부모님이—특히 엄마가 너무 짜증나고 못 참겠고 화가 나서."

죽일 생각을 한 적이 있다고는 말하지 못했다. 죽인다는 단어가 싫었다. '없앤다'고 할까 망설이는 짧은 순간 가즈히코가 말했다.

"지금까지 말 안 했으면, 이제 와서 굳이 말할 거 없어."

젠이치가 젓가락을 든 채 눈을 깜박거렸다.

"그런 얘기는 덮어두는 게 좋아. 말하고 싶은 건 그냥 한때의 충동일 뿐이야."

그런—걸까.

가즈히코의 경험에서 나온 말일까. 가만있었으면 좋았을 텐데 말해버렸다. 한때의 충동 때문에.

그 상대는 가시와기 다쿠야였다. 그렇게 털어놓은 이야기가 두 사람의 관계에 그늘을 드리웠다.

"그렇겠다."

젠이치는 고개를 끄덕이고 도시락을 먹었다. 갑자기 가슴이 미어지는 걸 들키지 않으려고 부지런히 젓가락질을 했다.

"너희 부모님 방청하러 오셨니?"

가즈히코가 이런 걸 묻기는 처음이었다. 내가 고백하려 한 이야기가 부모님과의 문제라는 걸 짐작했을까.

"아마 오셨을 거야."

그렇구나, 하고 가즈히코가 말했다. 결국 도시락은 손도 대지 않고 옆으로 밀어버렸다.

"우리 집도 오늘은 두 분 다 오셨어."

어찌나 태연하게 말하는지 자칫하면 흘려들을 뻔했다.

"우리 집이라면—"

"아버지랑 어머니."

"그러니까 너희 집?"

"그래. 양부모님이라고 할 걸 그랬나?"

되묻는 말에 살짝 짜증이 묻어 있다.

"아니, 그게 아니라 좀 놀라서. 교내재판에 참여하는 거 부모님에게는 비밀이라며?"

가즈히코가 땀이 밴 얼굴을 손으로 훔쳐내고 한숨을 내쉬었다. "처음에는 숨겼지. 그런데 계속 숨길 순 없었어."

"―언제쯤 털어놨어?"

"모리우치 선생님이 다치셨을 때."

그렇다면 겐이치도 이해가 갔다. 그날 밤 모리우치 선생님이 입원한 병원으로 다함께 달려가면서도 가즈히코가 부모님에게 무슨 핑계를 댔을까 궁금했으니까.

"부모님이 놀라셨겠다."

가즈히코는 딴청을 부렸다. 얼굴이 보이지 않아 겐이치는 솔직하게 물었다.

"그런 일에 끼어들지 말라고 반대하시진 않았어?"

가즈히코가 어깨 너머로 겐이치를 돌아보았다. "참 대놓고도 묻는다."

"죄송합니다."

반대 안 했어―라며 웃었다.

"나한테 필요한 일이라면 만족할 때까지 하라셨어."

그쯤에서 웃음이 사라졌다. "설령 나중에 후회하더라도 지금은 필요하다고 생각하면 그 마음에 따르라고."

겐이치는 고개를 크게 한 번 끄덕였다. 마음 같아선 훌륭한 부모님이라고 말하고 싶었다. 대단한 분들이라고 말하고 싶었다. 그러나 그런 말을 입 밖에 내면 소중한 무언가가 달아나버릴 것 같았다.

도시락이 비었다. 뚜껑을 닫고, 다시 포장지에 말끔하게 싸서 고무줄로 묶고, 다 쓴 나무젓가락을 끼웠다. 겐이치는 그 동작들을 일부러 천천히 해나갔다.

그리고 말했다. "난 너희 아버지와 어머니를 존경해."

가즈히코는 말이 없었다. 조금 있다 불쑥 말했다. "여러모로 미안해."

사죄라면 어제 다 들었다. 그래서 겐이치는 어제 못 했던 말을 했다.

"만약 재판 도중에 사실대로 털어놨어도, 변호인 뜻이 바뀌지 않았다면 난 계속 조수를 했을 거야."

"그래도 난 너를 나 좋을 대로 이용했어."

"아냐. 내가 원해서 한 거야."

이것도 어제는 미처 하지 못한 말이었다.

"왠지 변호인이 고바야시 가전제품점에 가는 걸 꺼린다고 생각했어."

그때 마침 가즈히코의 몸 상태가 나빠진 것도 좀 이상했다.

"그 다섯 통의 전화에 왜 좀더 주목하지 않을까 이상하기도 했어. 그런 의문을 입 밖으로 꺼내지 않았던 건, 변호인이 무슨 생각으로 뭘 어쩌려는 건지 끝까지 조용히 지켜보기로 마음먹었기 때문이었어."

말하면서 생각했다. 가즈히코는 때마침 우연히 몸 상태가 나빠진 게 아니다. 단노 선생의 이야기나 후루노 아키코와 나눈 대화에서 가즈히코가 가장 숨기고 싶었던, 그러나 법정에서 파헤쳐주길 바랐던 진실이 언급되었기 때문에 동요했던 것이다.

겐이치는 기억을 떨쳐내려고 고개를 한 번 가로저었다.

"후지노가 우는 모습을 봐버렸네."

오늘은 다시 의젓해졌지만, 어제는 많이 울었다.

"네가 울린 거야. 그건 알고 있습니까, 변호인?"

가즈히코는 또 아무 대답도 하지 않았다.

"네가 후지노를 그렇게 슬프게 한 거라고."

잠결에 중얼거리는 듯한 소리가 들려왔다. 변호인이 무슨 말을 한 것이다.

"응?"

"후지노라면 잘해낼 거라고, 처음부터 알았어."

믿었어, 라고 말했다.

실제로 후지노는 해냈다. 타교생 간바라 가즈히코가 3중학교 여자아이를 정확하게 본 것이다.

"고마워하고 있어." 가즈히코가 말했다. "난 후지노도 너도 존경해."

겐이치가 아래를 내려다보며 입을 다물었다.

그때 노크 소리가 들렸다. 겐이치가 "네"라고 대답하자 뜻밖의 인물이 조심스럽게 얼굴을 내밀었다. 단노 미술선생이다. 흰 와이셔츠에 검은 바지 차림이라 흡사 교복 같았다.

"둘 다 좀 쉬었니?"

소극적인 여자아이처럼 머뭇거리며 대기실로 들어왔다. 배심원 중 미조구치 야요이가 곧잘 그러듯이.

"마지막까지 훌륭한 변론이었다."

단노 선생이 자세를 가다듬으며 말했다. 가즈히코는 머리 한쪽이 눌린 채로 앉아 있었다.

"오이데 군 얘기 들었니?"

선생이 망설이는 듯 목을 움츠리며 두 사람의 얼굴을 번갈아보았다.

"전혀요. 집으로 갔나요?"

"아, 아냐. 얌전히 기다리고 있어. 어머님이 오셔서 함께 있고."

아까부터 교무실에 있는 것 같다고 했다.

"그래서…… 기타오 선생님이."

단노 선생은 안절부절못하며 발끝을 꼼지락거렸다.

"오이데 군도 이제 진정된 것 같으니 대기실에서 평결을 기다리는 게 좋겠다고 해서. 곧 이리 올 것 같아."

단노 선생과 약속이라도 한 듯 겐이치는 졸린 눈빛의 변호인을 바라보았다.

"괜한 참견이지만 간바라 군, 혹시 괜찮으면 같이 미술실에 가겠니? 거기서 한숨 돌리고 오면 어떨까."

"그러는 게 좋겠다." 겐이치도 말했다. "선생님, 잘 부탁드립니다."

"네, 그럴게요."

가즈히코는 맥 빠질 정도로 선뜻 의자에서 일어섰다. 휘청거렸다.

무혈입성. 가즈히코는 전지가 완전히 바닥난 상태였다. 텅 비었다.

평결까지 충전이 필요하다. 겐이치도 일어나서 거의 밀어내듯이 가즈히코를 단노 선생에게 맡겼다.

그리고 혼자 남아 피고인을 기다렸다. 평결이 나오면 그는 평범한 '오이데 슌지'로 돌아간다. 이제 변호인은 없어진다. 오이데 슌지의 학교생활, 일상생활이 돌아온다. 그걸 알고 있을까. 얼굴을 보면 뭔가 달라진 게 느껴질까.

아무도 오지 않았다. 돌아오지도, 새로 찾아오지도 않았다.

겐이치 혼자 빈 대기실을 지켰다. 오이데는 어떻게 된 걸까. 여전히 투덜거리고 있을까. 기타오 선생님의 마음이 바뀐 걸까.

여기서 변호인 측은 공중분해되는 걸까.

역할을 다했으니 괜찮다. 평결은 이미 나온 거나 다름없다.

책상에 팔을 괴고 꽤 오랫동안 꼼짝 않던 겐이치가 갑자기 손으로 얼굴을 가렸다. 발작이 일어난 듯 통곡했다. 오래 울지는 않았다. 십 초도 되지 않았다. 팔 초. 육 초일지 모른다.

그것으로 충분히 마음이 풀렸다. 교복 셔츠 자락으로 얼굴을 훔치고 텅 빈 대기실에서 마냥 기다렸다.

가시와기 다쿠야가 남긴 노트에 제목은 없었다.

대학생들이 사용하는, 줄 간격이 촘촘한 노트다. 그렇게 말한 건 미조구치 야요이였다.

노트에 적힌 한 편의 글에는 '무제'라는 제목이 달려 있었다. 이백 자 원고지로 열 장쯤 될까. 글자 수와 행수를 대강 훑어보고 그렇게 계산한 건 오야마다 오사무였다.

"반듯하게 썼으니까 크게 다르진 않을 거야."

돌려 읽을 시간이 없다. 누가 낭독하자는 의견에 야마노 가나메가 손을 들었다. "원래는 배심원장이 해야겠지만, 다케다가 영 망설이는 눈치라."

"응. 난 소리 내서 읽는 건 진짜 못해."

"모르는 한자도 많고."

노트를 앞에 놓고 가나메가 먼저 두 손을 모았다.

"미안해, 가시와기. 잘 읽을 테니까 용서해줘."

그리고 아름다운 목소리로 낭독했다.

첫 문장은 이랬다.

—나는 표적을 잃은 킬러다.

이 짧은 소설의 주인공은 '나'라고 스스로를 칭하며, 자신이 유능한 킬러라고 했다. 그런데 매우 중요한 의뢰인이 지정한 다음번 표적을 놓치고 말았다. 누구였는지 잊어버린 게 아니다. 표적이 시야에서—그의 마음속 시야에서 사라져버렸다. 왜 그런지는 알 수 없다. '나'는 표적과 그것을 잃어버린 이유를 찾아 회색 거리를 방황한다.

"나는 고독하다. 그러나 많은 것을 짊어졌다. 스스로는 내려놓을 수 없는, 누가 내려줄지도 알 수 없는 짐을."

그러나 전혀 무겁지 않고, 어쩌면 어깨에 짊어진 짐이 나 자신일지 모른다는 생각까지 든다—문장은 그렇게 이어졌다.

귀기울이는 배심원들의 표정은 제각각이었다. 반응도 달랐다. 가쓰키 게이코는 자못 심각한 문장들을 이해하길 일찌감치 포기했다. 다리를 꼬고 떨어대는 모습이 오이데 순지와 똑같았다.

구라타 마리코는 "보통 중학생은 이런 단어 잘 안 쓰지 않니?"라며 고사카 유키오에게 동의를 구했고, 그는 "쉬잇" 하고 주의를 주었다. 하라다 히토시는 쓸쓸하게 웃었고, 오야마다 오사무는 겸연쩍어했다. 다케다 배심원장은 낭독하는 가나메를 뚫어져라 바라보았다.

이야기의 결말에서, 한밤중에 유원지 거울의 집에서 헤매던 '나'는 거울들에 비친 무수한 자기 모습을 보고 의뢰인이 자기 분신 중 하나였음을 깨닫는다. 그 순간 거울 속 모습 중 하나가 '나'에게 총을 겨누고 방아쇠를 당긴다. 거울의 집은 산산이 부서지고, 주위는 어둠에 휩싸이고, '나'는 '나'를 잃는다.

"내가 나를 잃자, 어깨의 짐도 사라졌다."

그 문장으로 소설은 끝났다.

가나메가 페이지를 들척거리며 말했다. "뒤는 전부 백지야. 아무것도 없어."

그러고는 노트를 덮어 책상에 살며시 내려놓았다.

"난 말이야." 오야마다 오사무가 입을 열었다. "하드보일드는 왠지 적응이 안 돼."

고사카 유키오가 마음이 놓이는 듯 웃었다. "응, 나도 그래."

"그러냐?" 오사무가 기쁜지 활짝 웃었다. "내가 이런 뚱보가 아니라 인기 많은 애였다면 또 달랐을지 모르지만."

"응, 나도 그래."

"뚱보랑 하드보일드는 안 맞니?" 노리코가 끼어들었다. 여전히 심각한 표정이었다. "체형이랑은 관계없을 것 같은데."

"죽고 싶어했구나."

주위 대화에는 아랑곳없이 야요이가 눈을 동그랗게 뜬 채 노래하듯 중얼거렸다.

"유서라고 안 해도 읽어보면 금방 알겠네. 가시와기는 죽고 싶어했어."

"넌 왜 히죽거려?"

가쓰키 게이코가 하라다 히토시를 향해 으르렁거렸다. 아닌 게 아니라 그는 계속 옅은 미소를 머금고서, 스스로도 이래선 안 된다 싶었는지 애써 꾹 참고 있었다.

"웃겨서 웃는 게 아니야."

"그럼 뭐야?"

"낯간지러워서."

그 말에 키다리 배심원장도 동의했다. "오, 딱이네. 나도 그 말을 하고 싶었는데 생각이 안 났어."

"죽고 싶어했다……"

야요이의 말을 확인하듯 가나메가 천천히 중얼거렸다. 히토시는 다시 풋 웃었다.

"꽤 폼을 잡았더라."

"지어낸 이야기처럼 쓰려고 애써서 그래."

절대 자기 이야기로 보이지 않으려고. 야요이가 말했다.

"미조구치 말이 맞겠지만, 난 조금 다른 뉘앙스를 느꼈어." 야마노 가나메가 모두를 둘러보았다. "죽고 싶어하는 게 아니라, 죽게 하고 싶어하고 죽임을 당하고 싶어해."

"죽임을 당하고 싶어한다?" 오사무가 물었다. "말이 영 이상한데. '죽이고 싶어한다' '살해당하고 싶어한다' 아닌가?"

살해당하고 싶어한다—가마타 노리코가 따라 말했다. 상당히 큰 목소리라 다들 놀랐다.

"노리코, 왜 그래?"

야요이의 말에 노리코는 입을 한일자로 굳게 다물고서 생각에 빠져들었다.

"하라다는 어때?" 가나메가 물었다. "이렇게 유서가 발견됐어. 이제 납득이 가?"

숨을 한 번 내쉬고 히토시가 고개를 끄덕였다. "그래. 사실 난 별로 신경 안 썼는데 야마노가 신경쓴 거야."

"누가 그랬느냐는 상관없어."

"아, 네네, 배심원장님." 히토시가 웃으며 책상 위 노트를 턱짓으로 가리켰다. "아무튼, 내가 보기에 저건 완전 노이로제야."

"그런 말 하지 마."

야요이가 눈물을 글썽거리자 히토시도 더는 말하지 않았다.

"가시와기는 자살했어." 배심원장이 말했다. "미리 이것저것 준비하고 간바라를 끌어들여서 자살한 거야."

그것이 평결이다. 오이데 슌지는 완전히 무죄다.

"간바라는 어떻게 될까?"

딱히 누구에게랄 것도 없이. 누구에게 물어야 할지 몰라 더 불안하다는 표정으로 구라타 마리코가 질문을 던졌다. 대답을 아는 사람이 있을까.

나머지 아이들은 서로의 얼굴을 바라보았다. 가쓰키 게이코까지 키다리 배심원장을 바라보았다. 야, 무슨 말이든 좀 해봐.

"어떻게 되냐고 한들……"

"무죄 평결이 나면 그 녀석도 마음이 정리되지 않을까."

"가시와기의 자살을 막지 못했다는 자책감은 남잖아?"

"그 정도가 아니야. 죽였다는 말까지 했어." 야요이의 눈은 여전히 젖어 있었다. "자기가 죽였다. 살의가 있었다고."

미필적 고의에 의한 살의다.

"하지만 우리 배심원들이 거기까지 손댈 순 없어. 그건 다른 사건이야."

하라다 히토시가 지친 듯 다리를 쭉 뻗었다. 그의 깔끔한 실내화를 바라보고 다시 험악한 눈빛으로 미간을 찌푸리며 노리코가 입을 열었다.

"야마노랑 완전히 같은 의견은 아니지만, 나도 간바라의 증언을 전적으로 믿어선 안 된다고 봐."

"제발 얘기를 자꾸 되돌리지 말아줄래." 오야마다 오사무가 노리코에게 애원하는 시늉을 했다.

"애원해도 소용없어." 노리코가 차갑게 내뱉었다. "안 그래? 생각해봐. 그애랑 가시와기의 관계에 대한 증언은 너무 일방적이야. 간바라의 주장뿐이라고. '죽은 자는 말이 없다', 딱 그 짝이지."

"그러니까 가시와기는 죽지 말았어야 해." 가나메가 말했다. "살아서 자기 생각을 말했어야 했는데."

"그야…… 심정적으로는 이해되지만." 히토시가 어깨를 으쓱했다. "불가능한 전제지. 가시와기가 죽지 않았다면 우리가 여기 있을 일도 없었을 테니까."

가마타 노리코가 두 사람의 말을 못 들은 체하고 말을 이었다. "내 말은, 증언만 추려보자면 간바라의 말을 고스란히 믿을 수 없다는 뜻이야. 가시와기가 그렇게 했습니다. 가시와기가 이렇게 했습니다. 그애는 자기를 이러저러하게 생각하는 것 같았습니다—"

"그렇지만 학원 선생님 증언도 있었어."

고사카 유키오의 반론을 노리코가 다시 일축했다.

"간바라만큼 확실하게, 가시와기에게 악의가 있었다고 증언하진 않았어. 그 선생님도 사건 당일 밤의 일은 모르잖아."

이쯤 되자 아무도 노리코의 기세를 가라앉힐 수 없을 듯했다.

"간바라의 주장은 일방적이야. 증언만 놓고 보면 그렇단 얘기야. 자기 마음대로 말할 수가 있어. 그렇지만 현실에서는 증언이 그것만 덩그러니 존재하는 게 아니잖아."

"무슨 뜻이야?"

진지하게 묻는 키다리 배심원장에게 노리코도 진지한 얼굴로 답했다.
"간바라는 정말 온몸을 바쳐서 오이데를 변호해왔어. 자기한테는 아무 득도 안 되는데. 증언과 그애의 그런 노력을 같이 생각해야 해. 둘 다 있기 때문에 그애 말이 자기한테만 유리한 변명이 아니라는 걸 믿을 수 있는 거지."

　그럼 된 거 아닌가—오사무가 옆자리의 유키오에게 작게 투덜댔다.
"간바라가 일방적으로 가시와기를 비난한 것과, 생각지 못한 누명을 쓴 바보 오이데를 도우려 한 걸 같이 놓고 보면 딱 맞아떨어지는 느낌이야. 내가 하고 싶은 말은, 난 절대 간바라 편을 들려는 게 아니고, 그애에게 우호적인 것도 아니라는 거야."

　모두 노리코를 바라보았다.
"하지만 그렇게 증언을 받아들이는 건 해결됐어도 '내가 가시와기를 죽였다'라는 간바라의 죄의식은 남아. 그건 다른 계산식이 필요하니까. 남겨놓는 건 왠지 찜찜하지 않아?"

　다케다 배심원장이 슬금슬금 웃는 표정으로 변했다. 지금 웃을 대목 맞지? 가마타, 내가 웃어도 화 안 낼 거지?

　예상대로 가마타 노리코는 화내지 않았다. 그제야 이맛살을 펴고 이렇게 말했다.
"나, 제안할 게 있어."

　누가 오는가 싶었더니 야마신이었다.
"배심원실 경비는 어쩌고?"
　놀라는 겐이치의 어깨 너머로 야마신이 안쪽을 살펴보며 물었다.
"노다, 혼자지?"
"응. 혼자 여기 지키는 중이야."
"다행이다."

야마신이 얼굴을 활짝 펴더니 실례한다며 겐이치의 팔을 붙잡고 평소답지 않게 허둥지둥 밖으로 데리고 나갔다.

"조용히 신속하게, 누구의 눈에도 띄지 않게 이동한다."

"어?"

"배심원들이 노다를 만나고 싶다는데, 판사한테 들키면 큰일이니까."

둘이서 발소리를 죽이고 복도를 달려 한 층 아래로 내려갔다. 이 분도 채 되지 않아 겐이치는 배심원 아홉 명의 시선을 한 몸에 받고 섰다.

"무, 무슨 일이야?"

"노다의 의견을 듣고 싶어."

가마타 노리코가 입을 열며 배심원장을 재촉했다. 다케다 배심원장은 꽁무니를 뺐다.

"가마타, 네가 말해."

"법정에서는 다케다가 해야 해."

"알았으니까 지금은 네가 설명해줘. 내가 외워뒀다가 법정에서 그대로 말할게."

못 말린다며 한숨을 쉬고 노리코가 일어섰다.

"우리 전원의 합의하에 이런 평결을 낼 예정이야."

겐이치는 노리코의 간결하고 믿음직스러운 설명을 들었다.

"변호인 조수로서 어떻게 생각해?" 노리코가 물었다. 질문이 아니라 심문에 가까운 분위기였다. "이 평결을 간바라가 감당할 수 있을 것 같아? 그애가 받아들일 수 있을까?"

무심결에 침을 꿀꺽 삼키고는 겐이치가 고개를 크게 끄덕였다.

"그럴 거야."

배심원들이 서로 눈빛을 주고받으며 웃었다. 겐이치 눈에는 늘 냉소적으로 보이던 하라다 히토시도, 처음부터 끝까지 이 재판의 의미를 모르는 것 같던 가쓰키 게이코까지도.

"그럼 빨리 나가. 이노우에한테 들키면 큰일나니까."

가마타 노리코가 겐이치를 쫓아내는 시늉을 했다. 미간 주름만 보면 도무지 여중생 같지 않다. 다카기 선생님이 언짢을 때도 저 정도는 아닌데.

다시 야마신의 보호를 받으며 배심원실을 나오는 순간, 겐이치는 문을 붙들고 돌아보았다. 꼭 해야 할 말을 하기 위해서.

"다들."

말을 꺼내자 아홉 명이 겐이치를 바라보았다. 겐이치는 재빨리 고개를 숙였다.

"고마워."

이번에는 다케다 배심원장이 빨리 나가라고 손짓했다. 벌써 식은땀이 한 바가지라는 표정으로.

오후 여섯시 십 분 전, 농구부와 장기부 도우미들이 확성기를 들고 방청인들을 불러모으기 시작했다. 잠시 후 평결이 나옵니다. 방청을 원하는 분은 어서 자리로 돌아와주십시오. 잠시 후 평결이 나옵니다—

후지노 료코와 고로와 가즈미는 제일 먼저 입정해 검사 측 자리에 앉았다. 한 박자 늦게 변호인과 조수가 들어왔다. 피고인은 없었다.

판사가 입정했다. 모두 일어났다가 다시 앉았다. 판사는 텅 빈 배심원석을 둘러보고, 역시 빈 피고인석을 보고 얼굴을 찌푸렸다.

변호인 측 뒷문이 열리고 오이데 순지가 들어왔다. 기타오 선생이 옆에 붙어 있었다. 들어가, 하며 문 바로 안쪽에서 피고인의 등을 떠밀었다. 소리는 들리지 않았지만 입 모양으로 알 수 있었다.

피고인은 얼굴이 새빨갛게 달아올라 있었다. 의자를 소리 내어 끌어내더니 누구와도 눈을 마주치지 않겠다는 결의를 드러내며 걸터앉았다. 그러더니 곧장 가슴 앞에 팔짱을 꼈다. 오른손으로 왼팔을, 왼손으로 오른팔을 움켜쥐었다. 흡사 옆에 있는 변호인에게 당장이라도 달려들고픈 충동을 그렇게 억누르는 것 같았다.

료코는 눈을 깜박이고 정면을 뚫어져라 바라보았다. 간바라 변호인이 지금까지와 다르게 작고 연약해 보여서였다.

조수 노다 겐이치의 얼굴은 창백했다.

방청석 맨 앞줄, 변호인석에서 가장 가까운 끄트머리에 오이데 슌지의 어머니가 앉아 슌지를 지켜보고 있다. 검사 쪽 방청석 맨 앞줄에는 학부모로 보이는 어른들이 앉았다.

미야케 주리는 보이지 않았다. 아사이 마쓰코의 부모님은 어디 계실까—방청석을 둘러보는 료코의 주의를 끌려는 듯 누가 살짝 손을 들었다. 마쓰코의 어머니였다.

"배심원이 입정하겠습니다. 정숙해주십시오."

이노우에 판사의 말에 야마신이 검사석 뒷문을 열었다. 다케다 배심원장을 선두로 아홉 명의 배심원이 입정했다.

일단 자리에 앉았다. 법정이 고요해졌다. 들리는 것이라곤 냉풍기 돌아가는 소리뿐이다.

"다케다 배심원장."

판사의 호명에 키다리 배심원장이 자리에서 일어섰다.

"네."

"배심원 평결이 나왔습니까?"

"나왔습니다."

"그럼 여기로 주십시오."

배심원장이 셔츠 앞주머니에서 중요한 평결을 끄집어냈다. 작게 접은 흰색 메모지다. 판사가 그것을 받아들어 펼쳤다.

시선을 떨어뜨렸다. 은테 안경이 반짝였다.

법정은 여전히 고요했다.

"평결을 읽어주십시오."

판사가 돌려주는 메모지를 배심원장이 떨리는 손으로 받아들었다. 기다란 몸이 어렴풋이 앞뒤로 흔들렸다.

"피고인은 무죄입니다."

부드러운 파도가 치듯 방청석을 가득 메운 사람들이 흔들렸다. 많은 사람이 동시에 한숨을 내쉰 것 같았다.

후지노 료코는 굳이 주위를 둘러보지는 않았다. 재빨리 일어섰다.

"판사님, 배심원 한 사람 한 사람에게 평결을 확인해주십시오."

이노우에 판사가 배심원들에게 시선을 돌렸다. "그럼 순서대로 묻겠습니다. 앉아서 대답해도 좋습니다. 오야마다 배심원의 평결은?"

"무죄입니다."

"고사카 배심원."

"무죄입니다."

"하라다 배심원."

"무죄."

"구라타 배심원."

"무, 무죄, 입니다."

"가마타 배심원."

"무죄."

"미조구치 배심원."

"무죄입니다."

"아마노 배심원."

"무죄입니다."

"가쓰키 배심원."

가쓰키 게이코는 새빨개진 오이데 슌지의 얼굴을 바라보고 있었다.

"가쓰키 배심원?"

"무죄, 입니다."

"고맙습니다."

료코가 자리에 앉았다.

"파, 판사님." 배심원장이 상기된 목소리로 불렀다. "이 평결에 다다른 과정을 잠시 설명하고 싶습니다."

하시죠, 라며 이노우에 판사가 고개를 끄덕였다. 배심원장은 기다란 몸을 흔들며 어색하게 다리를 바꿔 디디고 고개를 들어 법정 안의 모든 사람을 향해 말했다.

"우리는—저희는 오이데 피고인이 전적으로 무죄라고 판단했습니다. 다시 말해, 아, 그러니까 고의로 가시와기 군을 살해하지 않았을뿐더러 과실로 살해한 것도 아닙니다."

불안한 듯 눈을 두리번거렸다.

"그럼에도 이 일이 살인사건이라는 데는 아홉 명의 의견이 일치했습니다."

방청석이 술렁거렸다. 노다 겐이치가 몸을 꿈틀거렸다. 간바라 가즈히코는 도망치듯 시선을 떨궜다.

"다시 말해, 가시와기 군을 살해한 사람이 따로 있다는 뜻입니다."

이노우에 판사의 시선은 매서웠다. 얼굴빛이 변했다. "배심원들이 그런 것까지 사실인정을 할 필요는 없습니다."

"그렇지만 이건 저희 평결과 관련이 있습니다. 요컨대, 으음, 저희가 왜 오이데 군이 무죄라고 판단했느냐, 그건 그러니까, 뭐더라."

머리를 한 번 흔들고 키다리 배심원장이 자세를 바로잡았다.

"그 사실인정은 저희 평결의 근거가 된 부분입니다."

맞지? 이렇게 말하면 되는 거지? 다케다 배심원장이 그렇게 확인하는 눈빛으로 가마타 노리코를 힐끗 보았다. 노리코는 교묘하게 얼굴 한쪽만 움직여 오케이 신호를 보냈다.

이노우에 판사는 그런 두 사람의 모습이 불쾌한 눈치였다. "그럼 다케다 배심원장에게 묻겠습니다. 평의 결과, 배심원단은 누가 가시와기 다쿠야 군을 살해했다는 결론을 냈습니까?"

다케다 배심원장은 의연하게 얼굴을 들고 큰 소리로 대답했다.

"가시와기 다쿠야 군입니다."

료코는 제 귀를 의심했다. 방청석의 웅성거림이 커지고 판사가 "정숙!" 하고 소리쳤다.

노다 겐이치는 떨고 있었다. 간바라 가즈히코는 고개를 들어 넋을 놓고 키다리 배심원장을 올려다보았다.

"이 사건은 가시와기 다쿠야 군에 의한, 가시와기 다쿠야 군 살해사건입니다. 저희는 가시와기 다쿠야 군이 미필적 고의의 살의에 의해 가시와기 다쿠야 군을 살해했다고 판단했습니다."

죽어버리고 싶다. 그렇게 생각했다. 하지만 이대로 죽어버리긴 아쉽다. 그렇게 생각했다. 죽어버리면 편할 텐데. 그렇게 생각했다.

이런 짓을 하면 죽을지 모르지만, 그래도 상관없다, 어쩔 수 없다. 그렇게 생각했다.

얼어붙은 옥상 철조망 너머에서.

"가시와기 군이 그런 마음을 먹기까지는 이런저런 갈등이 있었을 겁니다."

배심원장의 목소리가 차츰 안정을 찾았다.

"좀더 일찍 가시와기 군의 갈등이 해소되도록, 고민이 덜어질 수 있도록 누가 무슨 도움을 줄 수 있지 않았을까 하는 이야기를 나눴습니다. 다른 누가 아니라, 저희도 포함해서요."

오이데 슌지의 어머니가 손으로 입을 가렸다. 슌지는 여전히 새빨간 얼굴로 단단히 팔짱을 끼고 있었다.

"개인적으로는 농구부에 들어오라고 할 걸 그랬다는 생각도 했고요."

방청석 한쪽에서 누군가가 봄날의 새가 지저귀듯 웃었다.

"운동을 싫어할 수도 있으니, 장기부나 음악부도 괜찮았을지 모릅니다."

잔뜩 긴장했던 배심원들이 배심원장의 연설에 미소를 머금었다. 못 봐 주겠다는 듯 손으로 눈을 가린 가마타 노리코도 쓸쓸하게 웃었다.

"아무튼, 뭔가 할 수 있지 않았을까 생각했습니다."

매우 안타깝습니다—다케다 배심원장이 말했다.

"정말로 안타깝습니다. 가시와기 군의 부모님에게 저희가 감히 드릴 말씀은 없지만, 가시와기 군이 세상을 떠나 저희 역시 매우 슬프고 유감스럽다는 것은 전하고 싶습니다."

방청석의 술렁거림이 가라앉았다. 다시 정적이 흘렀다. 그때 누군가가 흐느껴 울었다.

"이상입니다!"

구령을 붙이듯 큰 소리로 말하고 꾸벅 인사를 한 후 배심원장은 자리에 앉았다.

이노우에 판사가 법정을 둘러보았다.

"본 법정은 피고인 오이데 슌지 군에게 무죄 평결을 내립니다."

8월 20일, 오후 여섯시 십일분.

"이것으로 교내재판을 폐정합니다."

다시 한번, 그리고 마지막으로 소리 높게 의사봉이 땅 울렸다.

후지노 료코의 눈앞으로 사람들이 흘러갔다.

울고 있는 건 가시와기 고코다. 다쿠야의 어머니. 남편과 다쿠야의 형, 남겨진 또 한 명의 아들의 부축을 받으며 쓰러질 듯 비틀거리며 법정을 나갔다.

방청석 한가운데는 모기 에쓰오가 도전적인 표정으로 우두커니 서 있었다. 료코의 시선이 그에게서 멈추자 표정이 누그러졌다. 그의 입술이 움직였다.

―끝났구나.

그렇게 말하는 것을 알 수 있었다.

모기 에쓰오의 뒷줄에 쓰자키 전 교장과 사사키 레이코 형사가 나란히 서 있었다. 아마도 쇼다 씨라고 했던가. 청소년과 동료도 사사키 형사 옆에 있었다. 셋 다 모기가 무슨 짓을 저지르지나 않을까 경계하는 표정이었다. 그러나 모기 에쓰오가 발길을 휙 돌려 출구로 향하자 나란히 눈가에서 힘을 풀었다.

서둘러 나가는 모기 에쓰오를 학부모회 회장이 허둥지둥 쫓아갔다.

오이데 슌지가 마침내 자리에서 일어섰다. 온몸의 힘이 빠진 듯 앉아 있는 간바라 가즈히코에게 돌아서더니 난데없이 멱살을 움켜쥐고 일으켜 세웠다.

주위 사람들이 숨을 삼키는 가운데 슌지는 가즈히코를 밀치더니 그의 멱살을 쥐었던 손을 바지에 문질렀다. 몇 번씩 문질러 깨끗이 닦아내고는 불쑥 내밀었다.

악수를 청하는 것이다.

간바라 가즈히코는 움직이지 않았다. 표정만 흔들렸다. 오이데 슌지의 새빨간 얼굴―그 뺨이 젖은 것을 알아챘기 때문이다. 슌지는 줄곧 울음을 참아왔던 것이다.

두 사람은 악수를 나눴다. 노다 겐이치가 여전히 창백한 얼굴로 그 모습을 지켜보았다.

악수를 마치자 슌지는 고개를 돌리고 물러났다. 어머니가 그 뒤를 따르면서 변호인과 변호인 조수에게 깊이 고개를 숙였다.

간바라와 노다에게 다가가는 저 양복 입은 남자는 누굴까. 아아, 곤노 변호사다. 가즈히코의 어깨를 두드리고, 겐이치의 어깨도 두드렸다. 그리고 뭐라 말을 걸었다. 주위가 시끄러워서 무슨 말인지 들리지는 않았다.

곤노 변호사는 웃는 얼굴이었다. 다시 가즈히코의 어깨를 두드렸다.

그리고 머리를 헝클어뜨리듯이 쓰다듬었다.

또 한 사람, 양복을 입은 남자가 그들에게 다가갔다. 료코가 모르는 얼굴이다. 아, 가슴에서 변호사 배지가 반짝거린다. 풍채가 좋은 중년 남자고 머리칼은 반백이다. 웃는 낯으로 양팔을 펼쳐 두 사람에게 다가가더니 제 자식을 끌어안듯 품에 안았다. 그리고 곧 쑥스러운 듯 떨어져 머리를 긁적이고는 곤노 변호사와 인사를 나누며 명함을 주고받았다.

료코는 우두커니 서 있었다. 눈을 수없이 깜박거리며 앞에서 흘러가는 광경을 지켜보았다. 가즈미가 팔을 붙잡는 게 느껴졌다. 고로가 뭐라고 말했다. 누구랑 얘기하는 거지? 어, 가와노 탐정 아저씨잖아. 오늘도 오셨네. 뭐야, 저렇게 기뻐하는 표정을 다 짓고.

우리가 졌는데.

각각 수수한 양복과 검은색 원피스를 입은 자그마한 남녀가 간바라 가즈히코에게 다가갔다.

"간바라 아버지랑 어머니야."

가즈미가 료코의 귓가에 속삭였다.

배심원들도 법정을 나갔다. 가마타 노리코가 다케다 배심원장의 기다란 등을 두드렸다.

"다들 고맙다."

제 역할을 마치고 중학교 3학년으로 돌아가는 아홉 명에게 누군가 말을 걸었다. 다키자와 학원의 다키자와 선생이다.

다케다 가즈토시와 오야마다 오사무 콤비가 쑥스러워하며 고개를 꾸벅 숙였다. 다키자와 선생의 목소리에 뒤돌아본 구라타 마리코가 료코에게 손을 흔들었다. 이따 봐, 라고 했다.

단상을 내려와 드디어 검은 비닐 판사복에서 해방된 이노우에 야스오에게 기타오 선생이 다가갔다. 어이, 고생 많았다. 이제부터가 더 큰일이죠. 저는 수험생이니까.

"후지노 검사."

"수고 많았어."

료코 옆에서 따뜻한 기운이 느껴졌다. 태평하기 짝이 없는 우리 부모님이다.

"료짱, 수고했어."

후루노 아키코도 함께였다.

변호인 측이 법정을 떠났다. 재판은 끝났다. 간바라 가즈히코는 조토 3중학교를 떠나간다. 그의 일상으로 돌아간다. 많은 것을 잃고, 상처를 받고, 다시 일어설 준비를 시작해야 할 그의 인생으로 돌아간다.

그가 돌아서며 료코 쪽을 보았다. 한순간 눈이 마주쳤다. 그 눈은 아무 말도 하지 않았다. 새로운 말은 아무것도.

사과했다. 수고했다고 말했다. 그리고 기뻐했다. 봐, 내 말이 맞지? 후지노의 승리야.

하지만 너도 지진 않았어. 료코는 마음속으로 말했다.

시야에서 간바라 가즈히코의 모습이 사라졌다.

료코는 눈을 감았다. 숨을 깊이 들이마시며 두 번 다시 맛볼 수 없을 법정의 공기를 가슴 가득 빨아들였다.

그리고 토해냈다. 재판은 끝났다.

이제 곧 여름도 끝난다.

2010년 봄

생각보다 바뀐 게 없네―노다 겐이치는 생각했다.

조토 제3중학교의 옛 건물이 헐리고 지금의 새 건물이 세워진 것은 2003년이다. 예전에는 운동장을 사이에 두고 체육관 맞은편에 있던 실외 수영장이 이제 체육관 2층으로 옮겨가 그만큼 운동장이 넓어졌지만, 건물 위치와 형태는 예전 그대로였고 시계도 같은 곳에 달려 있었다.

건물 안으로 발을 들여놓자 생각보다 바뀌지 않은 정도가 아니라 기시감 비슷한 것에 휩싸일 지경이었다. 창문 위치와 복도 길이, 계단의 너비까지 똑같았다. 정해진 면적에 같은 용도의 시설을 세워야 하니 딱히 바꿀 방법이 없었으리라.

그러나 교실 수는 줄었다. 현관 로비에 늘어선 신발장도 겐이치가 학생일 무렵보다 30퍼센트 정도 줄었다. 저출산 시대다. 안내판을 보니 도서실은 1층으로 옮겨갔다. '지역 주민과 함께하는 학교'라는 콘셉트 때문일까.

긴 복도를 둘러보니 1층 각 문 위에 작은 팻말이 보였다. 사무실, 교장실, 교무실과 양호실. 그 순서도 날라지지 않았다.

한창 봄방학중이라 학교는 조용했다. 오늘은 특별활동도 없는 것 같다. 운동장을 에워싼 벚나무는 입학식을 맞기도 전에 만개해버렸다.

흐드러지게 핀 꽃들 사이에서, 학교 건물은 짧은 휴식을 즐기고 있다.

"노다 선생님."

복도 안쪽에서 부르는 소리에 겐이치는 돌아보았다. 봄 햇살이 가득한 운동장을 보고 있던 터라 복도가 한층 어스름해 보였다.

목소리의 주인공이 가까이 왔다. 작고 통통한 체형에 옅은 회색 정장을 입었다. 짧은 머리가 희끗희끗하고 체인이 달린 노안경을 가슴 앞에 걸었다.

겐이치는 허리 굽혀 인사를 했다. 가까이 온 사람도 인사했다.

"학교 건물은 어떻습니까?"

겐이치가 미소지었다. "구조는 거의 그대로네요."

"네, 그렇다고 하더군요."

그렇지, 이 사람은 예전 건물을 모른다.

이쪽으로 오시죠, 라며 안내하는 여자를 따라 겐이치는 복도를 걸었다. 여자가 교장실 문을 열었다. 이 사람이 현재 조토 제3중학교의 관리책임자 우에노 모토코 교장이다.

둘은 교장실 응접세트 의자에 앉았다. 우에노 교장이 손수 차를 준비해주었다.

"이사는 잘 하셨어요?"

"네, 그럭저럭 마쳤습니다."

"자녀분은—"

"이번에 초등학교 들어가는데, 유치원 친구랑 같은 학교에 못 가서 영서운한 모양이에요."

만 여섯 살이 되는 겐이치의 큰아들이다. 이사를 간다고 하자 처음에는 싫어했다. 아빠가 태어나고 자란 동네로 가는 거라고 차근차근 타이르는 데 꽤 오랜 시간이 걸렸다.

노다 겐이치는 고등학교 입학과 동시에 조토 구를 떠났다. 철도회사에서 일하던 아버지가 전근을 가게 되었던 것이다. 대학 시절은 도쿄 도내에 있는 캠퍼스 근처에 방을 빌려 혼자 살았다. 그후로 그 동네에 정착해 살았는데, 이번 얘기가 나오자 망설임 없이 마음을 정했다. 조토 구에 돌아오기로 한 것이다. 새로 살게 될 집은 임대맨션이고, 겐이치의 옛날 집 바로 근처다. 예전에는 자동차 정비소가 있던 자리다.

겐이치는 교육학부로 진학해 중학교 국어교사 자격을 땄다.

도쿄 도내에는 초등학교든 중학교든 교직원 희망자가 많아 자리가 잘 나지 않는다. 겐이치도 꽤 오랫동안 기다렸다. 출산휴가나 병가를 낸 교사 대신 단기간만 근무한 적도 많다. 그래도 언젠가 꼭 이 학교로 돌아오고 싶어서 한 번도 포기하지 않았다.

"노다 선생님은 이 학교에서 교생실습을 하셨죠?"

겐이치가 쓸쓸하게 웃었다. "신청했는데 떨어졌습니다. 실습은 1중학교에서 했어요."

"그랬군요. 대개는 모교로 가는데."

과거 때문일지도 모르죠—라고 말하려다 겐이치는 그만두었다. 그것을 알아챘는지 우에노 교장이 미소지으며 말했다.

"선생님이 하신 교내재판은 우리 학교의 전설인걸요."

"그런가요?"

"역사라고도 할 수 있을까요. 전설이든 역사든 그렇게 되기까지는 세월이 필요하죠."

잘 돌아오셨습니다, 라고 우에노 교장이 말했다.

"어서 오세요."

그 말이 흐르는 물처럼 매끄럽고 자연스럽게 겐이치의 마음속으로 스며들었다.

오래도록 듣고 싶었던 말이다. 동시에 그 말을 들으면 틀림없이 뭔가 복받칠 거라는 생각도 했다. 마음의 봇둑에서. 혹은 봇둑이 있던 자리에서.

하지만 이제 그런 것은 없다. 이십 년의 세월이 흐르는 사이 사라졌다. 그게 가장 기뻤다.

"더 면접을 볼 필요는 없지만, 뭐라고 할까."

잠시 생각하다가 우에노 교장이 조심스럽게 말했다. "─호기심이라고 해야겠죠. 노다 선생님의 전설을 좀더 자세히 알고 싶어서 일부러 시간을 내달라고 했어요. 죄송합니다."

교장의 웃는 얼굴에 이끌려 겐이치도 웃었다.

"다른 경로로 듣지 못하셨나요?"

"당사자에게만 빼고는 이것저것 들었죠. 어쨌든 전설이니까."

그 '이것저것' 중 우에노 교장의 전임자 구스야마 교장에게서 나온 것은 얼마나 될까. 겐이치는 언뜻 생각했다.

지금도 그 선생님의 강압적인 태도가 기억난다. 그리울 정도다.

"어디부터 시작할까요?"

우에노 교장이 눈을 깜박거렸다.

"글쎄요…… 어떤 얘기부터 해주실 수 있을까요?"

둥그런 얼굴과 온화한 눈빛. 쓰자키 선생과 조금 닮았다. 이야기하는 걸 좋아하는 듯한 분위기도. 손뜨개 조끼가 트레이드마크였던 콩너구리.

"뭐든 얘기해드릴 수 있어요." 겐이치가 말했다. "어떤 얘기든."

겐이치가 우에노 교장을 똑바로 바라보았다. 교장이 살짝 눈이 부신 표정을 지었다.

"그 말만으로 충분한 것 같기도 하네요."

겐이치가 고개를 끄덕였다.

"그 재판이 끝나고 저희는."

가장 적당한 말을 찾으며 겐이치는 교장실 창에 비쳐드는 봄 햇살로 눈을 돌렸다.

"―친구가 되었습니다."

각자 가는 길은 다르지만, 지금도 친구다.

그리고 노다 겐이치는 이야기를 시작했다. 그 긴 여름의 시작부터 지금까지의 여정을. 친구들과의 발자취를.

다녀왔습니다.

어서 와요.

나는 조토 제3중학교로 돌아왔다.

이제 그 여름은 아득하다.

옮긴이 **이영미**

아주대학교 국문과를 졸업하고, 일본 와세다 대학 대학원 문학연구과 석사과정을 수료했다. 2009년 요시다 슈이치의『악인』과『캐러멜팝콘』으로 일본국제교류기금이 주관하는 보라나비 저작·번역상 의 첫 번역상을 수상했다. 옮긴 책으로『단테 신곡 강의』『태양의 탑』『공중그네』『기적의 사과』『지 도남』『약속된 장소에서』『화차』『얼굴 없는 나체들』『결괴』『불타버린 지도』『던』『음의 방정식』『용 의자의 야간열차』『라오스에 대체 뭐가 있는데요?』등이 있다.

문학동네 블랙펜 클럽
솔로몬의 위증 3

1판 1쇄 2013년 7월 10일 | 1판 11쇄 2021년 10월 27일

지은이 미야베 미유키 | 옮긴이 이영미
책임편집 양수현 | 편집 황문정 박아름 | 독자 모니터 양은희 전혜진
디자인 김현우 강혜림 | 저작권 김지영 이영은 김하림
마케팅 정민호 정진아 김혜연 정유선 | 홍보 김희숙 함유지 김현지 이소정 이미희
제작 강신은 김동욱 임현식 | 제작처 영신사

펴낸곳 (주)문학동네 | 펴낸이 염현숙
출판등록 1993년 10월 22일 제406-2003-000045호
주소 10881 경기도 파주시 회동길 210
전자우편 editor@munhak.com | 대표전화 031) 955-8888 | 팩스 031) 955-8855
문의전화 031) 955-8862(마케팅) 031) 955-2684(편집)
문학동네카페 http://cafe.naver.com/mhdn | 트위터 @munhakdongne
북클럽문학동네 http://bookclubmunhak.com

ISBN 978-89-546-2174-8 04830
      978-89-546-2146-5 (세트)

www.munhak.com